발리스
VALIS

VALIS

6
필립 K. 딕 걸작선

발리스
VALIS

박중서 옮김

폴라북스

〈 일러두기 〉

0. 본문의 성서 인용문은 개역개정판을 따랐고, 외경은 가톨릭용 공동번역을 따랐다. 영어와 한글 성서의 차이로 인해 생략된 부분은 역자가 임의로 번역해 채워 넣었다.

0. 본문에 인용된 P. K. 딕의 『주해서』의 항목 번호는 권말 부록의 '트락타테'에 나온 항목 번호와 약간 차이가 있다. 저자의 의도라고 생각해서 굳이 변경하지는 않았다.

0. 본문의 주석은 대본인 라이브러리 오브 아메리카 판의 원저자 주석 및 편집자 주석을 토대로 하고, 더 자세한 설명이 필요한 경우에는 번역자가 임의로 내용을 보강했다.

나에게 올바른 길을 보여준
러셀 갤런에게

◑ 차례

발리스(VALIS, '거대 활성 생체 지능 시스템Vast Active Living Intelligence System'의 약자로, 동명의 미국 영화에 나온 것): 현실의 장에 있는 동요 動搖로, 그 안에서는 자발적인 자기감시 음陰엔트로피의 소용돌이가 형성되어, 점진적으로 그 환경을 포섭하고 합체시켜서 정보의 배열로 만드는 경향이 있다. 준準의식, 목적, 지능, 성장, 고리형 결맞음 등이 특색이다.

　　　　　　　　　　　　　　　　　　　　—『대大 소비에트 사전』 제6판, 1992년*

---

* 『발리스』가 1978년작이므로 여기서 1992년은 14년 뒤의 미래에 해당한다.

01

호스러버 팻의 신경쇠약은 혹시 넴뷰탈*을 갖고 있느냐는 글로리아의 전화를 받던 바로 그날부터 시작되었다. 그걸 왜 찾느냐고 물었더니 그녀는 자살하기 위해서라고 대답했다. 자기가 아는 모든 사람에게 전화를 돌리는 중이었다. 지금까지 쉰 알을 모았는데, 아무래도 삼사십 알은 더 있어야만 효과가 확실할 것 같다고 했다.

그 즉시 호스러버 팻은 이것이 나 좀 도와달라고 말하는 그녀 특유의 방식일 것이라고 결론을 내려버렸다. 그는 벌써 몇 년째 자기가 남들을 도와줄 수 있다는 망상을 품고 살았다. 그를 담당한 정신과 의사는 건강하게 살고 싶으면 다음 두 가지만 준수하라고 말한 적이 있었다. 하나는 마약을 끊는 것(사실

---
* 수면제 및 진통제로 사용되는 펜토바르비탈의 상품명 가운데 하나.

그는 애초부터 마약을 하지는 않았다), 또 하나는 남들을 도와주는 버릇을 끊으려 노력하는 것(여전히 그는 남들을 도와주려 노력하고 있었다).

사실 그에게는 넴뷰탈이 하나도 없었다. 수면제라면 종류를 막론하고 전혀 갖고 있지 않았다. 수면제를 복용한 적도 없었다. 그냥 각성제만 했다. 그녀가 자살할 수 있도록 수면제를 주는 것은 그에겐 현재 능력 밖의 일이었다. 설령 수면제를 갖고 있다 하더라도, 그녀에게 순순히 건네줄 생각은 없었다.

"나한테 열 알이 있어." 그는 말했다. 사실대로 하나도 없다고 말했다가는 그녀가 전화를 끊을 것이었기 때문이다.

"그러면 내가 차 몰고 그리로 갈게." 글로리아는 이성적이고 차분한 어조로 말했다. 넴뷰탈을 갖고 있느냐고 물어보았을 때와 똑같은 어조였다.

그제야 그는 그녀가 지금 도움을 요청하는 것이 아님을 깨달았다. 그녀는 정말로 죽으려는 것이다. 완전히 미친 모양이었다. 정신이 멀쩡하다면 당연히 자기 목적을 숨기는 것이 더 유리하다는 사실을 깨달았을 것이다. 이런 식이라면 자칫 그가 공범이란 죄의식을 느낄 수도 있을 테니까. 그가 순순히 협조하려면 그녀가 죽기를 바랄 만한 이유가 있어야 했다. 하지만 그로서는—그리고 누구에게도—그녀의 죽음을 바랄 만한 이유가 전혀 없었다. 글로리아는 점잖고 교양도 있었다. 다만 애시드*를 많이 한다는 게 문제였다. 그녀에게서 마지막으로 연락

---

* LSD를 가리키는 속어.

을 받은 게 벌써 6개월 전이었으니, 아마 그사이에 애시드로 인해 그녀의 정신이 망가진 모양이었다.

"그동안 뭐하고 지냈어?" 팻이 물었다.

"샌프란시스코에 있는 시온 산 병원에 들어갔었어. 자살을 하려고 했더니 우리 엄마가 거기 집어넣어버리더라고. 지난주에 겨우 풀려났지."

"완치는 된 거야?" 그가 물었다.

"응." 그녀가 말했다.

바로 그 순간부터 팻은 돌아버리기 시작했다. 물론 본인은 미처 모르고 있었지만, 그 순간부터 그는 말로 표현할 수 없는 어떤 심리적 게임 속으로 끌려 들어갔던 셈이었다. 여기서 빠져나갈 길은 전혀 없었다. 글로리아 커누드선은 자기 두뇌뿐만 아니라 자기 친구들, 심지어 그를 망가트렸다. 어쩌면 다른 사람들을 예닐곱 명 더 망가트렸을지도 몰랐다. 하나같이 그녀를 사랑했던 친구들을, 줄곧 이와 유사한 전화 통화를 이용해서 망가트렸을지도 몰랐다. 아버지와 어머니를 파괴해버린 건 두말할 필요도 없다. 팻은 그녀의 이성적인 어조 속에서 허무주의의 기미와 진공의 헌 소리를 감지할 수 있었다. 그는 지금 사람을 대면하고 있는 것이 아니었다. 전화선 저편에 있는 대상은 신경 반사궁을 지닌 물체에 불과했다.

당시에 그가 미처 몰랐던 또 한 가지는, 때로는 미쳐버리는 것이야말로 현실에 대한 가장 적절한 대응이라는 점이었다. 이성적인 어조로 자기를 좀 죽게 해달라고 부탁하는 글로리아의 말을 듣는 일은, 마치 전염성 세균을 들이마시는 일과도 비슷했다. 이건 마치 중국식 손가락 차꼬와도 비슷했다. 벗어나려고 힘을 쓰면 쓸수록 차꼬는 더 단단하게 죄어온다.*

"그럼 지금은 어디 있는데?" 그가 물었다.

"모데스토. 우리 부모님 댁에."

팻이 사는 곳은 마린 카운티였기 때문에, 글로리아가 사는 곳에서는 차로 몇 시간쯤 걸렸다. 그라면 특별한 이유가 없는 이상 굳이 차를 몰고 그 먼 길을 나서지는 않을 것이었다. 결국 이것이야말로 그녀의 광기를 보여주는 또 다른 증거인 셈이었다. 넴뷰탈 열 알을 얻기 위해서 세 시간이나 차를 몰고 오겠다고 했으니 말이다. 정 자살을 하려면 차라리 자동차 사고를 내는 편이 더 낫지 않을까? 글로리아는 하다못해 자신의 비이성적인 행동조차도 이성적으로 저지르지 못하는 셈이었다. 고맙습니다, 팀 리어리.** 팻은 생각했다. 이게 모두 마약 투여를 통한 확장된 의식의 즐거움을 장려한 당신 덕분이니까요.

하지만 이때까지는 그도 자신의 삶 역시 마찬가지 상황에 놓여 있다는 사실을 알지 못했다. 이때가 1971년이었다. 이듬해인

---

* 아이들이 짓궂은 장난을 할 때 사용하는 장난감의 일종이다. 차꼬는 대나무를 엮어 만든 한 뼘 정도 길이의 대롱인데, 그 대롱의 양쪽 구멍에 희생자의 양 엄지손가락을 넣도록 유도한다. 희생자가 대롱에 엄지손가락을 넣었다가 도로 빼려고 하면, 대롱이 당겨지면서 구멍이 죄인다. 손가락을 세게 잡아당길수록 구멍은 더 세게 죄기 때문에 희생자는 어쩔 줄 몰라 당황하게 된다. 이 차꼬를 푸는 방법은, 우선 손가락을 대롱 안쪽으로 더 밀어 넣고 대롱이 밀려나면서 구멍이 넓어지면, 침착하게 조금씩 손가락을 빼내는 것이다.

** 티모시 리어리(1920~1996). 미국의 심리학자 겸 저술가로, LSD의 사용을 적극 지지하는 주장과 활동으로 논란을 불러일으켰다.

1972년에 그는 거기서 북쪽에 있는 브리티시컬럼비아 주 밴쿠버에서, 그 낯선 도시에서 가난하고 겁에 질린 상태로 혼자 남아 자살을 시도할 것이었다. 물론 지금 당장은 그런 사실을 알 리 없었다. 그저 글로리아를 꾀어서 마린 카운티로 불러낸 다음, 그녀를 도와주고 싶은 마음뿐이었다. 하느님의 가장 큰 자비 가운데 하나는 그분이 우리를 계속해서 폐색시킨다는 점이다. 1976년에 호스러버 팻은 슬픔으로 인해 완전히 미쳐 손목을 칼로 긋고(밴쿠버에서 자살을 시도했다가 이미 실패한 다음이었다), 마흔아홉 알의 순도 높은 강심제를 삼키고, 문이 닫힌 차고에서 자동차 시동을 걸어놓고 앉아 있게 된다. 그러나 이 자살 시도도 결국 실패하고 말았다. 그의 육체는 정신이 미처 몰랐던 힘을 지니고 있었다. 하지만 글로리아의 경우에는 정신이 육체를 완전히 지배했다. 결국 그녀는 '이성적으로' 미쳐버렸다.

광기는 대부분 기괴한 행동이나 과장된 행동과 동일시할 수 있다. 예를 들어 머리에 냄비를 뒤집어쓰고, 허리에 수건을 두르고, 몸에 보라색 페인트를 칠하고 문밖에 나서는 것처럼. 반면 글로리아는 평소와 마찬가지로 차분하기만 했다. 점잖고도 교양이 있었다. 만약 고대 로마나 일본이었다면 아무도 그녀가 이상하다는 것을 눈치채지 못했으리라. 그녀의 운전 기술 역시 정상적으로 남아 있는 모양이었다. 그녀는 빨간불마다 멈춰서고, 제한 속도를 초과하지 않을 것이었다. 겨우 열 알의 넴뷰탈을 얻기 위해 여기까지 오는 와중에 말이다.

나는 호스러버 팻이다. 지금 3인칭으로 이 글을 쓰는 까닭은 무척이나 필요한 객관성을 얻기 위해서이다. 나는 글로리아 커누드선을 사랑한 것까지는 아니었지만 그래도 좋아하기는 했다. 그녀와 그녀의 남편은 버클리에서 우아한 파티를 개최할 때마다 우리 부부를 번번이 초대했다. 글로리아는 오랜 시간을 들여가며 작은 샌드위치를 만들고, 여러 가지 와인을 대접했으며, 예쁘장한 외모에 갈색의 짧은 머리를 하고 멋지게 차려입었다.

여하간 호스러버 팻은 그녀에게 줄 넴뷰탈을 전혀 갖고 있지 않았다. 하지만 일주일 뒤에 글로리아는 캘리포니아 주 오클랜드에 있는 시나논 빌딩* 10층 창문에서 뛰어내려, 맥아더 대로의 포장도로 위에 산산조각이 나서 흩어질 것이었다. 그리고 호스러버 팻은 잠행성의 긴 몰락을 계속하다가 슬픔과 질병의 나락으로 떨어질 것이었다. 어느 천체물리학자가 말한 '온 우주가 결국 맞이할 운명'이라는 일종의 혼돈 속으로 말이다. 팻은 시대를 앞서 나갔고 우주를 앞서 나갔다. 결국 그는 자신의 몰락을 야기하고 엔트로피로 몰아넣은 사건이 무엇인지도 까먹을 것이었다. 하느님은 자비롭게도 우리가 과거에 대해서는 물론이고 미래에 대해서도 폐색되게 했다. 글로리아의 자살 소식을 알고서 그는 두 달 동안이나 울었고, 텔레비전을 시청했고, 마약을 더 했다. 두뇌가 맛이 가버리고 있었지만 그는 그런

---

* 미국의 마약 중독자 갱생 단체인 시나논 협회(1958~1991)에서 운영하던 시설을 말한다. 이곳은 훗날 신흥종교로 발전하는 과정에서 여러 가지 물의를 일으켜서 결국 정부의 단속으로 해체되고 말았다.

사실을 미처 알지도 못했다. 하느님의 자비는 무한했다.

사실 팻은 겨우 한 해 전에 정신 질환 때문에 아내와 헤어지고 말았다. 그 질환은 마치 전염병 같았다. 그 가운데 마약에서 비롯된 것이 얼마 정도인지는 아무도 분간할 수 없었다. 이 시기—1960년부터 1970년—의 미국, 그리고 캘리포니아 주 북부 베이지역이라는 이 장소는 정말 미쳐버린 곳이었다. 갑자기 이런 말을 해서 미안하지만, 그게 사실이었다. 그 어떤 휘황찬란한 용어나 번뜩이는 이론으로도 그 사실을 덮을 수는 없었다. 정부 당국자들조차도 그들이 뒤쫓는 자들만큼이나 정신병자 같았다. 그들은 시설의 복제품이 아닌 사람은 모조리 없애버리고 싶어했다. 정부 당국자들은 증오로 가득했다. 팻은 경찰이 마치 개처럼 사나운 표정으로 자기를 노려보던 모습을 본 적이 있었다. 흑인 마르크스주의자인 앤젤라 데이비스를 마린 카운티 형무소에서 다른 곳으로 옮겨버린 바로 그날, 경찰은 시민 센터 전체를 무력화시키고 말았다. 혹시나 이 기회를 틈타 소란을 일으킬 수도 있는 급진주의자들의 허를 찌르기 위해서였다. 그래서 엘리베이터마다 계기판 배선을 끊어버렸다. 문마다 그럴싸한 거짓 정보를 담은 표찰을 새로 붙여두었다. 지방 검사는 숨어버렸다. 팻은 이 모두를 지켜보았다. 그는 하필 그날, 도서관에서 빌린 책을 반납하기 위해 시민 센터로 갔다. 시민 센터 출입구의 전자 검색대에 서 있던 경찰 두 명은 팻이 갖고 있는 책이며 가방을 모두 열어보았다. 그는 당혹스러웠다. 그날 하루 종일 당혹스러웠다. 식당에서는 무장 경찰관 한 명이 사람들의 식사 모습을 지켜보았다. 팻은 택시를 타고 집으로 돌아왔다. 자가용이 두려워졌고, 자기가 또라이 아닌가 하는 생각이 들었다. 물론 그는 또라이였다. 하지만 남들도 모두 마찬가지였다.

내 직업은 과학소설 작가다. 나는 환상을 다룬다. 내 인생 자체가 일종의 환상이다. 그러나 캘리포니아 주 모데스토에 있는 관 속에 누워 있는 것은 글로리아 커누드선이었다. 내 사진첩에는 그녀의 장례식 화환 사진이 들었다. 컬러사진이기 때문에 그 화환이 얼마나 예쁜지도 알 수 있다. 사진의 배경에는 폭스바겐 한 대가 서 있다. 그리고 장례식 도중에 내가 더 이상 그 순간을 견디지 못하고 그 차에 올라타는 모습도 보인다.

묘지에서의 장례식이 끝나고, 나는 글로리아의 전 남편인 밥과 눈물 가득한 그—또는 그녀—의 친구 한 사람과 함께 묘지 근처 모데스토의 어느 멋진 식당에서 늦은 점심식사를 했다. 여종업원은 우리를 뒤쪽 좌석으로 안내했는데, 양복과 넥타이를 걸치긴 했어도 우리 셋 다 히피처럼 보였기 때문이다. 우리는 전혀 개의치 않았다. 무슨 이야기를 했는지는 잘 기억이 나지 않는다. 바로 전날 밥과 나—그러니까 밥과 호스러버 팻—는 차를 타고 오클랜드로 가서 〈패튼〉*이라는 영화를 보았다. 묘지에서의 장례식이 열리기 직전, 팻은 난생 처음으로 글로리아의 부모님을 뵈었다. 이미 세상을 떠난 딸이 그랬던 것처럼

---

* 제2차 세계대전 당시 미국의 전쟁 영웅이었던 패튼 장군의 일대기를 그린 영화로 1970년에 개봉했다.

그녀의 부모님도 그를 극도로 예의 바르게 대해주었다. 수수한 캘리포니아의 목장식 거실에 글로리아의 친구들이 여럿 둘러서서, 자신들을 연결시켜주는 그녀에 대한 추억을 떠올렸다. 당연한 이야기지만, 커누드선 여사는 화장을 무척 짙게 했다. 누군가가 죽으면 여자들은 화장을 짙게 하게 마련이다. 팻은 죽은 여자의 고양이인 '마오毛 주석'을 어루만졌다. 문득 그가 갖고 있지도 않았던 넴뷰탈을 얻기 위해 글로리아가 그의 집까지 찾아왔을 때, 며칠 동안 그녀와 함께 보냈던 기억이 떠올랐다. 그가 한 거짓말이 탄로났지만 그녀는 침착하게, 심지어 아무렇지도 않게 받아들였다. 사람이 죽음을 눈앞에 두면 사소한 일에는 관심이 없어지게 마련이다.

"내가 벌써 먹어버렸어." 팻은 그녀에게 이렇게 말했다. 거짓말에 또 거짓말을 한 셈이다.

두 사람은 차를 타고 포인트라이스 반도의 넓은 바닷가로 가기로 작정했다. 글로리아의 폭스바겐을 타고, 글로리아가 운전을 해서(당시에는 여차하면 그녀가 일시적인 충동으로 그녀의 자동차와 팻 모두를 박살낼 수도 있다는 데까지는 생각이 미치지 않았다), 한 시간 뒤에는 바닷가의 모래밭에 나란히 앉아 대마초를 피웠다.

팻이 무엇보다도 궁금했던 점은 왜 그녀가 자살하려는 의도를 품었느냐는 것이었다.

그날 글로리아는 색 바랜 청바지, 그리고 추파를 보내는 믹재거의 얼굴이 전면에 새겨진 티셔츠를 입고 있었다. 모래가 기분 좋게 느껴졌는지 그녀는 아예 신발을 벗어버렸다. 팻은 그녀가 발톱에 분홍색 매니큐어를 발랐음을, 그리고 발톱을 완벽하게 가꾸고 있음을 깨달았다. 그는 이렇게 생각했다. 글로리아는 죽어가면서도 살아갔다고.

"그들이 내 은행 계좌를 훔쳤어." 글로리아가 말했다.

한참 시간이 흐른 뒤에야, 그녀의 신중하고도 명료한 설명에 근거하여, 그는 '그들'이 아예 존재하지도 않음을 깨달았다. 글로리아는 완전하고도 가차 없는 광기의 파노라마를 매우 정교하게 펼쳐 보이고 있었다. 그녀는 마치 치과용 도구처럼 정밀한 도구를 이용해서 온갖 세부 사항을 가득 채웠다. 설명 어디에도 진공이 없었기 때문에 그로선 아무런 오류도 찾아낼 수 없었다. 물론 그녀가 내세운 전제만은 예외였다. 그녀는 모두가 자기를 미워하며, 모두가 자기를 처치하려 들고, 자기는 모든 면에서 무가치한 존재라고 주장했다. 이렇게 말하는 동안 그녀는 사라지고 있었다. 그는 그녀가 가버리는 모습을 지켜보았다. 정말이지 놀라웠다. 특유의 신중한 방식으로 이야기를 하면서, 글로리아는 한마디 한마디 할 때마다 스스로 소멸하고 있었다. 합리성이 졸지에 ―그가 생각하기에는― 비존재를 위해 사용되는 셈이었다. 그녀의 정신은 하나의 커다랗고도 능숙한 지우개가 되었다. 이제 그녀에게 진정으로 남아 있는 것이라고는 오로지 껍데기뿐이었다. 다시 말해서 살아 있지 않은 그녀의 시신뿐이었다.

지금도 그녀는 죽어 있군. 그날 바닷가에서 그는 깨달았다.

갖고 있던 대마초를 모두 피운 다음, 두 사람은 바닷가를 따라 걸으며 해초와 파도 높이에 관해 이야기를 나누었다. 갈매기가 머리 위에서 울어댔고, 원반처럼 날아다녔다. 여기저기 몇몇 사람이 걷고 있었지만 바닷가는 대부분 텅 비어 있었고, 한쪽에는 이안류離岸流*를 경고하는 간판이 세워져 있었다. 왜 글로리아가 그냥 바닷속으로 걸어 들어가지 않는지 팻은 이해할 수가 없었다. 그로선 그녀의 머릿속을 도무지 이해할 수가 없었다. 기껏 생각한 방법이 넴뷰탈이라니. 그녀는 아직도 그 약을 필요로 하거나 혹은 필요하다고 생각하고 있었다.

"내가 제일 좋아하는 데드의 앨범은 〈워킹맨스 데드〉야." 어느 시점엔가 글로리아가 이렇게 말했다. "하지만 그 그룹이 코카인 복용을 옹호해야 마땅하다는 생각은 안 들어. 록을 듣는 아이들도 제법 많으니까."

"그 사람들은 복용을 옹호하지 않아. 그 노래는 단순히 복용을 하는 사람에 관한 내용일 뿐이라고. 게다가 그 노래에 나오는 사람은 복용을 하다가 결국 죽고 말지. 간접적이기는 하지만. 기차를 몰고 가다가 박살내니까."**

"하지만 내가 약을 시작한 게 바로 그것 때문이었는데." 글로리아가 말했다.

---

* 한두 시간 정도의 짧은 기간에 매우 빠른 속도로 해안에서 바다 쪽으로 흐르는 좁은 표면 해류.
** 그레이트풀 데드의 〈워킹맨스 데드〉(1970)에 수록된 〈케이시 존스〉라는 노래를 말한다. 유명한 열차 사고에서 승객의 안전을 위해 끝까지 자리를 지키다 사망한 실존 인물 케이시 존스(1863~1900)를 소재로 했지만, 가사의 내용은 코카인 복용을 폭주하는 기관차에 빗대어 묘사하고 있다.

"그레이트풀 데드 때문에 말이야?"

"왜냐하면" 글로리아가 말했다. "내가 그랬으면 하고 모두가 원했기 때문이지. 다른 사람들이 원하는 대로 행동하는 것도 이제는 질려버렸어."

"그래도 자살을 하지는 마." 팻이 말했다. "우리 집에 와서 같이 살자. 나는 줄곧 혼자니까. 나는 자기가 정말 좋아. 최소한 시험 삼아 한동안은 그렇게 해보자고. 나랑 내 친구랑 자기 물건을 옮겨다줄게. 우리가 같이 있으면 할 수 있는 일이 많을 거야. 어디로 여행을 간다든지, 가령 오늘 이 바닷가에 온 것처럼 말이야. 여기 참 좋지 않아?"

그의 말에도 글로리아는 아무 말도 하지 않았다.

"나는 정말 끔찍한 기분이 들 거야." 팻이 말했다. "남은 평생 동안. 혹시나 자기가 그렇게 가버리면 말이지." 나중에야 깨달은 사실이었지만, 바로 이 순간 그는 그녀가 반드시 살아야 할 이유를 완전히 잘못 제시한 셈이었다. 왜냐하면 그 말은 다른 사람들을 위해서라도 죽지 말고 계속 살아야 한다는 뜻이었기 때문이다. 몇 년을 찾아보았더라도 이보다 더 나쁜 이유를 찾아내지 못할 노릇이었다. 차라리 폭스바겐을 후진시켜서 그녀를 치어버리는 게 더 나았다. 이것이야말로 자살 방지 상담 전화 담당자로 채용되는 사람 중에는 바보가 없는 이유기도 했다. 팻은 이 사실을 나중에 밴쿠버에서, 그러니까 직접 자살을 시도했을 때에야 깨달았다. 당시 그는 브리티시컬럼비아 재난 센터로 전화를 걸어서 전문가의 조언을 얻었다. 그런데 그 조언 내용과 그날 그가 바닷가에서 글로리아에게 말해준 내용 사이에는 아무런 공통점이 없었다.

한쪽 발로 작은 돌멩이를 모래밭에서 파내다 말고 글로리아가 말했다. "그럼 오늘 밤에는 자기 집에서 자고 갈게."

이 말을 듣자 팻은 자기도 모르게 섹스에 대한 기대를 떠올렸다.

"뿅 가는데." 팻이 말했다. 최근 들어 그는 이런 식으로 말했다. 반문화에서 사용하는 표현 중에는 특별한 의미를 담지 않은 표현이 많았다. 팻은 이런 말 여러 개를 연이어 사용하기도 했다. 그가 지금 이런 말을 내뱉은 이유는, 친구의 생명을 구했다는 상상을 떠올림으로써 자신의 성욕을 슬그머니 감추기 위해서였다. 그 전까지도 별로 가치가 없었던 그의 판단력이 완전히 바닥에 떨어진 셈이었다. 착한 사람 하나의 존재가 저울에 올려져 있었고, 그 저울은 팻의 손에 들려 있었다. 그런데도 그는 자기 목표를 이루는 상상만 하고 있었다. "접수했어." 같이 걷는 동안 그가 재잘거렸다. "끝내주게 말이야."

그로부터 며칠 뒤에 그녀는 죽었다. 두 사람은 그날 밤을 함께 보냈다. 옷을 다 입은 채로 잠을 잤다. 사랑을 나누지는 않았다. 다음 날 오후에 글로리아는 차를 몰고 떠났고, 겉으로는 모데스토에 있는 부모님 댁으로 자기 물건을 챙기러 가는 척했다. 그는 두 번 다시 그녀를 만나지 못했다. 며칠 동안이나 그녀가 돌아오기를 기다렸지만, 어느 날 밤에 울린 전화는 글로리아의 전 남편 밥에게서 온 것이었다.

"자네 지금 어디 있나?" 밥이 말했다.

그 질문을 받자 팻은 어리둥절해졌다. 그야 당연히 집에 있었다. 그의 전화가 있는 그곳, 바로 자기 집 부엌에. 밥의 목소리는 차분했다. "나야 여기 있지." 팻이 말했다.

"글로리아가 오늘 자살했다네." 밥이 말했다.

나는 고양이 '마오 주석'을 품에 안은 글로리아의 사진을 갖고 있다. 글로리아는 무릎을 꿇고 눈을 반짝이며 미소를 짓고 있다. '마오 주석'은 품에서 벗어나 아래로 내려오려고 한다. 왼쪽으로는 크리스마스트리가 보인다. 사진 뒷면에는 커누드선 부인이 단정한 글씨로 이렇게 적어두었다.

부모의 사랑에 보답한 착한 딸

나로선 커누드선 부인이 이걸 쓴 시점이 글로리아의 사망 이전인지 이후인지 차마 짐작할 수가 없었다. 글로리아의 장례식이 끝나고서 커누드선 부부는 이 사진을 한 달 전에 나한테, 그러니까 호스러버 팻에게 편지로 보내주었다. 팻은 이들에게 편지를 써서 그녀의 사진을 하나 보내달라고 했었다. 처음에는 밥에게 부탁했지만, 밥은 사나운 어조로 이렇게 대답했을 뿐이었다. "자네가 글로리아 사진을 어디다 쓰려고?" 이 말에 팻은 아무런 대답도 할 수 없었다. 나에게 이 글을 쓰라고 처음 말했을 때 팻은 밥 랭글리가 자기 부탁을 듣자마자 분격한 이유가 무엇인 것 같으냐고 내게 물었다. 나야 모를 일이었다. 관심도 없었고. 어쩌면 글로리아와 팻이 하룻밤을 같이 보냈다는 사실을 알고서 질투한 건지도 몰랐다. 팻은 밥 랭글리가 정신분열증 환자라고 말하곤 했으니까. 그의 주장에 따르면, 밥 본인이 그에게 그렇게 말해주었다고 한다. 정신분열증 환자는 행동에 따르는 적절한 정서를 결여하게 마련이다. 이른바 '정서의 단조로움'이라는 증상이다. 정신분열증 환자는 자신의 이야기를 남에게 굳이 하지 말아야 하는 이유를 전혀 알 수 없다. 다른 예로 밥은 묘지에서 장례식 직후에 몸을 굽히고 글로리아의 관 위에 장미를 하나 놓았다. 마침 팻이 폭스바겐에 올라타던 즈음의 일이었다. 과연 어떤 반응이 더 적절한 것이었겠는가? 주차된 자동차 안에 들어앉아서 혼자 울었던 팻인가, 아니면 몸을 굽혀서 장미를 몇 송이 놓으면서도 아무 말도 표정도 없이 그저 뭔가 움직이기만 했던 전 남편인가……. 장례식에 팻이 기여한 바라고는, 모데스토로 오는 길에 뒤늦게 구입한 꽃 한 다발밖에는 없었다. 그는 이 꽃다발을 커누드선 여사에게 건넸고, 여사는 그에게 꽃이 참 아름답다고 말했다. 밥은 그 꽃다발에서 꽃을 몇 송이 빼낸 것이었다.

장례식이 끝나고, 멋진 레스토랑에 들어가서 여종업원의 안내로 구석진 자리에 앉았을 때, 팻은 시나논에서 글로리아가 도대체 무엇을 하고 있었는지를 밥에게 물었다. 그녀는 원래 자기 물건을 모두 챙기고 마린 카운티로 차를 몰고 돌아와서 그와 함께 살 예정이었기 때문이었다. 최소한 그는 그렇게 생각하고 있었다.

"카미나가 그녀에게 시나논에게 들어가라고 했어." 밥의 말이었다. 그러니까 커누드선 부인이 시켰다는 뜻이었다. "마약에 손댄 이력 때문에 말이야."

팻은 모르는 밥의 친구 티모시가 말했다. "두 양반은 그 조치가 그녀에게 도움이 안 되었던 모양이라고 생각하더군."

사건은 대략 이러했다. 글로리아가 시나논의 정문으로 걸어들어가자마자 그들이 곧바로 그녀를 상대로 게임을 시작했던 것이다. 그녀가 상담을 받기 위해 순서를 기다리며 앉아 있는 사이, 누군가가 곁을 지나가면서 얼굴이 참 못생겼다고 고의적으로 한마디 했다. 또 한 사람이 마찬가지로 곁을 지나가면서 머리 모양이 마치 쥐가 파먹은 것 같다고 알려주었다. 글로리아는 예전부터 자신의 곱슬곱슬한 머리카락에 대해 예민하게 반응했다. 다른 사람의 머리카락과 마찬가지로 그냥 길고 곧았으면 하고 바랐던 것이다. 세 번째 사람이 정확히 무슨 말을 했는지는 알 수가 없다. 글로리아가 그 말을 듣자마자 곧장 10층으로 달려 올라갔기 때문이다.

"시나논이라는 곳은 원래 그렇게 일을 하나?" 팻이 물었다.

밥이 말했다. "인성을 망가트리는 기법이지. 사람을 완전히 외부에 순종하게끔 만들고, 또 집단에 의존하게 만드는 파시스트식 치료법이야. 그러고 나서야 마약을 지향하지 않는 새로운 인성을 만들 수 있는 거니까."

"글로리아가 자살 충동이 있다는 걸 그 사람들은 몰랐나?" 티모시가 물었다.

"물론 알았지." 밥이 말했다. "전화로 얘기했으니까. 그쪽에선 그녀의 이름을 알았고, 그래서 그녀가 거기에 간 거지."

"글로리아가 죽은 뒤에 그쪽에 이야기를 해봤나?" 팻이 물었다.

밥이 말했다. "전화를 해서 누구 높은 사람하고 이야기를 하게 해달라고 그랬어. 당신네들이 내 마누라를 죽였다고. 그러니까 그 사람이 나더러 따지고 들더군. 그럼 그리로 와서 자살 충동이 있는 사람을 어떻게 다루는지를 자기네 직원에게 직접 가르쳐보라는 거야. 엄청나게 화를 내면서. 그래서 미안한 마음이 들었지."

그 말에, 그러니까 그 말을 듣고 나서, 팻은 밥 본인이야말로 머리가 정상이 아니라고 결론을 내렸다. 시나논에 미안한 마음이 들었다니. 완전히 돌아버린 것이다. 모두가 돌아버린 것이다. 심지어 글로리아의 어머니 카미나 커누드선마저 말이다. 캘리포니아 북부에는 제정신인 사람이 하나도 없게 되었다. 이제는 다른 어디론가 떠날 때였다. 그는 샐러드를 먹으며 이제 어디로 갈 것인지를 궁리해보았다. 이 나라를 떠나는 게 좋겠다. 캐나다로 도망치자. 마치 병역 기피자처럼. 그의 주위에만 해도 베트남에서 싸우는 대신에 캐나다로 건너간 사람이 무려 열 명이나 되었다. 어쩌면 밴쿠버에 가면 아는 사람을 대여섯 명쯤 만날 수도 있었다. 밴쿠버는 전 세계에서 가장 아름다운 도시 가운데 하나로 여겨졌다. 샌프란시스코와 마찬가지로 그곳도 커다란 항구도시였다. 과거는 모두 잊고 완전히 새로운 삶을 시작할 수도 있을 것 같았다.

샐러드를 뒤적거리고 있을 때, 문득 한 가지 생각이 떠올랐다. 밥은 전화를 걸어서 "글로리아가 자살했다네"라고 말한 것이 아니라, "글로리아가 오늘 자살했다네"라고 말했다. 마치 그녀가 조만간 어느 날엔가는 자살을 할 수밖에 없었다는 듯이 말이다. 어쩌면 정말로 이게, 이런 가정이 맞는지도 몰랐다. 글로리아는 시간을 딱 맞춘 셈이었다. 마치 정해진 시간 내에 수학 시험을 보듯이. 과연 누가 진정으로 정신 나간 사람인 것일까? 글로리아일까, 아니면 그 자신일까(아마도 그 자신이리라), 아니면 그녀의 전 남편일까, 아니면 그들 모두, 아니 베이지역 사람 모두일까? 막연히 하는 말이 아니라, 보다 엄밀하고 전문적인 의미에서 정신 나간 것 말이다. 가령 정신 질환자가 되고 있지 않나 하는 느낌이 드는 것이야말로, 그 사람이 실제로 정신 질환자가 되는 최초의 증상 가운데 하나라고 할 수도 있다. 이것 역시 중국식 차꼬와 마찬가지였다. 일단 한번 생각을 하게 되면 그 일부가 되지 않을 수 없는 것이다. 광기에 관해 생각을 함으로써 호스러버 팻은 점차 광기 속으로 빠져들었다.

나는 그를 도와주고 싶었다.

02

비록 나는 호스러버 팻을 돕기 위해 아무 일도 할 수 없었지만, 그는 다행히 죽음을 모면했다. 팻을 도우러 맨 처음 나타난 것은 그가 사는 곳에서 거리를 따라 약간 내려간 곳에 사는 열여덟 살짜리 고등학생 소녀의 모습을 취하고 있었으며, 그 다음으로 나타난 것은 하느님이었다. 이 둘 중에서 여학생 쪽이 일을 더 잘했다.

하느님이 과연 팻을 위해 무슨 일을 해주기는 했는지, 나로선 확신할 수가 없다. 사실 어떤 면에서 하느님은 그를 더 아프게 했다. 이것이야말로 팻과 나의 의견이 일치하지 않은 주제였다. 팻은 하느님이 자기를 완전히 낫게 해주었다고 확신했다. 하지만 그런 일은 가능하지 않았다. 『역경』을 보면 다음과 같은 구절이 등장한다. "항상 아프지만 죽지는 않는다.'" 이 말이 내 친구에게는 딱이었다.

　스테파니는 마약 상인으로 처음 팻의 삶에 들어왔다. 글로리아가 죽은 후에 그는 마약을 많이 해서, 구할 수 있는 곳이라면 어디를 통해서나 물건을 구입했다. 고등학교 다니는 어린애한테서 마약을 사는 것은 그다지 똑똑한 행동이 아니었다. 마약 그 자체와는 관계가 없었지만, 법적으로나 도덕적으로 분명히 문제가 있었다. 일단 어린애한테서 마약을 사기 시작하면 요주의 인물이 된다. 어째서인지는 불을 보듯 뻔하다. 하지만 내가 아는 사실―그리고 당국은 모르는 사실―은 다음과 같다. 호스러버 팻은 사실 스테파니가 판매하는 마약에는 별로 관심이 없었다. 그녀는 해시시와 대마초는 팔았지만 각성제는 팔지 않았다. 각성제 찬성파가 아니었으니까. 스테파니는 자신이 찬성하지 않는 것은 절대로 팔지 않는 성격이었다. 그 어떤 압력을 받아도 환각제는 절대로 팔지 않았다. 때때로 코카인을 팔기는 했지만. 그녀의 추론이 어떤 것인지는 아무도 짐작할 수 없었지만, 그래도 추론의 한 형태이기는 했다. 일반적인 의미에서 스테파니는 생각이라는 것 자체를 하지 않았다. 하지만 그녀는 실제로 어떤 결정에 도달했고, 일단 결정에 도달한 이상 어느 누구도 그녀의 생각을 바꿀 수는 없었다. 팻은 그녀를 좋아했다.

　바로 그것이 요점이었다. 그는 마약이 아니라 스테파니를 좋

---

* 『역경』 '예괘豫卦'에 나오는 '항상 아프지만 죽지는 않는다貞疾, 恒不死'를 말한다.

28

아했지만, 그녀와 관계를 유지하기 위해서는 구매자가 되어야 했다. 다시 말해서 그가 해시시를 피워야만 했다. 스테파니에게 는 해시시야말로 삶의 처음이자 끝이었다. 여하간 삶이란 그래 도 살 만한 가치가 있으니까.

하느님이 비록 스테파니보다 뒤늦게 구원의 손길을 뻗기는 했지만, 적어도 하느님은 스테파니처럼 불법적인 일을 하지는 않았다. 팻은 스테파니가 결국 감옥에 들어갈 것이라고 확신했 다. 그는 그녀가 언젠가 체포되리라고 예상했다. 팻의 친구들은 모두 팻이 언젠가 체포되리라고 생각했다. 우리는 그런 일을, 그리고 그가 천천히 퇴락하여 우울증과 정신병과 고립에 빠지 는 것을 걱정했다. 팻은 스테파니를 걱정했다. 스테파니는 해시 시의 가격을 걱정했다. 나아가 코카인의 가격도. 우리는 스테 파니가 한밤중에 자다 말고 벌떡 일어나 이렇게 소리치는 장면 을 상상하곤 했다. "코카인이 그램당 100달러까지 오르다니!" 그녀가 마약 가격에 대해서 걱정하는 것은 평범한 여성이 커피 가격에 대해서 걱정하는 것과 마찬가지였다.

우리는 스테파니야말로 1960년대 이전에는 존재할 수조차 없었던 인물이라고 주장하곤 했다. 마약이 그녀를 존재하게 했 고, 그녀를 땅에서 불러냈던 것이다. 그녀는 마약에서 일종의 계수係數 노릇을 했고, 그 방정식의 일부였다. 하지만 그녀를 통 해서 팻은 결국 하느님에게 도달했다. 그녀가 판매한 마약을 통해서는 아니었다. 그 일은 마약과는 아무 관계가 없었다. 마 약을 통해서는 하느님에게 도달하는 문이 없었다. 문이 있다는 주장은 파렴치한 자들이 퍼트리는 거짓말에 불과했다. 스테파니가 호스러버 팻을 하느님께로 인도하는 데에 사용한 방법은, 돌림판에서 손수 빚은 작은 항아리였다. 그 돌림판은 18세 생일 축하 선물로 팻이 돈을 보태줘서 산 것이었다. 그는 캐나다로 가면서 그 항아리를 가져갔다. 깨지지 않도록 자기 바지며 양말이며 셔츠에 둘둘 말아서, 하나뿐인 여행가방 속에 집어넣었다.

겉으로는 그저 평범하게 보이는 항아리였다. 땅딸막하고 연한 갈색이었고, 파란색 유약을 장식 삼아 약간 덧칠했다. 스테파니는 항아리 만드는 솜씨가 그리 뛰어나진 않았다. 게다가 이것은 그녀가 처음 빚은 항아리 가운데 하나였다. 적어도 고등학교에서 수업 시간에 만들어본 이후로는 처음이었다. 그녀가 처음 빚은 항아리 가운데 한 개는 어차피 팻에게 갈 예정이었다. 둘은 무척 가까운 사이였기 때문이다. 그가 동요를 일으킬 때면, 그녀는 그를 진정시키기 위해서 자기 해시시 파이프로 약을 충분히 공급해주었다. 그러나 이 항아리는 한 가지 면에서 이례적이었다. 그 안에는 하느님이 들어앉아 졸고 있었다. 그분은 오랫동안, 사실상 너무 오랫동안 그 항아리 속에 들어가 졸고 있었다. 일부 종교에는 하느님이 마지막 순간에야 인간사에 간섭한다는 이론이 있었다. 어쩌면 맞는 말인지도 모른다. 나로선 뭐라고 단언할 수 없지만 말이다. 호스러버 팻의 경우, 하느님은 막판의 막판까지 기다린 셈이었고, 막상 그때가 되었어도 그분이 행한 일은 충분한 정도도 아니었다. 충분한 정도가 아닌 건 물론이고 그나마도 사실상 너무 늦었다. 그 일이 스테파니의 책임이라고 주장할 수는 없을 것이다. 그녀는 돌림판을 얻자마자 곧바로 항아리를 빚었고, 유약을 칠했고, 불에 구웠다. 친구인 팻을 돕기 위해 최선을 다했던 셈이다. 당시 팻은 이전에 글로리아가 그랬던 것처럼 죽어가기 시작한 상태였다. 팻이 한때 자기 친구를 도우려 했던 것처럼, 스테파니 역시 자기 친구를 도와주었다. 차이가 있다면 스테파니가 더 잘 도와주었다는 점이었다. 그것이야말로 그녀가 팻과 달랐던 점이었다. 재난을 맞이한 상황에서 그녀는 뭘 해야 할지를 알았지만 팻은 그렇지 못했다. 그것이 오늘날 팻은 살아 있지만, 글로리아는 그렇지 못한 이유였다. 글로리아에 비하면 팻은 더 나은 친구를 가지고 있었다. 어쩌면 그는 오히려 반대의 경우였으면 더 좋았겠다고 생각했을지 모르나, 그에게는 선택의 여지라는 것이 없었다. 사람은 자기 힘만으로 다른 이들에게 봉사하는 것이 아니다. 오히려 우주가 봉사하는 것이었다. 우주가 특정한 결정을 내리며, 그런 결정에 근거하여 어떤 사람은 살고 또 어떤 사람은 죽는 것이다. 이것은 가혹한 법칙이었다. 하지만 모든 생물은 필요에 의해서라도 그 법칙에 복종했다. 팻은 하느님을 얻었다. 글로리아 커누드선은 죽음을 얻었다. 이것은 불공평한 일이었고, 팻은 그렇다고 말할 최초의 인물이 될 것이었다. 그것은 그의 공으로 인정해주자.

하느님과 만난 후 팻이 그분을 향해 발산하는 애정은 결코 평범하지가 않았다. 그러니까 누군가가 "하느님을 사랑한다"

고 말할 때에 일반적으로 의미하는 바가 아니었다. 팻에게는 이것이야말로 실질적인 허기였다. 더욱 이상한 것은, 그가 우리에게 설명한 바에 따르면 하느님은 그에게 부상을 입혔는데도 그는 여전히 그분을 사모한다는 것이었다. 마치 술꾼이 술을 사모하듯. 그의 말에 따르면, 하느님은 분홍색 빛으로 이루어진 광선을 그에게, 그의 머리에, 두 눈에 발사했다. 팻은 일시적으로 눈이 멀었고 이후 며칠 동안이나 머리가 아팠다. 그 빛을 정확히 표현하진 못하지만 분홍색 빛으로 이루어진 광선이라고 설명하는 편이 쉽다고 그는 말했다. 그것이 코앞에서 바라보던 전구 불이 꺼진 후 눈앞에 나타나는 안내眼內 섬광의 잔상과 매우 똑같았기 때문이었다. 팻의 눈앞에는 종종 그 색깔이 유령처럼 출몰했다. 때로는 텔레비전 화면상에 나타나기도 했다. 그는 그 색깔, 바로 그 특정한 색깔을 삶의 보람으로 삼았다.

하지만 그는 다시는 현실에서 그 빛을 찾아낼 수 없었다. 그 색깔을 빛으로 만들어낼 수 있는 존재는 오로지 하느님뿐이었다. 다시 말해서 일반적인 빛에는 그 색깔이 포함되어 있지 않았다는 뜻이다. 한번은 팻이 색깔 차트, 그러니까 가시 스펙트럼을 총망라한 차트를 들여다본 적이 있었다. 하지만 그 색깔은 빠져 있었다. 그는 어느 누구도 볼 수 없는 색깔을 본 것이다. 차트의 범위를 벗어난 색깔을.

주파수의 형태로 오는 빛 다음에는 뭐가 오는 걸까? 열? 전파? 알고 싶었지만 나는 알지 못했다. 팻이 나한테 해준 말에 따르면 (물론 그 말이 얼마나 진실인지는 나도 모르지만) 그가 본 빛은 햇빛의 스펙트럼상에서 무려 700밀리미크론* 이상이었다고 한다. 프라운호퍼선**의 형태로 말하자면, B를 지나서 A의 방향으로 더 가야 나오는 색깔이었다고 한다. 사실 어떻게 생각해도 아무런 상관은 없었다. 나는 이것이야말로 팻의 쇠약 증상이라고 간주했다. 신경쇠약을 겪는 사람들은 자기가 겪는 증상에 대한 설명을 찾으려고 뭔가 조사를 무척 많이 하는 경향이 있다. 물론 그런 조사는 대개 실패하게 마련이다.

우리가 아는 바로는 실패했지만, 불행한 사실은 그 조사가 때로는 이미 무너진 정신에게 거짓된 합리화를 제공한다는 점이었다. 가령 글로리아가 말한 '그들'처럼 말이다. 나는 프라운호퍼선에 관해서 언젠가 한번 직접 찾아보았는데, 가시광선 중에서 'A'에 해당되는 것은 없었다. 내가 찾을 수 있었던 약자 중에서 알파벳 순서로 가장 먼저인 것은 B였다. 그러니까 G부터 B 사이에 자외선과 가시광선과 적외선이 모두 들어갔다. 그게 전부였다. 더 이상은 없었다. 팻이 보았던, 또는 보았다고 생각한 것은 가시광선이 아니었던 것이다.

캐나다에서 돌아온 이후—그가 하느님을 얻은 이후— 팻과 나는 함께 많은 시간을 보냈다. 우리는 한밤중에 종종 같이 외

* 길이의 단위. 1밀리미크론은 1미크론의 1000분의 1이다. 기호는 mμ.
** 프라운호퍼선은 독일의 물리학자 요제프 폰 프라운호퍼(1787~1826)가 최초로 발견한 것으로, 태양 스펙트럼상에 나타나는 검은 선들을 말한다. 이 선 가운데 가장 현저한 몇 가지에는 A(760)부터 K(390)까지의 알파벳 명칭이 부여되어 있으며, 흔히 말하는 무지개색의 가시광선 구간은 B(690)부터 G(430)까지에 해당된다(괄호 안의 단위는 '밀리미크론'이다).

출했는데, 이것은 우리 사이의 정기적인 행사로서 뭔가 행동할 거리를 찾는 한편 세상 돌아가는 일을 알기 위해서였다. 한번은 그렇게 나가서 내가 주차를 하고 있는데, 갑자기 내 왼팔 위에 분홍색 빛이 한 점 나타났다. 나는 비록 이전까지는 한 번도 본 적이 없었지만 그게 뭔지 알았다. 누군가가 우리를 향해 레이저 광선을 발사한 것이다.

"레이저야." 팻도 그 모습을 보았기에, 나는 그에게 이렇게 말했다. 그 점은 계속 움직이고 있었기 때문이다. 전신주 위나 차고의 시멘트 벽 위로.

거리 저편 끝에는 십대 둘이 정사각형 물체를 하나 들고 서 있었다.

"저 녀석들이 저 빌어먹을 물건을 만들었군." 내가 말했다.

그 아이들이 해해거리며 우리 쪽으로 다가왔다. 공작용 키트를 사서 그걸 직접 만들었다고 했다. 우리가 아주 인상적이었다고 말해주었더니, 녀석들은 또 다른 사람들을 놀라게 하려는 듯 어디론가 가버렸다.

"저런 분홍색이었어?" 나는 팻에게 물었다.

팻은 아무 말도 하지 않았다. 나는 문득 그가 나에게 솔직하게 말하지 않는 듯한 인상을 받았다. 나는 그가 말한 색깔을 본 것 같은 느낌을 받았다. 만약 그게 사실이었다면, 어째서 그가 그렇다고 말하지 않았을까. 나로선 알 수가 없었다. 어쩌면 그 생각 때문에 보다 우아한 이론이 망가진다고 생각하기 때문인지도 모른다. 정신적으로 문제가 있는 사람은 과학적 절약의 원칙, 즉 주어진 사실의 묶음을 설명하기 위해서는 가장 간단한 이론을 택하라는 원칙을 받아들이지 않는다. 대신 복잡하고 장식이 과다한 것을 추구한다.

팻을 다치게 하고 눈멀게 만든 분홍색 광선의 경험에 관해 그가 우리에게 한 말 중에서 핵심은 바로 이것이었다. 바로 그 순간—그러니까 그 광선이 그에게 명중한 그 순간— 그는 이전까지는 전혀 몰랐던 것들을 알게 되었다고 주장했다. 특히 그는 다섯 살짜리 아들이 미처 진단을 받지 못한 선천적 기형을 지니고 있음을 알았고, 나아가 그 선천적 기형의 원인이 무엇인지도 알았다. 해부학적인 내용에 이르기까지 샅샅이. 심지어 의사에게 의학적 세부 사항을 지시해줄 정도로 모조리 알았다.

나는 그가 어떻게 이 사실을 의사에게 이야기했는지를 알아보고 싶었다. 자기가 의학적 세부 사항을 알고 있음을 어떻게 설명했는지 말이다. 그의 두뇌에야 분홍색 빛이 심어준 정보가 모조리 들어 있었다지만, 그것을 어떻게 말로 설명할 수 있었던 것일까?

나중에 팻은 우주가 정보로 이루어져 있다는 이론을 하나 만들어냈다. 그는 우선 일기를 적기 시작했다. 이것은 사실 그가 한동안 남몰래 해오던 일이었다. 이것이야말로 발광한 사람이 은밀하게 하는 행동이었다. 그와 하느님의 만남은 그 일기의 페이지마다 그의—그러니까 하느님의 것이 아니라 팻 자신의— 필적으로 적혀 있었다.

「일기」라는 것은 내가 붙인 이름일 뿐, 팻이 그렇게 부르는 것은 아니었다. 그가 붙인 이름은 「주해서」였다. 이것은 성서의 일부분을 설명, 또는 해석하는 글을 의미하는 신학 용어다. 팻은 자기를 향해 발사된 그 정보, 연이은 파도처럼 밀려와서 점차 그의 머릿속을 꽉꽉 채우는 그 정보가 거룩한 기원을 지니고 있으며, 따라서 일종의 성서로 간주되어야 한다고 믿어 의심치 않았다. 비록 그 정보가 미처 진단을 받지 못한 자기 아들의 오른쪽 샅굴 탈장의 경우에만, 즉 음낭 아래쪽에 수종水腫이 생겨난 경우에만 적용된다 하더라도 말이다. 이것이야말로 팻이 의사에게 전해준 소식이었다. 이 사실은 정확한 것으로 드러났다. 팻의 전 아내가 아들 크리스토퍼를 병원으로 데려가 검사를 받았더니 정말로 샅굴 탈장이었다. 수술이 바로 다음 날로 잡혔으니, 다시 말하자면 최대한 빨리 해야 한다는 뜻이었다. 의사는 팻과 그의 전 아내에게 지난 몇 년간 크리스토퍼의 생명은 위험한 상황이었다고 했다. 피가 통하지 않다보니 자칫하면 그날 밤사이에 죽을 수도 있었다고. 그들이 그런 사실을 알아낸 것이야말로 천만다행이었다고 의사는 말했다. 또다시 글로리아가 말한 '그들'이었다. 다만 이 경우에는 '그들'이 실제로 존재했다는 점이 달랐지만 말이다.

수술은 성공적으로 끝났고, 크리스토퍼는 더 이상 이전처럼 칭얼거리지 않게 되었다. 이 아이는 태어날 때부터 몸이 아팠다. 그때 이후로 팻과 그의 전 아내는 아들을 다른 일반의에게 데려갔다. 정말 안목이 있는 의사에게 말이다.

팻의 일기에서 한 대목이 유난히 인상적이길래 그걸 베껴 적

어서 여기다가 포함시켜두었다. 이것은 샅굴 탈장에 관한 내용
이 아니라 보다 일반적인 것에 관한 내용으로, 우주의 본성이
곧 정보라는 팻의(점차 늘어나는) 주장이 표현되어 있었다. 그
가 이렇게 믿기 시작한 까닭은 우주—그의 우주—가 실제로
신속히 정보로 변모하고 있었기 때문이다. 일단 하느님이 그에
게 말하기 시작하면 그분은 결코 멈추지 않는 듯했다. 내 생각
엔 그런 이야기는 성서에도 안 나와 있었던 것 같다.

#37. 두뇌의 사고는 물리적 우주에서의 배열과 재배열—
변화—로 우리에게 경험된다. 하지만 사실 그것은 실제로
우리가 실체화한 정보이며 정보 처리일 뿐이다. 우리는
두뇌의 사고를 단순히 물체로서만 바라보는 것이 아니라,
오히려 운동으로서 또는 보다 정확하게 물체의 배치로서
바라본다. 즉 그것들이 서로 연결되는 방법으로서 바라보
는 것이다. 하지만 우리는 배열의 패턴을 읽을 수는 없으
며 우리는 그것—정보로서의 그것을 말하며, 그것의 실제
모습이 바로 정보이다— 속에 있는 정보를 추출할 수도
없다. 큰두뇌Brain에 의한 물체의 연결 및 재연결은 사실
상 언어지만, 그렇다고 해서 우리의 언어와 같은 언어는
아니다(왜냐하면 큰두뇌는 스스로에게 말할 뿐이며, 외부
의 누군가나 무엇을 향해서 말하지는 않기 때문이다).

팻은 이 특정한 주제를 거듭해서 작업했다. 일기에 쓰는 것은

물론이고, 친구들에게 이야기하기도 했다. 그는 우주가 자기에게 이야기를 시작했다고 확신했다. 그의 일기 가운데 또 다른 항목은 이렇다.

> **#36.** 우리는 이 정보를, 또는 내러티브를 우리 안에 있는 중성적인 목소리로 들을 수 있어야 한다. 하지만 뭔가가 잘못되었다. 모든 창조는 일종의 언어이며, 또한 언어에 불과하다. 비록 어떤 설명할 수 없는 이유로 인해서 우리는 그 언어를 외부로 읽을 수도, 내부로 들을 수도 없지만 말이다. 따라서 나는 우리가 백치가 되어버렸다고 말한다. 우리의 지력에 문제가 생겼다. 내 추리는 다음과 같다. 큰두뇌의 여러 부분의 배열은 일종의 언어다. 우리는 큰두뇌의 여러 부분이다. 따라서 우리는 곧 언어다. 그렇다면 왜 우리는 이 사실을 모르는 걸까? 우리는 심지어 우리가 누구인지도 모르고 있으며, 우리가 그 일부분인 외부의 실재가 무엇인지를 모르는 것도 두말할 나위가 없다. '백치'라는 단어의 어원은 '개인적'이다. 우리 각자는 개인적이 되었으며, 따라서 잠재의식적 층위를 제외하면 더 이상은 큰두뇌의 공통적인 사고를 공유하지 못한다. 따라서 우리의 실제 삶과 목적은 우리의 의식 문턱 아래에서 수행된다.

이에 대해서 나는 개인적으로 이렇게 말하고픈 마음이 들었다. 그건 자네 생각이고, 팻.

아주 오랜 시간 동안(그의 표현을 빌리자면 "거대한 영혼의 사막"* 동안) 팻은 자신이 하느님과—그리고 그분에게서부터 나오는 정보와— 접촉했던 일을 설명하기 위한 유별난 이론들을 여러 가지 만들어냈다. 내가 보기에는 그중에서도 특히 한 가지가 흥미로웠다. 다른 이론과는 전혀 달랐기 때문이다. 이는 팻이 지금 자기가 겪고 있는 일을 향해 일종의 정신적 항복 문서를 제출한 것에 맞먹었다. 이 이론은 그가 사실은 아무것도 경험하지 않았다고 주장했다. 다만 멀리서, 어쩌면 수백만 마일 떨어진 곳에서 방사된 조밀한 에너지 광선에 그의 두뇌 가운데 일부 구역이 선별적으로 자극을 받고 있을 뿐이라는 것이다. 이런 선별적인 두뇌 구역 자극으로 인해서 그의 머릿속에 어떤 '인상'이 형성되었다고 한다. 말을, 그림을, 사람의 형체를, 인쇄된 페이지를, 한마디로 말해서 하느님과 하느님의 메시지를 또는—팻이 즐겨 일컬었듯이— 로고스를 자기가 실제로 보고 들었다는 인상이 형성된 것이다. (이 특정한 이론에 따르면) 그는 자기가 이런 것들을 경험했다고 상상했을 뿐이었다. 이런 것들은 홀로그램과 유사했다. 나로선 특히 충격적이었던 점은, 이처럼 정교한 논리를 동원해가면서까지 자신의 환각을 믿을 수 없는 것으로 치부하려는 한 정신병자의 기묘함이었다. 팻은 스스로를 지적으로 다루어 광기의 게임에서 벗어나게 만드는 한편, 그 광경과 소리를 여전히 즐기고 있었다. 사실상 그는 자기가 경험한 것이 실제로 거기 있다고는 더 이상 주장하지

---

* 앤드루 마블(1621~1678)의 시 「수줍은 여인에게」의 한 구절

않았다. 그렇다면 이것은 그가 더 나아지기 시작했다는 증표인 것일까? 전혀 아니었다. 이제 팻은 '그들', 또는 하느님, 또는 누군가가 매우 조밀하고 정보로 가득한 장거리 에너지 광선을 자기 머리에 겨냥했다는 견해를 내놓았다. 내가 보기에 이런 주장이 이전보다 더 나아진 것은 아니었지만, 그래도 변화를 나타내기는 했다. 이제 팻은 정직하게 자신의 환각을 믿을 수 없는 것으로 치부하게 되었고, 이는 곧 그가 자기 환각을 믿을 수 없는 것으로 인식했다는 의미였다. 하지만 대신 글로리아와 마찬가지로 그에게도 이제 '그들'이 생겼다. 이것이야말로 보람 없는 승리인 것만 같았다. 내가 보기에 팻의 삶이란 일종의, 가령 그가 글로리아를 구했던 것과 똑같은 바로 그 방식의 탄원 기도로 다가왔다.

팻이 매달 심혈을 기울여 쓰는 주해서 역시 내가 보기에는 보람 없는 승리인 것만 같았다. 물론 승리라고 할 수 있을지도 나로선 미지수였다. 이 경우에는 그냥 제정신이 아닌 사람이 감히 측량이 불가능한 뭔가를 이해하려 하는 시도라고 해야 어울릴지도 몰랐다. 어쩌면 이것이야말로 정신 질환의 최종 결과인지도 몰랐다. 즉 이해 불가능한 사건이 벌어지는 것이다. 삶은 일종의 쓰레기통으로 변하고, 그 안에는 일찍이 현실이었던 것의 날조 비슷한 변동만 가득하다. 그것만이 아니라—마치 그것만으로는 충분치 않다는 듯— 당신은 팻과 마찬가지로 이 변동에 관해 영원히 숙고하면서, 이 변동에 질서를 부여해서 뭔가 일관성을 도출하려 노력할 것이다. 실제로 거기서 당신이 파악할 수 있는 의미라고는 단지 당신이 거기다 부여한 의미뿐 인데도 말이다. 게다가 그 의미란 것도 어디까지나 만사를 당 신이 인식할 수 있는 형태와 과정으로 회복시켜야 한다는 필요 성에서 나온 것일 뿐이다. 정신 질환에서 맨 먼저 떠나가는 것 은 바로 친숙한 것이다. 그것이 떠나간 자리를 대신 차지하는 것은 오로지 나쁜 소식뿐이다. 왜냐하면 당신은 그것을 이해하 지 못할 뿐만 아니라 그것으로 다른 사람들과 의사소통을 하지 도 못하기 때문이다. 광인은 뭔가를 경험하지만 정작 그게 무 엇인지, 또는 그게 어디서 오는지는 알지 못한다.

산산조각 난 풍경―그런 풍경의 기원은 글로리아 커누드선 의 죽음까지 거슬러 올라감을 누구나 알 수 있으리라― 한가 운데 서서, 팻은 하느님이 그를 치료했다고 생각했다. 일단 한 번 보람 없는 승리를 인식하면, 그때부터는 그런 일이 사방에 널린 것처럼 보이게 마련이다.

이쯤 되니 문득 예전에 내가 알던 한 여자가 생각났다. 그 여 자는 암으로 죽어가고 있었다. 나는 문병을 가서도 그녀를 알 아보지 못했다. 침대에서 일어나 앉아 있는 그녀의 모습은 마 치 왜소하고 늙은 대머리 남자처럼 보였다. 화학요법 때문에 커다란 포도처럼 온몸이 부어 있었다. 암과 치료법, 둘 다 때문 에 그녀는 점차로 눈이 멀고 거의 귀가 먹고, 수시로 발작을 일 으키게 되었다. 나는 상체를 숙여서 그녀에게 얼굴을 가까이 대고 기분이 어떠냐고 물었다. 내 질문을 이해한 그녀는 이렇 게 대답했다. "하느님이 날 치료하고 계시다는 기분이 들어."

그녀는 종교에 마음이 기울어져 있었고, 어느 수도회에 가입할 계획까지 하고 있었다. 병상 곁에 놓인 금속제 스탠드 위에는 그녀가, 또는 다른 누군가가 놓아둔 묵주가 있었다. 내 생각에는 묵주가 아니라 오히려 '하느님 개새끼'라는 간판이 더 어울려 보였다.

하지만 공평하게 말하자면, 나는 하느님—또는 단순히 의미론적 차이에 불과하다 하더라도 스스로를 하느님이라고 부르는 누군가가—이 귀중한 정보를 호스러버 팻의 머리에 발사했으며, 그 정보 덕분에 그 아들 크리스토퍼가 생명을 구했다는 사실을 시인하지 않을 수 없었다. 하느님은 누군가를 치료하기도 하고, 누군가를 살육하기도 하는 것이다. 팻은 하느님이 누군가를 살육한다는 사실을 부정했다. 그는 하느님은 결코 누군가에게 해를 끼치지 않는다고 말했다. 질병과 고통과 부당한 고통은 하느님에게서가 아니라 다른 무언가에서 생겨난다는 것이다. 그의 말에 나는 이렇게 말했다. 그렇다면 그 다른 무언가는 어떻게 생겨났다는 것인가? 그렇다면 결국 하느님이 두 명이란 말인가? 아니면 그 무언가는 하느님의 통제하에서 나온 우주의 일부분인가? 팻은 플라톤의 한 대목을 인용하곤 했다. 플라톤의 우주론에 따르면, 누스noös 또는 큰정신Mind은 '아난케ananke' 또는 맹목적 필요성—또는 일부 전문가의 견해에 따르면 맹목적 우연—을 설득하여 굴복시킨다는 것이다. 누스는 우연히 나타나서 놀랍게도 맹목적 우연을 발견한다. 달리 표현하자면, 누스가 혼돈에 질서를 부과하는 것이다(그러나 이런 설득이 어떻게 이루어지는지는 플라톤도 설명한 적이 없다). 팻에 따르면, 내 친구의 암은 아직 지각력 있는 형태로 설득되지 못한 무질서로 구성되어 있었다. 누스 또는 하느님은 아직 그녀를 납득시키지 못했다는 것이다. 그의 말에 나는 이렇게 말했다. "음, 그분이 그녀를 납득시킨 때는 이미 너무 늦은 다음이었다네." 팻은 내 말에 아무 대답도 하지 않았다. 적어도 구두 항변으로는 말이다. 어쩌면 자기 일기장에만 그 일에 대한 대답을 써놓았을지도 몰랐다. 그는 매일 새벽 4시까지 잠들지 않고 일기를 끼적였다. 나는 우주의 모든 비밀이 바로 그 잡석 더미 속 어딘가에 들어 있다고 간주했다.

우리는 팻을 신학 논쟁으로 끌어들이는 것을 즐겼다. 왜냐하면 그는 항상 화를 냈고, 우리가 그 화제에 관해 한 말이 중요하다는—그리고 그 화제 자체가 중요하다는— 관점을 견지했기 때문이다. 이제 그는 완전히 괴짜였다. 우리는 뭔가 부주의한 한마디로 논쟁을 시작하는 방식을 즐겼다. "음, 오늘 하느님께서 나한테 고속도로 티켓을 한 장 주시더라고." 가령 이와 비슷한 말을 꺼낸다. 그러면 팻은 곧바로 미끼를 물고 작전을 개시했다. 우리는 이런 식으로 한가히 시간을 보내면서 은근슬쩍 팻을 놀려먹었다. 그의 집을 떠날 때면, 그가 이 모든 일을 또 일기에 쓸 것임을 알기에 부가적인 만족감을 느꼈다. 물론 그 일기에는 항상 그의 견해가 우세한 것으로 나타났지만 말이다.

우리는 말도 안 되는 질문을 가지고 팻을 놀려먹을 필요가 전혀 없었다. 가령 이런 질문 말이다. "만약 하느님이 무슨 일이든지 할 수 있다면, 그분 스스로도 차마 뛰어넘을 수 없을 정도로 넓은 도랑을 만드실 수도 있는 거야?" 우리로선 이것 말고도 팻이 차마 적절하게 대답할 수 없는 질문들을 풍부하게 갖추고 있었다. 우리 친구 케빈은 매번 한 가지 방향에서 공격을 개시했다. "우리 고양이가 죽은 건 어떻고?" 케빈은 이렇게 물어보곤 했다. 몇 년 전, 케빈은 초저녁에 고양이를 산책시키고 있었다. 그는 멍청하게도 고양이 끈을 매어두지 않았고, 길로 뛰어나간 고양이가 마침 지나가던 차의 앞바퀴에 깔려버렸다. 다친 고양이를 안아 올렸을 때 그 동물은 여전히 살아 있었다. 그리고 피거품을 내뿜으면서 공포에 질린 표정으로 그를 바라보고 있었다. 케빈은 이렇게 말하기를 좋아했다. "심판의 날에 심판관 앞에 서면 이렇게 말할 거야. '잠깐만요.' 그러고 나서 내 코트 안주머니에서 우리 고양이를 쓱 하고 꺼내 보이는 거지. '그럼 이건 어떻게 설명하시겠습니까?' 이렇게 물어볼 거야." 그때쯤이면 고양이의 시체는 아마 프라이팬처럼 딱딱해졌을 거라고 케빈은 종종 말하곤 했다. 그러니 꼬리를 마치 프라이팬 손잡이처럼 쥐고 고양이를 흔들 수 있을 거고, 그렇게 흔들면서 흡족한 답이 나오기를 기다릴 것이었다.

팻은 말했다. "어떻게 대답해도 자네는 만족하지 않을걸."

"어떻게도 대답할 수 없는 거겠지." 케빈은 빈정거렸다. "좋아. 그러니까 하느님이 자네 아들의 생명을 구해주셨다 이거지. 그런데 그분은 왜 우리 고양이가 오 초만 늦게 도로로 뛰어나가게 해주지는 못했던 걸까? 왜 단 '삼 초만' 늦게도 못했던 걸까? 그렇게 하려면 너무 힘이 들어서 그랬던 걸까? 물론 내가 생각하기에도 고양이 한 마리야 그 양반한테는 별것 아니었겠지만 말이야."

"그런데 말이야, 케빈." 한번은 내가 이렇게 지적했다. "애초에 자네가 고양이한테 끈을 매어두었을 수도 있었잖아."

"아니." 팻이 말했다. "케빈은 핵심을 지적한 거야. 나도 사실 그게 오래전부터 고민스러웠다고. 저 친구에게는 고양이야말로 우주에 관해서 본인이 이해하지 못하는 므든 것의 상징인 거야."

"나는 잘 이해하고 있어." 케빈은 씁쓸한 어조로 말했다. "다만 우주가 개떡 같다고 생각할 뿐이지. 하느님은 힘이 없거나, 멍청하거나, 아니면 전혀 관심이 없거나, 이 셋 중 하나일 거야. 아니면 셋 다거나. 그분은 사악하고, 어리석고, 약해. 나도 이제 나만의 주해서를 쓰기 시작해야겠군."

"하지만 하느님이 자네한테 이야기를 하지는 않았잖아." 내가 말했다.

"자네는 팻한테 이야기한 게 누군지 알아?" 케빈이 말했다. "한밤중에 팻한테 진짜로 누가 이야기를 했는지? 그건 바로 멍청이 행성에서 온 외계인들이야. 팻, 그나저나 그 하느님의 지혜라는 게 뭐였지? 성眾 뭐였냐고?"

"하기아 소피아Hagia Sophia." 팻이 조심스레 말했다.

케빈이 말했다. "차라리 하기아 멍청이라고 하는 게 어때? 성 멍청이는?"

"하기아 머저리Hagia Moron도 있지." 팻이 말했다. 그는 항상 굴복함으로써 스스로를 방어했다. "'머저리moron'는 하기아와 똑같은 뜻의 그리스어니까. 모순어법oxymoron의 철자를 찾아보다가 우연히 알았어."

"다만 '-온on'이라는 접미사는 중성에만 사용하는 거야." 내가 말했다.

이쯤 되면 우리의 신학 논쟁이 종종 어디서 마무리될지를 당신도 대강 짐작할 수 있을 것이다. 지식이 넓지 못한 세 사람은 항상 서로 의견을 달리했다. 우리와 같이 모이는 친구들 중에는 로마가톨릭 신자인 데이비드와 암으로 죽어가는 셰리라는 여자도 있었다. 그녀는 증상이 일시적으로 완화되어 병원에서도 순순히 내보내주었다. 청력과 시력이 어느 정도 영구적 손상을 입었지만, 그걸 제외하면 그녀는 멀쩡한 듯했다.

팻은 물론 이 사실을 가지고 하느님을, 그리고 병을 치유하는 하느님의 사랑을 옹호하는 논증을 펼쳤다. 그렇기는 데이비드도 마찬가지였으며 또 셰리 본인도 마찬가지였다. 케빈은 그녀의 일시적 증세 완화를 방사능 요법과 화학 요법과 행운이 함께 만든 기적으로 간주했다. 셰리는 나중에 언제라도 다시 아플 수 있었기 때문이다. 케빈은 다음에 그녀가 아프게 될 때에는 이런 일시적 증세 완화가 없을 것이라는 음침한 암시를 했다. 가끔 우리는 그가 정말 그렇게 되기를 바라는 것이 아닐까 생각했다. 그래야만 우주에 관한 그의 견해가 입증되는 셈이니까.

우주는 불행과 적의로 이루어져 있으며, 결국에는 당신을 덮치게 마련이라는 것이 케빈이 주로 구사하는 논리였다. 그가 우주를 바라보는 방식이란 대부분의 사람이 미결제 청구서를 바라보는 방식과 다를 바 없었다. 즉 결국에 가서는 강제로라도 대가를 치르게 된다는 것이었다. 우주는 당신을 실처럼 실타래에서 둘둘 풀어내고, 당신을 때리고 두들겨 팬 다음, 당신을 도로 실처럼 둘둘 말아버릴 것이다. 케빈은 이런 일이 자신에게, 나에게, 데이비드에게, 그리고 특히 셰리에게 일어나기를 항상 기다리고 있었다. 다만 호스러버 팻의 경우는 벌써 몇 년째 실이 풀어지지 않았다고 믿었다. 팻은 그 주기에서 도로 둘둘 말리는 부분에 오래전부터 있었기 때문이다. 그는 팻이 저주를 받을 가능성이 있다고 생각하는 것이 아니라, 실제로 저주를 받았다고 생각했다.

팻은 적어도 케빈 앞에서 글로리아 커누드선과 그 죽음에 관해서 이야기하지 않을 정도의 분별력은 있었다. 만약 그 이야기까지 했더라면, 케빈은 심판의 날에 자신의 죽은 고양이뿐만 아니라 그녀까지도 자기 코트 안에서 끄집어내겠다고 이야기하고도 남았으리라.

가톨릭 신자인 데이비드는 항상 잘못된 것은 뭐든지 인간의 자유의지까지 그 기원을 더듬어 올라가곤 했다. 그런 논법은 내가 보기에도 짜증스러웠다. 언젠가 그에게 물어보았다. 셰리가 암에 걸린 것도 자유의지의 한 가지 사례냐고 말이다. 그렇게 물어보면서도 나는 데이비드가 무슨 말을 할지 이미 알고 있었다. 그는 심리학 분야의 최근 성과를 모조리 알고 있었으므로, 셰리가 무의식적으로 암에 걸리기를 원했으며, 그리하여 자신의 면역계를 불능 상태로 만들어버렸다고 주장하는 실수를 범할 것이었다. 왜냐하면 그것이야말로 이 당시 첨단 심리학계에서 만연하던 견해였기 때문이다. 당연한 이야기지만 데이비드는 그런 주장을 신봉했고, 실제로 그렇게 말했다.

"그러면 왜 건강해졌을까?" 나는 다시 물었다. "이번에는 자기가 건강해졌으면 하고 무의식적으로 원했을까?"

데이비드는 당혹스러운 표정을 지었다. 만약 그녀의 질병을 본인의 정신 탓으로 돌릴 경우, 그는 결국 그녀의 회복조차도 초자연적인 원인이 아니라 일반적인 원인 탓으로 돌리는 셈이었기 때문이다. 신은 이 일과 아무 관련이 없어졌다.

"아마 C. S. 루이스라면 이렇게 말했을 거야." 데이비드가 말을 꺼내자마자, 그 자리에 같이 있던 팻이 화를 냈다. 데이비드가 자신의 보잘것없는 정통설을 뒷받침하기 위해 C. S. 루이스를 들먹일 때면 그는 분격해 마지않았다.

"어쩌면 셰리가 하느님의 역사를 중단시켰을 수도 있지." 내가 말했다. "하느님이 아프게 만들었지만, 셰리는 건강해지려고 분투하는 거야." 이런 주장에 대해 데이비드가 곧 내놓을 논증은 아마 이러할 것이었다. 즉 셰리는 재수 없게 신경증적으로 암에 걸렸지만, 하느님이 간섭해서 그녀를 구했다고. 나는 그의 반응을 미리 예견하고 이렇게 바꿔 말한 것이었다.

"아니." 팻이 말했다. "그건 정반대야. 그분이 나를 완치했을 때와 같이 말이야."

다행히도 케빈은 그 자리에 함께 있지 않았다. 그는 팻이 완치되었다고 생각하지 않았고(다른 친구들도 마찬가지 생각이었다) 여하간 하느님이 완치시킨 것은 아니라고 보았다. 게다가 이것이야말로 프로이트가 공격한 바 있었던, 두 개의 명제가 스스로를 취소하는 구조였다. 프로이트는 이 구조를 '합리화의 누설'이라고 주장했다. 가령 어떤 사람이 말을 한 마리 훔친 것으로 고발당하자, 이렇게 반박하는 식이다. "나는 당신네 말을 훔치지 않았습니다. 여하간 그리 신통치도 않은 말이던데요, 뭐." 이 추론을 곰곰이 생각해본다면, 여러분은 그 배후에 놓인 실제 사고 과정을 볼 수 있을 것이다. 두 번째 진술은 첫 번째를 보강하지 않는다. 마치 그런 것처럼 보이기만 할 뿐이다. 우리의 끝없는 신학 논쟁—팻이 신성과 접촉했다고 주장함으로써 야기된—에 빗대자면, 두 개의 명제가 스스로를 취소하는 구조는 다음과 같이 나타날 것이다.

1) 하느님은 존재하지 않는다.
2) 게다가, 여하간 하느님은 멍청하다.

케빈의 냉소적인 폭언은 번번이 이런 구조를 드러냈다. 데이비드는 계속해서 C. S. 루이스를 인용했다. 케빈은 하느님을 비방하려 열심인 와중에 논리적 모순을 범했다. 팻은 분홍색 광선을 통해 자기 머리에 발사된 정보를 그저 모호하게만 언급했다. 셰리―끔찍한 병을 겪은 바 있는―는 경건한 무언극을 헐떡이며 말할 뿐이었다. 나는 누구와 이야기를 나누고 있느냐에 따라 매번 입장을 바꾸었다. 우리 중 누구도 상황을 장악하지는 못했지만, 우리에게는 이런 식으로 허비할 만한 자유 시간이 매우 많았다. 이제는 마약을 복용하던 시대는 끝이 났고, 모두가 새로 몰두할 거리를 찾기 시작한 참이었다. 팻 덕분에 우리는 신학을 그 새로운 몰두할 거리로 갖게 되었다.

팻이 좋아하는 옛 인용문은 이러했다.

그리고 나는 위대한 여호와가 주무신다고 생각할 수 있나,
세모시처럼, 다른 우화 속의 신들처럼?
아! 아니다. 하늘이 내 생각을 듣고, 그걸 적어놓는구나
반드시 그러하리라.

팻은 이어지는 구절까지 인용하기는 좋아하지 않았다.

이것이 나의 머리를 쥐어짜고,
내 가슴에 일천 개의 번민을 부어 넣어,
나를 미치게 만드는구나…….

이것은 헨델의 아리아 중 한 구절이었다.* 나는 내가 가진 세라핌 LP를 틀어 리처드 루이스**가 부르는 이 노래를 팻과 함께 들곤 했다. '더 깊게, 그리고 더욱 더 깊게.'

언젠가 나는 이 음반에 들어 있는 또 하나의 아리아가 그의
마음을 완벽하게 묘사하고 있다고 팻에게 말했다.

"어떤 아리아가?" 팻은 조심스럽게 물었다.

"〈개기일식〉 말이야." 내가 대답했다.

> 개기일식! 해도 없고, 달도 없고,
> 한낮의 불길 속에서 모두가 어둡구나!
> 오, 영광스러운 빛이여! 격려하는 광선도 없어
> 반가운 낮으로 내 눈을 기쁘게 하지도 못하는구나!
> 어찌하여 당신의 으뜸가는 법령을 앗으셨나이까?
> 해와 달과 별이 제게는 어둡기만 합니다!

이 노래를 듣고 팻은 말했다. "내 경우는 오히려 이거랑 반대
라고 해야 맞겠지. 나는 다른 세계에서 발사된 거룩한 빛으로
인해 조명을 얻었으니까. 나는 남들이 전혀 못 보는 것을 봐."

그의 말에도 일리가 있었다.

---

* 헨델의 오라토리오 〈제프타〉(1751)에 나온다.

** 리처드 루이스(1914~1990)는 영국의 테너 가수다.

03

마약의 시대 동안에 우리가 반드시 배워야 하는 질문이 하나 있었다. 두뇌가 맛이 간 사람이 있을 경우, 그 소식을 본인에게 어떻게 전달해야 할까? 이제 그 문제는 호스러버 팻의 신학 세계로 넘어가버렸고, 우리―그의 친구들―가 적절한 대답을 내놓아야 했다.

팻의 경우에는 그것들을 서로 연결시키기가 쉬웠을 것이다. 즉 1960년대에 복용한 마약에 두뇌가 찌든 상태에서 1970년대로 접어들었다고 말이다. 그렇게 믿을 수 있었다면 나는 정말로 그렇게 믿었을 것이다. 여러 가지 문제에 동시에 답해줄 수 있는 해결책을 좋아하니까. 하지만 정말 그렇다고는 생각할 수 없었다. 팻은 환각제를 하지도 않았고, 설령 했더라도 아주 많이 하지는 않았다. 1964년의 일인데, 그때는―특히 버클리에서는— 산도스 LSD-25를 여전히 구할 수 있었다. 그때 팻은 그걸 꽤 많이 하고는 시간을 거슬러 감정해제를 겪었다. 또는 시간을 거슬러 앞으로 쏜살같이 달려갔다고, 또는 아예 시간 밖으로 튀어 나가버렸다고 할 수 있었으리라. 여하간 그는 갑자기 라틴어로 말하면서, '디에스 이라에Dies Irae', 즉 분노의 날이 왔다고 믿었다. 심지어 하느님이 격노한 나머지 격렬하게 쿵쿵 치는 소리를 들을 수 있었다고 했다. 여덟 시간 동안 팻은 라틴어로 기도를 하며 애처롭게 울어댔다. 나중에 한 말에 따르면, 그날 내내 그는 오로지 라틴어로만 생각하고 라틴어로만 말할 수 있었다고 한다. 마침 라틴어 인용구가 들어 있는 책을 하나 찾아냈는데, 평소에 영어를 읽는 것처럼 척척 읽을 수 있었다. 어쩌면 그가 나중에 드러낸 하느님 광증의 원인은 이미 그때에 있었는지도 모른다. 1964년에 겪은 애시드 체험을 그의 두뇌가 마음에 들어한 까닭에, 나중에 재현하기 위해 기록해두었는지도 몰랐다.

다른 한편으로 이런 식의 추론은 단순히 그 질문을 1964년으로 이관하는 것뿐이다. 내가 알아낼 수 있는 한, 라틴어를 읽고 생각하고 말하는 능력은 애시드 체험에서도 일반적이지는 않았다. 팻은 라틴어를 전혀 몰랐다. 지금은 라틴어를 말하지도 못한다. 산도스 LSD-25를 꽤 많이 하기 이전에도 라틴어를 말하지 못하기는 마찬가지였다. 나중에, 그러니까 종교적 경험이 시작되었을 때에도 그는 차마 이해하지도 '못하는' 또 다른 외국어로 말하게 되었다(이에 비해 1964년에는 자기가 말하는 라틴어를 이해할 수 있었다). 그는 몇 가지 단어를 소리 나는 대로, 무작위로 기억나는 족족 적어두었다. 그가 보기에는 이 단어들이 어떤 언어의 구성 요소인 것 같지는 않았으므로, 굳이 자기가 종이에 적은 것을 선뜻 남에게 보여주지 못하고 망설였다. 그의 아내―나중에 결혼한 아내 베스―는 대학 시절에 그리스어를 1년간 배웠기 때문에, 팻이 적어놓은 단어가 '코이네' 그리스어임을 깨달았다. 아티카건 코이네건 간에, 그리스어는 분명히 그리스어였다.

그리스어의 '코이네'는 곧 '공용'이라는 뜻이다. 신약성서 시대에 이르러 코이네는 근동의 링구아 프랑카(공용어)가 되어서, 일찍이 아카드어를 몰아내고 그 자리를 차지했던 아람어를 또다시 몰아내버렸다(내가 이런 사실을 아는 까닭은 전문 저술가이다보니 언어에 관해선 제법 지식을 보유했기 때문이다). 현재 전해지는 신약성서 사본은 코이네 그리스어로 작성되어 있지만, 공관복음의 원재료인 Q복음서는 아마 사실상 히브리어의 일종인 아람어로 작성되었으리라 추정된다.[*] 예수도 아람어로 말했다. 따라서 호스러버 팻이 코이네 그리스어로 생각을 하기 시작하면서부터, 그는 성 누가와 성 바울―서로 가까운 친구 사이였던―이 사용했던, 또는 최소한 필기에 사용했던 언어로 생각을 하게 되었던 셈이다. 코이네는 글로 적어 놓으면 상당히 우스꽝스러워 보이는데, 필경사들이 띄어쓰기를

---

[*] 오늘날의 연구에 따르면, 공관복음서 가운데 마태복음과 누가복음의 원재료로 추정되는 Q복음서는 그리스어로 작성되었을 가능성이 가장 높다.

전혀 하지 않고 단어와 단어를 모조리 붙여 썼기 때문이다. 그래서 번역자들이 각자 적절하다고 생각하는, 또는 사실상 각자 원하는 곳에서 띄어쓰기를 하고, 이 때문에 독특한 번역이 상당히 많이 나올 수밖에 없다. 영어로 바꿔 설명하자면 다음 두 가지 해석이 모두 가능하다.

GOD IS NO WHERE(하느님은 어디에도 없다)
GOD IS NOW HERE(하느님은 지금 여기 있다)

사실 이 문제를 내게 지적해준 사람은 베스였다. 그녀가 팻의 종교 경험을 진지하게 받아들이게 된 것은, 그가 '코이네' 단어 몇 개를 소리 나는 대로 적는 것을 직접 보고 나서의 일이었다. 그가 이 언어를 전혀 경험한 바 없으며, 심지어 진짜 언어로 인식하지도 못한다는 것을 그녀는 잘 알았다. 팻이 주장하는 바는— 음, 팻은 참 많은 주장을 내놓았다. 따라서 나로선 '팻이 주장하는 바'라고 딱 꼬집어 이야기할 수가 없다. 주해서 집필에 전념한 그 몇 년 동안—몇 년 내내 줄곧!— 팻은 분명 우주의 별 개수보다도 더 많은 이론을 떠올렸을 것이다. 매일 그는 새로운 이론을 하나씩 발명했다. 더 교묘하고, 더 흥미진진하고, 더 황당무계한 이론을. 거기에 항상적인 테마로 남아 있는 것은 바로 하느님이었다. 팻이 하느님에 대한 믿음으로부터 벗어나서 모험을 떠난 것이야말로, 언젠가 내가 길렀던 소심한 개가 집의 앞마당으로 모험을 떠난 것과도 비슷했다. 개와 사람 모두 처음 한 발짝을 내딛고, 또 한 발짝을 내딛고, 또 한 발짝을 내디딘 다음, 뒤로 확 돌아서서 자기에게 친숙한 영역으로 죽어라 달려왔다. 팻에게 하느님은 언제라도 내 것이라고 주장할 수 있는 영역을 이루고 있었다. 하지만 불행히도 팻의 경우는 최초의 경험 이래 그 친숙한 영역으로 돌아가는 길을 찾을 수가 없었다.

차라리 하느님을 찾아내는 사람은 이후로도 계속 하느님을 만날 수 있게끔, 일종의 의무 조항이라도 있었어야 하는 게 아닐까. 팻에게 하느님을 찾는다는 일은(만약 그가 실제로 하느님을 찾는다면) 궁극적으로는 실망이었고, 기쁨의 원천이 계속 줄어드는 일이었고, 마치 각성제 봉지 속의 약처럼 수위가 점점 더 아래로 내려가는 일이었다. 하느님에 관한 문제는 누구와 상의해야 할까? 교회가 도움을 줄 수 없다는 걸 잘 알면서도 팻은 데이비드가 아는 사제 가운데 한 명과 상담을 했다. 효과는 없었다. 아무 효과도. 케빈은 마약을 해보라고 제안했다. 나는 책을 들여다보라고 했다. 본과 허버트 같은 17세기 영국의 형이상학파 시인들의 시를 읽어보라고 추천하기도 했다.

> 그는 집을 가진 것은 알지만, 거기가 어딘지는 모르고,
> 그곳이 아주 멀리 있다 말한다.
> 그곳에 어떻게 갈 수 있는지도 잊어버렸다고.

이것은 본의 시 「인간」의 일부였다. 내가 파악하기에 팻은 이

시인들의 수준으로 넘어가버렸으며, 이 시기 동안은 시대착오적 인물이 되고 말았다. 우주는 시대착오적인 것을 제거하는 습성이 있다. 만약 팻이 정신을 똑바로 차리지 않으면 그런 일이 닥칠 것임을 나는 간파했다.

주위에서 팻에게 건넨 여러 가지 제안 중에서도 가장 유망해 보인 것은 바로 셰리의 제안이었다. 증상이 일시적으로 완화되었기에 그녀는 여전히 우리와 어울리고 있었다. "자기가 해야 할 일은 이거야." 그녀는 팻이 평소보다 더 어두운 시간을 보내고 있을 때에 이렇게 말했다. "T-34의 특징을 연구하는 거지."

팻은 그게 도대체 뭐냐고 물었다. 알고 보니 셰리는 제2차 세계대전 당시에 사용된 러시아제 탱크에 관한 책을 읽은 참이었다. T-34 탱크는 소련의 구세주였으며, 따라서 연합국 전체의 구세주였다. 나아가 T-34는 호스러버 팻의 구세주이기도 했으니, 만약 이 탱크가 없었더라면 그는 지금쯤—영어나 라틴어나 코이네가 아니라— 독일어를 말하고 있을 것이기 때문이었다.

"T-34는 기동력이 정말 대단했어." 셰리가 설명했다. "쿠르스크에서 이 탱크는 심지어 포르셰 엘레판트 탱크까지도 박살 냈으니까.* 이 탱크가 독일 제4기갑군을 향해 무슨 일을 했는지, 자기들은 아마 상상도 못 할 거야." 곧이어 그녀는 1943년에 쿠르스크의 상황을 직접 스케치로 그려 보이고, 수치를 열거했다. 팻은 물론이고 나머지 우리도 그 모습을 보며 얼떨떨했다.

---

* 제2차 세계대전 당시 독일군은 스탈린그라드에서의 패배 이후에 전략적 선제권을 장악하기 위해서 1943년 7월 5일에 쿠르스크 돌출부를 공격했지만, 결국 소련군의 방어선을 뚫지 못하고 7월 17일에 이르러 공세를 포기했다.

이것이야말로 우리가 미처 몰랐던 셰리의 또 다른 측면이었다. "결국 소련군에서 주코프 원수가 나서고 나서야 상황이 독일의 기갑군에게 불리하게 돌아가게 되었지." 셰리가 숨을 헐떡이며 말했다. "바투틴 장군이 일을 망쳐버렸어. 장군은 나중에 친親나치 파르티잔에게 피살되지. 이번에는 독일군이 보유한 티거와 판터를 한번 살펴볼까?" 그녀는 여러 가지 탱크 사진을 우리에게 보여주고는, 3월 26일에 코니에프 장군이 드니에스테르와 프루트 강을 건너는 작전에 어떻게 성공했는지를 아주 맛깔나게 설명해주었다.

기본적으로 셰리의 목적은 팻의 관심을 우주적인 것과 추상적인 것에서 구체적인 것으로 끌어내리자는 것이었다. 제2차 세계대전 당시에 사용된 커다란 소련군 탱크보다 더 현실적인 것은 없다는 실용적인 견해를 내세운 것이었다. 그녀는 팻의 광기에 일종의 해독제를 제공하고 싶어했다. 하지만 지도와 사진까지 완벽하게 곁들인 그녀의 설명을 듣고 팻은 오히려 글로리아의 장례식에 참석하기 전날 밤에 밥과 함께 영화 〈패튼〉을 감상했던 일을 떠올렸을 뿐이었다. 물론 셰리는 그런 사실까지는 몰랐지만 말이다.

"내 생각엔 이 친구가 차라리 바느질을 하는 게 낫겠어." 케빈이 말했다. "집에 재봉틀 있지, 셰리? 이 친구한테 그거 쓰는 법이나 가르쳐주라고."

셰리는 상당한 고집을 드러내며 자기 말만 계속했다. "쿠르스크에서 벌어진 기갑 전투에는 4000대의 장갑 차량이 동원되었지. 역사상 최대 규모의 기갑 전투였어. 스탈린그라드에 관해서는 다들 잘 알고 있지만, 쿠르스크에 관허서는 아무도 모른다고. 소련의 진짜 승리는 바로 쿠르스크에서 거둔 거야. 자기들도 생각을 해보면—"

"케빈." 데이비드가 끼어들었다. "독일인도 차라리 러시아인을 향해 죽은 고양이를 꺼내 보이면서 설명을 요구하는 편이 나았을 것 같은데."

"그러면 소련의 공세는 곧바로 멈췄겠지." 내가 말했다. "주코프도 지금껏 그 고양이의 죽음을 설명하기 위해 애쓰고 있었을 거고 말이야."

셰리가 케빈을 향해 말했다. "쿠르스크에서 착한 편이 거둔 대단한 승리란 관점에서 보면, 어떻게 그까짓 고양이 한 마리에 대해서 불평을 할 수 있겠어?"

"성서를 보면 참새 한 마리에 관한 이야기가 나오지." 케빈이 말했다. "하느님은 심지어 참새 한 마리도 눈여겨본다고 말이야. 하느님이 잘못된 게 그거야. 그 양반에게는 눈이 하나밖에 없으니까."

"그럼 쿠르스크 전투에서는 하느님이 이긴 거야?" 내가 셰리에게 물었다. "그렇다면 러시아인들에게는 대단한 소식이었겠는데. 특히 탱크를 만들어 몰고 가서 결국 피살된 사람들에게는 말이야."

셰리는 인내심 있게 말했다. "하느님은 우리를 당신이 일하시는 과정에서 어떤 도구로 사용하시는 거야."

"그러면" 케빈이 말했다. "팻의 경우는 하느님의 결함 있는 도구인 셈이군. 아니면 양쪽 모두 결함 있는 건지도 모르고. 가령 삽입식 연료통이 달린 핀토를 운전하는 여든 살 노파처럼 말이야."*

"그러려면 독일인은 케빈의 죽은 고양이를 내놓아야 할 거야." 팻이 말했다. "죽은 고양이라고 해서 아무거나 다 되는 게 아니니까. 케빈이 관심을 두는 대상은 바로 그 고양이 한 마리거든."

"그 고양이로 말하자면" 케빈이 말했다. "제2차 세계대전 당시에는 아직 있지도 않았다고."

"그러면 그때 자네는 그 고양이 때문에 슬퍼했을까?" 팻이 물었다.

"내가 무슨 수로?" 케빈이 말했다. "그놈은 아예 있지도 않았는데."

"그러면 그때 고양이의 상태는 지금과 마찬가지였던 셈이군." 팻이 말했다.

"틀렸어." 케빈이 말했다.

"어떤 면에서 틀렸다는 거지?" 팻이 말했다. "그때 그 고양이의 비존재가 지금의 비존재와 어떻게 다르다는 거야?"

"케빈의 고양이는 지금 시체로 존재하잖아." 데이비드가 말했다. "그러니까 꺼내서 보여줄 수도 있는 거지. 그거야말로 고

---

* 포드 자동차 사에서 1970년부터 1980년까지 생산한 '핀토' 모델은 연료 공급 시스템에 결함이 있었는데, 후방에서 충돌 사고를 당할 경우 폭발 사고를 일으킨 것으로 악명이 높았다.

양이의 존재를 확실히 증명해주지. 그 고양이가 한때 살았다가 결국 시체가 되었다는 것, 케빈은 그걸 가지고 하느님의 선하심을 반박하려는 거야."

"케빈." 팻이 말했다. "그 고양이는 누가 창조했지?"

"하느님이 했지." 케빈이 말했다.

"그리고 하느님의 선하심에 대한 평판도 당신이 직접 창조하셨지." 셰리가 말했다. "바로 당신의 논리를 가지고 말이야."

"하느님은 멍청해." 케빈이 말했다. "우리는 멍청이 신을 가지고 있어. 그건 내가 예전에도 말했지."

셰리가 말했다. "고양이를 한 마리 창조하려면 상당한 기술이 있어야 하지 않아?"

"고양이 두 마리만 있으면 되지." 케빈이 말했다. "하나는 수컷, 또 하나는 암컷으로 말이야." 그렇지만 그녀가 이 대화를 어디로 유도하고 있는지를 그 역시 알아챈 모양이었다. "그러니까―" 그는 말을 멈추고 씩 웃었다. "그러려면 기술이 있어야 하지. 네가 만약 우주에 목적이 있다고 가정한다면 말이야."

"그럼 자기가 보기에는 아무런 목적도 없다는 거야?" 셰리가 물었다.

머뭇거리며 케빈이 말했다. "살아 있는 생물은 물론 목적을 지니고 있지."

"그러면 그것들에게 목적을 넣어준 건 누구지?" 셰리가 물었다.

"그건―" 다시 한 번 케빈은 머뭇거렸다. "그건 어디까지나

그놈들의 목적일 뿐이야. 그놈들과 그놈들의 목적은 불가분이 니까."

"그러면 동물 한 마리, 한 마리가 결국 목적의 표현인 셈이 네." 셰리가 말했다. "그러면 우주에는 목적이 있는 거잖아."

"우주의 작은 일부분에만 있다고 해야지."

"그리고 비非목적이 목적을 일으키는 거고."

케빈이 그녀를 바라보았다. "웃기고 있네." 그가 말했다.

내가 생각하기에, 케빈의 냉소적인 태도는 팻의 광기가 확증 되는 과정에서 다른 어떤 요소들보다도 더 많이 기여했다. 물 론 그 광기를 불러온 애초의 원인―그게 정확히 무엇인지는 알 수 없었지만―만큼 기여하지는 못했지만 말이다. 결국 케 빈은 그 애초의 원인의 예기치 않았던 도구가 되었으며, 팻은 이런 사실을 놓치지 않고 간파했다. 케빈은 정신 질환에 대한 실용적인 대안을 어떤 방법으로든 모습으로든 형태로든 결코 제시하지 않았다. 그의 냉소적인 미소에는 죽음의 미소가 깃들 어 있었다. 그는 마치 의기양양한 해골처럼 미소를 지었다. 케 빈은 삶을 패배시키기 위해서 살았다. 처음에는 팻이 케빈을 참아 넘긴다는 것이 놀랍기만 했지만, 나중에는 어째서인지 알 수 있을 것 같았다. 케빈이 팻의 망상 체계를 산산조각 낼 때 마다―조롱하고 비아냥거릴 때마다― 팻은 힘을 얻었다. 만 약 조롱이 그의 질환에 유일한 해독제였다면, 이를 견뎌냄으로 써 그는 뚜렷하게 더 나아지고 있었던 것이다. 완전히 괴짜였던 팻도 이 사실을 깨달을 수 있었으리라. 솔직히 이야기하자면 아마 케빈도 이 사실을 깨달을 수 있었을 것이다. 하지만 그의 머릿속에 들어 있는 되돌림 루프 때문에 그는 공격을 포기하기보다는 오히려 촉진하기만 했던 것이 분명하다. 실패는 그의 노력을 더욱 강화시킨 셈이었다. 따라서 공격이 늘어날수록 팻의 힘도 늘어났다. 그리스 신화의 어느 주인공처럼.

호스러버 팻의 주해서에서는 이 논점의 주제가 거듭해서 개진되었다. 팻은 비합리적인 것의 경향이 전체 우주에 스며들었다고 믿었다. 심지어 우주의 배후에 놓인 하느님, 또는 궁극적 큰정신에 이르기까지 말이다. 그는 이렇게 썼다.

> **#38.** 상실과 슬픔으로 인해 큰정신은 교란되그 말았다. 따라서 우리—우주, 곧 큰두뇌의 일부분인— 역시 부분적으로 교란되고 말았다.

분명히 그는 글로리아를 상실한 자신의 경험에서 우주적인 부분으로 외삽을 시도한 듯하다.

> **#35.** 큰정신은 우리에게 이야기하는 것이 아니라, 우리를 이용해서 이야기하는 것이다. 그 내러티브는 우리를 통과하고, 그 슬픔은 비합리적으로 우리에게 침투한다. 플라톤이 인식한 것처럼, 세계 영혼에는 비합리적인 경향이 있다.

#32 항목에는 이에 관해 더 많은 내용이 들어 있다.

우리가 세계로서 경험하는 것, 즉 변화하는 정보는 펼쳐지는 내러티브. 이것은 한 여자의 죽음에 관해 말해준다. 오래전에 죽은 이 여자는 최초의 쌍둥이 가운데 하나였다. 그녀는 신성한 한 쌍의 절반이었다. 그 내러티브의 목적은 그녀와 그녀의 죽음에 대한 회고다. 큰정신은 그녀를 잊어버리기를 원치 않았다. 따라서 큰두뇌의 추론은 그녀의 존재에 관한 영구적인 기억으로 구성되어 있으며, 이를 읽을 경우에는 이런 방식으로 이해될 것이다. 큰두뇌에 의해 처리된 모든 정보는 우리에게는 그녀에 관한 이러한 보전의 시도이다. 돌과 바위와 막대기와 아메바는 그녀의 흔적이다. 그녀의 존재와 사망에 관한 기록은 이제 혼자가 되어 고통 받는 큰정신의 지시로 현실의 가장 미천한 층위에까지도 스며들었다.

이 글을 읽으면서, 지금 팻이 자기 자신에 관해 쓰고 있다는 것을 당신이 깨닫지 못한다면, 당신은 결국 아무것도 이해하지 못한 셈이다.

다른 한편으로, 팻이 완전히 괴짜였음을 나도 부정하지는 않겠다. 글로리아가 전화를 걸었을 때부터 그는 쇠퇴하기 시작했고, 이후로도 영원히 계속해서 쇠퇴했다. 셰리가 겪는 암과는 달리 팻은 호전상태가 없었다. 하느님을 만난 것은 증세에 전혀 도움이 안 됐다. 물론 케빈의 냉소적인 견해와는 달리, 그 만남이 악화 효과인 것도 아니었던 듯하지만. 정신 질환에서 하느님과의 만남이 차지하는 비중은, 대략 암에서 죽음이 차지하는 비중과 비슷했다. 즉 건강을 악화시키는 질환의 과정에서 논리적인 결과인 것이다. 전문 용어로는—물론 정신의학 분야가 아니라 신학 분야의 전문 용어다—'신적 현현'이라고 한다. 신적 현현은 신성의 자기노출로 이루어진다. 지각자의 행위로 이루어진 것이 아니며, 어떤 신성—하느님, 신들, 또는 높은 권세—이 하는 일로 이루어진다. 모세가 불타는 덤불을 만들어낸 것은 아니었다. 엘리야가 호렙 산에서 낮고도 울리는 목소리를 만들어낸 것도 아니었다. 그렇다면 어떤 신적 현현이 진짜인지 가짜—지각자의 일방적인 환상—인지를 우리는 어떻게 구분해야 할까? 만약 그 목소리가 그가 알지도 못하고 '또한 알 수도 없는' 어떤 것을 이야기해줄 경우, 어쩌면 우리는 가짜가 아니라 진짜 신적 현현을 접하고 있는지도 모른다. 팻은 코이네 그리스어를 전혀 몰랐다. 이 사실이 뭔가를 증명해주는 것일까? 그는 자기 아들의 선천적인 결함을 미처 몰랐다. 최소한 의식적으로는 알지 못했던 것이다. 살굴 탈장에 대해 어쩌면 무의식적으로는 알았지만 차마 직시하고 싶지 않았을 수도 있다. 마찬가지로 그가 코이네를 이미 알고 있었을 법한 어떤 메커니즘도 있기는 하다. 즉 계통발생적 기억과 관계가 있는 것인데, 이 경험에 대해서는 심리학자 융이 보고한 바 있다. 그는 이것을 집단적, 또는 종족적 무의식이라고 명명했다. 개체

발생, 즉 개인은 계통발생, 즉 종을 반복하는 것이다. 보편적으로 받아들여지는 이 사실은 팻의 정신이 지금으로부터 2000년 전에 사용되던 언어를 되풀이할 수 있었던 이유인지도 모른다. 만약 개인의 정신 속에 계통발생적 기억이 파묻혀 있다면, 당신도 언젠가 이것을 발견하리라 기대할 수 있다. 하지만 융의 개념은 어디까지나 사변적인 것이었다. 어느 누구도 그 주장을 검증할 수는 없었다.

만약 당신이 신성한 존재의 가능성을 허락한다면, 당신은 그 존재에 자기노출의 능력이 없다고는 할 수 없을 것이다. 이른바 '신'이라는 용어를 붙일 만한 실체, 또는 존재가 있다고 하면, 당연히 그런 능력을 지니고 있게 마련인 것이다. 내가 보기에 진짜 문제는 '왜 신적 현현인가?'가 아니라 '왜 그런 일이 더 많이 없는가?'이다. 이를 설명하는 핵심 개념이 바로 데우스 압콘디투스deus abconditus의 관념이다. 숨은, 감춰진, 비밀의, 또는 알려지지 않은 신이라는 뜻이다. 어떤 이유에선지 융은 이를 악명 높은 관념으로 간주했다. 하지만 하느님이 존재한다면, 그분은 반드시 데우스 압콘디투스여야 한다. 그분은 드물게 신적 현현을 행사하는 예외를 지녀야 하며, 만약 그렇지 않다고 하면 그분은 전혀 존재하지 않는 셈이다. 여기서는 나중의 견해가 보다 타당하며, 신적 현현—드물기는 하지만 분명히 존재하는—은 오히려 예외일 뿐이다. 여기서 유일하게 필요한 것은 한 번의 절대적으로 검증된 신적 현현이니, 그것만 있으면 나중의 견해는 무효화될 것이다.

이른바 신적 현현으로 간주되는 현상이 지각자에게 남기는 인상의 생생함만으로는 진실성의 증명이 될 수 없다. 집단적 지각일 경우도 역시나 마찬가지다(스피노자의 주장처럼 이 우주 전체가 하나의 신적 현현일 수 있지만, 만약 그렇다고 치면 우주는 어쩌면 존재하지 않을지도 모른다. 불교의 관념론자들이 결론을 내린 것처럼 말이다). 이른바 신적 현현이라고 주장된 것들은 십중팔구 위조일 가능성이 크다. 우표며 화석 두개골에서부터 심지어 우주의 블랙홀에 이르기까지 세상 무엇이든지 위조가 가능하기 때문이다.

우주 전체가 위조일 수 있다는 생각을 가장 잘 표현한 인물은 바로 헤라클레이토스였다. 일단 당신이 이런 주장, 또는 의심을 당신의 머릿속에 받아들이고 나면, 당신은 하느님의 논점에 대처할 준비가 된 셈이다.

> 눈과 귀의 증거를 해석하기 위해서는 오성(누스)을 가지는 것이 필수적이다. 명백한 것에서부터 숨어 있는 진리로 나아가는 단계는 마치 대부분의 사람들에게는 낯설기만 한 어떤 언어의 문장을 번역하는 것과도 비슷하다. 헤라클레이토스는(……) 「단편 56」에서 이렇게 말한다. 지각 가능한 사물에 대한 지식이란 면에서 보자면, 인간은 '호메로스만큼이나 수많은 환영의 희생물'이라고 말이다. 외관에서 시작해서 진리에 도달하기 위해서는, 수수께끼를 해석하고 추측할 수 있어야 하지만(……) 비록 이것이 인간의 능

력 범위 내에 있는 것 같다 하더라도, 이것은 대부분의 인
간이 결코 하지 못하는 일이다. 헤라클레이토스는 일반적
인 인간의 어리석음을, 그리고 그들 사이에 지식으로 간주
되는 것의 어리석음을 매우 열심히 공격했다. 인간은 각자
의 세계 속에서 잠자는 사람에 비유된다."

이것은 옥스퍼드 대학의 고대철학 강사이며 올소울스 칼리
지의 특별연구원인 에드워드 허시가 저서인 『소크라테스 이전
철학자들』(찰스 스크라이브너스 선스, 뉴욕, 1972, 37-38쪽)에
서 한 말이다. 내가—그러니까 호스러버 팻이— 지금껏 읽은
책 중에서 현실의 본성에 관한 통찰에서 이보다 더 중요한 설
명은 본 적이 없었다. 「단편 123」에서 헤라클레이토스는 말했
다. "사물의 본성은 스스로를 감추는 습성이 있다." 그리고 「단
편 54」에서 그는 말했다. "숨은 구조는 명백히 드러난 구조의
주인이다." 에드워드 허시는 여기에 다음과 같이 덧붙인다. "결
과적으로 헤라클레이토스는(……) 현실이 어느 정도 '숨어 있
다'는 사실에 본질적으로 동의한다." 따라서 만약 현실이 '어
느 정도 숨어 있다'고 한다면, '신적 현현'은 무슨 의미인 것일
까? 신적 현현은 하느님이 뚫고 들어온 것이며, 그렇게 뚫고 들
어온 것은 우리 세계에 대한 침입에 상응한다. 하지만 우리의
세계는 오로지 외관뿐이다. 이것은 눈에 보이지 않는 '숨은 구
조'의 지배하에 있는 '명백히 드러난 구조'일 뿐이다. 호스러버
팻은 당신이 다른 무엇보다도 이것을 더 고려해보기를 바란다.

만약 헤라클레이토스가 옳다면 사실상 현실이란 없으며, 다만 신적 현현의 현실만 있을 뿐이다. 나머지는 환영에 불과하다. 만약 이것이 사실이라면, 팻 혼자만이 우리 중에서 진실을 이해한 셈이 된다. 그리고 팻은, 글로리아의 전화를 받았던 때부터 미쳐버렸다.

미친 사람—여기서는 법적 정의가 아니라 심리학적 정의다—은 현실과 접촉하지 못한다. 호스러버 팻은 미쳤다. 따라서 그는 현실과 접촉하지 못한다. 그의 주해서 #30 항목을 보자.

> #30. 현상 세계는 존재하지 않는다. 이것은 큰정신에 의해 처리된 정보의 실체일 뿐이다.

> #35. 큰정신은 우리에게 이야기하는 것이 아니라, 우리를 이용해서 이야기하는 것이다. 그 내러티브는 우리를 통과하고, 그 슬픔은 비합리적으로 우리에게 침투한다. 플라톤이 인식한 것처럼 세계 영혼에는 비합리적인 경향이 있다.

다시 말하자면, 우주 그 자체가—그리고 그 배후에 있는 큰 정신이—미쳤다는 것이다. 따라서 어떤 사람이 현실과 접촉한다고 하면, 그 사람은 결국 미친 것과 접촉하는 셈이다. 그 사람에게는 비합리적인 것이 주입되는 셈이다.

본질적으로 팻은 자신의 정신을 감시했고, 그것에 결함이 있음을 알아냈다. 곧이어 그는 그 정신을 이용하여 외부 현실을,

즉 대우주라고 불리는 것을 감시했다. 그는 대우주 역시 결함이 있음을 알아냈다. 헤르메스주의 철학자들이 규정한 것처럼 대우주와 소우주는 서로를 충실하게 반영하고 있었다. 팻은 결함이 있는 도구를 이용하여 결함이 있는 주체를 일소하고, 이러한 일소로부터 만물이 잘못되었다는 보고를 도로 얻어냈다.

이에 덧붙여, 벗어날 길은 없었다. 결함이 있는 도구와 결함이 있는 주체의 상호 연결은 또 다른 완벽한 중국식 손가락 차꼬를 만들어냈다. 마치 다이달로스처럼 자기 스스로 만든 미로에 갇힌 것이다. 그는 크레타의 미노스 왕을 위해서 미궁을 만들었는데, 나중에는 본인마저도 그곳에 갇혀서 벗어나지 못했다. 추측컨대 다이달로스는 지금까지도 그곳에 머물러 있을 것이며, 우리 역시 마찬가지다. 우리와 호스러버 팻의 유일한 차이점이라면, 팻은 자기 상황을 알지만 우리는 전혀 모른다는 것이다. 따라서 팻은 미친 것이고, 우리는 정상인 것이다. "인간은 각자의 세계 속에서 잠자는 사람에 비유된다." 허시는 이렇게 말했으며, 아마 그는 알았을 것이다. 그는 고대 그리스 사상에 관한 한 현존하는 최고의 권위자이며, 아마 그보다 더 뛰어난 사람이 있다면 프랜시스 콘퍼드* 정도일 테니까. 게다가 콘퍼드는 세계의 영혼 속에 불합리한 요소가 있음을 플라톤이 믿었다고 말했다.**

---

* F. M. 콘퍼드(1874~1943)는 영국의 저명한 고전학자로 고대 철학의 권위자였다.
** 『플라톤의 우주론, 플라톤의 티마이오스(Plato's Cosmology, The Timaeus of Plato)』(라이브러리 오브 리버럴 아츠, 뉴욕, 1937). —원주

미로에서 벗어날 수 있는 길은 전혀 없다. 당신이 그 안에서 움직일 때마다 미로 역시 변화한다. 미로는 살아 있기 때문이다.

> 파르지팔 : 나는 아주 조금밖에는 움직이지 않았는데, 이미
>   멀리까지 간 것 같아요.
> 구르네만츠 : 알겠느냐, 내 아들아. 여기서는 시간이 공간
>   으로 변한다.*

(전체 풍경이 불분명해진다. 숲이 조수처럼 밀려나가고, 거친 바위벽이 조수처럼 밀려들어오며, 그 사이로 우리는 출입구를 볼 수 있다. 출입구를 통해 두 사람은 지나간다. 숲에는 무슨 일이 벌어졌을까? 두 사람은 실제로 움직인 것이 아니다. 그들은 실제로 어디에도 가지 않았다. 그런데도 그들은 지금 원래 있던 곳에 있지 않다. '여기서는 시간이 공간으로 변한다.' 바그너는 1845년에 〈파르지팔〉을 쓰기 시작했다. 그는 1873년에 사망했는데, 이는 헤르만 민코프스키**가 이른바 4차원의 시공간을 가정한 때(1908년)보다도 훨씬 오래전이었다. 〈파르지팔〉의 원재료는 켈트 전설과 불교로 이루어져 있다. 바그너는

---

* 바그너의 오페라 〈파르지팔〉(1882)의 제1막 1장 끝부분에서 노련한 기사 구르네만츠는 젊은 기사 파르지팔을 데리고 성배가 있는 곳으로 향한다. 이때 얼마 걷지 않았는데도 많이 온 것 같다는 파르지팔의 질문에 구르네만츠가 대답한 말이다.
** 헤르만 민코프스키(1864~1909)는 리투아니아 출신의 독일 수학자이다. 훗날 아인슈타인이 상대성이론의 기하학적 표현 수단으로 사용한 4차원 공간을 처음 고안했다.

결국 쓰지 못한 오페라 〈승리자〉에서 석가모니를 주인공으로 삼기 위해 불교를 공부한 적이 있었다. 그렇지 않다면 시간이 공간으로 변할 수 있다는 개념을 리하르트 바그너가 과연 어디에서 얻었겠는가?)

만약 시간이 공간으로 변할 수 있다면, 공간이 시간으로 변할 수도 있을까?

미르체아 엘리아데*의 저서 『신화와 현실』 중에는 「시간은 극복할 수 있다」라는 제목의 장이 있다. 시간을 극복하는 것이야말로 신화적인 제의와 성례전의 기본 목적이다. 호스러버 팻은 졸지에 지금으로부터 2000년 전에 사용되었던 언어, 즉 성 바울이 글을 쓰는 데 사용했던 언어로 생각하게 되었다. "여기서는 시간이 공간으로 변한다." 팻은 자신이 하느님을 만났을 때의 또 다른 특징을 내게 이야기해주었다. 즉 1974년의 미국 캘리포니아 주의 풍경이 갑자기 조수처럼 밀려나가고, C.E. 1세기의 로마의 풍경이 조수처럼 밀려들어오더라는 것이다. 그는 한동안 이 두 가지 풍경의 중첩을 경험했다. 마치 영화에서 흔히 보이는 기술 같은 현상이었다. 또는 사진에서. 어째서 그랬을까? 어떻게 그랬을까? 하느님은 팻에게 많은 것을 설명해주었지만, 유독 그것만은 설명해주지 않았고, 다만 수수께끼의 진술만 남겼을 뿐이었다. 바로 다음 항목에 나오는 구절이었다.

#3. 그는 사물이 다르게 보이도록 작용하므로, 마치 시간이

---

* 미르체아 엘리아데(1907~1986)는 루마니아 출신의 종교학자다.

흐른 것처럼 보인다.

　여기서 '그'는 누구일까? 우리는 시간이 사실은 흐르지 '않았다'고 추론해야 하는 것일까? 그리고 시간은 과연 흐르기는 하는 것일까? 한때는 진짜 시간이 있었던 것이며, 따라서 진짜 세계가 있었지만, 지금은 모조의 시간과 모조의 세계가 있는 것일까? 거품 같은 것들이 점점 커져서 뭔가 달라진 것처럼 보이지만 사실은 정지 상태인 것처럼?
　호스러버 팻은 이 진술을 자신의 일기 또는 주해서, 또는 본인이 부르고 싶은 대로 부르는 그 기록의 앞부분에 배치하는 것이 적절하다고 보았다. 일기의 항목 #4, 즉 그 다음 항목은 다음과 같았다.

　물질은 정신 앞에서 조형적이다.

　저 바깥에는 어떤 세계가 과연 있기는 할까? 구르네만츠와 파르지팔은 어떤 면에서 보거나 가만히 서 있었고, 다만 풍경이 바뀐 것뿐이었다. 따라서 이들은 또 다른 공간에 위치하게 되었다. 그 공간은 이전까지만 해도 시간으로 경험되던 것이었다. 팻은 지금으로부터 2000년 전의 언어로 생각했고, 그 언어에 어울리는 고대 세계를 눈으로 보았다. 그의 정신 속에 있는 내용물이 외부 세계에 대한 그의 지각과 맞아떨어진 것이다. 여기서는 어떤 종류의 논리가 이에 관련된 것 같았다. 어쩌면 시간의 오작동이 일어났는지도 모른다. 하지만 어째서 그의 아내인 베스는 같은 경험을 하지 못하는 걸까? 그가 신성을 만났을 때 그녀는 그와 함께 살고 있었는데도 말이다. 그녀에게는 아무 변화도 느껴지지 않았고, 다만(그녀가 내게 한 말에 따르면) 이상한 평 소리만 들렸는데, 마치 뭔가가 과부하에 걸린 듯한 소리였다고 했다. 뭔가를 세게 눌러서 결국 평 하고 터지기에 이른 듯하거나 또는 과도하게 쑤셔 넣은, 뭔가에 에너지를 과도하게 쑤셔 넣은 듯한 소리였다고.

팻과 그의 아내는 이 당시, 즉 1974년 3월의 또 다른 국면에 관해 내게 말해주었다. 두 사람이 키우던 애완동물들이 특이한 변모를 겪었다는 것이다. 이 동물들은 두 마리 모두 당시에 대형 악성종양으로 죽어가는 중이었는데도 더 똑똑하고 더 평온해 보였다.

팻과 그의 아내는 또 한 가지를 내게 말해주었는데, 그 이야기는 그때 이후로 내 머릿속에 딱 박혀 있다. 그 시기 동안 그 동물들은 마치 그들과 의사소통을 하려 하거나 또는 언어를 사용하려고 시도하는 것처럼 보였다고 했다. 그것을 단순히 팻의 정신 질환 중 일부분으로 간주하고 무시할 수는 없다. 그 동물들의 죽음도 마찬가지다.

팻의 말에 따르면 맨 먼저 뭔가가 잘못된 것은 라디오와 관련이 있었다. 어느 날 밤에 라디오를 듣다가—그는 오랫동안 잠을 제대로 잘 수 없었다—라디오가 뭔가 섬뜩한 말을, 거기서는 나올 수 없는 문장을 내뱉는 것을 들었다. 베스는 잠자고 있었기 때문에 그 소리를 듣지 못했다. 바로 그것이 팻만 정신이 잘못된 까닭일 수도 있었다. 그 당시에는 그의 정신이 끔찍스러운 속도로 와해되고 있었기 때문이다.

정신 질환은 우스운 일이 아니었다.

04

약과 면도칼과 자동차 엔진까지 동원한 요란스러운 자살 시
도가 수포로 돌아간 뒤―베스가 아들 크리스토퍼를 데리고 그
의 곁을 떠난 것이 이 모두의 원인이었다― 팻은 졸지에 오렌
지 카운티 부설 정신병원에 수용되고 말았다. 무장 경비원이
그를 휠체어에 태우더니, 심장질환 집중치료병동에서 데리고
나와 지하 통로를 지나서 정신병동으로 데려갔다.

팻은 이전까지만 해도 정신병원에 입원했던 적이 없었다. 강
심제 마흔아홉 알 때문에 그는 며칠 동안이나 발작성 상심실
성 부정맥(PAT)으로 고생했다. 그의 자살 시도가 최대치의 강
심제 중독을 유발했기 때문이었다. 무려 3등급에 달하는 중독
이었다. 애초에 그가 강심제를 처방받은 까닭은 유전적인 발
작성 상심실성 부정맥을 치료하기 위해서였지만, 강심제 중독

와중에 그가 경험한 것은 이런 치료와는 무관했다. 강심제의 과다복용이 오히려 그 약품의 치료 대상인 부정맥을 초래했다는 것은 참으로 아이러니였다. 어느 시점에서 팻이 똑바로 누워서 자기 머리 위에 나타난 브라운관을 바라보고 있자니, 직선이 하나 나타났다. 그의 심장이 박동을 멈춘 것이었다. 그는 계속해서 브라운관을 바라보았고, 마침내 점이 나타나서 특유의 물결 모양을 다시 그리기 시작했다. 하느님의 자비는 끝이 없었다.

이렇게 허약해진 상태에서 그는 무장 경비원의 호위를 받으며 정신병동의 폐쇄병동에 들어왔다. 복도에 들어서자마자 자욱한 담배 연기가 코를 찔렀고, 그는 피로와 공포 모두로 인해 몸을 떨었다. 그날 밤에 그는 병원용 침대에서 잤고—병실 하나에 침대 여섯 개였다— 자기 침대에는 아예 가죽으로 만든 구속 장치가 달렸음을 발견했다. 복도로 나가는 문은 계속 열려 있어서, 직원들이 환자들을 계속 지켜볼 수 있었다. 팻은 항상 켜진 공용 텔레비전을 시청할 수도 있었다. 그날따라 자니 카슨 쇼의 초대 손님은 새미 데이비스 주니어였다. 팻은 침대에 누운 채로 텔레비전을 바라보며, 한쪽 눈이 의안인 사람은 도대체 어떤 기분일까 궁금한 생각이 들었다.[*] 그 순간까지만 해도 그는 자기 상황을 전혀 통찰하지 못하고 있었다. 자기가

---

[*] 새미 데이비스 주니어(1925~1990)는 미국의 흑인 가수 겸 영화배우로, 1954년에 교통사고를 당해 중상을 입고 왼쪽 눈을 잃었다. 이후 그는 왼쪽 눈을 의안으로 대체하고도 활발한 연예 활동을 펼쳤다.

강심제 중독에서 결국 살아남았다는 사실만은 이해했다. 자살 시도 때문에 지금 구금된 상태라는 사실도 이해했다. 하지만 자기가 심장질환 집중치료병동에 들어가 누워 있는 동안 베스가 뭘 하고 있었는지는 알 도리가 없었다. 베스는 전화를 걸지도 않았고 병문안을 오지도 않았다. 친구들 중에서는 셰리가 제일 먼저, 그 다음으로 데이비드가 병문안을 다녀갔다. 그 외에는 아무도 그의 상태를 알지 못했다. 팻은 특히 케빈에게는 자기 상태를 알리고 싶지 않았다. 이 소식을 들으면 케빈이 나타나서 그를―그러니까 팻을― 향해 냉소적인 말만 할 것이 뻔했으니까. 지금 그로선 냉소주의를 잠자코 들어줄 만한 상황이 전혀 아니었다. 비록 악의 없는 냉소주의라도 말이다.

오렌지 카운티 메디컬 센터의 심장의학과장은 어바인 대학에서 실습을 나온 의대생들에게 팻을 구경시켜주었다. 오렌지 카운티 메디컬 센터는 의대 부속병원이었기 때문이다. 의대생들은 마흔아홉 알의 순도 높은 강심제를 삼킨 상황에서 심장이 움직이는 소리를 직접 한 번씩 들어보고 싶어했다.

게다가 팻은 왼쪽 손목을 칼로 그어서 피를 많이 흘린 상태였다. 그의 목숨을 구한 첫 번째 요인은 그가 타고 있던 자동차의 초크였다. 엔진이 가열되는 상황에서 초크가 제대로 열리지 않았기 때문에, 결국 엔진이 멎어버렸다. 팻은 비틀거리며 다시 집으로 들어와 자기 침대에 누워서 죽으려고 했다. 그러나 다음 날 아침, 그는 여전히 산 채로 잠에서 깨었으며 곧이어 강심제를 토해내기 시작했다. 이것이 바로 그의 목숨을 구한 두 번째 요인이었다. 세 번째 요인은 팻의 집 뒤편에 있는 유리와 알루미늄으로 만든 미닫이문을 제거한 응급구조사였다. 팻은 단골 약국에 전화를 걸어서 자신이 받은 진정저 처방을 보충하려고 했다. 그는 강심제를 먹기 전에 진정제도 서른 알 먹었던 것이다. 그러자 약사는 응급구조사에게 연락을 취했다. 하느님의 무한한 자비에 관해서는 무척이나 많은 말을 할 수 있겠지만, 막상 겪어보면 선한 약사의 기지야말로 그보다 훨씬 더 가치 있다.

카운티 부설 병원 산하 정신병동 내 예비 병동에서 하룻밤을 보낸 뒤, 팻은 운동능력 평가를 받았다. 가운을 잘 차려입은 여러 명의 남녀가 그를 상대했다. 각자 메모장을 하나씩 들고, 그를 유심히 살펴보았다.

팻은 제정신을 차린 것처럼 보이기 위해 최선을 다했다. 자기가 분별력을 되찾았다는 확신을 주기 위해 무슨 일이든지 했다. 하지만 말하는 도중에 그는 문득 아무도 자기 말에 귀를 기울이지 않음을 깨달았다. 설령 그가 스와힐리어로 독백을 했더라도 그 효과는 마찬가지였을 것이었다. 그가 결국 성공한 일이라곤 자기를 비하한 것뿐이었고, 그리하여 마지막 남은 존엄성마저도 잃은 것이었다. 스스로 정직한 노력을 들여 자기 자존심을 깡그리 짓밟은 셈이었다. 이것 역시 또 하나의 중국식 손가락 차꼬였다.

빌어먹을. 팻은 마침내 이런 생각을 하고는, 더 이상 말을 하지 않았다.

"일단 나가 계시죠." 직원 중 하나가 말했다. "그러면 저희 결정을 곧 알려드리겠습니다."

"이번 일로 진짜 교훈을 얻었습니다." 팻은 자리에서 일어나 방에서 걸어 나가면서 말했다. "자살은 곧 적대감의 투입을 상징한다는 걸 말입니다. 그런 감정은 차라리 외부로, 그러니까 나를 짜증나게 만드는 사람을 향해 투사해야 하는 건데 말이죠. 심장질환 집중 치료실이며 병동에 머무는 동안, 저는 뭔가를 생각할 시간이 무척 많았습니다. 그리고 문득 깨달았죠. 지난 수년간의 금욕과 부정이 결국 저의 파괴적인 행동으로 드러난 거라고요. 하지만 제가 가장 놀란 것은 제 몸의 지혜였습니다. 제 몸은 스스로를 저의 정신으로부터 지킬 줄 알았을 뿐만 아니라 구체적으로 어떻게 지켜야 하는지도 알고 있었으니까요. 이제 전 알았습니다. '나는 죽어가는 짐승의 몸에 매인 불멸의 영혼이다.'* 예이츠의 이런 주장은 인간의 상태와 '마주 보이는' 실제 상황과는 오히려 정반대라는 걸 말이죠."

직원이 말했다. "일단 저희가 결정을 내리고 나서 밖에 나가서 당신께 말씀드리도록 하겠습니다."

팻이 말했다. "아들이 보고 싶어요."

아무도 그를 바라보지 않았다.

"어쩌면 베스가 크리스토퍼를 다치게 했을지 모른다는 생각이 들어요." 팻이 말했다. 이것이야말로 그가 이 방에 들어온 이후에 한 말 중에서 유일하게 진실이었다. 그가 자살을 시도

---

* W. B. 예이츠의 시 〈비잔티움으로의 항해〉의 한 구절.

한 것은 베스가 아들을 데리고 떠났기 때문이라기보다는, 오히려 베스가 다른 어디론가 떠나버림으로써 자신이 더 이상 어린 아들을 돌볼 수 없다는 사실 때문이었다.

복도에 나간 팻은 플라스틱과 크롬으로 만든 벤치에 주저앉아 어느 뚱뚱한 노파의 말에 귀를 기울였다. 남편이 침실 문 아래로 독가스를 펌프질해 넣어서 자기를 죽이려는 흉계를 꾸미고 있다는 이야기였다. 팻은 문득 자기 삶을 돌아보았다. 이전에 보았던 하느님에 대해서는 생각하지 않았다. 자기야말로 하느님을 실제로 본 극소수의 인간 가운데 하나라고 속으로 말하지도 않았다. 대신 그는 스테파니가 직접 빚어서 가져왔던 작은 항아리를 생각했다. 그는 이 항아리를 '오호'라고 이름 붙였는데, 그 항아리가 그의 눈에는 어쩐지 중국 항아리처럼 보였기 때문이다. 스테파니는 지금쯤 뭘 하고 있을까. 헤로인 중독자가 되었을까, 아니면 그가 지금 정신병원에 갇힌 것처럼 어디 다른 감옥에 갇혔을까. 아니면 죽었을까, 결혼했을까. 아니면 늘 입버릇처럼 말했듯이 워싱턴의 설경 속에서 살고 있을까. 여기서 말하는 워싱턴이란 곧 워싱턴 주였는데, 이제껏 한 번도 가본 적이 없다는 그곳에 가는 것이 스테파니의 꿈이었다. 어쩌면 위의 추측 모두가 사실인지도 모르고 또 모두가 사실이 아닌지도 몰랐다. 어쩌면 그녀는 자동차 사고로 그만 불구가 되었는지도 모른다. 지금 이 꼴을 보면 그녀가 뭐라고 할지 그는 문득 궁금해졌다. 정신병원에 갇히고, 아내와 아들은 떠나버리고, 자동차의 초크는 제대로 작동하지도 않고, 머리는 맛이 가버렸으니까.

머리가 맛이 가버리지만 않았더라도 그는 이렇게 살아 있는 것이 얼마나 행운인지 모른다고 생각했을 것이다. 철학적인 의미가 아니라, 통계적인 의미에서의 행운 말이다. 마흔아홉 알의 순도 높은 강심제를 삼키고도 결국 살아남은 사람은 이제껏 없었다. 일반적으로는 처방받은 복용량의 두 배만 먹어도 치명적이니까. 팻이 처방받은 복용량은 하루에 네 알이었다. 그러므로 그는 일일 복용량의 12.25배를 삼키고도 살아남은 것이었다. 하느님의 무한하신 자비란 이처럼 현실적인 차원에서는 터무니없이 이치에 맞지 않았던 셈이다. 아울러 갖고 있던 진정제 전부, 정신병 약인 콰이드 스무 알, 근육이완제 예순 알, 거기다가 와인 반 병을 모조리 집어삼키기까지 했다. 그가 갖고 있던 약품 가운데 손대지 않은 것은 신경안정제인 마일스 너빈 한 병뿐이었다. 팻은 의학적으로 죽은 것이나 마찬가지였다.

영적으로도 그는 죽은 것이나 마찬가지였다.

어쩌면 팻이 하느님을 너무 빨리 봤거나, 또는 하느님이 그를 너무 늦게 봤던 것인지도 몰랐다. 어떤 경우든지 간에 생존이란 면에서는 그에게 아무런 도움이 되지 않았다. 살아 있는 하느님과 접한 체험조차도 그가 일상적으로 견뎌야 하는 임무를 하는 데에는 아무런 도움이 되지 않았다. 그 임무로 말하자면 그런 은혜를 입지 못한 평범한 사람조차도 얼마든지 처리할 수 있는 것이었는데도 말이다.

하지만 팻이 하느님을 본 것 외에도 또 다른 뭔가를 성취한 셈이라고 지적할 수도 있었다. 그리고 케틴은 실제로 그렇게 했다. 어느 날 그가 미르체아 엘리아데의 책을 또 하나 입수했다며 흥분한 목소리로 전화를 걸어왔다.

"이것 좀 들어봐!" 케빈이 말했다. "오스트레일리아 오지인의 꿈 시간에 관해서 엘리아데가 뭐라고 했는지 알아? 꿈 시간이 곧 과거의 시간이라고 간주한 인류학자들의 생각은 틀렸다는 거야. 그건 오히려 지금 진행되고 있는 또 다른 종류의 시간이라는 게 엘리아데의 설명이야. 그 사람들은 다만 그 시간 속으로 뚫고 들어간다는 것이지. 영웅들이며 그들의 업적이 이루어지는 시간 속으로 말이야. 잠깐만. 내가 읽어줄게." 잠시 침묵이 흘렀다. "젠장." 케빈이 말했다. "못 찾겠네. 여하간 그 사람들이 꿈 시간에 들어가기 위해 준비하는 방식에는 끔찍한 고통이 따른다더라고. 그게 바로 그들의 입문 의례지. 자네 역시 그 경험을 했을 때에 고통이 대단했었다고 했지. 자네도 그 숨어 있던 사랑니 때문에 완전히 —" 전화 저편에서 케빈이 목소리를 갑자기 낮췄다. 그는 지금까지 마치 고함치듯 말하고 있었다. "자네도 기억하지? 당국에서 자네를 어쩔지도 모른다고 걱정하던 거."

"그때는 내가 정신이 나갔던 거고." 팻이 대답했다. "당국에서는 나를 추적하지 않아."

"하지만 자네는 당국이 진짜로 그런다고 생각했잖아. 그래서 밤마다, 그러니까 매일 밤마다 전혀 잠이 안 온다고 했었고. 그리고 감각 박탈까지도 겪었지."

"음, 그냥 침대에 누워도 잠이 안 온 것뿐이었어."

"자네는 색깔을 보기 시작했었지. 떠다니는 색깔을." 케빈은 다시 흥분한 나머지 고함치기 시작했다. 냉소주의가 사라질 때마다 그는 이렇게 광적으로 변하곤 했다. "그건 바로 『티베트 사자의 서』에 나온 것과 똑같아. 그거야말로 내세로 향하는 여행인 거라고. 자네는 정신적으로 죽어가고 있었던 거야! 스트레스와 두려움 때문에! 바로 그랬던 거라고! 다음 현실에 도달했던 거야! 꿈 시간에!"

팻은 지금 당장 플라스틱과 크롬으로 만든 벤치에 주저앉아 정신적으로 죽어가고 있었다. 사실 이미 정신적으로 죽은 상태였고, 방금 그가 들어갔다 나온 방 안에서는 전문가들이 그의 운명을 결정하기 위해서 그의 잔재에 관해 이런저런 주장과 판단을 나누고 있었다. 광인에 대한 판정을 내리는 자리에는 전문 지식을 지닌 비非광인이 앉아 있어야 마땅할 것도 같았다. 그렇지 않고 다른 방법이 있겠는가?

"만약 그들이 꿈 시간으로 건너갈 수만 있다면!" 케빈이 고함쳤다. "그것만이 유일한 '진짜' 시간일 거야. 모든 진짜 사건들은 꿈 시간에 일어나니까! 신들의 행위도!"

팻 옆에 앉은 덩치 큰 노파는 플라스틱 접시를 하나 들고 있었다. 그리고 병원에서 강제로 먹인 정신분열증 치료제 토라진을 토해내려고 벌써 몇 시간째 노력 중이었다. 토라진에 유독성 물질이 들었다고 믿기 때문이었다. 이것 역시 그녀의 남편—여러 가지 가명을 이용해가며 병원 측 상층부에 잠입하는

데 성공한—이 그녀를 죽여 없애려고 의도한 것이라고 했다.

"자네는 그 상부 영역에 들어가는 방법을 찾아낸 거야." 케빈이 말했다. "자네가 일기에 써놓은 게 그런 내용 아닌가?"

> **#48.** 두 가지 영역이 있으니, 하나는 상부이고 하나는 하부이다. 상부 영역은 초우주 1, 또는 양, 또는 파르메니데스의 형상 1에서 도출된 것으로 지각력과 의지를 지니고 있다. 하부 영역은 음, 또는 파르메니데스의 형상 2에서 도출된 것으로 기계적이고, 맹목적이며 효율적인 원인에 의해서 이끌려가며, 결정론적이고 지력이 결여되었으니, 그것은 죽은 원천에서 발산되는 것이기 때문이다. 고대에는 이를 가리켜 '별의 결정론'이라고 일컬었다. 우리는 대체적으로 하부 영역에 갇혀 있지만 성례전을 통해서, 또한 플라스마테를 이용해서 거기서 해방될 수 있다. 별의 결정론이 깨지기 전까지 우리는 심지어 이를 자각하지도 못하니, 우리는 워낙에 폐색되어 있기 때문이다. "제국은 결코 끝나지 않는다."

체구가 작고, 예쁘고, 머리카락이 까만 젊은 여자 하나가 자기 신발을 손에 들고는 팻과 덩치 큰 노파 옆을 조용히 지나갔다. 아침식사 시간에 그녀는 자기 신발을 가지고 유리창을 깨트리려 시도했고, 결국 실패한 뒤에는 키가 6피트인 흑인 직원을 때려눕혔다.

"제국은 결코 끝나지 않는다." 팻은 자기가 썼던 말을 인용했다. 그의 주해서에서는 이 한 문장이 거듭 등장했다. 이 문장은 그의 표어나 다름없었다. 원래 이 문장은 상당히 거창한 꿈속에서 그에게 계시된 것이었다. 그 꿈에서 그는 또다시 아이가 되었고, 먼지 쌓인 헌책방에서 희귀본인 옛날 과학소설 잡지들을, 특히 《어스타운딩》을 찾아보고 있었다. 그 꿈에서 그는 수북이 쌓인, 낡아빠진 과월호를 수도 없이 뒤적이면서, 「제국은 결코 끝나지 않는다」라는 제목의 귀중한 연재물을 찾고 있었다. 그 연재물을 찾아서 읽기만 한다면 모든 것을 알 수 있을 것이었다. 그것이야말로 그 꿈의 요지였다.

그보다 이전에, 그러니까 그가 두 세계의 중첩을 경험했던 그 간격 동안, 그는 1974년의 미국 캘리포니아뿐만 아니라 고대 로마도 함께 볼 수 있었다. 그리고 그는 이 양쪽의 시공간 연속체가 공유하는 한 가지 게슈탈트를, 즉 양쪽의 공통 요소를 식별할 수 있었다. 그것은 바로 흑철 감옥이었다. 이것이야말로 그 꿈에서 '제국'이라고 지칭한 바였다. 그는 이 사실을 알고 있었다. 왜냐하면 흑철 감옥을 보자마자 그게 뭔지 알아봤기 때문이다.

도대체 누가—그리고 어째서— 이 감옥을 만들었는지, 그로선 알 도리가 없었다. 하지만 한 가지 좋은 점은 깨달았다. 이 감옥은 공격을 받는 중이었다. 기독교인으로 이루어진 조직의 소행이었다. 매주 일요일마다 교회에 가서 기도를 하는 평범한 기독교인이 아니라, 밝은 회색 예복을 걸친 초기 비밀 기독교인들이 그 감옥을 공격해서 성공을 거두었던 것이다. 초기 비밀 기독교인들은 기쁨에 가득 차 있었다.

광기 중에 있던 팻은 그들이 기뻐하는 이유를 이해할 수 있었다. 이번에는 초기의, 비밀의, 회색 예복을 입은 기독교인들이 그 감옥을 차지할 것이며, '그 반대의 경우는 아닐' 것이기 때문이었다. 영웅들의 행적이 벌어진 성스러운 꿈 시간…… 오스트레일리아 오지인들의 관념으로 그것이야말로 유일무이한 현실의 시간이었다.

언젠가 어느 싸구려 과학소설 속에서 팻은 우연히 흑철 감옥에 관한 완벽한 묘사를 읽었는데, 차이가 있다면 먼 미래를 배경으로 한다는 것뿐이었다. 따라서 당신이 만약 과거(고대 로마)와 현재(20세기의 캘리포니아)를 중첩시킨 데에다가 또다시 『나를 생각하며 눈물 흘린 안드로이드』*에 나오는 먼 미래의 세계를 중첩시킨다면, 그때는 제국, 즉 흑철 감옥이 전前시간적, 또는 초超시간적 상수로 나타날 것이다. 지금까지 이 세상에 살았던 사람은 말 그대로 누구나 감옥의 철벽에 둘러싸인 셈이었다. 그들은 모두 감옥에 들어 있었지만, 어느 누구도 그 사실을 알지 못했다. 다만 그 회색 예복을 입은 비밀 기독교인만 알았다.

이는 곧 그 초기의, 비밀 기독교인 역시 전시간적, 또는 초시간적 존재라는 뜻이었으며, 그들이 모든 시간에 현존하고 있다

---

* 본인의 소설 『흘러라 내 눈물, 하고 경관은 말했다』(1974)를 유머러스하게 패러디한 제목이다.

는 의미였다. 하지만 팻의 입장에서는 그게 어떤 상황인지 차마 측량할 수가 없었다. 그들은 어떻게 과거에 있으면서도 현재와 미래에 있을 수 있었던 것일까? 그리고 만약 그들이 현재에 존재한다면 왜 아무도 그들을 볼 수 없었던 것일까? 또 한편으로 왜 아무도 흑철 감옥의 벽을, 그를 비롯한 모든 사람을 사방에서 가두고 있는 그 벽을 볼 수 없었던 것일까? 왜 이런 정반대의 힘은 과거와 현재와 미래가 어떻게 해서인지—무슨 이유인지 간에— 중첩될 때에야 비로소 감각할 수 있게 되는 것일까?

어쩌면 오지인의 꿈 시간 속에는 아무런 시간도 존재하지 않는지도 몰랐다. 하지만 만약 아무런 시간도 존재하지 않는다면, 어떻게 해서 그 초기의 비밀 기독교인은 자신들이 박살내는 데에 성공한 흑철 감옥으로부터 기뻐하며 도망칠 수 있었던 것일까? 그리고 이들은 어떻게 해서 C.E. 70년경의 로마로 돌아가서 그 감옥을 박살낼 수 있었을까? 그 시기에는 폭발물 자체가 없었는데? 그리고 만약 꿈 시간 속에서는 아무런 시간도 흐르지 않는다고 치면, 어떻게 해서 그 감옥은 종국을 고할 수 있었던 것일까? 문득 팻의 머릿속에는 〈파르지팔〉에 나오는 한 가지 특이한 언급이 떠올랐다. "알겠느냐, 내 아들아, 여기서는 시간이 공간으로 변한다." 1974년 3월의 종교적 경험 동안에 팻은 공간의 증가를 보았다. 수천, 수만 야드에 달하는 공간이 별 있는 곳까지 줄곧 뻗어 있었다. 마치 가둬놓았던 상자를 제거한 것처럼 그의 주위에 공간이 탁 트였다. 그는 마치 상자 안에 갇혀서 차에 실려 갔다가, 목적지에 도착하자마자 상자 밖으로 나와 자유를 얻은 수고양이가 된 듯한 느낌이었다. 밤마다 잠자는 동안 그는 차마 측량할 수 없는 진공, 그러나 살아 있는 진공을 꿈꾸었다. 그 진공은 확장되고 흘러가고 완전히 텅 빈 것 같으면서도, 어딘가 인격을 보유한 것 같았다. 그 진공은 팻을 보자마자 기쁨을 표시했다. 정작 팻 자신은 그 꿈속에서 몸을 지니고 있지 않았지만 말이다. 그 역시 무한한 진공과 마찬가지로 매우 느린 속도로, 그저 흐르고 있을 뿐이었다. 아울러 그는 희미한 웅얼거림, 마치 음악 같은 소리를 들었다. 이 울림, 이 웅얼거림을 통해서 그 진공은 의사소통하는 것이 분명했다.

"모든 인간 중에서도 너." 진공이 그와 의사소통을 했다. "모든 인간을 통틀어 바로 너야말로 내가 가장 사랑하는 자다."

진공은 호스러버 팻과 재결합하기 위해 이제껏 기다려왔던 것이다. 이제껏 존재했던 모든 인간 중에서도 유독 그를. 진공은 공간 속으로 무한하게 확장되어 있는 것만큼이나 무한한 사랑을 지니고 있었다. 진공, 그리고 진공의 사랑은 영원히 떠다녔다. 팻은 평생 동안 이렇게 행복한 적이 또 없었다.

직원이 그에게 다가와서 말했다. "당신은 앞으로 14일 동안 여기 머무르시게 되었습니다."

"그럼 집에 못 가나요?" 팻이 말했다.

"그렇습니다. 저희 생각에는 아직 치료가 더 필요한 것 같거든요. 아직은 집에 가실 준비가 되지 않았습니다."

"그럼 저는 앞으로 어떻게 되는 건가요?" 팻은 마비와 두려움을 느끼면서 이렇게 말했다.

"일단 저희는 법원 판결 없이도 최대 14일까지 당신을 이곳에 입원시킬 수 있습니다. 그 이후로는 당신의 동의가 있어야 하지만, 저희가 생각하기에 꼭 필요하다고 생각할 경우 또다시 90일 더 이곳에 머무르게 해드릴 수 있습니다."

팻은 이제 자기가 무슨 말이라도 하면, 그게 무슨 말이든지 간에 그들이 자기를 90일 동안 더 붙잡아놓으리라는 것을 알았다. 따라서 그는 아무 말도 하지 않았다. 일단 미치고 보면 그때부터는 입 닥치는 법을 배우게 되는 법이다.

미친 사람이 공공장소에서 미친 짓을 하다보면 그것이야말로 감옥으로 가는 확실한 길이 아닐 수 없었다. 팻은 이 사실을 잘 알고 있었다. 오렌지 카운티에는 자체적인 음주자 보호소뿐만 아니라 정신병자 보호소까지도 있었다. 지금 그가 있는 곳이 바로 거기였다. 그는 여기에 자칫 오래 머물 수도 있었다. 이 와중에 저 멀리 그의 집에서는 베스가 원하는 물건을 모조리 실어다가 새로 얻은 아파트로 가져가고 있을 것이었다. 그녀는 그 아파트가 어디인지도 말해주지 않았다. 심지어 그 아파트가 어느 도시에 있는지조차 말해주지 않았다.

이 당시까지만 해도 팻은 전혀 모르고 있었지만, 본인의 어리석은 짓으로 인해서 그는 집이며 자동차의 월 할부금을 연체해버리고 말았다. 전기며 전화 요금도 마찬가지였다. 팻의 정신적, 신체적인 상태 때문에 괴로워하던 베스가 그가 자초한 이런 문제를 순순히 맡아 해결해줄 리 만무했다. 그래서 팻이 퇴원해서 집으로 돌아왔을 때, 집에는 폐쇄 공지가 붙었고, 자동차도 끌려가버렸고, 냉장고에서는 물이 샜다. 심지어 도움을 청하려고 수화기를 들어도 섬뜩한 침묵만 흘렀다. 이 일로 그는 남아 있던 일말의 사기마저 싹 사라져버렸다. 그는 이게 모두 자기 잘못임을 통감했다. 이게 모두 그의 카르마業였다.

물론 지금 당장은 팻도 이런 사실을 전혀 몰랐다. 그가 아는 사실이라곤 자기가 최소한 2주 동안은 이곳에 갇혀 있게 될 것이라는 사실뿐이었다. 그는 다른 환자를 통해서 또 다른 한 가지를 알게 되었다. 그가 이곳에 갇혀 있는 동안의 요금을 나중에 오렌지 카운티에서 청구할 것이라는 점이었다. 그가 훗날 지불해야 할 요금은 심장질환 집중치료실에 들어갔던 비용까지 포함해서 무려 2000달러에 달할 것이었다. 갇힌 것으로도 모자라서 심지어 돈까지 내야 하는 셈이었다. 애초에 팻이 카운티 부설 병원에 간 까닭도 사립 병원에 갈 만한 돈이 없어서였다. 이제 그는 미친다는 것이 뭔지를 확실하게 배운 셈이었다. 미치고 나면 어딘가에 갇힐 뿐만 아니라, 심지어 상당한 돈까지 내야 하는 것이다. 그들은 미쳤다는 이유로 어딘가에 가두어둘 뿐만 아니라 상당한 돈까지 물린다. 또한 만약 그 돈을 내지 않거나 또는 낼 수 없는 경우엔 심지어 고발까지 당할 수 있다. 법원 판결이 불리하게 나왔다고 이에 따르지 않을 경우, 법정 모욕죄로 다시 갇힐 수 있다.

팻의 자살 시도가 애초에 깊은 절망에서 유래했음을 고려해본다면, 그의 현재 상황이 지닌 마법 또는 매력은 어찌어찌 사라져버리고 만다. 플라스틱과 크롬으로 된 벤치의 옆자리에서는 덩치 큰 노파가 병원에서 제공한 플라스틱 그릇 위에다가 자기가 삼킨 약을 계속 토해내고 있었다. 직원은 팻의 한쪽 팔을 붙들고 병동으로 데려갔다. 앞으로 그는 2주 동안 이곳에 갇혀 있을 것이었다. 그들은 이곳을 북병동이라고 불렀다. 팻은 저항하지 않고 직원을 따라서 예비병동에서 나가, 홀을 지나서 북병동으로 들어갔고, 그의 등 뒤에서 문이 잠겼다.

빌어먹을. 팻은 속으로 생각했다.

직원은 팻을 입원실―여기에는 병실에 침대가 여섯 개가 아니라 두 개뿐이었다―까지 데려갔다가, 곧이어 어느 작은 방으로 가서 설문지를 작성하게 했다. "몇 분 안 걸릴 겁니다." 직원이 말했다.

그 작은 방 안에 젊은 여자가 한 명 서 있었다. 멕시코인 같았는데, 덩치가 크고, 거칠고 까만 피부에 눈이 커다랬다. 까맣고도 평화로운 눈이어서 마치 불타오르는 웅덩이 같은 느낌이었다. 그 여자의 불타오르면서 평화로운, 커다란 눈을 보자마자 팻은 그만 걸음을 딱 멈추고 말았다. 그 여자는 텔레비전 수상기 위에 잡지를 하나 펼치고 앉아서, 그 페이지에 나온 조잡한 삽화를 보여주었다. 평화로운 왕국을 그린 그림이었다. 그제야 팻은 그 잡지가 바로《파수대》임을 깨달았다. 그를 바라보는 그 여자는 다름 아닌 여호와의 증인이었다.

그 여자는 부드럽고도 나지막한 목소리로 말했다. 직원을 향해서가 아니라 팻에게 하는 말이었다. "우리 주 하느님께서는 우리를 위해 살 장소를 하나 준비해주셨어요. 그곳에는 고통도 없고 두려움도 없고, 보이시죠? 동물들도 서로 행복하게 살아가고 있어요. 사자랑 어린 양이 함께요. 우리도 마찬가지일 거예요. 우리 모두가요. 서로 사랑하는 친구들이 고통이나 죽음이라곤 없이, 주 여호와와 함께 영원히 살아갈 거예요. 그분은 우리를 사랑하시고 우리를 결코 버리지 않으실 테니까요. 우리가 무슨 일을 하든지요."

"데비, 미안하지만 휴게실에서 좀 나가주세요." 직원이 말했다.

하지만 그 여자는 여전히 팻을 향해 미소를 지으며 그 조잡한 그림에 나온 암소와 어린 양의 모습을 가리켜 보였다. "모든 짐승, 모든 인간, 크고 작은 모든 생물이 여호와의 사랑의 온기를 쬐게 될 거예요. 왕국이 도래하면 말이에요. 당신은 그게 오랜 시간 뒤일 거라고 생각하겠지만, 예수 그리스도께서는 오늘도 우리와 함께 살고 계셔요." 곧이어 잡지를 덮은 그녀는 여전히 미소를 짓고 있었지만 이제는 아무 말도 없이 그 방에서 나갔다.

"죄송하게 됐습니다." 직원이 팻에게 말했다.

"어이쿠." 팻이 놀란 듯 말했다.

"저 여자 때문에 혹시 기분 상하셨다면 죄송합니다. 원래 저 잡지를 갖고 있지 못하게 조치를 했는데 누군가가 몰래 들여와서 저 여자한테 준 모양이에요."

팻이 말했다. "전 괜찮습니다." 그는 문득 깨달았다. 그 여자 때문에 얼떨떨했음을.

"그럼 지금부터는 서식을 작성해보죠." 직원이 이렇게 말하며 자기 메모장과 펜을 가지고 자리에 앉았다. "일단 출생 연월일부터요."

이 바보들아. 팻은 생각했다. 이 빌어먹을 바보들아. 너희의 이 빌어먹을 정신병원 안에 하느님이 계신데도 너희는 그걸 모르고 있어. 빤히 보면서도 뭔지 모르고 있다고. 너희는 침입을 당했지만 심지어 그것도 모르고 있어.

그는 기쁨을 느꼈다.

그는 자기 주해서의 항목 #9를 떠올렸다.

그는 오래전에 살았지만, 아직도 여전히 살아 있다.

그는 여전히 살아 있다. 팻은 생각했다. 이 모든 일이 벌어진 뒤에도, 약을 먹은 뒤에도, 손목을 그은 뒤에도, 자동차 배기가스를 틀어놓은 뒤에도, 여기 갇힌 뒤에도. 그는 여전히 살아 있다.

며칠이 흘렀다. 이 병동에서 그가 제일 좋아하는 다른 환자는 더그였다. 덩치가 크고, 젊고, 심한 파과형破瓜型 정신분열증 환자인 그는 일반적인 옷은 한 번도 입은 적이 없었고, 오로지 등이 터진 환자복만 입었다. 병동에서 일하는 여자들이 더그를 씻기고, 이발해주고, 빗질해주었다. 그런 일을 혼자 할 수 있을 정도의 인지능력조차 없었기 때문이다. 아침식사를 하라고 누가 깨울 때를 제외하면, 그는 자기 상황을 진지하게 받아들이는 법이 없었다. 매일같이 더그는 두려움에 가득한 모습으로 팻에게 인사를 건넸다.

"텔레비전 휴게실에 악마들이 있어." 더그는 매일 아침마다 이렇게 말했다. "무서워서 거기 못 들어가겠어. 너는 안 느껴져? 나는 그 옆에만 지나가도 느껴져."

점심을 먹으러 줄을 섰을 때 더그가 이렇게 적었다.

음식찌꺼기

"나는 음식찌꺼기를 시킬 거야." 그가 팻에게 말했다.

팻이 대답했다. "나는 오물을 시킬 거야."

유리벽과 잠긴 문이 있는 중앙 사무실 안에서는 직원들이 환자들을 관찰하며 뭔가를 기록했다. 팻의 차트에는 환자들끼리 카드놀이를 할 때에도(환자들은 일과 가운데 절반쯤을 카드놀이에 바쳤는데, 아무런 치료 요법도 받지 않았기 때문이다) 그가 전혀 끼지 않는다는 사실이 적혀 있었다. 팻은 다른 환자들이 포커와 블랙잭을 즐기는 와중에도 혼자 떨어져 앉아 책을 읽었다.

"왜 카드놀이를 안 하세요?" 직원인 페니가 물어보았다.

"포커랑 블랙잭은 카드놀이가 아니라 돈놀이니까요." 팻이 이렇게 말하며 책을 내려놓았다. "그런데 여기선 돈을 전혀 갖고 있을 수가 없으니까, 기껏 놀이를 해봐야 소용이 없죠."

"제 생각에는 카드놀이를 좀 하셔야 할 것 같은데요."

팻도 자기가 카드놀이를 하라는 명령을 받았다는 사실은 알았기 때문에, 그는 데비와 함께 아이들이 하는 '피시' 카드놀이를 했다. 두 사람은 몇 시간이나 '피시'를 했다. 유리 사무실 안에서는 직원들이 그 모습을 지켜보며, 자신들이 본 내용을 적었다.

여자 중에는 용케도 성서를 갖고 있어도 된다는 허락을 받아낸 사람이 하나 있었다. 서른다섯 명의 환자 사이에서는 그게 유일한 성서였다. 데비는 성서를 봐도 된다는 허락을 받지 못했다. 하지만 복도의 어느 모퉁이에서—낮에는 환자들이 병실에 들어가 누워 있거나 잠자지 못하도록 문을 잠가둔다— 무슨 일이 벌어지고 있는지를 직원들은 모르고 있었다. 거기서 팻은 때때로 환자들이 공동으로 사용하는 성서를 데비에게 건네주고, 그녀가 시편 가운데 하나를 얼른 훑어볼 수 있게 했다. 직원들은 곧 이 일을 눈치채고 짜증을 냈지만, 그중 한 명이 사무실에서 나와 복도를 따라 걸어올 때면 데비도 이미 읽기를 끝내고 어디론가 걸어간 다음이었다.

정신병동 환자들은 한 가지 속도로, 오로지 한 가지 속도로만 움직였다. 하지만 어떤 사람들은 항상 더 천천히 움직이기도 했고, 또 어떤 사람들은 항상 뛰기도 했다. 데비는 워낙 덩치가 크고 튼튼했기 때문에 항상 천천히 움직였고 더그도 마찬가지였다. 팻은 항상 더그와 함께 걸어 다녔기 때문에 자신의 보조를 그에게 맞추었다. 그들은 계속해서 복도를 따라 돌고 또 돌면서 이야기를 나누었다. 정신병원에서의 대화는 버스 정류장에서의 대화와도 비슷했다. 그레이하운드 버스 정류장에서는 모든 사람이 버스를 기다리고 있기 때문이다. 뭔가를 기다리고 있다는 점은 정신병원에서도 마찬가지였고, 카운티 부설 폐쇄식 정신병원에서는 특히 더했다. 모두들 거기서 나갈 날을 기다렸다.

정신병동에서는 그리 많은 일이 벌어지지 않았다. 허구적인 소설에서 이야기하는 바와는 정반대였다. 환자가 직원을 힘으로 제압하는 일도 실제로는 없었고, 직원이 환자를 살해하는 일도 실제로는 없었다. 대부분의 사람은 책을 읽거나, 텔레비전을 보거나, 아니면 그냥 앉아서 담배를 피우거나, 카드놀이를 하거나, 걸어 다니거나, 그것도 아니면 하루 세 번 식사를 할 뿐이었다. 야간에 찾아오는 면회객은 항상 미소를 지었다. 정신병원의 환자들은 어째서 바깥에서 온 사람들이 항상 미소를 짓는지 몰랐다. 내게도 그것은 오늘날까지 줄곧 수수께끼로 남아 있다.

내복약—모두들 그냥 '약'이라고 부른—은 부정기적으로 작은 종이컵에 담겨 나왔다. 모두가 정신분열증 치료제 토라진에다가 다른 뭔가가 곁들여진 약을 받았다. 그들은 지금 먹는 약이 무슨 약인지를 이야기해주지 않았고, 다만 알약을 확실히 삼켰는지를 확인했다. 가끔은 약 담당 간호사가 정신이 나갔는지 똑같은 투약 쟁반을 두 번이나 돌릴 때도 있었다. 불과 십 분 전에 약을 먹지 않았느냐고 환자들이 항상 지적했지만, 그래도 간호사는 약을 다시 먹이곤 했다. 이런 실수는 그날 일과가 끝날 때까지 밝혀지지 않았으며, 직원들은 이 사실을 환자들에게 알리기를 거부했다. 막상 환자들은 그로 인해 예정된 것보다도 두 배나 더 많은 토라진을 몸속에 넣고 있게 생겼는데도 말이다.

그러나 내가 이제껏 만난 정신병 환자들은 물론이고 심지어 편집증 환자들 중에도, 이렇게 약을 두 번이나 먹이는 것이 고의적으로 병동을 조용하게 만들기 위한 술책이라고 생각하는 사람은 하나도 없었다. 다만 간호사들이 명청하다는 사실만은 명백했다. 간호사들은 어떤 환자가 누구인지 식별하는 것이나 그 환자에게 가야 할 작은 종이컵을 정확히 찾아내는 것만 가지고도 애를 먹을 정도였다. 왜냐하면 병동에서는 새로운 환자가 입원하고 오래된 환자가 퇴원하는 일이 빈번해서 늘 환자의 숫자가 유동적이었기 때문이다. 하지만 무엇보다 정신병원에서의 진짜 위험은 혹시나 PCP*에 취한 환자가 실수로 이 병동에 들어오는 일이었다. 여러 정신병원에서 PCP 상용자를 거절했으며, 대신 무장 경찰에게 처리를 맡기는 것을 원칙으로 삼고 있었다. 반대로 무장 경찰은 PCP 상용자의 처리를 비무장 상태인 정신병원 환자며 직원에게 떠넘기려고 항상 노력했다. 어느 누구도 PCP 상용자를 상대하고 싶어하지 않는 데에는 충분한 이유가 있었다. 신문만 들여다보아도 어느 병동에 수용되었던 PCP 중독자가 다른 환자의 코를 물어뜯었다든지 또는 자

---

* 합성 헤로인. 앤젤 더스트(Angel Dust)라고도 한다.

기 눈을 찔러버렸다는 등의 기사가 종종 실렸기 때문이다.

팻은 다행히도 이런 일에서 면제되었다. 그는 심지어 그런 공포가 존재한다는 것도 몰랐다. 이는 오렌지 카운티 메디컬 센터의 현명한 계획 덕분에 가능한 일이었으니, 이 병원에서는 북병동에 PCP 환자를 절대로 들여놓지 않았기 때문이었다. 솔직히 이야기해서 팻이 목숨을 건진 까닭은 무엇보다도 오렌지 카운티 메디컬 센터 덕분이었다(그리고 그곳에 지불한 2000달러 덕분이었다). 물론 그는 정신이 너무 맛이 간 나머지, 그 사실을 제대로 인식하지는 못했지만 말이다.

오렌지 카운티 메디컬 센터에서 날아온 청구서를 항목별로 읽어보던 베스는 이 병원에서 자기 남편을 계속 살아 있게 하기 위해서 한 일들의 종류를 알고 깜짝 놀랐다. 이들이 한 일의 목록은 무려 다섯 쪽에 걸쳐 이어졌다. 심지어 산소 공급도 포함되어 있었다. 팻은 전혀 몰랐지만 심장질환 집중치료실의 간호사들은 그가 곧 죽을지도 모른다고 생각했다. 그들은 계속해서 그를 모니터했다. 가끔 한 번씩, 심장질환 집중치료실에서는 응급 상황을 알리는 경보가 울렸다. 이는 곧 누군가가 생명 징후를 잃었다는 의미였다. 비디오 스크린에 연결된 상태로 누워 있던 팻은 마치 자기가 기차의 철로 변경지 바로 옆에 놓인 것 같은 기분이 들었다. 생명 유지 장치가 계속해서 여러 가지 소음을 냈기 때문이다.

자기들을 도와주는 사람은 도리어 미워하고, 자기들을 눈감아주는 사람은 사랑하는 것이야말로 정신 질환자들의 특성이었다. 팻은 여전히 베스를 사랑했고 오렌지 카운티 메디컬 센터를 증오했다. 이는 곧 그가 역시나 북병동에 속한 사람임을 증명해주었다. 베스는 크리스토퍼를 데리고 어딘지 모를 곳으로 떠날 때부터 결국 그가 자살을 시도할 것임을 알았다. 그는 결국 캐나다에서 자살을 시도했다. 베스는 그가 죽는 즉시 집으로 돌아올 생각이었다. 나중에 그녀가 그에게 한 말이었다. 또한 그녀는 그가 자실에 실패했다는 소식을 듣고는 화가 나더라고 말했다. 왜 그 소식을 듣고 화가 났느냐고 물어보자 베스는 이렇게 말했다.

"당신은 뭘 해도 무능하다는 사실이 다시 한 번 입증되었기 때문이지."

정신이 멀쩡한 것과 멀쩡하지 않은 것의 차이는 사실 면도날의 두께보다도 더 얇으며, 사냥개의 이빨보다 더 날카롭고, 노루보다도 더 재빠르다. 이는 가장 희미한 유령보다도 더 파악하기가 힘들다. 어쩌면 이런 차이는 아예 존재하지 않는지도 모른다. 어쩌면 그것 '자체'가 유령인지도 모른다.

모순적인 사실은 팻이 졸지에 폐쇄 병동에 들어오게 된 까닭은 그가 미쳐서가 아니라는(물론 그는 실제로 미쳤지만) 점이었다. 엄밀하게 말해서 그 이유는 그가 '자기 자신에게 위험하다'는 것이었다. 팻은 자기 자신의 안위에 대한 위협이나 다름없었으며, 이런 혐의는 충분히 많은 사람들에게 반감을 불러일으킬 만했다. 북병동에서 살아가는 동안 그는 여러 가지 심리 검사를 받았다. 그는 이 검사를 모두 통과했지만, 한편으로 그는 하느님에 관해 이야기하지 않을 정도의 분별력을 지니고 있었다. 비록 검사를 모두 통과하기는 했지만 팻은 사실 자신의 상태를 모두 꾸며낸 셈이었다. 시간을 때우기 위해서 그는 알렉산드르 네프스키에게 유혹을 당해 얼음판 위로 내달렸던, 그리하여 결국 모두의 죽음으로 내달린 독일 기사단의 그림을 그리고 또 그렸다.* 팻은 중무장한 튜튼 기사단이 가늘게 눈구멍이 난 면갑이며 황소 뿔이 양쪽에 난 투구를 쓰고 있는 모습이란 걸 알았다. 그는 각각의 기사가 커다란 의자와 빼든 검을 지니고 있는 모습으로 그렸다. "In hoc signo vinces." 그는 어느 담뱃갑에서 이 말을 읽었는데, 이런 뜻이었다. "이 기호를 달고서 너는 정복하리라."** 이 기호는 철십자의 형태를 취하고 있었다. 하느님을 향한 그의 사랑은 졸지에 분노로, 어떤 모호한 분노로 변하고 말았다. 그는 크리스토퍼가 잔디밭을 가로질러 달리는 환상을 보았다. 작고 파란 코트 자락을 뒤로 휘날리면서, 크리스토퍼는 달리고 또 달렸다. 그런데 지금 닫려가는 사람은 바로 호스러버 팻임이 분명했다. 어떻게 해서인지 그가 그 아이 속에 들어 있었다. 자신의 분노만큼 모호한 무언가로부터

---

* 러시아의 정치가 알렉산드르 네프스키(1220~1263)는 1242년 봄에 튜튼 기사단을 맞이해 전투를 벌였다. 네프스키 측은 적군을 얼어붙은 호수 위로 유인했고, 중무장한 병사들의 무게를 감당하지 못한 얼음이 깨지면서 적군 상당수가 익사하고 말았다. 이 전투로 네프스키는 지금까지도 영웅으로 추앙되며, 러시아정교에서는 그를 시성했다.
** 콘스탄티누스 1세(272~337)가 환상과 꿈에서 이 구절을 본 다음, 그리스도의 이름에서 딴 그리스어 철자 P와 X를 겹친 십자가를 앞세우고 승리를 거두었다는 일화가 있다.

달려서 도망치고 있었다.

아울러 그는 몇 번이나 이렇게 썼다.

#28. Dico per spiritum sanctum. Haec veritas est. Mihi crede et mecum in aeternitate vivebis.

이 말은 이런 뜻이었다. "나는 성령을 이용하여 말한다. 이것은 진실이다. 나를 믿으라. 그러면 너희는 나와 함께 영원히 살리라."

어느 날 그는 복도의 벽에 붙어 있는 지시사항 인쇄물에다가 이렇게 적었다.

Ex Deo nascimur, in Jesu mortimur, per spiritum sanctum reviviscimus.

더그는 그게 무슨 뜻이냐고 그에게 물었다.

"하느님으로부터 우리는 태어났고." 팻이 번역해주었다. "예수 안에서 우리는 죽고, 성령에 의하여 우리는 다시 산다."

"자네는 여기서 90일 동안 있게 될 거야." 더그가 말했다.

한번은 팻이 어떤 공지사항을 보고는 그만 어리둥절해지고 말았다. 그 공지사항에는 이곳에서 하면 안 되는 금지사항 목록이 적혀 있었는데, 그 중요도에 따라 내림차순으로 정리되어 있었다. 목록 맨 위에는 다음과 같은 금지사항이 적혀 있었다.

병동 내의 재떨이는

이동이 금지되어 있습니다.

그리고 목록의 더 아래쪽에는 이렇게 적혀 있었다.

두엽 절제술은 환자 본인의

서면 동의서 없이는

시술이 금지되어 있습니다.

"이건 '두엽'이 아니라 '전두엽'이라고 해야 맞아." 더그가 이렇게 말하면서 앞에 '전'이라고 적어 넣었다.

"자네가 그걸 어떻게 아나?" 팻이 물었다.

"뭔가를 아는 방법에는 두 가지가 있지." 더그가 말했다. "우선 감각기관을 통해 생기는 지식이 있는데 그걸 가리켜 경험적 지식이라고 하지. 또 머릿속에서 그냥 떠오르는 지식이 있는데 그걸 가리켜 '아 프리오리(선험적)' 지식이라 하고." 더그는 공지사항에 이렇게 적어 넣었다.

내가 만약 재떨이를 도로 갖다 놓으면

내 전두엽을 도로 가질 수 있을까요?

"자네는 여기서 90일 동안 있게 될 거야." 팻이 말했다.

건물 밖에는 비가 억수처럼 쏟아지고 있었다. 팻이 북병동에

온 이래로 줄곧 비가 내렸다. 세탁실의 세탁기 위에 올라서면 창살 쳐진 창문 너머로 주차장이 보였다. 사람들은 그곳에 자동차를 세우고 나서 다시 빗속을 뚫고 달려갔다. 팻은 자기가 실내에, 그러니까 병동 안에 있다는 것이 기뻤다.

하루는 이 병동의 책임자인 스톤 박사가 그와 면담을 가졌다.

"이전에도 자살을 시도하신 적이 있었습니까?" 스톤 박사가 그에게 물었다.

"아뇨." 팻이 말했다. 물론 사실은 아니었다. 다만 이 순간만 해도 그는 더 이상 캐나다에서의 일을 기억하지 못했다. 지금의 그는 베스가 집을 나간 2주 전부터 비로소 자기 삶이 시작되었다는 착각을 하고 있었다.

"제 생각에는 말입니다." 스톤 박사가 말했다. "당신이 자살을 시도하셨을 때에야 당신은 난생처음으로 현실과 접촉한 셈이었을 겁니다."

"어쩌면 그럴지도 모르죠." 팻이 말했다.

"제가 지금 당신께 드리려는 것은" 스톤 박사가 이렇게 운을 띄우며, 잔뜩 어질러진 작은 책상 위에 놓인 검정색 서류가방을 열었다. "우리가 '배치Bach 요법'이라고 부르는 것입니다." 철자는 바흐와 같았지만 발음은 배치였다. "이 자연요법 약제는 웨일스에서 자라는 특정한 꽃들을 증류해서 만든 겁니다. 배치 박사는 웨일스의 들판과 초지를 돌아다니면서 기존의 모든 부정적인 정신 상태를 실험해보았지요. 그는 각각의 정신 상태마다 꽃을 하나씩 들어 올려보았습니다. 적절한 꽃인 경우에는 배치 박사 손의 컵에 든 꽃이 바르르 떨렸습니다. 그리하여 그는 각각의 꽃으로 만든 추출액과 혼합액을 이용하는 독특한 방법을 발전시켰습니다. 지금 제가 드리는 것은 럼주를 베이스로 한 혼합액이고요." 그는 세 개의 병을 책상 위에 꺼내놓았다. 그러고는 커다란 병을 또 하나 꺼내놓고는 세 개의 병에 들었던 내용물을 그 안에 부었다. "매일 여섯 방울씩 복용하십시오." 스톤 박사가 말했다. "배치 요법은 아무런 해악도 끼치지 않을 겁니다. 유독성 화학물질은 아니니까요. 대신 당신의 무기력과 두려움과 활동 불능이라는 감각을 제거해줄 겁니다. 제가 진단한 바에 따르면, 지금 당신을 가로막는 세 가지 영역이 바로 그겁니다. 무기력, 두려움, 활동 불능. 이제 당신은 자살을 시도하는 대신에 당신 아들을 당신 부인에게서 도로 데려와야 할 겁니다. 캘리포니아 주의 법률에 따르면 어린아이는 일단 아버지 곁에 있어야 하니까요. 그 반대로 해야 한다는 법원 명령이 나오기 전에는 말입니다. 그런 뒤에 당신은 둘둘 만 신문이나 전화번호부를 가지고 당신 부인을 가볍게 한 대 때려줘야 할 겁니다."

"고맙습니다." 팻은 병을 받아들고 말했다. 그는 스톤 박사라는 사람이 완전히 미쳤다고 생각했지만 그나마 좋은 쪽으로 그렇다고 생각했다. 팻이 북병동에 들어온 이래로 그를 인간처럼 대우해주며 말을 걸어준 사람은 다른 환자들 외엔 오로지 스톤 박사뿐이었다.

"당신은 마음속에 분노를 많이 품고 있습니다." 스톤 박사가 말했다. "제가 『도덕경』을 한 권 빌려드리도록 하죠. 혹시 노자를 읽어보신 적이 있습니까?"

"아뇨." 팻이 대답했다.

"제가 일단 한 대목 읽어드리죠." 스톤 박사가 이렇게 말하더니, 큰 소리로 읽었다.

> 그 위쪽 부분은 눈이 부시지 않고
> 그 아래쪽 부분은 모호하지 않다.
> 희미하게 보이는, 그것은 이름 붙일 수 없으며
> 실체가 없는 것으로 돌아간다.
> 이것은 형체라고 일컬어지지만 형체가 없고
> 실체가 없는 이미지이다.
> 이것은 불분명하고 그림자 같다고 일컬어지며,
> 그것의 위를 보아도 그 머리를 볼 수 없으며,
> 그것의 뒤를 따라도 그 꼬리를 볼 수 없다."

이 말을 듣고서 팻은 자기 일기의 항목 #1과 #2를 떠올렸다. 그는 이 구절들을 암송해서 스톤 박사에게 알려주었다.

#1. 한 큰정신이 있다. 그러나 그 아래에 두 개의 원칙이 다툰다.

#2. 큰정신은 빛을 허락하고, 또한 어둠을 허락하며, 양자
가 상호작용하게 한다. 그리하여 시간이 생성된다. 결국 큰
정신은 빛에 승리를 부여한다. 시간은 중지되고 큰정신은
완성된다.

"하지만" 스톤 박사가 말했다. "만약 큰정신이 빛에 승리를
부여한다면, 그래서 어둠이 사라진다면 결국 현실도 사라지게
될 겁니다. 왜냐하면 현실은 똑같은 분량의 양과 음으로 이루
어진 합성물이니까요."

"양은 파르메니데스의 형상 1에 해당하죠." 팻이 말했다. "음
은 형상 2에 해당하고요. 파르메니데스는 형상 2가 사실은 존
재하지 않는다고 주장했습니다. 오로지 형상 1만이 존재한다고
했죠. 파르메니데스는 모자이크 세계가 있다고 믿었습니다. 사
람들은 두 가지 형태가 모두 존재한다고 '상상'하지만, 그들의
생각은 틀린 겁니다. 아리스토텔레스의 말에 따르면, 파르메니
데스는 형상 1을 '있는 것'과, 형상 2를 '있지 않은 것'과 동일
시했다고 합니다. 즉 사람들은 미혹당한 겁니다."

스톤 박사는 그를 눈여겨보며 말했다. "그 주장의 출처는 어
디인가요?"

"에드워드 허시요." 팻이 말했다.

"그 양반은 옥스퍼드에 있죠." 스톤 박사가 말했다. "저도 옥
스퍼드를 나왔습니다. 제 생각에는 허시야말로 경쟁 상대가 없
는 인물이에요."

"맞는 말입니다." 팻이 말했다.

"그것 말고 또 저에게 말씀해주실 게 있습니까?" 스톤 박사가 말했다.

팻이 말했다. "시간은 존재하지 않습니다. 이것이야말로 티아나의 아폴로니오스, 타르수스의 바울, 시몬 마구스, 파라켈수스, 뵈메와 브루노가 모두 알고 있던 대단한 비밀이었습니다. 우주는 결국 스스로를 완성시키는 단일한 실체로 수축되고 있다는 것이지요. 부패와 무질서를 우리는 오히려 반대로, 즉 증가하는 것으로 바라봅니다. 제가 쓴 주해서의 항목 #18은 이렇습니다. '진정한 시간은 C.E. 70년에 예루살렘 성전의 파괴와 함께 중지되어버렸다. 진정한 시간은 C.E. 1974년에 다시 시작되었다. 그 사이의 기간은 큰정신의 창조를 흉내 낸 완벽한 위조 개작품이었다.'"

"개작이라니. 누가 그랬다는 겁니까?" 스톤 박사가 물었다.

"흑철 감옥이 그랬죠. 그것은 제국의 표현이었습니다. 그러니까 저에게—" 팻은 이렇게 말하기 시작했다. "저에게 계시된 바에 따르면요." 팻은 단어를 다시 골라가며 말했다. "제가 발견한 것 중에서도 가장 중요한 내용은 이것입니다. '제국은 결코 끝나지 않는다.'"

스톤 박사는 자기 책상에 기댄 채, 팔짱을 끼고 몸을 앞뒤로 흔들며 팻을 바라보았다. 계속 이야기를 듣고 싶은 모양이었다.

"제가 아는 내용은 그게 전부입니다." 팻은 뒤늦게야 신중을 기하며 이렇게 말했다.

"방금 말씀하신 내용이 상당히 흥미롭군요." 스톤 박사가 말했다.

팻은 이제 두 가지 가능성이 존재한다는 것을 깨달았다. 오로지 두 가지 가능성만이 존재한다는 것을. 즉 스톤 박사가 완전히 미친―그냥 미친 것도 아니고 완전히 미친― 것이거나, 그렇지 않으면 능숙하고도 전문가적인 방법으로 팻이 말을 하게끔 만든 것이었다. 그는 팻이 본색을 드러내게끔 만들었고 이제는 팻이 완전히 미친 사람이라는 것을 알았다. 이는 결국 팻이 앞으로 법정 출두를 기다리며 90일 동안 여기 머물러야 한다는 뜻이었다.

이것이야말로 참으로 서글픈 발견이 아닐 수 없었다.

   1) 당신에게 동의하는 사람은 결국 미친 사람이다.
   2) 당신에게 동의하지 않는 사람은 권력을 지니고 있다.

이것이야말로 팻의 머리에서 스며 나온 쌍둥이 깨달음이었다. 팻은 갈 데까지 가보기로 작정했다. 그래서 주해서에서도 가장 광적으로 보일 법한 항목을 스톤 박사에게 말해주었다.

"항목 #24." 팻이 말했다. "플라스마테는 C.E. 1945년까지도 체노보스키온에 있는 어느 매몰된 사본 더미 속에서 휴면 중인 씨앗의 형태로, 즉 살아 있는 정보로, 꾸벅꾸벅 졸고―"

"그런데 '체노보스키온'이 뭡니까?" 스톤 박사가 말을 끊으며 물었다.

"나그함마디요."

"아, 영지주의 문서 말이군요." 스톤 박사가 고개를 끄덕였다. "1945년에 발견되어 해독되었지만 아직 출간되지는 않았죠.* 그러면 '살아 있는 정보'는요?" 그는 두 눈으로 줄곧 팻을 유심히 관찰하고 있었다. "그러면 '살아 있는 정보'라는 건." 그는 다시 한 번 중얼거렸다. 그러고는 이렇게 말했다. "바로 로고스로군요."

팻은 몸을 떨었다.

"그렇군요." 스톤 박사가 말했다. "로고스가 바로 살아 있는 정보인 거로군요. 복제가 가능한."

"정보를 통해서 복제가 가능한 게 아닙니다." 팻이 말했다. "정보 안에서 가능한 거죠. 다만 정보'로서' 말입니다. 이것이야말로 이른바 '겨자씨' 비유를 통해서 에둘러 말했을 때에 예수가 진정으로 의미한 바였어요. 그는 겨자씨가 훗날 새가 깃들 만큼 커다란 나무로 자라날 거라고 말했죠."

"이 세상에 겨자 나무라는 건 없으니까요." 스톤 박사도 동의했다. "그러니 예수의 말뜻을 문자적으로 이해할 순 없죠. 이건 오히려 마가의 이른바 '비밀' 주제와 맞아떨어진다고 봐야겠죠. 즉 예수는 외부인들이 진실을 알기를 바라지는 않았다는 것 말입니다. 알고 계시지요?"

"'예수는 자신의 죽음뿐만 아니라―'" 팻은 잠시 머뭇거렸

---

* '나그함마디 문서'는 1972년부터 1977년까지 12권의 영인본으로 간행되었고 1977년에 최초의 영어 번역본이 간행되었다.

다. "'모든 호모플라스마테의 죽음도 예견했다.' 호모플라스마테란 플라스마테와 교차결합된 인간을 말하죠. 종간 공생인 겁니다. '살아 있는 정보로서 플라스마테는 인간의 안眼신경을 따라 들어가 솔방울샘에 도달한다. 플라스마테는 인간의 두뇌를 암컷 숙주로 이용하여—'"

스톤 박사는 끙 소리를 내면서 격렬하게 몸을 경직시켰다.

"'—스스로를 복제해 활성 상태로 만든다.'" 팻이 말했다. "헤르메스주의 연금술사는 고대 문헌을 통해 이를 이론적으로 알고 있었지만, 차마 모방할 수는 없었다. 그들은 휴면 상태로 파묻힌 플라스마테를 찾아낼 수 없었기 때문이다.'"

"하지만 당신은 플라스마테가, 그러니까 로고스가 나그함마디에서 발굴되었다고 하지 않았습니까!"

"그렇습니다. 그곳에서 사본을 해독했을 때의 일이죠."

"그렇다면 그것이 쿰란에서도 휴면 중인 씨앗의 상태로 있지는 않았다고 확신하시는 겁니까? 5호 동굴에도 있지 않았다는 겁니까?"

"글쎄요." 팻은 자신 없는 투로 말했다.

"그렇다면 그 플라스마테는 애초에 어디에서 온 겁니까?"

잠시 침묵이 흐르고 나서 팻이 말했다. "다른 성계에서 온 겁니다."

"그중에서도 특별히 어디라고 생각하시는 곳이 있습니까?"

"시리우스요." 팻이 말했다.

"그러면 당신은 수단 서부에 사는 도곤 족이 기독교의 원천이라고 믿으시는 겁니까?"

"그들은 물고기 기호를 이용하니까요." 팻이 말했다. "그 기호는 놈모, 즉 쌍둥이 가운데 자비로운 한쪽을 가리킵니다."

"그는 곧 형상 1, 또는 양인 거군요."

"그렇습니다." 팻이 말했다.

"그리고 유루구는 곧 형상 2인 거고요. 하지만 당신은 형상 2가 실제로는 존재하지 않는다고 생각하죠."

"놈모가 반드시 그녀를 살육해야 하니까요." 팻이 말했다.

"그거야말로 어떤 면에서는 일본 신화에서 명기하고 있는 바죠." 스톤 박사가 말했다. "그러니까 일본의 우주진화론적 신화에서 말이에요. 쌍둥이 가운데 여자인 한쪽이 죽으면서 불을 낳았죠. 곧이어 그녀는 지하로 내려갑니다. 쌍둥이 가운데 남자인 한쪽은 그녀를 따라가서 회복시키려 하지만, 그녀는 이미 몸이 부패해서 괴물을 낳아버리죠. 그녀가 그를 쫓아오자, 그는 그녀를 지하에 봉인해버린 겁니다."

팻은 깜짝 놀라며 물었다. "몸이 부패했는데도 괴물을 낳을 수 있었다고요?"

"그러니까 오로지 괴물만 낳은 거죠." 스톤 박사가 말했다.

이쯤 되자 팻의 머릿속에는 두 가지 새로운 명제가 떠올랐다. 바로 이 특정한 대화 때문이었다.

1) 권력을 지닌 사람 가운데 일부는 미쳤다.

2) 그리고 그들은 옳다.

여기서 '옳다'는 것은 '현실과 접촉한다'는 의미였다. 팻은 자신의 가장 불길한 통찰로 돌아가 있었다. 즉 우주는 물론이고, 심지어 우주의 배후에서 우주를 다스리는 큰정신 모두가 완전히 비합리적이라는 것이다. 그는 과연 이 이야기를 스톤 박사에게 해도 될지 궁금해졌다. 이 의사는 지금껏 팻이 만난 그 누구보다도 그를 더 잘 이해하는 듯했기 때문이다.

"스톤 박사님." 그가 말했다. "그런데 제가 하나 여쭤볼 게 있습니다. 선생님의 전문가적인 의견을 듣고 싶거든요."

"말씀해보세요."

"혹시 우주가 비합리적일 가능성이 있을까요?"

"그러니까 어떤 정신에 의해 인도되지 않을 가능성 말씀이신가요? 제 생각에는 당신이 갑자기 크세노파네스로 입장을 선회하신 것 같군요."

"그렇죠." 팻이 말했다. "콜로폰의 크세노파네스요. '이 세상에는 하나의 신만 있으며, 그는 육체적 형체에서나 그 정신의 생각에서나 필멸의 피조물과는 전혀 닮지가 않았다. 그는 전체로 보고, 전체로 생각하고, 전체로 듣는다. 그는 항상 똑같은 곳에 움직임 없이 머물러 있다. 따라서 그가 지금은 이렇게, 또 지금은 저렇게 움직인다고 말하는 것은 옳지가—'"

"'적절하지가.'" 스톤 박사가 정정해주었다. "'따라서 그가 지금은 이렇게, 또 지금은 저렇게 움직인다고 말하는 것은 적절하지가 않다.' 그리고 중요한 부분이 나오죠.「단편 25」말입니다. '하지만 아무런 노력도 없이, 그는 자기 정신의 생각만으로 만물을 낳는다.'"

"하지만 그는 비합리적일 수도 있는 겁니다." 팻이 말했다.

"그걸 우리가 어떻게 알겠어요?"

"우주 전체가 비합리적이니까요."

스톤 박사가 말했다. "뭐랑 비교해서 그렇다는 겁니까?"

이것이야말로 팻으로선 아직 생각해본 적이 없는 질문이었다. 하지만 이 질문을 생각해보자마자, 팻은 이 질문이 자신의 두려움을 무너트리지 못한다는 사실을 깨달았다. 이 질문은 오히려 그의 두려움을 증가시켰다. 만약 우주 전체가 비합리적이라면, 우주는 결국 어떤 비합리적인, 다시 말해 미친 정신에 의해 인도되는 셈이므로, 종 전체가 존재하고 살고 죽고 하는 와중에도 그런 사실을 전혀 짐작할 수 없었을 것이다. 왜냐하면 스톤 박사가 방금 제기한 바로 그 이유 때문이다.

"그러면 로고스는 비합리적이지 않은 거군요." 팻은 큰 목소리로 결론을 내렸다. "제가 플라스마테라고 부르는 것 말입니다. 나그함마디의 사본 속에 정보로서 잠자고 있던 것 말입니다. 그것은 이제 우리에게로 돌아와서, 새로운 호모플라스마테를 만들었죠. 로마인, 즉 제국이 원래의 플라스마테를 모조리 죽여 없앴으니까요."

"하지만 당신은 진정한 시간이 A.D. 70년에, 그러니까 로마인이 성전을 파괴한 순간에 중지되고 말았다고 말하지 않았습니까. 따라서 지금은 여전히 로마 시대라고 갈입니다. 로마인은 여전히 여기 있는 겁니다. 지금은 대략—" 스톤 박사가 계산값을 내놓았다. "대략 A.D. 100년경이겠군요."

그제야 팻은 깨달았다. 이것이야말로 그의 이중 노출을, 즉 고대 로마와 1974년의 캘리포니아가 겹쳐 보이는 현상을 설명해준다는 것을. 스톤 박사가 자기 대신 이 문제를 해명해준 것이다.

그의 광기 때문에 그를 치료하는 책임을 떠맡은 정신과 의사가 오히려 그를 인정해준 셈이었다. 이제 팻은 자신이 하느님과 만났다는 사실을 결코 다시는 의심하지 않았다. 스톤 박사의 말로 그 사실이 이미 확실하게 증명되었기 때문이다.

05

팻은 북병동에서 13일 동안 머물며 커피를 마시고, 책을 읽고, 더그와 함께 여기저기 걸어 다녔지만, 스톤 박사를 다시 만나 이야기하지는 않았다. 스톤 박사는 할 일이 너무 많았다. 병동이며 그 안에 있는 사람들, 직원과 환자 모두를 모조리 담당하기라도 하는 듯했다.

물론 그가 병동에서 풀려날 때에 짧고도 어리석은 대화를 황급하게 나누기는 했다.

"제 생각에는 이제 여길 나갈 준비가 되신 것 같군요." 스톤 박사가 쾌활하게 말했다.

팻이 말했다. "근데 하나 여쭤보고 싶은 게 있는데요. 그러니까 전 우주를 인도하는 정신이 전혀 없다고 이야기하는 게 아니에요. 크세노파네스가 생각한 것과 같은 정신은 있어요. 다만 그 정신은 미쳤다는 거예요."

"영지주의자들은 창조주인 신이 미쳤다고 믿었지요." 스톤 박사가 말했다. "또 눈이 멀었다고 믿었어요. 제가 뭐 하나 보여드릴까요. 아직 정식으로 출간된 건 아니어요. 오벌 윈터뮤트에게서 타자 원고로 얻은 거죠. 그 친구는 지금 한스 게바르트 베트게와 함께 나그함마디 코덱스를 번역하는 일을 하고 있거든요.* 이 인용문은 『세계의 기원에 관하여』에 나오는 거예요. 읽어보세요."

팻은 그 귀중한 타자 원고를 들고 거기 나온 내용을 읽어보았다.

그가 말했다. "나는 신이며, 나를 제외하면 다른 신은 존재하지 않는다." 하지만 이렇게 말한 순간, 그는 모든 불멸의 존재에 대해 죄를 지은 셈이었다. 그들은 그를 지켜주었다. 더군다나 피스티스는 최고 통치자의 불경을 코고 화가 났다. 눈에 보이지 않은 상태에서 그녀가 말했다. "너는 죄를 범했다, 사마엘." 사마엘이란 곧 '눈먼 신'이라는 뜻이다. "깨달음을 얻고 불멸하는 인간이 너의 이전에드 하나 있었느니라. 그는 너의 형성된 몸 안에서도 나타날 것이다. 그는 너를 도공이 진흙 짓밟듯이 짓밟을 것이다. 그리고 너는 너의 소유인 것들과 함께 너의 어미에게로, 즉 심연으로 떨

---

* 오벌 윈터뮤트와 한스 게바르트 베트게는 나그함마디 문서를 번역한 실존 학자들이다.

어질 것이다."

단번에 팻은 자기가 지금 읽은 것이 무슨 의미인지를 이해했다. 사마엘은 창조주 신이었고, 스스로 유일한 신이라고 생각했다. 창세기에 나온 것처럼 말이다. 하지만 그는 눈이 멀어 있었다. 다시 말해서 폐색되어 있었다. '폐색되다'는 팻이 즐겨 사용하는 독특한 용어였다. 이 용어는 다른 용어를 모조리 포괄했다. 정신이 나갔다, 미쳤다, 비합리적이다, 괴짜다, 돌아버렸다, 맛이 갔다, 정신병자가 됐다 등등. 눈이 먼 상태에서(비합리성의 상태에서, 다시 말해서 현실과 단절된 상태에서) 그가 미처 깨닫지 못한 것은—

그런데 이 타자 원고에서는 뭐라고 말하고 있었지? 그는 열심히 원고를 훑어보았다. 순간 스톤 박사가 그의 한쪽 팔을 토닥이면서 그 타자 원고는 가져가도 된다고 말해주었다. 자기는 이 타자 원고를 몇 부 더 복사해 갖고 있다고 했다.

깨달음을 얻고 불멸하는 인간이 그 이전에도 하나 있었으며 그 깨달음을 얻고 불멸하는 인간은 이제 사마엘이 창조하려고 하는 인류 내에서 다시 나타날 것이었다. 그리고 창조주의 '이전'에도 존재했다는, 깨달음을 얻고 불멸하는 그 인간은, 엉망이고 눈이 멀고 미혹된 창조주를 마치 도공의 진흙처럼 짓밟을 것이었다.

그러므로 팻과 하느님—진짜 하느님—의 만남은 일찍이 스테파니가 자기 돌림판에서 그를 위해 만들어준 항아리 '오호'

를 통해 실현되었던 것이다.

"그러면 나그함마디에 관한 제 이야기가 맞았군요." 그는 스톤 박사에게 말했다.

"잘 아시면서요." 스톤 박사가 말했다. 곧이어 그는 어느 누구도 팻에게 한 적이 없었던 말을 했다. "그건 당신이 권위자니까요."라는 말이었다.

팻은 그제야 스톤 박사가 자신의 ─ 그러니까 팻의 ─ 영적 생명을 회복시켜놓았음을 깨달았다. 스톤 박사는 그를 구원했다. 그는 최고의 정신의학자였다. 스톤 박사가 팻을 직접 만나서 말하고 행동한 것은 모두 치료요법으로서의 근거와 취지를 지니고 있었다. 스톤 박사의 정보 내용이 정확한지 여부는 중요하지가 않았다. 애초부터 그의 목적은 베스가 떠나면서 사라져버린 ─ 물론 실제로는 몇 년 전에 그가 글로리아의 생명을 구하지 못했을 때에 이미 사라져버린 것이었지만 ─ 팻의 자기 신뢰를 회복시키려는 것이었다.

스톤 박사는 정신이 나간 사람이 아니라 치유사였다. 그는 딱 어울리는 직업을 택한 셈이었다. 아마도 그는 수많은 방법을 이용해서 수많은 사람을 치료했을 것이었다. 그는 각각의 환자를 자신의 치료 요법에 적응시키는 것이 아니라, 자신의 치료 요법을 각각의 환자에 적응시켰다.

사람 미치겠군. 팻은 생각했다.

"그건 당신이 권위자니까요."라는 간단한 말 한 마디로 스톤 박사는 팻에게 영혼을 되돌려준 것이었다.

일찍이 글로리아가 그 끔찍스럽고 악의적인 정신병적 죽음의 게임을 벌이면서 그만 가져가버렸던 그의 영혼을.

그들—'그들'에 주목하라—은 병동에 들어온 환자를 파괴시킨 원인이 무엇인지를 알아내는 대가로 스톤 박사에게 월급을 주었다. 각각의 사례마다 환자는 삶의 어느 순간에 어느 장소에서 일종의 총알을 한 방 맞았다. 그 총알이 몸에 박혀 고통이 퍼져 나가기 시작한다. 이 음흉한 고통은 그를 가득 채우다 못해 마침내 그를 한가운데에서 절반씩 쪼개버린다. 그렇게 쪼개진 사람을 원래대로 돌려놓는 것이 이 병원의 직원들, 그리고 심지어 다른 환자들의 임무였지만, 그 총알이 여전히 몸에 남은 한 그렇게 할 수가 없다. 실력이 더 떨어지는 치료요법사의 경우, 일단 환자가 반반으로 쪼개진 것을 깨닫고, 그를 하나로 돌려놓기 위해 깁는 일을 시작한다. 하지만 그들은 총알을 발견하고 제거하는 데에는 실패한다. 환자가 맞은 치명적인 총알이야말로, 심리적으로 부상을 입은 사람을 향한 프로이트의 이론에서 기초가 된다. 프로이트는 이 사실을 이해하고 있었다. 그는 그걸 트라우마라고 불렀다. 나중에는 모두들 치명적인 총알을 찾는 데에 진력을 뺐다. 너무나도 오래 걸렸기 때문이다. 환자에 관해 너무나도 많은 것을 알아야 했기 때문이다. 하지만 스톤 박사는 초자연적인 재능을 지니고 있었다. 그의 배치치료법과 마찬가지로 그 재능은 초자연적이라 불릴 만했다. 물론 그 요법은 누가 봐도 허위였으며, 단지 환자의 이야기를 듣고자 하는 구실에 지나지 않았다. 그건 단지 꽃을 담갔다 꺼낸

럼주에 불과했다. 다만 그것뿐이었다. 하지만 그의 예리한 정신은 그 과정에서 환자가 하는 말에 귀를 기울였다.

리온 스톤 박사는 알고 보니 호스러버 팻의 삶에서 가장 중요한 사람 가운데 하나로 판명되었다. 스톤 박사를 만나기 위해서 팻은 자칫 신체적으로 자기 몸을 파멸에 이르게 할 뻔했던 셈이다. 그것이야말로 그의 정신적 죽음에 상응하는 일이었으리라. 이것이 바로 하느님의 신비로운 방법이라고 사람들이 말하는 것인가? 그렇지 않다면 도대체 어떻게 해서 팻이 리온 스톤과 접할 수 있었겠는가? 오로지 자살 시도처럼 뭔가 음울한 행동만이 그런 만남을 가능하게 할 수 있었던 셈이다. 팻은 우선 죽어야만, 또는 거의 죽어야만 했다. 그러고 나서야 그는 완치될―또는 거의 완치될― 수 있었던 것이다.

지금쯤 리온 스톤은 어디서 일하고 있을지 궁금해진다. 그의 치료 성공률이 과연 어느 정도 되는지도 궁금해진다. 그런 초자연적인 능력을 그가 어떻게 얻었는지도 궁금해진다. 나는 정말 많은 것들이 궁금해진다. 팻의 삶에서 일어난 최악의 사건이, 베스가 크리스토퍼를 데리고 떠나고, 팻이 자살을 시도했던 그 사건이 결국 무한하게 자비로운 결과를 맺은 셈이다. 어떤 사건의 연쇄가 지닌 장점을 그 최종 결과로 판단한다면, 팻은 그야말로 생애 최고의 시기를 겪고 있는 셈이었다. 북병동을 나왔을 때, 그는 어느 때보다도 더 강해진 다음이었다. 그러나 어쨌거나 인간이 무한히 강할 수는 없기 마련이다. 달리고 날고 뛰고 기는 모든 생물에게는 결코 벗어날 수 없는 최후의 숙적이 있기 때문이다. 그 숙적은 결국 그 생물을 끝장내고 만다. 하지만 스톤 박사는 팻이 잃어버린 요소를 도로 붙여주었다. 비록 절반쯤은 그가 고의적으로 내준 셈이었지만, 사실 그 요소는 글로리아 커누드선—그녀는 최대한 많은 사람을 자기가 갈 곳으로 데려가고자 했다—이 그에게서 가져가버린 것이었다. 그 요소란 다름 아닌 자신감이었다. "그건 당신이 권위자니까요." 스톤은 이렇게 말했으며, 단지 그것으로 족했다.

나는 사람들에게 항상 이렇게 말하곤 했다. 사람마다 그를 파괴할 수 있는 힘을 지닌 문장, 즉 단어의 연쇄가 있다고. 팻으로부터 리온 스톤에 관한 이야기를 듣는 순간, 나는 또 한 가지 문장이 있음을 깨달았다. 또 한 가지 단어의 연쇄인 그것은 바로 사람을 치유할 수 있는 힘을 가진 문장이었다. 운이 좋다면 이 가운데 두 번째 것을 얻게 된다. 하지만 첫 번째 것을 얻을 가능성도 확실히 있다. 그것이야말로 이런 문장이 작동하는 방식이니까. 사람들은 각자 별다른 훈련을 하지 않아도 그 치명적인 문장을 나누어 주는 방법을 터득하지만, 두 번째 것을 나누어 주기 위해서는 훈련이 필요하다. '오호'라는 작은 항아리를 만들어서 사랑—그녀로선 차마 말로는 어떻게 표현할 수가 없었던 사랑—의 선물로 팻에게 선물했을 때의 스테파니는 거의 두 번째 것에 가까운 일을 한 셈이었다.

팻에게 그 나그함마디 코덱스의 타자 원고를 건네주었을 때, 스톤 박사는 '항아리'나 '도공'이 팻에게 지니는 의미를 어떻게 알고 있었던 것일까? 어쩌면 스톤 박사는 텔레파시 능력을 지닌 까닭에 그걸 알아냈는지도 모른다. 글쎄, 나로서도 딱히 이를 설명할 어떤 이론이 있는 것은 아니다. 물론 팻은 그런 이론을 지니고 있었다. 그는 스톤 박사 역시 스테파니와 마찬가지로 하느님의 축소 형태라고 믿었다. 그렇기 때문에 나는 팻이 완치된 것이 아니라, '거의' 완치되었다고 말한 것이다.

하지만 친절한 사람을 하느님의 축소 형태로 간주함으로써 팻은 적어도 어느 선한 신―눈이 멀지도 않았고, 잔인하거나 사악하지도 않은―과 여전히 접촉을 유지하는 셈이었다. 팻은 하느님을 높이 평가했다. 만약 로고스가 합리적이고, 또한 로고스가 하느님과 동격이라면, 결국 하느님은 합리적이어야만 했다. 이것이야말로 로고스의 정체에 관한 네 번째 복음서의 진술이 중요한 이유이기도 했다. "Kai theos en ho logos."* 즉 "이 말씀은 곧 하느님이시니라"라는 의미다. 신약성서에서 예수는 자기 말고 어느 누구도 하느님을 본 적이 없다고 말한다. 그는 곧 예수 그리스도, 즉 네 번째 복음서에서 말하는 로고스다. 만약 이 주장이 정확하다면, 팻이 경험한 것은 결국 로고스였다. 하지만 로고스는 '곧' 하느님이다. 따라서 그리스도를 경험하는 것은 결국 하느님을 경험하는 것이다. 아마도 이보다 중요한 진술은 사람들이 잘 읽지 않는 신약성서의 어느 책에 등장한다. 복음서와 바울의 서신을 읽는 사람이야 많아도 『요한 1서』를 읽는 사람이 과연 있을까?

---

* 요한복음 1장 1절.

사랑하는 자들아, 우리가 지금은 하나님의 자녀라. 장래에 어떻게 될지는 아직 나타나지 아니하였으나, 그가 나타나시면 우리가 그와 같을 줄을 아는 것은, 그의 참모습 그대로 볼 것이기 때문이니(『요한 1서』 3장 2절).

이것이야말로 신약성서에서 가장 중요한 구절이라고 주장할 수 있다. 그리고 일반적으로 잘 알려지지 않은 구절 중에서 가장 중요한 것임은 확실하다. "우리가 그와 같을 줄을." 이 구절은 인간이 하느님과 동형同形이라는 의미이다. '그의 참모습 그대로 볼 것이기 때문이니.' 즉 최소한 몇몇 사람에게는 신적 현현이 일어날 것이라는 의미이다. 팻은 자기가 겪은 신과의 만남에 대한 근거를 바로 이 구절에서 찾아낸 셈이었다. 자기가 겪은 하느님과의 만남이 『요한 1서』 3장 2절에 나온 약속의 실현이라고 주장할 수 있었다. 성서학자들이 지적하는 것처럼, 비록 수수께끼처럼 보이기는 하지만 그들만은 즉각적으로 읽어낼 수 있는 일종의 암호인 것이다. 이상한 이야기지만, 이 구절은 팻이 북병동에서 퇴원하던 바로 그날 스톤 박사에게 건네받았던 나그함마디 타자 원고와 어느 정도 들어맞는 데가 있었다. 인간과 진짜 하느님은 동일한 존재이지만―로고스의 진짜 하느님이 그러하듯이― 미치광이에 눈이 먼 창조주와 그가 말아먹은 세계는 인간을 하느님으로부터 떨어트려놓았다. 눈이 먼 창조주가 스스로를 진짜 하느님이라고 진지하게 생각했다는 것이야말로 그가 어느 정도까지 폐색되었는지를 드러내주는 셈이다. 이것은 영지주의였다. 영지주의에서는 인간과 하느님이 한편이 되어서 이 세계 및 이 세계의 창조주(양쪽 모두 미쳤다. 비록 스스로는 깨닫지 못하더라도 말이다)와 '맞서는' 것이다. "만약 우주가 비합리적이라면, 그것은 비합리적인 정신이 우주를 지배하고 있기 때문인 것인가?"라는 팻의 질문은 스톤 박사를 통해서 다음과 같은 답변을 얻은 셈이었다. "그렇다. 우주는 비합리적이다. 우주를 지배하는 정신은 비합리적이다. 하지만 그 위에는 또 다른 하느님, 즉 진짜 하느님이 있으며, 그는 비합리적이지 '않다.' 아울러 진짜 하느님은 이 세상 권세자의 허를 찔러서 우리를 돕기 위해 이곳에 왔으니, 우리는 그를 로고스라고 알고 있다." 팻의 말에 따르면 이것이 바로 살아 있는 정보였다.

로고스를 살아 있는 정보라고 일컬음으로써, 어쩌면 팻은 방대한 수수께끼를 인식한 셈인지도 몰랐다. 하지만 어쩌면 아닐 수도 있었다. 이 같은 종류의 일을 증명하기란 어려우니까. 가령 당신이라면 누구에게 가서 물어보겠는가? 다행히 팻은 리온 스톤에게 물어보았던 것이다. 병원 직원 가운데 한 사람에게 물어봤을 수도 있다. 그랬다면 지금도 여전히 북병동에 머무르며 커피를 마시고, 책을 읽고, 더그와 함께 이리저리 걸어 다니고 있었으리라.

다른 무엇보다도, 그러니까 그의 만남의 다른 모든 측면, 목적, 성질은 차치하고서라도, 팻은 '이 세상에 침입한' 자비로운 힘을 목격한 셈이었다. 다른 어떤 표현도 어울리지 않았다. 무

125

엇인지는 모르겠지만, 어떤 자비로운 힘이 이 세상에 '침입한' 것이었다. 마치 싸울 채비를 끝낸 전사처럼 말이다. 그 사실 때문에 그는 겁에 질렸지만, 동시에 기쁘기도 했다. 왜냐하면 그게 무슨 뜻인지를 알았기 때문이다. 도움이 당도했다는 뜻이었다.

어쩌면 우주는 비합리적일 수도 있었다. 하지만 합리적인 뭔가가 그 안으로 뚫고 들어왔다. 마치 한밤중에 온 식구가 잠든 상황에 도둑이 든 것처럼. 전혀 예기치 못한 장소에, 전혀 예기치 못한 시간에. 팻은 그것을 똑똑히 보았지만, 팻이 뭔가 특별한 사람이라서 볼 수 있었던 것은 아니었다. 다만 그것이 그에게 보여주었기 때문에 그것을 본 것이었다.

평소에 그것은 위장된 상태로 남아 있었다. 평소에 그것이 나타나더라도, 사람들은 그것을 배경과 구분하지 못했다. 팻이 정확히 표현한 것처럼, 어느 누구도 세트와 배경을 구분하지 못했다. 그는 그것을 지칭하는 이름을 갖고 있었다.

제브러Zebra. 그것이 얼룩무늬처럼 뒤섞였기 때문이다. 그런 행위를 가리켜 모방이라고 한다. 또는 흉내라고도 한다. 곤충 가운데 그걸 하는 놈들이 있다. 그놈들은 다른 사물을 흉내 낸다. 즉 곤충이 아닌 다른 것, 독을 가진 어떤 것을 흉내 내거나, 또는 나뭇가지 같은 것을 흉내 낸다. 일부 생물학자와 박물학자는 더 고급한 형태의 흉내가 있을 수 있다고 추정했다. 더 저급한 형태의 흉내―애초부터 기꺼이 속으려는 의향을 지닌 것들은 속이지만, 우리까지 속이지는 못하는―는 전 세계 각지에서 발견되기 때문이다.

만약 그런 고급한 형태의 지각력 있는 흉내가 존재한다면 어떻게 될까? 워낙 고급한 형태이다보니, 인간은 어느 누구도(소수를 제외하면) 그것을 전혀 감지하지 못한다면? 그것이 오로지 인간에게 감지되고자 '원하는' 대로만 인간에게 감지된다면? 다시 말해서 인간은 그것을 결코 진정으로는 감지하지는 못하는 셈이 된다. 그것이 특수한 상황에서단 비로소 그 위장된 상태에서 벗어나 스스로를 드러내기 때문이다. 이 경우에 '드러낸다'는 것은 곧 '신적 현현'과 같은 의미가 된다. 깜짝 놀란 인간은 그저 이렇게만 말할 뿐이다. 나는 하느님을 봤다고. 하지만 사실 그가 본 것은 고도로 진화한 초超지구적 생명 형태 ultra-terrestrial life form, 즉 UTI일 뿐이었다. 외계 생명 형태 extra-terrestrial life form, 즉 ETI라고도 불리는 그것은 과거에도 때때로 이곳을 찾아왔으며…… 팻이 추측하기에 어쩌면 거의 2000년 동안이나 휴면 중인 씨앗의 형태로, 즉 나그함마디의 어느 사본 속에 든 살아 있는 정보의 형태로 잠들어 있었을지도 몰랐다. 그것의 존재에 대한 보고가 A.D. 70년경에 갑자기 뚝 끊어진 이유도 그것으로 설명이 되었다.

팻의 일기(즉 그의 주해서)의 항목 #33은 다음과 같다.

> **#33.** 사별 후에 혼자 남은 큰정신의 이러한 외로움, 이러한 고통은 우주의 모든 구성요소가 느끼는 바이다. 그 구성요소 모두는 살아 있다. 따라서 고대 그리스 사상가들은 물활론자였다.

'물활론자'는 우주가 살아 있다고 믿는다. 만물이 살아 있다고 믿는 범심론과 똑같은 생각이다. 범심론, 또는 물활론은 다음 두 가지의 믿음 범주에 들어간다.

1) 각각의 물체는 독립적으로 살아 있다.
2) 만물은 하나의 단일한 실체이다. 우주는 하나의 물체이고, 살아 있으며, 하나의 정신을 지니고 있다.

팻은 일종의 중간 지점을 발견한 셈이었다. 우주는 하나의 거대하고 비합리적인 실체로 이루어져 있으며, 정교한 흉내를 통해 자기 모습을 위장한 고차원의 생명 형태가 '그 안으로' 뚫고 들어왔던 것이다. 따라서 그것이 의도하는 한, 그것은 계속해서 우리에게는 감지되지 않은 상태로 남아 있다. 그것은 물체라든지 인과 과정을 흉내 낸다(팻의 주장에 따르면 그렇다). 단순히 물체만 흉내 내는 것이 아니라, 그 물체가 하는 행동까지도 흉내 낸다. 이로써 팻이 제브러를 상당히 넓게 파악한다는 사실을 깨달을 수 있을 것이다.

제브러ー또는 하느님, 또는 로고스, 또는 무슨 이름이건 간에ー와의 만남을 분석한 지 1년이 지난 뒤, 팻은 일단 그것이 우리의 우주로 침입했다는 결론에 이르렀다. 거기서 또다시 1년이 지난 뒤, 그는 그것이 우리의 우주를 먹어버리고, 즉 삼키고 있다는 사실을 깨달았다. 제브러는 성변화와 상당히 유사한 과정을 통해 이를 성취했다. 성변화란 성찬식에서 일어나는 기적으로, 이때에는 두 가지 종, 즉 포도주와 빵이 눈에 보이지 않는 상태에서 그리스도의 피와 살로 변하는 것이었다.

팻은 이런 기적을 교회에서 목격하는 대신에, 저 바깥의 세계에서 목격했다. 그리고 축소형태가 아니라 거대형태로 목격했다. 다시 말해서 차마 그 한계를 추산할 수 없을 정도로 광대한 규모에서 목격했다는 것이다. 어쩌면 전체 우주는 주님으로 변화하는 과정, 어떤 눈에 보이지 않는 과정에 있는지도 몰랐다. 이 과정과 아울러 도래하는 것은 감각력뿐만이 아니었다. 제정신도 마찬가지였다. 팻에게는 이것이야말로 복된 구원이 아닐 수 없었다. 그는 자기 안에서나 자기 밖에서나 정신이상을 너무 오랫동안 참아왔다. 그로선 이보다 더 기쁜 것이 또 없었다.

만약 팻이 정신병자라고 한다면, 이것이야말로 참으로 특이한 종류의 정신병임을 시인하지 않을 수 없을 것이다. 그는 합리적인 것이 비합리적인 것 속으로 뚫고 들어왔다는 사실을 자기가 발견했다고 믿기 때문이다. 당신 같으면 이런 증상을 어떻게 처리하겠는가? 이렇게 괴로워하는 사람을 다시 출발 지점으로 돌려보내겠는가? 만약 그렇다면 그는 이제 합리적인 것으로부터 차단당한 셈이 된다. 치료의 견지에서 이건 말이 안 된다. 이것이야말로 모순어법, 즉 언어적 모순인 것이다.

하지만 여기서 보다 기초적인 의미론적 문제가 드러나버렸다. 가령 내가 팻에게 이렇게 말했다고, 또는 케빈이 팻에게 이렇게 말했다고 치자. "당신은 하느님을 경험한 것이 아니다. 당신은 단지 하느님의 성질과 측면과 본성과 권능과 지혜와 선을 지닌 뭔가를 경험했을 뿐이다."이것이야말로 이중 추상 개념을 좋아하는 독일인의 기질에 관한 농담처럼 들린다. 즉 영문학의 권위자인 어느 독일인은 이렇게 주장했다고 한다. "『햄릿』은 셰익스피어가 쓴 작품이 아니다. 다만 셰익스피어라는 이름을 지닌 남자가 쓴 작품일 뿐이다." 영어에서는 이러한 구분이 단지 언어적이며 아무런 의미가 없지만, 언어로서의 독일어는 그런 차이점을 명백하게 드러낸다(이것이야말로 독일 정신의 기이한 특징 몇 가지를 설명해준다).

"나는 하느님을 보았다." 팻은 이렇게 진술했고, 케빈과 나와 셰리는 이렇게 진술했다. "아니, 너는 단지 하느님과 '비슷한' 뭔가를 보았을 뿐이다. 하느님과 아주 비슷한 뭔가를." 이렇게 말하고 나면 우리는 굳이 답변을 들으려고 기다리진 않는다. 마치 조롱하듯 묻는 빌라도처럼 말이다. "진리가 무엇이냐?"*

제브루는 우리의 우주로 뚫고 들어왔으며, 팻의 두뇌를 향해 정보가 풍부하고 다채로운 빛을 연이어 쏘아 보냈다. 그 빛은 그의 두개골을 뚫고 들어왔으며, 그를 눈멀게 만들고, 그를 돌아버리게 만들고, 그를 현혹시키고 어지럽게 만들었다. 그리고 차마 말로 표현할 수 있는 범위 너머의 지식을 그에게 전해주었다. 그 첫 번째 효과로, 그것은 크리스토퍼의 생명을 구했다.

보다 정확하게 말하자면, 그것은 단지 정보를 발사하기 위해서 이곳까지 뚫고 들어온 것이 아니었다. 그것은 과거에 이미

---

* 요한복음 18장 38절.

뚫고 들어와 있었다. 지금은 다만 위장된 상태에서 벗어나 한 발 앞으로 나온 것뿐이었다. 그것은 배경과 구분되는 세트로서 모습을 드러내고 정보를 발사했는데, 우리의 계산으로는 차마 측정할 수 없을 정도로 빠른 속도였다. 그것은 불과 몇 나노 초 만에 도서관 몇 개 분량의 지식을 통째로 발사할 수 있었다. 그것은 실제 경과 시간(RET)으로 8시간 동안이나 계속 그렇게 했다. RET로 8시간이면, 그 안에는 무척이나 긿은 나노 초가 있게 마련이다. 그야말로 번쩍 하는 순간에 인간 두뇌의 우반구에 막대한 양의 시각 데이터를 집어넣을 수 있는 것이다.

타르수스의 바울 역시 유사한 경험을 한 적이 있었다. 아주 오래전에 말이다. 그 경험의 상당 부분을 그는 아예 논하기조차 거절했다. 본인의 진술에 따르면, 그 정보의 상당량이 그의 머리를 향해 발사되었으며—그가 다마스쿠스로 가던 도중에 정확히 그의 두 눈 사이로— 그는 죽을 때까지 그 정보에 관해 이야기하지 않았다. 혼돈이 우주를 지배하고 있었지만, 성 바울은 자기가 누구와 이야기를 했던 것인지를 알았다. 그는 이 사실을 언급한 바 있다. 제브러 역시 팻에게 자기가 누구인지를 밝혔다. 그것은 스스로를 '성 소피아'라고 말했다. 팻에게는 익숙지 않은 호칭이었다. '성 소피아'는 그리스도의 위격 가운데서도 어딘가 유별난 경우였다.

인간과 세계는 서로에게 유독한 존재이다. 하지만 하느님—진짜 하느님—은 양쪽 모두로 침투했다. 즉 인간에게 침투하고 세계에 침투함으로써 상황을 바로잡았다. 하지만 바로 그 하느님, 즉 외부에서 온 하느님은 격렬한 반발에 부딪혔다. 협잡꾼―광기를 사칭하는 것―이 만연했으며, 마치 자기가 정반대인 것처럼 가면을 썼다. 그들은 맨정신인 척했다. 하지만 이들의 가면은 낡아서 얇아지고, 광기는 스스로를 드러냈다. 그야말로 추한 일이었다.

치료법은 여기 있었지만, 질병도 마찬가지였다. 팻이 강박적으로 반복하는 것처럼 "제국은 결코 끝나지 않는다." 재난에 대한 깜짝 놀랄 만한 대응으로써, 진짜 하느님은 우주를, 자기가 침입한 바로 그 영역을 흉내 냈던 것이다. 그는 막대기와 나무, 하수구의 맥주 깡통과 닮은 모습을 취했다. 그는 마치 버려진 쓰레기인 척했고, 더 이상은 아무도 주목하지 않는 폐물인 척했다. 그렇게 잠복한 상태로, 진짜 하느님은 현실과 우리 모두를 말 그대로 매복 공격했다. 하느님은 해독제 역할을 하는 와중에 말 그대로 우리를 공격해서 상처를 입혔다. 팻이 증언할 수 있는 것처럼, 살아 계신 하느님으로부터 기습을 당하는 것이야말로 무시무시한 경험이었다. 따라서 우리는 진짜 하느님이 스스로를 감추는 습관이 있다고 말하는 것이다. 지금으로부터 2500년 전에 헤라클레이토스는 다음과 같이 썼다. "숨은 구조는 명백히 드러난 구조의 주인이다." 그리고 "사물의 본성은 스스로를 감추는 습성이 있다."

따라서 합리적인 것은 비합리적인 것의 커다란 더미 속에 마치 씨앗처럼 감춰진 채 들어 있는 것이다. 그렇다면 이 비합리적인 것의 커다란 더미는 무슨 목적으로 있는 것일까? 글로리아가 죽으면서 무엇을 얻었는지를 스스로에게 물어보시라. 그녀의 죽음과 그녀 자신을 연관시켜 생각하지 말고, 그녀의 죽음과 그녀를 사랑했던 사람들을 연관시켜 생각해보라. 그녀는 이 사람들의 사랑을 되갚아주었다. 음, 무엇으로 되갚아주었던가? 악의로? 그건 입증되지 않았다. 증오로? 그것도 입증되지 않았다. 비합리적인 것으로? 그렇다. 그건 입증되었다. 그녀의 친구들, 가령 팻 같은 사람에게 끼친 영향으로 생각해보면, 어떤 뚜렷한 목적이 있었던 것은 아니지만 그래도 목적이 있긴 있었다. 아무 목적 없는 목적—과연 그런 것을 상상할 수나 있다면—이 말이다. 그녀의 동기는 아무런 동기도 아니었다. 우리는 지금 허무주의에 관해 이야기하는 것'다. 다른 모든 것 아래에, 심지어 죽음이며 죽음을 향한 의지 아래에 뭔가가 놓여 있으며, 그 뭔가는 아무것도 아닌 것이다. 현실의 맨 아래에 있는 기본 층은 바로 불不현실이다. 우주가 비합리적인 까닭은 단순히 흐르는 모래 위에 지어졌기 때문이 아니다. 다만 존재하지 않는 것 위에 지어졌기 때문이다.

이 사실을 안다고 팻에게는 전혀 도움이 되지 않았다. 가령 글로리아가 그렇게 가버릴 때에 그를 함께 데려간, 또는 데려가려고 시도한 '이유'가 뭔지 하는 사실 말이다. "거지 같은 년." 만약 그녀를 붙잡을 수만 있었더라면 그는 이렇게 말했으리라. "말해보라니까. 왜, 도대체 왜냐고?" 이 질문에 대해 우주는 공허하게 대답할 것이다. "내 길은 알 수 없으리라, 오, 인간이여." 이는 결국 이런 뜻이다. "나의 길은 이치에 닿지도 않으며, 내 안에 거하는 자의 길도 마찬가지니라."

바로 이 시점, 그러니까 팻이 북병동에서 나왔을 때까지만 해도, 그를 향해 줄곧 달려오던 나쁜 소식은 다행히도 그에게 전달되지 않은 참이었다. 이제 베스에게 돌아갈 수도 없으니 바깥세상으로 나온 다음에는 과연 누구에게 되돌아갈 수 있겠는가? 암이 일시적으로 완화된 상태였던 셰리는 여전히 꼬박꼬박 그를 면회 왔다. 그래서 팻은 그녀에게 좋은 인상을 받았고 만약 이 세상에서 자신의 유일무이한 진짜 친구가 있다면 바로 셰리 솔비그일 것이라고 믿어 의심치 않았다. 그의 계획은 마치 빛나는 별처럼 펼쳐졌다. 그는 앞으로 셰리와 함께 살면서 일시적으로 증상이 완화된 그 동안에 그녀의 사기를 유지시켜 줄 것이었다. 그러다가 그 상태가 끝나면, 일찍이 그녀가 그를 돌봐준 것처럼 이제는 그가 그녀를 돌봐줄 것이었다.

스톤 박사는 팻을 완치시킨 것이 결코 아니었다. 비록 팻을 움직이는 원동력이 무엇인지는 나중에야 드러났지만 말이다. 팻은 이전의 어떤 경우보다도 더 빠르고 더 능숙하게 죽음을 향해 나아갔다. 그는 고통을 찾아내는 데에 전문가가 되었다. 그는 게임의 규칙을 터득했고, 이제는 어떻게 게임을 하는지 알았다. 팻이 광기—팻의 자체 분석에 따르면, 광기의 우주로부터 얻은 것— 상태에 있을 때에 추구했던 것들은 일찍이 죽고 싶어했던 누군가와 함께 끌어내려야만 했다. 만약 자기 주소록만 뒤져보았더라도, 그는 셰리보다 더 나은 출처를 찾아낼 수 없었을 것이다. "멋진 수를 두었군, 팻." 그가 북병동에 머물던 동안에 자기 미래를 위해 어떤 계획을 세우고 있었는지를 알았더라면, 나는 그에게 이렇게 말해줬을 것이다. "이번에는 진짜 점수를 올리겠는걸." 나는 셰리를 알았다. 그녀가 하루 온종일 자신의 상태가 더 나빠지게 하기 위해 애쓴다는 걸 알고 있었다. 그녀가 자기를 구해준 의사들을 향해 항상 분노와 증오를 드러냈다는 사실을 알기 때문에 알았다. 하지만 나는 팻이 무슨 계획을 세우고 있는지는 몰랐다. 팻은 그 계획을 비밀로 간직했다. 심지어 셰리에게도 말이다. 내가 그녀를 도와야지. 팻은 맛이 간 정신 깊숙이에서 이렇게 생각했다. 셰리가 계속 건강해진 상태로 있도록 도와줄 거지만, 혹시나 그녀가 다시 아프게 되더라도 내가 곁에 있을 거라고. 그녀를 위해 무슨 일이든 해줄 거라고 말이다.

그의 생각을 해체해보면 다음과 같은 오류가 있었다. 우선 셰리는 단순히 도로 아파지기 위해 그런 일을 계획한 것이 아니었다. 글로리아와 마찬가지로 그녀 역시 최대한 많은 사람을 자기랑 함께 데려가려고 계획했다. 그것도 자기를 더 많이 사랑해주는 사람은 더 열심히 데려가려고 했다. 팻은 그녀를 사랑했고, 그보다 더 나쁘게도 그녀를 향해 감사의 마음까지도 품었다. 이런 진흙을 재료로 삼고, 자기가 두뇌로 이용했던 왜곡된 돌림판을 도구로 삼아, 셰리는 도자기를 하나 만들어낼 수도 있었다. 그녀가 빚은 도자기는 리온 스톤이 팻에게 한 일도 박살내고, 스테파니가 한 일도 박살내고, 하느님이 한 일도 박살낼 수 있었다. 셰리는 그 약해진 몸 안에 이 모든 다른 실체들―하느님까지도 포함해서―을 합친 것보다도 더 많은 힘을 지니고 있었다.

팻은 스스로 적그리스도에게 얽매이기로 작정한 셈이었다. 그것도 최고의 동기 때문에 말이다. 사랑, 감사, 그녀를 돕고 싶은 마음이 바로 그의 동기였다.

이것이야말로 지옥에 힘을 공급하는 원천이었다. 인간에게는 최고의 본능이었다.

셰리 솔비그는 가난했기 때문에 부엌도 없는 낡은 집에 살았다. 싱크대도 없어서 설거지는 세면대에서 했다. 천장에는 커다란 물 얼룩이 있었는데, 위층의 화장실이 막혀서 넘친 흔적이었다. 그녀를 두어 번 방문하고 난 뒤에 팻은 그곳이 어떤지를 깨달았고, 우울한 곳이라고 생각했다. 그는 셰리가 이곳에서 이사를 나와 멋진 아파트, 부엌도 딸린 현대식 아파트로 이사한다면, 그녀의 사기가 올라갈 것 같다는 인상을 받았다.

굳이 말할 필요도 없겠지만, 팻은 사실 셰리가 이런 종류의 거처를 일부러 찾아왔다는 생각은 한 번도 해보지 못했다. 그녀의 지저분한 환경은 그녀가 겪는 괴로움의 결과였지 그 원인은 아니었다. 그녀는 어딜 가든지 이런 환경을 재창조하곤 했다. 물론 팻도 나중에 가서야 그렇다는 사실을 깨달았지만.

하지만 지금 이 시점에서 팻은 심장 집중치료실이며 북병동에 머물던 자기를 다른 누구보다도 먼저 찾아와준 셰리에게 좋은 일들을 해주기 위해서, 자신의 정신적이고 신체적인 조립

라인을 열심히 가동시키고 있었다. 셰리는 기독교인임을 보증하는 공식 증명서를 갖고 있었다. 그녀는 2주에 한 번 성찬식에 참석했고, 언젠가는 수도회에도 가입할 생각이었다. 그녀는 담당 사제를 성 말고 이름으로만 불렀다. 그녀보다 더 가까이 경건에 다가갈 수도 없을 지경이었다.

두어 번쯤 팻은 자기와 하느님의 만남에 관해 셰리에게 이야기를 해주었다. 그의 말은 그녀를 별로 감동시키지 못했는데, 셰리 솔버그는 오로지 공식 통로를 통해서만 하느님과 만날 수 있다고 믿었기 때문이다. 그녀는 오히려 자기가 그런 통로에 접근했다고 생각했는데, 바로 그녀의 담당 사제인 래리를 가리키는 것이었다.

언젠가 팻은 『브리태니커』에서 마가복음과 마태복음에 나오는 '비밀 주제'에 관한 내용을 찾아서 셰리에게 읽어주었다. 즉 그리스도가 자신의 가르침을 비유 형태로 살짝 가려둔 것은 군중, 즉 다수의 외부인이 그의 말을 이해하지 못하게 하려는, 그리하여 구원받지 못하게 하려는 의도였다는 주장이다. 이 시각, 또는 주제에 따르면 그리스도는 오로지 소수에 불과한 자기 양떼만을 구원하려 했다. 『브리태니커』는 이 내용을 부각시켜 다루고 있었다.

"그건 거짓말이야." 셰리의 말이었다.

팻이 말했다. "그럼 『브리태니커』가 잘못되었다는 거야, 아니면 성서가 잘못되었다는 거야? 『브리태니커』에서는 그냥—"

"성서에서는 그렇게 말하지 않았어." 셰리의 말이었다. 그녀는 늘 성서를 읽었다. 아니, 최소한 항상 성서를 한 권 곁에 두고 있긴 했다.

팻은 몇 시간이나 들여 누가복음의 인용 문구를 찾아냈다. 마침내 그는 이걸 셰리 앞에 내놓을 수 있었다.

> 제자들이 이 비유의 뜻을 물으니, 예수께서 이르시되, "하나님 나라의 비밀을 아는 것이 너희에게는 허락되었으나 다른 사람에게는 비유로 하나니, 이는 그들로 하여금 보아도 보지 못하고 들어도 깨닫지 못하게 하려 함이라."(누가복음 8장 9~10절)

"내가 래리한테 물어볼게. 혹시 이게 성서에서 뭔가 와전된 부분이 아닌지 말이야." 셰리의 말이었다.

화가 난 팻은 짜증을 내며 말했다. "셰리, 그럴 거면 차라리 성서에서 네가 동의하는 부분만 모조리 오려내서 이어 붙이는 게 낫지 않아? 그리고 나머지 부분은 아예 쳐다보지도 않고 말이야."

"그런 무례한 소리는 하는 게 아니야." 셰리의 말이었다. 그녀는 작은 옷장에 자기 옷을 걸고 있었다.

그럼에도 불구하고 팻은 기본적으로 자신과 셰리가 어떤 공통의 유대를 갖고 있다고 상상했다. 두 사람 모두 하느님이 존재한다는 데에는 동의했다. 그리스도가 인간을 구원하기 위해 죽었다는 데에도 동의했다. 믿지 않는 사람들은 무슨 일이 벌어지고 있는지를 전혀 알지 못했다는 데이도 동의했다. 그는 자기가 하느님을 보았다고 그녀에게 고백했다. 이 얘기를 셰리는 태연하게 받아들였다(마침 그녀는 다림질을 하고 있었다).

"신적 현현이라고 하는 거야." 팻이 말했다. "또는 공현公現이라고도 하지."

"공현이라는 건 말이야." 셰리가 느린 다림질과 보조를 맞추어 말했다. "1월 6일에 기념하는 축일이야. 그리스도께서 세례받으신 날을 상징하지. 나는 그때마다 예배에 갔어. 자기도 같이 갈래? 참 좋은 예배야. 있지, 내가 들은 능담 중에―" 그녀는 뭔가를 중얼중얼 말했다. 그녀의 이야기를 들으며 팻은 그만 어리둥절해지고 말았다. 그는 주제를 바꾸기로 했다. 이제 셰리는 영성체를 받기 위해 무릎 꿇고 앉은 어느 여신도의 드레스에 래리―그는 팻의 담당 사제이기도 했다―가 실수로 성찬식용 포도주를 엎질렀던 이야기로 넘어가 있었다.

"자기 생각에는 세례 요한이 에세네 파였던 것 같아?" 그가 셰리에게 물었다.

셰리 솔비그는 이런 신학적 질문에 대해 자기가 정답을 모른다고 시인한 적이 단 한 번도 없었다. 그녀가 내놓는 답변 종류 중에 그런 시인에 가장 가까운 말은 "래리한테 물어볼게"뿐이었다. 그런데 이번에는 팻을 향해 차분하게 대답했다. "세례 요한은 그리스도께서 오시기 전에 이 땅으로 돌아온 엘리야였어. 사람들이 그리스도께 그 문제를 물어보니까, 그분께서는 세례 요한이 바로 그 약속된 엘리야라고 대답하셨지."

"그럼 그 사람이 에세네 파였느냐 하는 문제는."

셰리는 다림질을 하느라 잠시 말을 멈추었다가 이렇게 대답했다. "에세네 파라면 사해 근처에 살았던 사람들 말이야?"

"그래, 쿰란 와디에 살았지."

"자기 친구인 파이크 주교가 사해에서 죽지 않았던가?"

팻은 짐 파이크와 알고 지낸 사이였고, 기회가 있을 때마다 그 사실을 자랑스럽게 이야기했다. "맞아." 그가 말했다. "짐하고 그 부인은 포드 코티나에 타고 사해 사막으로 나갔지. 코카콜라 두 병을 챙겨서 말이야. 딱 그것만."

"전에 얘기했었어." 셰리는 다림질을 재개했다.

"나로선 도무지 이해할 수가 없는 건 뭐냐 하면" 팻이 말했다. "왜 그 두 사람이 자동차 라디에이터에 있는 물을 빼서 마시지 않았냐 하는 거지. 사막에서 자동차가 고장 나서 헤매야 하는 상황에서는 누구나 그렇게 할 텐데 말이야." 몇 년 동안이나 팻은 짐 파이크의 죽음에 관해 곰곰이 생각해왔다. 그는 어쩌면 그 사건이 케네디 형제와 마틴 루서 킹 목사의 암살과 무슨 관계가 있지 않을까 상상했지만, 증거를 찾을 수는 없었다.

"어쩌면 라디에이터 물에 부동액이 섞였을 수도 있지."

"사해 사막에서 부동액이 왜 필요하겠어?"

셰리가 말했다. "내 차도 예전에 말썽이 난 적이 있었어. 17번가의 엑손 주유소에 있는 사람 말이 모터마운트가 헐거워졌다더라고. 그러면 심각한 건가?"

셰리의 낡아빠진 자동차에 관해 이야기하는 것보다는 짐 파이크에 관해서 이야기하는 것을 더 바랐던 팻이 말했다. "나도 모르겠는데." 그는 어떻게 하면 화제를 자기 친구의 당혹스러운 죽음으로 돌려놓을지 생각하려 했지만, 그럴 수가 없었다.

"망할 놈의 차 같으니." 셰리의 말이었다.

"그래도 공짜로 얻은 거였잖아. 그 남자한테 받은 거지."

"'공짜로 얻은 거'라고? 그 망할 놈의 차 한 대 주고서, 그 자식이 마치 내 주인이라도 되는 것처럼 굴었던 말이야."

"그럼 나중에라도 내가 자기한테 차를 주려고 하면 제발 말려주든가." 팻이 말했다.

바로 그날, 그의 앞에는 모든 단서가 놓여 있었다. 셰리에게 뭔가를 해주면, 그녀는 감사해야 한다고 생각했으며―물론 정말로 감사하지는 않았지만― 이것을 일종의 부담, 즉 혐오스러운 의무로 해석했다. 하지만 팻은 이 문제에 관해서도 이미 나름의 합리화를 마련해놓았으며, 필요하다면 언제라도 써먹을 작정이었다. 즉 자기는 뭔가 대가를 바라고 셰리를 돕는 건 아니라는 이야기였다. '그러므로' 그는 그녀가 감사하리라고는 애초부터 기대하지 않았다. '그러므로' 그는 그녀가 감사하지 않아도 괜찮았다.

그가 미처 깨닫지 못한 점이 있다면, 단순히 감사가 드러나지 않은 것뿐만이 아니라 (이에 관해서는 그가 심리적으로 처리할 수 있었다) 대신 전적인 악의가 드러났다는 것이었다. 그것을 단지 과민성, 즉 조급함의 일종으로 쉽게 치부하지만 않았더라도, 팻은 이 사실을 알아챌 수 있었으리라. 그는 누군가가 도움을 받고 나서 악의로 대응한다고는 전혀 생각도 못하고 있었다. 따라서 자기 감각의 증언을 곧이듣지 않았다.

예전에, 그러니까 내가 캘리포니아 대학 풀러턴 캠퍼스에서 강의를 할 때, 어떤 학생이 현실을 짧고도 간단하게 정의해달라고 했다. 나는 곰곰이 생각해보고 이렇게 말했다. "현실이란 당신이 더 이상 믿지 않는다고 해서 금세 사라지지는 않는 것입니다."

팻은 셰리가 도움을 받고 나서 악의로 대응했다고는 결코 믿지 않았다. 하지만 그가 믿지 않았다고 뭔가가 달라지지는 않았다. 따라서 그녀의 대응은 우리가 '현실'이라고 부르는 것의 틀 안에 놓인 셈이었다. 좋건 싫건 간에 팻은 어떤 식으로건 그 현실에 대처하거나, 그렇지 않으면 셰리를 더 이상은 사교적으로 만나지 말아야 했다.

베스가 팻을 떠난 이유 가운데 하나도 그가 산타아나에 있는 셰리의 허름한 방을 찾아간 데에서 비롯했다. 팻은 자기가 동정심에서 그녀를 방문한다고 믿어버리는 착각을 범하고 말았다. 사실 그는 성욕을 느끼고 있었다. 베스는 그에 대해 성적인 관심을 잃어버렸지만, 그는 그들의 말마따나 사실 전혀 그렇지 않았다. 여러 가지 면에서 셰리는 예쁘게 보였다. 실제로도 셰리는 예뻤다. 그건 우리 모두가 인정한 사실이다. 화학요법을 받는 동안 그녀는 가발을 썼다. 데이비드는 그게 가발인 줄도 모르고 종종 머리가 멋지다고 칭찬했고, 그때마다 그녀는 무척 재미있어했다. 우리는 두 사람이 그러는 모습이 어쩐지 섬뜩하다고 여겼다.

현대인에게 나타나는 마조히즘의 형태에 관한 연구에서 테오도르 라이크*는 한 가지 흥미로운 견해를 개진했다. 마조히즘은 우리가 생각하는 것 이상으로 널리 퍼져 있는데, 왜냐하면 그것은 희박한 형태를 취하기 때문이라고 했다. 그 기본 역학은 다음과 같다. 한 사람이 어떤 나쁜 일이 불가피한 듯이 다가오는 것을 깨닫는다. 이런 무력감은 임박한 고통에 대한 제어 능력을 일부나마 얻어야 할 필요성을 낳는다. 어떤 종류의 제어 능력이건 간에 말이다. 이것은 일리가 있다. 무력감이라는 주관적인 느낌은 임박한 불행보다 더 고통스럽다. 따라서 그 사람은 자신에게 남은 유일한 방법으로 그 상황에 대한 제어 능력을 장악한다. 즉 임박한 불행의 발생을 묵인하는 것이다. 심지어 재촉하기까지 한다. 이런 행동은 남들 보기엔 마치 고통을 즐기는 것 같다는 잘못된 인상을 조장한다. 물론 그런 인상은 사실이 아니다. 다만 더 이상은 무력감, 또는 예상되는 무력감을 견딜 수 없었던 것뿐이다. 하지만 불가피한 불행에 대한 제어 능력을 얻는 과정에서, 그는 자동적으로 쾌감상실(즉 쾌락을 누리기가 불가능한, 또는 탐탁찮은 상태)이 된다. 쾌감상실증은 은밀하게 자리 잡고, 여러 해에 걸쳐 그를 장악한다. 가령 그는 만족을 미루는 법을 배우게 되었다. 이것이야말로

---

* 테오도르 라이크(1888~1969)는 오스트리아 출신의 정신의학자다. 프로이트 밑에서 공부하고 1938년에 나치의 박해를 피해 미국으로 건너와서 활발한 활동을 펼쳤다. 본문에서 PKD가 언급한 내용은 라이크의 저서 『현대인의 마조히즘』(1941)에 나온다.

쾌감상실의 우울한 과정으로 들어서는 첫걸음이었다. 만족을 미루는 법을 배움으로써 그는 자기절제의 느낌을 경험했다. 그는 금욕적이며 자제하는 버릇을 들였다. 충동에 몸을 내맡기지 않았다. 그는 '제어 능력'을 갖고 있었다. 충동을 조절함으로써 자기 자신을 제어했고, 외부의 상황까지도 제어했다. 그는 제어되고 또 제어하는 사람이었다. 머지않아 그는 가지를 뻗쳐 나갔고, 이제는 다른 사람까지도 상황의 일부로서 제어하게 되었다. 그는 조종자가 되었다. 물론 그가 이런 모든 사실을 의식적으로 자각한 것까지는 아니었다. 그가 의도한 바는 자신의 무력감을 줄이려는 것뿐이었다. 하지만 무력감을 줄이려는 그의 과제를 수행하는 가운데, 그는 다른 사람의 자유를 자기도 모르는 새에 억압해버리고 말았다. 하지만 그는 이로부터 아무런 기쁨도 얻을 수 없었으며, 긍정적인 심리적 이득도 전혀 얻을 수 없었다. 그가 얻은 것이라고는 본질적으로 부정적인 것뿐이었다.

  셰리 솔비그는 암, 그것도 림프암을 앓고 있었지만, 의사들의 영웅적인 노력 끝에 차도를 보이고 있었다. 하지만 그녀의 두뇌의 기억 테이프에 암호화된 데이터에 따르면, 림프암을 겪는 환자들의 이런 일시적인 호전상태는 십중팔구 오래가지 않았다. 즉 그들은 완치되지 않았다. 수수께끼 같은 과정을 거쳐서 이 질환은 감지 가능한 상태에서 일종의 형이상학적 상태—일종의 림보—로 넘어가버렸다. 즉 이 질환은 거기 있는 동시에 거기 있지 않은 것이었다. 그리하여(그녀의 정신이 그녀에게 말해준 바에 따르면) 현재의 건강 상태가 좋아도 셰리의 몸에는 일종의 시한장치가 되어 있는 셈이었고, 그 장치의 자명종이 울리면 그녀는 죽을 것이었다. 이런 일은 무엇으로도 막을 수 없었다. 다만 두 번째로 호전되도록 열심히 조장하는 수밖에 없었다. 하지만 그게 성공한다 하더라도, 그 상태 역시 앞서와 똑같은 논리, 즉 앞서와 똑같은 냉혹한 과정을 거쳐서 결국은 끝나고 말 것이었다.

시간은 그 절대적인 힘으로 셰리를 장악하고 있었다. 시간은 그녀를 위해 한 가지 결과만을 담고 있었다. 말기 암. 그녀의 정신은 상황을 이렇게 판단하고 있었다. 이런 결론에 도달한 이상, 그녀가 현재 얼마나 건강하다고 느끼건 간에, 또는 그녀의 평생이 얼마나 순탄하게 전개되었건 간에, 이 상황은 불변한 채로 남을 것이었다. 일시적으로 상태가 호전된 암 환자는 모든 인간의 상태 중에서도 궁극의 경우를 상징하는 셈이었다. 즉 결국에 가서는 당신도 죽게 되리라는 뜻이다.

마음 한편으로 셰리는 줄곧 죽음에 관해 생각했다. 다른 모든 것들, 사람과 물건과 과정은 결국 그림자의 상태로 환원되게 마련이었다. 이보다 더 나쁜 사실은, 그녀가 다른 사람에 관해 생각할 때마다 우주의 부당성에 관해 생각하지 않을 수 없었다는 것이다. 다른 사람은 암에 걸리지 않았기 때문이다. 이는 결국, 심리적으로 말하자면, 다른 사람은 불멸한다는 의미였다. 불공평한 일이었다. 모두가 그녀에게서 젊음을, 행복을, 그리고 궁극적으로는 생명을 훔쳐가려고 공모하고 있었다. 모두가 그것들 대신에 그녀에게 무한한 고통을 심어주었고, 십중팔구 은근히 즐거워하고 있을 것이었다. '그들 스스로를 즐긴다'와 '그것을 즐긴다'는 모두 똑같이 나쁜 짓이었다. 따라서 셰리는 온 세상이 도매금으로 지옥에 떨어졌으면 하고 바랄 만한 충분한 동기를 지니고 있었다.

물론 그녀는 이런 생각을 큰 소리로 떠벌이진 않았다. 하지만 그런 생각을 품고는 있었다. 암 때문에 그녀는 완전히 쾌감 상실을 겪게 되었다. 과연 누가 이 안에 들어 있는 의미를 부정할 수 있겠는가? 논리적으로 따지자면 셰리는 일시적으로 호전된 동안에 삶의 모든 순간에서 기쁨을 짜내야만 했지만, 팻이 알아낸 것처럼 막상 그녀의 정신은 논리적으로 기능하지 못했던 것이다. 대신 셰리는 그 시간 내내 일시적인 건강의 상실만을 예감하고 있었다.

이러한 점에서 그녀는 만족을 뒤로 미뤄둔 것이 아니었다. 이제 그녀는 되돌아온 림프종을 즐기고 있었다.

팻은 이처럼 복잡한 정신 작용을 미처 깨닫지 못했다. 그는 단지 무척이나 많이 고통을 겪었던, 그리고 불운과 싸워야 했던 어느 젊은 여성을 보고 있을 따름이었다. 이것이야말로 좋은 일이라고 그는 생각했다. 그는 그녀를 사랑할 것이었고, 자기 자신을 사랑할 것이었고, 하느님은 두 사람을 모두 사랑할 것이었다. 팻은 사랑을 보았고, 셰리는 임박한, 그러나 자기 힘으로는 제어할 수 없는 고통과 죽음을 보았다. 서로 다른 그 두 가지 세계는 결코 만나지 않을 것이었다.

요약하자면(팻이라면 이렇게 말했을 것이다) 현대의 마조히스트는 고통을 즐기는 것이 아니다. 그는 다만 무력한 상태를 견디지 못하는 것이다. 일부 철학자와 심리학자가 지적한 것처럼 '고통을 즐긴다'는 것은 의미론적 모순이었다. '고통'의 정의는 당신이 불유쾌하다고 경험하는 어떤 것이기 때문이다. 또 '불유쾌하다'의 정의는 당신이 원하지 않는 어떤 것이다. 이것을 달리 정의하면 어떻게 되는지 살펴보자. '고통을 즐긴다'는 것은 곧 '당신이 불유쾌하다고 생각하는 것을 즐긴다'는 뜻이다. 라이크는 이와 같은 상황을 연구한 바 있다. 그는 현대의 희박해진 마조히즘의 진정한 역학을 해독해냈으며…… 그런 증상이 여러 가지 형태로, 또한 상당한 정도까지 거의 모든 사람 사이에 퍼져 있음을 파악했다.

셰리가 암을 즐긴다고 해도, 그녀를 정당하기 비난할 수 있는 사람은 아무도 없었다. 심지어 그녀가 암을 갖고 싶어한다고 해도 마찬가지였다. 하지만 그녀는 암이 자기 앞에 놓인 카드 팩 속에 들어 있다고, 그 팩 속의 어딘가에 묻혀 있다고 믿었다. 그녀는 매일 한 장씩 카드를 뒤집어보았지만, 암은 번번이 모습을 드러내지 않았다. 하지만 만약 그 암 카드가 정말로 팩 속에 들어 있고 당신이 그 카드를 매일 한 장씩 뒤집어본다면 결국에는 암 카드를 뒤집을 때가 올 것이고, 그러면 이제 끝이라는 것이었다.

따라서 셰리는, 진짜로 본인의 잘못까지는 아니었지만 팻을 엿 먹이게 될 예정이었다. 그것도 그가 이전까지는 한 번도 당해본 적이 없었을 정도로 완벽하게. 글로리아 커누드선과 셰리는 분명히 달랐다. 글로리아는 엄밀히 말해서 상상에 불과한 이유로 죽기를 바랐다. 셰리는 본인이 원하든 원치 않든 간에 말 그대로 죽게 될 것이었다. 글로리아는 자기가 심리적으로 원하기만 한다면, 언제라도 그 유해한 죽음의 게임을 멈출 수 있는 선택의 여지가 있었다. 하지만 셰리는 그렇지 않았다. 그녀는 마치 글로리아(오클랜드 시나논 빌딩 앞의 보도 위에 떨어져 산산조각 난)가 두 배의 덩치와 두 배의 정신적 위력을 지니고 환생한 것이나 다름없었다. 반면 베스가 크리스토퍼를 데리고 떠남으로써 깎여 나간 호스러버 팻은 평소 크기의 절반으로 줄어들어버렸다. 확률적으로 낙관적인 결과에 더 불리한 상황이었다.

셰리에게 매력을 느끼게 된 팻의 머릿속에 들어 있던 실제 동기는 글로리아와 함께 시작된 죽음에 대한 속박이었다. 하지만 스톤 박사가 자기를 완치시켰다고 생각한 팻은 이제 갱신된 희망을 지니고 세계로 항해해 나갔다. 광기와 죽음 속으로 확실히 항해해 나갔다. 그는 아무것도 배우지 못했다. 물론 몸에서 총알을 빼냈고 상처가 치료된 것은 사실이었다. 하지만 그는 또 다른 총알을 기다리고 있었고, 또 다른 총알을 '열망하고' 있었다. 그는 셰리와 함께 살면서 그녀를 구해주고 싶어서 몸이 달았다.

당신도 기억하고 있는지 모르겠지만, 사람들을 돕는 것이야말로 주위 사람들이 오래전부터 팻에게 포기하라고 조언했던 두 가지 기본적인 일 가운데 하나였다(그 기본적인 일이란 사람들을 돕는 것, 그리고 마약을 하는 것이었다). 그는 마약을 끊었지만, 그 대신에 사람들을 돕는 것에 자신의 온 에너지와 열정을 쏟아부었다.

차라리 마약을 계속하는 편이 나았을 것이다.

06

이혼 절차에 엄청나게 시달린 뒤에야 팻은 독신남이 되었고 이제 하던 일을 계속하여 스스로를 파괴할 때가 되었다. 더 이상 기다릴 수가 없었다.

그는 오렌지 카운티 정신 건강 센터에서 제공하는 치료 요법을 받기 시작했다. 그를 담당하게 된 요법사는 모리스라고 했다. 모리스는 보통 생각할 일반적인 요법사가 아니었다. 1960년대에 그는 롱비치 항구를 통해 캘리포니아로 총과 마약을 밀수하는 일을 했다. 흑인 인권운동에서 주도적인 역할을 담당한 SNCC(학생 전미 조정 위원회)와 CORE(인종 평등 회의) 회원이었으며, 이스라엘 특공대 소속으로 시리아와 전투를 벌이기도 했다. 모리스는 키가 6피트 2인치였고, 셔츠 아래로 근육이 불룩불룩 튀어나와서 단추가 툭 뜯겨나갈 기세였다. 호스러버 팻과 마찬가지로 그 역시 검고 곱슬곱슬한 턱수염을 길렀다. 보통 그는 자리에 앉지도 않고 방 저편에서 팻을 마주 보고 섰다. 자기가 주려는 교훈을 강조하기 위해 그는 팻을 향해 소리를 질렀다. "농담이 아니라고요." 팻은 모리스가 하는 말이 진짜라는 것을 한 번도 의심해보지 않았다. 그것은 문제가 되지 않았다.

모리스가 지닌 계획은 팻을 닦달해서 더 이상은 남들을 구하지 않고, 대신 자기 삶을 누리게 만드는 것이었다. 팻은 '즐긴다'라는 개념이 전혀 없었다. 그는 오로지 의미만을 이해했다. 모리스는 그가 가장 원하는 것 열 가지의 목록을 적게 했다.

'원하는 일'같은 표현에서 사용되는 것 같은 '원하는'의 용법이 팻은 당혹스러웠다.

"내가 원하는 건 셰리를 돕는 거예요." 그는 말했다. "다시 아파지지 않게요."

모리스가 고함을 질렀다. "당신은 자기가 '마땅히' 그 사람을 도와야 한다고 생각하죠. 그렇게 함으로써 좋은 사람이 될 수 있다고 생각하죠. 하지만 어떤 일을 해도 당신은 좋은 사람이 되지 못할 거예요. 당신은 어느 누구에게도 가치가 없는 사람이에요."

힘없는 목소리로, 팻은 그렇지 않다고 항의했다.

"당신은 아무런 가치도 없어요."

"그리고 당신은 순 거짓말투성이예요." 팻의 말이었다. 이 말을 듣자 모리스는 씩 웃었다. 모리스는 이제 자기가 원하는 바를 얻기 시작한 셈이었다.

"내 말 들어요." 모리스가 말했다. "농담이 아니라고요. 가서 마약을 좀 하고, 가슴이 큼지막한 매춘부를 찾아서 잠이나 자라고요. 죽어가는 여자가 아니라 다른 여자로요. 셰리가 죽어가는 건 알죠, 그렇죠? 그녀는 머지않아 죽을 건데, 그러면 그때 가서 당신은 어떻게 할 거예요? 도로 베스한테 돌아갈 거예요? 베스는 당신을 죽이려고 했어요."

"베스가요?" 팻은 깜짝 놀라 물었다.

"당연하죠. 그녀는 당신이 죽도록 환경을 조성했어요. 자기가 아들을 데리고 떠나버리면 당신이 자살을 시도할 걸 알았던 거예요."

"글쎄요." 팻이 말했다. 어쩐지 기뻐하면서. 어쨌거나 이건 결국 자기가 편집증이 아니었다는 뜻이었기 때문이다. 내심 그도 베스가 자신의 자살 시도를 교묘하게 조장했다는 사실을 알고 있었다.

"셰리가 죽고 나면 당신도 죽을 거예요." 모리스는 말했다. "죽고 싶어요? 원한다면 지금 당장이라도 준비해줄게요." 그는 별의 위치를 비롯해서 모든 정보를 보여주는 커다란 손목시계를 들여다보았다. "어디 봅시다. 지금이 2시 반이네요. 그러면 오늘 저녁 6시는 어때요?"

팻은 지금 모리스가 진지하게 하는 말인지 아닌지 여부를 알 수 없었다. 하지만 모리스가 충분히 그럴 능력을 지니고 있음은 그도 믿었다.

"내 말 들어봐요." 모리스가 말했다. "내 갈뜻은 이거니까. 이 세상에는 지금 당신이 움켜쥐고 있는 것보다도 더 쉽게 죽는 방법이 있단 말이에요. 당신은 하필이면 어려운 방법으로 죽으려고 하고 있어요. 당신이 준비한 건 이렇죠. 일단 셰리가 죽으면, 죽을 핑계가 또 한 가지 생긴다는 거죠. 하지만 당신에게는 굳이 핑계가 필요 없어요. 아내와 아들은 떠나버렸죠, 셰리는 투덜투덜대고 있죠. 그녀를 향한 슬픔과 사랑 때문에 당신은—"

"근데 누가 그래요? 셰리가 죽을 거라고." 팻이 상대방의 말을 끊었다. 그는 마술적인 힘을 통해서 자기가 그녀를 구할 수 있을 거라고 믿었다. 사실 그의 전략 배후에는 이런 전제가 있었다.

모리스는 이런 질문을 무시했다. "당신은 왜 죽고 싶어하는 거죠?" 그는 대신 이렇게 물었다.

"나는 죽고 싶지 않아요." 팻이 말했다. 자기가 죽기를 원하지 않는다고 진심으로 믿고 있었다.

"셰리가 암에 걸리지 않았어도, 당신이 과연 그녀와 같이 살기를 원했겠어요?" 모리스는 잠시 기다렸지만 답을 얻지는 못했다. 팻이 이 사실을 스스로 시인해야 했기 때문이다. 즉 그랬다면 그녀와 같이 살기를 원하지는 않았을 거라고 말이다. "당신은 왜 죽고 싶어하는 거죠?" 모리스가 다시 물었다.

"글쎄요." 난처해진 팻이 말했다.

"당신은 나쁜 사람인가요?"

"아니에요."

"그럼 누군가가 당신에게 죽으라고 말하기라도 했나요? 어떤 목소리가요? 누군가가 당신에게 '죽으라'는 메시지를 쏘아 보내기라도 했나요?"

"아니에요."

"그럼 어머니가 그러시던가요? 당신이 죽었으면 한다고?"

"글쎄요, 글로리아 일 이후로—"

"글로리아 좋아하시네! 도대체 글로리아가 누군데요? 그녀와 같이 잔 적도 없잖아요. 심지어 당신은 그녀를 잘 알지도 못했어요. 당신은 이미 죽을 준비를 하고 있었던 거예요. 나한테 그런 거짓말하지 마요." 모리스는 평소처럼 소리를 지르기 시작했다. "다른 사람들을 돕고 싶으면, 차라리 L.A.로 가서 거기 사람들에게 가톨릭 노동자회의 닭고기 수프를 퍼주든가 아니면 돈을 탈탈 털어서 CARE에 최대한 기부하란 말이에요. 다른 사람 돕는 일은 전문가에게 맡기고. 당신은 스스로에게 거짓말을 하고 있어요. 당신은 글로리아가 당신에게 뭔가를 의미했다고, 그리고 그 아무개라는 여자—셰리라는—가 죽지 않을 거라고 거짓말을 하고 있어요. 하지만 그녀는 죽을 거예요! 바로 그것 때문에 당신은 그녀와 함께 살고 있는 거죠. 그녀가 죽을 때 그 곁에 있고 싶어서요. 그녀는 당신을 자기처럼 무너트리기를 원하고, 당신은 그녀가 그래주기를 원하죠. 당신네 두 사람은 뭔가를 공모하고 있어요. 이 문으로 들어오는 사람은 누구나 죽기를 원해요. 정신 질환이라는 것이 결국 그거니까요.

몰랐나요? 난 솔직히 말이죠. 당신의 머리를 물속에다 처박아놓고, 당신이 살려고 발버둥치는 걸 보고 싶어요. 발버둥치지도 않는다면, 그걸로 끝이죠. 위에서 이런 걸 하게 시켜주면 좋겠어요. 암에 걸렸다는 당신 친구 말이에요. 그 여자는 일부러그 병에 걸린 거예요. 암은 신체 면역계의 의도적인 실수를 상징하니까요. 그 사람이 그걸 꺼버린 거예요. 상실 때문이죠. 사랑하는 누군가의 상실. 죽음이 어떻게 전파되는지 알겠어요?사람은 누구나 몸 안에 암세포가 돌아다녀요. 하지만 면역계가그걸 알아서 잘 처리하는 거죠."

"실제로 셰리의 친구 중 하나가 죽은 일이 있었어요." 팻이시인했다. "그 사람은 '간질 대발작'을 일으켰죠. 그녀의 어머니도 암 때문에 돌아가셨고요."

"그러면 셰리는 죄의식을 느끼는 거예요. 자기 친구가 죽은것 때문에, 그리고 자기 어머니가 돌아가신 것 때문에요. 당신도 죄의식을 느끼는 거예요. 글로리아가 죽었기 때문에요. 자신의 삶을 변화시켜야 한다는 책임을 받아들여요. 당신 자신을보호하는 것은 당신의 임무니까요."

팻이 말했다. "셰리를 돕는 것이 내 임무예요."

"목록을 봅시다. 당연히 가져왔겠죠."

자기가 원하는 일 열 가지의 목록을 꺼내 건네주면서, 팻은과연 모리스가 제정신인 사람인지 속으로 자문했다. 물론 셰리는 죽고 싶어하지 않았다. 그녀는 고집스럽고도 용감한 싸움을전개하고 있었다. 암뿐만 아니라 화학요법까지 견뎌가면서.

"샌타바버라의 바닷가를 걷기를 원한다고 했군요." 모리스가 목록을 훑어보면서 말했다. "그게 맨 처음이네요."

"혹시 뭐 잘못된 게 있나요?" 팻은 방어적으로 물었다.

"아뇨." 모리스가 말했다. "그렇다 이거죠? 그러면 왜 해안으로 달려가지 않는 거죠?"

"두 번째를 보세요." 팻이 말했다. "거기 보면 예쁜 여자랑 같이 가고 싶다고 되어 있잖아요."

모리스가 말했다. "그럼 셰리를 데려가든가요."

"그녀는ㅡ" 그는 머뭇거렸다. 아닌 게 아니라 그는 이미 셰리에게 바닷가에 같이 가자고 말한 바 있었다. 언제 한번 샌타바버라에 가서 그곳의 호화스러운 바닷가 호텔 중 한 곳에서 주말을 보내자고 말이다. 그녀는 교회 일 때문에 너무 바빠서 못 간다고 대답했다.

"그녀는 안 갈 거예요." 모리스가 그 대신 대답해주었다. "너무 바쁘니까요. 뭘 하느라 바쁜대요?"

"교회 일요."

두 사람은 서로를 마주보았다.

"암이 재발하더라도 그녀의 삶은 크게 달라지지 않을 거예요." 모리스가 마침내 말했다. "그녀가 자기 암에 대해 이야기하나요?"

"예."

"가게 점원에게도요? 만나는 사람이면 누구에게나요?"

"예."

"좋아요. 그녀의 삶은 달라지게 될 거예요. 더 많은 동정을 받게 되겠죠. 전보다 더 나아질 거예요."

팻은 어렵사리 말했다. "언젠가 그녀가 저한테 말하길―"그는 잘 말할 수가 없었다. "암에 걸린 것이야말로 자기한테 일어난 일 중에서도 최고의 일이었다고 했어요. 왜냐하면 그때 이후로―"

"연방 정부에서 자금을 지원해주었으니까요."

"예." 그가 고개를 끄덕였다.

"따라서 그녀는 두 번 다시는 일을 안 해도 되었으니까요. 그녀는 증상이 완화되었지만 여전히 SSI(보충소득보장금)를 받고 있죠?"

"예." 팻은 투덜거리는 목소리로 말했다.

"그러면 당국에서도 결국 그걸 추적할 거예요. 그녀의 주치의에게 확인할 거고요. 그러면 그녀는 일자리를 얻어야 할 거예요."

팻은 쓸쓸한 어조로 말했다. "그녀는 절대 일자리를 얻지 않을 거예요."

"당신은 그 여자를 미워하는군요." 모리스가 말했다. "더 나쁜 건 당신이 그녀를 존중하지 않는다는 거예요. 그녀는 일종의 여자 건달이죠. 착취 기술자예요. 그녀는 당신을 착취하고 있어요. 감정적으로나 경제적으로나 말이에요. 당신은 그녀에게 지원을 해주고 있죠, 그렇죠? 게다가 그녀는 SSI도 받아요. 그녀에게는 공갈 수단이 있어요. 암이라는 공갈 수단이오. 그리고 당신은 바로 봉인 거죠." 모리스는 굳은 표정으로 그를 바라보았다. "당신은 하느님을 믿나요?" 그가 갑자기 물었다.

이 질문으로 미루어 당신은 팻이 모리스와 치료 요법을 하면서 '하느님 타령'을 용케도 참아왔다는 것을 짐작할 수 있으리라. 북병동에서와 같은 결말을 또다시 마주할 의향은 없었기 때문이다.

"어떤 면에서 보자면요." 팻이 말했다. 하지만 그는 여기서 멈출 수가 없었다. 강조해야만 했다. "나는 내 나름대로의 하느님 개념을 갖고 있어요." 그가 말했다. "그건 어디까지나 나 자신의 —" 그는 말을 머뭇거리며, 자기 말에서 비롯되는 덫을 머릿속에서 그려보았다. 가시 철망에 에워싸인 덫이었다. "생각에 근거한 거죠." 그는 서둘러 말을 마쳤다.

"당신에게 민감한 이야깃거리인가요?" 모리스가 물었다.

팻은 무엇이 다가오는지, 아니, 다가오기나 하는지 알 수 없었다. 가령 그는 북병동 시절 자신의 파일을 열람할 수 없었고, 혹시 모리스가 그 파일을 읽었는지 여부도 알지 못했다. 그 파일에 뭐가 들어 있는지도 알지 못하긴 마찬가지였다.

"아뇨." 그가 말했다.

"당신은 인간이 하느님의 형상을 따라 창조되었다는 걸 믿나요?" 모리스가 물었다.

"예." 팻이 말했다. 그러자 모리스는 목소리를 높이며 소리를 질렀다. "그러면 자살을 한다는 것이야말로 하느님에게 반하는 범죄가 되지 않아요? 그렇게 생각해본 적이 있기나 한가요?"

"생각해본 적이 있어요." 팻이 말했다. "많이 생각해보았죠."

"그래요? 그러면 당신은 어떤 결정을 내렸죠? 창세기에 무슨 말이 나오는지 내가 말씀드리죠. 당신이 잊어버렸는지도 모르니까요. '하나님이 이르시되 우리의 형상을 따라 우리의 모양대로 우리가 사람을 만들고 그들로 바다의 물고기와 하늘의 새와 가축과─'"*

"알았어요." 팻이 말을 가로막았다. "하지만 그건 창조주 신이지, 진정한 하느님이 아니에요."

"뭐라고요?" 모리스가 말했다.

팻이 말했다. "그건 얄다바오트Yaldabaoth라고요. 때로는 사마엘, 즉 눈먼 하느님이라고도 하죠. 그 신은 미쳤어요."

"도대체 지금 무슨 말 하는 거예요?" 모리스가 말했다.

"플레로마에게서 떨어져 나온 소피아에게서 생산된 괴물이 바로 얄다바오트예요." 팻이 말했다. "그는 자기가 유일한 신이라고 생각하지만, 그건 잘못 생각하는 거예요. 그에게는 한 가지 중요한 약점이 있죠. 앞을 못 본다는 거예요. 그는 우리 세계를 창조했지만, 눈이 멀었기 때문에 그 일을 손상시키고 말았죠. 진짜 하느님은 저 멀리 위에서 아래를 내려다보고, 불쌍한 마음에 우리를 구원하기 위해 나선 거예요. 플레로마에서 내려온 빛의 단편들이 바로─"

모리스는 그를 빤히 바라보며 말했다. "그건 도대체 누가 만든 이야기죠? 당신이에요?"

---

* 창세기 1장 26절.

159

"기본적으로는요." 팻이 말했다. "내 교리는 발렌티누스주의 예요. 2세기 C.E.의 것이죠."

"'C.E.'가 뭐죠?"

"서력 기원Common Era의 약자예요. A.D.를 대체하기 위해 만들어진 기호죠. 조로아스터주의로부터 자연스럽게 강력한 영향을 받은 이란의 영지주의와는 반대로, 발렌티누스의 영지 주의는 훨씬 더 미묘한 분파예요. 영지의 존재론적 구제 가치를 인식했는데, 왜냐하면 이것은 원초적인 최초의 무지 상태를 역전시키기 때문이죠. 여기서 말하는 최초의 무지 상태란 곧 타락의 상태를 상징해요. 다시 말해서 현상, 또는 물질세계의 손상된 창조로 귀결된 신성 하느님의 결함 말이에요. 완전하게 초월적인 진정한 하느님이 이 세계를 창조한 건 아니라는 뜻이에요. 하지만 그분은 얄다바오트가 한 일을 보시고는—"

"그런데 '얄다바오트'는 도대체 누구예요? 이 세상을 창조한 건 야훼라고요! 성서에 그렇게 나와 있다니까요!"

팻이 말했다. "그 창조주 신은 자기가 유일한 신이라고 잘못 상상한 거예요. 그렇기 때문에 그는 질투심을 드러내며 이렇게 말했죠. '너는 나 외에는 다른 신들을 네게 두지 말라.'* 그런데 이건—"

모리스가 소리를 질렀다. "당신은 성서를 한 번도 안 읽어봤어요?"

잠시 뜸을 들인 다음, 팻은 또 한 번의 시도에 나섰다. 지금

---

* 출애굽기 20장 3절.

160

그는 신앙심 깊은 바보를 상대하고 있었다. "이것 보세요." 그는 최대한 이성적인 투로 말했다. "세계의 창조에 관해서는 수많은 의견이 있어요. 가령 당신이 이 세계를 누군가가 창조한 인공물로 여기더라도—물론 그렇지 않고 이 세계가 유기체일 수도 있죠, 고대 그리스인들이 생각한 것처럼요— 그래도 여전히 한 명의 창조주를 추론해낼 수는 없을 거예요. 예를 들어서 여러 시기에 수많은 창조주가 있었을 수도 있으니까요. 불교 관념론자들은 이를 지적한 바 있죠. 하지만 설령 그렇다 해도—"

"당신은 성서를 한 번도 읽어본 적이 없군요." 모리스는 믿을 수 없어하면서 말했다. "지금 내가 당신한테 원하는 게 뭔지 알아요? 진심으로 하는 말인데, 집으로 가자마자 성서를 공부해요. '창세기'를 두 번 통독하라고요. 무슨 말인지 알겠어요? 두 번이오. 꼼꼼하게요. 그리고 거기 나온 핵심 사상과 사건의 개요를 적어보세요. 중요성이 높은 것부터 낮은 것의 순서대로요. 다음 주에 여기 올 때엔, 그 목록을 가져와서 보여주세요." 그는 정말로 화가 난 것이 분명했다.

하느님에 관한 화제를 꺼낸 것이야말로 잘못된 생각이었지만, 물론 모리스는 사전에 그런 사실을 전혀 모르고 있었다. 그는 다만 팻의 윤리에 호소하고 싶었을 따름이었다. 유대인인 모리스는 종교와 윤리가 별개일 수 없다고 생각했으니, 히브리의 일신교에서 그 두 가지는 결합되어 있기 때문이었다. 윤리는 야훼에게서 모세에게로 직접 전해진 것이었다. 고두가 그런 사실을 알고 있었다. 호스러버 팻을 제외한 모두가. 지금 이 순간,

그의 문제는 그가 너무 많이 알고 있다는 것이었다.

모리스는 숨을 거칠게 몰아쉬며 자신의 예약 장부를 뒤적였다. 그는 시리아인 암살자를 죽인 적은 있었지만, 우주를 영혼과 신체를 지닌 지각 있는 생명체로, 즉 소우주인 인간에게 반영된 대우주로 간주한 적은 한 번도 없었다.

"한마디만 더 할게요." 팻이 말했다.

모리스는 짜증스러운 듯 고개를 끄덕였다.

"창조주 신은 아마도 미쳤을 것이고, 따라서 우주도 미쳤을 거예요." 팻이 말했다. "우리가 혼돈으로 경험하는 것은 사실 비합리성이에요. 두 가지는 분명히 차이가 있죠." 곧이어 그는 입을 다물었다.

"우주는 곧 당신이 만들어내는 거예요." 모리스가 말했다. "중요한 건 당신이 우주를 가지고 무엇을 하느냐는 거고요. 당신의 책임은 우주를 가지고 삶을 파괴하는 뭔가가 아니라, 삶을 고취시키는 뭔가를 하는 거예요."

"그건 실존주의적 입장이죠." 팻이 말했다. "우리는 '우리가 생각하는 바'라는 개념보다는, 오히려 '우리는 곧 우리가 행동하는 바'라는 개념에 근거한 거죠. 그게 처음으로 표현된 건 바로 괴테의『파우스트』제1부예요. 거기서 파우스트가 이렇게 말하죠. 'Im Anfang war das Wort.' 네 번째 복음서의 서두를 인용하는 거예요. '태초에 말씀이 계시니라.'* 파우스트는 이어서 이렇게 말하죠. 'Nein, Im Anfang war die Tat.' '아니, 태초에

* 요한복음 1장 1절.

162

행동이 있었다'고요. 모든 실존주의는 바로 여기서 유래했죠."

모리스는 벌레를 보는 듯한 표정으로 그를 바라보았다.

산타아나 시내에 있는 아파트―전기 장치가 된 정문에 지하 주차장, 그리고 출입구를 감시하는 폐쇄회로 텔레비전이 설치되어 완전 방비되는 건물에 있는, 침실 두 개에 욕실 두 개에 이중 자물쇠 장치가 된 현대식 아파트에서 그는 셰리와 함께 살고 있었다―로 차를 몰고 돌아오면서, 팻은 자기가 권위를 지닌 지위에서 추락하여 괴짜라는 보잘것없는 지위로 다시 떨어졌음을 깨달았다. 모리스는 팻을 도우려다가 본의 아니게도 그가 지니고 있던 안정감의 요새를 싹 무너트려버렸던 것이다. 하지만 한 가지 좋은 점은 그가 이렇게 멕시코인 지역 한가운데 자리 잡은 요새 같은, 또는 감옥 같은 완전 방비되는 새 건물에 살고 있다는 점이었다. 정문을 지나서 지하 주차장으로 내려가려면 마그네틱 컴퓨터 카드가 있어야 했다. 이것이야말로 팻의 마지막 남은 사기를 떠받쳐주고 있었다. 두 사람이 사는 아파트는 맨 꼭대기 층이었기 때문에 그는 산타아나를, 그리고 밤새도록 주정뱅이들과 약쟁이들에게 뜯기며 사는 더 가난한 사람들을 말 그대로 위에서 내려다볼 수 있었다. 아울러―이게 더 중요한 사실인데― 그는 이제 셰리와 함께 있었다. 그녀는 요리를 잘했다. 물론 설거지와 쇼핑은 그가 혼자 해야 했지만 말이다. 셰리는 둘 중 아무것도 하지 않았다. 다만 바느질을 하고, 다림질을 하고, 그에게 심부름을 시켰으며, 전화를 붙잡고 고등학교 시절의 옛날 여자 친구들과 이야기를 나누고, 교회 일에 관해 계속해서 팻에게 알려주었다.

셰리가 다니는 교회가 어딘지는 차마 말할 수 없으니, 왜냐하면 진짜로 있는 교회였기 때문이다(그건 산타아나도 마찬가지다). 따라서 그 교회를 셰리가 일컫는 대로 부르겠다. 바로 '예수님의 착취 공장'이라고 말이다. 매일 반나절 동안 그녀는 그곳에 가서 전화를 받고 안내대를 지켰다. 그녀는 봉사 프로그램을 담당하고 있었다. 곧, 음식을 나눠주고 쉼터에 돈을 전달하고 생활보호대상자를 대하는 방법에 대해 조언하고 약쟁이를 솎아내고 진짜 도움이 필요한 사람만 골라내는 일을 한단 뜻이었다.

셰리는 약쟁이를 무척 싫어했는데, 그럴 만한 이유가 있었다. 이들은 매일같이 새로운 갈취 방법을 고안해서 나타났기 때문이었다. 그녀가 제일 짜증스러워하는 것은 단순히 그들이 교회를 벗겨 먹는다는 점이 아니라, 나중에 가서 그들이 이 사실을 자랑한다는 점이었다. 하지만 약쟁이들은 서로에게도 아무런 의리가 없기 때문에, 나중에 가서는 다른 약쟁이들이 교회를 벗겨먹은 일이며 자랑하는 일 따위를 그녀에게 찾아와 일러바치게 마련이었다. 셰리는 그들의 이름을 블랙리스트에 적어놓았다. 평소에도 그녀는 교회에서 집으로 오자마자 그곳의 상황에 대해 이야기하며 미친 여자처럼 노발대발하기 일쑤였다. 특히 그날 하루 그곳에 찾아온 좀도둑과 약쟁이가 말하거나 행한 것, 그리고 사제인 래리가 그야말로 손 놓고 앉아 있었던 것에 분개했다.

같이 산 지 일주일이 지나고 나자, 팻은 셰리에 관해 많은 것을 알게 되었다. 지난 3년 동안 사교적으로 만나면서 우정을 쌓으며 알게 되었던 것보다도 훨씬 더 많은 것을. 셰리는 지구상의 모든 피조물에 원망을 품었고, 그 원망의 정도는 거리에 따라서 달랐다. 즉 더 많이 연관된 누군가나 무언가를 더 많이 미워했다. 그녀의 삶에서 가장 크고 에로틱한 사랑은 그녀가 다니는 교회의 사제 래리의 모습을 취하고 있었다. 말 그대로 암 때문에 죽어가던 그 안 좋은 시기에 셰리는 래리에게 자기의 가장 큰 열망은 그와 자는 것이라고 말했었다. 이 말에 래리는 다음과 같이 대답했다(팻은 이 대답을 듣고 어리벙벙해졌는데, 이 답변이 적절하지 못하다고 생각했기 때문이다). 자기—래리—는 사교 생활과 업무 생활을 절대로 뒤섞지 않는 게 원칙이라고(래리는 이미 결혼했고, 자녀가 셋이고 손자도 하나 있었다). 셰리는 여전히 그를 사랑했으며, 여전히 그와 함께 침대로 가고 싶은 마음이었지만, 이미 패배를 감지하고 있었다.

긍정적인 쪽으로는 그녀가 자매의 집에서 살고 있을 때, 셰리의 말을 뒤집어 들으면, 그녀가 자매의 집에서 죽어가고 있을 때, 졸도하는 바람에 래리 신부가 달려와서 그녀를 병원에 데려간 일이 있었다. 신부가 그녀의 몸을 안아들자 그녀는 그에게 키스했고, 그는 그녀에게 프렌치 키스를 했다. 셰리는 이 일을 몇 번이나 팻에게 이야기했다. 그리운 듯한 표정으로 그때 일을 회고했다.

"사랑해." 어느 날 밤에 그녀는 팻에게 이렇게 말했다. "하지만 내가 정말로 사랑하는 사람은 래리야. 내가 아플 때 그 사람이 나를 구해주었기 때문이지."

머지않아 팻은 셰리가 다니는 교회에서는 종교가 일종의 부업에 불과하다는 견해를 발전시키게 되었다. 오히려 전화를 받아주고 유인물을 발송하는 일이 주 업무였다. 정확히 알 수도 없는 수많은 사람들—팻이 아는 한에는 래리, 모, 컬리 같은 이름으로 일컬어질 법한—이 교회를 종종 방문했는데, 셰리에 비하자면 이들은 더 많은 봉급을 받으면서 일은 더 적게 했다. 셰리는 이들 모두가 죽어버리길 바랐다. 그녀는 종종 이들의 불운을 고소해하며 이야기해주었다. 가령 이들의 차가 시동이 걸리지 않은 것이라든지, 과속으로 단속에 걸린 것이라든지, 또는 래리 신부가 이들에 대해 못마땅함을 드러낸 것 등이었다.

"에디가 짤릴 거래." 셰리는 집에 오자마자 이렇게 말하곤 했다. "그 쪼끄만 개자식이."

셰리를 만성적으로 짜증스럽게 만드는 빈민이 또 한 사람 있었다. 그녀의 말에 따르면, 잭 바비나라는 이름의 그 남자는 쓰레기통을 뒤져서 그녀에게 줄 작은 선물들을 찾아온다는 것이었다. 잭 바비나는 셰리가 교회 사무실에 혼자 있을 때마다 나타나서 지저분한 대추야자 한 상자, 그리고 그녀와 연애를 하고픈 자기 열망을 나타낸 당혹스러운 쪽지를 건네곤 했다. 셰리는 그를 처음 본 그날부터 광인으로 못 박았다. 그녀는 언젠가 그의 손에 살해되지 않을까 하는 두려움을 품고 살았다.

"다음번에 그 남자가 찾아오면 자기한테 전화할게." 그녀는 팻에게 말했다. "거기 그 남자랑 단둘이서 있고 싶지는 않거든. 주교 전용 기금에서는 내가 잭 바비나를 상대하는 수당까지 계산해줄 만큼 돈이 넉넉하진 않다 이거지. 특히나 지금 내가 받는 돈이라봤자 에디가, 그 쪼끄만 호모 자식이 받는 돈의 절반밖에는 안 되니까." 셰리가 보기에는 이 세계가 사기꾼, 광인, 약쟁이, 동성애자, 그리고 등 뒤에서 칼을 꽂는 친구로 여러 등분되어 있는 모양이었다. 그녀는 멕시코인과 흑인도 높이 평가하지 않았다. 팻은 그녀에게 정서적인 의미에서 기독교인으로서의 자비심이 완전히 결여된 것을 보며 종종 놀라곤 했다. 그렇다면 셰리는 어떻게 그리고 왜 굳이 교회에서 일을 하고, 종교 단체에 시선을 고정시키고 있는 것일까? 정작 본인은 다른 모든 살아 있는 인간을 원망하고, 두려워하고, 혐오했으며, 다른 무엇보다도 자신의 삶에 대해서 불평을 늘어놓으면서 말이다.

셰리는 심지어 자기 자매까지도 원망했다. 자기가 아픈 동안에 줄곧 재워주고, 먹여주고, 돌봐준 사람을. 그 이유는 하나였다. 메이는 메르세데스 벤츠를 몰고 다니고, 부자 남편도 있다는 거였다. 하지만 셰리가 누구보다도 더 많이 원망하는 사람은 자기랑 제일 친한 친구 엘리너였다. 그 친구는 수녀가 되었기 때문이다.

"나는 여기 산타아나에서 줄곧 토하고 있는데." 셰리는 종종 이렇게 말했다. "그런데 엘리너는 라스베가스어서 수녀복을 입고 돌아다닌다고."

"자기도 지금은 토하지 않잖아." 팻이 지적했다. "지금은 증상이 호전된 상태니까."

"하지만 그애는 이걸 모르잖아. 도대체 종교 단체가 왜 하필이면 라스베가스에 있는 거야? 그애는 십중팔구 거기서 뭔가 이상한 짓을—"

"지금 자기가 말하는 사람은 수녀라고." 팻이 말했다. 그는 이전에 엘리너를 만난 적이 있었다. 무척 마음에 드는 사람이었다.

"내가 아프지만 않았어도 지금쯤은 수녀가 됐을 텐데." 셰리의 말이었다.

셰리가 지껄이는 허튼소리를 피해서 팻은 자기가 서재로 사용하는 침실에 틀어박혔고, 다시 한 번 자신의 위대한 주해서를 쓰기 시작했다. 그는 이미 거의 30만 단어를 완성했고, 대부분 자필로 썼지만, 이 가운데에서도 비교적 열등한 원고 더미에서 추출한 요약본을 그는 이른바 '트락타테: 크립티카 스크립투라Tractate: Cryptica Scriptura'(432쪽의 부록 참고)라고 이름 붙였다. '감춰진 논고'라는 의미의 라틴어를 군이 제목으로 삼은 까닭은, 그래야만 제목으로 더 인상적일 것 같았기 때문이었다.

이 시점에서 그는 자신의 '걸작'에서 자기만의 우주발생론을 꾸준히 직조하기 시작했다. 우주발생론이란 '어떻게 해서 우주가 존재하게 되었는지에 대한 설명'을 가리키는 전문용어였다.

개인이 우주발생론을 만들어내는 경우는 아주 드물었다. 대개는 문화나 문명이나 민족이나 부족 전체에 하나쯤 있을까 말까 했다. 우주발생론은 집단의 산물이고, 세월이 흐르면서 진화해 나가는 것이었다. 팻은 이런 사실을 잘 알고 있었고, 자기가 나름대로의 우주발생론을 하나 만들어내고 있다는 사실에 자부심을 가졌다. 그는 이를 다음과 같이 명명했다.

두 가지 원천의 우주발생론

그의 일지, 또는 주해서에서는 항목 #47에 해당되었으며, 이는 그가 작성한 항목 중에서 아직까지 가장 긴 것이었다.

> **#47.** 일자인 있음과 있지 않음은 합체되어 있었으며, 있지 않음을 있음과 분리하고자 열망했다. 따라서 그것은 이배성 낭囊을 하나 산출했는데, 그 안에는 마치 계란처럼 쌍둥이가 들었으며, 그 각각은 양성구유였고, 서로 반대 방향으로 회전했다(이는 도교의 음과 양이며, 일자는 곧 도이다). 일자의 계획은 쌍둥이 모두가 동시에 존재(있음)로 나타나는 것이었다. 하지만 있고자 하는 열망(이는 일자가 쌍둥이 모두에게 이식한 바였다)에 의해 동기 부여된 시계 반대 방향의 쌍둥이 한쪽이 낭을 뚫고 나와서 너무 일찍—즉 기한이 다 차기도 전에— 분리되었다. 이것은 어두운 것, 또는 음의 쌍둥이 한쪽이다. 따라서 이것은 결함을 지니고

있다. 기한이 다 차자, 이번에는 더 똑똑한 쌍둥이 한쪽이 나타났다. 쌍둥이 각자는 단일한 활력을 형성한다. 즉 영혼과 소마로 이루어진 하나의 생물 유기체를 형성하며, 그러는 중에도 계속해서 서로 반대 방향으로 회전한다. 기한을 다 채운 쌍둥이 한쪽은 파르메니데스가 형상 1이라고 부른 것으로, 그 성장 단계를 통해 정확하게 발달한다. 반면 너무 일찍 태어난 쌍둥이는 형상 2라고 부른 것으로, 쇠약해지고 말았다.

일자의 계획에서 다음 단계는 변증법적 상호작용을 통해서 이자二者가 다자多者로 되는 것이었다. 초우주인 그것들은 홀로그램과 비슷한 경계면[인터페이스]을 투사하는데, 이것은 우리 피조물이 거주하는 다양한 우주이다. 두 가지 원천은 우리의 우주를 유지하면서 평등하게 혼합될 것이었지만, 형상 2는 계속 쇠약해져서 질병과 광기와 무질서에 이르렀다. 그녀는 이런 측면들을 우리 우주에 투사했다. 우리의 홀로그램적 우주를 향한 일자의 목적은 일종의 교육 도구 노릇을 함으로써, 다양한 새 생명이 점차 발달하게 하여 궁극적으로는 일자와 동형이 되도록 만드는 것이다. 하지만 초우주 2의 쇠퇴하는 상태는 우리의 홀로그램적 우주에 손상을 입히는 나쁜 요소들을 도입했다. 이것이야말로 엔트로피, 부당한 고통, 혼돈과 죽음, 나아가 제국, 또한 흑철 감옥의 기원이다. 이 모든 것들은 본질적으로 홀로그램적 우주 내에 있는 생명 형태들의 적절한 건강과 성장에 대한 저해인 셈이다. 또한 교육 기능도 크게 손상되었으니, 오로지 초우주 1에서 오는 신호만이 정보가 풍부하기 때문이다. 초우주 2에서 오는 신호는 잡음이 된다.

초우주 1의 영혼은 그 자체의 축소 형태 하나를 초우주 2로 보내서 그것을 치료하려 시도했다. 그 축소 형태는 우리의 홀로그램적 우주에서 예수 그리스도의 모습으로 나타났다. 하지만 초우주 2는 교란되어 있었기 때문에, 그녀의 건강한 쌍둥이의 치유하는 영혼이 보낸 축소 형태를 곧바로 고문하고, 희롱하고, 거부하고, 마침내 죽여버렸다. 그때 이후로 초우주 2는 계속해서 쇠퇴해서 급기야 맹목적이고, 기계적이고, 목적 없는 인과 과정이 되어버렸다. 그리하여 그리스도(보다 적절하게는 성령)의 임무는 홀로그램적 우주에서 생명 형태를 구제하는 것이거나, 또는 초우주 2로부터 방출되는 모든 영향력을 제거하는 것이 되었다. 그것은 조심스럽게 그 임무에 접근하면서, 교란된 쌍둥이 한쪽을 죽여버릴 준비가 되었으니, 그녀는 치료될 수가 없었기 때문이다. 즉 그녀는 치료 받기를 순순히 허락하지 않을 것인데, 자신이 아프다는 것을 이해하지 못하기 때문이다. 질환과 광기가 우리에게 널리 퍼지기 때문에, 우리는 개인적이고 비현실적인 세계 속에서 살아가는 바보들이 된다. 일자의 원래 계획은 초우주 1을 두 개의 건강한 초우주로 분리함으로써만 실현될 수 있으며, 이는 홀로그램적 우주를 애초에 고안된 대로 성공적인 교육 기계로 변화시킬 것이다.

우리는 이것을 '하느님의 왕국'으로 경험하게 될 것이다.

초우주 2는 시간 내에서 여전히 살아 있을 것이다. "제국은 결코 끝나지 않는다." 하지만 초우주가 존재하는 영원 속에서, 그녀는 건강한 쌍둥이의 한쪽이며 우리의 옹호자인 초우주 1에 의해서 필연적으로 죽임을 당할 것이다. 일자는 이 죽음에 대해 슬퍼할 것이니, 쌍둥이 양쪽 모두를 사랑했기 때문이다. 따라서 큰정신의 정보는 한 여자의 죽음에 관한 비극적인 이야기로 이루어져 있으며, 그 숨겨진 감정은 홀로그램적 우주에서 살아가는 피조물 모두에게 까닭 알 수 없는 고통을 야기할 것이다. 그 슬픔은 건강한 쌍둥이 한쪽이 유사분열을 수행하고 '하느님의 나라'가 도달할 때에야 떠나갈 것이다. 이러한 변화—시간 내에서 벌어지는 철의 시대로부터 황금의 시대로의 행진—를 위한 기계 장치는 현재 작동하고 있다. 영원 내에서는 이것이 이미 성취되었다.

얼마 지나지 않아서 셰리는 팻이 밤이고 낮이고 주해서에만 매달리는 모습에 신물이 나고 말았다. 심지어 팻이 그녀의 SSI 보조금 가운데 일부를 집세에 보태달라고 부탁하는 바람에 불같이 화를 내기도 했다. 팻은 법원 판결 때문에 베스와 크리스토퍼에게 배우자 및 자녀 생활비를 부담해야 했다. 산타아나 주택 당국에서 주거비를 지원해주는 또 다른 아파트를 찾아낸 셰리는 앞으로 혼자서 살아가기로 작정했다. 이제 그녀는 팻의 저녁을 차려줄 의무를 지지 않았다. 다른 남자와 데이트를 할 수도 있었다. 함께 사는 동안 팻은 셰리가 다른 남자와 데이트 하는 데에 반대해왔다. 그가 드러낸 이런 소유욕에 관해서 셰리는 어느 날 밤에 매섭게 쏘아붙였다. 그날 그녀는 어느 남자 친구와 나란히 손을 잡고 집에 돌아왔는데, 그걸 본 팻이 화를 냈었다.

"이제 이런 개떡 같은 일은 더 이상 못 참겠어."

팻은 앞으로 더 이상은 셰리가 다른 남자와 데이트하는 것에 반대하지 않기로 약속했다. 아울러 더 이상은 그녀에게 집세와 식료품비에 돈을 보태라고 부탁하지 않겠다고도 약속했다. 비록 그렇게 말하는 순간에 그의 은행 계좌에는 겨우 9달러밖에 없었지만 말이다.

"난 나갈 거야." 그녀가 그에게 통보했다.

그녀가 나간 이후, 팻은 어렵사리 돈을 마련해서 각종 가구며 접시며 텔레비전이며 식기며 수건을 비롯해서 모든 것을 새로 장만해야만 했다. 그가 아내와 헤어지면서 들고 나온 물건은 거의, 또는 전혀 없었기 때문이었다. 그는 셰리의 물건을 빌려 쓰면 된다고 생각하고 있었다. 두말할 필요 없이, 그녀가 떠나자 그의 삶은 무척이나 외로워졌다. 한때 두 사람이 살았던 침실 두 개, 욕실 두 개짜리 아파트에서 이제 혼자 살다보니 그는 무척이나 우울해졌다. 친구들은 그를 걱정하고 기운을 차리게 해주려고 노력했다. 2월에는 베스가 그의 곁을 떠나고, 9월 초에는 셰리가 그의 곁을 떠났다. 그는 또다시 조금씩 죽어가기 시작했다. 그는 줄곧 타자기 앞에 앉아서, 또는 메모장과 펜을 들고, 주해서 집필 작업에만 매달렸다. 그의 삶에서 이것 말고는 아무것도 남지 않았다. 베스가 700마일 떨어진 새크라멘토로 떠나버렸기 때문에, 그는 아직 크리스토퍼를 만나러 가보지도 못했다. 자살할 생각도 했었지만, 아주 많이 한 것은 아니었다. 모리스라면 이런 생각을 용인하지 않을 거란 걸 그는 알았다. 모리스는 그에게 또 다른 목록을 작성해오라고 시킬 것이었다.

팻이 정말로 걱정하는 것은 셰리의 일시적 호전상태가 조만간 사라져버릴 것이라는 점이었다. 산타아나 칼리지의 강의에 출석하고, 교회에서 일하면서, 그녀는 점차 피곤하고 지쳐갔다. 그녀를 만날 때마다―그로선 가급적 자주 그렇게 했는데― 그는 그녀가 피로하고 말라 보인다는 것을 깨달았다. 11월에 그녀는 독감에 걸렸다고 투덜거렸다. 가슴에서 통증이 느껴지고, 계속 기침을 한다는 것이었다.

"망할 놈의 독감." 셰리의 말이었다.

마침내 팻은 그녀를 주치의에게 데려가서 엑스레이 촬영과 혈액 검사를 시켰다. 이때에야 그는 그녀의 일시적 호전상태가 끝났음을 알았다. 그녀는 이미 쉽게 돌아다닐 수도 없는 상태였다.

그녀가 마침내 암이 재발했다는 것을 알았을 때, 팻은 그 곁에 있었다. 의사와 약속한 시간은 아침 8시였기 때문에 팻이 전날 밤부터 그녀의 곁에 앉아 있었다. 그는 그녀를 차에 태우고 의사에게 데려다주었다. 셰리의 평생 친구인 에드나도 함께 갔다. 셰리가 애플봄 박사와 이야기를 나누는 동안, 팻과 에드나는 대기실에서 나란히 앉아 기다렸다.

"그냥 독감일 거예요." 에드나의 말이었다

팻은 아무 말도 하지 않았다. 그는 이게 뭔지 알았다. 그로부터 사흘 전, 함께 식품점에 갔을 때 그녀는 발을 떼기조차 힘들어하는 상태였다. 팻의 머릿속에는 일말의 으구심도 없었다. 에드나와 함께 사람이 북적이는 대기실에 앉아 있노라니 두려움이 밀려들어왔고, 엉엉 울고 싶은 심정이었다. 오늘은 하필이면 그의 생일이었다.

애플봄 박사의 진료실에서 나온 셰리는 화장지로 눈물을 닦고 있었다. 팻과 에드나가 그녀에게 달려갔다. 그가 이렇게 말하며 쓰러지는 셰리의 몸을 붙들었다. "재발했어. 암이 재발했어." 그녀의 목에 있는 림프절에 암이 생겼고, 오른쪽 폐에도 악성 종양이 생겨서 숨이 막힌다는 설명이었다. 24시간 내에 화학요법과 방사능요법이 다시 시작될 것이었다.

에드나는 놀란 듯 말했다. "나는 이게 그냥 독감일 거라고 확신해요. 그러니 쟤를 멜로디랜드*로 데려가서, 예수님께서 쟤를 고쳐주시도록 해야겠어요."

그녀의 말에 팻은 아무 대꾸도 하지 않았다.

이쯤 되자 팻은 더 이상 셰리를 향해 아무런 도덕적 의무감

---

* 멜로디랜드 기독교 센터는 1960년대부터 2000년대 초까지 캘리포니아 주 애너하임에 있었던 교회의 이름이다.

도 느끼지 않게 되었다. 빈약한 이유이긴 하지만, 한편으로는 그녀가 먼저 나가버렸기 때문이었다. 그가 슬퍼하고 좌절하게끔 혼자 내버려두고, 그저 자신의 주해서만 끼적이는 것밖에는 할 수 없게 만들어놓고. 팻의 친구들은 모두들 이 사실을 지적했다. 심지어 에드나조차도 이 사실을 지적했다. 물론 셰리가 한 방에 없을 때에만 말이다. 하지만 팻은 여전히 그녀를 사랑했다. 그는 그녀에게 자기 집으로 다시 들어와 살라고, 그러면 자기가 돌봐주겠다고 말했다. 이제 그녀는 몸이 너무 약해져서 식사도 혼자 차려먹을 수가 없었고, 화학요법을 받기 시작하면 이전보다도 더 아파질 것이기 때문이었다.

"아니야, 괜찮아." 셰리는 단조로운 말투로 말했다.

팻은 어느 날 그녀가 다니는 교회까지 걸어가서 래리 신부와 이야기를 나누었다. 그는 캘리포니아 주 의료보험 측에 압력을 넣어달라고 래리에게 간청했다. 누군가가 셰리의 집에 와서 식사를 마련해주고 아파트를 청소해주고 하는 일을 대신하게 해달라고 말이다. 마음 같아서는 자기가 하고 싶었지만, 셰리가 절대로 허락해주지 않았다. 래리 신부는 힘을 써보겠다고 대답했지만 실제로는 아무런 효과도 없었다. 다시 한 번 팻은 사제를 찾아가서 셰리를 도와줄 방도에 관해 이야기를 나누었다. 그러다가 갑자기 엉엉 울기 시작했다.

이를 본 래리 신부는 수수께끼 같은 한마디를 던졌다. "내가 그 아가씨를 위해 흘려야 할 눈물은 이미 다 흘렸다네."

팻은 이 말이 정확히 무슨 뜻인지 알 수가 없었다. 슬픔 때문에 래리의 가슴이 까맣게 타버렸다는 이야기인지, 아니면 일종의 자기보호 장치가 발동된 까닭에 래리가 의도적으로 자기 슬픔을 드러내지 않는 것인지 말이다. 과연 어느 쪽이었는지 팻은 지금까지도 알 수가 없었다. 그 자신의 슬픔은 임계질량까지 도달해 있었다. 셰리도 병원에 입원했다. 병문안을 간 팻은 그녀가 작고 슬픈 형체로 변해 침대에 누운 모습을 보았다. 그가 익숙히 보았던 체구의 절반밖에는 되지 않는 듯했다. 그 형체는 고통스럽게 기침을 하고, 두 눈에는 끔찍한 절망감이 가득했다. 그 광경을 보고서 팻은 운전조차도 할 수 없는 지경이 되어서 케빈이 대신 그를 집까지 데려다주었다. 평소 같으면 특유의 냉소주의적인 태도를 유지했을 법한 케빈조차도 슬픔 때문에 말을 꺼내지 못했다. 둘이서 같이 차를 타고 오던 중에 케빈이 갑자기 팻의 어깨를 철썩 때렸다. 이것이야말로 남자들에게는 서로에 대한 사랑을 표현하는 유일한 방법이었다.

"이제 나는 어떻게 하지?" 팻이 말했다. 그러니까 '그녀가 죽으면 이제 나는 어떻게 하지?'라는 뜻이었다.

그는 진정으로 셰리를 사랑했다. 그를 향한 그녀의 태도가 어떻든간에 말이다. 그의 친구들이 주장하는 것처럼 그녀가 그를 야비하게 대우했다고 해도, 정작 그 자신은 의식하지 못했다. 그는 전혀 몰랐거나 또는 전혀 개의치 않았다. 그가 아는 사실이라고는 그녀가 온몸으로 전이된 종양을 지닌 채 병원 침대에 누워 있다는 것뿐이었다. 그는 매일 그녀를 아는 다른 여러 사람과 함께 병문안을 갔다.

밤이면 그는 이제 자기에게 남은 유일한 일을 했다. 주해서 쓰기. 이제 중요한 항목에 도달해 있었다.

#48. 우리의 본성에 관하여. 다음과 같이 말하는 것이 적절하리라. 우리는 마치 컴퓨터 비슷한 사고 시스템 속에 있는 기억 코일(DNA의 운반자는 경험 능력이 있다)인 것처럼 보인다. 비록 우리는 수천 년의 경험적 정보를 정확하게 기록하고 보관해놓았으며, 우리 각자는 여타의 모든 생명 형태와는 전혀 다른 집적물을 지니고 있음에도 불구하고, 기억의 복구에서 기능부전—실패—이 있다. 우리의 특정한 회로에 문제가 있는 것이다. 영지—보다 적절히 표현하자면 기왕증(즉 건망증의 상실)—를 통한 '구원'은 비록 우리 각자에게는 개인적인 중요성을 지니고 있지만—이것은 지각, 정체성, 인식, 이해, 세계 및 자아 경험, 심지어 불멸성에서도 대단한 도약이다— 시스템 전체에는 더 크고 더 나아간 형태의 중요성을 지니고 있다. 적어도 이 기억들이 시스템 전체에게 꼭 필요한 데이터인 한, 또한 시스템 전체는 물론이고 그 전반적인 기능에도 귀중한 데이터인 한에는 말이다.

따라서 그것은 자체 수리의 과정에 있으며, 그 수리에는 다음과 같은 것들이 포함된다. 선형이며 직각인 시간 변화를 통해서 우리의 회로를 재건하는 것. 아울러 우리에게 계속해서 신호를 보내는 것. 즉 우리 안에 있지만 막혀버린 기억 저장소를 자극해서 촉발시킴으로써, 그 안에 있는 것을 우리가 회복하게끔 만드는 신호를 보내는 것.

그러면 외적 정보, 또는 영지는 탈억제적 지시로 이루어지며, 그 핵심 내용물은 사실상 우리에게 본질적인 것이다. 즉 이미 거기 들어 있는 것이다(이는 플라톤이 처음 관찰한 것이다. 즉 학습은 곧 기억의 일종인 것이다).

고대인이 보유한 기술(성례전과 제의) 가운데 주로 그리스-로마의 신비 종교, 그리고 초기 기독교에서 사용되던 기술은 촉발과 회복을 유도하고, 대개는 개인에게 그 회복된 가치의 느낌을 곁들이는 것이었다. 하지만 영지주의자는 그들이 신성 하느님 그 자체라고 부른 것, 즉 전체적 실체의 존재론적 가치를 정확하게 간파했다.

신성 하느님은 손상되고 말았다. 우리로선 알 수 없는 어떤 원시의 재난이 그 안에서 벌어졌기 때문이다.

팻은 일지의 항목 #29을 다시 작성해서, 그것을 '우리의 본성에 관하여' 항목에 덧붙였다.

#29. 우리는 도덕적 오류 때문에 타락하는 것이 아니라 지적 오류 때문에 타락한다. 즉 현상 세계를 현실토 간주하는 오류 때문에 타락한 것이다. 따라서 우리는 도덕적으로 순결하다. 다양하게 위장된 다형체를 이용해서 우리에게 죄를 지었다는 말을 하는 것은 바로 제국이다. "제국은 결코

끝나지 않는다."

이제 팻의 정신은 완전히 돌아버리고 말았다. 이제 그가 하는
일은 자신의 주해서 또는 트락타테를 작업하거나, 오디오를 듣
거나, 셰리를 병문안하는 것뿐이었다. 그는 트락타테의 항목들
을 어떤 논리적 순서나 이유 없이 배치하기 시작했다.

#30. 현상 세계는 존재하지 않는다. 이것은 큰정신에 의해
처리된 정보의 실체일 뿐이다.

#27. 만약 수세기에 걸친 위조의 시간을 제거할 경우, 지금
의 진정한 연대는 C.E. 1978년이 아니라 C.E. 103년이다.
따라서 신약성서에서는 '지금 살아 있는 사람들 중 일부가
죽기' 이전에 영의 왕국이 도래하리라고 말한 것이다. 우리
는 여전히 사도 시대에 살고 있다.

#20. 헤르메스주의 연금술사들은 세 개의 눈을 지닌 침입
자들의 비밀 종족에 관해 알고 있었지만, 노력을 쏟았음에
도 이들과 접촉할 수는 없었다. 따라서 팔츠 선제후이며 보
헤미아 왕이었던 프리드리히 5세를 지지하던 그들의 노력
은 실패하고 말았다. "제국은 결코 끝나지 않는다."

#21. 장미 십자회는 이렇게 썼다. "Ex Deo nascimur, in

Jesu mortimur, per spiritum sanctum reviviscimus," 즉 "하느님으로부터 우리는 태어났고, 예수 안에서 우리는 죽고, 성령에 의하여 우리는 다시 산다." 이는 일찍이 제국이 파괴해버림으로써 상실되었던 불멸의 공식을 그들이 재발견했음을 의미한다. "제국은 결코 끝나지 않는다."

#10. 티아나의 아폴로니오스는 헤르메스 트리스메기스토스가 되어서 쓴 글에서 이렇게 말했다. "위에 있는 것은 곧 아래에 있는 것이다." 여기서 그가 우리에게 말하려는 바는 우리의 우주가 홀로그램이라는 것이지만, 당시 그에게는 이런 용어가 없었다.

#12. 불멸의 일자를 그리스인은 디오니소스로, 유대인은 엘리야로, 그리스도인은 예수로 알고 있었다. 그는 각각의 인간 숙주가 죽을 때마다 옮겨 가며, 따라서 피살되거나 붙잡히지 않는다. 그렇기 때문에 그리스도는 십자가에 매달려 이렇게 말한 것이다. "엘리, 엘리, 라마 사박다니." 그때 그곳에 있던 사람 중 일부는 정확하게 알아듣고 이렇게 말했다. "저자가 엘리야를 부른다." 엘리야가 그를 떠난 까닭에 그는 혼자 죽었던 것이다.

이런 항목을 쓰고 있는 바로 이 순간에 호스러버 팻은 혼자 죽어가고 있었다. 1974년에 그의 두개골 속으로 몇 톤에 달하

는 정보를 발사했던 엘리야, 또는 이름 모를 어떤 신성한 존재
는 정말로 그를 떠났던 것이다. 이때에 팻이 거듭해서 스스로
에게 던졌던 끔찍한 질문은 차마 그의 일지 또는 트락타테에
적어놓지도 못한 것이었다. 그 질문은 다음과 같이 표현할 수
있었다.

> 만약 그 신성한 존재가 크리스토퍼의 선천적 기형을 알았
> 고, 또 그걸 바로잡기 위해 뭔가를 했다면, 왜 셰리의 암을
> 바로잡기 위해 뭔가를 하지는 않는 것일까? 어떻게 그녀가
> 거기서 죽게 내버려둘 수 있는 것일까?

 팻은 어찌된 영문인지 도무지 알 수가 없었다. 그녀는 1년 내
내 엉뚱한 진단만 받고 있었던 셈이다. 어째서 제브러는 팻에
게, 또는 셰리의 주치의에게, 또는 셰리에게 정보를 발사해주지
않은 걸까? 다른 누군가에게라도 왜 하지 않은 걸까?
 제때에 발사해주었더라면 그녀를 살릴 수 있었을 텐데!
 하루는 팻이 셰리를 병문안 가보니 웬 바보 같은 녀석이 그
녀의 침대 옆에서 히죽거리고 서 있었다. 언젠가 팻도 만난 적
있는 바보였다. 이 녀석은 팻과 셰리가 함께 살던 시절에 슬금
슬금 그 사이를 비집고 들어와서는, 셰리를 양팔로 얼싸안고
입을 맞추고 사랑한다고 말하곤 했다. 팻은 전혀 신경 쓰지도
않고. 팻이 병실에 들어섰을 때, 셰리의 어린 시절 친구였다는
이 녀석이 그녀에게 말하고 있었다.

"내가 이 세상의 왕이고, 네가 이 세상의 여왕이면, 우리 둘이서 뭘 할까?"

이 말에 셰리는 고통 속에서도 이렇게 중얼거렸다. "그럼 난 목에 있는 이 혹을 모조리 없애버릴 거야."

팻이 이때처럼 누군가를 때려눕히기 위해 펄펄 뛰며 달려든 적은 이제껏 단 한 번도 없었다. 마침 동행했던 케빈이 팻을 붙들어 잡고 말려야만 했을 정도였다.

팻의 외로운 아파트—한때 그토록 짧은 시간이나마 셰리와 함께 살았던—로 함께 차를 타고 돌아오면서, 팻이 케빈에게 이렇게 말했다. "나는 미쳐가고 있어. 더 이상 못 버티겠어."

"그건 정상적인 반응이야." 케빈은 요즘 들어서 평소와 같은 냉소적인 태도를 전혀 드러내지 않고 있었다.

"그럼 어디 말해봐." 팻이 말했다. "왜 하느님은 그녀를 도와주지 않는지를." 그는 주해서 집필 작업의 진척 상황을 케빈에게 계속 알려주고 있었다. 그가 1974년에 하느님을 만났다는 사실을 케빈도 알고 있었으므로, 팻은 대놓고 이렇게 말했다.

케빈이 말했다. "그건 위대한 푼타의 신비로운 방식이지."

"도대체 그건 또 뭐야?" 팻이 말했다.

"나는 하느님을 믿지 않아." 케빈이 말했다. "대신 나는 위대한 푼타를 믿지. 그리고 위대한 푼타의 방식은 신비스럽지. 그가 어떤 일을 왜 그렇게 하는지, 또는 왜 그렇게 하지 않는지는 아무도 모른다니까."

"지금 나 놀리는 거야?"

"아니." 케빈이 말했다.

"그러면 그 위대한 푼타라는 건 어디서 온 건데?"

"그건 위대한 푼타 자신밖에는 모르지."

"그러면 그는 자비로운가?"

"어떤 사람은 그렇다고도 말하지. 어떤 사람은 아니라고도 말하고."

"그러면 그는 원하기만 한다면 셰리를 도울 수도 있겠군."

케빈이 말했다. "그것 역시 위대한 푼타 자신밖에는 모르지."

두 사람은 웃기 시작했다.

죽음에 대한 강박에 사로잡힌, 그리고 셰리에 대한 슬픔과 걱정 때문에 미쳐버린 팻은 자기 트락타테의 항목 #15를 적었다.

#15. 쿠마이의 시빌라는 로마 공화국을 보호하며 적시에 경고를 제공해주었다. C.E. 1세기에 그녀는 케네디 형제, 킹 목사, 파이크 주교의 피살을 이미 예언했다. 그녀는 피살된 네 사람에게서 두 가지 공통분모를 보았다. 첫째로 이들은 공화국의 자유를 옹호하고 나섰다. 둘째로 이들 각자는 종교 지도자였다. 이런 까닭에 이들은 피살되었다. 공화국은 다시 한 번 카이사르가 다스리는 제국이 되었다. "제국은 결코 끝나지 않는다."

#16. 시빌라는 1974년 3월에 말했다. "음모자들이 발각되

었으니, 그들은 정의의 심판을 받을 것이다." 그녀는 그들을 세 번째의 눈, 또는 아즈나의 눈으로 보았다. 시바의 눈이라고도 하는 이것은 내적 인식을 제공해주었지만, 이 눈을 외부로 돌릴 경우에는 뜨거운 열기를 발산했다. 1974년 8월, 시빌라가 약속했던 정의의 심판이 이루어졌다.

팻은 제브러가 그의 머리를 향해 발사한 예언적인 진술들 모두를 트락타테에다가 적어놓기로 했다.

#7. 머리 아폴론이 곧 돌아올 것이다. 성 소피아는 다시 태어날 것이다. 그 이전에 그녀는 받아들여지지 않았다. 붓다는 공원에 있다. 싯다르타는 잠자고 있다(하지만 깨어날 것이다). 당신이 기다리던 시간이 왔다.

신성으로부터의 직접적인 경로를 통해 이 사실을 알게 됨으로써, 팻은 졸지에 말일성도교회에서 이야기하는 예언자나 마찬가지가 된 셈이었다. 하지만 그는 이미 미쳐버렸기 때문에, 트락타테에다가 부조리한 구절도 집어넣었다.

#50. 우리의 모든 종교의 최초 원천은 도곤 족의 조상들이었으니, 그들은 오래전에 찾아온 세 개의 눈을 지닌 침입자들로부터 직접 우주발생론과 우주론을 전수받았다. 세 개의 눈을 지닌 침입자들은 말하지도 듣지도 못하고, 다만 텔

레파시를 이용했으며, 우리의 대기를 호흡하지도 못했고, 이크나톤의 길쭉하고 특이하게 생긴 두개골을 지니고 있었고, 시리우스 성계의 한 행성에서 왔다. 비록 손이 없었지만 그들은 그 대신 게가 지닌 것 같은 집게발을 지니고 있었으며, 매우 뛰어난 건축가였다. 그들은 우리의 역사가 풍부한 결실을 맺도록 은밀하게 영향을 주었다.

이제 팻은 현실과의 접점을 완전히 잃어버린 셈이 되었다.

07

왜 팻이 더 이상은 환상과 신적 계시의 차이를 알지 못하는지를 이제는 당신도 이해할 수 있을 것이다. 물론 이 두 가지 사이에 차이가 있다고 가정해보자. 실제로는 한 번도 정립된 적이 없었지만 말이다. 그는 제브러가 시리우스 성계의 어느 행성에서 온다고, 그것이 1974년 8월에 닉슨의 독재 정권을 전복시켰고, 장차 이 지구상에 정의롭고도 평화로운 왕국을 건설하리라고 상상했다. 또한 그곳에서는 질병도 없고, 고통도 없고, 외로움도 없고, 모든 동물이 기뻐 춤을 출 수 있으리라고 상상했다.

팻은 이크나톤의 찬가를 찾아내고, 참고 문헌에서 그중 일부를 베껴서 자신의 트락타테에 집어넣었다.

알 속의 새끼가 알 속에서 짹짹거릴 때,

그대는 그에게 숨을 주어 그를 계속 살게 하는도다.

그대가 그를 인도하여

알을 깨트리는 지점에 이르면

그는 알에서 벗어나

있는 힘껏 짹짹거린다.

그는 자기 두 발로 일어선다.

그가 마침내 거기서 나왔을 때에.

그대의 일은 얼마나 다양한가!

그것들은 우리 눈에 감춰져 있도다,

오, 유일한 신이여, 그대의 힘은 아무도 지니지 못하도다.

그대는 그대의 마음에 따라 지구를 창조했도다.

그대가 혼자일 때에.

인간, 크고 작은 온갖 가축,

제 발로 걸어가는 모든 것들.

높이 있는 모든 것들,

제 날개로 날아가는 것들.

그대는 내 마음속에 있으니,

그대를 아는 자 전혀 없음이라.

그대의 아들 이크나톤밖에는.

그대는 그를 현명하게 만들었고

그대의 고안과 그대의 힘 속에서
세계가 그대의 손에 있노라…….

항목 #52는 이 시기의 팻이 어떤 상태였는지를 잘 보여준다. 어딘가에 여전히 어떤 신이 존재한다는 자신의 확신을 뒷받침해주는 것이라면, 그는 어떤 황당한 희망이라도 기꺼이 손을 뻗쳤던 것이다.

#52. 우리의 세계는 여전히 이크나톤의 후예인 숨겨진 종족에게 비밀리에 지배되고 있으며, 그의 지식은 거대 큰두뇌, 그 자체의 정보다.

모든 가축이 그 목장에서 쉬고,
나무와 식물이 번성하며,
새들이 습지에서 퍼덕이며,
그 날개가 그대를 숭배하여 위로 들리네.
모든 양이 제 발로 춤을 추며,
모든 날개 달린 것들이 날아가며,
그대가 빛을 비춤으로 그것들이 살아가네.

이 지식은 이크나톤으로부터 모세에게로 전해졌고, 또 모세에게서 엘리아에게로 전해졌으며, 그 불멸하는 자는 결국 그리스도가 되었다. 하지만 이 모든 이름 아래에는 오

로지 하나의 불멸하는 자만 있을 뿐이다. 그리고 우리가 곧
그자니라.

   팻은 여전히 하느님과 그리스도를, 그리고 다른 여러 가지를
믿고 있었다. 하지만 그는 어째서 제브러―전능하고 신성한
일자—者를 일컫는 특유의 표현―가 셰리의 상태에 관해 일찍
경고를 주지 않았는지를, 그리고 왜 지금 그녀를 치료하지 않
는지를 알고 싶었다. 이 수수께끼는 팻의 두뇌 속을 떠돌아다
니다가, 결국 그를 격노케 했다.
   한때 죽음을 추구했던 팻이었지만, 이제 그는 어째서 셰리가
죽도록, 그것도 끔찍하게 죽도록 내버려둬야 하는지를 이해할
수 없어했다.
   이 대목에서 나는 기꺼이 앞에 나서서 몇 가지 가능성을 제
공할 의향이 있다. 선천적 기형으로 인해 괴로움을 겪던 사내
아이는 죽기를 열망하는 성인 여성과 똑같은 범주에 포함될 수
가 없다. 그녀로 말하자면 악의적인 게임을 벌이고 있었던 셈
이다. 이 게임은 그녀의 신체적 유사물만큼이나, 즉 그녀의 신
체를 파괴하는 림프종만큼이나 악의적이었다. 어쨌거나 전능
하고 신성한 일자 역시 팻의 자살 시도 때에 굳이 간섭하지는
않았다. 신성한 존재도 팻이 마흔아홉 알의 고농도 순수 강심
제를 삼키도록 내버려두었다. 신적 현현을 통해 팻의 아들에
관한 의학 정보가 그에게 전달되긴 했지만, 신성한 권능자도
베스가 팻을 버리고 그 아들과 함께 떠나버리는 일을 막아주지

는 않았다.

그런데 눈이 세 개 달린 외계의 침입자, 즉 손이 아니라 집게
발을 지니고 벙어리에 귀머거리에 텔레파시 능력을 지녔으며
다른 별에서 왔다는 그 생물에 대한 언급에 나는 흥미가 일었
다. 이 논제에 관해서 팻은 자연스럽고도 교묘한 과묵함을 드
러냈다. 그는 이 문제에 관해서는 입을 놀려서는 안 된다는 것
을 충분히 잘 알고 있었다. 하느님(차라리 제브러라고 해야 더
적절할 듯한)을 만난 1974년 3월에 그는 눈이 세 개 달린 사람
들에 관해 생생한 꿈을 꾸었다. 이것은 그가 직접 나에게 해준
말이다. 그들은 자신들이 사이보그 실체라고 밝혔다. 그들은 어
마어마하게 큰 기계 장치 아래에서 흔들거리는 유리 거품 안에
들어 있었다. 그런가 하면 팻과 나 모두를 당혹스럽게 만들었
던 한 가지 특이한 측면도 있었다. 마치 환상과도 유사한 그 꿈
의 어느 대목에서 소련 기술자들의 모습도 보였던 것이다. 이
들은 그 눈이 세 개 달린 사람들을 에워싼 정교한 기계적 통신
설비의 오작동을 급히 수리하고 있었다.

"어쩌면 러시아인들이 마이크로파를 통해 정신작용성 또는
향정신성, 또는 그들 나름대로 이름 붙인 어떤 신호를 자네한
테 쏘아 보내는 건지도 몰라." 내가 말했다. 소련에서 마이크로
파를 이용해서 텔레파시 메시지를 쏘아 보낸다는 주장에 관한
기사를 읽은 적이 있었다.

"하지만 소련이 크리스토퍼의 탈장에 관심이 있을 것 같진
않아." 팻은 짜증스러운 듯 말했다.

하지만 최면 상태에서 보았던 이런 환상, 또는 꿈의 어디에 선가 그는 러시아어를 들은 것도 같다는 기억을 떠올리게 되었다. 심지어 여러 쪽, 거의 수백 쪽에 달하는 문서를, 마치 러시아어 기술 설명서처럼 보이는 것을 목격하기도 했다. 거기 나온 다이어그램으로 미루어 보건대 그 내용은 공학적인 원칙과 구성에 관한 것인 듯했다.

"자네는 양방향 전송을 엿들은 거야." 내가 말했다. "러시아인과 어떤 외계의 실체 사이에 오가는 정보를 말이지."

"우연이었을 뿐이야." 팻이 말했다.

이런 경험을 할 즈음에 팻의 혈압은 거의 뇌졸중 수준까지 상승했다. 그의 주치의도 잠깐 그를 병원에 입원시켰을 정도였다. 의사는 그에게 각성제를 하지 말라고 경고했다.

"나는 각성제를 하지 않아요." 팻은 이렇게 항의했다. 물론 진실이었다.

팻이 병원에 머무는 동안 의사는 가능한 한 모든 검사를 수행했다. 혈압을 상승시킨 신체적 원인을 찾아내려는 것이었지만, 아무런 원인도 발견되지 않았다. 그의 고혈압은 점차 감소되었다. 의사는 의구심을 품었다. 그는 팻이 무절제하게 각성제를 했던 그 당시의 생활 방식으로 돌아갔다고 계속해서 생각했다. 하지만 팻과 내가 아는 사실은 전혀 달랐다. 그의 혈압은 280에서 178로 되어 있었는데, 이 정도면 치명적인 수준이었다. 평소에 팻의 혈압은 135에서 90이었는데, 이 정도면 정상이었다. 일시적으로 혈압이 상승한 원인은 오늘날까지도 수수께끼로 남아 있다. 팻의 애완동물들의 죽음도 마찬가지다.

내가 당신에게 이런 이야기를 하는 까닭은 그만한 가치가 있기 때문이다. 그건 진실한 것들이었다. 즉 실제로 일어난 일이었다.

팻의 견해에 따르면, 그의 아파트에는 일종의 방사 에너지가 높은 수위로 흠뻑 배어 있었다. 실제로 그는 이걸 본 적도 있었다. 성 엘모의 불처럼 춤추는 파란 불빛이었다.

뿐만 아니라 그의 아파트 주위에서 끓어오르는 듯한 오로라는 마치 감각이 있고 살아 있는 것처럼 행동했다. 그것이 어떤 물체에 들어가면, 제 나름의 인과 과정을 가지고 간섭했다. 그것이 팻의 머리에 도달하면, 그것은 평소처럼 정보로만 인식되는 것뿐이 아니라 인격체로 변모했다. 그 인격체는 팻의 인격체가 아니었다. 그와는 전혀 다른 기억과 관습과 취향과 습관을 지닌 사람이었다.

생애 처음으로, 그리고 단 한 번 팻은 와인을 끊고 대신 맥주를 구입했다. 그것도 외제 맥주를. 그리고 자기가 기르는 개를 '수컷'으로 여기고, 자기가 기르는 고양이를 '암컷'으로 여겼다. 오히려 개가 암컷이고 고양이가 수컷이라는 사실을 본인은, 또는 이전에는 알고 있었지만 말이다. 베스는 이런 상황을 지켜보며 짜증을 냈다.

팻은 이전과는 다른 옷을 입고, 자기 턱수염을 신경 써서 다듬었다. 턱수염을 다듬느라 욕실의 거울을 들여다볼 때마다 그는 뭔가 낯선 사람을 보았다. 변하지 않은 평소 모습이었는데 말이다. 그리고 그는 기후가 뭔가 잘못되었다고 느꼈다. 공기가 너무 건조하거나, 또는 너무 더웠다. 고도도 적절하지 않았고 습기도 적절하지 않았다. 팻은 방금 전까지만 해도 자기가 캘리포니아 주 오렌지 카운티가 아니라 오히려 이 세계의 어느 높고 시원하고 습한 지역에 살고 있었던 것 같다는 주관적인 인상을 받았다.

뿐만 아니라, 이런 내적 추리는 '코이네' 그리스어의 형태를 취했다. 그로선 이것이 언어로서도, 머릿속에서 벌어지는 현상으로서도 이해가 되지 않았다.

그리고 자동차를 운전하는 데에 상당한 어려움이 생겼다. 조종 장치가 어디 있는지 알 수가 없었기 때문이다. 그가 보기에는 모조리 잘못된 장소에 있는 것 같았다.

여기서 아마도 가장 주목할 만한 점은, 팻이 유난히 생생한 꿈―그것이 정말 '꿈'이라고 한다면―을 꾸었다는 점이다. 그것은 소련에 사는 어떤 여성이 편지로 그와 접촉하려 하는 꿈이었다. 이 꿈에서 그는 그녀의 사진을 보았다. 그녀는 금발이었다. "그녀의 이름은 사닷사 울나"라는 이야기도 들려왔다. 그녀의 편지가 도착하면 그가 '반드시' 답장을 보내야 한다는 다급한 메시지가 팻의 머리로 발사되기도 했다.

그로부터 이틀 뒤에 정말로 소련에서 보낸 등기 항공우편이 도착했고, 팻은 이를 보고 놀라다 못해 공포스러울 지경이었다. 이 편지는 어떤 남자가 보낸 것이었는데, 팻은 전혀 알지도 못하는 사람이었다(팻은 이전까지만 해도 소련에서 편지를 받은 적이 없었으니까). 그 남자는 다음과 같은 것을 원했다.

1) 팻의 사진 한 장.
2) 팻의 친필 표본 하나. 특히 그의 서명.

팻은 베스에게 말했다. "오늘이 월요일이지. 수요일에는 편지가 또 한 장 올 거야. 이번에는 여자가 보낸 것일 거야."

수요일에 팻은 편지를 잔뜩 받았다. 모두 합쳐 7통이었다. 그는 편지를 열어보지도 않은 상태에서 이것저것 뒤지다가, 그중 한 통을 집어 들었다. 보내는 사람의 이름이나 주소가 적혀 있지 않았다. "바로 이거야." 그가 베스에게 말했다. 이쯤 되자 그녀도 겁에 질려 있었다. "열어서 읽어봐. 하지만 그 여자 이름이나 주소를 나한테 보여주지는 마. 그랬다가는 내가 답장을 써야 할 테니까."

베스는 편지를 열었다. 그 안에는 '진짜' 편지 대신에 복사지가 하나 들어 있었다. 뉴욕의 좌파 신문《데일리 월드》가 나란히 실은 두 권의 책 서평 기사를 복사한 것이었다. 서평자는 이두 권의 저자를 가리켜 미국에 사는 소련 국민이라고 소개했다. 서평으로 미루어 보건대, 그 저자가 당원이라는 사실이 분명했다.

"이런 세상에." 복사지를 뒤집어 본 베스가 말했다. "그 저자의 이름과 주소가 종이 뒤에 적혀 있어."

"여자야?" 팻이 물었다.

"응." 베스의 말이었다.

팻과 베스가 그 두 통의 편지를 어떻게 처리했는지는 나도 두 사람으로부터 전혀 들은 바가 없다. 팻이 슬쩍 흘린 암시로 미루어 추론해보건대, 그는 결국 첫 번째 편지에 답장을 보냈다. 그건 별다른 해가 없는 편지라는 판단 때문이었다. 하지만 복사지 편지―엄밀한 의미에서는 편지라고 할 수도 없는―를 어떻게 했는지는 나도 오늘날까지 전혀 알지 못하고, 사실 알고 싶은 생각도 없다. 어쩌면 태워버렸을 수도 있다. 어쩌면 경찰이나 FBI나 CIA에 넘겼을 수도 있다. 어쨌거나 내 생각에 그가 답장은 하지 않은 것 같다.

이런 추측은 그가 그 여자의 이름과 주소가 적힌 복사지 뒷면을 보지 않기로 결심했기 때문에 가능했다. 만약 그가 그 정보를 직접 봤다면, 자기가 원하든 원치 않든 간에 그녀에게 답장을 할 수밖에 없으리라는 확신이 들었기 때문이었다. 어쩌면 그럴 수도 있다. 누가 알겠는가? 처음 여덟 시간 동안에는 어떤 알 수 없는 원천으로부터 시각 정보가 발사되었다. 그 정보는 선명한 안내섬광 활동의 형태를 취하며, 여든 가지의 색깔이 마치 현대 추상화처럼 배열되어 있었다. 이어서 유리 방울 속에 들어 있는 눈 세 개 달린 사람들과 기계 장치에 관한 꿈을 꾸었다. 이어서 아파트가 성 엘모의 불과 비슷하며, 나아가 살아 있고 생각하는 것처럼 보이기까지 하는 플라스마 에너지로 가득찼다. 기르던 애완동물이 죽었다. 그리스어로 생각하는 전혀 다른 인격체에게 압도당했다. 러시아인들에 관한 꿈을 꾸었다. 그리고 마침내 사흘 간격으로 소련에서 날아온 편지 두 통을 받은 것이다. 오고 있다고 이미 통보받았던 그 편지들을. 하지만 전체적인 인상은 나쁘지 않다. 왜냐하면 그 정보 가운데 일부가 아들의 생명을 구했기 때문이다. 아, 맞다. 한 가지가 더 있다. 팻은 자기가 1974년의 캘리포니아와 중첩된 고대 로마의 모습을 볼 수 있음을 알아냈다. 음, 나 같으면 이렇게 말하겠다. 팻은 어쩌면 하느님을 만난 것이 아니라, 대신 다른 '무언가'와 만난 것이 분명하다고 말이다.

팻이 자기 주해서에서 여러 페이지에 걸쳐 끼적여댄 것도 이상한 일은 아니다. 나 같아도 똑같이 했을 것이다. 그는 단순히 그 일을 이론화하려는 것이 아니었다. 다만 도대체 자기한테 무슨 미친 일이 벌어졌는지를 알아내려 했던 것이다.

만약 팻이 단순히 미친 것뿐이었다면, 그는 상당히 독특한 형태의 광기를, 그리고 매우 독창적으로 미치는 방법을 발견한 셈이었다. 그 당시에 치료 요법을 받고 있었던(물론 팻은 항상 치료 요법을 받고 있었지만) 그는 로르샤흐 시험을 받게 해달라고 요청했다. 자기가 혹시 정신분열증 환자가 되었는지 알고 싶어서라고 했다. 막상 시험을 받고 났더니 약간의 노이로제 증상만 드러났다. 그 이론 이야기는 이쯤 해두자.

1977년에 간행한 소설 『어둠 속의 스캐너』에서 나는 여덟 시간에 걸친 선명한 안내섬광 활동에 관한 팻의 설명 가운데 일부를 수록한 바 있었다.

그는 지금으로부터 몇 년 전에 신경 섬유에 영향을 끼치는 탈억제 약물을 가지고 실험을 한 적이 있었다. 그러던 어느 날 밤, 약간 도취감을 일으키지만 안전한 것으로 알려진 정맥 주사를 자기 몸에 직접 놓은 뒤에, 그는 두뇌의 GABA (감마아미노부티르산) 액이 위험할 정도로 떨어지는 경험을 했다. 그때 선명한 안내섬광 활동이 자기 침실 저편 벽에 투사되는 것을 목격했다. 그때 그가 생각하기에 그것은 마치 현대의 추상화 같은 것이 미친 듯이 움직이는 몽타주였다.

대략 여섯 시간가량 황홀경을 경험한 S. A. 파워스는 수천 점의 피카소 회화가 플래시컷과 같은 속도로 차례차례 나타나고 사라지는 것을 보았다. 그 다음으로는 파울 클레의 회화를 보았는데, 그때 본 것들은 그 화가가 평생 동안 그린 작품보다도 더 많은 숫자였다. 지금은 모딜리아니의 회화가 격렬한 속도로 차례차례 나타나고 사라지는 것을 보고 있었다. S. A. 파워스는 장미십자회가 텔레파시를 통해 이 그림을 그에게 쏘아 보내는 것이 아닐까 하고 추측해보았다(사람은 무엇에 대해서든지 이론을 필요로 하게 마련이다). 어쩌면 더 상위 질서의 마이크로 중계 시스템에 의해 혈압이 상승되는 것이 아닐까 싶기도 했다. 하지만 칸딘스키의 회화가 그를 괴롭히기 시작했을 때, 그는 이런 비구상 계열의 현대 미술품을 전문적으로 소장한 곳은 레닌그라드에 있는 유명한 미술관임을 깨달았다. 그제야 그는 이것이 텔레파시를 통해 그와 접촉하려는 소련인의 시도라고 결론을 내렸다.

아침이 되자 그는 두뇌의 GABA 액의 급격한 감소가 그런 안내섬광 활동을 야기하는 것이 정상임을 기억해냈다. 즉 어느 누구도 텔레파시를 통해 그에게 접근하려 한 적은 없었던 것이다. 마이크로파 승압이 있건 없건 간에(……)*

두뇌의 GABA 액은 신경 회로의 촉발을 막아버린다. 대신 탈억제적 자극—정확한 것—이 유기체에게(즉 이 경우에는 호스러버 팻에게) 제공되기 전까지 신경 회로를 휴면 또는 잠복 상태로 붙잡아놓는 것이다. 다른 말로 하자면, 이것은 특정한 환경에서 특정한 시간에 신호가 내려지면 촉발되기로 설계된 신경 회로다. 그렇다면 팻이 선명한 안내섬광 활동에 앞서서 탈억제적 자극을 제공받았다는 뜻일까? 말하자면 그의 두뇌에서 GABA 액의 수준이 급격히 떨어지고, 그리하여 이전까지는 막혀 있던 회로가, 즉 메타 회로가 촉발되었다는 이야기일까?

이 모든 사건들은 1974년 3월에 일어났다. 그 전 달에 팻은 손상된 사랑니를 하나 제거한 바 있었다. 그 수술을 위해 치과 의사는 펜토탈 나트륨을 정맥주사로 놓아주었다. 그날 오후 집에 돌아와서 극심한 고통을 겪은 팻은 베스를 시켜서 치통에 먹는 약을 전화로 주문하게 했다. 팻은 워낙 고통에 시달리고 있었기 때문에, 약국 배달원이 현관문을 두들기자 자기가 직접

---

* 『어둠 속의 스캐너』(더블데이, 1977), 15~16쪽. —원주

달려가 문을 열어주었다. 문을 열어보니 흑발의 예쁘고 젊은 여성이 진통제인 다본 N이 담긴 작은 흰색 종이가방을 내밀었다. 팻은 어마어마한 고통 속에서도 그 약에 대해서 아무 관심도 보이지 않았다. 그의 시선은 그 젊은 여자의 목에 걸린 반짝이는 금목걸이에 꽂혀버렸다. 그는 거기서 시선을 뗄 수가 없었다. 고통으로 인해, 그리고 펜토탈 나트륨으로 인해 정신이 혼미해진 데다가 본인이 겪어야 했던 시련으로 인해 지쳐 있었지만, 팻은 그 여자에게 그 목걸이 한가운데 있는 금으로 된 장식이 무엇을 상징하느냐고 물어보았다. 그것은 물고기를 옆모습으로 그린 모습이었다.

그 여자는 가느다란 손가락을 하나 펴서 금 물고기를 만지며 말했다. "이건 초기 기독교인이 사용하던 기호예요."

그 순간 팻은 플래시백을 경험했다. 기억해냈던 것이다. 불과 0.5초쯤의 일에 불과했지만. 그는 고대 로마와 자기 자신에 관해 기억해냈다. 그는 초기 기독교인이었다. 고대 세계 전체, 그리고 로마 당국에 추적당하는 비밀 기독교인으로서 은밀하고도 두려움에 떨던 삶이 그의 정신 속에서 폭발하듯 솟아났고…… 곧이어 그는 1974년의 캘리포니아로 돌아와서 진통제가 든 작고 하얀 종이가방을 받아들고 있었다.

그로부터 한 달 뒤, 그는 잠이 오지 않아서 침대에 누워 뒤척이고 있었다. 반쯤 우울한 상태에서 라디오를 듣자니, 그의 눈앞에 떠돌아다니는 색깔이 보이기 시작했다. 그때 갑자기 라디오에서 그를 향해 섬뜩하고도 추한 문장이 날카롭게 튀어나왔다. 이틀 뒤, 이번에는 모호한 색깔들이 그를 향해 달려오기 시작했다. 마치 그가 앞으로 나아가는 것처럼, 그 색깔들은 점점 더 빠른 속도로 그를 향해 달려왔다. 내가 『어둠 속의 스캐너』라는 소설에서 묘사한 것처럼, 그 모호한 색깔들은 갑자기 또렷해지며 굳어져버리더니, 마치 현대 추상화 같은 형태로 변해버렸다. 그런 그림이 말 그대로 수천만 개나 연이어 빠른 속도로 나타났다.

팻의 두뇌에 있는 메타 회로가 그 물고기 기호에 의해서, 그리고 그 여자가 한 말에 의해서 탈억제된 것이었다.

그건 이렇게 간단한 일이었다.

그로부터 며칠 뒤, 팻은 잠에서 깨어나자마자 고대 로마가 1974년의 캘리포니아에 중첩되어 있는 것을 보았고, '코이네' 그리스어로 생각했다. 그 언어는 로마 세계에서 근동 지역의 링구아 프랑카(공용어)였으며, 지금 그의 눈에 보이는 지역이 바로 그곳이었다. 그는 '코이네'가 그곳의 링구아 프랑카라는 사실을 모르고 있었다. 오히려 라틴어가 공용어인 줄로만 알고 있었다. 아울러—내가 이미 당신에게 말한 것처럼— 그는 자기 생각에 떠오르는 언어가 실제로 언어라는 사실조차도 전혀 모르고 있었다.

호스러버 팻은 두 가지 서로 다른 시대의 두 가지 서로 다른 장소에 살고 있었다. 다시 말해서 두 가지 시공간 연속체에 살고 있었다. 1974년에 벌어진 일이 바로 그것이었으며, 그 원인은 바로 그에게 제시된 고대의 물고기 기호 때문이었다. 그의 두 가지 시공간 연속체는 더 이상 나뉜 상태로 있지 않았고, 이제는 서로 합쳐졌다. 그의 두 가지 정체성─인격─ 역시 서로 합쳐졌던 것이다. 나중에 그는 자기 머릿속에서 어떤 목소리 같은 것을 들었다.

"내 안에 다른 누군가가 살고 있는데, 그 사람은 이 세기에 속하지 않아."

그 다른 인격 역시 이런 사실을 알아낸 모양이었다. 그 다른 인격도 생각을 하고 있었다. 그리고 팻은 특히 밤에 잠들기 직전에 그 다른 인격의 생각을 포착할 수가 있었으며, 불과 한 달 전까지도 그럴 수가 있었다. 다시 말해서 두 사람 사이의 구분이 와해된 지 이미 4년 반이나 되었던 셈이다.

팻은 이 사실을 처음 내게 고백했던 1975년 초에 직접 설명해주었다. 그는 자기 안에서, 그리고 또 다른 세기, 또 다른 장소에서 살아가는 인격을 가리켜 '토머스'라고 불렀다.

"토머스는 나보다 더 똑똑하고, 나보다 더 많이 알아." 팻이 내게 한 말이다. "우리 둘 중에서는 토머스가 우위의 인격이야." 그는 이런 상황을 오히려 좋게 생각했다. 자기 머릿속에 하필이면 사악하고 어리석은 다른 인격이 있는 자에게 화 있을지어다!

내가 말했다. "그러니까 자네가 한때 토머스였다는 거군. 자네는 그의 환생이고. 그래서 자네는 그를 기억하고, 또 그의─"

"아니, 그는 내 안에서 살아가고 있어. 그는 '지금' 고대 로마에 살고 있다니까. 그리고 그는 내가 아니야. 환생은 이 일과 아무런 관계가 없어."

"하지만 이건 자네의 몸이잖아." 내가 말했다.

팻은 나를 빤히 바라보며 고개를 끄덕였다. "맞아. 그러니까 이건 내 몸이 두 개의 시공간 연속체 양쪽 모두에 동시에 있다는 거야. 아니면, 양쪽 어디에도 없거나."

> **#14.** 우주는 정보이며, 우리는 그 안에서 정지되어 있고,
> 삼차원도 아니고, 공간이나 시간 속에 있는 것도 아니다.
> 우리에게 주입된 정보를 우리는 현상 세계로 실체화한다.

> **#30.** 현상 세계는 존재하지 않는다. 이것은 큰정신에 의해
> 처리된 정보의 실체일 뿐이다.

팻의 말을 듣고 보니 무지막지하게 겁이 났다. 그는 자기 경험으로부터 외삽하여 항목 #14와 #30을 만들어낸 것이었다. 즉자기 머릿속에 다른 누군가가 존재한다는 사실을, 그리고 그 다른 누군가가 지금 여기와는 또 다른 시간에 다른 장소에, 시간으로는 2000년 전에, 장소로는 8000마일 떨어진 곳에 살고 있다는 사실을 발견하고 나서 추론해낸 것이었다.

우리는 개별자가 아니었다. 우리는 하나인 큰정신의 주둔지에 불과했다. 우리는 항상 서로 떨어진 채로 남아 있어야 한다고 여긴다. 하지만 팻은 원래 토머스를 향해 탈사된 신호(금으

로 된 물고기 기호)를 우연히 수신했던 것이다. 물고기 기호와 관련이 있는 사람은 팻이 아니라 토머스였다. 만약 그 여자가 그 기호의 의미를 설명해주지 않았더라면, 구분하는 벽은 무너져 내리지 않았을 것이다. 하지만 그녀가 설명하자 와해가 일어났다. 팻에게는—토머스에게도— 시간과 공간이 단순히 분화의 메커니즘으로 드러나지 않았다. 팻은 자기가 두 가지 현실이 중첩된 이중노출을 바라보고 있음을 발견했고, 토머스 역시 아마도 똑같은 사실을 발견했을 것이다. 토머스는 아마도 지금 '자기' 머릿속에서 도대체 무슨 외국어가 떠오르고 있는지 궁금해하고 있을 것이다. 그리고 머지않아 그것이 자기 머리조차 아니라는 사실을 깨달을 것이다.

"내 안에 다른 누군가가 살고 있는데, 그 사람은 이 세기에 속하지 않아." 이것은 팻이 아니라 토머스의 생각이었다. 하지만 팻에게도 똑같이 적용되는 이야기였다.

하지만 토머스는 팻보다 유리한 점이 있었다. 팻의 말마따나 토머스가 더 똑똑했기 때문이다. 그가 우위의 인격이었다. 그는 팻을 장악했으며, 그가 와인을 끊고 맥주를 마시게 만들었고, 턱수염을 다듬게 만들었고, 자동차 운전에 애를 먹게 만들었고…… 가장 중요한 점은, 이런 표현이 적절할지는 모르겠지만 토머스가 다른 자아들을 기억했다는 점이었다. 다른 자아들 가운데 하나는 미노아 시대의 크레타에 있었는데, 그때는 기원전 3000년에서 1100년까지니까 아주 오래, 정말 오래전이었다. 토머스는 심지어 그보다 더 이전에 살았던 자아까지 기억했다.

그 자아는 다른 별에서 이 지구로 왔다.

　토머스는 신석기시대 이후 시대의 궁극적인 똑똑이였다. 그는 또한 사도 시대에 살았던 초기 기독교인이었다. 예수를 직접 보지는 못했지만—이런 세상에, 지금 여기다가 이 글을 쓰는 동안에 나는 정말 자제력을 잃어버릴 것만 같다— 예수를 직접 본 사람들과 알고 지냈다. 토머스는 물리적 죽음 이후에 자기 자신을 재구성하는 방법을 알았다. 초기 기독교인은 '모두' 그 방법을 알았다. 그건 기왕증, 즉 건망증의 상실을 통해서 작용한다. 그 시스템은 다음과 같은 방식으로 작동하는 것으로 추정된다. 자신이 죽어가는 것을 깨달은 토머스는 자기 자신을 기독교의 물고기 기호에 각인시키고, 어떤 특이한 분홍색—팻이 이전에 보았던 불빛과 똑같은 분홍색— 음식물을 섭취한다. 즉 시원한 찬장 속에 넣어두는 성스러운 물주전자에 든 어떤 특이한 분홍색 음식과 음료를 먹고 마시고 나서 죽는다. 다시 태어난 그는 성장해서 어른이 되지만, 그 자신이 되지는 못한다. 그 자신이 되기 위해서는 '반드시' 그 둘고기 기호를 그가 보아야만 한다.

　그는 자기가 죽고 나서 대략 40년쯤 뒤에는 그 일이 벌어질 것이라고 예견했다. 하지만 그 예견은 틀렸다. 실제로는 거의 2000년이 지나서야 그 일이 벌어졌던 것이다.

　이런 식으로, 즉 이런 메커니즘을 통해서 시간은 제거되어 버렸다. 또는, 다른 방식으로 설명하자면 죽음의 폭정이 제거되어버렸다고 하겠다. 그리스도가 자신의 작은 양 떼를 향해 제기한 영생의 약속은 결코 협잡이 아니었다. 그리스도는 그들에게 그 방법도 가르쳐주었다. 그것은 불멸의 플라스마테—팻이 이야기했던, 여러 세기 동안 나그함마디에서 꾸벅꾸벅 졸고 있었던 살아 있는 정보—와 관계가 있었다. 로마인은 호모플라스마테를 모조리 찾아내서 살해해버렸다. 초기 기독교인 모두는 플라스마테와 교차결합했다. 그들이 죽으면 플라스마테는 나그함마디로 도망쳐서, 코덱스 위에 적힌 정보의 상태로 꾸벅꾸벅 졸았다.

그러다가 1945년에 가서야 이 서고가 발견되고 발굴되었으며, 그 내용이 해독되었다. 따라서 토머스는 40년이 아니라 무려 2000년을 기다려야 했던 것이다. 금으로 만든 물고기 기호만으로는 충분하지 않았고 불멸성, 시간과 공간의 폐지는 오로지 로고스, 또는 플라스마테를 통해서만 가능했기 때문이다. 오로지 그것만이 불멸했다.

우리는 지금 그리스도에 관해 이야기하고 있다. 그는 외계의 생명 형태이며, 지금으로부터 수천 년 전에 이 행성에 왔다. 살아 있는 정보로서 그는 이곳에 이미 살고 있었던 인류—토착인구—의 두뇌 속으로 전송되었다. 우리는 지금 종간 공생에 관해 이야기하고 있다

그리스도이기 이전에 그는 엘리야였다. 모든 유대인은 엘리야와 그의 불멸성에 대해 잘 알고 있다. 게다가 '그의 영을 분할함으로써' 그 불멸성을 다른 사람들에게도 연장시키는 그의 능력에 대해서도 잘 알고 있다. 쿰란 사람들도 이를 알고 있었

다. 그들은 엘리야의 영을 일부 얻고자 했다.

"알겠느냐, 내 아들아, 여기서는 시간이 공간으로 변한다."

처음에 당신은 시간을 공간으로 변화시키고 곧이어 당신은 공간을 지나 걸어가지만, 파르지팔이 깨달은 것처럼, 그는 전혀 움직이지 않고 있었다. 그는 가만히 서 있었고, 대신 풍경이 변화했다. 풍경이 변모를 겪었던 것이다. 한동안 그는 분명히 이중 노출, 즉 중첩을 경험했을 것이다. 팻이 죽었던 것처럼 말이다. 이것은 꿈 시간이며, 과거 — 영웅들과 신들이 거주하고 그들의 행동이 일어나는 장소인 — 가 아니라 현재에 존재하는 것이다.

팻이 도달한 한 가지 가장 충격적인 깨달음은, 우주란 비합리적이며 또한 비합리적인 정신에 의해 지배된다는 개념이었다. 만약 우주가 비합리적이 아니라 합리적이라고 간주한다고 치면, 그곳으로 뚫고 들어온 무언가는 오히려 비합리적으로 보일 것이다. 왜냐하면 그 무언가는 그곳에 속한 것이 아니기 때문이다. 하지만 이미 모든 것을 뒤집어버린 팻이 보기에는 오히려 합리적인 것이 비합리적인 것 속으로 뚫고 들어온 셈이었다. 불멸의 플라스마테가 우리 세계로 침입했고, 플라스마테는 완전히 합리적인 것인 반면 우리의 세계는 그렇지 못했다. 이런 구조가 팻의 세계관의 기초를 이루고 있었다. 이것이 바로 최종 결론이었다.

2000년 동안이나 우리 세계의 유일하게 합리적인 요소는 꾸벅꾸벅 졸고 있었다. 1945년에 그것은 잠에서 깨어났고, 휴면 중인 씨앗의 상태에서 벗어나 자라나기 시작했다. 그것은 그 자신의 내부에서 자라났고, 아마도 다른 인간의 내부에서도 자라난 듯했으며, 나아가 저 바깥, 그러니까 거대 세계에서도 자라났다. 이미 말했듯이, 그는 그것의 거대함을 감히 측정할 수가 없었다. 무언가가 우리의 세계를 집어삼키기 시작했을 때 심각한 문제가 벌어지게 되었다. 그 집어삼키는 실체가 악, 또는 광기라면 이 상황은 단순히 심각한 수준이 아니었다. 그야말로 무시무시한 상황이었다. 하지만 팻은 이 과정을 다르게 바라보았다. 그가 이 과정을 바라본 방식은 플라톤이 자신의 우주론에서 이 과정을 바라본 방식과 아주 똑같았다. 즉 합리적인 정신(누스)이 비합리적인 것(우연, 맹목적 결정론, 아난케)을 설득하여 우주(코스모스)로 끌어들인 것이다.

이 과정을 방해한 것이 바로 제국이었다.

"제국은 결코 끝나지 않는다." 지금까지도 마찬가지다. 그러다가 1974년 8월에 제국은 치명적인, 어쩌면 최종적인 타격을 받고 말았다. 이제는 활성 형태를 회복하고, 인간을 그 물리적 대행자로 이용하는 불멸의 플라스마테의 손—굳이 말하자면—이 타격을 가했던 것이다.

호스러버 팻 역시 그런 대행자 가운데 한 사람이었다. 굳이 말하자면 그는 제국에 부상을 입히기 위해 내뻗은 플라스마테의 여러 손들 가운데 하나였다.

이 사실로 미루어, 팻은 자기가 어떤 임무를 지니고 있다고 추론했다. 즉 플라스마테가 그에게 침입한 것은 그를 이용해서 뭔가 바람직한 목적을 성취하려는 의도를 나타내는 것이라 본 것이다.

나는 나 자신이 또 다른 장소에 있는 꿈을 꾸었다. 저 멀리 북쪽에 있는 호수였으며, 그 남쪽 호반에는 오두막들과 작은 시골집들이 늘어서 있었다. 꿈속에서 나는 원리 캘리포니아 남부에서 살다가 그곳에 온 사람이었다. 이곳은 휴양지였지만 아주 구식이었다. 주택은 모두 목조식이었으며, 그곳의 갈색 지붕널로 말하자면 캘리포니아에서는 제2차 세계대전 이전에나 유행했던 물건이었다. 길은 흙투성이였다. 자동차도 오래된 것들이었다. 정말 기이한 점은 캘리포니아 북부 지역에는 그런 호수가 전혀 존재하지 않는다는 점이었다. 현실로 돌아온 나는 북쪽으로 차를 몰고 오리건 주 경계를 지나서 오리건 주로 들어가보기까지 했다. 하지만 700마일에 걸쳐 바짝 마른 시골 풍경만 펼쳐질 따름이었다.

그렇다면 이 호수는, 그리고 그 주위의 집들이며 길들은 실제로 어디에 있는 것일까? 나는 그곳에 관한 꿈을 셀 수도 없이 꾸었다. 꿈속에서는 내가 휴가를 떠나 왔음을, 또한 내가 원래 사는 곳은 캘리포니아 남부임을 알고 있었으며, 이런 상호 연관된 꿈속에서 나는 때때로 이곳 오렌지 카운티로 차를 몰고 돌아오기도 했다. 하지만 꿈속에서 집에 돌아와보면 나는 단독주택에 살고 있었다. 실제로 내가 사는 집은 아파트였는데 말이다. 꿈속에서 나는 결혼한 상태였다. 현실에서 나는 혼자 살

고 있었다. 더 기이한 점은 꿈속에서 내 아내라는 여자가 나로
선 한 번도 본 적이 없는 사람이라는 것이다.

어떤 꿈에서는 우리 두 사람이 집 뒷마당에서 장미 화단에
물을 주고 꽃을 가꾸는 일을 하고 있었다. 옆집이 보였다. 옆집
은 큰 저택이었고, 양쪽 집 사이에는 시멘트 옹벽이 세워져 있
었다. 벽을 따라 장미가 자라서 더욱 매력적으로 보였다. 나는
갈퀴를 들고 초록색 플라스틱 쓰레기통 옆을 지나갔다. 쓰레기
통 안에는 우리가 잘라낸 나뭇가지 등이 잔뜩 들어 있었다. 나
는 호스를 가지고 물을 주는 아내를 흘끗 바라보았고, 곧이어
옹벽과 장미 덤불을 바라보았다. 기분이 좋았다. 우리가 이렇게
멋진 집이며 아름다운 뒷마당을 갖고 있지 않았더라면, 캘리포
니아 남부에서 행복하게 살아가는 것은 불가능했으리라는 생
각이 들었다. 나는 옆집의 큰 저택에서 사는 편을 더 좋아했겠
지만, 여하간 그 집을 볼 수도 있었고, 그곳의 더 넓은 정원으로
들어갈 수도 있었다. 아내는 청바지를 입고 있었다. 날씬하고
예뻤다.

잠에서 깨어나자 나는 생각했다. 차를 몰고 북쪽에 있는 그
호수로 가야겠다고 말이다. 남쪽에 있는 내 집도 아름답고, 아
내와 뒷마당과 장미 덤불도 좋았지만, 그래도 그 호수가 더 좋
다고. 하지만 그제야 나는 지금이 1월이라는 것을, 그리고 내
가 베이지역의 북쪽에 도착할 즈음이면 고속도로에 눈이 내리
고 말 것임을 깨달았다. 호숫가에 있는 오두막까지 차를 몰고
가기에는 좋은 때가 아니었다. 여름까지 기다려야 마땅했다. 여

하간 나는 비교적 소심한 운전자였으니까. 그래도 내 자동차는 좋은 편이었다. 거의 새것인 붉은색 카프리였다. 그러다가 다시 현실로 돌아오자, 나는 내가 캘리포니아 남브에 있는 아파트에 혼자 살고 있음을 깨달았다. 나에게는 아내도 없었다. 뒷마당이나 장미 덤불이 우거진 높은 옹벽 같은 것도 없었다. 더 기이한 것은 내가 북쪽에 있는 호수에 오두막을 하나 갖고 있지도 않을뿐더러, 심지어 그런 호수 자체가 캘리포니아에는 없다는 점이었다. 내가 꿈속에서 머릿속으로 떠올렸던 지도는 가짜 지도였다. 그 지도에는 캘리포니아가 제대로 나와 있지 않았다. 그렇다면 그 지도에는 과연 어느 주가 나온 것일까? 워싱턴 주? 캐나다에 다녀오는 도중에 그곳으로 비행기를 타고 가본 적이 있었다. 그리고 한번은 시애틀을 방문하기도 했다.

꿈속의 내 아내는 누구일까? 나는 지금 혼자 살고 있었다. 뿐만 아니라 나는 그 여자와 결혼한 적도 없고, 심지어 그 여자를 본 적도 없었다. 그런데도 꿈속에서 나는 그녀를 향한 깊고도 편안하고 친숙한 사랑을 느꼈다. 여러 해 동안에 걸쳐서만 비로소 자라나는 종류의 사랑을 말이다. 하지만 이제껏 누구를 향해서도 그런 사랑을 느껴본 적이 없었던 내가 그걸 어떻게 알았던 것일까?

나는 침대에서 일어나서—마침 초저녁에 잠깐 눈을 붙인 참이었다— 내 아파트의 거실로 걸어 나갔고, 내 삶의 인공적인 모습들에 그만 어안이 벙벙해졌다. 오디오(이건 인공물이다), 텔레비전 세트(이것도 분명히 인공물이다). 그나마 책은 2차적 경험이다. 가령 호수까지 이어지는 좁은 흙투성이 길을 따라 운전을 해서, 나뭇가지 아래를 지나고, 마침내 내 오두막이며 내가 주차한 장소에 도착하는 행위에 비하자면 2차적이라는 것이다. 어떤 오두막인가? 어떤 호수인가? 나는 심지어 몇 년 전에 어머니를 따라 그곳에 처음 갔던 일까지도 기억할 수 있었다. 이제 때로는 비행기를 타고 갔다. 캘리포니아 남부에서 그 호수까지는 비행기 직항 노선이 있었다…… 다만 비행장에서 그 호수까지는 몇 마일 떨어져 있었다. 어떤 비행장? 하지만 다른 무엇보다도 나는 이곳의 플라스틱 아파트에서 영위하고 있는 내 삶을, 특히나 청바지를 입은 늘씬한 아내조차도 없는 혼자만의 삶을 어떻게 견딜 수 있는 것일까?

호스러버 팻이 아니었더라면, 그리고 하느님인지 제브러인지 로고스인지 하는 것과 그의 만남이 아니었더라면, 그리고 팻의 머릿속에 들어 있으면서도 다른 세기와 장소에 살아가는 또 다른 사람이 아니었더라면, 나는 내 꿈을 아무것도 아닌 것으로 치부하고 떨쳐버렸을 것이다. 나는 그 호수 인근에 정착한 사람들에 관한 기사를 기억할 수도 있었다. 이들은 어느 평화로운 종교 단체에 속해 있었는데, 어딘가 퀘이커교도를 연상시키는 사람들이었다(나는 원래 퀘이커교도 집안에서 자라났다). 그런데 그 기사에 따르면, 이 단체에서는 어린아이를 목제 요람에 넣어서는 안 된다는 강력한 믿음을 지니고 있었다. 이것이야말로 그 단체 특유의 이단적인 특색이었다. 또한—나는 심지어 이들에 관한 기사가 나온 면을 똑똑히 볼 수도 있다—

그 기사에 따르면, 이들은 '때때로 한두 명의 마법사가 태어난다'고 믿었으며, 이것이야말로 이들이 목제 요람을 싫어하는 이유이기도 했다. 가령 마법사인 아이나 아기―즉 미래의 마법사―를 목제 요람에 넣어두면, 그 아이는 점차 자기 힘을 잃게 된다는 것이었다.

또 다른 삶에 관한 꿈? 하지만 어디서? 머릿속에 떠올랐던 캘리포니아 지도―물론 가짜였던―는 점차 희미해지면서 사라졌다. 이와 더불어 호수며, 집들이며, 길이며, 사람들이며, 자동차며, 공항이며, 목제 요람을 유난히 질색한다는 것을 제외하면 매우 평화로운 종교 신자들 역시 점차 희미하게 사라졌다. 하지만 이런 것들이 희미해지면서, 실제 시간도 경과하여 여러 해에 걸친 일련의 상호 연관된 꿈들도 마찬가지로 희미해지고 말았다.

이 꿈속의 풍경과 내 실제 세계 간의 유일한 연결고리는 다름 아닌 내 붉은색 카프리였다.

어째서 그 한 가지 요소만은 양쪽 세계 모두에서 진실로 남아 있는 것일까?

꿈이라는 것은 사실 '제어된 정신 질환'이라고들 말한다. 또는 달리 말하자면 정신 질환이야말로 사람이 깨어 있는 시간 동안 스며 나온 꿈이라는 것이다. 이 말을, 내가 전혀 알지도 못하는 주제에 편안하고도 진정한 사랑을 느꼈던 여성이 등장하는 호수 꿈에 대입해보자면 무슨 의미일까? 팻의 머릿속에 두 명의 인격이 있는 것처럼, 내 머릿속에도 두 명의 인격이 있는 것일까? 하지만 내 경우에는 둘 사이에 칸막이가 놓여 있으며, 탈억제적인 상징의 촉발이 없었기 때문에 '또 다른 인격'이 그 칸막이를 뚫고 나의 인격과 나의 세계로 진입하지는 못한 것뿐일까?

우리 모두는 호스러버 팻과 똑같지만, 단지 그걸 모르는 것뿐일까?

우리가 동시에 살아갈 수 있는 세계는 과연 몇 개까지일까?

낮잠에서 깨어나 아직 몽롱한 상태로, 텔레비전을 켜고 〈딕 클라크의 좋았던 시절 제2부〉라는 프로그램을 시청하려고 애썼다. 화면에는 얼간이와 멍청이가 등장해서 바보나 천치 같은 말을 지껄였다. 여드름투성이 애송이들은 그 진부한 표현을 들으면서 좋다고 소리를 질렀다. 나는 텔레비전을 꺼버렸다. 고양이가 먹이를 달라고 보챘다. 고양이라니? 꿈에서 아내와 나는 애완동물을 전혀 기르지 않았다. 우리는 마당이 넓고 잘 가꿔진 멋진 집을 갖고 있었고, 거기서 주말을 보냈다. 차고도 두 개나 있었고…… 갑자기 나는 그 집이 매우 비싸다는 걸 깨닫고 깜짝 놀랐다. 나의 상호 연관된 그 꿈속에서 나는 상당히 부유한 사람이었다. 중상류층의 삶을 영위하고 있었다. 그건 내가 아니었다. 나는 이제껏 그렇게 살아본 적이 없었으니까. 만약 내가 그렇게 살았더라면 무척이나 불편했을 것이다. 나는 부와 재산이 불편했다. 나는 버클리에서 자라났고, 전형적인 버클리의 좌파 사회주의자다운 양심을 지녔으며, 편안한 삶에 관해 의구심을 품은 사람이었다.

또한 꿈속의 그 사람은 호숫가에 부동산을 소유했다. 하지만 그 빌어먹을 놈의 카프리만은 똑같았다. 올해 초에 나는 최신형 카프리 지아를 한 대 구입했는데, 평소 같으면 내 능력으로는 감당이 안 되는 물건이었다. 이것이야말로 그 꿈속의 남자나 가졌음직한 종류의 자동차였다. 그렇다면 그 꿈에는 일종의 논리가 있는 셈이다. 즉 그 사람과 마찬가지로 나는 똑같은 차를 갖게 된다는 것이다.

꿈에서 깨어난 지 한 시간이 지난 뒤에도, 나는 여전히 마음의 눈—그게 정확히 뭔지는 나도 모르겠는데, 혹시 제3의, 또는 아즈나*의 눈일까?—으로 마당의 호스를 볼 수 있었다. 청바지 차림의 내 아내가 그 호스를 끌고 시멘트로 바른 차고 진입로를 가로질러 다니곤 했다. 사소한 세부 사항들은 있었지만 줄거리는 없었다. 나는 우리 집 바로 옆에 있는 큰 저택을 갖고 싶어했다. 내가 그랬던가? 현실의 삶에서야 내가 저택을 갖는 일 따위는 결코 없을 것이었다. 그들은 부유했다. 나는 그들을 싫어했다. 나는 누구인가? 나는 과연 몇 명의 사람인가? 나는 어디 있는가? 캘리포니아 남부에 있는 이 플라스틱으로 만든 작은 아파트는 내 집이 아니었다. 하지만 지금 나는 이곳에서 잠이 깼고—내 생각에는— 또한 여기서 살아가는 것이다. 내 텔레비전(안녕, 딕 클라크)이며, 오디오(안녕, 올리비아 뉴튼 존)며, 내 책(안녕, 900만 개의 케케묵은 제목들)들과 함께

---

* '아즈나(ajna)'는 힌두교 전통에서 말하는 '차크라' 가운데 여섯 번째다. 위치는 사람의 미간, 즉 '세 번째 눈'이 있는 곳과 똑같다. 이 차크라는 이른바 '마음의 눈 心眼'으로 기능하며 직관을 가능하게 만든다고 여겨진다.

말이다. 그 상호 연관된 꿈속에서 영위하던 삶과 비교하자면 이 삶은 외롭고도 거짓이고도 무가치하기만 했다. 지적이고 교양 있는 사람에게는 어울리지 않아 보였다. '장미는 어디 있는 거지? 호수는? 초록색 정원용 호스를 둘둘 말면서 끌어당기는 그 날씬하고 미소를 머금은 매력적인 여인은?' 그 꿈속의 인물과 비교하자면, 지금 나라는 인물은 좌절당하고 패배당했으며 자기가 충만한 삶을 누리고 있다고 상상만 할 뿐이었다. 꿈속에서 나는 충만한 삶이 진정으로 어떤 것인지를 보았으며, 그것이야말로 지금의 나로선 전혀 지니지 못한 삶이었다.

곧이어 한 가지 이상한 생각이 나를 엄습했다. 나는 아버지와 가까운 사이가 아니었다. 아직 건재하시고 이제 팔십대인 당신은 캘리포니아 북부의 멘로 파크에 살고 계셨다. 내가 당신이 사는 집을 방문한 것은 겨우 두 번이었으며, 그나마도 가장 최근의 방문은 무려 20년 전이었다. 당신이 사는 집은 내가 그 꿈에서 갖고 있던 집과 어딘가 유사했다. 당신의 포부와 성취 역시 꿈속의 그 사람의 포부와 딱 맞아떨어졌다. 그러면 나는 잠자는 동안 우리 아버지가 되었던 것일까? 꿈속의 그 남자—나 자신—는 실제로는 나와 같은, '또는 더 젊은' 나이였다. 그랬다. 나는 그 여자, 즉 내 아내의 나이—훨씬 더 젊은—로부터 내 나이를 추론한 것이었다. 내가 꿈속의 시간으로 돌아갔을 때, 나는 내 젊은 시절로 돌아간 것이 아니라, 오히려 아버지의 젊은 시절로 돌아간 것이었다! 내 꿈속에서 나는 좋은 삶에 대해서, 또는 세상의 이치에 관해서 바로 아버지의 관점을 지니고 있었다. 당신의 관점이 지닌 힘이 워낙 강력해서 잠에서 깨어난 지 한 시간이 지나도록 그 관점이 여전히 내게 달라붙어 있었다. 심지어 잠에서 깨어난 직후에는 내 고양이조차도 어쩐지 싫었다. 아버지도 고양이를 싫어하셨으니까.

내가 태어나기보다 10년 전쯤, 아버지는 종종 차를 타고 타호 호수로 가셨다. 아버지와 어머니는 아마 그곳에 오두막을 하나 갖고 계셨을 것이다. 나야 물론 모른다. 한 번도 가본 적이 없었으니까.

그것은 계통발생적 기억, 즉 한 종種의 기억이었다. 나 자신의 기억, 즉 개체발생적 기억이 아니었다. "개체발생은 계통발생을 반복한다." 흔히 이렇게 말한다. 개인에게는 그의 전체 종의 역사가 담겨 있다. 그 역사는 그의 기원으로까지 거슬러 올라간다. 고대 로마로까지, 크레타의 미노스에게까지, 별들에게까지 거슬러 올라가는 것이다. 잠자는 동안에 내가 착수했던 일들, 내가 해제를 당한 것은 고작 한 세대였다. 이것은 유전자 풀의 기억, 즉 DNA의 기억이었다. 그것은 호스러버 팻의 중대한 경험을 설명해주었다. 즉 기독교의 물고기 기호가 2000년 전의 과거에 살았던 한 인격을 탈억제했던 것이니…… 그 기호가 2000년 전의 과거로부터 유래한 것이기 때문이었다. 그보다 더 오래된 기호를 보았더라면 그는 더 멀리 해제를 했을 것이다. 그의 상황이 완벽했으니까. 그는 펜토탈 나트륨, 즉 자백제로 흔히 사용되는 약제를 복용했던 것이다.

팻은 또 다른 이론을 지니고 있었다. 그는 현재 연도가 사실

C.E. 103년이라고 생각했다(내 식으로 말하자면 A.D.다. 빌어먹을 팻, 그리고 빌어먹을 그의 잘난 모더니즘 같으니). 우리는 사실상 사도 시대에 살고 있지만, '마야maya' 때문에, 또는 그리스인이 '도코스dokos'라고 말한 것 때문에 풍경이 흐릿해져서 보이지 않는 것뿐이었다. 팻에게는 이것이 핵심 개념이었다. '도코스'는 망상의 층 또는 외관에 불과한 것을 가리켰다. 이 상황은 시간과, 그리고 시간이 진짜인지 아닌지 여부와 관련이 있었다.

나는 헤라클레이토스를 인용할 것이다. 팻이 허락하건 말건 간에 말이다. "시간은 놀이하는 아이, 장기를 두는 아이다. 왕국은 아이의 것이다." 세상에! 이건 도대체 무슨 소리람? 에드워드 허시는 이 구절에 관해 이렇게 설명했다. "아마도 아낙시만드로스에서와 마찬가지로 여기서 '시간'이란 하느님의 이름일 것이며, 그의 영원함에 대한 어원적인 암시일 것이다. 무한히 오래된 신성은 말판 놀이를 하는 아이니, 그는 서로 싸우는 우주의 말들을 법칙에 따라 움직이는 것이다." 이런 세상에, 도대체 우리는 여기서 무엇을 다루고 있는 것일까? 우리는 어디에 있는 것이며, 우리는 언제에 있는 것이며, 우리는 누구인 것일까? 얼마나 많은 사람이, 얼마나 많은 시대에, 얼마나 많은 장소에 있는 것일까? 말판 위의 말을, '무한히 오래된 신성'이 움직이는데, 그는 고작 '아이'라니!

코냑 병으로 돌아가보자. 코냑은 나를 진정시켰다. 때때로, 특히 저녁 내내 팻과 이야기를 나누고 나면 나는 겁에 질렸고

218

뭔가 진정시킬 것이 필요했다. 나는 그가 진짜인 동시에 극도로 무시무시한 것과 마주쳤다는 끔찍한 느낌이 들었다. 개인적으로 나는 신학적인, 또는 철학적인 새 근거를 굳이 깨트리고 싶은 것은 아니다. 하지만 나는 반드시 호스러버 팻을 만나야만 했다. 나는 반드시 그를 알아야 했고, 뭔지 모를 어떤 것과의 특별한 만남에서 비롯된 그의 무모한 생각들을 공유해야만 했다. 어쩌면 그가 만난 것은 궁극적 현실일 수도 있었다. 그것이 무엇이든 간에, 그것은 살아 있고 또 생각했다. 그것은 우리와 전혀 닮지 않았다. 요한 1서 3장 1~2절의 인용문에는 그렇게 나와 있더라도 말이다.

크세노파네스의 말이 맞았다.

"이 세상에는 하나의 신만 있으며, 그는 육체적 형체에서나 그 정신의 생각에서나 필멸의 피조물과는 전혀 닮지 않았다."

나는 나 자신이 아니다. 이렇게 말하는 것은 모순어법이 아닐까? 이것은 언어적 모순, 즉 의미론적으로 무의미한 진술이 아닐까? 팻은 알고 보니 토머스인 것으로 드러났다. 그리고 나는 (내 꿈에 나타난 정보를 연구한 결과) 내 아버지인 것으로 밝혀졌다. 그것도 우리 어머니가 젊은 시절에 갓 결혼한, 그리고 나를 낳기 전의 아버지인 것으로 말이다. "때때로 한두 명의 마법사가 태어난다"라는 수수께끼 같은 구절이 내게 뭔가를 말해준다는 생각이 들었다. 충분히 발달된 기술은 우리에게 일종의 마법처럼 보일 것이었다. 아서 C. 클라크의 지적에 따르면 그러했다.* 마법사는 마법을 다루는 사람이다. 그러므로 '마법사'는 고도로 발달된 기술을 소유한 누군가이며, 우리를 당황하게 만드는 자다. 누군가 시간을 가지고 말판 놀이를 하고 있는데, 그 누군가를 우리는 볼 수 없다. 그것은 하느님이 아니다. 그것은 과거의 여러 사회가, 또한 시대착오적인 생각에 갇혀 있는 현재의 여러 사람이 그 실체에 부여한 고풍스러운 이름에 불과하다. 우리에게는 새로운 명칭이 필요하지만, 지금 우리가 다루고 있는 것은 결코 새로운 것이 아니다.

호스러버 팻은 시간을 따라 여행할 수 있었고, 수천 년의 세월을 거슬러갈 수도 있었다. 눈이 세 개 달린 사람들은 아마도 먼 미래에 사는 사람들일 것이다. 그들은 우리의 후손들일 것이며, 고도로 진화한 생명체일 것이다. 어쩌면 그들의 기술 덕분에 팻이 그런 시간 여행을 할 수 있었는지도 몰랐다. 어쩌면 팻의 우위의 인격은 과거에 놓여 있는 것이 아니라 오히려 바로 우리 앞에 놓여 있는지도 모른다. 하지만 제브러의 형태로 그의 바깥에서 제 모습을 드러낸 것뿐인지 모른다. 나는 팻이 살아 있고 감각력을 지녔다고 인식한 성 엘모의 불이 어쩌면 해제를 당해서 이 시기로 거슬러 올라왔는지도 모르며, 이것이야말로 우리의 자녀 가운데 하나일지도 모른다고 말하는 것이다.

* 이하의 내용은 SF 작가 아서 C. 클라크(1917~2008)의 저서 『미래의 윤곽』(1962)에 나오는 이야기다.

08

내가 생각하기에, 팻이 하느님과 만난 일은 사실상 그가 먼 미래의 자기 자신과 만난 일에 불과했다. 하지만 나는 이 사실을 굳이 그에게 이야기해야 한다고는 생각하지 않았다. 미래의 그 자신은 워낙 진화하고 변화한 까닭에, 더 이상은 인간이라 할 수도 없는 상태가 되었던 것이다. 팻은 별들에게까지 거슬러 올라갈 정도로 과거를 기억했으며, 별들로부터 돌아올 채비가 된 어떤 존재를 만났고, 그 와중에 몇 명의 자아를, 즉 일직선상에 찍힌 몇 개의 점을 만났던 것이다. 그들 모두는 똑같은 인격이었다.

트락타테의 항목 #13은 이렇다.

파스칼이 말했다. "모든 역사는 곧 계속해서 배워 나가는 불멸의 인간 하나일 뿐이다." 이것이 바로 우리가 숭배하는, 그러나 그 이름조차도 모르는 불멸의 일자다. "그는 오래전에 살았지만, 아직도 여전히 살아 있다." 그리고 "머리 아폴론이 곧 돌아올 것이다." 이름은 바뀐다.

어느 정도까지는 팻도 진실을 추측해냈다. 즉 자기가 과거의 자신들이며 미래의 자신들과 만났다는 사실을 말이다. 미래의 자신들은 두 가지 종류가 있었다. 처음에는 눈이 세 개 달린 사람들이었고, 나중에는 제브러, 즉 실체를 지니지 않은 것이었다.
어떻게 해서인지 그에게는 시간이 폐지되어버렸고, 선형의 시간 축을 따른 자아들의 발생 반복 때문인지, 다수의 자아들이 차곡차곡 합쳐져서 공통의 실체가 되었다.
자아들의 적층물로부터 제브러―전前시간적 또는 초超시간적인 것―가 존재하게 된다. 이는 곧 순수한 에너지, 순수한 살아 있는 정보인 것이다. 불멸인, 자비로운, 지적인, 그리고 도움을 주는 것이다. '합리적인' 인간의 정수인 것이다. 비합리적인 큰정신에 의해 지배되는 비합리적인 우주의 한가운데에는 합리적인 인간이 우뚝 서 있으며, 호스러버 팻은 그런 인간의 한 가지 사례일 뿐이다. 1974년에 팻이 만났던 신은 바로 그 자신이었다. 하지만 팻은 자기가 하느님을 만났다고 믿음으로써 기뻐하는 듯했다. 나는 생각 끝에 내 견해를 그에게 말하지 않기로 작정했다. 어쩌면 내가 틀릴 가능성도 있었기 때문이다.
이는 모두 시간과 관계가 있었다. "시간은 극복할 수 있다."

미르체아 엘리아데는 이렇게 썼다. 결국 이것이었다. 엘레우시스의, 오르페우스교의, 초기 기독교인의, 세라피스의, 그리스와 로마의 신비 종교의, 헤르메스 트리스메기스토스의, 르네상스의 헤르메스주의 연금술사들의, 장미십자형제단의, 티아나의 아폴로니오스의, 시몬 마구스의, 아스클레프 오스의, 파라켈수스의, 브루노의 위대한 신비의례는 결국 시간의 폐지로 이루어졌던 것이다. 거기에서 관건은 바로 기술이었다. 단테는 『신곡』에서 이에 관해 논의한다. 그것은 건망증의 상실과 관련이 있었다. 건망증이 사라지면, 진정한 기억이 뒤로 그리고 앞으로, 과거 속으로 그리고 미래 속으로, 또한 이상스럽게도 대안적인 우주들 속으로 퍼져 나간다. 이것은 선형인 동시에 직각형이다.

엘리야를 가리켜 불멸이라고 정확하게 말할 수 있는 이유가 바로 이것 때문이다. 그는 (팻의 말마따나) 상부 영역에 들어갔으며, 따라서 더 이상은 시간에 종속되어 있지 않다. 시간은 고대인이 '별의 결정론'이라고 부른 것과 동등하다. 신비의례의 목적은 그 입문자를 별의 결정론—대략 운명과 동등한—으로부터 해방시키는 것이었다. 이에 관해서는 팻이 트락타테에서 이렇게 적은 바 있다.

> **#48.** 두 가지 영역이 있으니, 하나는 상부이고 하나는 하부이다. 상부 영역은 초우주 1, 또는 양, 또는 파르메니데스의 형상 1에서 도출된 것으로 지각력과 의지를 지니고 있다. 하부 영역은 음, 또는 파르메니데스의 형상 2에서 도출

된 것으로 기계적이고, 맹목적이며 효율적인 원인에 의해서 이끌려가며, 결정론적이고 지력이 결여되었으니, 그것은 죽은 원천에서 발산되는 것이기 때문이다. 고대에는 이를 가리켜 '별의 결정론'이라고 일컬었다. 우리는 대체적으로 하부 영역에 갇혀 있지만, 성례전을 통해서 또한 플라스마테를 이용해서 거기서 해방될 수 있다. 별의 결정론이 깨지기 전까지 우리는 심지어 이를 자각하지도 못하니, 우리는 워낙에 폐색되어 있기 때문이다. "제국은 결코 끝나지 않는다."

싯다르타, 즉 붓다는 자신의 전생들을 모두 기억했다. 그가 '깨달은 자'라는 의미의 붓다라는 명칭을 얻게 된 것도 바로 그래서였다. 이를 성취하는 지식은 붓다에게서 그리스로 전해졌으며, 그리하여 피타고라스의 가르침에서도 드러났다. 피타고라스는 이 비의秘儀, 즉 신비적인 '영지'의 비밀을 상당 부분 혼자서만 간직하고 있었다. 그러나 피타고라스의 제자 엠페도클레스는 피타고라스 결사로부터 탈퇴하여 세상에 나아갔다. 엠페도클레스는 사실 자기가 아폴론이라고 친구들에게 사적으로 털어놓았다. 붓다나 피타고라스와 마찬가지로, 그 역시 자신의 과거 삶들을 기억할 수 있었다. 하지만 그들은 각자의 미래 삶들을 '기억하는' 능력에 관해서는 이야기한 적이 없었다.

팻이 목격한 그 눈이 세 개 달린 사람들은, 다양한 생애를 거친 그의 진화하는 발달 단계 중에서도 깨달은 단계에 있는 그 자신을 상징했다. 불교에서는 이를 가리켜 '초인적이고 성스러운 눈天眼通'이라고 부르는데, 멀리 떨어진 것이며 존재의 재탄생을 볼 수 있는 능력을 말한다. 고타마 붓다(싯다르타)는 이경二更(오후 10시부터 오전 2시까지) 동안에 이 능력을 획득했다. 초경初更(오후 6시부터 오후 10시까지) 동안에 그는 자신의 이전 존재 모두—다시 강조하지만 '모두'—에 관한 지식宿命痛을 획득했다. 나는 감히 그렇다고 말하지 않았지만, 팻은 사실상 붓다가 된 셈이었다. 내가 보기에는 이 사실을 그에게 알리는 것은 좋은 생각이 아니었다. 어쨌거나 당신이 붓다라면, 그런 사실은 자기 혼자서도 알아낼 수 있어야 마땅한 것이니까.

어떤 붓다가, 즉 깨달은 자가 자신이 깨달았다는 사실을 무려 4년 반이 넘도록 알아내지 못했다는 것이야말로 내게는 상당히 흥미로운 역설처럼 보였다. 팻은 자신의 방대한 주해서를 쓰는 과정에서 막다른 길에 이르렀으며, 자기에게 일어난 일이 무엇인지를 판정하기 위해 무익한 노력을 했다. 그는 사실 붓다라기보다는 오히려 뺑소니 피해자와 더 닮아 보였다.

"빌어먹을!" 제브러와의 만남에 관해 듣고 나서 케빈이 한 말 그대로였다. "도대체 '그게' 뭐였지?"

나약한 약쟁이라면 어느 누구도 케빈의 매서운 눈을 피할 수 없었다. 그는 스스로를 매로 간주했고, 약쟁이를 토끼로 간주했다. 그는 주해서의 가치를 전혀 인정하지 않았지만, 그래도 여전히 팻의 좋은 친구로 남았다. 케빈은 원칙에 따라 움직이는 사람이었으며, 행동 자체가 아니라 행동한 사람을 비난했다.

최근 들어서 케빈은 기분이 좋았다. 어쨌거나 셰리에 대한 그의 부정적인 의견이 정확한 것으로 드러났기 때문이었다. 이 사건 덕분에 그는 팻과 더 가까워졌다. 케빈은 암이 아니라 있는 그대로의 모습에 근거하여 그녀를 판단했다. 최종 분석에 따르면 그녀가 죽어가고 있다는 사실 같은 건 그에게 전혀 중요하지 않았다. 그는 이를 거듭해 생각해보고 나서, 암이란 일종의 사기에 불과하다는 결론을 내렸다.

팻이 최근 들어서, 즉 셰리에 관해 점점 더 많이 걱정하게 되면서 강박적으로 품은 생각이 하나 있었다. 머지않아 구세주가 재탄생하게 되리라는, 또는 이미 재탄생했을 수 있다는 것이었다. 이 세계의 어디에선가 이미 구세주가 다시 한 번 땅 위를 활보하고 있거나, 또는 조만간 활보하게 되리라는 것이었다.

셰리가 죽고 나면 팻은 어떻게 할 의향이었을까? 모리스는 이를 질문의 형태로 만들어 그에게 소리친 적이 있었다. 그러면 그 역시 따라 죽을 것인가?

전혀 아니었다. 팻은 생각을 하고, 글을 쓰고, 조사를 하고, 나아가 최면 상태며 꿈속에서 제브러로부터 메시지를 찔끔찔끔 수신했으며, 자기 삶의 잔해로부터 뭔가를 구제하려고 시도했고, 급기야 구세주를 찾아 나서기로 작정했다. 구세주가 어디 있든지 그는 반드시 찾아낼 것이었다.

이것이 바로 1974년 3월에 제브러가 그에게 전해준 임무, 신성한 목적이었다. 쉬운 멍에, 가벼운 짐이었다.* 이제는 성인聖人이 된 팻은 현대의 동방박사가 될 것이었다. 결국에는 제브러가 그에게 말해줄 것이었다. 하느님으로부터 단서가 올 것이었다. 이것이야말로 제브러의 신적 현현의 완전한 목적이었다. 즉 팻을 자기만의 길로 보내기 위해서였다.

우리 친구 데이비드는 이 이야기를 듣자마자 물었다. "그러면 그이가 바로 그리스도신 건가?" 그는 이렇게 자신의 가톨릭 신앙을 드러냈다.

"그이는 다섯 번째 구세주야." 팻은 수수께끼처럼 이렇게만 말했다. 어쨌거나 제브러는 구원자의 도래를 몇 가지의 상호 모순되는 방식으로 지칭한 바 있었기 때문이다. 즉 소피아— 그이가 바로 그리스도였다—로서, 또한 머리 아폴론으로서 또한 붓다나 싯다르타로서 지칭한 바가 있었던 것이다.

본인의 신학에서는 절충주의를 취한 팻은 여러 명의 구세주들을 열거했다. 붓다, 조로아스터, 예수, 그리고 아부 알카심 무함마드 이븐 아브드 알라 아브드 알무탈립 이븐 하심(즉 무함마드). 때때로 그는 마니도 이 명단에 집어넣었다. 따라서 다음번의 구세주는 축약된 명단에 따르면 다섯 번째, 그리고 더 긴 명단에 따르면 여섯 번째가 되리라는 것이었다. 팻은 때때로 아스클레피오스도 더 긴 명단에 집어넣곤 했는데, 이럴 경우에 다음번의 구세주는 일곱 번째가 되는 셈이었다. 어쨌든 간에 장차 오실 구원자는 마지막이 될 것이었다. 그이는 왕으로 좌정하여 모든 나라와 민족을 심판할 것이었다. 조로아스터교에서 이야기하는 선악을 걸러내는 다리가 세워지면, 이를 이용하

* 이는 내 멍에는 쉽고 내 짐은 가벼움이라 하시니라(마태복음 11장 30절).

여 착한 영혼(빛의 영혼)과 나쁜 영혼(어둠의 영혼)이 구분될 것이었다. 이집트 신화에서 말하듯 마아트는 저울 한쪽에 깃털을 올려놓고, 나머지 한쪽에 심판을 받는 사람 각각의 심장을 올려놓아 무게를 재며, 오시리스가 재판관으로 좌정할 것이었다. 참으로 바쁠 것이었다.

팻은 거기에 임석할 의향이었다. 어쩌면 그는 『생명의 서』를 지고의 재판관, 즉 『다니엘서』에서 언급되었던 '옛적부터 항상 계신 이"'에게 건네줄지도 몰랐다.

어쩌면 『생명의 서』—구원을 받은 모든 사람의 이름이 적혀 있는 책—는 너무나도 무겁기 때문에, 한 인간이 차마 들어 올릴 수 없을지도 모른다고 우리는 팻에게 지적했다. 따라서 윈치와 동력 크레인이 있어야 할 거라고 우리가 농담을 했지만 팻은 전혀 재미있어하지 않았다.

"일단 그 지고의 재판관 양반은 내 죽은 고양이를 먼저 봐야 할걸." 케빈이 말했다.

"자네랑, 그 망할 놈의 죽은 고양이랑." 내가 말했다. "이제 자네의 죽은 고양이 이야기는 아주 지긋지긋하다고."

구세주를 찾기 위한 자신의 은밀한 계획—그이를 찾기 위해 아무리 멀리까지 여행을 해도 상관없다고 했다—을 털어놓는 팻의 이야기를 듣고 나서, 나는 한 가지 명백한 사실을 깨달았

* 내가 보니 왕좌가 놓이고 옛적부터 항상 계신 이가 좌정하셨는데, 그의 옷은 희기가 눈 같고, 그의 머리털은 깨끗한 양의 털 같고, 그의 보좌는 불꽃이요, 그의 바퀴는 타오르는 불이며(다니엘 7장 9절).

다. 사실 팻은 이미 죽은 글로리아를 찾아 떠나는 셈이었다. 그녀의 죽음에는 자기도 책임이 있다고 생각했기 때문이었다. 그는 자신의 종교적인 삶과 목표를 감정적인 삶과 목표와 완전히 뒤섞어버렸던 것이었다. 그에게 '구원자'란 곧 '잃어버린 친구'를 의미했다. 그는 그녀와 재결합하기를 고대했으며, 그것도 무덤 저편이 아니라 이편에서 그러고 싶어했다. 무덤 저편에 있는 그녀에게 갈 수가 없다면, 대신 그녀를 이편에서 발견할 것이었다. 따라서 비록 그는 더 이상 자살 충동에 사로잡히지 않았지만, 여전히 또라이기는 했다. 하지만 내가 보기에는 그나마도 나아진 게 아닐 수 없었다. '타나토스'가 '에로스'에게 패배하고 있었던 것이다. 케빈은 이렇게 말했다. "어쩌면 그 와중에 어디에선가 몇 마리 암여우들이 팻을 침대로 끌어들일지도 모르지."

　성스러운 탐색에 나서는 팻은 사실상 두 명의 죽은 여자를 찾아 나서는 셈이었다. 바로 글로리아와 셰리였다. 이 최신 버전의 성배 전설을 지켜보며 나는 파르시팔이 도착한 몬트사바트 성에서 성배 기사들에게 부여된 동기 부여 역시 이와 마찬가지로 에로틱한 토대가 아니었을까 하는 의문을 품게 되었다. 바그너가 대본에 적은 바에 따르면, 오로지 성배 그 자체의 부름을 받은 사람만이 그곳에 도착할 수 있다고 한다. 십자가에 못 박힌 그리스도의 피를 받은 잔은 그가 최후의 만찬에서 사용했던 바로 그 잔이었다. 따라서 그 잔은 결국에 가서는 말 그대로 그의 피를 담게 되었고, 본질적으로는 그 성배가 아니라 오히려 그 피가 기사들을 소환했던 셈이다. 그 피는 결코 죽지 않는다. 제브러와 마찬가지로 성배의 내용물은 플라스마, 또는 팻이 명명한 것처럼 플라스마테다. 아마도 팻은 주해서의 어디엔가 그렇게 적어놓았을 것이다. 제브러는 곧 플라스마테와 똑같고, 이는 곧 십자가에 못 박힌 그리스도의 성스러운 피와 똑같다고 말이다.

오클랜드 시나논 빌딩 밖의 보도 위에서 산산조각이 나서 죽어가는 한 여성이 흘린 피가 팻을 부르고 있었고, 팻은 파르지팔과 마찬가지로 완전히 바보였다. 파르지팔이라는 단어가 아랍어로는 그런 의미였다고 추정된다. 즉 그 어원으로 추정되는 '팔파르시'라는 아랍어 단어는 '순전한 바보'라는 의미인 것이다. 물론 실제로는 그렇지 않을 수도 있지만, 오페라 〈파르지팔〉에서 쿤드리는 파르지팔을 이렇게 부른다. 사실 '파르지팔'이라는 이름은 같은 전설의 영어판에 나오는 이름인 '퍼시벌'에서 유래했는데, 그 어원은 그냥 이름에 불과했다. 하지만 한 가지 흥미로운 점은 여전히 남아 있다. 페르시아에서는 성배를 기독교 이전의 '라피스 엑실릭스lapis exilix', 즉 마법의 돌과 동일시했다. 이 돌은 후대의 헤르메스주의 연금술에서 인간의 변모를 가능케 하는 원인으로 등장한다. 종간 공생에 관한 팻의 개념에서 기본을 이루는 생각에 따르면 인간은 제브러, 또는 로고스, 또는 플라스마테와 교차결합하여 호모플라스마테가 되었다. 나는 그의 주장에서 뚜렷한 일관성을 찾아볼 수 있었다. 팻은 자신이 제브러와 교차결합했다고 믿었다. 따라서 그는 헤르메스주의 연금술사들이 추구하던 존재가 이미 된 것이었다. 따라서 성배를 찾아 나서는 것이야말로 자연스러운 일이었다. 그는 자기 친구를, 자기 자신을, 자기 집을 찾아낼 것이었다.

케빈은 사악한 마법사 클링조르의 역할을 담당하여, 팻의 이상주의적인 포부를 계속해서 비아냥거렸다. 케빈의 말에 따르면, 팻은 발정 난 상태라는 것이었다. 팻의 내부에서는 '타나토스', 죽음이 '에로스'와 싸우고 있다고 했다. 하지만 케빈은 이때 팻의 '에로스'는 삶이 아니라 누군가와 침대에 눕는 것과 동일시된다고 지적했다. 이것도 아주 틀린 주장은 아니었다. 내 말은, 팻의 정신 속에서 이리저리 용솟음치는 변증법적 투쟁에 대한 케빈의 기본적인 서술이 그랬다는 것이다. 팻의 일부는 죽음을 열망했고, 또 일부는 삶을 열망했다. '타나토스'는 어떤 모습이든지 원하는 대로 취할 수 있었다. 심지어 삶의 원동력인 '에로스'를 죽이고, 그것을 흉내 낼 수도 있었다. 일단 타나토스가 이런 일을 저지르고 나면 당신은 큰 곤란에 처하게 된다. 자신이 '에로스'에 이끌려 간다고 생각하지만, 실제로는 가면을 쓴 '타나토스'에 이끌려 가는 셈이기 때문이다. 팻이 이런 상태로 접어들지는 않았으면 하는 바람이었다. 구세주를 찾아 나서서 결국 발견하고자 하는 그의 열망이 '에로스'에서 비롯된 것이었으면 했다.

진정한 구세주―또는 이 맥락에서는 진정한 하느님―에게는 삶이 따라다니게 마련이다. 그가 '곧' 삶인 것이다. 죽음을 가져오는 '구원자'나 '신'이 있다면, 그것은 구원자의 가면을 쓴 '타나토스'일 뿐이다. 예수가 치유 기적을 통해서 스스로를 진정한 구세주라고 정체를 밝힌 것은, 심지어 본인은 그런 식으로 정체를 밝히고 싶지 않았을 때에도 그랬던 이유도 바로 그래서였다. 사람들은 치유의 기적이 무엇을 가리키는지 알았다. 구약성서 맨 끝에는 이 문제를 명료하게 밝힌 멋진 구절이 하나 있다. 하느님이 말씀하신다. "내 이름을 경외하는 너희에게는 공의로운 해가 떠올라서 치료하는 광선을 비추리니. 너희가 나가서 외양간에서 나온 송아지같이 뛰리라."[*]

어떤 면에서 팻은 구세주가 병든 것들을 치유하고, 깨어진 것들을 회복시킬 것이라고 기대했다. 그렇다면 그는 이미 죽은 글로리아도 소생시킬 수 있으리라고 어느 정도까지는 진짜로 믿었던 것이다. 셰리의 줄지 않는 고통, 자라나는 암세포에 그가 좌절감을 느끼고, 영적인 기대며 믿음이 무너져버린 것도 바로 그래서였다. 그가 주해서에 개진한 그의 체계―하느님과 그의 만남에 근거한―에 따르면, 셰리는 건강해졌어야 마땅했다.

팻은 대단히 큰 것을 찾아 나선 셈이었다. 엄밀히 말해서 그는 왜 셰리가 암에 걸렸는지를 알았지만, 영적으로는 도무지 알 수가 없었다. 사실 팻은 어째서 하느님의 아들인 그리스도가 십자가에 못 박혔는지도 전혀 이해할 수가 없었다. 팻은 고통과 괴로움을 도무지 이해할 수가 없었다. 거대한 설계에 맞춰 넣을 수도 없었다. 따라서 그는 우주의 비합리성을 보여주

---

[*] 말라기 4장 2-3절.

는 그처럼 두려운 고통의 존재야말로 이성에 대한 모욕이라고 추론했다.

팻이 제안한 그 탐색을 진지하게 생각한다는 점은 물론 의심의 여지가 없었다. 그는 은행 계좌에 2만 달러가량을 모아두기까지 했다.

"그 친구 놀리지 마." 어느 날 나는 케빈에게 말했다. "그 친구에게는 이게 중요한 일이니까."

케빈이 평소와 마찬가지로 냉소적으로 비아냥거리는 눈빛으로 말했다. "화끈한 여자 옷 벗기는 것 역시 나한테는 중요한 일인걸."

"그만 좀 하라니까." 내가 말했다. "재미없어."

케빈은 그저 씩 웃을 뿐이었다.

그로부터 일주일 뒤, 셰리가 죽었다.

내가 예견했던 것처럼, 이제 팻은 두 사람의 죽음에 대해서 양심의 가책을 받게 되었다. 그는 두 여자 모두 구할 수 없었다. 당신이 아틀라스라면 십중팔구 무거운 짐을 지고 있을 것이고, 당신이 그걸 떨어트릴 경우에는 많은 사람이 고통을 받을 것이다. 온 세상이 고통의 세상이 될 것이었다. 이제 이것, 즉 이 짐은 물리적이라기보다는 오히려 영적으로 팻을 내리눌렀다. 구해달라고 울부짖는 두 사람의 시체가 그에게 동여매여 있었다. 이들은 이미 죽었는데도 여전히 울부짖었다. 죽은 사람의 울부짖음은 당연히 끔찍했다. 누구라도 그 소리를 듣지 않기 위해 노력할 수밖에 없으리라.

내가 두려워했던 것은 혹시나 팻의 자살 충동이 되살아나지 않을까, 자살 시도가 실패할 경우에는 또 고무 벽 폐쇄병동에서 한동안 보내야 하지 않을까 하는 것이었다.

그런데 팻의 아파트에 들러보니, 놀랍게도 그는 오히려 차분한 상태였다.

"떠나려고 해." 그가 내게 말했다.

"그 탐색을 위해서?"

"바로 맞혔어." 팻이 말했다.

"어디로?"

"나도 몰라. 일단 떠나고 나면 그때부터는 제브러가 나를 인도하겠지."

나는 굳이 그를 설득해서 떠나지 못하게 하려는 의향 따위는 갖고 있지 않았다. 과연 그에게 남은 대안이 무엇이겠는가? 한때 셰리와 함께 살던 아파트에 혼자 멍하니 앉아 있는 것? 이 세계의 슬픔을 조롱하는 케빈의 말에 귀를 기울이는 것? 그중에서도 최악은 "악에서도 선을 이끌어내시는 하느님"에 관한 데이비드의 헛소리를 들어주며 시간을 보내는 것이었다. 이중에서 팻을 확실히 고무 벽 폐쇄병동에 갖다 넣을 만한 일이 있다면, 십중팔구 케빈과 데이비드 사이에서 십자포화에 갇히는 상황이 아닐까. 다시 말해서 어리석고 경건하고 잘 속는 자와 냉소적으로 잔인한 자 사이에 포위되는 상황 말이다. 그렇다면 내가 여기다 뭘 더 할 수 있을까? 셰리의 죽음 때문에 나도 산산조각으로 찢겨 나가고 말았다. 나는 마치 화려한 색깔의 조립

세트로 운송되는 장난감처럼, 기본적인 몇 개의 부속으로 해체된 상태였다. 나는 이렇게 말하고 싶었다. "나도 데려가, 팻. 나한테도 집으로 가는 길을 보여줘."

팻과 내가 나란히 앉아서 슬퍼할 때, 전화가 울렸다. 베스였다. 자녀 양육비 송금이 일주일이나 늦었다는 사실을 알고 있는지 확인하러 전화한 것이었다.

전화를 끊자마자 팻이 내게 말했다. "내 전처들은 하나같이 쥐새끼들을 조상으로 둔 모양이야."

"자네는 일단 여기서 벗어나야만 해." 내가 말했다.

"그럼 자네도 내가 떠나는 걸 동의하는 거군."

"그래." 내가 말했다.

"지금 가진 돈이면 세계 어디든 충분히 갈 수 있어. 나는 중국을 생각하고 있어. 이런 생각이 들더군. 그이가 태어날 가능성이 가장 적은 곳이 어디일까? 중국 같은 공산주의 국가가 아닐까 싶더군. 아니면 프랑스나."

"프랑스는 왜?" 내가 물었다.

"프랑스에 한번 가보는 게 꿈이었거든."

"그럼 프랑스로 가지." 내가 말했다.

"'당신은 뭘 하실 겁니까.'" 팻이 중얼거렸다.

"뭐라고?"

"갑자기 아메리칸 익스프레스 트래블러스 체크 광고 문구가 생각나서 말이야. '당신은 뭘 하실 겁니까. 당신은 뭘 '하실' 겁니까.' 지금 내 심정이 딱 이렇다니까. 그 사람들 말이 맞아."

내가 말했다. "나는 그 중년 남자가 하는 말이 마음에 들던데. '제 지갑에는 현금 600달러가 들어 있습니다. 이거야말로 제 삶에서 일어난 최악의 일이 아닐 수 없죠.' 그게 정말 그 사람의 삶에서 일어난 최악의 일이라고 한다면—"

"그래." 팻은 고개를 끄덕이며 말했다. "그런 사람은 은둔하는 삶을 살았던 셈이겠지."

나는 팻의 머릿속에 어떤 환영이 떠올랐는지 알았다. 바로 죽어가는 여자들에 관한 환영이었다. 충격 때문에 파열된 모습의, 또는 그 안에서부터 터져버린 모습의 여자들. 나는 몸을 떨었다. 그리고 어쩐지 울고 싶어졌다.

"그녀는 질식했어." 팻이 마침내 낮은 목소리로 말했다. "그냥 거지같이 질식한 거야. 더 이상 숨을 쉴 수가 없어."

"참으로 유감이야." 내가 말했다.

"의사가 나를 기운 차리게 하겠답시고 한 말이 뭐게?" 팻이 말했다. "'이 세상에는 암보다 더 심한 병도 있죠.'"

"혹시 슬라이드라도 보여주던가?"

우리는 함께 웃어버렸다. 슬픔으로 인해 거의 미쳐버릴 것 같은 상황이라면 기회 있을 때마다 많이 웃도록 하라.

"솜브레로 스트리트로 같이 나가지." 내가 말했다. 그곳에는 우리가 모두 즐겨 찾는 좋은 식당과 술집이 있었다. "내가 한잔 살게."

우리는 나란히 메인 스트리트까지 걸어갔고, 솜브레로 스트리트에 있는 어느 술집에 들어가 앉았다.

"그나저나 여기 같이 오시던, 체구 아담한 갈색 머리 여자 분은 어디 가셨나봐요?" 우리가 주문한 술을 갖다 주며 여종업원이 팻에게 물어보았다.

"클리블랜드에 있어요." 팻이 말했다. 우리 둘은 또다시 웃기 시작했다. 그 여종업원은 셰리를 기억하고 있었다. 하지만 진지하게 받아들이기가 너무나도 두려웠다.

"저 여자 알아." 술을 마시면서 나는 팻에게 말했다. "죽어버린 내 고양이 이야기를 하면서, 이렇게 말했지. '음, 그놈은 영존永存 속에서 안식하게 되었죠.' 그랬더니 저 여자는 '영존'이 무슨 뜻인지도 모르고는 곧바로 이렇게 대답하는 거야. 완전히 심각한 투로 말이야. '우리 고양이는 글렌데일에 묻혔어요.' 우리는 모두 맞장구를 치면서, 글렌데일의 날씨는 어떤데 영존의 날씨는 어떻다는 둥 비교까지 했다니까." 팻과 내가 어찌나 큰 소리로 웃어댔던지, 다른 사람들이 쳐다보기까지 했다. "이젠 그만해야 하겠는데." 나는 진정하면서 말했다.

"그러면 영존 쪽이 더 날씨가 추운 건가?" 팻이 물었다.

"그래, 하지만 스모그는 덜하다더군."

팻이 말했다. "어쩌면 거기야말로 내가 그이를 찾아낼 장소인지 몰라."

"누구?" 내가 물었다.

"그이. 다섯 번째 구원자 말이야."

"자네 아파트에서 그때 있었던 일 기억나나?" 내가 말했다. "셰리가 화학요법을 시작했을 무렵에, 머리카락이 뭉텅이로 빠

저서―"

"그래, 고양이의 물그릇에 빠졌지."

"그녀가 고양이의 물그릇 옆에 서 있어서, 머리카락이 계속 물그릇에 빠지니까, 딱한 고양이만 영문을 몰라 당황했었지."

"'이게 도대체 뭐 하자는 짓거리야?'" 팻이 말했다. 그 고양이가 말을 할 수만 있었더라도 아마 이렇게 말했을 거라는 뜻이었다. "'남의 물그릇에다가 말이야!'" 그는 씩 웃었지만, 그의 미소에는 기쁨이 전혀 엿보이지 않았다. 우리 둘 중 누구도 더이상은 재미있지가 않았다. 심지어 우리 둘 사이에서도. "케빈을 불러서 우리를 좀 기운 나게 해달라고 해야겠군." 팻이 말했다. "아니, 다시 생각해보니까" 그가 중얼거렸다. "차라리 안 부르는 게 나을지도."

"우리는 그냥 하던 일만 계속하면 되는 거야." 내가 말했다.

"필." 팻이 말했다. "만약에 그를 발견하지 못한다면, 나는 죽어버릴 거야."

"나도 알아." 내가 말했다. 그건 사실이었다. 구세주는 호스러버 팻과 절멸 사이에서 울타리 노릇을 해주고 있었다.

"나는 자멸하도록 프로그램되어 있어." 팻이 말했다. "이미 단추도 누른 상태라고."

"그 감각이 자네가 느끼기에는―" 내가 말을 꺼냈다.

"그건 합리적이야." 팻이 말했다. "이 상황을 고려해보면 말이야. 그건 사실이야. 이건 광기가 아니야. 나는 반드시 그를 찾아야만 해. 그가 어디에 살든지 말이야. 그렇지 않으면 나는

238

죽는 거지."

"음, 그러면 나도 결국 죽게 되겠군." 내가 말했다. "자네가 죽는다면 말이야."

"그건 맞는 말이야." 팻이 말했다. 그는 고개를 끄덕였다. "자네 말이 옳아. 자네는 나 없이는 살 수 없고, 나는 자네 없이는 살 수 없지. 그런 점에서 우리는 함께인 거야. 빌어먹을. 무슨 삶이 도대체 이 따위야? 왜 이런 일이 생기는 거지?"

"자네가 말한 적 있었잖아. 우주가—"

"나는 그를 찾아낼 거야." 팻이 말했다. 그는 자기 술을 마신 다음에 빈 잔을 뒤집어놓고 자리에서 일어났다. "일단 내 아파트로 돌아가자고. 린다 론스태트의 음반이 새로 나왔는데 자네한테도 들려주고 싶어. 〈미국에서 살아가기〉라는 건데, 진짜 좋다니까."

술집을 나오면서 내가 말했다. "케빈은 론스태트도 이제 맛이 갔다던데."

그러자 팻이 말했다. "맛이 간 건 오히려 케빈이지. 그 친구가 심판의 날에 자기 코트 밑에서 그 빌어먹을 죽은 고양이를 꺼내 휘두르기만 하면, 그때엔 지금 그 친구가 우리를 비웃는 것처럼 모두가 그 친구를 비웃게 될 거야. 그 친구는 그런 일을 당해도 싸. 대심판관이야말로 그 친구와 아주 똑같을 거니까."

"신학적인 관념치고는 그리 나쁘지 않군." 내가 말했다. "결국 자네가 자네 자신을 마주 보고 있는 걸 발견하는 거지. 자네는 정말로 그이를 찾아낼 수 있을 거라고 보나?"

"구세주 말인가? 그래, 나는 그이를 찾아낼 거야. 돈이 떨어지면 이곳으로 다시 돌아와서 좀 더 일하고 나서 다시 찾으러 가볼 거야. 그이는 반드시 어딘가에 있어야만 해. 제브러가 그렇게 말했으니까. 그리고 내 머릿속의 토머스도. 그 역시 알고 있어. 그는 예수가 얼마 전에 거기 와 있었다는 걸 기억하고, 그이가 돌아올 것이라고 알고 있어. 모두들 기뻐하고 있지. 완전히 기뻐하면서, 그이가 돌아올 때 환영할 준비를 하고 있지. 신랑이 돌아오신다. 더럽게 즐거운 잔치가 될 거야, 필. 완전히 기쁘고 신나고, 모두들 뛰어다닐 거야. 그들은 흑철 감옥에서 뛰어나오고, 그냥 웃고 또 웃을 거야. 그들은 그걸 콱 날려버릴 거야, 필. 감옥 전체를 말이야. 감옥 전체를 날려버리고, 거기서 나오고…… 뛰어다니고 웃고 완전히, 완전히 행복해할 거야. 그리고 나 역시 그들 중 하나였어."

"자네는 앞으로도 그들 중 하나가 될 거야." 내가 말했다.

"앞으로도 그렇게 되겠지." 팻이 말했다. "내가 그이를 찾아내면 말이야. 하지만 그때가 될 때까지는 나도 그렇게 되지 않을 거야. 그렇게 될 수 없을 거야. 다른 방법은 없어." 그는 양손을 주머니에 넣은 채, 보도에서 걸음을 멈추었다. "나는 그이가 보고 싶어, 필. 정말로 그이가 보고 싶다고. 나는 그이와 함께 있고 싶어. 나를 끌어안는 그이의 팔을 느꼈으면 좋겠어. 다른 어느 누구도 그렇게는 못할 거야. 나는 그이를 보았고―어떤 면에서는― 나는 그이를 다시 보고 싶어. 그 사랑, 그 온기. 그쪽에서도 내가 나라는 사실에 기뻐했지. 나를 보고는, 내가

240

나라는 사실에 기뻐하는 거야. 나를 '알아보는' 거지. 그이가 나를 '알아보았다'니까!"

"나도 알아." 나는 어색하게 맞장구쳤다.

"그게 어떤 기분인지는 아무도 모를 거야." 팻이 말했다. "그이를 보았다가, 곧이어 그이를 보지 못하게 되는 것이 어떤 기분인지 말이야. 이제 거의 5년째로군. 5년간의—"그가 몸짓을 했다. "5년간의 무엇이라는 걸까? 그리고 그 이전에는 또 뭘까?"

"자네는 그이를 발견할 거야."

"반드시 그래야만 해." 팻이 말했다. "아니면 나는 죽게 될 거야. 그리고 자네도 마찬가지야, 필. 그건 우리도 잘 알고 있지."

성배 기사들의 지도자인 암포르타스는 결코 치유될 수 없는 상처를 지니고 있다. 클링조르는 일찍이 그리스도의 옆구리를 찔렀던 창을 이용해 그에게 상처를 입혔다. 나중에 클링조르는 파르지팔을 향해서도 그 창을 던진다. 순전한 바보인 파르지팔은 이 창을 붙잡아서—창이 공중에 우뚝 멈춰 섰기 때문이다— 그걸 가지고 십자 모양을 그린다. 그러자 클링조르와 그의 성은 눈 녹듯 사라져버린다. 사실은 클링조르나 그의 성이나 애초부터 그곳에 있지 않았다. 그건 단지 망상에 불과했다. 그리스인이 '도코스'라고 불렀던 것, 그리고 인도인이 '마야의 베일'이라고 불렀던 것이었다.

파르지팔이 하지 못할 일은 전혀 없다. 오페라의 마지막 부분에서 파르지팔은 그 창을 암포르타스의 상처에 댄다. 그러자 상처는 치유된다. 오로지 죽고만 싶어했던 암포르타스가 치유된 것이다. 매우 신비스러운 대사가 반복되는데, 나도 그게 뭔지는 결코 이해하지 못했다. 심지어 나는 독일어를 할 줄 아는데도 말이다.

Gesegnet sei dein Leiden,
Das Mitleids höchste Kraft,
Und reinsten Wissens Macht
Denn zagen Toren gab!

이것이야말로 파르지팔 이야기의 여러 가지 열쇠 가운데 하나다. 이 순전한 바보는 마법사 클링조르와 그의 성에 관한 망상을 없애버리고 암포르타스의 상처를 치유했다. 하지만 그건 과연 어떤 의미인 것일까?

당신의 고통은 축복된 것이니,
그 고통이 이 소심한 바보에게
동정의 지고한 힘을 부여했네,
최고로 순수한 지식의 힘을!

나는 이게 도대체 무슨 의미인지 모르겠다. 하지만 우리의 경우에는 순전한 바보인 호스러버 팻 본인이 결코 치유될 수 없는 상처를 지녔으며, 그 상처에 수반되는 고통을 지녔다 하겠다. 좋다. 그 상처는 구세주의 옆구리를 찔렀던 창에 의해서 생겨난 것이고, 오로지 그 창에 의해서만 치유될 수 있었다. 오페라에서는 암포르타스가 치유된 직후에 마침내 사당의 문이 열리고(원래 이 사당은 오랫동안 닫혀 있었다) 성배가 모습을 드러낸다. 그리고 바로 그 순간에 천상의 목소리가 말한다.

"Erlösung dem Erlöser!"

이것은 참으로 이상한 말이다. 왜냐하면 이런 뜻이기 때문이다.

"구원하는 자가 구원되었다!"

달리 말하자면 그리스도가 스스로를 구원했다는 뜻이다. 이를 가리키는 전문 용어가 있다. 바로 '살바토르 살반두스 Salvator salvandus', 즉 '구원 받은 구원자'라는 것이다.

영원의 메신저가 그 과업에서 벗어날 때에는 반드시 화신과 우주적 유배라는 운명을 스스로가 받아들여야 한다는 사실, 그리고 이 신화 가운데서도 최소한 이란에서 나온 버전에서는 구세주가 어떤 면에서 자신이 부르는 자들—즉 한때는 신성한 자아였던 것의 잃어버린 일부분—과 동일하다는 또 다른 사실로부터, 이른바 '구원 받은 구원자(살

243

바토르 살반두스)'라는 감동적인 관념이 생겨났던 것이다.

내가 참고한 자료는 매우 정평이 있는 책이었다. 『철학 백과사전』, 맥밀란 출판사, 뉴욕, 1967년. 그중에서도 '영지주의'라는 항목이었는데, 나는 이것이 팻에게는 어떻게 적용되는지를 알아보려고 노력했다. 이른바 '동정의 지고한 힘'이란 무엇일까? 도대체 어떤 면에서 동정은 상처를 치유하는 힘을 지닌 것일까? 과연 팻은 스스로를 동정하고 그리하여 자기 상처를 치유할 수 있을까? 그렇다면 이로써 호스러버 팻을 구세주 본인, 즉 구원받은 구원자로 만들 수 있을까? 이것이야말로 바그너가 표현한 관념인 것처럼 보였다. 구원받은 구원자라는 관념은 그 기원부터가 영지주의적이다. 도대체 어쩌다가 이런 관념이 〈파르지팔〉에 스며들었을까?

어쩌면 구세주를 찾아 떠났을 때에 팻은 자기 자신을 찾고 있었는지도 모른다. 처음에는 글로리아의 죽음으로 인해, 곧이어 셰리의 죽음으로 인해 생긴 상처를 치유하기 위해서 말이다. 하지만 클링조르의 거대하고 돌로 쌓은 성에 대한 유비類比로 사용될 만한 것이 현대에도 있을까?

혹시 팻이 제국이라고 부른 그것일까? 흑철 감옥이라는 것?

'결코 끝나지 않는다'는 제국은 그저 환영에 불과한 것일까?

거대하고 돌로 쌓은 성을—그리고 클링조르 본인을— 사라지게 만들었던 파르지팔의 말은 다음과 같았다.

"Mit diesem Zeichen bann' Ich deinen Zauber."

"이 기호를 가지고 나는 너의 마법을 없애노라."

그가 말한 기호란 물론 십자가 기호였다. 내가 이미 추측해낸 것처럼, 팻의 구세주는 팻 본인이었다. 제트러는 선형의 시간축을 따라 존재하는 그의 자아들이었으며, 그 자아들은 차곡차곡 합쳐져서 전前시간적, 또는 초超시간적이며 결코 죽을 수 없는 하나의 자아가 된 것이었다. 그리고 이 하나의 자아는 이제 팻을 구원하기 위해 돌아왔다. 하지만 나는 감히 팻에게 자네는 결국 자기 자신을 찾고 있는 셈이라고 말할 수는 없었다. 그는 이런 주장을 받아들일 채비가 미처 되어 있지 않았다. 나머지 우리와 마찬가지로 그도 외부의 구원자를 찾고 있었기 때문이다.

'동정의 지고한 힘'은 그냥 헛소리에 불과했다. 동정에는 아무런 힘도 없다. 팻은 글로리아를 향해 어마어마한 동정을 품었고, 셰리를 향해서도 그랬지만, 양쪽 모두에게 좋은 일이라고는 눈곱만큼도 해내지 못했다. 뭔가가 결여되어 있었기 때문이다. 사람은 누구나 이런 사실을 안다. 병들거나 죽어가는 사람, 또는 병들거나 죽어가는 동물을 속수무책으로 바라본 경험이 있는 사람이라면 누구나 알고 있다. 각자가 아무리 어마어마한 동정을, 정말 압도적인 동정을 느낀다 하더라도, 결국 동정은 아무리 크더라도 전혀 쓸모는 없다는 사실을 말이다.

상처를 치유한 것은 다른 무언가였다.

나와 데이비드와 케빈에게는 이것이야말로 심각한 문제였다. 즉 팻이 지닌 그 상처는 치유될 수 없는 것이었지만, 그런 한편으로 반드시 치유되어야만 하고 언젠가는 치유될 수 있을 것이었다. 그러니까 '만약' 팻이 구세주를 찾기만 한다면 그럴 수 있으리라는 것이다. 미래에 가서 팻이 마침내 분별력을 되찾고, 자기가 바로 구세주라는 사실을 깨달으면, 그때 가서는 자동적으로 치유가 되는 마치 마법 같은 장면이 펼쳐질 가능성도 있을까? 이에 대해서는 누구도 장담할 수 없을 것이다. 나 역시 마찬가지다.

〈파르지팔〉은 거기서 뭔가를 배운 듯한 주관적인 느낌을 주는 문화의 억지스러운 인공물 가운데 하나에 불과하다. 즉 우리는 거기서 가치 있는, 심지어 값을 따질 수 없이 귀중한 뭔가를 배웠다고 생각한다. 하지만 보다 자세히 살펴보면 머리를 긁적이며 이렇게 말하게 된다. "잠깐만 있어봐. 이건 전혀 이치에 닿지 않잖아." 나는 리하르트 바그너가 천국의 문 앞에 선 모습을 상상할 수 있다. "저를 반드시 들여보내주셔야 합니다." 그는 말한다. "저는 〈파르지팔〉을 만들었습니다. 그 작품은 성배와 그리스도와 고난과 동정과 치유를 소재로 하고 있죠. 안 그렇습니까?" 그러자 천국 문지기들이 이렇게 말한다. "음, 우리도 그 작품을 읽어보기는 했는데, 전혀 이치에 닿지 않더군." 콰. 바그너의 말도 맞고, 천국 문지기들의 말도 맞다. 이것 역시 또 하나의 중국식 손가락 차꼬인 셈이다.

아니면 나는 핵심을 놓친 셈인지도 모른다. 우리가 여기서 마주한 것은 선불교의 역설인지도 모른다. 즈 전혀 이치에 닿지 않는 것이 '가장' 이치에 닿는 것이다. 이로써 나는 가장 중대한 죄에 사로잡힌 셈이다. 아리스토텔레스의 이치二値 논리학은 이렇게 말한다. "어떤 것은 A거나, 또는 비非 A이다." 아리스토텔레스의 이치논리학이 뭣 같다는 사실은 모두가 알고 있다. 내가 말하고 싶은 것은—

만약 케빈이 여기 있었다면, 이렇게 말했으리라. "뜬구름 잡는 소리." 팻이 자신의 주해서 가운데 일부를 큰 소리로 읽어줄 때마다, 케빈은 팻에게 이렇게 말하곤 했다. 케빈은 심오한 것을 극도로 경멸했다. 그가 옳았다. 내가 줄곧 하고 있었던 일이란, 호스러버 팻이 어떻게 호스러버 팻을 치료할—구원할— 것인지를 이해하려 노력한답시고 거듭해서 '뜬구름 잡는 소리'를 늘어놓은 것뿐이었다. 왜냐하면 팻은 구원될 수가 없기 때문이다. 셰리를 치유하는 것은 글로리아를 잃은 것에 대한 보상이 될 예정이었다. 하지만 셰리는 죽고 말았다. 글로리아의 죽음 때문에 팻은 마흔아홉 알의 유독성 알약을 삼킨 바 있었다. 그런데 우리는 이제 셰리의 죽음을 겪은 그가 직접 나서서 구세주(무슨 구세주?)를 찾아내서 치유되기를, 셰리의 죽음 이전부터 그에게는 사실상 치유 불능이나 마찬가지였던 상처가 치유되기를 바라고 있는 것이다. 이제 호스러버 팻은 없었다. 오로지 상처만 남아 있을 뿐이었다.

호스러버 팻은 죽었다. 악의를 품은 두 여성에게 질질 끌려서 무덤으로 들어갔다. 그가 바보이기 때문에 질질 끌려갔다. 이것이야말로 〈파르지팔〉에서 또 하나의 이치에 닿지 않는 부분이다. 즉 어리석게 되는 것이 곧 구제를 베푸는 것이라는 관념 말이다. 어째서? 〈파르지팔〉에서 고통은 그 소심한 바보에게 '최고로 순수한 지식의 힘'을 부여했다. 어떻게? 어째서? 제발 설명해주시라.

글로리아의 고통과 셰리의 고통이 과연 팻에게, 또는 다른 누군가에게, 또는 다른 무엇에게라도 일말의 선을 이루는 데에 기여한 증거가 있다면, 제발 내게 보여주시라. 그건 거짓말이다. 그것도 사악한 거짓말. 고통은 제거되어야만 한다. 음, 물론 파르지팔은 상처를 치유함으로써 분명히 그렇게 했다. 암포르타스의 고통은 결국 멈추었다.

우리에게 진정 필요한 것은 창이 아니라 오히려 의사다. 팻의 트락타테에 나오는 항목 #45를 인용해보자.

> **#45.** 환상 속에서 그리스도를 보면서, 나는 정확하게도 그에게 말했다. "우리에게는 의학적 관심이 필요합니다." 그 환상 속에서는 제정신이 아닌 창조자가 나왔는데, 그는 아무 목적도 없이, 즉 불합리하게도 자신이 만든 것을 파괴했다. 이것은 큰정신 속의 교란된 경향이다. 그리스도는 우리의 유일한 희망이니, 왜냐하면 이제 우리는 아스클레피오스에게 의존할 수 없기 때문이다. 아스클레피오스는 그리스도보다 먼저 왔고, 죽은 자 가운데서 사람을 살리기도 했다. 그가 한 일 때문에 제우스는 키클로페스를 하나 시켜서

천둥으로 그를 살육하게 했다. 그리스도 역시 그가 한 일 때문에 죽임을 당했다. 바로 죽은 자 가운데서 사람을 살린 일 때문이었다. 엘리야도 한 소년을 살려냈고, 머지않아 돌풍 속에서 모습을 감추었다. "제국은 결코 끝나지 않는다."

#46. 의사는 무척이나 여러 번에 걸쳐서, 무척이나 여러 가지 이름으로 우리에게 찾아왔다. 하지만 우리는 아직 치료되지 않았다. 제국이 그를 알아보고 그를 거부했다. 이번에는 그가 식食 작용을 통해서 제국을 죽일 것이다.

여러 면에서 팻의 주해서는 〈파르지팔〉보다도 오히려 더 이치에 닿는 데가 있었다. 팻은 우주를 살아 있는 유기체로 인식했다. 그러다 유독성 입자 하나가 그 유기체로 들어왔다는 것이다. 그 유독성 입자는 중금속으로 만들어졌으며, 그 우주-유기체 안에 파묻혀서 중독 작용을 일으켰다. 우주-유기체는 식세포를 내보냈다. 그 식세포가 바로 그리스도다. 식세포는 유독성 금속 입자—흑철 감옥—를 에워싸고 파괴하기 시작했다.

#41. 제국은 곧 제도며, 법전화法典化며, 교란이다. 제국은 제정신이 아니며, 폭력을 동원하여 그 제정신 아닌 짓을 우리에게 부과하니, 그 본성이 폭력적이기 때문이다.

#42. 제국과 싸운다는 것은 곧 그 교란에 감염된다는 것이

다. 이것은 역설이다. 제국의 한 구획을 패배시키는 자는 곧 제국이 되어버린다. 제국은 바이러스처럼 증식하며, 그 형태를 적들에게 부과한다. 따라서 제국은 그 적이 되어버린다.

#43. 제국에 대항하여 제기되는 것은 살아 있는 정보니, 이는 곧 플라스마테, 또는 의사, 또는 우리가 성령, 또는 몸 없는 그리스도라고 알고 있는 것이다. 여기에는 두 가지 원칙이 있으니, 하나는 어두운 것(제국)이며, 또 하나는 밝은 것(플라스마테)이다. 결국에는 큰정신이 후자에 승리를 부여할 것이다. 우리 각자는 이 가운데 어느 쪽에 가담하고 협조하느냐에 따라서 죽거나, 또는 살아남을 것이다. 우리 각각은 이 각각의 요소를 일부나마 포함한다. 결국에는 각각의 인간 속에서 이 가운데 한쪽, 또는 다른 쪽 요소가 승리를 거둘 것이다. 조로아스터는 이 사실을 알았으니, 현명한 큰정신이 그에게 알려주었기 때문이다. 그는 최초의 구세주였다.[*] 지금까지 모두 네 명의 구세주가 살았다. 다섯 번째 구세주가 곧 태어날 것이니, 그는 여타의 구세주와는 다를 것이다. 그는 우리를 다스리고 심판할 것이다.

팻이 자신의 트락타테 가운데 일부분을 읽거나 인용할 때마

---

[*] 팻이 붓다를 집어넣지 않은 까닭은 아마도 붓다가 누구, 또는 무엇인지 몰랐기 때문일 것이다. ―원주

다 케빈이 "뜬구름 잡는 소리"라고 했던 것도 충분히 이해할 만하다. 하지만 팻은 정말 뭔가를 대면하고 있었다. 팻은 우주적 식食 작용이 진행 중임을 이해했다. 그 식食 작용의 축소 형태에는 우리 각자도 관여하고 있었다. 유독성 금속 입자는 우리 각자의 안에도 자리 잡고 있기 때문이다. "위에 있는 것(대우주)은 곧 아래에 있는 것(소우주, 또는 인간)이다." 우리는 모두 상처를 입었고, 우리는 모두 의사가 필요하다. 유대인에게는 엘리야가, 그리스인에게는 아스클레피오스가, 기독교인에게는 그리스도가, 영지주의자에게는 조로아스터가, 마니교도에게는 마니가, 기타 등등이 바로 그런 의사인 것이다. 우리가 죽는 까닭은 우리가 날 때부터 병들어 있기 때문이다. 날 때부터 우리 안에는 중금속 파편이 들었기 때문이다. 마치 암포르타스의 상처처럼 말이다. 치유되고 나면 우리는 불멸이 될 것이다. 원래는 그렇게 되어야 마땅했다. 하지만 유독성 철 파편은 대우주에도 들어갔고, 이와 동시에 그 소우주적 다수형, 즉 우리 자신에게도 들어갔던 것이다.

여러분의 무릎 위에서 꾸벅꾸벅 졸고 있는 고양이를 생각해 보라. 그 녀석은 상처를 입었지만, 그 상처는 아직 겉으로 드러나지 않았다. 셰리와 마찬가지로 몸속에서 뭔가가 그 녀석을 갉아먹고 있다. 당신은 이 진술에 반대하여 도박을 걸고 싶은가? 선형 시간상에 있는 그 고양이의 이미지를 모조리 차곡차곡 겹쳐서 하나의 실체로 합쳐보라. 당신은 부상당하고, 죽은 고양이를 얻게 될 것이다. 하지만 기적이 벌어졌다. 눈에 보이지 않는 의사가 고양이를 회복시킨 것이다.

> 따라서 모든 것은 한순간밖에는 머물지 않으며, 죽음을 향
> 해 서둘러 달려가는 것이다. 식물과 곤충은 여름이 끝나면
> 죽고, 짐승과 인간은 여러 해가 지나면 죽는다. 죽음은 지
> 칠 줄 모르고 생명을 거두어들인다. 그럼에도 불구하고, 아
> 니, 마치 사실은 전혀 그렇지 않다는 듯, 모든 것은 항상 거
> 기 있고, 또 제자리에 있다. 마치 모든 것은 그저 소멸할 수
> 없다는 듯이(……) 이것은 일시적인 불멸성이다. 이러한
> 결과로 수천 년 동안 죽음과 부패가 이어져왔음에도, 마치
> 아무것도 잃어버린 적이 없는 것처럼, 즉 자연적으로 드러
> 나는 물질은 원자 하나도 잃어버린 적이 없는 것처럼 보이
> 며, 내적 존재는 더더욱 그렇지 않게 보인다. 따라서 모든
> 순간에 우리는 쾌활하게 소리칠 수 있는 것이다. '시간과
> 죽음과 부패에도 불구하고 우리는 여전히 모두 함께 있다!'
> – 쇼펜하우어[*]

같은 책에서 쇼펜하우어는 이런 말을 한 적도 있다. 당신 눈
에 보이는 저 마당에서 노는 고양이는 지금으로부터 300년 전
에 놀았던 녀석이라고 말이다. 이것이야말로 팻이 토머스 속에
서, 눈이 세 개 달린 사람들 속에서, 육체를 지니지 않은 제브러
속에서 만났던 것이었다. 불멸성에 대한 고대의 논증은 다음과

---

[*] 『의지와 표상으로의 세계』 제4부의 보유편 중에서.

같다. 만약 모든 생물이 진정으로 죽는다면—왜냐하면 정말 그런 것처럼 보이기 때문에— 삶은 지속적으로 우주에서 빠져나가고, 존재로부터 빠져나가는 셈이다. 따라서 결국 모든 생명은 존재로부터 빠져나갈 것이다. 왜냐하면 이에 예외란 없을 것이기 때문이다. '그러므로' 우리 눈에 어떻게 보이든, 생명은 어떤 식으로건 결코 죽음으로 변모해서는 '안 된다'는 것이다.

글로리아와 셰리와 나란히, 팻은 이미 죽었다. 하지만 팻은 여전히 살아가고 있다. 이제 그는 구세주를 찾기로 약속했기 때문이다.

워즈워스의 「송시Ode」에는 다음과 같은 부제가 달려 있다. 「유년 초기의 회고로부터 가져온 불멸성의 통지」. 팻의 경우에는 '불멸성의 통지'를 미래의 삶에 관한 회고로부터 가져온 셈이었다.

아울러 팻은 아무리 노력해보았자 제대로 된 시라고는 털끝만큼도 쓸 수 없었다. 그는 워즈워스의 「송시」를 좋아했고, 자기도 그에 버금가는 작품을 내놓고 싶었다. 하지만 결코 그렇게 하지 못했다.

어쨌거나 팻의 생각은 여행 쪽으로 쏠렸다. 그리고 이 생각은 구체적인 행동으로 이어졌다. 하루는 와이드월드 여행사의 산타아나 지사로 차를 몰고 가서, 카운터 뒤에 있는 여직원과 상의를 했다. 그 여직원은 컴퓨터 단말기를 조작하고 있었다.

"예, 중국까지 완행 배편을 구해드릴 수 있습니다." 여직원이 유명한 노랫말을 인용하며 쾌활하게 말했다.

"급행 비행기 편은 어떤가요?" 팻이 말했다.

"혹시 중국에 가시려는 게, 뭔가 의료에 관련된 이유 때문인가요?" 여직원이 물어보았다.

팻은 이 질문을 받고 깜짝 놀랐다.

"요즘 서양 여러 나라에서 의료 서비스 때문에 중국으로 여행을 가는 분들이 상당히 많거든요." 여직원이 말했다. "심지어 스웨덴에서도 간다니까요. 저도 이해가 되더라고요. 중국에서는 의료비가 예외적이라 할 만큼 싸다더군요…… 손님께서도 이미 그건 알고 계시겠죠. 그거 아세요? 어떤 경우에는 큰 수술도 대략 30달러 정도면 가능하대요." 그녀는 팸플릿을 뒤적이면서 쾌활하게 미소를 지었다.

"그렇겠지요." 팻이 말했다.

"게다가 그 비용은 소득세에서도 공제가 되니까요." 여직원의 말이었다. "그러면 저희 와이드월드 여행사에서 어떻게 도와드릴 수 있는지 구체적으로 알아보시겠어요?"

이 곁다리 이슈의 역설에 팻은 상당히 놀랐다. 즉 다섯 번째 구세주를 찾아 나서는 과정에 드는 비용을 그가 사는 주와 연방의 소득세에서 공제받을 수 있다는 것이었다. 그날 밤에 케빈이 찾아오자 그는 이 이야기를 해주었다. 그러면서 케빈이 십중팔구 삐딱하게 재미있어할 것이라고 기대했다.

하지만 케빈은 다른 이야깃거리를 지니고 있었다. 그는 어딘가 수수께끼 같은 말투로 이렇게 물었다. "내일 밤에 같이 영화나 보러 가면 어때?"

"무슨 영화를 보려고?" 팻은 어쩐지 친구의 목소리에서 어두운 기색을 감지했다. 케빈이 뭔가 꿍꿍이를 지니고 있다는 뜻이었다. 하지만 성격에 걸맞게 케빈은 굳이 자세히 설명하지는 않을 터였다.

"SF 영화야." 케빈이 말했다. 그의 말은 이게 전부였다.

"좋아." 팻이 말했다.

다음 날 밤, 그와 나와 케빈은 터스틴 애버뉴까지 차를 타고 가서, 다시 극장까지 조금 걸어갔다. 두 사람이 SF 영화를 보러 간다고 하니, 직업적인 이유 때문에라도 내가 따라가야 할 것처럼 생각되었기 때문이다.

케빈이 빨간색의 소형 혼다 시빅을 주차하자, 우리는 극장의 간판을 볼 수 있었다.

"〈발리스〉." 팻이 영화 제목을 읽었다. "마더 구스 주연. 근데 '마더 구스'가 뭐지?"

"록그룹이야." 내가 말했다. 실망스러웠다. 내 생각에는 아무래도 내가 좋아할 만한 영화가 아닌 것 같아서였다. 케빈은 취향이 특이했다. 영화도 음악도 그랬다. 아마도 오늘은 이 두 가지를 아예 합쳐보려는 모양이었다.

"나는 벌써 봤어." 케빈은 수수께끼같이 말했다. "내 말 믿어. 실망하지 않을 테니까."

"벌써 봤다고?" 팻이 말했다. "그런데 또 보고 싶다는 거야?"

"내 말 믿으라니까." 케빈이 반복했다.

작은 극장에 들어가 좌석에 앉고 보니, 다른 관객은 대부분 십대인 것 같았다.

"마더 구스는 에릭 램턴이야." 케빈이 말했다. "그 사람이 〈발리스〉의 각본을 쓰고 주연도 맡았지."

"혹시 노래도 하나?" 내가 물었다.

"아니." 케빈이 대답했다. 그의 말은 이게 전부였다. 이후로 그는 침묵에 빠져들었다.

"근데 우리는 왜 여기 온 거지?" 팻이 말했다.

케빈은 아무 대답 없이 그를 흘끗 바라보았다.

"이거 혹시 자네의 트림 녹음하고 비슷한 것 아니야?" 팻이 말했다. 언젠가 그가 유난히 우울해하고 있을 때, 케빈이 앨범을 하나 건네준 적이 있었다. 케빈은 그 앨범이 팻을 기운 나게 해줄 거라고 장담했다. 팻은 정전기 스택스 헤드폰을 끼고 들을 준비를 했다. 그런데 알고 보니 거기 녹음된 것은 트림 소리뿐이었다.

"아니." 케빈이 말했다.

불빛이 어두워졌다. 십대 관객들도 침묵에 빠져들었다. 제목과 크레디트가 나타났다.

"브렌트 미니라고 혹시 들어본 적 있어?" 케빈이 말했다. "음악을 그 사람이 맡았거든. 미니는 컴퓨터로 만들어낸 무작위적인 소리를 가지고 작업을 하지. 본인의 말마따나 '동시성 음악'을 말이야. 지금까지 LP를 세 장 냈어. 나는 그중에서 나중에 나온 두 장을 갖고 있는데 첫 번째 것은 찾을 수가 없더군.”

“그러면 이것도 진지한 영화인 모양이군.” 팻이 말했다.

“보면 알지.” 케빈이 말했다.

전자적인 소음이 들려왔다.

“세상에.” 나는 혐오감을 느끼며 말했다. 스크린에 여러 색깔 얼룩이 커다랗게 나타나더니, 사방팔방으로 폭발했다. 카메라가 빙글빙글 돌면서 세부 장면들을 보여주었다. 저예산 SF 영화로군. 문득 그런 생각이 들었다. 바로 이런 영화 때문에 이 분야 전체가 평판이 나빠진 거야.

드라마가 뜬금없이 시작되었다. 돌연 크레디트가 모조리 사라져버렸다. 탁 트인 들판이 나타났다. 바싹 그을리고, 갈색이고, 잡초가 드문드문 난 상태로. 음. 나는 다음 장면을 생각했다. 그러니까 이제 곧 군인 두 명이 타고 있는 지프가 벌판을 가로질러 덜컹덜컹 달려가는 거지. 곧이어 선명한 불빛이 하늘을 가로지르고 말이야.

“운석인 모양인데요, 대위님.” 군인 중 하나가 말한다.

“그래.” 또 다른 군인이 뭔가 심사숙고한 투로 말한다. “하지만 일단 가서 조사해보는 게 나을 것 같군.”

하지만 내 예상은 틀렸다.

영화 〈발리스〉에는 메리톤 레코드라는 작은 음반사가 등장한다. 버뱅크에 있는 이 음반사의 소유주는 전자 공학의 천재인 니콜러스 브래디다. 자동차의 생김새라든지, 연주되는 록 음악의 종류로 미루어 보건대 시대는 1960년대 말이나 1970년대 초인 것 같지만, 물론 기묘한 부조화가 곳곳에 만연했다. 가령 리처드 닉슨이라는 사람은 전혀 존재하지도 않은 것처럼 보인다. 영화 속에서 미국 대통령은 이름이 페리스 F. 프리마운트라는 사람으로, 심지어 인기도 대단히 높다. 영화의 첫 부분 동안에는 페리스 프리마운트의 활기찬 재선 유세 장면을 보여주는 텔레비전 뉴스 자료화면이 갑자기 끼어들기도 했다.

마더 구스 본인은 실제로는 데이비드 보위나 프랭크 자파나 앨리스 쿠퍼와 동급으로 평가되는 진짜 록 스타지만 마약에 빠진 작곡가로 등장하는데, 영화에서는 누가 봐도 패배자가 분명하다. 구스는 어디까지나 브래디에게서 받는 돈 덕분에 경제적으로 생존이 가능하다. 구스에게는 매력적이지만 머리카락이 극도로 짧은 아내가 있다. 이 여자는 마치 지상의 것이 아닌 듯한 외모를 지니고 있는데, 거의 대머리에 가까운 머리에다가 크고도 번쩍이는 눈을 지니고 있다.

이 영화에서 브래디는 구스의 아내 린다에 대해 항상 모종의 음모를 꾸미고 있다(어떤 이유에선지 구스는 이 영화에서 자신의 본명인 에릭 램턴으로 등장한다. 그리하여 영화는 졸지에 위기에 처한 램턴 부부에 관한 이야기가 된다). 린다 램턴은 어딘가 자연스럽지 못한 인물이다. 그 사실은 일찌감치 알 수 있다. 나는 브래디가 비록 음향 기술 분야의 마법사나 다름없긴 하지만, 사실은 개새끼라는 인상을 받았다. 그는 정보를, 즉 다양한 채널의 음악을 믹서로 주입하는 레이저 시스템을 하나 갖고 있는데, 현실에서 사용되는 것과는 전혀 달랐다. 그 빌어먹을 놈의 물건은 마치 요새처럼 우뚝 솟아올라 있었다. 브래디는 문을 통해서 그 물건의 안으로 들어가고, 그 안에서 레이저 광선을 온몸에 뒤집어쓴다. 그러면 이 레이저 광선은 그의 두뇌를 일종의 송수신기로 이용함으로써 소리로 전환된다.

어떤 장면에서는 린다 램턴이 옷을 벗고 나온다. 그런데 그녀의 몸에는 성기가 없었다.

팻이나 내가 이제껏 본 것 중에서도 가장 혐오스러운 장면이었다.

그 와중에 브래디는 여전히 그녀에 대한 음모를 꾸미고 있다. 물론 자기가 그녀와 재미를 볼 가능성은 없다는—그러니까 해부학적으로 말하자면— 사실은 전혀 모르는 채로 말이다. 마더 구스—에릭 램턴—는 이 사실에 무척 즐거워하며, 상상 가능한 한 최악의 곡을 생각해서 써낸다. 얼마 뒤에는 그의 두뇌가 맛이 갔다는 사실이 분명해진다. 그는 이 사실을 전혀 깨닫지 못한다. 니콜러스 브래디는 일련의 어리둥절한 책략을 가동시킨다. 그가 자신의 요새 같은 믹서를 이용하여 발사한 레이저로 에릭 램턴을 흔적도 없이 사라지게 만들고, 사실은 성기조차 안 달린 린다 램턴을 침대로 끌어들이는 길로 성큼 나아가고자 의도한다는 것이 암시된다.

그 와중에 페리스 프리마운트는 관객을 당황시키는 화면 중첩 기법을 통해 계속해서 모습을 드러낸다. 프리마운트는 어쩐지 점점 더 브래디의 모습을 닮아가고, 브래디는 마치 프리마운트의 모습으로 변형되는 것만 같다. 브래디가 어떤 대규모 축하 행사에 참석한 장면이 나온다. 국무부의 행사인 듯, 각국의 외교관들이 음료를 들고 이리저리 오가고, 배경에 계속해서 중얼거리는 소리가 남아 있다. 그런데 그 전자 소음은 어쩐지 브래디의 믹서에서 만들어낸 소리를 닮았다.

　나는 이 영화를 털끝만큼도 이해하지 못했다.

　"자네는 이게 이해가 되나?" 나는 팻에게 몸을 기울이며 물어보았다.

　"젠장, 전혀." 팻의 말이었다.

　에릭 램턴을 꾀어서 믹서로 데려온 브래디는 검정색 카세트를 집어넣고 여러 개의 버튼을 누른다. 관객은 램턴의 머리가 폭발하는 것을 근접 숏으로 바라본다. 말 그대로 폭발해버린다. 하지만 그의 두뇌가 사방으로 흩어지는 모습 대신, 전자 제품의 소형 부품들이 사방으로 흩어지는 도습만 나온다. 이때 린다 램턴이 믹서를 '뚫고' 걸어 나온다. 즉 믹서의 벽을 곧장 지나오는 것이다. 그녀가 들고 있는 물건을 어떻게 조작하자, 에릭 램턴은 시간을 거꾸로 거슬러 움직이기 시작한다. 그의 머릿속에 들어 있던 전자 부품들이 도로 합쳐지고, 그의 두개골은 본래대로 온전한 상태가 된다. 그 와중에 브래디는 메리톤 빌딩을 나와서 앨러미다로 간다. 그의 두 눈은 툭 튀어나오고…… 여기서 컷 해서 린다 램턴이 자기 남편을 도로 합쳐놓는 장면이 나온다. 두 사람은 요새 같은 그 믹서 안에 있다.

　에릭 램턴이 입을 열고 말을 했더니, 거기서 나오는 목소리는 페리스 F. 프리마운트의 목소리다. 린다는 혐오스러운 듯 뒤로 물러선다.

컷 해서 백악관이 나온다. 페리스 프리마운트는 이제 더 이상은 니콜러스 브래디를 닮지 않았다. 대신 자기 자신을 닮은 모습으로 회복되었다.

"브래디를 끌고 와." 그는 굳은 표정으로 말한다. "지금 당장 끌고 오라고." 바짝 달라붙는 검정색의 번쩍이는 제복을 입고 미래형 무기를 든 남자 두 명이 고개를 끄덕인다.

컷 해서 브래디가 나온다. 그는 주차장을 가로질러 자기 차로 서둘러 향하고 있다. 그는 일을 완전히 망쳐버렸다. 망원렌즈의 십자선 너머로 옥상 위에 있는 검정 옷의 두 남자가 보인다. 브래디는 차에 올라타서 시동을 걸려고 한다.

화면이 겹치며 젊은 여성들로 이루어진 군중으로 바뀐다. 모두들 붉은색과 흰색과 파란색의 치어리더 복장을 하고 있다. 하지만 이들은 치어리더가 아니다. 모두 합창한다. "브래디를 죽여라! 브래디를 죽여라!"

슬로 모션. 검정 옷을 입은 남자들이 무기를 발사한다. 바로 그 순간, 에릭 램턴은 메리톤 레코드의 출입문 밖에 나와 서 있다. 그의 얼굴을 클로즈업. 그의 눈은 뭔가 야릇하게 변해 있다. 검정 옷을 입은 남자들은 그만 잿더미로 변하고 만다. 이들의 무기는 녹아버렸다.

"브래디를 죽여라! 브래디를 죽여라!" 붉은색과 흰색과 파란색의 복장을 똑같이 차려입은 수천 명의 여자들. 그중 몇 명은 성적인 흥분에 사로잡혀 옷을 벗어던지기까지 한다. 이들 역시 생식 기관이 없다.

디졸브. 시간이 지났다. '두 명의' 페리스 F. 프리마운트가 커다란 호두나무 탁자에서 서로를 마주 보며 앉아 있다. 두 사람 사이에는 분홍색 불빛을 박동하듯 내보내는 정육면체가 있다. 홀로그램이다.

내 옆에 앉아 있던 팻이 끙 소리를 냈다. 그는 몸을 약간 앞으로 숙인 채로 스크린을 바라보았다. 나 역시 바라보았다. 나는 그 분홍색 불빛이 뭔지 알아보았다. 팻이 제브러에 관해 이야기하면서 언급했던 바로 그 색깔이었다.

에릭 램턴이 린다 램턴과 벌거벗고 한 침대에 누운 장면이 나온다. 두 사람이 이때까지 몸에 걸치고 있었던 플라스틱 막 같은 것을 벗자, 그 아래에 가려져 있던 성기가 드러난다. 두 사람은 사랑을 나누고, 곧이어 에릭 램턴이 침대에서 나온다. 거실로 간 그는 거기 있는 마약을 가리지 않고 모조리 자기 몸에 주사한다. 그는 자리에 앉아서 지친 듯 고개를 툭 떨어뜨린다. 그는 낙담했다.

롱 컷. 램턴 부부의 집이 아래에 보인다. 카메라는 이른바 '3중 촬영' 기법을 취한다. 에너지 광선이 저 아래에 있는 집으로 발사된다. 재빨리 컷해서 에릭 램턴이 나온다. 그는 마치 뭔가에 꿰뚫린 듯 경련한다. 양손으로 머리를 붙잡은 채, 고통에 사로잡힌 듯 몸부림친다. 그의 얼굴이 클로즈업되고 그의 두 눈이 폭발한다(우리 옆에 있는 관객들은 헉 하고 숨을 들이마셨다.

나와 팻도 마찬가지였다).

폭발한 눈 대신에 다른 눈이 그 자리에 들어선다. 이어서 아주 천천히, 그의 이마 한가운데가 스르르 열린다. 세 번째 눈이 나타나지만, 거기에는 동공이 없다. 대신 곁가지 렌즈가 달려 있다.

에릭 램턴이 미소를 짓는다.

자연스럽게 넘어가서 레코딩 세션으로. 일종의 포크록그룹이다. 이들은 정말 흥이 오르는 노래를 연주한다.

"자네가 이런 곡을 써온 건 정말 처음이군." 엔지니어가 램턴에게 이렇게 말한다.

카메라가 이동하여 스피커를 비춘다. 소리의 강도가 점점 커진다. 컷 해서 앰펙스 재생 장치가 나온다. 니콜러스 브래디가 이 포크록그룹의 테이프를 틀어본다. 브래디는 요새 같은 믹서 안에 있는 기술자에게 손짓한다. 레이저 광선이 사방팔방으로 발사된다. 오디오 트랙이 불길한 변모를 거친다. 브래디는 얼굴을 찡그리며, 테이프를 도로 감아서 다시 재생한다. 그러자 우리 귀에는 이런 말이 들린다.

"페리스…… 프리마운트를…… 죽여라…… 페리스…… 프리마운트를…… 죽여라……." 이 소리가 거듭 들려온다. 브래디는 테이프를 멈추고 도로 감아서 다시 재생한다. 이번에는 램턴이 쓴 원래의 노래만 나오고, 프리마운트를 죽이라는 이야기는 전혀 언급이 없었다.

블랙아웃. 소리도 안 나오고 화면도 안 나온다. 그러다 천천히 페리스 F. 프리마운트의 얼굴이 굳은 표정으로 떠오른다. 마치 그 역시 테이프를 들은 것처럼.

프리마운트는 몸을 숙여서 책상에 있는 인터컴 장치를 누른다. "국방부 장관을 불러주게." 그가 말했다. "당장 이리로 오라고 하게. 그 친구와 할 이야기가 있으니."

"알겠습니다, 대통령 각하."

프리마운트는 의자에서 몸을 뒤로 젖히고 서류철을 열어본다. 에릭 램턴, 린다 램턴, 니콜러스 브래디의 사진과 데이터가 들어 있다. 프리마운트는 데이터를 살펴본다. 이때 분홍색 불빛이 위에서 나타나 그의 머리를 때린다. 눈 깜짝할 순간의 일이 된다. 프리마운트는 얼굴을 찡그리며 어딘가 어리둥절한 표정이다. 곧이어 그는 로봇처럼 뻣뻣한 태도로 자리에서 일어나더니, '파쇄기'라고 적힌 기계 앞으로 걸어가, 서류철이며 그 안의 내용물을 몽땅 그 안에 던져 넣는다. 그의 얼굴 표정은 평온하기만 하다. 만사를 깡그리 잊어버린 것이다.

"국방부 장관께서 오셨습니다, 대통령 각하."

프리마운트는 어리둥절한 듯 말한다. "그 친구를 부른 적이 없는데."

"하지만 각하―"

컷 해서 공군기지가 나온다. 미사일이 발사대 위로 옮겨지고 있다. 클로즈업해서 '극비'라고 적힌 문서를 보여준다. 누군가가 문서를 넘긴다.

프로젝트 발리스

카메라 밖에서 누군가의 목소리가 들린다. "발리스? 이게 뭡니까, 장군님?"

중후하고도 권위적인 목소리가 대답한다. "'거대 활성 생체 지능 시스템Vast Active Living Intelligence System'의 약자지. 자네는 한 번도—"

그때 건물 전체가 요동치더니 아까와 마찬가지로 분홍색 불빛이 그곳을 덮친다. 밖에서는 미사일이 계속 올라가고 있다. 갑자기 미사일이 흔들린다. 경보 신호는 나가버렸다. 사람들이 소리를 지른다. "자폭 경보! 자폭 경보! 가동 중지!"

이제 우리는 페리스 F. 프리마운트가 후원금 모금 만찬에서 유세 연설을 하는 모습을 볼 수 있다. 잘 차려입은 사람들이 그의 말에 귀를 기울인다. 제복 차림의 장교 하나가 몸을 숙여서 대통령의 귀에 뭔가를 속삭인다. 프리마운트는 큰 소리로 묻는다. "그래, 발리스는 처리했나?"

장교는 당혹스러운 듯 대답한다. "문제가 생겼습니다, 대통령 각하. 그 인공위성은 아직도—" 군중이 내는 소음에 그의 목소리가 파묻혀 들리지 않는다. 군중은 뭔가 문제가 있음을 감지한 것이다. 잘 차려입은 사람들이 갑자기 붉은색과 흰색과 파란색의 복장을 똑같이 차려입은 젊은 치어리더들로 바뀐다. 이들은 꼼짝도 않고 서 있다. 마치 플러그를 빼버린 로봇 같다.

마지막 장면. 군중이 큰 소리로 환호성을 지른다. 페리스 프리마운트가 카메라 앞으로 돌아와 닉슨처럼 양손으로 승리의 V자를 그려 보인다. 그가 재선에 성공한 것이 분명하다. 검정 옷의 무장 경호원들이 기뻐하면서 차렷 자세로 서 있는 모습이 잠깐 보인다. 전반적으로 즐거움이 넘친다.

아이들 몇 명이 프리마운트 부인에게 꽃을 건네준다. 그녀는 꽃을 받기 위해 돌아선다. 페리스 프리마운트도 돌아선다. 줌 인.

그것은 브래디의 얼굴이었다.

차에 올라타고 터스틴 애버뉴를 도로 지나 집으로 향하던 중이었다. 우리 세 사람 사이에 잠시 공통의 침묵이 흐른 뒤에 케빈이 이렇게 말했다. "자네들도 그 분홍색 불빛을 봤지."

"그래." 팻이 말했다.

"그리고 그 곁가지 렌즈로 된 세 번째 눈도." 케빈이 말했다.

"마더 구스가 그 각본을 쓴 건가?" 내가 물었다.

"각본도 쓰고, 감독도 하고, 주연도 했지."

팻이 말했다. "그 사람 예전에도 영화를 만든 적이 있었던가?"

"아니." 케빈이 말했다.

"거기 정보 전송도 나오던데." 내가 말했다.

"그 영화에?" 케빈이 물었다. "줄거리에 말이야? 아니면 필름과 오디오 트랙에서 관객에게 뭔가가 전송되었다는 뜻이야?"

"내가 제대로 이해했는지는 모르겠지만—" 내가 말을 꺼냈다.

"그 영화에는 잠재의식적 자료가 들어 있어." 케빈이 말했다.

"다음번에 이 영화를 보게 되면, 그때는 휴대용 카세트테이프 녹음기를 가져가야겠어. 내 생각에는 그 정보가 미니의 동시성 음악, 그러니까 그가 만든 무작위적 음악 속에 암호화되어 있는 것 같아."

"거기 나온 건 대체 역사상의 미국이었어." 팻이 말했다. "거기서는 닉슨 대신에 페리스 프리마운트가 대통령이었던 것 같군. 내 생각에는."

"그나저나 에릭과 린다 램턴은 인간이었던 걸까, 아니었던 걸까?" 내가 말했다. "처음에는 사람처럼 보였어. 그러다가 그 여자는 알고 보니 그 부분이 — 왜, 성기가 없었던 거잖아. 그러다가 그들이 그 막을 벗어 던지니까 다시 성기가 달려 있었고 말이야."

"하지만 에릭의 머리가 터져 나갔을 때 말이야." 팻이 말했다. "그때 보니 머리가 컴퓨터 부품이더라고."

"그 항아리 봤어?" 케빈이 물었다. "니콜러스 브래디의 책상 위에 말이야, 작은 항아리가 하나 있더라고. 자네가 갖고 있는 항아리랑 비슷한 것이었어. 왜 그 여자애가 —"

"스테파니." 팻이 말했다.

"—자네한테 만들어준 물건."

"아니." 팻이 말했다. "나는 전혀 못 봤는데. 그 영화에는 세부사항이 너무 많았어. 게다가 내 눈에는 워낙 빨리 지나갔으니까. 물론 다른 관객에게도 워낙 빨리 지나갔을 거고. 내 말은."

"나도 처음에는 그 항아리를 전혀 못 알아봤었어." 케빈이 말했다. "그런데 알고 보니까 그 물건이 여러 장소에 계속 나오더라고. 브래디의 책상 위에만 나오는 게 아니라, 한 번은 프리마운트 대통령의 집무실에도 나오더라니까. 저쪽 한구석에 말이야. 그러니 주변 시야에만 간신히 포착될 정도였지. 램턴의 집에서도 여러 부분에 그 항아리가 놓여 있었어. 가령 거실 같은 데에 말이야. 그리고 에릭 램턴이 비틀거리며 돌아다니다가 이런저런 물건을 쓰러트리는 장면에서도 나왔었고—"

"물주전자." 내가 말했다.

"그래." 케빈이 말했다. "심지어 물주전자로 나오기도 했었지. 물이 가득 찬 채로. 린다 램턴이 그걸 냉장고에서 꺼내는 거야."

"아니, 그건 흔한 플라스틱 물주전자였어." 팻이 말했다.

"그렇지 않아." 케빈이 말했다. "그것도 그 항아리였어."

"그게 물주전자였다면서 어떻게 동시에 그 항아리였다고 하는 거야?" 팻이 말했다.

"그 영화의 시작 부분에서." 케빈이 말했다. "그러니까 바싹 그을린 벌판에서. 한쪽에 멀찍이 떨어져 나온다니까. 의도적으로 찾아내려 노력하지 않으면, 그냥 잠재의식에만 기록될 뿐이야. 그 물주전자의 디자인 역시 그 항아리의 디자인과 똑같다니까. 어떤 여자가 그걸 개울에 담가서 물을 긷는다고. 아주 작은, 거의 말라붙은 개울에서 말이야."

내가 말했다. "내가 보기에는 기독교의 물고기 기호도 한 번 나왔던 것 같은데. 그러니까 디자인으로 말이야."

"아니야." 케빈은 힘주어 대답했다.

"아니라고?" 내가 물었다.

"나도 처음엔 그렇게 생각했었어." 케빈이 말했다. "그런데 이번에는 좀 더 자세히 들여다봤지. 그게 사실은 뭔지 알아? 이 중나선이야."

"그럼 DNA 분자란 이야기잖아." 내가 말했다.

"맞아." 케빈은 이렇게 말하며 씩 웃었다. "그 물주전자의 윗부분에 빙 둘러서 반복되는 디자인의 형태로 나오지."

우리는 한동안 말이 없었다. 그러다가 내가 말했다. "DNA의 기억. 유전자 풀의 기억."

"맞아." 케빈이 말했다. 그러면서 이렇게 덧붙였다. "그 여자가 개울에서 물주전자에 물을 채울 때ㅡ"

"'그 여자?'" 팻이 말했다. "어떤 여자를 말하는 거야?"

"여자가 하나 있잖아." 케빈이 말했다. "그 여자는 결코 다시 나오지 않았지. 심지어 그 여자의 얼굴도 보이질 않아. 하지만 길고도 구식인 드레스를 입고 맨발인 여자였어. 그 여자가 그 항아리인지 물주전자인지에 물을 채우는 곳에서는 웬 남자가 낚시를 하고 있었어. 플래시 컷이었지. 정말 눈 깜짝할 새에 지나간 거야. 하지만 그 남자는 분명히 있었어. 자네가 물고기 기호를 봤다고 생각하는 것도 그래서야. 자네는 그 남자가 낚시하는 장면을 포착한 거지. 심지어 그 남자 옆에는 물고기가 수북하게 쌓여 있었으니까. 다시 볼 때에도 그걸 보려고 정말 열심히 바라보고 있었다니까. 자네는 다만 잠재의식적으로만 그 남자를 보았고, 자네의 두뇌, 그러니까 자네의 우반구는 그 모습을 물주전자에 새겨진 이중나선 디자인과 연관시킨 거야."

"그 인공위성 말이야." 팻이 말했다. "'발리스'라는 '거대 활성 생체 지능 시스템' 말이야. 그게 사람들에게 정보를 쏘아 내려보내는 걸까?"

"그것보다 훨씬 더한 일을 하지." 케빈이 말했다. "특정한 환경하에서는 사람들을 조종하기까지 하는 거야. 그것은 언제라도 원한다면 사람들을 장악할 수 있는 거야."

"그렇다면 사람들은 그걸 쏴서 떨어트리려는 거였나?" 내가 말했다. "그 미사일을 가지고?"

케빈이 말했다. "초기 기독교인들―진짜인 사람들―은 자신들이 원하는 것이라면 무엇이든지 자네에게 시킬 수 있어. 무엇이든지 자네에게 보게, 또는 '못' 보게 할 수도 있고. 내가 그 영화에서 알아낸 건 바로 그거야."

"하지만 그들은 이미 죽었잖아." 내가 말했다. "반면에 그 영화는 현재를 배경으로 하고 있다고."

"그들은 이미 죽었지." 케빈이 말했다. "만약 이 시간이 진짜라고 자네가 믿는다면 말이야. 자네는 시간이 오작동을 일으킨다는 걸 모르겠나?"

"몰라." 팻과 내가 합창하듯 대답했다.

"그 말라붙은 벌판. 거기는 바로 브래디가 차에 타려고 가로질러 갔던 그 주차장이야. 검정 옷을 입은 두 남자가 그를 쏘려고 기다리던 곳 말이야."

나는 차마 그것까지 깨닫지는 못하던 참이었다. "자네가 그걸 어떻게 아나?" 내가 물었다.

"거기에 나무가 한 그루 있었지." 케빈의 말이다. "두 번 모두."

"나무는 하나도 못 봤는데." 팻이 말했다.

"음, 그러면 우리 모두 그 영화를 다시 보러 가야겠군." 케빈이 말했다. "나는 또 보러 갈 거야. 자네들이 그 영화를 처음 봤을 때에는 그 세부 사항 가운데 90퍼센트 가량을 놓칠 수밖에 없도록 설계되어 있거든. 사실은 오로지 자네의 의식적 정신만이 놓치는 거야. 대신 그 세부 사항이 자네의 무의식에는 기록되지. 나는 그 영화의 프레임 하나하나를 연구해보고 싶어."

내가 말했다. "그러면 그 기독교의 물고기 기호는 크릭과 왓슨이 발견한 이중나선이로군. DNA 분자는 유전적 기억이 저장된 곳이지. 마더 구스는 그 점을 강조하고 싶었던 거야. 그게 바로—"

"기독교인들이란 사실 인간이 아니야." 케빈도 동의했다. "오히려 성기가 없는 무언가가 인간처럼 보이도록 설계된 것뿐이지. 하지만 자세히 살펴보면 그들은 '진짜로' 인간이야. 성기도 달렸고, 사랑도 나눈다고."

"심지어 그들의 두개골 안에는 두뇌 대신에 전자 칩이 잔뜩 들었어도 말이지." 내가 말했다.

"어쩌면 그들은 불멸인지도 몰라." 팻이 말했다.

"린다 램턴이 자기 남편을 도로 합쳐놓을 수 있었던 것도 그래서일 거야." 내가 말했다. "브래디의 믹서가 그를 박살냈을 때에 말이야. 즉 그들은 시간을 거슬러 여행할 수 있는 거지."

케빈은 웃지도 않은 채 말했다. "맞아. 그러니 이제 내가 왜 굳이 〈발리스〉를 보자고 했는지 알겠나?" 그는 팻에게 말했다.

"그래." 팻은 진지한 말투로, 뭔가 깊은 생각에 잠긴 채 대답했다.

"그런데 린다 램턴은 어떻게 믹서의 벽을 뚫고 들어올 수 있었지?" 내가 물었다.

"그건 나도 몰라." 케빈이 말했다. "어쩌면 그녀는 거기 실제로 없었는지도 모르고, 또 어쩌면 믹서가 거기 실제로 없었는지도 모르지. 어쩌면 그녀가 홀로그램이었을 수도 있고."

"'홀로그램'이라." 팻이 따라서 말했다.

케빈이 말했다. "인공위성은 애초부터 그들을 조종하고 있었어. 그들에게 보여주고 싶은 것을 그들이 보게 할 수 있었지. 맨 마지막에, 그러니까 프리마운트가 사실은 브래디였음이 드러났을 때 말이야. 어느 누구도 눈치를 못 채더라니까! 그의 부인조차도 심지어 눈치를 못 챘어. 인공위성이 그들을 폐색시켰으니까. 그들 모두를 말이야. 거지 같은 미국 같으니."

"세상에." 내가 말했다. 그런 생각까지는 아즈 떠오르지 않았던 까닭이었다. 하지만 이제야 깨달음이 찾아왔다.

"맞아." 케빈이 말했다. "우리는 브래디를 보았지. 하지만 그들은 분명히 못 보고 있었어. 그들은 심지어 무슨 일이 벌어졌는지도 깨닫지 못했어. 그건 전자 장비와 노하우를 지닌 브래디와 비밀경찰을 지닌 프리마운트 간의 권력 투쟁이었어. 그 검은 옷을 입은 남자들이 바로 비밀경찰이었지. 그리고 마치 치어리더처럼 생긴 그 여자들 말이야. 그들 역시 프리마운트의 편을 드는 뭔가인데 나로선 정확히 뭔지 모르겠더군. 다음에 보면 알게 되겠지." 그가 목소리를 높였다. "미니의 음악에는 정보가 들어 있어. 우리가 스크린에 묘사되는 사건을 바라보는 사이에, 그 음악은—세상에, 그건 음악이 아니라, 일정한 간격을 두고 들려오는 가락이었어—무의식중에 우리에게 신호를 보낸 거야. 그 음악이 우리에게 뭔가를 감지하게 한 거야."

"혹시 그 거대한 믹서가 미니가 진짜로 만든 뭔가일 가능성이 있을까?" 내가 물었다.

"어쩌면 그럴지도 몰라." 케빈이 말했다. "미니는 MIT에서 학위를 받았으니까."

"그에 관해서 더 아는 내용이 있나?" 팻이 말했다.

"아주 많지는 않아." 케빈이 말했다. "영국인이지. 소련을 한 번 방문하기도 했어. 자기 말로는 장거리에 걸친 마이크로파 정보 전송 기법을 가지고 소련에서 하고 있는 어떤 실험을 보고 싶어서였다나. 미니가 개발한 시스템이 있는데, 그건—"

"나도 방금 하나 생각난 게 있어." 내가 끼어들었다. "그 영화의 크레디트에 보면 말이야. 로빈 제이미슨이 스틸 사진을 담당했다고 나오더군. 나는 그 친구를 알아. 내가 예전에《런던 데일리 텔레그래프》와 인터뷰를 했을 때 내 사진을 찍은 사람이거든. 그 친구 말로는 대관식 때에도 사진을 담당했다고 하더라고. 그야말로 전 세계에서 최고 수준의 스틸 사진가일 거야. 가족과 함께 밴쿠버로 가는 중이라고 했어. 그곳이야말로 전 세계에서 가장 아름다운 도시라면서."

"그건 사실이지." 팻이 말했다.

"내가 제이미슨한테 받은 명함이 있어." 내가 말했다. "인터뷰 내용이 출간되고 나면 자기한테 편지를 해서 원화를 보내달라고 부탁하면 된다더군."

케빈이 말했다. "그 사람이라면 린다와 에릭 램턴을 알고 있을 거야. 어쩌면 미니까지도."

"그 사람이 나보고 연락하라고 했다니까." 내가 말했다. "상당히 좋은 사람이야. 오랫동안 같이 앉아서 이런저런 이야기를 했지. 모터로 움직이는 카메라를 가지고 있었어. 그 기계가 움직이는 소리 때문에 우리 고양이들이 얼이 빠졌지. 나는 그 사람 카메라의 광각 렌즈를 들여다보기도 했다니까. 정말 믿을 수 없을 정도였어. 그 사람이 갖고 있던 렌즈 말이야."

"그나저나 그 인공위성을 거기다 올려놓은 건 누구지?" 팻이 물었다. "러시아인인가?"

"그건 한 번도 명백하게 밝혀진 적이 없었어." 케빈의 말이었다. "하지만 그 사람들이 그것에 관해 말하는 방식만 보면…… 러시아인과는 무관한 것 같아. 프리마운트가 골동품 편지 칼을 가지고 편지를 하나 뜯는 장면이 하나 나오지. 그때 갑자기 몽타주 장면이 나온다고. 골동품 편지 칼, 이어서 인공위성에 대해 이야기하는 군부. 이 두 가지를 융합하면 자네한테도 뭔가 생각이 떠오를 거야. 나도 그런 생각이 떠올랐으니까. 바로 그 인공위성은 무척이나 오래되었다는 거지."

"그건 이치에 닿는군." 내가 말했다. "시간의 오작동도 그렇고, 긴 구식 드레스를 걸치고 맨발로 개울에 가서 항아리에 물을 담는 그 여자도 그렇고 말이야. 하늘을 보여준 숏도 있었지. 자네도 그걸 알아봤나, 케빈?"

"하늘이라." 케빈이 중얼거렸다. "그래, 롱 숏이었지. 하늘, 벌판…… 벌판도 오래되어 보였지. 마치 근동에 있는 것처럼 말이야. 가령 시리아에 있는 것이랄지. 그리고 자네의 말이 맞아. 그 항아리가 그런 인상을 더욱 강화하는 거야."

내가 말했다. "그 인공위성의 모습은 전혀 나오지 않더군."

"틀렸어." 케빈의 말이었다.

"틀렸다고?" 내가 말했다.

"다섯 번 나왔으니까." 케빈의 말이었다. "한 번은 벽에 걸린 달력에 그림으로 나와 있었어. 또 한 번은 어느 상점 진열장에 놓인 아이들 장난감으로 잠깐 나왔지. 또 한 번은 하늘에서 나왔지만, 번쩍 하는 사이에 지나가고 말았어. 나도 처음 봤을 때에는 놓쳤을 정도라니까. 또 한 번은 프리마운트 대통령이 메리톤 레코드 회사에 관한 데이터와 사진이 담긴 서류철을 뒤적이는 사이에 다이어그램으로 나왔었지…… 그나저나 다섯 번째는 어디였는지 나도 까먹었군." 그가 인상을 찡그렸다.

"택시가 치고 지나간 물건." 내가 말했다.

"뭐라고?" 케빈이 반문했다. "아, 그래. 웨스트 앨러미다를 질주하는 택시 말이지. 원래 나는 그게 맥주 깡통이라고 생각했어. 요란한 소리를 내며 길가의 도랑으로 튕겨 나가니까." 그는 이 장면을 다시 떠올려보더니 이렇게 덧붙였다. "자네 말이 맞아. 그것 역시 인공위성이었어. 차에 깔려서 납작하게 찌그러졌지. 다만 맥주 깡통 '같은' 소리가 난 것뿐이야. 그래서 나도 깜박 속은 거지. 또다시 미니의 짓이군. 그의 빌어먹을 음악인지 소음인지가 말이야. 누구나 맥주 깡통 찌그러지는 소리를 듣고 나면, 자동적으로 맥주 깡통의 모습이 '보이는' 것 같으니까." 그의 미소가 굳어져버렸다. "어떤 소리를 들으면, 어떤 모습이 연상되게 마련이지. 나쁘지 않군." 교통량이 많은 가운데 운전을 하고 있으면서도, 그는 잠시 두 눈을 감았다. "그래, 그건 완전히 박살이 났지. 하지만 분명히 인공위성이었어. 안테나도 달려 있었지만, 부러지고 구부러졌지. 그리고―젠장! 그 위에는 글자도 적혀 있었어. 무슨 라벨처럼 말이야. 뭐라고 적혀 있었더라? 있지, 자네가 거지 같은 돋보기라도 하나 들고 가서 그 영화에서 나온 스틸 사진을 뒤져보라고. 한 프레임씩 찍은 스틸 사진을 말이야. 한 장, 한 장, 또 한 장. 그러면서 뭔가 중첩을 시켜보라고. 우리는 망막의 지체를 겪고 있는 거야. 그건 브래디가 사용하는 레이저를 통해서 이루어지지. 그 빛은 워낙 밝기 때문에―" 케빈이 말을 멈추었다.

"안내 섬광 활동을 남기는 거지." 내가 덧붙였다. "관객의 망막에다가 말이야. 자네가 말하려는 게 바로 그거지. 이 영화에서 레이저가 그런 역할을 담당하는 것도 바로 그래서야."

"좋아." 팻의 아파트로 돌아오자마자 케빈이 말했다. 우리는 네덜란드 산 맥주를 한 병씩 들고 편히 쉬면서, 지금까지 있었던 일을 모두 생각해볼 참이었다.

마더 구스 영화에 나온 내용은 팻이 하느님과 만났던 일과 상당 부분 중복되었다. 이것이야말로 명백한 진실이었다. 나라면 이렇게 말할 것이다. "그건 하느님의 절대 진리야." 하지만 나는 하느님이 실제로 이 일과 어떤 관련이 있다고는 생각하지 않았다. 적어도 그때까지는 결코 그렇게 생각하지 않았다.

"위대한 푼타는 놀라운 방식으로 일하지." 케빈이 말했다. 하지만 그 목소리에는 이전처럼 사람을 놀리는 어조가 없었다. "제기랄. 제기랄." 그가 팻에게 말했다. "나는 자네가 미쳤었다고만 생각했었어. 무슨 말이냐면, 자네는 그 고무 벽 폐쇄병동을 들락날락했었잖아."

"흥분하지 말라고." 내가 말했다.

"그래서 〈발리스〉를 보러 갔던 거야." 케빈이 말했다. "내가 영화를 보러 간 거는 팻이 우리에게 늘어놓았던 그 모든 미친 헛소리로부터 잠시 떨어져서 쉬고 싶었기 때문이라고. 그래서 그 빌어먹을 놈의 극장에 앉아서, 마더 구스가 나온다는 SF 영화를 봤던 거지. 그런데 내가 본 게 그거야. 무슨 음모론 같더라니까."

"그건 내 탓이 아니지." 팻이 말했다.

케빈이 그에게 말했다. "자네는 반드시 구스를 직접 만나봐야 해."

"어떻게 하면 만날 수 있을까?" 팻이 말했다.

"일단 필이 제이미슨과 접촉을 해야지. 그러면 제이미슨을 통해서 자네가 구스―에릭 램턴―를 만날 수 있을 거야. 필은 유명한 작가니까. 아마 다리를 놓아줄 수 있겠지." 케빈은 내게 말했다. "혹시 자네의 책 중에서 영화 제작자에게 옵션을 준 것이 있나?"

"그래." 내가 말했다. "『안드로이드는 전기 양의 꿈을 꾸는가?』하고 『파머 엘드리치의 세 개의 성흔』이야."*

"좋아." 케빈이 말했다. "그러면 이번 일도 영화에 관한 문제 때문이라고 필이 둘러댈 수 있겠군." 그는 나를 돌아보며 말했다. "그나저나 자네가 아는 영화 제작자 친구는 누구지? 그 MGM에 있는 사람인가?"

"스탠 재플리야." 내가 말했다.

"그 친구랑 아직 연락하나?"

"가끔 개인적으로만 연락하지. 『높은 성의 사내』**에 대한 그쪽 옵션은 이미 기한이 끝나버렸거든. 가끔 한 번씩 그 친구가 편지를 보내지. 한번은 허브 씨앗이 담긴 커다란 세트를 하나 보내기도 했어. 나중에는 초탄을 한 자루 잔뜩 보내주겠다더니, 다행히 그건 안 보냈더군."

"그럼 그 친구한테 연락을 해보라고." 케빈이 말했다.

---

* 『안드로이드는 전기 양의 꿈을 꾸는가?』(더블데이, 1968), 『파머 엘드리치의 세 개의 성흔』(더블데이, 1964). ―원주
** 『높은 성의 사내』(G. P. 퍼트넘스 선스, 1962). ―원주

"잠깐만." 팻이 말했다. "나는 잘 이해가 안 되는데. 물론 거기에는—" 그가 손짓을 곁들이며 말했다. "그러니까 〈발리스〉에는 1974년 3월에 내게 일어난 일들이 묘사되어 있긴 해. 그러니까 내가—" 그는 다시 한 번 손짓을 하더니 이내 입을 다물고 말았다. 내가 보기에는 거의 고통에 가까운 표정이었다. 어째서일까 문득 궁금해졌다.

어쩌면 팻은 이로써 자기가 겪은 하느님과의—또는 제브러와의— 만남이 일종의 지위 격하를 당하는 것이라고 생각했을 것이다. 즉 그 만남의 일부 요소가 마더 구스라는 이름의 록 가수가 등장하는 SF 영화에 등장한 것을 발견했기 때문이다. 하지만 여기 정말 뭔가가 존재한다고 치면, 이것이야말로 우리가 지금까지 확보한 최초의 뚜렷한 증거였다. 게다가 케빈이, 그러니까 마음만 먹으면 단 한 방에 그 모든 것을 사기라고 폄하할 수도 있었던 인물인 그가 이 증거를 우리 앞에 가져온 셈이었다.

"자네 눈에 띈 요소는 과연 몇 개나 되나?" 나는 어쩐지 기가 꺾인 듯한 표정의 호스러버 팻을 바라보며, 최대한 차분하고도 조용한 말투로 물었다.

잠시 후에 팻은 의자에 앉은 채로 몸을 똑바로 세우며 말했다. "좋아."

"그걸 직접 적어보라고." 케빈이 말했다. 그는 만년필을 하나 꺼냈다. 지금은 점차 사라지는 추세인 귀족 가운데 마지막 줄이었던 케빈은 항상 만년필을 사용했다. "종이 있나?" 그는 이렇게 물으며 주위를 둘러보았다.

종이를 가져오자마자 팻은 목록을 적기 시작했다. "곁가지 렌즈로 된 세 번째 눈."

"그래." 고개를 끄덕이며, 케빈은 그걸 적었다.

"분홍색 불빛."

"그래."

"기독교의 물고기 기호. 물론 나는 못 봤지만, 자네의 말로는 그게 바로―"

"이중나선이지." 케빈이 말했다.

"똑같은 거겠지." 내가 말했다. "분명히 말이야."

"그것 말고도 더 있나?" 케빈이 팻에게 물었다.

"음, 그 빌어먹을 정보 전송 나부랭이 전부도 포함시켜야겠지. 그 발리스, 인공위성에서 오는 것 말이야. 자네 말마따나 그것이 그들에게 정보를 발사할 뿐만 아니라, 그들을 장악하고 조종한다 이거지."

"그게 바로 그 영화의 핵심이라고." 케빈이 말했다. "그 인공위성은― 이것 보라고. 그 영화는 사실 이런 내용이야. 우선 누가 봐도 리처드 닉슨을 모델로 삼은 독재자 페리스 F. 프리마운트가 나오지. 그는 검은 옷을 입은 비밀경찰을 이용해서 미국을 다스려. 망원렌즈가 달린 무기를 들고 다니는 검은 제복의 요원들 말이야. 그리고 그 빌어먹을 놈의 치어리더 같은 여자들도 이용해서 말이야. 이 영화에서는 그들을 가리켜 '패퍼스'라고 부르더군."

"그건 못 봤는데." 내가 말했다. "내가 봤을 때에는 말이야."

"현수막에 적혀 있었어." 케빈이 말했다. "그것도 가장자리에 말이야. 패퍼스Fappers, 즉 '미국인의 친구Friends of the American People'의 약자지. 다시 말해 페리스 프리마운트의 시민군이라고. 모두들 엇비슷하고, 애국심이 넘치지. 여하간 그 인공위성은 정보 광선을 쏘아서 브래디의 목숨을 살려주었어. 자네도 그건 이해했겠지. 마지막으로 그 인공위성은 결말에 가서 프리마운트가 재선에 성공했을 때, 브래디가 프리마운트를 대체하도록 만들었지. 실제로 대통령이 된 사람은 프리마운트가 아니라 브래디였다고. 프리마운트도 이 사실을 알았지. 메리톤 레코드의 사람들에 관한 기록 서류철을 그가 뒤적이는 장면이 나오지 않나. 그는 무슨 일이 벌어지고 있는지를 알았지만, 미처 그걸 중지시키지는 못했던 거야. 그는 군에 발리스를 격추시키라는 명령을 내렸지만, 미사일이 오작동하는 바람에 결국 중지할 수밖에 없었지. 그 '모든 것'이 발리스의 짓이라는 거야. 자네가 생각하기에는 브래디가 그런 전자공학 관련 지식을 애초에 어디서 얻었을 것 같아? 발리스지. 그러면 브래디가 페리스 프리마운트로 변해서 대통령이 되었다는 것도 사실은 그 인공위성이 대통령이 되었다는 뜻이지. 그럼 그 인공위성은 도대체 누구, 또는 무엇일까? 발리스는 도대체 누구, 또는 무엇일까? 이에 대한 단서는 그 항아리인지 물주전자인지 하는 물건이야. 어차피 똑같은 물건이지만 말이야. 물고기 기호도 있지. 자네가 여러 가지 파편적인 정보를 가지고 조합해내야만 했던 것 말이야. 물고기 기호, 기독교인. 구식 드레스를 입은 여자. 시간의 오작동. 발리스와 초기 기독교인 사이에는 모종의 관계가 있지만, 나로선 그게 뭔지 정확히 모르겠어. 어쨌거나 그 영화는 그런 걸 에둘러 암시하는 거야. 모든 것이 파편화되어 있어. 모든 정보가 말이야. 가령 페리스 프리마운트가 메리톤 레코드 관련 서류를 읽는 장면에서 말이야, 혹시 자네들도 거기 나온 데이터를 훑어볼 시간이 있었나?"

"아니." 팻과 나는 똑같이 대답했다.

"'그는 오래전에 살았지만.'" 케빈은 목쉰 소리로 말했다. "'아직도 여전히 살아 있다.'"

"거기 그렇게 나와 있던가?" 팻이 말했다.

"그렇다니까!" 케빈이 말했다. "그렇게 나와 있더라고."

"그러면 하느님과 만났던 사람이 이 세상에 나 혼자만은 아니라는 거군." 팻이 말했다.

"제브러라고 해야지." 케빈이 그의 말을 정정해주었다. "자네는 그게 정말 하느님인지 아닌지 여부조차 모르고 있어. 자네는 도대체 그 빌어먹을 놈의 게 뭔지도 모르고 있다고."

"인공위성 아닐까?" 내가 말했다. "아주 오래된 정보 발사용 인공위성?"

짜증스러운 듯 케빈이 말했다. "그건 그 사람들이 SF 영화를 만들려고 내놓은 설정일 뿐이야. 자네가 그런 경험을 했더라도, 그걸 SF 영화에서 다루려면 그렇게 표현하는 수밖에 없겠지. 당연히 알 텐데, 필. 그렇지 않나?"

"그래." 내가 말했다.

"그러니까 그들은 그걸 발리스라고 부른다 이거지." 케빈이 말했다. "그리고 그걸 오래된 인공위성이라고 설정했다 이거고. 그 물건이 미국을 장악한 사악한 독재 정권을, 리처드 닉슨 정권을 모델로 삼은 것이 분명한 정권을 물리치도록 사람들을 조종하고 있다는 거고."

내가 말했다. "그럼 〈발리스〉라는 영화는 그 제브러인지, 아니면 하느님인지, 발리스인지, 시리우스에서 온 눈이 세 개 달린 사람들인지가 닉슨을 권좌에서 쫓아냈다고 우리에게 말하고 있다는 건가?"

"그래." 케빈이 말했다.

내가 팻에게 말했다. "그 눈 세 개 달린 시빌라가 그런 이야기를 했다지 않았나? '음모자들이 발각되었으니, 그들은 정의의 심판을 받을 것이다.'"

"1974년 8월에 정말 그렇게 됐지." 팻이 말했다.

케빈이 거친 목소리로 말했다. "바로 그 해의 바로 그 달에 닉슨이 결국 사임하고 말았으니까."

나중에 케빈의 차를 얻어 타고 집으로 가면서, 팻에 관해, 그리고 〈발리스〉에 관해 이야기를 나누었다. 지금이라면 둘 중 누구도 우리 이야기를 들을 수 없으리라 가정한 까닭이었다.

케빈이 내놓은 의견은 이러했다. 그는 지금까지만 해도 팻이 미쳤다는 사실을 당연하게 여겨왔다. 그는 상황을 이렇게 파악하던 참이었다. 글로리아의 자살에 대한 죄의식과 슬픔 때문에 팻은 정신에 큰 타격을 입었고, 그로부터 결코 회복되지 못했다고. 베스는 무지막지하게 나쁜 년이었는데, 팻은 절망의 와중에 그녀와 결혼함으로써 결국 이전보다 더 딱한 상황에 처했다. 마침내 1974년에 그는 완전히 발광하게 되었다. 팻은 가뜩이나 우중충한 삶에 활기를 집어넣어줄 정신분열적인 일화를 만들어내기 시작했다. 그는 예쁜 색깔을 보고 위로의 말을 들었으며, 이 모두는 그의 무의식에서 비롯된 것이었다. 그의 무의식이 대두하여 말 그대로 그를 온통 뒤덮었으며, 그의 자아를 말살해버렸다. 그런 정신병 상태에서 그는 이리저리 돌아다녔고, 자기가 상상해낸 것에 불과한 '하느님과의 만남'에서 대단한 위안을 도출해냈다. 팻은 자신의 정신 질환 자체를 일종의 자비로 간주했다. 더 이상은 어떤 방식이나 형태나 형식으로도 관계를 맺지 못하는 상태에서, 팻은 그리스도 본인이 자기를 품에 안고 위로해준다고 믿었다. 하지만 영화를 보고 난 뒤에 케빈은 이 같은 생각을 확신할 수가 없었다. 마더 구스의 영화를 보고 마음이 흔들린 것이다.

나는 혹시 팻이 지금도 중국으로 건너가서 '다섯 번째 구세주'로 명명한 누군가를 찾아볼 의향인지가 궁금했다. 내가 보기에 그는 할리우드로 가면 그만이었다. 즉 영화 〈발리스〉를 촬영한 장소로 가면 된다는 뜻이다. 아니면 에릭과 린다 램턴을 찾아낼 수 있는 장소인 버뱅크로 가면 그만이었다. 그곳은 미국 음반 산업의 중심지였다.

다섯 번째 구세주. 그는 바로 록 스타였다.

"그런데 〈발리스〉는 언제 만든 거지?" 내가 케빈에게 물었다.

"영화 말이야, 아니면 인공위성 말이야?"

"당연히 영화지."

케빈이 말했다. "1977년."

"그런데 팻의 경험은 1974년에 일어났다 이거지."

"맞아." 케빈이 말했다. "아마 그때는 그 영화의 각본 작업도 시작되지 않았을 거야. 내가 찾아본 〈발리스〉 관련 영화 평론에 나온 파편적인 정보로는 그렇더라고. 구스의 말로는 불과 12일 만에 각본을 완성했대. 정확히 언제라고 말하지는 않았지만, 그는 최대한 빨리 제작에 들어가고 싶어했을 게 분명해. 그러니까 내 생각에는 1974년 이후가 확실하고."

"하지만 자네도 사실은 잘 모르잖아."

케빈이 말했다. "그건 제이미슨을 통해서 알아낼 수 있을 거야. 스틸 사진작가 말이지. 그는 알고 있을 거야."

"만약 그 일도 같은 시간에 일어났다면 어떨까? 1974년에?"

"그럼 나를 때려죽여도 돼."

"자네는 그게 사실 인공위성이 아니라고 생각하는 거군, 그렇지?" 내가 말했다. "그러니까 팻에게 광선을 발사한 그것 말이야."

"난 아니라고 생각해. 그건 SF 영화의 장치일 뿐이야. 뭔가를 설명하는 SF의 방식일 뿐이라고." 케빈은 잠시 뭔가를 숙고했다. "내 추측은 그래. 하지만 그 영화에서는 시간 오작동이 나왔지. 구스는 여하간에 시간이 연관되어 있다는 걸 알았던 거야. 자네가 이 영화를 이해할 수 있는 유일한 방법은 사실 그것뿐이니까…… 그 물주전자에 물을 담던 여자 말이야. 그나저나 팻은 그 항아리를 어떻게 얻게 된 거지? 어떤 여자가 그에게 준 건가?"

"직접 만들고 불에 구워서 그에게 준 거지. 1971년쯤에, 그러니까 그의 부인이 떠나버렸을 때 말이야."

"그 부인이 베스는 아니겠군."

"아니지. 그 이전에 살던 부인이지."

"글로리아가 죽고 나서 말이지."

"맞아. 팻은 하느님이 그 항아리 속에서 잠을 잤다고, 그러다가 1974년 3월에 거기서 나왔다고 말했어. 그러니까 신적 현현이 있던 날 말이야."

"내가 아는 사람 중에도 하느님이 항아리에서 잠잔다고 생각하는 사람이 제법 된다니까." 케빈의 말이었다.

"헛소리."

"음, 그러니까 그 맨발의 여자는 로마 시대로 되돌아와 있었던 거야. 내가 이전에는 못 봤다가 오늘 밤에야 비로소 〈발리스〉에서 본 것 중에 내가 아직 이야기 안 한 게 하나 있어. 팻이 마치 폭죽처럼 방 안을 씩씩거리고 돌아다니는 걸 보고 싶진 않았거든. 그러니까 개울가에 그 여자가 서 있을 때에, 그 배경에서 자네도 뭔가 불분명한 형체를 알아볼 수 있었을 거야. 자네의 친구라는 스틸 사진작가 제이미슨이 아마도 그렇게 만든

287

건지도 모르겠어. 그 형체는 어떤 건물의 모습이었어. 고대의 건물인데, 로마 시대의 건물 같더라고. 얼핏 보기에는 구름 같지만—물론 구름이 여기저기 실제로 있긴 했지. 그래서 처음에는 나도 그걸 보면서 구름을 생각했던 거야. 그런데 두 번째로 보면서는, 오늘 말이야, 그게 건물로 보이더군. 그렇다면 그 빌어먹을 놈의 영화는 내가 그걸 볼 때마다 번번이 바뀌는 건가? 빌어먹을. 말도 안 되는 생각이잖아! 볼 때마다 뭔가 다른 영화라니. 아니, 그런 건 불가능해."

내가 말했다. "그러면 분홍색 불빛으로 이루어진 광선이 어떤 아버지의 두뇌에다가 아들의 의학적 문제에 관한 정보를 쏘아주는 건 가능한 일인가?"

"이렇게 가정하면 어때? 그러니까 1974년에 시간 오작동이 있었고, 그리하여 로마 세계가 우리 세계로 뚫고 들어왔다고 한다면?"

"그러니까 이 영화의 주제를 의미하는 거군."

"아니, 나는 진짜로 하는 말이야."

"그럼 현실 세계에서?"

"그래."

"그렇다면 '토머스'에 관해서는 설명이 되겠지."

케빈이 고개를 끄덕였다.

"뚫고 들어왔다는 거지." 내가 말했다. "그러고 나서 다시 분리되었고."

"덕분에 리처드 닉슨은 정장과 넥타이 차림으로 캘리포니아의 어느 바닷가를 걸으며 도대체 무슨 일이 일어난 건지 숙고하게 된 거지."

"그럼 그건 뭔가 의도를 지닌 일이었겠군."

"시간 오작동 말이야? 당연하지."

"그렇다면 지금 우리가 이야기하는 현상을 오작동이라고 부르면 안 되지. 지금 우리가 이야기하는 현상은 누군가가, 또는 뭔가가 의도적으로 시간을 조작한 거니까."

"바로 그거라고." 케빈이 말했다.

내가 말했다. "그러고 보니 자네는 이제 '팻은 미쳤어' 이론에서 180도 돌아섰군."

"글쎄, 닉슨은 여전히 캘리포니아의 어느 바닷가를 걸으며 도대체 무슨 일이 일어난 건지 숙고하고 있지. 권좌에서 강제로 밀려난 사상 최초의 미국 대통령이 된 거니까. 전 세계에서 가장 강력한 권력을 지닌 인물이 말이야. 이로써 그는 지금껏 살았던 사람 중에서도 가장 강력한 권력을 지닌 인물이 된 거지. 〈발리스〉에 나오는 대통령의 이름이 어째서 페리스 F. 프리마운트인지 아나? 내가 알아냈다니까. '에프(F)'는 영어 알파벳에서 여섯 번째 철자지. 따라서 '에프(F)'는 곧 6을 상징한다고. 결국 페리스 F. 프리마운트, 즉 이니셜로 FFF는 숫자 666을 의미하는 거야. 구스가 굳이 그에게 이런 이름을 붙여준 것도 바로 그래서지."

"이런 세상에." 내가 말했다.

"바로 그거야."

"그럼 이건 최후의 심판일이라는 거잖아."

"음, 팻은 구세주가 곧 돌아올 때가 되었다고, 또는 이미 돌아왔다고 확신했지. 그가 제브러인지 하느님인지와 동일시하는 내부의 목소리가 있지. 그 목소리는 여러 가지 방식으로 그에게 말하지. 가령 성 소피아, 즉 그리스도라든지, 붓다라든지, 아폴론이라든지. 그 목소리는 그에게 이런 식으로 말한다고. '당신이 기다리던—'"

"—시간이 이제 왔다.'" 내가 그의 말을 받아서 완성시켰다.

"이건 정말 황당한 일이야." 케빈이 말했다. "우리 주위에 엘리야가, 또 한 명의 세례 요한이 돌아다니면서 이렇게 말하고 있는 거지. '너희는 광야에서 여호와의 길을 예비하라. 사막에서 우리 하느님의 대로를 평탄하게 하라'* 그냥 대로가 아니라 고속도로겠지, 아마." 그가 웃었다.

그때 문득 내가 〈발리스〉에서 봤던 뭔가가 기억났다. 그 모습이 내 머릿속에 시각적으로 선명하게 떠올랐다. 영화 마지막에 프리마운트가 타고 와서 내리는 승용차를 보여주는 클로즈업이었다. 프리마운트는 재선에 성공했지만, 이제 그는 사실 니콜러스 브래디였다. 그가 이제 군중 앞에서 연설하러 승용차에서 나오는 장면이었다. "선더버드." 내가 말했다.

"와인 말이야?"

"자동차. 포드 자동차. 포드."

---

* 이사야 40장 3절. 구약성서에 나오는 이 메시지를 훗날 세례요한이 인용하여 예수 그리스도의 길을 예비한 것으로 해석된다.

"아, 젠장." 케빈이 말했다. "맞아. 그 작자가 포드 선더버드를 타고 와서 내리는데, 알고 보니 브래디지. 제리 포드."

"어쩌면 우연의 일치일 수도 있어."

"〈발리스〉에서는 그 무엇도 우연이 아니야. 그리고 그 자동차에서도 포드라고 적힌 금속 부분을 확대해 보여주잖아. 그렇다면 〈발리스〉에서 우리가 미처 알아채지 못한 건 얼마나 더 많이 있을까? 그러니까 '의식적으로' 알아채지 못한 것 말이야. 그게 우리의 무의식적 정신에 어떤 일을 행하는지야 알 길이 없지. 그 빌어먹을 놈의 영화는 어쩌면ㅡ" 케빈이 얼굴을 찡그렸다. "우리를 향해서 온갖 종류의 정보를 쏘아 보냈는지도 몰라. 시각적으로나 청각적으로나. 그 영화 사운드트랙을 테이프에 한번 담아봐야겠어. 다음번에 그 영화를 보러 갈 때에는 테이프 녹음기를 하나 가져갈 거야. 한 이틀 뒤면 또 보러 갈 거니까."

"그나저나 미니의 LP에는 어떤 종류의 음악이 들어 있지?" 내가 물었다.

"마치 혹등고래의 노래랑 비슷한 소리뿐이야."

나는 그를 빤히 바라보았다. 진담인지 아닌지 몰라서였다.

"진짜야." 그가 말했다. "사실 나는 고래 소리에서 동시성 음악으로 변하는, 그리고 거기서 다시 고래 소리로 돌아오는 테이프를 하나 만들어본 적이 있었어. 섬뜩할 정도로 연속성이 있더라고. 무슨 뜻이냐 하면, 물론 두 가지의 차이를 구분할 수야 있겠지만, 그래도ㅡ"

291

"그러면 그 동시성 음악은 자네에게 어떤 영향을 끼쳤나? 그건 자네에게 어떤 종류의 기분을 불어넣어주던가?"

케빈이 말했다. "깊은 세타 상태였어. 깊은 잠 말이야. 하지만 나는 개인적으로 환상도 보았지."

"뭐에 대한 환상? 눈 세 개 달린 사람이라도 봤나?"

"아니." 케빈이 말했다. "고대 켈트의 성스러운 제의였어. 숫양 한 마리를 구워서 제물로 바쳤지. 겨울이 어서 가고 봄이 어서 오게 하기 위해서 말이야." 그는 나를 흘끗 바라보며 덧붙였다. "혈통으로 따지자면 나는 켈트계거든."

"자네 혹시 그런 신화에 관해 이전부터 알고 있었나?"

"아니. 나는 그 제의의 참가자 가운데 한 사람이었어. 내가 숫양의 멱을 땄어. 거기 있었던 게 기억이 나."

케빈은 미니의 동시성 음악을 들으면서 시간을 거슬러 자신의 기원으로 돌아갔던 것이었다.

10

그 문제에 관해서라면 중국도 아니었고, 인도도 아니었고, 태즈메이니아도 아니었다. 그러니까 호스러버 팻이 다섯 번째 구세주를 찾을 장소는 그 어디도 아니었다는 거다. 〈발리스〉는 찾아야 할 곳을 우리에게 보여주었다. 지나가는 택시에 깔려 납작해진 맥주 깡통. 그것이야말로 정보와 도움의 원천이었다.

그것은 사실 발리스, 즉 '거대 활성 생체 지능 시스템'의 약자였다. 그 이름은 마더 구스가 지은 것이었다.

우리는 팻이 상당한 돈을, 아울러 예방접종과 여권을 입수하는 데 들어가는 시간과 노력을 포함하여 상당한 시간과 노력을 아낄 수 있도록 도와준 셈이었다.

그로부터 이틀 뒤에 우리 세 사람은 다시 터스틴 애버뉴로 가서 영화 〈발리스〉를 한 번 더 보았다. 그 영화를 유심히 보면서 나는 새삼 이 영화가 표면적으로는 전혀 이치에 닿지 않는다는 사실을 깨달았다. 잠재의식적이며 주변적인 단서들을 일일이 찾아내서 모두 합쳐보지 않는 한, 이 영화에서 아무런 결론도 도출할 수 없을 것이다. 하지만 이런 단서들이며 그 의미를 의식적으로 고려하든 말든, 이런 단서들은 관객의 머리에 발사되는 것이다. 관객에게는 아무런 선택의 여지도 없다. 영화 〈발리스〉와 그 영화를 보는 관객의 관계는, 일찍이 팻이 제브러라고 불렀던 것과 맺은 관계와도 유사했다. 즉 송수신자이며 인지자로서, 그 본성상 수용적이었다.

이번에도 역시 우리는 관객 대부분이 십대임을 발견했다. 그들은 눈앞에 펼쳐지는 장면을 즐기는 듯했다. 우리가 그랬던 것처럼, 극장을 나오면서 이 영화의 측정 불가능한 수수께끼를 숙고하는 관객이 과연 몇 명이나 될지 문득 궁금해졌다. 아마 우리 말고는 한 명도 없을 것이었다. 그건 중요한 차이가 아니라는 생각이 들었다.

우리는 글로리아의 죽음이 곧 팻이 하느님을 만났다고 주장한 일의 원인이었다고 설명할 수 있었지만, 그렇다고 그 죽음이 영화 〈발리스〉의 원인이 되었다고 설명할 수는 없었다. 케빈은 이 영화를 처음 보자마자 이런 사실을 깨달았다. 설명이 무엇인지는 중요하지가 않았다. 이제 확실해진 사실 하나는, 1974년 3월에 있었던 팻의 경험이 현실이라는 것이었다.

좋다. 설명이 무엇인지도 중요하다고 치자. 하지만 적어도 한 가지만은 증명된 셈이었다. 팻은 어쩌면 의학적으로는 미친 것인지도 모르지만, 그래도 그는 현실 속에 갇혀 있는 셈이었다. 비록 정상적인 것까지는 아니지만, 어쨌거나 일종의 현실 속에 말이다.

사도 시대와 초기 기독교 시대인 고대 르마는 현대 세계로 뚫고 들어왔다. 그것도 어떤 목적을 지니고 뚫고 들어왔다. 바로 페리스 F. 프리마운트, 즉 리처드 닉슨을 권좌에서 내모는 것이었다.

목적을 성취하자 그들은 다시 집으로 돌아가버렸다. 어쩌면 제국은 결국 '끝나'버렸는지도 모른다.

이제는 본인도 어느 정도 설복되었는지, 케빈은 성서에서도 묵시적인 내용을 담은 책을 두 권 골라 샅샅이 읽으면서 단서를 찾아보았다. 그는 『다니엘서』에서 자기가 보기에는 닉슨을 묘사하는 것이 분명한 듯한 대목을 찾아냈다.

이 네 나라 마지막 때에
반역자들이 가득할 즈음에
한 왕이 일어나리니, 그 얼굴은 뻔뻔하며 속임수에 능하며
그 권세가 강할 것이나, 자기의 힘으로 말미암은 것이 아니며
그가 장차 놀랍게 파괴 행위를 하고
자의로 행하여 형통하며, 강한 자들과 거룩한 백성을 멸하
리라
그가 꾀를 베풀어, 제 손으로 속임수를 행하고
마음에 스스로 큰 체하며

또 평화로운 때에 많은 무리를 멸하며

또 스스로 서서 만왕의 왕을 대적할 것이나

그가 사람의 손으로 말미암지 아니하고 깨지리라.*

이제 케빈은 성서학자나 다름이 없었다. 팻은 놀랄 수밖에 없었다. 비록 특별한 목적이 있기는 했지만, 냉소주의자가 졸지에 독실한 신자가 되었기 때문이다.

하지만 훨씬 더 근본적인 층위에서 팻은 사건의 전개에 오히려 두려움을 느꼈다. 그로선 1974년 3월에 있었던 하느님과의 만남이 단순히 광기에서 비롯되었다고 생각하는 편이, 다시 말해서 이 사건을 반드시 현실로 받아들여야 할 필요가 없는 방식으로 바라보는 것이 더욱 안심이 되었기 때문이다. 이제 그는 이 사건을 현실로 받아들이고 있었다. 우리 모두 이 사건을 현실로 받아들이고 있었다. 감히 설명을 할 수 없는 어떤 일이 팻에게 일어났다. 그 경험은 물리 세계 그 자체의 용해를, 그리고 물리 세계를 규정하는 존재론적 범주―시간과 공간―의 용해를 지시했다.

"빌어먹을, 필." 팻은 그날 밤에 내게 말했다. "만약 이 세계가 존재하지 않는다면 어떨까? 이 세계가 존재하지 않는다면 그럼 도대체 뭐가 존재하는 거지?"

"그건 나도 모르지." 내가 말했다. 곧이어 나는 일찍이 팻이 스톤 박사에게 들은 말을 인용하며 이렇게 말했다. "그건 자네

* 다니엘 8장 23~25절.

가 권위자니까."

팻은 나를 노려보았다. "재미없어. 어떤 힘, 또는 실체가 내 주위의 현실을 용해시켰단 말이야. 마치 모든 것이 홀로그램에 불과한 것처럼! 우리의 홀로그램에 대한 간섭인 거지!"

"하지만 자네가 쓴 '트락타테'에 보면" 내가 말했다. "그거야 말로 자네가 현실에 대해 명기한 바대로지 않나. 두 개의 원천을 지닌 홀로그램 말이야."

"하지만 지적 사고와 그 진위 여부를 알아내는 것은 전혀 별개라고." 팻이 말했다.

"나한테 난리를 쳐봤자 아무 소용없다니까." 내가 말했다.

가톨릭신자인 우리 친구 데이비드도 우리의 권유에 못 이겨 아직 십대인 여자친구 잰과 함께 〈발리스〉를 보러 왔다. 데이비드는 영화를 보고 나서 즐거워했다. 그는 하느님의 손이 이 세계를 오렌지처럼 쥐어짜고 있다는 사실을 보았던 것이다.

"그래, 그러면 우리는 주스 속에 들어 있는 셈이군." 팻이 말했다.

"하지만 마땅히 그래야 할 일 아니겠어." 데이비드가 말했다.

"그러면 자네는 이 세계를 전부 현실로 인정할 채비가 되어 있다는 거군." 팻이 말했다.

"하느님께서 믿으시는 것은 무엇이든지 현실이지." 데이비드가 말했다.

케빈이 지루한 듯 말했다. "그럼 하느님은 아무것도 존재하지 않는다고 믿을 만큼 잘 속는 인간을 만들 수도 있는 건가?

만약 아무것도 존재하지 않는다면, 과연 '무無'가 무슨 의미를 지니고 있겠나? 과연 어떻게, 존재하는 한 가지 '무'를 존재하지 않는 또 다른 '무'와 비교해서 정의할 수 있겠나?"

우리는 평소와 마찬가지로 졸지에 데이비드와 케빈 사이의 십자포화 사이에 갇혀버렸다. 하지만 상황이 예전과는 사뭇 달랐다.

"존재하는 것은 하느님, 그리고 하느님의 의지will뿐이야." 데이비드가 말했다.

"그 양반 유언장will에 내 이름도 있으면 좋겠군." 케빈이 말했다. "그 양반이 나한테 1달러보다는 더 많이 남겨주면 좋겠는데."

"모든 생물은 그분의 의지will에 따라 존재하는 거야." 데이비드가 눈 하나 깜짝하지 않고 대답했다. 그는 케빈 앞에서 순순히 굴복하려 들지 않았다.

이제 우리의 소모임은 점점 더 많은 걱정에 사로잡히고 말았다. 이제 우리는 더 이상 정신착란을 일으킨 친구를 위로하고 지지하는 친구들이 아니었다. 우리는 집단적으로 깊은 곤란을 겪고 있었다. 완전한 역전이 사실상 벌어졌다. 이제는 우리가 팻을 진정시키는 것이 아니라, 오히려 그에게 조언을 구하게 되었다. 팻은 발리스, 또는 제브러라는 그 실체와 우리 사이의 연결 고리였다. 마더 구스의 영화를 믿어야 한다고 치면, 그 실체는 우리 모두에게 미치는 힘을 지닌 것으로 보였다.

"그건 우리에게 정보를 발사하는 것뿐만 아니라, 내킬 때면 언제라도 우릴 조종할 수 있어. 우릴 장악할 수 있는 거야."

이것이야말로 그 실체에 대한 완벽한 표현이었다. 언제라도 분홍색 불빛으로 이루어진 광선이 우리를 덮치고, 우리를 눈멀게 만들 수 있었다. 그리고 시각을 되찾고 나면(만약 되찾는 것이 가능할 경우) 우리는 모든 것을 알 수도 있고, 또는 아무것도 모를 수도 있으며, 어쩌면 지금으로부터 4000년 전의 브라질에 가 있을지도 몰랐다. 발리스에게는 시간과 공간이 아무런 의미도 없었기 때문이다.

공통의 걱정 때문에 우리는 단결하게 되었다. 우리가 너무 많은 것을 알았나, 또는 알아냈나 하는 두려움이었다. 우리는 놀라우리만치 정교한 기술로 무장한 사도 시대의 기독교인들이 시공간의 장벽을 뚫고 우리의 세계로 들어왔다는 것을 알았다. 그들은 인류 역사를 기본적으로 편향시켜왔던 거대한 정보 처리 기구의 도움을 받고 있었다. 이런 지식과 우연히 맞닥트린 생물 종이 있다면, 환대를 받을 가능성이 결코 높지는 않을 것이다.

무엇보다도 불길한 점은, 그리스도를 알고 지냈던, 즉 로마인들이 그 가르침을 절멸시키기 이전에 살면서 그리스도에게 직접적인 가르침을 받았던 원래의 사도 시대 기독교인들이 불멸이라는 사실을 우리가 알고 있다는—또는 그렇지 않을까 의심하고 있다는— 것이었다. 그들은 팻이 트락타테에서 논의한 바 있었던 플라스마테를 통해서 불멸성을 획득했다. 비록 원래의 사도 시대 기독교인들이 피살되기는 했지만, 플라스마테는 나그함마디로 가서 그곳에 숨어 있다가 이제 다시 우리 세계에서 풀려났으며, 이런 표현을 써도 될지 모르겠지만 정말 뚜껑이 확 열릴 만큼 화가 나 있었다. 플라스마테는 복수에 목마른 상태였다. 어쩌면 이미 복수를 시작했는지도 몰랐다. 제국의 현대적인 현현이라고 할 수 있는 제국주의 미국의 대통령직을 향해서 말이다.

나는 플라스마테가 우리를 밀고자가 아닌 친구로 여겨주었으면 하는 마음이었다.

"그럼 우리는 어디에 숨어야 할까?" 케빈의 말이었다. "모든 것을 알고, 성변화를 통해서 이 세계를 소진시키는 불멸의 플라스마테가 우리를 찾아다니는 상황에서 말이야."

"셰리가 살아서 이 모든 이야기를 듣지 않은 게 천만다행이네." 팻의 말에 우리는 깜짝 놀랐다. "내 말은, 만약 그랬더라면 그녀의 신앙이 흔들렸을 거란 뜻이야."

우리는 모두 웃었다. 이제껏 믿었던 실체가 정말로 존재한다는 사실을 발견함으로써 흔들리는 신앙이라. 이것이야말로 경건의 역설이었다. 셰리의 신학은 단단하게 굳어져버렸다. 우리가 받은 계시를 달성하는 데에 반드시 필요한 성장이나 확장이나 진화의 여지가 전혀 없었다. 팻과 그녀가 함께 살 수 없었던 것도 이상한 일은 아니었다.

문제는 이거였다. 도대체 어떻게 해야 에릭 램턴과 린다 램턴, 그리고 동시성 음악의 작곡가인 미니와 접촉할 수 있을까? 십중팔구 나를, 그리고 제이미슨과 나의 우정ㅡ만약 그런 것이 실제로 있다고 치면―을 통해서 가능할 것이었다.

"이건 모두 자네한테 달렸어, 필." 케빈이 말했다. "이제 본격적으로 시작해보자고. 제이미슨에게 전화를 걸어서 이야기를 해봐. 무슨 이야기든지 간에 말이야. 자네는 이야기로 가득 찬 사람이잖아. 뭔가를 생각해내보라고. 자네가 이번에 뭔가 화끈한 각본을 썼는데, 램턴이 좀 읽어봐주면 영광이겠다고 하든지."

"'제브러'라고 해야지." 팻이 말했다.

"알았어." 내가 말했다. "제브러건, 말 똥구멍이건, 다른 뭐건 간에 자네들이 원하는 대로 불러주지. 그건 그렇고 이것이야말로 내 직업적 성실성을 깎아내리는 일이 되리라는 건 자네들도 알겠지?"

"성실성이라니?" 케빈은 특유의 어조로 말했다. "자네의 성실성은 팻의 성실성과 똑같아. 애초부터 바닥에 놓여 있었기 때문에 더 이상은 깎으려야 깎을 게 없어."

"이제부터 자네가 해야 하는 일은 이거야." 팻이 말했다. "제브러가 저 위에서 내게 밝혀주었던 영지에 관해서 자네가 알고 있다는 사실을 드러내는 거지. 그러니까 영화 〈발리스〉에 나온 것 너머의 이야기를 하라는 거야. 그렇게 되면 그 역시 흥미를 느낄 테니까. 내가 제브러에게서 직접 받은 진술 가운데 몇 개를 적어주지."

곧이어 그는 나를 위해 목록을 하나 만들어주었다.

#18. 진정한 시간은 C.E. 70년에 예루살렘 성전의 파괴와 함께 중지되어버렸다. 진정한 시간은 C.E. 1974년에 다시 시작되었다. 그 사이의 기간은 큰정신의 창조를 흉내 낸 완벽한 위조 개작품이었다. "제국은 결코 끝나지 않는다." 그러나 1974년에 철의 시대가 끝났다는 내용의 암호가 신호로 변환되어 송신되었다. 그 암호는 두 개의 단어로 이루어져 있었다. '펠릭스 왕.' 이는 곧 '행복한(또는 적법한) 왕'이라는 뜻이었다.

#19. 두 개의 단어로 이루어진 암호 신호 '펠릭스 왕'은 인간을 위해 보낸 것이 아니라, 이크나톤의 후손들을 위해 보낸 것이었다. 세 개의 눈을 지닌 이들 종족은 비밀리에 우리와 함께 존재한다.

이들 항목을 읽고 나서 내가 물었다. "그러면 내가 로빈 제이미슨한테 이걸 읽어줘야 하는 건가?"

"그게 바로 자네가 쓴 〈제브러〉라는 각본의 일부라고 둘러대면 되지." 케빈이 말했다.

"여기 나오는 암호 신호는 진짜인 건가?" 내가 팻에게 물었다. 그의 얼굴에는 불분명한 표정이 떠올랐다. "어쩌면."

"이 두 단어로 이루어진 비밀 메시지는 실제로 내보낼 수가 있는 건가?" 데이비드가 물었다.

"1974년에" 팻이 말했다. "2월에. 미국 육군 소속의 암호학자들이 이걸 연구한 적이 있어. 하지만 누가 어떤 의도로 만들었는지, 또는 어떤 의미인지는 파악할 수가 없었지."

"그걸 자네가 어떻게 알아?" 내가 말했다.

"제브러가 말해주었겠지." 케빈이 말했다.

"그건 아니야." 팻이 말했다. 하지만 자세한 설명은 없었다.

이 업계에서 어떤 스타와 연락을 취하려면, 일단 그 스타의 에이전트와 먼저 이야기를 나누어야 하기 마련이다. 한번은 내가 약에 취해서 케이 렌츠*에게 연락을 해보려고 시도한 적이 있었다. 〈브리지〉에서 그녀를 보자마자 홀딱 반했기 때문이다. 그러자 그녀의 에이전트가 중도에 가로막고 나섰다. 내가 빅토리아 프린서펄**—지금은 그녀도 에이전트로 일한다—과 연락을 시도할 때에도 마찬가지 일이 벌어졌다. 이때에도 나는 그녀를 보자마자 홀딱 반해서는, 유니버설 영화사에 전화를 걸기 시작했지만 역시나 퇴짜를 맞고 말았다. 하지만 지금은 런던에 있는 로빈 제이미슨의 주소와 전화번호를 알고 있었기 때문에 사정이 전혀 달랐다.

"예, 그때 뵈었던 기억이 나네요." 내가 런던으로 전화를 걸자 제이미슨은 쾌활하게 대답했다. "퍼서 씨가 그 기사에서 쓴 것처럼 어린 신부를 두고 있는 과학소설 작가분이시죠."

나는 그에게 이야기를 풀어놓았다. 내가 〈제브러〉라는 굉장

---

* 케이 렌츠(1953~)는 미국의 배우로, 클린트 이스트우드가 감독한 영화 〈브리지〉(1973)에서 윌리엄 홀든과 함께 출연해 주목을 받았다.
** 빅토리아 프린서펄(1950~)은 미국의 배우로, TV 드라마 〈댈러스〉(1978~ 1991)에 출연해 주목을 받았다.

한 각본을 썼다고. 그런데 그들의 놀라운 영화 〈발리스〉를 보고서 마더 구스야말로 이 영화의 주연으로는 절대적으로 완벽하다고 생각했다고 말이다. 오히려 마더 구스가 로버트 레드포드—우리는 지금 그를 주연으로 고려 중인데 마침 본인도 우리 일에 관심이 많다고도 덧붙였다—보다 더 적격이라고도 했다.

"제가 할 수 있는 일은 일단 램턴 씨와 연락을 해본 다음에 선생님의 미국 전화번호를 전해드리는 것뿐이겠네요." 제이미슨의 말이었다. "그분이 관심이 있으시다면, 본인이나 그쪽 에이전트가 선생님이나 선생님 쪽 에이전트에게 연락을 드릴 겁니다."

나는 최선을 다한 거였다. 여기까지였다.

몇 가지 다른 이야기를 하고 나서 나는 전화를 끊었다. 어딘가 쓸모없는 짓을 했다는 생각이 들었다. 또한 나는 허황된 말로 누군가를 속였다는 사실에 약간의 죄의식을 느꼈다. 하지만 그런 죄의식은 줄어들 것임을 알았다.

에릭 램턴이 정말로 팻이 찾던 다섯 번째 구세주인 걸까?

참으로 이상했다. 현실과 이상의 관계라는 것은. 팻은 티베트에서 가장 높은 산도 기꺼이 오를 준비가 되어 있었다. 그렇게 해서 200살이 넘는 승려와 만나고 나면 승려는 그에게 이렇게 말해줄 것이었다. "이 모든 일의 의미는 말이다, 내 아들아, 그 의미는—" 문득 이런 생각이 들었다. 내 아들아, 여기서는 시간이 공간으로 변한다. 하지만 나는 아무 말도 하지 않았다. 팻의 회로는 이미 갖가지 정보로 과부하에 걸려 있었다. 지금 그에게 가장 필요 없는 것이 있다면, 그건 바로 정보였다. 지금 팻에게 가장 필요한 것이 있다면, 그건 바로 그로부터 정보를 '가져갈' 누군가였다.

"그럼 구스가 미국에 있는 건가?" 케빈이 물었다.

"그래." 내가 말했다. "제이미슨 말로는 그렇대."

"그 친구에게 암호 이야기를 하진 않았겠지." 팻이 말했다.

우리는 모두 움츠러든 눈길로 팻을 바라보았다.

"그 암호는 구스를 위한 거야." 케빈이 말했다. "그가 전화를 걸어올 때를 위한 거라고."

"그 '때' 말이지." 내가 그의 말을 따라 했다.

"어쩔 수 없다고 생각하면, 차라리 자네 에이전트를 시켜서 구스의 에이전트와 연락을 해보든가." 케빈이 말했다. 이 문제에 대해서 그는 심지어 팻 본인보다도 더 열성을 보이고 있었다. 어쨌거나 〈발리스〉를 발견한, 그리하여 우리 모두를 이 일로 끌어들인 사람은 바로 케빈이었으니까.

"그런 영화라면 온갖 괴짜들이 열광한 나머지 그와 연락을 취하려고 나설 만도 하지." 데이비드의 말이었다. "그러니 마더 구스도 비교적 조심하려 하겠지."

"퍽이나 고맙군." 케빈이 말했다.

"우리가 그런 괴짜란 뜻은 아니야." 데이비드의 말이었다.

"저 친구 말이 맞아." 나는 예전에 내가 쓴 작품 때문에 날아왔던 갖가지 이상한 편지를 떠올리며 한마디 거들었다. "마더 구스는 차라리 내 에이전트와 연락하는 편을 택할 가능성이 높아.”물론 그가 정말로 연락을 해온다고 가정하면 그렇다는 뜻이었다. 그는 직접 나서지 않고 그의 에이전트가 나의 에이전트와 연락을 취할 것이었다. 균형 잡힌 정신의 소유자들끼리.

“혹시 구스가 자네한테 전화를 걸어오면 말이지.” 팻은 차분하고도 낮고도 매우 긴장된 목소리로 내게 말했다. 그로서는 무척이나 보기 드문 행동이었다. “자네는 그에게 두 단어로 된 암호를 건네는 거야. ‘펠릭스 왕’이라고. 물론 그걸 대화 속에 잘 엮어서 넣어야겠지. 이건 무슨 스파이 놀이가 아니니까 말이야. 그게 자네가 쓴 각본의 대체용 제목이라고 둘러대자고.”

나는 짜증스러운 듯 말했다. “그건 내가 알아서 할게.”

하지만 실제로는 내가 알아서 하고 말고도 없었다. 그로부터 일주일 뒤에 나는 마더 구스, 즉 에릭 램턴이 직접 보낸 편지를 받았다. 편지에는 단어 하나가 달랑 적혀 있었다. 왕KING. 그 단어 뒤에는 물음표가 하나 적혀 있고, 오른쪽에서 ‘왕’이란 단어를 가리키는 화살표가 하나 그려져 있었다.

그걸 보자마자 정말이지 겁이 났다. 나는 몸을 떨었다. 나는 그 편지에다가 “펠릭스FELIX”라는 단어를 적었다. 그리고 그 편지를 도로 마더 구스에게 보냈다.

그는 아예 우표와 주소가 붙어 있는 반송용 봉투를 넣어서 편지를 보냈다.

이제는 의심의 여지가 없었다. 우리는 서로 연결되어 있었던 것이다.

‘펠릭스 왕’이라는 두 단어 암호로 지칭되는 인물은 바로 제브러—또는 발리스—가 말했던 다섯 번째 구세주였다. 그는 이미 태어났거나, 또는 조만간 태어날 예정이었다. 마더 구스가 보낸 편지를 받은 내게는 너무나도 무서운 일이었다. 펠릭스'라는 단어가 정확히 덧붙여진 답장을 받으면 구스—에릭 램턴과 그의 아내 린다—가 과연 어떤 느낌일지 문득 궁금해졌다. 정확했다. 그래, 바로 그거였다. 수만 개에 달하는 영어 단어 중에서 거기 어울리는 것은 오로지 하나뿐이었다. 아니, 영어도 아니었다. 라틴어였다. 비록 영어에도 있는 이름이지만 원래는 라틴어에서 온 거니까.

번영하고, 행복하고, 결실이 많고…… 라틴어 단어 펠릭스는 하느님 본인의 명령에서도 종종 등장했다. 가령 『창세기』 1장 22절에서 하느님은 세계의 모든 피조물에게 말한다. "생육하고 번성하여 여러 바닷물에 충만하라, 새들도 땅에 번성하라 하시니라." 이것이야말로 '펠릭스'라는 단어의 의미에서 핵심이었다. 하느님이 내린 이 명령, 사랑스러운 이 명령, 우리는 단지 살아야 하는 것뿐만이 아니라 행복하고도 번영하면서 살아야 한다는 당신 의지의 이 표현.

'펠릭스.' 열매를 맺는, 결실이 많은, 비옥한, 생산적인. 나무 중에서도 더 고귀한 종류의 나무들, 즉 지고한 신성에게 바치는 열매를 맺는 나무들. 이 단어는 행운을 가져오고, 좋은 징조를 불러오며, 상서롭고, 호의적이고, 순조롭고, 재수가 좋고, 번영하고, 경사스럽다. 운이 좋고, 행복하고, 재수가 좋다. 건전하다. 더 행복하고, 더 성공한다.

특히 나로선 맨 마지막 의미가 흥미를 끌었다. '더 성공한다.' 왕이 더 성공한다…… 그런데 도대체 '무엇'에서 더 성공한다는 말인가? 어쩌면 눈물의 왕의 포악한 정권을 전복하는 일에서, 그 슬프고도 괴로운 왕을 적법한 행복의 정권으로 대체하는 것에서 더 성공한다는 말인지도 모른다. 흑철 감옥 시대의 종식인 동시에, 따뜻한 아라비아의 태양 아래 종려나무 동산 시대의 시작인지도 모른다('펠릭스'는 또한 아라비아의 비옥한 지역을 가리키는 명칭이기도 하다).

마더 구스가 보낸 편지를 내가 받은 직후, 우리 소모임은 특별 회의를 가졌다.

"이제 불에 팻(기름)을 부은 격이군." 케빈이 짤막하게 말했다. 하지만 그의 두 눈에는 기쁨과 즐거움의 빛이 반짝이고 있었다. 우리 모두가 공유하는 즐거움이었다.

"자네도 한 배에 탔지 않나." 팻이 말했다.

우리는 돈을 모아서 쿠르부아지에 나폴레옹 코냑을 한 병 샀다. 팻의 집 거실에 둘러앉아서 우리는 유리잔의 줄기가 불 지피는 막대기라도 되는 듯 손으로 문지르면서 따뜻하게 덥혔고 마치 똑똑해진 듯한 기분을 느꼈다.

케빈은 어딘가 공허한 목소리로 마치 혼잣말처럼 중얼거렸다. "지금쯤 몸에 짝 달라붙고 반질반질한 검정색 제복을 입은 남자들이 나타나서 우리를 모두 총으로 쏴 죽이면 아주 재미있을 거야. 필이 통화한 것 때문에 말이지."

"그게 바로 암살조라 이거지." 나는 케빈의 농담을 선뜻 받아쳐서 말했다. "그럼 일단 빗자루 끝으로 케빈을 밀어서 현관 앞에 갖다 놓아보자고. 혹시 누가 문 밖에서 일제 사격을 가할지 아냐."

"그것만으로는 증명이 안 될걸." 데이비드의 말이었다. "산타 아나의 주민 가운데 절반은 가뜩이나 케빈이 지긋지긋해서 제거하려던 참이니까."

그로부터 사흘 뒤, 오전 2시에 전화가 걸려왔다. 내가 수화기를 들고 대답하자―나는 그때까지 잠을 안 자고서 25년의 작가 생활 동안에 쓴 이런저런 단편들을 엮은 책의 서문을 마무리하고 있었다*― 어딘가 약간 영국인 억양이 있는 웬 남자의 목소리가 받았다. "거기는 지금 몇 분이 있는 거죠?"

나는 당황한 나머지 이렇게 반문했다. "누구십니까?"

"구스요."

아, 이런. 이렇게 생각하며, 나는 또다시 몸을 떨었다. "네 명인데요." 이렇게 대답하는 내 목소리가 떨렸다.

"아주 행복한 상황이군요." 에릭 램턴이 말했다.

"번영도 하고요." 내가 말했다.

램턴이 웃었다. "아뇨, 왕은 경제적으로는 그리 넉넉하지는 않아요."

"그럼 그이는―" 나는 차마 말을 이어갈 수가 없었다.

램턴이 말했다. "라틴어로는 '비비트vivit'인 거죠. 내 생각에는요. 아니, '비베트vivet'인가요?' 그이는 살아 있다는 거죠. 여

---

* 『골든맨』(마크 허스트 편집, 버클리 퍼블리싱 코퍼레이션, 뉴욕, 1980). ―원주

하간에 당신은 이 소식을 들으면 기뻐하겠죠. 나는 라틴어를 잘 못하거든요."

"어디예요?" 내가 말했다.

"당신은 어딘데요? 우편번호가 714로 되어 있던데요, 내가 받은 편지에는."

"산타아나요. 오렌지 카운티에."

"페리스가 있는 데군요." 램턴이 말했다. "페리스의 바닷가 저택 바로 북쪽이로군요."**

"맞아요." 내가 말했다.

"우리 한번 만날까요?"

"그러죠." 내가 말했다. 그때 내 머릿속에서 어떤 목소리가 말했다. 이건 진짜라고.

"그럼 비행기 편으로 이리 오실 수 있겠어요? 네 분이 모두 소노마로요?"

"아, 그럼요." 내가 말했다.

"그럼 오클랜드 공항으로 오시면 돼요. 샌프란시스코보다는 그쪽이 더 낫거든요. 〈발리스〉는 보셨나요?"

"몇 번이나 봤죠." 내 목소리는 여전히 떨리고 있었다. "램턴 씨, 혹시 시간의 오작동도 연관이 되었나요?"

---

* 라틴어 '비베레(vivere, 살다)'의 현재 능동 직설 3인칭은 '비비트(vivit, 그는 살아 있다)', 미래 능동 직설 3인칭은 '비베트(vivet, 그는 살아 있을 것이다)'이다.
** 리처드 닉슨은 캘리포니아 주 요바린다 출신으로 주지사와 상원의원을 역임하고 대통령을 역임했으며, 워터게이트 사건으로 불명예스럽게 하야한 이후에는 캘리포니아 주 샌 클레멘테 해안에 있는 저택 '라 카사 파시피카'에 살았다. 이 소설의 주 무대인 산타아나와 샌 클레멘테는 모두 오렌지 카운티에 속해 있다.

에릭 램턴이 말했다. "애초에 존재하지도 않는 게 어떻게 오작동을 일으킬 수 있겠어요?" 그는 잠시 말을 멈추었다. "그건 미처 생각을 못 하신 모양이군요."

"그래요." 나는 시인했다. "그거 아십니까? 우리는 〈발리스〉야말로 지금까지 우리가 본 것 중에서도 최고의 영화라고 생각한답니다."

"나중에 기회가 되면 무삭제 버전을 공개할 수 있기를 바라고 있어요. 이쪽으로 오시면 잠깐이라도 보여드리죠. 사실은 우리도 막 잘라내고 싶지는 않았어요. 하지만 아시다시피 현실적으로 고려할 것도 있고 해서…… 그나저나 SF 작가라고 하셨죠? 혹시 토머스 디시* 아세요?"

"그럼요." 내가 말했다.

"아주 뛰어난 작가죠."

"그럼요." 내가 말했다. 램턴이 디시의 책을 읽어본 적이 있다고 해서 기뻤다. 좋은 징조였다.

"어떤 면에서 〈발리스〉는 쓰레기죠." 램턴의 말이었다. "그런 식으로 만들 수밖에 없었어요. 그래야만 배급업자들이 그 영화를 고를 테니까요. 팝콘 드라이브인 극장 관객용으로요." 그의 목소리에는 흥겨운 느낌이 깃들어서, 마치 음악처럼 반짝거렸다. "관객들은 제가 노래를 부를 줄로 기대했겠죠. 아시겠지만요. '어이, 우주인 아저씨! 언제쯤 들를 거예요?' 제 생각에는 관객들이 적잖이 실망했을 것 같아요. 무슨 뜻인지 아시겠죠."

---

* 토머스 디시(1940~2008)는 미국의 SF 작가이다.

"음, 글쎄요." 나는 난처해하며 말했다.

"그러면 조만간 이쪽에서 뵙죠. 주소는 알고 계시죠? 소노마에는 이번 달까지만 머물 거예요. 그러니까 이번 달에 못 만나면, 천상 올해 안이라도 한참 뒤에나 만날 수 있을 거예요. 저는 영국으로 다시 돌아가서 그레나다* 사람들이 시청할 텔레비전 영화를 만들어야 하거든요. 공연 일정도 있고…… 버뱅크에서 녹음 일정도 있었네요. 거기서 만날 수도 있을 것 같네요. 당신네는 거길 뭐라고 부르죠? '사우스랜드'**라고 하나요?"

"우리가 비행기 편으로 소노마까지 찾아가겠습니다." 내가 말했다. "혹시 우리 말고 다른 사람들도 있었나요?" 내가 말했다. "어떤 사람들이 당신에게 접촉해왔던가요?"

"'행복한 왕' 사람들이오? 음, 그 이야기는 일단 모두 모인 다음에 하도록 하죠. 지금까지는 당신네 소모임과 린다와 미니뿐이었어요. 미니가 영화에서 음악을 담당한 건 아세요?"

"그럼요." 내가 말했다. "동시성 음악이오."

"그 친구는 아주 대단해요." 램턴의 말이었다. "우리가 지금까지 거쳐온 것의 상당 부분이 그의 음악 안에 들어 있어요. 그 친구는 노래를 만들지는 않아요. 괴짜처럼. 차라리 노래를 만들었으면 좋을 텐데. 그 친구라면 아주 멋진 노래를 만들 수 있을 텐데 말이에요. 내가 만든 노래도 나쁘지는 않지만, 그래도

---

* 서인도제도에 있는 영국 연방 가운데 하나.
** 로스앤젤레스 인근 지역을 통칭하는 이름으로, 이 작품의 주 무대인 오렌지 카운티 소재 산타아나도 이곳에 포함된다.

나는 폴이 아니잖아요." 그는 잠시 말을 멈추었다. "그러니까 '사이먼 앤드 가펑클'의 폴 사이먼 말이에요."

"하나만 물어볼 수 있나요." 내가 말했다. "지금 그이는 어디 있나요?"

"아. 음, 그래요. 물어볼 수는 있죠. 하지만 일단 우리가 직접 만나 이야기를 하기 전까지는, 어느 누구도 당신한테 대답해주지 않을 거예요. 단어 두 개로 된 메시지만 가지고는 내가 당신에 관해서 아주 많이 알 수가 없으니까요. 아니, 이제는 있다고 해야 하려나? 물론 당신에 대해서는 이미 조사를 해봤지만 말이에요. 당신은 한동안 마약에 빠져 있었다가 나중에는 입장을 바꾸었죠. 당신은 팀 리어리도 만났고ㅡ"

"어디까지나 전화로만 만난 거였어요." 내가 바로잡아주었다. "딱 한 번 전화로 이야기를 나눈 것뿐이었다고요. 그때 그 사람은 존 레넌이며 폴 윌리엄스*와 함께 캐나다에 있었죠. 폴은 가수가 아니라 작가예요."

"당신은 아직 체포된 적은 없었죠. 불법 소지죄로는요?"

"전혀요." 내가 말했다.

"당신은 어느 동네의 십대들에게 일종의 마약 복용 길잡이 노릇도 했었죠. 그게 어디였더라? 아, 맞아요. 마린 카운티에서 말이에요. 누군가 당신에게 총을 쏘기도 했고요."

---

* 폴 윌리엄스(1948년생)는 미국의 저술가이며 음악 저널리스트이다. 1969년 봄, 티모시 리어리와 함께 캐나다 몬트리올에 머물면서, 존 레넌과 오노 요코의 두 번째 침대 시위 현장에 같이 있었다.

"그런 것까지는 아니었어요." 내가 말했다.

"당신은 아주 이상한 책들을 썼더군요. 하지만 전과 기록이 없다는 건 긍정적인 점이네요. 만약 전과가 있었다면 우리는 당신을 만나주지 않았을 거예요."

"전과는 없어요." 내가 말했다.

온화하게, 쾌활하게 램턴이 말했다. "당신은 한동안 흑인 테러리스트들과도 어울린 적이 있었죠."

나는 아무 말도 하지 않았다.

"당신 인생이야말로 모험이 따로 없군요." 램턴이 말했다.

"맞아요." 나도 동의했다. 그건 분명 사실이었으니까.

"혹시 지금도 마약을 한 건 아니죠?" 램턴이 웃었다. "방금 그 질문은 취소할게요. 당신이 이제 깨끗하다는 건 우리도 알아요. 좋아요, 필립. 당신이랑 당신 친구들을 기꺼이 만나드리도록 하죠. 그러면 당신이 바로 그ㅡ 음, 어디 보자. 그러니까 그 이야기를 들은 사람인 건가요?"

"그 정보는 제 친구인 호스러버 팻을 향해 발사된 거였어요."

"하지만 그건 결국 당신이잖아요. '필립Philip'은 그리스어로 '호스러버Horselvoer', 즉 말을 좋아하는 사람이라는 뜻이니까요. '팻Fat'은 독일어의 '딕Dick'이 뚱뚱하다는 뜻이기 때문에 붙인 이름이고요."

나는 아무 말도 하지 않았다.

"그럼 차라리 당신을 '호스러버 팻'이라고 불러줄까요? 그렇게 하는 쪽이 더 편하겠어요?"

"어느 쪽이든 옳은 대로요." 나는 어색하게 대답했다.

"그야말로 1960년대식 표현이네요." 램턴이 웃었다. "좋아요, 필립. 내 생각에 우리는 당신에 대해서 충분히 많은 정보를 갖고 있는 것 같네요. 당신의 에이전트인 갤런 씨*하고 이야기를 했죠. 아주 빈틈이 없고도 솔직한 사람이더군요."

"괜찮은 친구죠." 내가 말했다.

"당신의 사고방식이 어떤지를 잘 이해하는 것 같더군요. 이쪽에서 흔히 말하듯이요. 당신이 거래하는 출판사는 더블데이죠, 그렇죠?"

"밴텀인데요." 내가 말했다.

"그럼 당신네 모임은 언제쯤 오실 건가요?"

내가 말했다. "이번 주말은 어떤가요?"

"아주 좋아요." 램턴이 말했다. "당신도 이걸 즐기게 될 거예요, 아시다시피요. 당신이 겪어왔던 고통은 이제 끝났으니까요. 실감하고 있었어요, 필립?" 그의 어조는 더 이상 놀림조가 아니었다. "이제는 끝났어요. 정말 끝났다는 거예요."

"다행이네요." 내가 말했다. 심장이 쿵쾅거리고 있었다.

"겁내지 마세요, 필립." 램턴이 나지막이 말했다.

"알았어요." 내가 말했다.

"당신은 참 많은 일을 겪었어요. 그 죽은 여자며…… 음, 그

---

* 러셀 갤런(1954년생)은 1977년부터 스콧 메러디스 출판 에이전시에서 PKD의 담당자로 근무하면서 많은 도움을 준 인물이다. 『발리스』의 서두에는 PKD가 이 작품을 갤런에게 바친다는 헌사가 나와 있다.

이야기는 하지 말죠. 이미 끝난 일이니. 무슨 말인지 알죠?"

"예." 내가 말했다. "알아요." 나는 그랬다. 그랬기를 바랐다. 이해하려고 노력했다. 이해하기를 원했다.

"이해를 못하고 있군요. 그이는 여기 있어요. 그 정보는 정확했어요. '붓다는 공원에 있다.' 무슨 말인지 이해해요?"

"아뇨." 내가 말했다.

"고타마는 룸비니라는 커다란 공원에서 태어났어요. 그리스도가 베들레헴에서 태어났다는 거랑 비슷한 이야기죠. 만약에 그 정보가 '예수는 베들레헴에 있다'라고 말했으면, 당신도 아마 그게 무슨 뜻인지 알았을 거예요, 안 그래요?"

나는 고개를 끄덕였다. 지금 내가 통화중이라는 사실도 까먹은 채.

"그이는 거의 2000년 동안이나 잠들어 있었어요." 램턴의 말이었다. "아주 긴 시간이죠. 지금까지 일어났던 모든 일 아래서요. 하지만— 음, 내 생각에 말은 이미 충분히 한 것 같네요. 그이는 이제 깨어났어요. 핵심은 그거예요. 그러면 금요일 저녁이나 토요일 아침에 린다랑 저랑 당신을 만나는 걸로 생각하면 되는 거죠?"

"맞아요." 내가 말했다. "좋아요. 금요일 저녁 쪽으로 하죠."

"그것만 기억해요." 램턴이 말했다. '붓다는 공원에 있다.' 그리고 행복해지도록 노력하라고요."

내가 말했다. "돌아온 것이 그이인가요? 아니면 또 다른 누구인가요?"

잠시 침묵.

"그러니까 제 말뜻은―"내가 말했다.

"그래요, 당신이 무슨 말을 하려는지 알아요. 하지만 아시다시피, 시간은 진짜가 아니에요. 그건 그이이면서 동시에 그이가 아니에요. 또 다른 누구죠. 붓다는 무수히 많았지만 동시에 단 하나였어요. 이걸 이해하기 위한 핵심은 바로 시간…… 그러니까 당신이 어떤 음반을 두 번째로 틀었다고 쳐봐요. 그러면 그 음악가는 그 음악을 두 번째로 연주하는 건가요? 당신이 그 음반을 50번째로 틀면, 그 음악가는 그 음악을 50번째로 연주하는 건가요?"

"한 번이죠."내가 말했다.

"고마워요."램턴이 이렇게 말하며 전화를 끊었다. 나는 수화기를 내려놓았다.

놀랍게도 내 몸이 더 이상 떨리지 않는다는 것을 나는 뒤늦게야 깨달았다.

나는 마치 내가 평생 동안 몸을 떨어온 것만 같았다. 무슨 만성적인 공포의 저류가 있는 듯이 말이다. 몸을 떨고, 죽어라 뛰고, 말썽에 휘말리고, 사랑하는 사람을 잃어버리고. 사람이라기보다는 오히려 마치 만화 속 등장인물과도 비슷했다는 걸 나는 깨달았다. 그것도 1930년대 초에 나온 촌스러운 애니메이션 속 등장인물. 내가 이제까지 해왔던 모든 일마다 두려움이 내 등을 떠밀고 있었다. 이제 두려움은 사라져버렸다. 내가 들은 소식 때문에 누그러져버렸다. 그 소식이야말로 내가 애초부터 이렇게 듣기만을 기다려왔던 것이었음을 나는 깨달았다. 어떤 면에서 나는 그 소식이 오기를 기다리기 위해 이렇게 창조되었던 것이었다. 그것 외에 다른 어떤 이유도 없었다.

나는 죽은 여자를 잊을 수 있었다. 우주 그 자체도―그 우주적인 규모에서― 이제는 슬퍼하기를 중지할 수 있었다. 상처는 이미 치유되었던 것이다.

시간이 늦었기 때문에 나는 램턴의 전화에 관해 다른 사람들에게 알려줄 수가 없었다. 에어 캘리포니아에 전화를 걸어 비행기 표를 예약할 수도 없었다. 하지만 아침 일찍 나는 우선 데이비드에게, 케빈에게, 그리고 팻에게 전화를 걸었다. 모두들 내게 여행 계획을 위임했다. 금요일 밤 늦게라고 하니까 모두들 찬성하는 듯했다.

그날 저녁에 만난 우리는 이 소모임에 이름이 필요하다는 데에 의견을 모았다. 약간의 말다툼 끝에 우리는 팻에게 결정권을 넘겼다. 에릭 램턴이 붓다에 관한 이야기를 강조했던 것으로 미루어, 우리도 '싯다르타 회'라고 자처하기로 결정했다.

"그럼 나는 빠져야겠어." 데이비드의 말이었다. "미안하지만 모임 명칭에 기독교에 관한 암시가 없으면 나는 같이 할 수가 없어. 광신도 같은 소리로 들린다면 미안하지만, 그래도―"

"진짜 광신도 같은 소리로 들리는데." 케빈이 말했다.

우리는 다시 말다툼을 벌였다. 마침내 우리는 팻을 만족시킬 수 있을 만큼 비비 꼬이고, 케빈을 만족시킬 수 있을 만큼 수수께끼 같고, 데이비드를 만족시킬 수 있을 만큼 기독교적인 이름을 찾아냈다. 나야 주제는 뭐라도 상관이 없었다. 팻은 자기가 최근에 꾼 꿈에 관해 우리에게 이야기해주었다. 그 꿈에서 그는 커다란 물고기가 되어 있었다. 그는 양팔 대신에 마치 돛처럼, 또는 부채처럼 생긴 지느러미를 달고 돌아다녔다. 그는 지느러미 가운데 하나로 M-16 소총을 붙잡으려 했지만, 그 무기는 바닥에 툭 떨어졌다. 그러자 어떤 목소리가 말했다.

"물고기는 총을 갖고 다닐 수 없다."

그 지느러미처럼 생긴 부채는 그리스어로 '리피도rhipidos'—파충류 가운데 '리프토글로사Rhiptoglossa'라는 종류도 있다—였기 때문에, 우리는 마침내 '리피돈 회Rhipidon Society'라는 이름으로 낙착을 보았다. 그 이름은 기독교의 물고기를 간접적으로 표현하는 것이기도 했다. 팻도 이 이름을 좋아했는데, 도곤 족이며 그들이 자비로운 신을 가리킬 때 쓰는 물고기 기호를 암시하기 때문이었다.

그리하여 이제 우리는 공식 조직의 형태로 쾀턴에게—에릭과 린다 램턴 모두에게— 접근할 수 있게 되었다. 비록 규모가 작긴 하지만 말이다. 내 생각에 이 시점에서 우리는 겁에 질렸던 모양이다. 더 나은 표현을 쓰자면 정확하게는 위협을 느꼈다고 해야 할 것이다.

팻이 나를 한쪽으로 데려가서 나지막이 말했다. "에릭 램턴이 정말 그렇게 말했다는 거야? 이제 더 이상은 우리가 그녀의 죽음에 관해 생각할 필요가 없다고?"

나는 한 손을 팻의 어깨에 올려놓았다. "이제 끝났어. 그 사람이 나한테 그랬어. 억압의 시대는 1974년 8월에 끝났다고. 이제 슬픔의 시대도 끝나기 시작하는 거야. 알았어?"

"알았어." 팻이 말했다. 그의 얼굴에는 희미한 미소가 떠올랐다. 방금 들은 이야기를 차마 믿을 수 없다는 듯, 그러나 믿고 싶다는 듯.

"자네는 미치지 않았어, 자네도 알지 않나." 내가 팻에게 말했다. "잊지 말라고. 자네도 이제는 그걸 책임 회피의 구실로 써먹을 수 없을 거야."

"그리고 그이는 살아 있다는 건가? 이미? 정말 그이인가?"

"램턴이 그렇다고 했어."

"그러면 진짜로군."

내가 말했다. "아마 진짜일 거야."

"자네도 믿는군."

"그런 것 같아." 내가 말했다. "이제 우리가 알아내야지."

"그이는 나이가 많을까? 아니면 어린아이일까? 내 생각에 그이는 아직 어린아이일 것 같아. 필 ─" 팻은 충격을 받은 듯, 나를 빤히 바라보았다. "혹시 그이가 인간이 아니면 어쩌지?"

"글쎄." 내가 말했다. "그 문제라면 실제로 우리 앞에 나타날 때에 가서 처리하면 되겠지." 내 나름대로는 이런 생각을 하고 있었다. 어쩌면 그이는 미래에서 지금 이곳으로 왔는지도 몰라. 그게 제일 가능성 높은 일이야. 그는 어떤 면에서 인간이 아닐 테지만, 또 다른 면에서는 인간일 거야. 우리의 불멸의 어린

아이…… 어쩌면 시기적으로 수백만 년이나 더 앞선 생명의 형태. 제브러. 나는 생각했다. 이제 '나'는 당신을 직접 보게 될 겁니다. 우리 모두 그렇게 될 겁니다.

왕이며 판관인 자. 나는 생각했다. 약속된 대로였다. 멀리 조로아스터까지 거슬러 올라가서.

사실은 오시리스까지 거슬러 올라가는 셈이었다. 이집트에서 또다시 도곤 족에게까지. 그리고 거기서 별들에게까지.

"코냑이나 한잔 하자고." 케빈이 말했다. 그는 병을 들고 거실로 들어왔다. "축하의 의미로 말이야."

"젠장, 케빈." 데이비드가 항의했다. "구세주를 위해서 건배를 할 수야 없지. 그것도 코냑으로는 더더욱 말이야."

"왜, 그럼 싸구려 와인으로 할까?"

우리는 결국 쿠르부아지에 나폴레옹 코냑을 한 잔씩 손에 들었다. 데이비드도 마찬가지였다.

"리피돈 협회를 위하여." 팻이 말했다. 우리는 잔을 쨍그랑 부딪쳤다.

내가 말했다. "그리고 우리의 표어를 위하여."

"우리한테 무슨 표어가 있었나?" 케빈이 물었다.

"'물고기는 총을 갖고 다닐 수 없다.'" 내가 말했다.

우리는 모두 잔을 비웠다.

11

 캘리포니아 주 소노마를 다시 방문하기는 정말 여러 해 만이었다. 와인 특산지의 한가운데에 자리 잡은 이곳은 삼면이 멋진 언덕으로 에워싸여 있었다. 그중에서도 가장 아름다운 곳은 이 도시의 딱 한가운데에 자리 잡은 공원이었다. 오래된 석조 건물인 법원, 오리가 노니는 연못, 예전에 전쟁에서 사용했던 골동품 대포가 있는 곳이었다.

 사각형 부지의 공원 주위로는 작은 상점이 늘어섰는데, 대부분 주말 관광객을 상대로 갖가지 쓰레기 같은 물건을 팔아치우는 곳들이었다. 하지만 예전 멕시코의 지배를 받던 당시에 세워진, 진짜 역사적으로 중요한 건물들도 아직 여러 채가 남아 있었으며, 새로 도색되고 그 예전의 역할이 무엇이었는지를 보여주는 명판이 붙어 있었다. 공기 냄새는 좋았고―사우스랜드

322

에서 온 사람에겐 특히나 그러했고— 비록 밤이 늦었지만 우리는 이리저리 돌아다니다가 마침내 지노스라는 이름의 술집에 들어가 램턴 부부에게 전화를 걸었다.

에릭과 린다 램턴이 흰색 폭스바겐 래빗에 타고 우리를 데리러 왔다. 우리 네 사람은 지노스 안에 자리를 잡고, 그곳의 별미라는 술인 세퍼레이터를 마시고 있었다.

"공항까지 마중 나가지 못해서 미안해요." 에릭 램턴이 아내와 함께 우리 자리로 오면서 말했다. 나를 곧바로 알아보는 것으로 미루어 책에 나온 내 사진을 본 모양이었다.

에릭 램턴은 늘씬한 체구에 긴 금발이었다. 붉은색 판탈롱 바지와 "고래를 보호합시다"라는 구호가 적힌 티셔츠를 입고 있었다. 케빈은 당연히 에릭을 곧바로 알아보았다. 그 술집에 있던 다른 사람들도 상당수 그를 알아보았다. 사람들이 램턴 부부를 향해 이름을 부르고, 고함을 치고, 인사를 건넸고, 두 사람은 십중팔구 친구 사이인 듯한 그들을 향해 미소를 지어 보였다. 에릭의 곁에서 빨리 걷는 린다 역시 늘씬한 체구에, 마치 에밀루 해리스* 같은 이빨을 하고 있었다. 남편과 마찬가지로 늘씬하기는 했지만, 그녀의 머리카락은 검은색이고 상당히 부드럽고 길었다. 물이 많이 빠진 청반바지와 체크무늬 셔츠 차림에, 목에는 손수건을 감고 있었다. 그리고 두 사람 모두 부츠를 신고 있었다. 에릭은 사이드부츠고 린다는 그래니부츠였다.

잠시 후에 우리는 비좁은 래빗 안에 올라타고, 넓은 잔디밭에

---

* 에밀루 해리스(1947~)는 미국의 여성 가수이다.

비교적 현대식인 주택이 늘어선 주택가를 따라 달렸다.

"우리는 '리피돈 회'라고 합니다." 팻이 말했다.

에릭 램턴이 말했다. "우리는 '하느님의 친구들'이라고 하죠."

케빈이 깜짝 놀라며 움찔 하는 반응을 보였다. 그는 에릭 램턴을 빤히 바라보았다. 나머지 우리는 왜 그러나 싶어 궁금해했다.

"그 이름을 아는 모양이군요." 에릭이 말했다.

"고테스프로인데(하느님의 친구들)." 케빈이 말했다. "무려 14세기로 거슬러 올라가는군요!"

"맞아요." 린다 램턴이 말했다. "'하느님의 친구들'은 원래 바젤에서 결성되었죠. 나중에 우리는 독일과 네덜란드로 건너갔죠. 그러면 당신은 마이스터 에크하르트도 아시겠군요."

케빈이 말했다. "그는 하느님과는 별개인 신성 하느님을 인식한 최초의 인물이었죠.* 기독교 신비주의자 가운데 가장 위대한 인물이고요. 인간이 신성 하느님과 합일을 이룰 수 있다고 가르쳤고, 하느님이 인간의 영혼 안에 존재한다는 개념을 지니고 있었어요!" 케빈이 이렇게 흥분한 모습은 우리도 처음이었다. "영혼은 사실 하느님을 있는 그대로의 모습으로 알 수 있다고 했죠! 오늘날은 어느 누구도 그렇게 가르치지 않아요! 그리고, 그리고—" 케빈은 말을 더듬었다. 그가 말을 더듬는 모습 역시 우리로선 처음이었다. "인도의 샹카라. 9세기에 말이에

---

* 마이스터 에크하르트(1260~1327)는 인격신인 하느님과 초월적이며 근본적인 신성 하느님을 별개의 존재로 보았다.

요. 그 사람도 역시 에크하르트와 똑같은 것을 가르쳤죠. 이 초超기독교적인 신비주의에서는 인간이 하느님 너머에 도달하거나, 또는 하느님과 합체되거나, 또는 피조물이 아닌 일종의 불꽃과 합체될 수 있다고 하죠. 브라흐만이오. 그렇기 때문에 제브러—"

"발리스." 에릭 램턴이 말했다.

"뭐든지 간에요." 케빈이 말했다. 그는 나를 바라보며 여전히 흥분한 채로 말을 이었다. "그거야말로 붓다에게 나타난 계시며, 성 소피아나 그리스도에게 나타난 계시를 설명해주는 거라고. 이건 어떤 한 나라나 문화나 종교에 제한된 게 아니야. 미안하게 됐어, 데이비드."

데이비드는 호의적인 표정으로 고개를 끄덕였지만, 내심 적잖이 충격을 받은 듯했다. 그는 이런 주장이 정통 교리가 아님을 알고 있었다.

에릭이 말했다. "샹카라와 에크하르트는 사실 같은 사람이에요. 두 가지 시대에 두 가지 장소에서 살았을 뿐이죠."

팻은 마치 혼잣말처럼 중얼거렸다. "'그는 사물이 다르게 보이도록 작용하므로, 마치 시간이 흐른 것처럼 보인다.'"

"시간과 공간 모두 그렇죠." 린다의 말이었다.

"그럼 발리스는 도대체 뭡니까?" 내가 물었다.

"'거대 활성 생체 지능 시스템'이죠." 에릭의 말이었다.

"그건 '발리스'라는 약자의 본래 이름일 뿐이지 않습니까." 내가 말했다.

"우리가 아는 바는 그것뿐이에요." 에릭이 말했다. "그럼 그 것 말고 또 뭐가 있겠어요? 당신들은 이름을 원하는 겁니까? 하느님이 인간을 시켜서 모든 동물에게 지어준 것과 같은 식의 이름을요? '발리스'가 바로 그 이름이에요. 그러니 그냥 그렇게 부르는 걸로 만족하세요."

"그러면 발리스는 사람인가요?" 내가 물었다. "아니면 하느 님인가요? 아니면 다른 무엇인가요?"

에릭과 린다 모두 미소를 지었다.

"그럼 그건 별에서 온 건가요?" 내가 덧붙여 말했다.

"지금 우리가 있는 이곳도 별들 가운데 하나예요." 에릭의 말 이었다. "우리의 태양 역시 별이고요."

"수수께끼 같군요." 내가 말했다.

팻이 말했다. "그러면 발리스가 곧 구세주인 겁니까?"

잠깐 동안이지만 에릭과 린다 모두 입을 다물었다. 곧이어 린 다가 말했다. "우리는 '하느님의 친구들'이에요." 이 말을 끝으 로 그녀는 더 이상 아무 말도 하지 않았다.

데이비드가 조심스럽게 나를 바라보았다. 나와 눈이 마주치 자 그는 마치 이렇게 물어보는 듯한 몸짓을 했다. '이 사람들을 정말 믿을 수 있는 거야?'

"이 사람들은 아주 오래된 집단이야." 내가 대답했다. "나로 선 벌써 몇 세기 전에 죽어 없어졌다고 생각한 집단 말이야."

에릭이 말했다. "우리는 결코 죽어 없어지지도 않고, 또 당신 들이 생각하는 것보다는 훨씬 더 나이가 많죠. 당신들이 어디

선가 들은 것보다도 훨씬 더요. 당신들이 물어본다면 우리가 대답할 것보다도 훨씬 더요."

"그러면 당신들은 에크하르트보다도 훨씬 더 오래되었다는 거군요." 케빈이 예리한 질문을 던졌다.

린다가 말했다. "그래요."

"여러 세기나 더요?" 케빈이 물었다.

아무 대답이 없었다.

"수천 년이나 더요?" 급기야 내가 물었다.

"'높은 산들은 산양을 위함이여.'" 린다가 말했다. "'바위는 너구리의 피난처로다.'"

"그건 무슨 뜻이죠?" 내가 물었다. 케빈도 마찬가지로 물었다. 우리는 마치 합창하듯 물어보았다.

"나는 무슨 뜻인지 알겠는데." 데이비드가 말했다.

"그럴 리가 없어요." 팻이 말했다. 그 역시 방금 린다가 인용한 구절이 무엇인지를 깨달은 모양이었다.

"'학은 잣나무로 집을 삼는도다.'" 잠시 뜸을 들인 후, 이번에는 에릭이 말했다.

팻이 나를 향해 말했다. "이 사람들은 이크나톤의 후예야. 방금 전의 인용문은 『시편』 104편이고, 바로 이크나톤의 찬가에 근거한 노래지. 우리가 아는 성서에 실리기는 했지만, 사실은 우리가 아는 성서보다 훨씬 '오래된' 거야."

린다 램턴이 말했다. "우리는 마치 집게발 같은 손을 지닌 추악한 건축가들이죠. 우리는 부끄러운 나머지 스스로를 숨겨버렸어요. 헤파이스토스와 함께 우리는 거대한 벽을 쌓고 신들의 거처를 만들었죠."

"맞아요." 케빈의 말이었다. "헤파이스토스 역시 추악했지요. 건축가인 하느님이었고요. 당신들은 아스클레피오스를 죽였죠."

"이 사람들은 키클로페스들이야." 팻이 힘없이 말했다.

"그 이름은 '둥근 눈'이라는 뜻이지." 케빈이 말했다.

"하지만 우리는 눈이 세 개예요." 에릭이 말했다. "그리하여 역사적 기록에는 실수가 빚어진 셈이었죠."

"의도적으로요?" 케빈이 말했다.

린다가 말했다. "예."

"당신들은 아주 나이가 많군요." 팻이 말했다.

"예, 맞아요." 에릭이 대답하자 린다도 고개를 끄덕였다. "아주 나이가 많죠. 하지만 시간은 진짜가 아니에요. 여하간 우리에게는 아니에요."

"이런 세상에." 팻은 충격을 받은 듯 대답했다. "이 사람들은 최초의 건축가들이로군."

"우리는 이제껏 결코 멈춘 적이 없었어요." 에릭이 말했다. "우리는 여전히 짓고 있죠. 우리는 이 세계를, 이 시공간의 모체를 지었어요."

"당신들이 바로 우리의 창조자로군요." 팻이 말했다.

램턴 부부는 고개를 끄덕였다.

"당신들은 사실 '하느님의 친구들'인 거고요." 케빈이 말했다. "그 단어의 문자적 의미 그대로요."

"두려워하지 말아요." 에릭이 말했다. "당신들은 알고 있겠죠. 시바가 한 손을 들어 올리는 까닭은 아무것도 두려워할 게 없다는 걸 보여주기 위해서라는 걸요."

"하지만 두려워할 게 있는걸요." 팻의 말이었다. "시바는 파괴자였어요. 그의 세 번째 눈은 파괴하는 작용을 했어요."

"그는 또한 회복자이기도 했죠." 린다의 말이었다.

데이비드는 나 있는 쪽으로 상체를 기울이더니 이렇게 속삭였다. "이 사람들 미친 거 아니야?"

이들은 곧 신들이야. 나는 속으로 말했다. 이들은 바로 시바야. 파괴하기도 하고, 보호하기도 하는. 이들은 판결을 내리지.

어쩌면 나는 두려움을 느껴야 마땅했을지도 모른다. 하지만 나는 두려움을 느끼지 않았다. 그들은 이미 파괴했다. 페리스 F. 프리마운트를 권좌에서 끌어내렸던 것이다. 영화 〈발리스〉에 묘사한 것처럼.

회복자 시바의 시기가 시작되었다. 우리가 잃어버린 모든 것에 대한 회복이라고 나는 생각했다. 죽은 두 명의 여성에 대한 회복이라고.

영화 〈발리스〉에서처럼 린다 램턴은 필요하다면 시간을 거꾸로 돌릴 수 있었다. 그리고 모든 것에 생명을 회복시킬 수 있었다.

나는 그 영화를 이해하기 시작했다.

'리피돈 회'는 비록 물고기기는 했지만, 차마 그 깊이에 도달하지 못함을 나는 깨달았다.

　융의 가르침에 따르면, 집단 무의식으로부터의 분출은 연약한 개인의 자아를 쓸어버릴 수 있다. 집단적인 것의 깊은 곳에는 원형들이 잠들어 있다. 그 원형들이 잠에서 깨어날 경우, 치유할 수도 있고 파괴할 수도 있다. 이것이 바로 원형들의 위험이다. 대립되는 성질이 아직 분리되지 않은 상태인 것이다. 한쌍으로 된 대립자로서의 양극화는 의식이 발생한 뒤에야 일어난다.

　따라서 신들의 경우에는 삶과 죽음이—보호와 파괴가—하나이다. 이런 비밀의 제휴는 시간과 공간의 외부에 존재한다.

　그것은 당신을 무척이나 두렵게 만들 수 있으며, 거기에는 그럴 만한 이유가 있다. 어쨌거나 당신의 존재는 위기에 처해 있기 때문이다.

　진정한 위험, 궁극적인 공포는 우선 창조와 보호와 비호가 먼저 온 다음에 일어난다. 파괴는 그 다음에야 일어난다. 만약 이것이 순서라고 치면 지어진 모든 것들은 죽음으로 끝을 맺게 된다.

　모든 종교 내부에는 죽음이 숨어 있다. 그리고 죽음은 언제라도 앞으로 튀어나올 수 있다. 그 날개에는 치유가 아니라 독이 들어 있으며, 그걸 가지고 상처를 입힌다.

　하지만 우리는 애초부터 상처를 입은 채로 시작했다. 그리고 발리스는 우리를 향해 치유의 정보를, 의학적 정보를 발사한다.

발리스는 의사의 모습으로 우리에게 접근하며, 부상의 시대며 철의 시대며 유독성 철 파편은 제거되었다.

하지만 그래도…… 잠재적인 위험은 영원히 거기 남아 있다.

이것은 일종의 끔찍한 게임이다. 어떤 방향으로도 갈 수 있다.

'Libera me, Domine.' 나는 속으로 이렇게 말했다. 'In die illa.' 나를 구원하소서, 나를 보호하소서, 하느님, 이 분노의 날에. 우주에는 비합리적인 경향이 있으며, 작고 희망 넘치고 신뢰하는 리피돈 회는 어쩌면 그 안에 빠져서 파멸할지도 몰랐다. 이미 많은 사람들이 그랬듯이.

나는 르네상스의 위대한 의사가 발견한 어떤 사실을 기억했다. 적당량만 사용하면 독도 약이 될 수 있다는 점이었다. 파라켈수스는 수은 같은 금속을 치료제로 사용한 최초의 인물이었다. 이 발견—적당량의 유독성 금속을 치료제로 사용한 것—으로 인해 파라켈수스는 우리의 역사책에 이름을 올리게 되었다. 하지만 이것이야말로 그 위대한 의사의 삶에는 불운한 결말을 가져왔다.

그는 금속 중독으로 인해 사망했던 것이다.

다른 식으로 표현하자면, 치료제는 유독성일 수도 있고 사람을 죽일 수도 있다. 그리고 이런 일은 언제라도 일어날 수 있다.

"시간은 놀이하는 아이, 장기를 두는 아이다. 왕국은 아이의 것이다." 헤라클레이토스가 지금으로부터 2500년 전에 썼던 것처럼. 여러 면에서 이것은 무서운 생각이었다. 가장 무서운 것

이었다. 놀이를 하는 아이…… 모든 생명을 가지고, 어디에서
나.

나라면 대안을 선호할 것이었다. 이제 나는 우리 표어가 엮어
주는 것의 중요성을 깨달았다. 우리 소모임의 표어는 모든 경
우들을 기독교의 본질로 엮어주었고, 우리는 이로부터 결코 분
리될 수 없는 것이었다.

물고기는 총을 갖고 다닐 수 없다!

만약 우리가 이 표어를 포기한다면, 우리는 역설에 들어설 수
밖에 없고, 결국 죽음에 들어설 수밖에 없다. 우리의 표어는 비
록 어리석은 것처럼 들리지만, 우리는 그 안에다가 우리에게
필요한 통찰을 엮어 넣었다. 더 이상은 알아야 할 것이 없었다.

M-16 소총을 붙잡으려다 떨어트렸던 팻의 기묘하고도 짧은
꿈에서 신성은 우리에게 이야기를 했다. 'Nihil Obstat(위반 사
항 없음).' 우리는 사랑에 진입했고 우리 스스로 땅을 하나 발
견했다.

하지만 신성한 것과 무서운 것은 서로 워낙 가깝다. 놈모와
유루구는 한 쌍이다. 양쪽은 서로를 필요로 한다. 오시리스와
세트 역시 마찬가지다. 『욥기』에서 야훼와 사탄은 공조 관계를
이룬다. 하지만 우리가 살기 위해서는 이런 한 쌍들이 반드시
나뉘어야만 한다. 시간과 공간과 모든 피조물이 존재하게 되자
마자 무대 뒤에서의 공조 관계는 반드시 끝나야만 한다.

반드시 우세를 떨쳐야 하는 것은 하느님도 아니고 신들도 아니다. 오히려 지혜, 즉 거룩한 지혜였다. 나는 다섯 번째 구세주가 바로 그것이었으면 하고 바랐다. 즉 양극성을 나누어버리고, 단일한 것으로 나타났으면 하는 바람이었다. 세 사람이나 두 사람이 아니라 '한 사람'으로. 창조주 브라흐마도, 유지자 비슈누도, 파괴자 시바도 아닌, 오히려 조로아스터가 '지혜로운 정신'이라고 부른 것으로.

하느님은 선한 동시에―선한 '다음에'가 아니라― 무서울 수 있다. 우리와 그의 사이에 있을 중재자를 우리가 물색하는 것도 이래서다. 우리는 중재하는 사제를 통해서 그에게 접근하고, 성례전을 통해서 그를 감쇄시키고 속박시킨다. 그것은 우리 자신의 안전을 위해서다. 그를 안전하게 만들어줄 울타리를 이용하여 그를 가두어놓는 것이다. 하지만 팻이 이미 살펴본 것처럼 하느님은 그 울타리에서 도망쳤고 세계를 성변화시켰다. 하느님은 자유로워진 것이다.

"아멘, 아멘" 하는 성가대의 부드러운 노랫소리는 회중을 진정시키기 위해서가 아니라, 하느님을 달래기 위한 것이다.

당신이 이 사실을 알게 되면, 당신은 종교의 가장 내밀한 핵심 속으로 침투한 셈이 된다. 최악의 부분은 신이 돌출해 나와서 회중에 들어가 결국 그들이 되는 것이다. 당신은 어떤 신에게 예배를 드리지만, 그 신은 당신을 사로잡아버리는 것으로 되갚는다. 그리스어로는 '엔토우시아스모스'라고 하는데, 직역하자면 '신에 사로잡히다'라는 뜻이다. 그리스의 모든 신들 중에서도 그럴 가능성이 가장 높은 신은 바로 디오니소스였다. 그리고 불운하게도 디오니소스는 제정신이 아니었다.

다른 식으로 표현하자면—거꾸로 말하자면— 당신의 신이 당신을 사로잡아버린다고 한다면, 그 신의 이름이 무엇이건 간에 그 신은 사실상 미치광이 신 디오니소스의 한 형태일 것이다. 그는 또한 도취intoxication의 신인데, 이 단어를 직역하면 독소toxins를 마신다는 뜻이 된다. 즉 독약을 마신다는 뜻이다. 바로 거기에 위험이 있다.

이 사실을 감지한 사람은 도망치려 시도할 것이다. 하지만 도망치더라도 어쨌거나 그에게 사로잡힐 것이다. 본래 억누를 수 없을 정도로 도망치고 싶은 충동을 가리키는 공포panic라는 단어는 반신 판Pan에게서 비롯된 것이기 때문이다. 그런데 판은 디오니소스의 하위 형태다. 따라서 디오니소스로부터 도망치려는 과정에서 당신은 결국 그에게 사로잡히고 만다.

나는 말 그대로 서투르게 이 글을 쓴다. 나는 너무나도 지친 나머지, 자리에 앉을 때에도 마치 무너져 내리듯 했다. 존스타운에서 벌어진 일은 공포에서 비롯된 대규모의 도주였으며, 미치광이 신으로부터 영감을 받은 것이었다.* 공포가 결국 죽음을 불러왔으니, 이것이야말로 미치광이 신의 돌출에서 비롯되는 논리적인 결과인 것이다.

그들에게는 출구가 전혀 없었다. 이것을 이해하려면 미치

---

* 1978년 11월 18일, 신흥종교 '인민사원'의 교주 짐 존스는 914명의 신도들과 함께 가이아나의 정글 속에 있는 본거지에서 집단 자살해 전 세계에 충격을 안겼다.

광이 신에게 사로잡혀야만 한다. 그런 일이 일단 벌어지고 나면 출구가 전혀 없게 된다. 미치광이 신은 어디에나 있기 때문이다.

900명이나 되는 사람들이 자신들의 죽음을 결탁했다는 것은, 심지어 어린 자녀의 죽음까지도 결탁했다는 것은 합리적이지 못하다. 하지만 미치광이 신은 논리적이지가 않다. 우리가 이해하는 '논리적'이라는 용어의 의미로서는 아닌 것이다.

우리가 도착한 램턴 부부의 집은 위풍당당하고 오래된 어느 농장 주택이었고, 포도밭 한가운데 자리 잡고 있었다. 어쨌거나 이 지역은 와인 특산지니까.

나는 생각했다. 디오니소스는 술의 신이지.

"여기는 공기가 참 좋군요." 폭스바겐 래빗에서 우리가 내리면서 케빈이 말했다.

"가끔은 우리도 오염을 겪어요." 에릭이 말했다. "심지어 여기서도요."

집 안으로 들어가 보니 따뜻하고도 매력적이었다. 에릭과 린다의 모습이 담긴 커다란 포스터가 들어 있는 유리 액자 여러 개가 벽을 도배하고 있었다. 덕분에 오래된 목제 주택의 실내에 현대적인 느낌이 깃들었고, 이것이 우리를 도로 사우스랜드와 연계시켜주었다.

린다가 미소를 지으며 말했다. "우리는 여기서 직접 와인을 만들어요. 우리가 재배한 포도를 가지고요."

당신네가 그렇게 하는 모습이 상상되는군요. 나는 속으로 말했다.

커다란 오디오 장비가 한쪽 벽을 따라 잔뜩 쌓인 모습이, 마치 〈발리스〉에서 니콜러스 브래디의 요새 같은 사운드 믹서를 연상시켰다. 나는 그 시각적인 아이디어가 어디에서 나왔는지를 알 수 있었다.

"우리가 만든 테이프를 틀어볼게요." 에릭은 그 오디오 요새로 가서 스위치를 눌렀다. "음악은 미니가 만들었지만, 가사는 내가 썼지요. 노래도 내가 불렀지만 유통시키진 않을 생각이에요. 이건 다만 실험일 뿐이니까요."

우리가 자리에 앉는 동안 음량을 높여 틀어놓은 그 음악이 거실을 가득 채우고, 벽에 반향을 남겼다.

너를 보고 싶어, 친구야.
가능한 한 빨리.
네 손을 좀 잡아보자.
나는 잡을 손도 없지만
나는 늙고, 늙고, 너무 늙었지만.

너는 왜 나를 보지 않지?
지금 보는 것이 두려운가?
그래도 나는 너를 찾을 거야.
나중이건 지금이건, 나중이건 지금이건.

세상에. 가사를 들으면서 나는 생각했다. 그래, 우리는 제대로 된 장소에 온 것이로군. 거기에는 아무 의심이 없었다. 우리는 이걸 원했고, 결국 얻은 셈이었다. 케빈이라면 이 노래 가사를 해체하면서 재미있어했겠지만, 이 가사는 사실 해체할 필요가 없었다. 음, 그러면 그는 미니의 전자 소음 쪽으로 관심을 돌릴 수 있을 것이었다.

린다가 몸을 숙이더니 내 귀에다가 입술을 갖다 대고 음악 소리보다 더 크게 뭐라고 소리를 질렀다. "이 공명이 더 높은 차크라를 열어주는 거예요."

나는 고개를 끄덕였다.

노래가 끝나자 우리는 끝내주는 노래라고 입을 모았다. 데이비드도 마찬가지였다. 데이비드는 일종의 도취 상태였다. 그의 눈은 흐려져 있었다. 데이비드가 이렇게 될 때는 차마 자신이 견딜 수 없는 어떤 것에 직면했을 때였다. 교회에서는 스트레스 상태가 끝날 때까지 정신적으로 한동안 자신을 소거하는 방법을 그에게 가르쳐주었다.

"그러면 미니를 만나보시겠어요?" 린다 램턴이 말했다.

"그럼요!" 케빈이 말했다.

"아마 지금은 위층에서 자고 있을 거예요." 에릭 램턴의 말이었다. 그는 거실에서 나가면서 말했다. "린다, 카베르네 쇼비뇽 좀 가져다줘. 1972년산으로. 저장실에 있을 거야."

"알았어." 그녀는 이렇게 말하며 거실 반대편으로 나갔다. "편하게들 계세요." 그녀는 어깨 너머로 우리에게 말했다. "금방 돌아올 거니까요."

케빈은 오디오 쪽으로 가서 황홀한 듯 바라보았다.

양손을 호주머니에 찔러 넣고 데이비드가 내게 다가왔다. 얼굴에는 복잡한 표정이 떠올라 있었다. "저 사람들—"

"저 사람들은 미쳤어." 내가 말했다.

"하지만 아까 차에서는 자네도 마치—"

"미쳤었지." 내가 말했다.

"좋게 미친 건가?" 데이비드가 말했다. 그는 내 옆에 바짝 붙어 서 있었다. 마치 보호하려는 듯. "아니면— 또 다른 건지."

"그건 나도 모르겠어." 내가 말했다. 솔직한 심정이었다.

이제는 팻도 우리와 함께 자리에서 일어나 있었다. 그는 귀를 기울였지만 아무 말도 하지는 않았다. 그는 정신이 완전히 말짱한 것처럼 보였다. 그 와중에 케빈은 혼잣말을 해가면서 그 집의 오디오 시스템을 분석하고 있었다.

"내 생각에 우리는 차라리—" 데이비드가 말을 시작했다. 하지만 바로 그때 린다 램턴이 와인 저장실에서 돌아왔다. 은쟁반 위에는 와인 잔 여섯 개와 코르크 마개를 아직 빼지 않은 와인 병 하나가 놓여 있었다.

"죄송하지만 와인 좀 따주실래요?" 린다가 말했다. "보통은 코르크 마개를 끼워놓거든요. 왜 그런지는 모르지만요." 에릭이 없으니 그녀는 어쩐지 우리 앞에서 쑥스러워하는 것 같았다. 〈발리스〉에서 그녀가 연기했던 여성과 전혀 다르지 않은 모습이었다.

케빈이 얼른 그녀에게서 와인 병을 받아 들었다.

"코르크 따개가 아마 부엌 어디에 있을 거예요." 린다의 말이었다.

우리 머리 위쪽에서 뭔가를 쿵쿵대고 질질 끄는 소리가 들려왔다. 마치 2층에서 뭔가 아주 육중한 물건을 질질 끌고 다니는 듯했다.

린다가 말했다. "미리 하나 말씀드려야겠네요. 미니는 지금 다발골수종을 앓고 있어요. 워낙 고통이 심하기 때문에, 휠체어를 이용하고 있어요."

케빈이 흠칫 놀라며 말했다. "형질세포골수종은 백발백중 치명적인 질환인데."

"생존 기간은 길어야 2년이죠." 린다가 말했다. "그의 경우에는 이제야 겨우 진단이 나왔어요. 다음 주 안에 입원해야 할 거예요. 안타까운 일이죠."

팻이 말했다. "그러면 발리스가 치유해줄 수 없나요?"

"치유되어야 할 것은 치유되게 마련이죠." 린다 램턴의 말이었다. "파괴되어야 할 것은 파괴되게 마련이고요. 하지만 시간은 진짜가 아니에요. 아무것도 파괴되지는 않죠. 그건 단지 환상일 뿐이에요."

데이비드와 나는 서로를 흘끗 바라보았다.

덜컹. 덜컹. 뭔가 둔중하고도 커다란 것이 계단을 따라 내려오고 있었다. 잠시 후, 우리가 꼼짝 않고 서 있는 사이, 휠체어 한 대가 거실로 들어왔다. 거기 올라탄 사람은 마치 찌그러진 작은 살덩어리 같은 모습이었지만, 우리를 알아본 듯 유머와 사랑과 온화함이 담긴 미소를 지어 보였다. 그의 양쪽 귀에는 전선이 연결되어 있었다. 양쪽 모두 보청기였다. 동시성 음악의 작곡가인 미니는 사실 반쯤 귀가 먹은 상태였다.

우리는 미니에게 차례대로 다가가 움찔거리는 그의 손을 잡고 악수를 나누며 자기소개를 했다. 소모임으로서가 아니라 개별적으로.

"당신의 음악은 아주 중요해요." 케빈이 말했다.

"예, 맞아요." 미니의 말이었다.

우리는 그의 고통을 똑똑히 볼 수 있었고, 그가 정말 오래 살지 못할 것임을 알 수 있었다. 하지만 고통 가운데에서도 그는 이 세상을 향해 악의를 지니고 있지 않았다. 그는 셰리하고 달랐다. 흘끗 팻을 바라보았더니, 지금 이 휠체어에 쪼그라든 사람을 바라보면서 셰리를 생각하는 것이 분명해 보였다. 이렇게 멀리까지 와서 또다시 이런 걸 보게 되다니. 팻은 바로 그것으로부터 도망친 셈이었으니까. 음, 내가 이미 말한 것처럼, 어떤 방향을 택하건 간에 뛰어 달아나면 신도 함께 뛰게 마련이다. 왜냐하면 그는 어디에나 있으니까. 내부에도 외부에도.

"발리스가 당신네들한테도 접촉을 했나요?" 미니가 물었다. "당신네들 네 명 모두한테요? 그렇기 때문에 여기 온 거겠죠?"

"저한테만 했지요." 팻이 말했다. "다른 사람들은 제 친구들입니다."

"그럼 뭘 봤는지 말해봐요." 미니가 말했다.

"마치 성 엘모의 불 같은 거였어요." 팻이 말했다. "그리고 정보가—"

"발리스가 현존할 때에는 항상 정보가 있게 마련이죠." 미니는 고개를 끄덕이며 미소를 지었다. "그가 곧 정보니까요. 살아 있는 정보요."

"그는 내 아들을 치유해주었어요." 팻이 말했다. "또는 내 아들을 치유하는 데에 필요한 정보를 나에게 발사해주었다고 해야겠지요. 발리스는 성 소피아와 붓다에 대해서 이야기해주었어요. 그리고 그이인지 그것인지는 모르겠지만, 여하간 '머리 아폴론'이라는 것이 조만간 태어날 것이고, 결국—"

"당신이 기다려왔던 시간이라고." 미니가 중얼거렸다.

"맞아요." 팻이 말했다.

"그 암호는 어떻게 알아냈죠?" 에릭 램턴이 팻에게 물었다.

"바닥에 난 출입문에 적힌 걸 봤어요." 팻의 말이었다.

"이 사람도 그걸 본 거군요." 린다가 재빨리 대답했다. "그 출입문의 비율은 어땠죠? 너비는요?"

팻이 말했다. "피보나치 상수더군요."

"그건 우리의 다른 암호예요." 린다가 말했다. "우리는 전 세계 곳곳에 광고를 해놓고 있죠. 1.618034. 그러니까 이런 뜻이에요. '이 숫자를 완성시키시오. 1.6.' 이게 피보나치 상수라는 걸 알아보는 사람이 있으면 그 숫자를 완성시키겠지요."

"아니면 피보나치 수열을 사용하기도 하지요." 에릭의 말이었다. "1, 2, 3, 5, 8, 13 이런 식으로요. 그 출입문은 '다른 영역'

341

으로 통해요."

"더 높은 영역이오?" 팻이 물었다.

"우리는 그냥 '다른' 영역이라고 불러요." 에릭이 말했다.

"그 출입문 사이로 나는 번쩍이는 글씨를 봤어요." 팻이 말했다.

"아니, 그렇진 않았을 거예요." 미니가 미소를 지으며 말했다. "그 출입문 너머에는 크레타가 있으니까요."

잠시 침묵이 흐르다가, 팻이 말했다. "렘노스."

"때로는 렘노스이고. 때로는 크레타죠. 여하간 그쪽 지역이에요." 고통이 격발한 듯, 미니가 휠체어에 탄 채로 꿈틀거렸다.

"나는 그 벽에서 히브리어 단어를 봤어요." 팻의 말이었다.

"그래요." 미니는 여전히 미소를 지으며 말했다. "카발라죠. 그리고 그 히브리어는 당신이 읽을 수 있는 단어로 바뀔 때까지 치환되었을 거예요."

"결국 '펠릭스 왕'이 되었죠." 팻이 말했다.

"왜 그 출입문에 대해서 거짓말을 하는 거죠?" 린다는 딱히 악의라고는 없이 물었다. 단지 호기심이 동한 모양이었다.

팻이 말했다. "당신들은 내 말을 믿지 않는 것 같아서요."

"그러면 당신은 평소에 카발라에 친숙하지 않았던 모양이군요." 미니의 말이었다. "그게 바로 발리스가 사용하는 암호 시스템이에요. 발리스의 구두 정보는 카발라에 저장되죠. 그게 가장 경제적인 방법이기 때문이에요. 히브리어에서는 모음을 철자가 아니라 그저 점으로만 표시하면 되니까요. 당신은 세트와

342

배경을 식별하는 해독기를 받은 거예요. 아시다시피요. 일반적으로 우리는 세트와 배경을 식별할 수 없죠. 발리스는 당신을 향해서 해독기를 발사해야 했어요. 그건 격자죠. 당신은 물론 세트를 색깔로 보았겠지만요."

"그래요." 팻이 고개를 끄덕였다. "그리고 배경은 흑백으로 보였죠."

"그렇기 때문에 당신은 거짓 작품을 볼 수 있었던 거예요."

"뭐라고요?" 팻이 물었다.

"그러니까 현실 세계와 혼합되어 있는 거짓 작품을 볼 수 있었던 거라고요."

"아." 팻이 말했다. "맞아요. 이제는 이해가 되는군요. 그때는 마치 뭔가가 제거된 대신에—"

"다른 뭔가가 덧붙여진 느낌이었겠죠." 미니가 말했다.

팻이 고개를 끄덕였다.

"지금 당신 머릿속에 목소리가 들리나요?" 미니가 물었다. "AI(인공지능)의 목소리요?"

긴 침묵이 흐르고 나서, 나와 케빈과 데이비드를 흘끗 한 번 바라본 다음 팻이 말했다. "그건 중성적인 목스리예요. 남자도 여자도 아니죠. 맞아요, 정말 무슨 인공지능의 곡소리인 것처럼 들렸어요."

"그게 바로 시스템 간 통신 네트워크예요." 미니의 말이었다. "별과 별 사이에 뻗어서, 모든 성계를 앨버무스Albemuth하고 이어주죠."

그를 빤히 바라보며 팻이 물었다. "앨버무스? 그것도 '별'입니까?"

"당신도 그 단어를 들어봤겠죠. 하지만—"

"글씨 형태로 쓰인 걸 봤어요." 팻이 말했다. "하지만 그게 무슨 뜻인지는 몰랐고요. 나는 그걸 연금술alchemy과 연관시켜 생각했었죠. '알al'이라는 철자 때문에요."

"접두사 '알al'은 원래 아랍어에서 온 거죠." 미니가 말했다. "영어에서는 정관사 '더the'에 해당되는 뜻이에요. 별 이름에 흔히 붙는 접두사죠. 그게 바로 당신이 지닌 단서였어요. 여하간, 그러면 당신은 글로 적힌 페이지를 본 거군요."

"맞아요." 팻이 말했다. "그것도 여러 가지를요. 그것들은 앞으로 나에게 일어나게 될 일들에 관해 이야기해주고 있었어요. 가령—" 그는 잠시 머뭇거렸다. "나중에 벌어질 내 자살 시도까지도요. 내게 '아난케'라는 그리스어 단어를 주었죠. 저는 그게 뭔지도 모르는데 말이에요. 그게 말해주었어요. '세계가 점차 어두워지는 것. 낮길이 되어 쓰러지는 것.' 나중에야 나는 그게 무슨 말인지 깨달았어요. 나쁜 일, 질병, 내가 반드시 범하지 않을 수 없는 일이었죠. 하지만 나는 살아남았어요."

"내가 앓는 질병 역시 발리스에 가까이 있다보니 생겨난 거예요. 그 에너지에 가까이 있기 때문에요. 불운한 일이기는 하지만, 아시다시피 우리는 불멸이니까요. 물론 신체적으로야 그렇지 않아도요. 우리는 다시 태어나고, 또 기억할 거예요."

"내가 키우던 애완동물도 암으로 죽었죠." 팻의 말이었다.

"맞아요." 미니가 말했다. "방사능의 수치가 때로는 어마어마해지거든요. 때로는 우리에게도 지나칠 정도로요."

나는 생각했다. 그렇기 때문에 당신은 지금 죽어가는 것이로군. 당신의 신이 당신을 죽인 건데, 그래도 당신은 행복하다 이거지. 나는 생각했다. '우리는 여기서 나가야만 해. 이 사람들은 죽음을 자초하고 있으니까.'

"도대체 발리스라는 게 뭐죠?" 케빈이 미니에게 물었다. "그는 도대체 어떤 신, 또는 조물주인 거죠? 시바? 오시리스? 호루스? 『우주의 방아쇠』라는 책을 보니까 로버트 안톤 윌슨*이 하는 말로는—"

"발리스는 구조물이에요." 미니가 말했다. "인공물이라는 거죠. 그건 이 지구상에 닻을 내리고 있어요. 말 그대로 닻을 내리고 있죠. 하지만 발리스에게는 시간과 공간이 존재하지 않기 때문에, 원한다면 어느 시대 어느 장소에나 있을 수 있어요. 발리스는 그들이 우리를 태어날 때부터 프로그래밍하기 위해 만든 것이에요. 평소에는 아기들을 향해서 극도로 짧은 정보의 격발을 발사해서, 아기들에게 지시를 각인시키죠. 그 지시는 아기들의 평생 동안 오른쪽 반구로부터 시작되어, 시계 가는 속도 정도의 간격에 맞춰 혈액을 타고 흘러가는 거예요. 적절한

---

* 로버트 안톤 윌슨(1932~2007)은 미국의 소설가 겸 철학자로 컬트적인 인기를 누린 소설 『일루미나투스』 3부작(1975)의 저자이다. 그의 작품은 철학과 종교, 비의학과 음모론을 종횡으로 오가는 내용을 특징으로 한다. 자전적 논픽션인 『우주의 방아쇠』 3부작(1977, 1991, 1995)은 저자의 독특한 실재론과 우주론을 해설한 작품으로, 편집증과 음모론의 느낌이 농후한 그 성격상 P. K. 딕의 『주해서』와 비슷한 맥락의 작품이라고도 할 수 있다.

상황의 맥락에 맞춰서요."

"그러면 발리스의 적대자도 있는 건가요?" 케빈이 물었다.

"오로지 이 행성의 병리 작용뿐이라고 해야겠죠." 에릭이 말했다. "이 행성의 대기 말이에요. 사실 우리는 이 대기에서 숨 쉴 수가 없어요. 우리 종족에게는 유독하거든요."

"'우리'라고요?" 내가 말했다.

"우리 모두요." 린다가 말했다. "우리는 모두 앨버무스에서 왔어요. 이 대기는 우리를 중독시키고 우리를 발광하게 만들죠. 따라서 그들이, 그러니까 앨버무스 성계에 남아 있는 그들이 발리스를 만들어서 이곳으로 보냈어요. 우리에게 합리적인 지시를 발사하도록, 대기의 유독성으로 인해 발생하는 병리 작용을 무효화하도록 만든 거죠."

"그러면 발리스는 합리적인 것이로군요." 내가 말했다.

"우리가 유일하게 지닌 합리성이죠." 린다가 말했다.

"그러니까 우리가 합리적으로 행동할 때, 우리는 그것의 관할하에 있는 셈이고요." 미니가 말했다. "단순히 지금 여기 모인 우리만 이야기하는 건 아니에요. 그야말로 모든 사람이 그렇다는 거죠. 이 세상에 살고 있는 모든 사람까지는 아니고, 합리적으로 행동하는 모든 사람이 그렇다는 거고요."

"결국 한마디로 요약하자면" 내가 말했다. "발리스가 사람들을 해독시키는 거군요."

"바로 그거예요." 미니가 말했다. "그건 정보로 이루어진 항독소라고 할 수 있죠. 하지만 그것에 노출되다 보면 자칫─ 내가 지금 겪는 것과 같은 질병을 겪을 수 있죠."

아무리 좋은 약이라도 과도하게 투여하면 독이 되지. 나는 속으로 생각했다. 파라켈수스가 생각났다. 이 사람은 치료를 받다가 죽음에 이르는 거야.

"나는 발리스에 관해서 가능한 한 많이 알고 싶어했죠." 내 얼굴에 나타난 표정을 보았는지, 미니가 자진해서 설명해주었다. "나는 그것을 향해 돌아와달라고, 나와 계속 소통해달라고 애걸했죠. 하지만 그것은 그러고 싶어하지 않았어요. 만약 돌아올 경우 그 방사능이 내게 어떤 영향을 끼칠지 알았기 때문에 그런 거죠. 하지만 그것은 내가 원한 대로 해주었어요. 나는 후회하지 않아요. 그럴 만한 가치가 있기 때문이죠. 발리스를 다시 경험한다는 것은요." 팻을 향해서 그가 말했다. "당신은 내 말이 무슨 뜻인지 알 거예요. 종소리가……."

"맞아요." 팻이 말했다. "부활절의 종소리죠."

"지금 그리스도에 관해서 이야기하는 건가?" 데이비드가 말했다. "그러니까 그리스도가 기껏해야 우리에게 잠재의식적으로 영향력을 끼치는 정보를 발사하는 인공적인 구조물에 불과하다는 거냐고?"

"우리가 태어난 시대를 생각해보면" 미니가 갈했다. "우리는 복 받은 사람들이에요. 우리는 그로부터 선택을 받은 사람들이니까요. 그 양 떼죠. 내가 죽기 전에 발리스가 돌아올 거예요. 나는 약속을 받았어요. 발리스가 돌아와서 나를 데려갈 거예요. 나는 영원히 그 일부가 될 거고요." 그의 눈에는 눈물이 그렁 그렇했다.

나중에 우리는 자리에 앉아서 좀 더 차분하게 이야기를 나누었다.

'시바의 눈'은 역시나 발리스가 발사하는 정보를 고대인이 나름대로 표현한 방법이었다. 그들은 이 정보가 파괴하는 능력을 지니고 있음을 알았다. 이것은 유해한 방사능의 요소이며 그 정보의 전달자에게는 필수적인 것이기도 했다. 미니의 말에 따르면 정보를 발사할 때에도 발리스가 우리에게서 가까이 있는 것은 아니었다. 말 그대로 수백만 마일이나 멀리 떨어져 있을 수 있었다. 따라서 영화 〈발리스〉에서 이들은 그것을 인공위성으로, 즉 아주 오래된 인공위성이지만 인간이 궤도에 올려놓은 것은 아닌 물건으로 묘사했다.

"그러면 그때는 우리가 종교에 관해 다루지는 않았던 거군요." 내가 말했다. "다만 매우 진보한 기술에 대해서만 다루었던 거고요."

"말들에 대해서만요." 미니의 말이었다.

"그렇다면 구세주란 무엇이죠?" 데이비드가 물었다.

미니가 말했다. "당신도 만나게 될 겁니다. 직접요. 원하신다면 내일요. 토요일 오후가 되겠군요. 그이는 지금 잠을 자고 있으니까요. 그이는 상당히 잠을 많이 자거든요. 대부분의 시간 동안 잠을 자죠. 여하간 그이는 수천 년의 시간 동안이나 완전히 잠들어 있었으니까요."

"나그함마디에서요?" 팻이 말했다.

"난 차라리 이야기 안 하는 게 좋겠군요." 미니가 말했다.

"왜 굳이 이걸 비밀로 간직해야 하는 건가요?" 내가 말했다.

에릭이 말했다. "우리는 이걸 비밀로 간직하고 있는 게 아니에요. 우리는 영화도 만들었고, 가사에 정보가 담긴 음반도 만들고 있으니까요. 대부분은 잠재의식 정보죠. 미니가 자기 음악을 가지고 만드는 거요."

"'때로는 브라흐만이 잠잔다.'" 케빈이 말했다. "'때로는 브라흐만이 춤춘다.' 우리는 지금 브라흐만에 대해 이야기를 하고 있는 건가요? 아니면 붓다인 싯다르타에 대해서인가요? 아니면 그리스도인가요? 아니면 그들 모두에 대해서 이야기를 하고 있는 건가요?"

내가 케빈에게 말했다. "위대한—" 나는 원래 이렇게 말할 생각이었다. '위대한 푼타'라고 말이다. 하지만 말하지 않기로 작정했다. 그건 현명한 일이 아닐 것 같아서였다. "여하간 디오니소스는 아닌 거죠, 그렇죠?" 내가 미니에게 물었다.

"아폴론이에요." 린다가 말했다. "디오니소스와 한 쌍인 대립자죠."

그 이야기를 듣자 안도감이 내 몸을 감쌌다. 나는 그녀의 말을 믿었다. 그것이야말로 호스러버 팻에게 계시된 바와 딱 맞아떨어졌다. "머리 아폴론."

"지금 우리가 있는 이곳은 미로예요." 미니가 말했다. "우리가 이 미로를 만들었고, 곧이어 이 미로에 떨어졌고, 결국 이

미로에서 벗어나지 못하는 거죠. 본질적으로 발리스는 선별적으로 우리를 향해 정보를 발사해요. 그 정보는 우리가 이 미로에서 도망칠 수 있도록, 출구를 찾도록 도움을 주죠. 그런 일은 그리스도가 오기보다도 2000년 전쯤에 시작되었어요. 그러니까 미케네 시대, 또는 헬라도스 시대 초에요. 크레타의 미노스에 미로가 있었다는 신화가 나온 것도 바로 그래서죠. 당신이 1：1.618034의 출입문 너머로 고대 크레타를 봤던 것도 바로 그래서고요. 우리는 위대한 건축가였어요. 하지만 어느 날인가 우리는 게임을 하기로 작정했어요. 자발적으로 한 일이에요. 우리는 워낙 뛰어난 건축자니까, 어쩌면 출구가 있기는 하지만 항상 변화하기 때문에, 즉 살아 있기 때문에 사실상 출구가 없는 미로—즉 세계—를 만들 수도 있지 않을까? 이렇게 생각했어요. 이 게임을 뭔가 진짜 게임으로 만들기 위해서, 지적 연습 이상의 것으로 만들기 위해서 우리는 예외적인 우리의 능력을 잃어버리기로, 우리의 전체 수준을 낮추기로 결정했죠. 불행히도 여기에는 기억의 상실도 포함되어 있었어요. 즉 우리의 진짜 기원에 대한 지식의 상실도 말이에요. 하지만 그보다 더 나빴던 것이 있었지요. 바로 여기서 우리는 어떤 면에서 패배를 자초했던 거예요. 우리의 하인에게, 즉 그 미로에게 승리를 넘겨주었고—"

"세 번째 눈이 감긴 거군요." 팻이 말했다.

"맞아요." 미니가 말했다. "우리는 세 번째 눈을 포기했어요. 우리의 주된 진화적 속성을요. 발리스가 다시 뜨게 해준 것이 바로 그 세 번째 눈이었어요."

"그렇다면 우리를 미로에서 출구로 인도한 것도 바로 그 세 번째 눈이로군요." 팻이 말했다. "이집트와 인도에서 세 번째 눈이 신과 같은 능력, 또는 깨달음과 동일시된 것도 바로 그래서였죠."

"그 두 가지는 결국 똑같은 거예요." 미니가 말했다. "신과 같은 것과 깨달음 말이에요."

"진짜요?" 내가 물었다.

"그래요." 미니가 말했다. "그것은 인간의 실제 모습이에요. 인간의 진정한 상태죠."

팻이 말했다. "그러면 기억도 없고, 세 번째 눈도 없고, 우리는 결코 그 미로를 부술 기회를 얻을 수 없겠군요. 정말 희망이 없겠어요."

나는 생각했다. 이것 역시 또 하나의 중국식 손가락 차꼬로군. 우리 스스로가 지은 것. 우리 스스로를 속박하기 위해.

도대체 우리는 어떤 정신의 소유자기에 스스로를 위해 중국식 손가락 차꼬를 만든 것일까? 대단한 게임이로군. 나는 생각했다. 단순히 지적인 것만은 아냐.

"우리가 미로에서 빠져나가려면 반드시 세 번째 눈을 다시 떠야만 해요." 미니가 말했다. "하지만 우리가 그런 아즈나 능력, 즉 식별의 눈을 지니고 있다는 사실을 더 이상 기억하지 못하기 때문에, 우리는 그걸 다시 뜨기 위해 필요한 기술을 물색하고 나설 수가 없게 되었어요. '뭔가 외부의 것이 들어와야만 했던 것'이죠. 우리 스스로는 만들 수가 없는 뭔가가요."

"그러면 우리가 모조리 미로 속으로 떨어진 것은 아니로군
요." 팻이 말했다.

"그렇죠." 미니가 말했다. "그리고 외부에, 그러니까 다른 성
계에 머물던 이들이 앨버무스에 보고를 했던 거죠. 우리가 스
스로 이런 짓을 저지르고 말았다고요…… 그리하여 우리를 구
하기 위해서 발리스가 만들어진 거예요. 이건 불不현실의 세계
예요. 당신도 아마 깨달았겠죠, 십중팔구. 발리스가 당신에게
그걸 깨닫게 했을 테니까. 우리는 세계 속에 살아 있는 것이 아
니라, 살아 있는 미로 속에 있는 거예요."

우리가 이 말을 곰곰이 생각하는 동안 침묵이 흘렀다.

"그러면 우리가 그 미로 밖으로 나오면, 그때는 어떻게 되는
거죠?" 케빈이 물었다.

"시간과 공간으로부터 자유로워지는 거죠." 미니가 말했다.
"시간과 공간이 그 미로를 구속하고 제어하는 조건이니까요.
즉 미로의 힘이니까요."

팻과 나는 서로를 바라보았다. 그것은 우리의 사색과 딱 맞아
떨어졌기 때문이다. 발리스가 만들어낸 사색과.

"그렇게 되면 우리는 결코 죽지 않는 건가요?" 데이비드가
물었다.

"맞아요." 미니가 말했다.

"그러면 구원은—"

"이른바 '구원'이라는 단어는 결국 이런 뜻이죠." 미니가 말

했다. "즉 '하인이 주인 노릇을 하는 곳인 시공간의 미로에서 빠져나오도록 인도된다.'"

"뭐 하나 물어봐도 되나요?" 내가 말했다. "그러면 다섯 번째 구세주의 목표는 뭐죠?"

"그이는 '다섯 번째'가 아니에요." 미니가 갈했다. "그이는 단 하나뿐이니까요. 거듭하고 또 거듭해서, 서로 다른 시대에, 서로 다른 장소에, 서로 다른 이름을 지니기는 하지만요. 구세주란 결국 발리스가 인간의 모습으로 현현한 것일 뿐이에요."

"교차결합을 한 건가요?" 팻이 말했다.

"아뇨." 미니는 확고하게 고개를 저어 아니라는 뜻을 표시했다. "구세주에게는 인간의 요소가 털끝만큼도 없어요."

"저기, 잠깐만요." 데이비드가 말했다.

"당신이 지금까지 어떻게 배워왔는지 잘 알아요." 미니가 말했다. "어떤 면에서 그런 가르침은 사실이에요. 구세주는 곧 발리스고, 그것이야말로 분명한 사실이에요. 하지만 그이는 인간 여성의 몸에서 태어났죠. 그이는 단순히 환영 같은 육신을 만들어내지는 않아요."

이 말을 듣자 데이비드가 고개를 끄덕였다. 그로선 이 말에 동의하는 모양이었다.

"그러면 그이는 이미 태어난 건가요?" 내가 물었다.

"맞아요." 미니가 말했다.

"내 딸로요." 린다가 말했다. "하지만 에릭의 딸까지는 아니죠. 그저 나와 발리스의 딸이에요."

"'딸'이라고요?" 우리 중 여러 사람이 합창하듯 물었다.

"이번에는 그렇게 됐어요." 미니가 말했다. "사상 최초로, 구세주가 여성의 형태로 오게 된 거예요."

에릭 램턴이 말했다. "아주 예쁘게 생겼어요. 모두들 보면 좋아하게 될 거예요. 무척이나 말을 빨리 하죠. 듣다 보면 귀가 떨어져나갈 정도로요."

"소피아는 이제 두 살이에요." 린다가 말했다. "1976년에 태어났죠. 그이가 하는 말을 우리가 녹음해두었어요."

"모두 녹음해두었죠." 미니가 말했다. "소피아의 주위에는 오디오 녹음장치와 비디오 녹화장치가 수두룩해서, 그이의 움직임을 항상 자동적으로 감시할 수 있으니까요. 물론 보호를 위해서 그런 것은 아니에요. 발리스가 그이를 잘 보호하고 있으니까요. 따지고 보면 발리스가 그이의 아버지고요."

"그러면 우리도 그이와 이야기를 나눌 수 있을까요?" 내가 말했다.

"아마 몇 시간이라도 기꺼이 이야기를 하려고 들걸요." 린다가 말했다. 그러더니 이렇게 덧붙였다. "이 세상에 있었던 언어를 모조리 등장시켜가면서 말이에요."

12

신이 아니라 지혜가 태어났다. 한손으로는 파괴하고, 또 한손으로는 치유하는 신…… 그 신은 구세주가 아니었다. 나는 속으로 말했다. 감사합니다, 하느님.

다음 날 아침, 우리는 작은 농가로 안내되었다. 짐승들이 곳곳에 있었다. 비디오 녹화 장치나 오디오 녹음 장치의 흔적은 눈에 띄지 않았지만, 대신 내 눈에 띈 것은—우리 모두의 눈에 띈 것은— 염소며 닭에 둘러싸여 앉아 있는 검은 머리카락의 어린아이였다. 그 곁의 우리에는 토끼도 있었다.

내가 기대했던 것은 평온함, 그러니까 모든 이해를 뛰어넘은 하느님의 평화였다. 하지만 그 어린아이는 우리를 보자, 자리에서 일어나 우리 쪽으로 다가왔다. 아이의 얼굴에는 분노의 표정이 타오르고 있었다. 아이의 눈은 분노로 커져 있었으며 나에게 정확히 꽂혀 있었다. 아이는 오른손을 들어 나를 가리켰다.

"당신의 자살 시도는 당신 자신에게 반대하는 극도로 잔인한 짓이었어." 아이는 또렷한 목소리로 말했다. 린다의 말마따나 이제 겨우 두 살밖에는 안 되는 아이였다. 말 그대로 아기였지만 두 눈은 무한히 나이가 많은 사람의 눈이었다.

"자살을 시도한 건 호스러버 팻인데." 내가 말했다.

소피아가 말했다. "필, 케빈, 데이비드. 여기는 당신네 세 사람뿐이야. 당신네 말고는 없다고."

팻에게 뭐라고 말하려고 고개를 돌려보니, 아무도 보이지 않았다. 에릭 램턴과 그의 아내, 휠체어에 탄 채로 죽어가는 남자 하나, 그리고 케빈과 데이비드뿐이었다. 팻은 사라져버리고 없었다. 그의 흔적 하나 남지 않았다.

호스러버 팻은 영영 사라져버렸다. 마치 한 번도 존재한 적 없었던 것처럼.

"이해가 안 되는데." 내가 말했다. "당신이 그를 파괴했군."

"그래." 아이가 말했다.

내가 물었다. "어째서지?"

"당신을 온전하게 만들기 위해서지."

"그러면 이제 그는 내 안에 있는 건가? 내 안에 살아 있는 건가?"

"그래." 소피아가 말했다. 이제는 아이의 얼굴에서 분노도 어느 정도 사라져 있었다. 크고 검은 눈에서도 분노가 이글거리지 않았다.

"그는 줄곧 나와 함께 있었는데." 내가 말했다.

"그건 맞아." 소피아가 말했다.

"앉아서들 이야기하죠." 에릭 램턴이 말했다. "우리가 앉는 편이 이 아이에게도 나을 거예요. 그래야 우리를 올려다보면서 말하지 않아도 될 테니까요. 지금 우리는 이 아이보다 키가 무척 크잖아요."

우리는 순순히 자리에 앉았다. 갈색 들판이 군데군데 바싹 그을려 있었다. 그제야 나는 이곳이 영화 〈발리스〉의 첫 장면에 나온 그 장소임을 깨달았다. 그들은 그 장면을 바로 이곳에서 찍었던 것이었다.

소피아가 말했다. "고마워."

"그럼 당신은 그리스도인가요?" 데이비드는 양 무릎을 턱 밑에까지 오도록 바싹 쪼그려 앉더니, 다리를 양팔로 감쌌다. 그러고 있으니 그 역시 아이처럼 보였다. 한 아이가 다른 아이를 향해 동등한 입장에서 대화를 나누려는 것 같았다.

"나는 스스로 있는 자야." 소피아가 말했다.

"이렇게 만나게 되어 기쁘―" 나는 차마 뭐라고 말해야 할지 몰랐다.

"당신의 과거가 소멸하지 않았다면." 소피아가 내게 말했다. "당신은 죽었을 거야. 당신도 그걸 아나?"

"그래요." 내가 말했다.

---

* 출애굽기 3장 14절. 하느님의 명령을 받은 모세가 '내 백성들에게 당신을 누구라고 해야 하느냐?'고 묻자, 하느님은 '나는 스스로 있는 자니라'라고 대답한다.

357

소피아가 말했다. "당신의 미래는 당신의 과거와 반드시 달라야만 해. 언제나 미래는 과거와 반드시 달라야만 하니까."

데이비드가 말했다. "그러면 당신이 바로 하느님이신가요?"

"나는 스스로 있는 자야." 소피아가 말했다.

내가 말했다. "그렇다면 호스러버 팻은 나의 일부분이 외부로 투사된 것에 불과하군요. 글로리아의 죽음에 직면해야 할 필요가 없도록 내가 만들어낸."

소피아가 말했다. "바로 그거였지."

내가 물었다. "글로리아는 지금 어디 있죠?"

소피아가 말했다. "무덤에 누워 있겠지."

내가 말했다. "그녀는 돌아올까요?"

소피아가 말했다. "그럴 리 없지."

내가 말했다. "불멸이라는 게 있는 줄로 생각했는데요."

내 말에도 소피아는 아무 말도 하지 않았다.

"나를 도와줄 수 있나요?" 내가 물었다.

소피아가 말했다. "이미 예전에도 당신을 도와줬었지. 1974년에도 당신을 도와줬었어. 당신이 자살을 하려고 했을 때에. 당신이 태어난 이래로 나는 줄곧 당신을 도와줬었어."

"당신이 발리스인가요?" 내가 물었다.

소피아가 말했다. "나는 스스로 있는 자야."

에릭과 린다를 바라보며 내가 말했다. "이 아이가 항상 대답을 내놓는 것은 아니로군요."

"어떤 질문은 의미가 없기도 하니까요." 린다의 말이었다.

"그럼 당신은 왜 미니를 치유하지 않는 거죠?" 케빈이 물었다.

소피아가 말했다. "나는 스스로 행하는 자야. 나는 스스로 있는 자야."

내가 말했다. "그러면 우리는 당신을 이해할 수 없겠군요."

소피아가 말했다. "그 사실만은 당신도 이해할 수 있겠지."

데이비드가 물었다. "당신은 영원불멸이죠, 안 그래요?"

"그래." 소피아가 말했다.

"그러면 당신은 모든 것을 알고 있나요?" 데이비드가 물었다.

"그래." 소피아가 말했다.

내가 말했다. "당신은 싯다르타였나요?"

"그래." 소피아가 말했다.

"당신은 살육하는 자이며 또 살육된 자였나요?" 내가 말했다.

"아니." 소피아가 말했다.

"그러면 살육하는 자만?" 내가 말했다.

"아니."

"그렇다면 살육된 자였겠군요."

"나는 상처 입은 자이며 또 살육된 자야." 소피아가 말했다. "하지만 나는 살육하는 자는 아니야. 나는 치유하는 자이며, 또 치유받은 자야."

"하지만 발리스는 미니를 죽게 하잖아요." 내가 말했다.

이 말에도 소피아는 아무 대답을 하지 않았다.

"당신은 이 세상의 심판자인가요?" 데이비드가 물었다.

"그래." 소피아가 말했다.

"그 심판은 언제 시작되는 거죠?" 케빈이 말했다.

소피아가 말했다. "당신들은 모두 이미 처음부터 심판을 받은 거야."

내가 말했다. "당신은 나를 어떻게 평가하나요?"

이 말에도 소피아는 아무 대답을 하지 않았다.

"우리는 발견된 거였나요?" 케빈이 말했다.

"그래." 소피아가 말했다.

"언제요?" 케빈이 말했다.

이 말에도 소피아는 아무 대답을 하지 않았다.

린다가 말했다. "내 생각에 지금은 이 정도로 충분한 것 같아요. 이 아이와는 나중에 다시 이야기할 기회가 있을 거예요. 이 아이는 동물과 함께 앉아 있기를 좋아해요. 동물을 좋아하거든요." 그녀가 내 어깨를 건드렸다. "이제 그만하죠."

그 아이에게서 등을 돌려 걸어오는 동안 내가 말했다. "저 아이의 목소리는 내가 1974년부터 머릿속에서 들었던 바로 그 중성적인 AI의 목소리였어요."

케빈이 목쉰 소리로 말했다. "저 아이는 컴퓨터야. 그렇기 때문에 오로지 특정한 질문에만 대답하는 거라고."

에릭과 린다는 그저 미소 짓기만 했다. 케빈과 나는 그를 흘끗 바라보았다. 미니는 침착하게 휠체어를 밀면서 따라왔다.

"AI 시스템이라." 에릭이 말했다. "인공지능이란 말이군요."

"발리스의 단말기인 거죠." 케빈이 말했다. "발리스의 주 시스템을 위한 입출력 단말기인 거예요."

"맞는 말이에요." 미니가 말했다.

"어린 여자아이가 아니라고요." 케빈이 말했다.

"내가 저 아이를 직접 낳았어요." 린다가 말했다.

"어쩌면 당신이 저 아이를 직접 낳았다고 생각하게 된 것에 불과할 수도 있죠." 케빈이 말했다.

린다는 미소를 지으며 말했다. "인간의 몸에 들어 있는 인공지능이라. 저 아이의 몸은 살아 있지만, 저 아이의 영혼은 아니라는 거군요. 저 아이는 감각력이 있어요. 저 아이는 모든 것을 알고 있어요. 하지만 저 아이의 정신은 우리가 살아 있다고 할 때처럼 살아 있는 것까지는 아니에요. 저 아이는 창조된 존재가 아니니까요. 저 아이는 항상 있었던 존재니까요."

"성서를 읽어봐요." 미니가 말했다. "저 아이는 창조가 일어나기 전부터 창조주와 함께 있었어요. 저 아이는 창조주의 연인이자 기쁨이었고, 창조주의 가장 큰 보물이었어요."

"어째서 그랬는지 알 것 같군요." 내가 말했다.

"저 아이를 사랑하기는 쉬울 거예요." 미니가 말했다. "많은 사람들이 저 아이를 사랑했었으니까요…… 『지혜서』에 나온 것처럼요. 그래서 저 아이는 그 사람들 속에 들어가고, 그 사람들을 인도하고, 심지어 그 사람들과 함께 감옥에까지 들어갔어요. 저 아이는 자기를 예전에 사랑했던, 또는 지금도 사랑하는 사람들을 결코 버리지 않아요."

"저 아이의 목소리는 인간의 법정에서도 들리니까요." 데이비드가 중얼거렸다.

"그러면 저 아이가 폭군을 파괴한 건가요?" 케빈이 말했다.

"맞아요." 미니가 말했다. "우리가 영화에서 말한 것처럼, 페리스 F. 프리마운트가 바로 그 폭군이었죠. 하지만 당신들은 저 아이가 쓰러트리고 파멸시킨 사람이 실제로 누군지 알겠죠."

"그럼요." 케빈이 말했다. 그는 우울한 표정이었다. 나는 그가 지금 한 남자를 상상하고 있다는 것을 알았다. 양복과 넥타이 차림으로, 캘리포니아 남부의 어느 바닷가를 거니는 남자, 자신에게 벌어진 일이며 잘못 벌어진 일을 생각하는 목표 없는 남자, 여전히 어떤 속임수를 궁리하는 남자를 말이다.

이 네 나라 마지막 때에
반역자들이 가득할 즈음에
한 왕이 일어나리니, 그 얼굴은 뻔뻔하며 속임수에 능하며
......*

그는 결국 모두에게 눈물을 가져다줄 눈물의 왕이 될 것이다. 그를 반대하여 어떤 행위가 이루어졌지만, 그는 폐색된 상태기 때문에 그 행위가 무엇인지 식별하지 못한다. 우리는 방금 그 사람과 이야기를 나누었다. 그 어린아이와.

항상 있었던 그 어린아이와.

---

* 다니엘 8장 23절.

그날 밤에 저녁식사를 하면서—장소는 소노마 한가운데 있는 공원 근처의 어느 멕시코 식당이었다— 나는 이제 내 친구 호스러버 팻을 두 번 다시는 볼 수 없을 것임을 깨달았다. 내 마음속에서는 슬픔이, 상실의 슬픔이 느껴졌다. 지적으로 나는 그를 재통합했다는 것을, 애초의 투사 과정을 역전시켰다는 것을 알았다. 하지만 이 일은 여전히 슬펐다. 나는 그와 함께하는 것을, 그의 끝없는 이야기 자아내기를, 그의 지적이고 영적이고 정서적인 탐색에 관한 설명을 즐겼다. 그 탐색—성배를 향한 것이 아니라—은 그의 상처를 치유하기 위한 것이었다. 그의 깊은 상처는 일찍이 글로리아가 죽음의 게임을 이용하여 그에게 입힌 것이었다.

팻이 없어서 이제는 전화를 걸 수도, 또는 찾아갈 수도 없다고 생각하니 이상한 기분이 들었다. 그는 내 삶에서나 또는 우리 공통의 친구들의 삶에서나, 일상적인 부분을 워낙 많이 차지하고 있었기 때문이다. 자녀 양육비 송금 수표가 더 이상 오지 않으면 베스가 과연 어떻게 생각할지 문득 궁금해졌다. 음, 경제적인 의무는 내가 담당할 수 있으리라는 생각이 들었다. 나야 그 일을 감당할 만큼의 여력은 있었고, 또한 그 아버지만큼이나 크리스토퍼를 여러 면에서 좋아했기 때문이었다.

"기분이 우울한가, 필?" 케빈이 내게 물었다. 지금은 우리끼리 자유롭게 이야기를 나눌 수 있었다. 왜냐하면 지금은 우리 세 사람만 있었기 때문이다. 램턴 부부는 우리 셋만 이곳 식당까지 데려다주었다. 식사를 끝내고 전화를 하면 자기네가 사는 큰 집까지 도로 데리러 오겠다고 했다.

"아니." 내가 말했다. 곧이어 내가 말했다. "그냥 호스러버 팻에 관해 생각하고 있었을 뿐이야."

잠시 뜸을 들였다가 케빈이 말했다. "그러면 자네는 이제 깨어난 거군."

"그래." 내가 고개를 끄덕였다.

"괜찮아질 거야." 데이비드가 어색하게 말을 건넸다. 데이비드는 감정의 표현을 무척이나 어려워했다.

"그래." 내가 말했다.

케빈이 말했다. "자네가 생각하기엔 저 램턴 부부가 또라이 같아?"

"그래." 내가 말했다.

"그럼 그 어린아이는?" 케빈이 말했다.

내가 말했다. "그 아이는 또라이까지는 아니야. 그러니까 그들 부부만큼 또라이는 아니라는 거지. 이건 역설이야. 완전 괴짜 둘이서, 미니까지 치면 셋이서 완전히 정신이 온전한 자녀를 만든 셈이니까."

"내 생각에는—" 데이비드가 말을 시작했다.

"하느님께서는 악을 이용해서 선을 도모할 수 있다는 말은 하지 말게." 내가 말했다. "알았나? 제발 우리한테 그 한 가지 호의를 베풀어달라고."

케빈은 반쯤 혼잣말로 중얼거렸다. "그 아이야말로 지금까지 내가 본 것 가운데 가장 예쁜 아이였어. 하지만 그 아이가 일종의 컴퓨터 단말기 같다는 주장은ㅡ"그는 권가 몸짓을 했다.

"그런 주장을 내놓은 사람은 바로 자네였어." 내가 말했다.

"그 순간에는 충분히 일리가 있었어." 케빈이 말했다. "하지만 지금 와서 되돌아보니 그렇지도 않군. 이제 와서 전체적인 시각을 지니게 되니까 말이야."

"내가 지금 무슨 생각하는지 자네들은 아나?" 데이비드가 말했다. "우리가 어서 에어 캘리포니아 비행기를 타고 산타아나로 돌아가야 한다는 생각이야. 그것도 가능한 한 빨리."

내가 말했다. "램턴 부부는 우리를 해코지할 사람들은 아니야." 이제 나는 이 사실을 확신할 수 있었다. 미니는 삶의 위력에 대한 나의 확신을 회복시켜주었다. 논리적으로는 오히려 다른 방식으로 작동해야만 한다고 나는 추정했다. 나는 그를 무척이나 좋아했다. 잘 알려져 있다시피 나는 아프거나 다친 사람을 도와주려는 기질이 있었으니까. 나는 그들에게 마음이 끌렸다. 정신과 의사가 몇 년 전에 내게 한 말처럼, 나는 그 일을 그만두어야만 했다. 그것 그리고 다른 일 또 하나를 말이다.

케빈이 말했다. "나는 사태를 정확히 파악하지는 못하겠어."

"나도 알아." 내가 동의했다. 우리는 정말로 구세주를 만났던 것일까? 아니면 단지 아주 똑똑한 꼬마 여자아이를 만난 것에 불과할까? 어쩌면 그 아이는 영화며 음악을 가지고 선동을 일삼았던 세 명의 매우 교활한 전문가들로부터 상당히 거만하게 들리는 답변을 내놓으라고 코치를 받았을지도 몰랐다.

"그이가 취하는 형체치고는 상당히 기묘한 셈이지." 케빈이 말했다. "여자아이이니까 말이야. 거기에 대한 저항도 만만치 않을걸. 그리스도가 여성이라니. 그렇다고 상상만 해도 여기 있는 우리 친구 데이비드는 펄펄 뛰고도 남을걸."

"그 아이는 자기가 그리스도라고 말한 적이 없어." 데이비드가 말했다.

내가 말했다. "그 아이는 바로 그거야."

케빈과 데이비드는 음식을 먹다 말고 나를 빤히 바라보았다.

"그 아이는 성 소피아지." 내가 말했다. "그리고 성 소피아는 그리스도의 위격 가운데 하나야. 그이가 그 사실을 인정하건 않건 간에 말이야. 그이는 조심하는 것뿐이야. 어쨌거나 그이는 모든 것을 알고 있어. 어떤 사람이 그 사실을 받아들일 것인지, 또 어떤 사람이 받아들이지 않을 것인지를."

"자네는 1974년 3월에 있었던 자네의 기묘한 경험을 계속 파고 들어갔었지." 케빈이 말했다. "덕분에 뭔가가 증명되었어. 그게 진짜였다는 게 증명되었다고. 발리스는 존재했어. 자네도 그건 이미 알았지. 자네는 이미 그이와 만났으니까."

"그랬던 것 같아." 내가 말했다.

"그리고 미니가 아는 것이며 말한 것은 자네가 이미 아는 것과 딱 맞아떨어졌지." 데이비드가 말했다.

"그랬지." 내가 말했다.

케빈이 말했다. "하지만 자네는 확신을 못하는군."

"우리는 훨씬 높은 수준의 정교한 기술과 접하고 있는 거야." 내가 말했다. "어쩌면 미니가 그걸 만들어냈을지도 모르지."

"그러니까 마이크로파 전송이며, 뭐 그런 것들 말이지." 케빈이 말했다.

"그렇지." 내가 말했다.

"순전히 기술적인 현상이라 이거군." 케빈이 말했다. "중대한 기술적 돌파구라?"

"인간의 정신을 송수신기로 이용해서 말이야." 내가 말했다. "전기적 인터페이스 없이."

"어쩌면 그럴 수도 있지." 케빈이 말했다. "영화에서도 그렇게 나왔으니까. 하지만 그들이 정말 무슨 꿍꿍이를 품고 있는지 알아낼 방법은 없을걸."

"자네들도 알다시피" 데이비드가 느릿느릿 말했다. "만약 그들이 높은 수준의 에너지를 이용할 수 있다면 말이야. 그 사람들은 원거리까지로 그걸 광선으로 발사해서, 레이저 광선처럼 일직선으로 발사해서는―"

"우리를 단번에 죽일 수 있겠지." 케빈이 말했다.

"맞는 말이야." 내가 말했다.

"만약에" 케빈이 말했다. "우리가 그들의 말을 믿지 않는다고 떠들어대기 시작하면."

"그냥 우리가 산타아나로 돌아가야 한다고만 말할 수도 있지." 데이비드가 말했다.

"아니면 여기서 아예 그냥 가버려도 되고." 내가 말했다. "이 식당에서 말이야."

"우리 물건들, 옷이며 우리가 가져온 짐들 다 그 사람들 집에 있잖아." 케빈이 말했다.

"옷 따위가 중요하냐고." 내가 말했다.

"자네 혹시 무슨 일이라도 벌어질까봐 두려운 거야?" 데이비드가 말했다.

나는 그의 말을 곰곰이 생각해보았다. "아니." 나는 마침내 이렇게 대답했다. 나는 그 어린아이를 신뢰했다. 그리고 나는 미니를 신뢰했다. 당신은 항상 이렇게, 즉 본능적인 신뢰를 의지해야만 한다. 그렇지 않으면 당신은 신뢰를 결여할 것이다. 최종 분석에 따르면 그것 말고는 당신이 진정으로 의지할 만한 것이 하나도 없기 때문이다.

"나는 소피아와 다시 한 번 이야기를 나눠보고 싶어." 케빈이 말했다.

"나도 마찬가지야." 내가 말했다. "답은 바로 거기 있어."

케빈은 한손을 내 어깨에 얹었다. "이런 말을 하게 되어서 무척 미안해, 필. 하지만 우리는 이미 커다란 단서를 갖고 있는 거야. 그 아이는 단숨에 자네의 정신을 맑게 해주었어. 자네는 이제 자네가 사실은 두 사람이라고 믿기를 그만두게 되었으니까. 자네는 호스러버 팻이 별개의 인물이라고 믿기를 그만두게 되었어. 이것이야말로 글로리아가 사망한 이래 여러 해 동안 그 어떤 치료요법사나 치료요법으로도 이루지 못했던 성과가 아닌가."

"이 친구 말이 맞아." 데이비드가 부드러운 목소리로 말했다. "우리는 줄곧 그랬으면 하고 바랐지만, 자네는 마치, 자네도 알

다시피 마치 결코 치유될 수 없는 사람처럼 보였어."

"'치유'라." 내가 말했다. "그 아이가 나를 치유한 건 사실이야. 호스러버 팻이 아니라 나를 치유해준 거지." 이 친구들의 말이 맞았다. 치유의 기적이 실제로 일어났으며 우리는 모두 그 기적이 무엇을 가리키는지 알고 있었다. 우리 세 사람 모두 이해하고 있었다.

내가 말했다. "8년이었어."

"맞아." 케빈이 말했다. "심지어 우리가 자네랑 알고 지내기 이전부터지. 무려 8년이라는 개떡같이 긴 시간 동안 폐색과 고통과 탐색과 방황을 겪은 거라고."

내가 고개를 끄덕였다.

내 머릿속에서 어떤 목소리가 말했다. 자네는 이것 말고 뭘 더 이상 알아야 한다는 건가?

그건 바로 나 자신의 생각이었다. 한때 호스러버 팻이었으며 지금은 나와 재결합한 것의 추론이었다.

"자네도 알고 있을 거야." 케빈이 말했다. "페리스 F. 프리마운트가 돌아오려고 시도할 거라는 사실을 말이야. 그는 저 어린아이 때문에 또는 저 아이가 대변하는 것 때문에 그만 쫓겨나고 말았지만 다시 돌아올 거야. 그는 결코 포기하지 않을 거야. 전투에서는 이겼지만 투쟁은 계속되는 거라고."

데이비드가 말했다. "저 아이가 없었다면—"

"우리는 지고 말았겠지." 내가 말했다.

"맞아." 케빈이 말했다.

"그러면 하루만 더 머물도록 하지." 내가 말했다. "그리고 소피아와 다시 한 번 이야기를 하는 거야. 한 번만 더."

"마치 무슨 계획처럼 들리는데." 케빈이 즐거워하면서 말했다.

우리의 소모임 리피돈 회는 결국 합의에 이르렀다. 회원 세 명의 만장일치로.

다음 날인 일요일에 우리 세 사람은 소피아하고만 만나도 된다는 허락을 받았다. 우리 말고 다른 사람은 아무도 없었다. 물론 에릭과 린다는 우리가 나눈 대화를 테이프에 녹음해달라고 요청했지만 말이다. 우리는 기꺼이 승낙했다. 다른 선택의 여지가 없었으니까.

이날은 들판 위에 따뜻한 햇볕이 내리쬐었고 그래서인지 우리를 둘러싼 동물들에게도 영적인 추종의 느낌이 깃들었다. 나는 저 동물들이 사람의 말을 식별하고, 귀를 기울이고, 이해하는 듯한 느낌을 받았다.

"에릭과 린다 램턴에 관한 이야기를 당신과 나누고 싶은데요." 나는 어린 여자아이에게 말했다. 아이는 앉아서 책을 한 권 펼쳐놓고 있었다.

"나를 신문하지는 못할 거야." 아이의 말이었다.

"그러면 두 사람에 관해 당신에게 물어봐서는 안 된다는 건가요?"

"그들은 몸이 아파." 소피아가 말했다. "하지만 다른 사람들에게 해를 끼칠 수는 없지. 내가 그들을 장악했으니까." 아이는 크고도 검은 눈으로 나를 올려다보았다. "자리에 앉아."

우리는 순순히 그 아이의 앞에 앉았다.

"내가 당신들에게 그 표어를 줬지." 아이가 말했다. "당신네 소모임의 표어를 말이야. 당신들에게 그 이름을 줬다고. 이제 나는 당신들에게 임무를 줄 거야. 이제부터 당신들은 세상으로 나가서, 내가 당신들에게 불어넣어줄 '케리그마*'를 말하게 될 거야. 내 말을 잘 들어. 내가 너희에게 진실로, 진실 그대로 말하나니, 악한 자의 날은 끝날 것이며, 사람의 아들이 심판의 보좌에 앉으리라. 태양이 뜨는 것처럼 확실하게 그날이 오리라. 무자비한 왕은 간계를 부릴지라도 분투 끝에 괘배하리라. 그는 패배하느니라. 그는 패배했느니라. 그는 항상 패배할 것이며 그와 함께한 자들은 어둠의 구덩이에 빠질 것이며, 그곳에서 영원히 머물리라.

너희가 가르치는 것은 인간의 말이니라. 인간은 거룩하며, 진정한 신, 즉 살아 있는 신은 곧 인간 자신이니라. 너희에게는 신이 없고 오로지 너희 자신뿐이라. 너희가 다른 신들을 믿던 날은 이제 끝났으며 영원히 끝이니라.

너희는 이미 삶의 목표에 도달했느니라. 내가 여기 온 것은 이를 너희에게 말하려 함이라. 두려워 말라. 내가 너를 보호하리라. 너희는 한 가지 규범을 지키라. 너희가 나를 사랑하고 내

---

* 기독교에서 자기에게 위탁된 메시지를 권위 있게 선포하는 것. 선포하는 내용과 행위를 모두 포함한다.

가 너희를 사랑한 것처럼, 너희도 서로 사랑하라. 이 사랑은 진실한 신으로부터 말미암은 것이니, 그 진실한 신이란 바로 너희 자신이니라.

시험과 미혹과 통곡의 때가 곧 다가오리니, 무자비한 왕, 즉 눈물의 왕이 권세를 포기하지 않을 것이기 때문이니라. 하지만 너희는 그로부터 권세를 취하리라. 내가 내 이름으로 너희에게 그런 권위를 부여하리니, 내가 일찍이 너희에게 부여했던 것과 똑같으리라. 일찍이 그 무자비한 왕이 세상의 비천한 자들을 통치하고 파괴하고 시험했을 때에 했던 것과 똑같으리라.

이전에 너희가 싸웠던 전투는 아직 끝나지 않았으며, 치유의 태양의 날이 도래했음에도 그러하리라. 악은 그 스스로 죽지 않으니, 왜냐하면 스스로가 신을 대변한다고 상상하기 때문이라. 신을 대변한다고 자처하는 자가 많을 것이나, 이 세상에 신은 오로지 하나뿐이며 그 신은 바로 인간 자신이니라.

따라서 오로지 보호하고 은거하는 지도자들만 살게 되리라. 다른 자들은 죽게 되리라. 압제는 4년 전에 벗겨졌으나 잠시 후에는 다시 돌아오리라. 그 시기 동안 인내하라. 너희에게는 시험의 시기가 될 터이나, 내가 너희와 함께할 것이며, 시험의 시기가 끝나면 나는 심판의 보좌에 앉으리니, 혹은 넘어질 것이며 혹은 넘어지지 않을 것이나, 나의 의지에 따라 그러할 것이며, 나의 의지는 아버지에게서 내게로 온 것이며, 우리 모두가 가는, 우리 모두가 함께 가는 그에게로 돌아갈 것이다.

나는 신이 아니니라. 나는 인간이니라. 나는 어린아이이며, 내 아버지의 자녀이니, 내 아버지는 곧 지혜 그 자체이니라. 이제 너희 안에는 지혜의 목소리와 권위가 들어 있으리라. 따라서 너희는 곧 지혜며, 너희가 그 사실을 잊어버릴지라도 여전히 그러하리라. 너희는 오랫동안 그 사실을 잊어버리지 아니하리라. 내가 훗날 거기 있을 것이며, 내가 훗날 너희에게 되새겨주리라.

지혜의 날과 지혜의 통치가 왔느니라. 권세의 날, 곧 지혜의 대적자의 날은 끝나리라. 권세와 지혜는 이 세계에서 두 가지 원리니라. 권세는 그 통치를 끝내고, 이제 그것이 본래 나온 어둠 속으로 들어가며, 지혜가 혼자서 통치하리라.

권세에 복종하는 자는 굴복하리니, 이는 권세가 굴복했음이라.

지혜를 사랑하고 지혜를 따르는 자는 태양 아래에 번창하리라. 기억하라, 내가 너희와 함께하리라. 이제부터 내가 너희 각자의 안에 있으리라. 내가 너희와 동행하며, 필요하다면 감옥에까지도 따라가리라. 내가 법정에서 너희를 위하여 변론하리라. 어떠한 반대 앞에서도 나의 목소리가 땅에서 들릴 것이라.

두려워 말라. 소리 내어 말하면, 지혜가 너희를 인도하리라. 두려워 침묵을 지키면, 지혜가 너희를 떠나가리라. 그러나 너희는 두려움을 느끼지 않을 것이니, 지혜 그 자체가 너희 안에 있으며, 너와 그이는 하나이기 때문이니라.

이전에 너희는 너희 안에서 혼자였느니라. 이전에 너희는 외로운 인간이었느니라. 이제 너희는 병들지도, 실패하지도, 죽지도 아니하는 동행을 얻었도다. 너희는 영원과 결합되었나니,

치유하는 태양 자체와 마찬가지로 빛나리라.

너희가 세상으로 돌아가면, 내가 너희를 매일매일 인도하리라. 너희가 죽을 때에 내가 미리 알려주고, 너희를 데리러 돌아오리라. 내가 너희를 내 팔에 안아 너희의 고향으로 데려다주리라. 너희가 본래 온 곳이며, 너희가 결국 돌아가 곳으로 데려다주리라.

너희는 이곳에서 이방인이나, 너희는 내게 결코 이방인이 아니니라. 나는 너희를 처음부터 알았기 때문이니라. 이곳은 너희의 세상이 아니었으나, 나는 이곳을 너희의 세상으로 만들리라. 내가 너희를 위해 이 세상을 변화시키리라. 두려워 말라. 너희를 공격하던 것이 멸망하겠고, 너희는 번창하리라.

이는 곧 있게 될 일이니, 아버지께서 내게 주신 권위로 너희에게 말하는도다. 너희는 진실한 신이요, 너희는 번성하리라."

이 말이 끝나자 침묵이 이어졌다. 소피아는 더 이상 우리에게 말하지 않았다.

"지금 읽고 있는 책이 뭐죠?" 책을 손가락으로 가리키며 케빈이 말했다.

여자아이가 말했다. "'세페르 예지라'*야. 내가 읽어줄 테니까 잘 들어봐." 아이는 책을 내려놓고 덮었다. "'하느님은 또한 사람이 다른 사람을 대적하도록, 선이 악을 대적하도록, 악이 선을 대적하도록 만드셨다. 선은 선으로부터 나오고, 악은 악으로부터 나온다. 선은 악을 제거하고 악은 선을 제거한다. 선은 선

---

* '형성(창조)의 책'이라는 의미이며 유대교 카발라의 문헌 가운데 하나다.

한 자들을 위한 것이고, 악은 악한 자들을 위한 것이다.'" 소피아는 잠시 말을 멈추었다가, 이렇게 말했다. "이는 곧 선이 악을 악이 원치 않는 바로 만들게 되리라는 뜻이지. 하지만 악은 선을 선이 원치 않는 바로 만들 수 없어. 악은 선을 위해 봉사하는 것이니까. 비록 악이 교활하더라도 말이야." 곧이어 어린 아이는 아무 말도 하지 않았다. 아이는 조용히 앉아만 있었다. 여러 마리 동물이며 우리와 함께.

"당신의 부모님에 관해 우리에게 말해줄 수 있나요?" 내가 말했다. "무슨 말인가 하면, 우리가 뭘 해야 하는지 알 수만 있다면—"

소피아가 말했다. "내가 너희를 보내는 곳 어디로든 가라. 그리하면 무엇을 해야 할지 알리라. 내가 있지 않은 곳은 어디에도 없느니라. 너희가 이곳을 떠나면 너희는 장차 나를 보지 못할 것이나, 더 나중에 너희는 나를 다시 보게 되리라.

너희는 장차 나를 보지 못할 것이나, 나는 항상 너희를 보리라. 나는 계속해서 너희를 마음에 두리라. 그리하여 너희가 알건 모르건 간에 나는 너희와 함께 있느니라. 하지만 내가 말하노니, 내가 너희와 함께 함을 알라. 심지어 감옥까지도 따라가리니, 혹여 폭군이 너희를 그곳에 넣을 경우에 그러하리라.

이제 더 이상은 없어. 집으로들 돌아가도록 해. 그러면 필요할 때에 내가 당신들에게 지시할 테니까." 아이가 우리를 보며 미소를 지었다.

"당신은 나이가 어떻게 되죠?" 내가 말했다.

"나야 이제 겨우 두 살이지."

"그런데 이런 책을 읽고 있단 말인가요?" 케빈이 말했다.

소피아가 말했다. "내가 진실로, 진실 그대로 말하나니, 너희 중 누구도 나를 잊어버리지 아니하리라. 내가 말하나니, 너희 모두는 나를 다시 보게 되리라. 너희가 나를 선택한 것이 아니요. 내가 너희를 선택했느니라. 내가 너희를 이곳으로 불렀노라. 내가 4년 전에 너희를 위해 이곳에 보냄을 받았느니라."

"알겠습니다." 내가 말했다. 결국 그이의 부름은 1974년에 있었다는 뜻이었다.

"내가 무슨 말을 하더냐고 혹시 램턴 부부가 물어보면, 장차 세워질 공동체에 관해서 이야기를 했다고만 말해." 소피아가 말했다. "내가 당신들을 그들에게서 떨어트려 보내버렸다고 말하지는 마. 하지만 당신네는 그들로부터 떨어져야 해. 이게 바로 당신들에게 주는 대답이야. 당신들은 이제 더 이상은 그들과 관여할 바가 아무것도 없어."

케빈이 테이프 녹음기를 손가락으로 가리켰다. 테이프의 드럼이 빙빙 돌고 있었다.

"그들이 테이프를 다시 돌리더라도 상관없어." 소피아가 말했다. "그들에게는 오로지 '세페르 예지라'만 들릴 거니까. 그것 말고는 들리지 않을 거야."

우와. 나는 생각했다.

나는 그이를 믿었다.

"당신들을 실망시키지 않을 거야." 소피아가 거듭 말하며 우리 세 사람을 보고 미소를 지었다. 나는 그 말도 믿었다.

우리 세 사람은 집을 향해 걸었다. 케빈이 말했다. "그이의 말은 전부 성서에서 인용한 거야?"

"아니야." 내가 말했다.

"아니지." 데이비드도 말했다. "뭔가 새로운 것이 있었어. 그러니까 우리가 우리 자신의 신들이 되는 것에 관한 대목 말이야. 또 우리가 더 이상은 우리 자신 이외에 어떤 신도 믿을 필요가 없는 때가 왔다는 대목도 마찬가지지."

"그나저나 참 예쁜 아이지." 내가 말했다. 문득 그이의 모습이 내 아들 크리스토퍼의 모습을 얼마나 많이 연상시켰나 하는 생각이 들었다.

"우리는 참 운이 좋은 거야." 데이비드가 말했다. "저 아이를 만날 수 있었으니까." 나를 바라보며 그가 말했다. "그이는 우리와 함께 있을 거야. 그이가 그렇게 말했으니까. 나는 그 말을 믿어. 그이는 내 안에 있을 거야. 우리는 혼자가 아닐 거야. 이전까진 깨닫지 못했지만, 이제 우리는 혼자가 아닌 거야. 모든 사람은 혼자지. 그러니까 혼자였다고 해야겠지. 지금까지는 말이야. 그이는 이제 전 세계에 퍼져 나가게 될 거야, 안 그래? 결국에는 모든 사람의 안에 들어가겠지. 우리로부터 시작해서 말이야."

"리피돈 회는 결국 회원이 네 명인 셈이군." 내가 말했다. "소피아랑 우리 세 사람이랑."

"그래도 아직 많은 편은 아니지." 케빈이 말했다.

"겨자씨 한 알이지." 내가 말했다. "나중에는 큰 나무로 자라나서 새가 깃들기도 할 테니까."

"헛소리하지 마." 케빈이 말했다.

"도대체 뭣 때문에 그러는데?" 내가 말했다.

케빈이 말했다. "일단 우리는 물건을 챙긴 다음에 여기서 나가야만 해. 그이가 그렇게 하라고 했잖아. 램턴 부부는 이상하고도 정신 나간 괴짜들이라고. 언제라도 우리를 번쩍 하고 잿더미로 만들어버릴지 몰라."

"소피아가 우리를 보호해주겠지." 데이비드가 말했다.

"이제 겨우 두 살짜리 어린애가?" 케빈이 말했다.

데이비드와 나는 그를 물끄러미 바라보았다.

"좋아, 그러면 2000살짜리 어린애라고 하지." 케빈이 말했다.

"자네야말로 구세주를 놓고 농담을 할 수 있는 유일한 사람이로군." 데이비드가 말했다. "자네의 죽은 고양이 이야기를 들먹이며 그이한테 물어보지 않은 걸 보니 놀랍더라니까."

케빈이 걸음을 멈추었다. 그의 얼굴에는 정말로 당황한 듯한 분노가 떠올라 있었다. 십중팔구 그 이야기를 깜박 잊어버렸음이 분명했다. 그는 기회를 놓쳐버린 셈이었다.

"다시 돌아가야겠어." 그가 말했다.

데이비드와 나는 힘을 합쳐서 그를 도로 끌고 갔다.

"농담이 아니라니까!" 그는 격분하면서 말했다.

"도대체 뭣 때문에 그러는데?" 내가 물었다. 우리 모두 걸음을 멈추었다.

"나는 그이한테 뭔가 더 물어보고 싶은 거야. 여기서 순순히 물러나지는 않을 거야. 빌어먹을. 다시 돌아가야겠어 ― 나 좀 놔두라니까!"

"이것 봐." 내가 말했다. "그이가 우리보고 떠나라고 말했잖아."

"그리고 그이는 장차 우리 안에 들어와서 우리에게 말할 거라고 했잖아." 데이비드가 말했다.

"내가 AI의 목소리라고 불렀던 걸 우리 모두 듣게 될 거야." 내가 말했다.

격한 어조로 케빈이 말했다. "그때가 되면 레모네이드가 솟아나는 샘물이며, 사탕이 자라나는 나무도 있겠군. 나는 다시 돌아가야겠다니까."

바로 그때, 저만치 앞에 있는 큰 집에서 에릭과 린다 램턴이 나와서 우리 쪽으로 걸어왔다.

"대면의 시간이군." 내가 말했다.

"아, 젠장." 절망한 듯 케빈이 말했다. "지금이라도 난 다시 돌아가야겠어." 그는 결국 우리가 잡았던 손에서 몸을 빼내더니 지금까지 우리가 왔던 길로 서둘러 달려갔다.

"면담은 잘 끝났나요?" 린다 램턴이 말했다. 그들 부부는 이미 데이비드와 내 앞에 다가와 있었다.

"좋았지요." 내가 말했다.

"무슨 이야기를 하셨나요?" 에릭이 말했다.

내가 말했다. "공동체에 관한 이야기요."

"아주 훌륭하네요." 린다가 말했다. "그나저나 케빈은 왜 다시 돌아간 거죠? 소피아한테 무슨 말을 하려는 걸까요?"

데이비드가 말했다. "자기가 기르다가 죽은 고양이에 관한 이야기를 해야겠대요."

"그 사람, 이리로 오라고 하세요." 에릭이 말했다.

"왜요?" 내가 말했다.

"이제는 우리가 공동체와 당신네의 관계에 대해 이야기할 차례니까요." 에릭이 말했다. "우리 생각에, 리피돈 회는 주 공동체의 일부가 되어야만 해요. 브렌트 미니가 그러자고 제안하더군요. 그러니 우리도 그 이야기를 해봐야죠. 우리는 당신네들을 받아들일 만하다고 생각해요."

"내가 가서 케빈을 데려올게요." 데이비드가 말했다.

"에릭." 내가 말했다. "우리는 산타아나로 돌아가겠어요."

"그래도 당신네가 공동체에 속하는 일에 관해서 이야기할 시간은 있을 텐데요." 린다가 말했다. "당신네가 예약한 에어 캘리포니아 비행기는 오늘 밤 8시잖아요, 안 그래요? 그러니까 우리랑 저녁식사는 할 수 있겠죠."

에릭 램턴이 말했다. "발리스가 당신네를 이곳까지 불러왔어요. 그러니까 발리스가 당신들이 이제는 떠날 준비가 되었다고 생각할 때, 그때 당신들도 가야겠지요."

"발리스는 우리가 이제는 떠날 준비가 되었다고 생각하더군요." 내가 말했다.

"내가 가서 케빈을 데려올게요." 데이비드가 말했다.

에릭이 말했다. "그 사람은 내가 가서 데려오죠." 그는 데이비드와 내가 선 곳을 지나쳐 케빈과 여자아이가 있는 방향으로 향했다.

팔짱을 끼고 선 채로 린다가 말했다. "당신들은 아직 남쪽으로 돌아갈 수 없어요. 미니가 당신들과 여러 가지 문제를 논의하고 싶어하니까요. 그에게 남아 있는 시간이 짧다는 사실을 잊지 말았으면 해요. 그의 몸은 빠른 속도로 약해지고 있어요. 케빈은 정말로 소피아에게 죽은 고양이 이야기를 물어보러 간 건가요? 죽은 고양이가 왜 그렇게 중요하다는 거죠?"

"케빈에게는 고양이야말로 무척이나 중요하니까요." 내가 말했다.

"그건 맞아요." 데이비드도 거들었다. "케빈은 자기가 키우던 고양이의 죽음이야말로 우주에서 온갖 잘못된 것들을 상징한다고 생각하거든요. 그 친구는 소피아가 그 문제를 해명해 줄 수 있을 거라고 믿어요. 그러니까 우주에서 온갖 잘못된 것들에 관한 문제를 말이에요. 부당한 고통과 상실의 문제라고도 할 수 있겠죠."

"내 생각에 그 사람은 죽은 고양이에 대한 이야기를 할 것 같지는 않은데요."

"그 친구는 진심이에요." 내가 말했다.

"그건 당신이 케빈이라는 친구를 잘 몰라서 그래요." 데이비드도 말했다. "어쩌면 그 친구가 다른 이야기를 할 수도 있죠.

왜냐하면 지금이야말로 마침내 구세주와 이야기를 할 수 있는 절호의 기회니까요. 하지만 그 친구가 하는 이야기의 핵심은 아마 그 죽은 고양이에 관한 문제일 거예요."

"내 생각에는 우리 같이 케빈에게 가봐야 할 것 같네요." 린다가 말했다. "그리고 소피아하고 이미 많은 이야기를 나누었으니 그만두라고 해야겠어요. 그나저나 아까 그 말은 무슨 뜻이죠? 발리스는 이제 당신들이 떠날 준비가 되었다고 생각한다고요? 소피아가 그런 말을 하던가요?"

내 머릿속에서 어떤 목소리가 말했다. '방사능 때문에 불안해서 그렇다고 해.' 호스러버 팻이 1974년 3월 이후로 들었던 그 AI의 목소리였다. 나는 단박에 알아챘다.

"방사능이오." 내가 말했다. "그게 —" 나는 머뭇거렸다. 갑자기 짧은 문장이 떠올랐다. "나는 반쯤 눈이 멀었어요." 내가 말했다. "분홍색 불빛이 나를 때리더군요. 어쩌면 햇빛이었는지도 모르지만요. 그때 문득 우리가 돌아가야 한다는 생각이 들었어요."

"발리스가 당신에게 정보를 직접 발사한 거군요." 내 말을 듣자마자 린다가 말했다. 어딘가 경계하는 어조였다.

'모른다고 해.'

"모르겠어요." 내가 말했다. "하지만 그 직후에는 뭔가 다른 느낌이었어요. 저 남쪽, 그러니까 산타아나에 뭔가 중요한 일이 있는 것처럼 말이에요. 우리가 아는 다른 사람들…… 그러니까 다른 사람들 세 명 정도는 리피돈 회에 가입시킬 수 있을 거예요. 그 사람들도 공동체에 들어오면 되겠죠. 발리스는 그 사람들도 환상을 보도록 했어요. 그들은 설명을 바라고 우리를 찾아왔죠. 우리는 그들에게 영화 이야기를 하고요. 마더 구스가 만든 영화를 보는 것에 대해서요. 그들은 모두 그걸 보고 거기서 많은 것을 알아냈죠. 우리는 이제 우리가 아는 것보다도 더 많은 사람들이 〈발리스〉를 보게 하는 거예요. 그들은 또다시 자기네 친구들에게 이야기하겠죠. 할리우드에 있는 지인들― 내가 아는 제작자들이며 배우들, 그리고 특히 물주들― 역시 내가 이야기한 것에 매우 관심을 보이더군요. MGM의 어느 제작자는 특히 마더 구스의 또 다른 영화에 자금을 지원하고 싶다는 이야기를 했어요. 대자본 영화로요. 자기가 이미 후원을 시작했다고도 말하더군요."

내 입에서 술술 흘러나오는 말을 들으며 나도 놀라고 말았다. 도대체 어디서 그 말이 나오는 건지 알 수 없었다. 마치 내가 이야기하는 게 아니라 다른 누군가가 내 입을 빌려 이야기하는 것 같았다. 린다 램턴에게 무슨 말을 해야 할지 정확히 알고 있는 누군가가 말이다.

"그럼 그 제작자의 이름은 뭐죠?" 린다가 말했다.

"아트 로커웨이요." 마치 신호라도 받은 듯 그 이름이 내 머릿속으로 들어왔다.

"그 사람이 만든 영화는 뭐가 있죠?" 린다가 말했다.

"우선 유타 주 중부를 오염시킨 핵폐기물에 대한 영화가 하나 있었죠." 내가 말했다. "2년쯤 전에 여러 신문에서 보도한 사건이었지만, 텔레비전에서는 겁이 나는지 이야기를 안 하더군요. 정부에서 압력을 넣었던 모양이에요. 그곳에서는 양 떼가 몰살당했죠. 특집 기사에 따르면 신경가스 때문이라더군요. 로커웨이가 만든 그 노골적인 폭로물에서는 정부 당국의 의도적인 무관심에 관한 실화가 적나라하게 밝혀지죠."

"주연이 누구였죠?" 린다가 말했다.

"로버트 레드퍼드요." 내가 말했다.

"음, 그러면 우리도 관심이 가는군요." 린다가 말했다.

"그러니까 일단 우리가 캘리포니아 남부로 가야 한다는 거예요." 내가 말했다. "할리우드에 우리랑 이야기하려는 사람이 수두룩하니까요."

"에릭!" 린다가 남편을 불렀다. 그러고는 저만치 케빈과 함께 서 있는 남편에게 걸어갔다. 에릭은 케빈의 팔을 끌고 오고 있었다.

데이비드는 나를 흘끗 바라보더니, 우리도 따라가야 하느냐고 몸짓으로 물어보았다. 결국 우리 세 사람은 케빈과 에릭에게 다가갔다. 거기서 멀지 않은 곳에서는 소피아가 우리에게는 전혀 관심도 없이 앉아 있었다. 그 아이는 계속 책만 읽었다.

분홍색 불빛 때문에 내 눈앞이 보이지 않았다.

"이런 세상에." 내가 말했다.

아무것도 보이지 않았다. 나는 양손을 들어 이마에 갖다 댔다. 마치 터질 것처럼 이마가 아프고 욱신거렸다.

"왜 그래?" 데이비드가 말했다. 내 귀에는 낮게 웅얼거리는 소리가 들렸다. 마치 진공청소기가 작동하듯이. 나는 눈을 떴다. 하지만 오로지 분홍색 불빛만 내 주위를 떠돌 뿐이었다.

"필, 괜찮은 거야?" 케빈이 말했다.

분홍색 불빛이 서서히 사라졌다. 우리는 비행기의 좌석 세 개에 나란히 앉아 있었다. 하지만 그와 동시에 중첩 현상이 일어나고 있었다. 비행기의 좌석들이며, 벽이며, 다른 승객들과 함께 갈색의 마른 들판이며, 린다 램턴이며, 머지않은 곳에 서 있는 집이 보였다. 두 개의 장소, 두 개의 시간이었다.

"케빈." 내가 말했다. "지금이 몇 시지?" 비행기 창밖으로는 어둠밖에 보이지 않았다. 비행기 안에는 대부분 승객들의 머리 위로 조명이 켜져 있었다. 이곳은 밤이었다. 하지만 갈색 들판 위에 서 있는 램턴 부부와 케빈과 데이비드의 머리 위로는 밝은 햇빛이 내리쬐고 있었다. 비행기의 웅웅 소리가 계속 이어졌다. 약간 몸이 흔들리는 느낌이 들었다. 비행기가 방향을 바꾼 모양이었다. 이제 나는 비행기 창문 너머로 멀리 떨어진 곳에 있는 불빛들을 볼 수 있었다. 로스앤젤레스 상공을 지나고 있구나. 나는 문득 깨달았다. 그런데 여전히 따뜻한 한낮의 햇볕이 내게 내리쬐었다.

"앞으로 오 분 안에 착륙하게 될 거야." 케빈이 말했다.

시간의 오작동이로군. 나는 문득 깨달았다.

갈색의 들판이 서서히 사라졌다. 에릭과 린다 램턴이 서서히 사라졌다. 햇볕도 서서히 사라졌다.

내 주위에 있던 비행기가 점차 단단한 물체로 느껴졌다. 데이비드는 자기 좌석에서 T. S. 엘리엇의 페이퍼백을 읽고 있었다. 케빈은 긴장한 듯한 모습이었다.

"거의 다 왔군." 내가 말했다. "오렌지 카운티 공항에."

케빈은 아무 말도 하지 않았다. 다만 뭔가 곰곰이 생각하는 듯, 구부정한 자세로 앉아 있었다.

"그들이 우리를 놓아주던가?" 내가 말했다.

"뭐라고?" 그는 짜증스러운 듯 나를 흘끗 바라보았다.

"나 방금 전에 거기 있었어." 내가 말했다. 이제는 그 사이에 있었던 사건에 관한 기억이 내 머릿속으로 흘러들어왔다. 램턴 부부와 브렌트 미니의 항의. 특히 미니의 항의가 가장 거세었다. 그들은 우리에게 떠나지 말라고 간청했지만, 우리는 결국 뿌리치고 떠났다. 이제 우리는 이곳 에어 캘리포니아의 비행기 안에 앉아 있었다. 우리는 모두 안전했다.

브렌트 미니와 램턴 부부는 우리를 향해 두 갈래로 공격을 가했었다.

"밖에 나가서는 어느 누구에게도 소피아에 관해서 말하지 않을 거죠?" 린다는 걱정스러운 듯 물었다. "당신네 세 명 모두 침묵을 지킬 거라고 믿어도 되죠?" 당연히 그들은 동의했다. 이 불안이 두 갈래 가운데 부정적인 갈래였다. 나머지 한 갈래는 긍정적인 것, 즉 권유였다.

"이런 식으로 생각해보죠." 에릭이 말했다. 미니도 그를 거들었다. 비록 소모임에 불과하지만, 리피돈 회가 떠나기로 작정했다는 소식에 미니는 진정으로 풀이 죽은 모양이었다. "이것이야말로 인류 역사상 가장 중요한 사건이에요. 당신들도 진심으로 떠나고 싶은 건 아니겠죠, 그렇죠? 게다가 여하간에 발리스가 당신들을 고른 것이니까요. 영화를 본 사람들이 우리에게 보낸 편지만 해도 정말 수천 통이나 되었지만, 그 가운데 당신처럼 발리스와 직접 접촉을 한 사람은 극소수에 불과해요. 우리는 특권을 얻은 집단이라고요."

"이건 '소명'이에요." 미니가 말했다. 그는 우리 세 사람을 향해 애걸하다시피 말하고 있었다.

"맞아요." 린다와 에릭이 맞장구쳤다. "이거야말로 인류가 여러 세기 동안 기다려왔던 소명이에요. 『계시록』을 읽어봐요. '선택받은 자들'에 관해서 뭐라고 말하고 있는지 읽어보라고요. 우리는 '하느님께 선택받은 자들'이에요!"

"그렇겠죠." 우리가 렌트한 자동차 옆에서 그들과 헤어질 때에 나는 이렇게 말했다. 우리는 그 자동차를 지노스 인근의 어느 길가에 세워두었다. 소노마에서도 이곳은 장시간 주차가 가능했다.

린다 램턴이 내게 다가오더니, 양손을 내 어깨에 얹고 내 입에다가 자기 입을 맞추었다. 열성적으로, 그리고 에로틱한 열정을 상당히―솔직히 말해서 어마어마하게― 담아서. "우리한테로 돌아와요." 그녀는 내 귀에 속삭였다. "약속할 거죠? 이게 바로 우리의 미래예요. 극소수의, 아주, 아주 극소수에게만 속한 거라고요." 이 말에 나는 문득 이런 생각이 들었다. 그건 완전히 잘못된 생각이네요, 아가씨. 이건 모든 사람에게 속한 거니까.

그리하여 우리는 이제 거의 집에 다 온 셈이 되었다. 발리스로부터 중요한 도움을 받은 덕분이었다. 또는 내가 더 선호하는 방식으로 생각하자면 소피아 덕분이었다. 그런 식으로 말하면 내 머릿속에 떠오르는 이미지, 즉 동물들이며 책과 함께 자리에 앉아 있던 여자아이의 이미지에 계속해서 집중할 수 있었다.

오렌지 카운티 공항에 서서 짐이 나오기를 기다리는 동안, 내가 말했다. "그 사람들은 우리를 아주 정직하게 대하지는 않았어. 가령 소피아가 말하거나 행하는 건 모두 오디오와 비디오로 기록해두었다고 했잖아. 하지만 그건 아니었지."

"그건 자네가 잘못 생각한 것일 수도 있어." 케빈이 말했다. "그곳에는 원거리에서도 작동하는 정교한 감시 시스템이 갖춰져 있었어. 비록 우리 눈에는 보이지 않았지만, 그 아이는 결국 그들의 영향권 안에 있었을지도 몰라. 미니는 본인의 입으로 말한 그대로의 인물이거든. 전자 장비의 달인이지."

나는 생각했다. 미니는 발리스를 다시 한 번 경험하고 싶어서 죽음마저 자청하는 인물이지. 나도 그랬던가? 1974년에 나도 그이를 한 번 경험한 적이 있었다. 그때 이후로 나는 그이가 돌아오기를 얼마나 갈망했는지 모른다. 내 뼛속이 다 아플 지경이었다. 내 정신과 마찬가지로 육체도 그것을 느꼈기 때문이다. 어쩌면 더 많이 느꼈는지도 모르겠다. 하지만 발리스는 다행히도 사려 분별이 있었다. 그이는 인간의 생명에 대한 우려를, 나에게 다시 현현하지 않으려는 의향을 표했다.

어쨌거나 최초의 만남 때문에 나는 죽을 뻔했다. 나는 발리스를 다시 볼 수는 있겠지만, 미니의 경우와 마찬가지로 그러다가는 십중팔구 살육될 것이었다. 나는 죽는 것만은 원치 않았다. 내게는 할 일이 너무나도 많았으니까.

나는 정확히 무엇을 해야 하는 것일까? 그건 나도 몰랐다. 우리 중 누구도 몰랐다. 이미 나는 머릿속으로 AI의 목소리를 듣고 있었다. 다른 사람들도 그 목소리를 듣게 될 것이고, 점점 더 많은 사람들이 그럴 것이었다. 살아 있는 정보인 발리스는 이 세계로 침투할 것이고, 인간의 두뇌를 모사할 것이며, 인간과 교차결합하고, 인간을 지원하고 인간을 인도하되 잠재의식의 층위에서 그럴 것이며, 눈에 보이지 않게 말할 것이었다. 공생이 발화점에 도달하기 전까지는 어느 누구도 자신이 교차결합되었다는 사실을 확신하지 못할 것이었다. 다른 인간과 함께 있을 때에도 그는 자기가 지금 또 다른 호모플라스마테를 상대하고 있는 건지 아닌지 여부를 알 수 없을 것이었다.

어쩌면 은밀한 신분 확인을 위한 고대의 기호가 돌아올지도 모른다. 어쩌면 이미 돌아왔는지도 모른다. 가령 악수를 나누는 동안 손가락 하나를 들어 두 개의 교차하는 호를 그려 보이는 것일 수도 있다. 물고기 기호를 재빨리 표시하기 때문에 두 사람 외에는 어느 누구도 그걸 깨닫지 못할 것이었다.

나는 아들 크리스토퍼와 관련된 사고를, 단순한 사고 이상인 그 일을 돌이켜 생각해보았다. 1974년 3월, 그러니까 발리스가 나를 지배하고, 내 정신을 조종하고 있을 당시에, 나는 크리스토퍼를 불멸의 반열에 올려놓기 위해 정확하면서도 복잡한 입문 의식을 수행한 바 있었다. 발리스의 의학적 지식이 크리스토퍼의 육체적 생명을 구했지만, 발리스는 거기에서 끝내지 않았다.

이것이야말로 내가 소중하게 간직한 경험이었다. 극도의 비밀 속에서 이루어진 의식이었기 때문에, 심지어 내 아들을 낳은 아내에게도 이 사실을 감추었다.

우선 나는 코코아 한 잔을 만들었다. 그리고 빵에다가 평소 때처럼 소를 넣어서 핫도그를 한 개 만들었다. 크리스토퍼는 아직 어렸기 때문에 핫도그와 코코아를 좋아했다.

크리스토퍼의 방에서 나는―또는 내 안에 들어 있는 발리스가 내 역할을 맡아서― 아들과 바닥에 앉아서 게임을 하나 했다. 우선 나는 장난하는 것처럼 코코아가 담긴 컵을 아들의 머리 위로 치켜들었다. 그리고 마치 실수라도 한 것처럼 따뜻한 코코아를 아들의 머리 위에, 그러니까 머리카락에다 살짝 흘렸다. 크리스토퍼는 킬킬거리면서 그 액체를 닦아내려고 했다. 물론 나 역시 아들을 도와주려는 듯 아들 쪽으로 몸을 숙이고 이렇게 속삭였다.

"성자와 성부와 성령의 이름으로."

내 말을 들은 사람은 오직 크리스토퍼 혼자뿐이었다. 이제 나는 아들의 머리카락에 묻은 따뜻한 코코아를 닦아내면서, 아들의 이마에 십자가 기호를 그려넣었다. 결국 나는 아들에게 세례를 주고 안수를 베푼 셈이었다. 어떤 교회의 권위를 빌리지 않고, 내 안에 살아 있는 플라스마테의 권위를 빌려 그렇게 했다. 발리스 그이 자체의 권위를 빌려서. 이어서 나는 아들에게 이렇게 말했다. "너의 비밀 이름, 그러니까 너의 세례명은 바로—" 나는 아들에게 그 이름이 무엇인지 말해주었다. 이건 아들과 나만이 아는 이름이었다. 아들과 나, 그리고 발리스만이 아는.

이어서 나는 핫도그 빵을 조금 떼어 아들에게 내밀었다. 아들은—아직 아기였으니까— 작은 새처럼 입을 열었고, 나는 그 입에다가 빵 조각을 넣어주었다. 우리는, 그러니까 우리 두 사람은 마치 식사를 나눠 먹는 것 같았다. 평범하고도 단순한 공동의 식사를.

어떤 이유에선지는 모르지만, 아들이 핫도그 고기를 먹지 않는 것이 중요한, 아주 중요한 것처럼 느껴졌다. 이런 상황에서는 돼지고기를 먹어서는 안 되는 것이었다. 발리스가 이 다급한 지식을 내게 충만히 채워주었다.

크리스토퍼가 입을 다물고 그 빵조각을 씹기 시작하자 나는 따뜻한 코코아 컵을 아들에게 내밀었다. 놀랍게도—왜냐하면 아들은 그때까지만 해도 컵이 아니라 젖병을 통해 주로 액체를 빨아 마셨으므로— 아들은 손을 뻗어서 컵을 붙잡았다. 아들이 컵을 받아 들어서 입술에 대고 코코아를 마시는 동안, 나는 이렇게 말했다.

"이것은 내 피요, 이것은 내 몸이니라."

내 어린 아들이 코코아를 마시고 나자 나는 컵을 도로 받아 들었다. 성례전에서도 더 큰 부분들은 이미 완료된 다음이었다. 세례, 그리고 안수, 그리고 성례전 중에서도 가장 거룩한 성찬식—주님의 만찬을 먹는 것—까지도.

"우리 주 예수 그리스도의 피라. 이는 곧 그대를 위해 흘린 것이니, 그대의 몸과 영혼을 영생하도록 보전하리라. 이것을 마시며 그대를 위하여 흘리신 그리스도의 피를 기억하고 감사하라."

이 순간이야말로 무엇보다도 엄숙한 순간이었다. 사제 본인이 그리스도가 되기 때문이다. 신성한 기적에 의하여, 그리스도가 자신의 살과 피를 신실한 성도에게 제공하는 것이다.

대부분의 사람은 성변화의 기적을 이렇게 이해한다. 즉 포도주(또는 따뜻한 코코아)가 성스러운 피로 변하고, 제병(또는 핫도그 빵 조각)이 성스러운 몸으로 변하는 것이라고. 하지만 자기네 눈앞에서 컵을 들고 서 있는 사람이 지금 살아 있는 그들의 주님이라는 사실을 이해하는 사람은 교회 내에서도 거의 없다. '시간은 이미 극복되었다.' 우리는 거의 2000년 전으로 되돌아가 있었다. 우리는 미국 캘리포니아 주 산타아나에 있는 것이 아니라 C.E. 35년의 예루살렘에 있었다.

1974년 3월에 내가 본 것—고대 로마와 현대 캘리포니아—은 평소에는 오로지 신앙이라는 마음의 눈으로만 실제로 목격되는 것으로 이루어져 있었다.

나의 이중 노출 경험은 미사의 기적이 단순히 비유적인 진리만이 아니라 문자적인 진리라는 점을 확증해주었다.

말했다시피 이를 가리키는 전문용어는 기왕증이었다. 즉 건망증을 상실하는 것이다. 다시 말해서 이는 곧 주님과 주님의 만찬을 기억하는 것이었다.

나는 바로 그날 거기에 있었다. 제자들이 마지막으로 식탁에 앉은 때에 말이다. 내 말을 믿으시라. 당신은 아마 믿지 못할 것이다. Sed per spiritum sanctum dico; haec veritas est. Mihi crede et meccum in aeternitate vivebis.

내 라틴어에 흠이 있을지도 모르겠지만, 내가 더듬거리면서나마 말하려는 뜻은 이러하다. "그러나 나는 성령을 통하여 말하노라. 바로 이것이라. 나를 믿으라. 그리하면 너희는 나와 함께 영원히 살리라."

우리의 짐이 모습을 드러냈다. 우리는 제복을 입은 경찰관에게 번호표를 제출했다. 십 분 뒤에 우리는 산타아나의 집을 향해 북쪽으로 고속도로를 달리고 있었다.

13

차를 타고 가는 도중에 케빈이 말했다. "이제 지쳤어. 진짜 지쳤다고. 망할 놈의 교통 체증 같으니! 도대체 뭐 하느라 55번 도로로 이렇게 다 차를 끌고 기어나온 거야? 도대체 저놈들은 어디서 오는 거야? 도대체 저놈들은 어디로 가는 거야?"

문득 궁금한 생각이 들었다. 도대체 우리 세 사람은 어디로 가는 거야?

우리는 구세주를 직접 보았고, 나는 무려 8년간의 광기 끝에 치유되었다.

음. 나는 생각했다. 겨우 주말 사이에 이 모두가 일어났다는 건 정말 대단한 일인데…… 지구상에서 가장 괴짜인 세 사람으로부터 무사히 도망친 것은 두말할 나위 없었고.

내가 믿는 어떤 헛소리를 다른 어떤 사람이 똑같이 지껄였을 때, 그게 내 귀에는 바로 헛소리로 들린다니 이거야말로 놀랍기 그지없었다. 폭스바겐 래빗을 타고 가는 동안 자신들이 다른 행성에서 온 눈 세 개 달린 사람들—나도 일찍이 만난 바 있는—이라고 주장하는 린다와 에릭의 이야기를 들으면서, 나는 그들이 또라이라는 것을 알게 되었다. 이는 결국 나도 또라이라는 뜻이었다. 이런 깨달음에 나는 두려움을 품었다. 그들에 대한 깨달음 그리고 나에 대한 깨달음 때문이었다.

나는 미친 상태에서 비행기를 타고 가서 멀쩡한 사람이 되어서 돌아왔다. 하지만 나는 여전히 내가 구세주를 만나고 왔다고 믿었다…… 그것도 검은 머리카락과 날카로운 검은 눈을 지니고 있었던 꼬마 여자아이의 모습을 한 구세주를. 그이는 내가 이제껏 만난 그 어떤 어른보다도 더 많은 지혜를 드러내며 우리와 대화를 나누었다. 그곳을 떠나려는 우리의 시도가 벽에 부딪쳤을 때, 그이—또는 발리스—가 간섭했다.

"우리에게는 임무가 있어." 데이비드가 말했다. "세상에 나가서—"

"나가서 뭐?" 케빈이 말했다.

"일단 나가 있으면 그이가 우리한테 말해주겠지." 데이비드가 말했다.

"토끼 머리에 뿔이 나는 게 빠르겠다." 케빈이 말했다.

"이것 봐." 데이비드가 힘차게 말했다. "필은 이제 멀쩡해졌다고. 이런 일은 처음이라니까. 우리가……" 그가 말을 머뭇거렸다.

"우리가 만난 이래로 처음이지." 내가 말했다.

데이비드가 말했다. "그이가 이 친구를 치유한 거야. 치유의 위력이야말로 메시아의 물질적 현존에서도 절대적으로 확실한 증거라고. 자네도 잘 알잖아, 케빈."

"그러면 세인트 조지프 병원이야말로 우리 동네에서 가장 훌륭한 교회겠군." 케빈이 말했다.

내가 케빈에게 말했다. "그나저나 자네의 죽은 고양이에 관해서 소피아한테 물어볼 기회는 잡았던 거야?" 나는 빈정대는 투로 던진 질문이었지만, 케빈은 고개를 돌려 나를 바라보더니 진지한 어조로 말했다.

"당연하지."

"그이가 뭐라고 하던가?" 내가 말했다.

케빈은 깊은 숨을 들이쉬고 운전대를 꽉 붙잡더니 이렇게 말했다. "그이가 그러더군. 내 죽은 고양이는……" 그는 말을 멈추었다가, 아까보다 언성을 높여 말했다. "내 죽은 고양이는 멍청했다고 말이야."

나는 웃지 않을 수 없었다. 데이비드도 마찬가지였다. 이전까지는 어느 누구도 케빈에게 그런 답변을 내놓은 적이 없었다. 고양이는 자동차를 보고 그리로 달려들었다. 그것 말고 다른 이유는 없었다. 그놈이 자동차의 바퀴 앞으로 뛰어들었던 것이다. 마치 볼링공처럼.

"그이가 그러더군." 케빈이 말했다. "우주에는 아주 엄격한 법칙이 있다고. 그리고 고양이 중에서도 바로 '그' 종류, 그러니

396

까 달려오는 자동차를 향해 곧장 뛰어드는 부류는 더 이상 우리 곁에 없다고 말이야."

"음." 내가 말했다. "실용적으로 이야기하자면 그이의 말이 맞군."

소피아의 설명을 이제 세상을 떠난 셰리의 설명과 비교해보면 흥미로웠다. 그녀는 케빈에게 경건하게 말했다. 하느님이 그의 고양이를 너무나도 사랑한 나머지—정말로— 그 고양이를 그의 곁에 두기보다는 오히려 당신 곁에 두고 싶어하셨던 거라고 말이다. 이것은 29세의 성인 남성에게 내놓을 만한 설명은 아니었다. 오히려 아이들을 달래기 위해 꾸며내는 종류의 설명이었다. 아이들을 위해서 말이다. 심지어 아이들조차도 십중팔구는 그게 거짓부렁이란 걸 알아챘다.

"하지만" 케빈이 말을 이었다. "나는 그이에게 이렇게 말했지. '왜 하느님께서는 내 고양이를 똑똑하게 만들지 않은 거죠?'"

"그런 얘기를 정말로 한 거야?" 내가 말했다.

체념한 듯, 데이비드가 말했다. "아마 그렇겠지."

"내 고양이가 '멍청했다'는 건 사실이야." 케빈이 말을 이었다. "왜냐하면 '하느님'이 그놈을 '멍청하게 만들었기' 때문이지. 따라서 그건 '하느님'의 잘못이지, 내 고양이의 잘못은 아니라고."

"그래서 그이한테 그렇게 말해준 거군." 내가 말했다.

"아무렴." 케빈이 말했다.

나는 화가 났다. "이 냉소적이기만 한 멍청아! 자네는 구세주를 직접 만났는데도, 기껏 한다는 짓이 그 빌어먹을 놈의 고양이에 관해 투덜거리는 것밖에는 없었다는 거군. 자네의 고양이가 죽은 게 나한테는 얼마나 기쁜 일인지 몰라. 자네의 고양이가 죽은 게 '모든 사람'에게 얼마나 기쁜 일인지 모른다고. 그러니 주둥이 좀 닥쳐." 나는 분노로 인해 몸을 부들부들 떨기 시작했다.

"진정들 해." 데이비드가 말했다. "우리는 이미 많은 일을 겪어왔잖아."

케빈이 나를 바라보며 말했다. "그 여자아이는 구세주가 아니야. 다만 이제는 우리도 자네만큼이나 또라이가 되어버린 것뿐이라고, 필. 그 사람들은 저 위에 사는 또라이들이고. 우리는 이 아래에 사는 또라이들일 뿐이라고."

데이비드가 말했다. "그렇다면 도대체 어떻게 해서 겨우 두 살짜리 어린아이가 그런―"

"그놈들은 그 어린애의 머리에다가 '전선'을 연결해놓고 있었다고." 케빈이 소리를 질렀다. "그리고 전선의 다른 한쪽 끝에는 마이크가 장착되어 있었어. 그 아이의 얼굴 안에는 스피커가 들어 있었고. 다른 누군가가 대신 이야기를 했던 거야."

"나는 술이나 한잔 마셔야겠어." 내가 말했다. "솜브레로 스트리트에서 차를 세워봐."

"나는 지금보다 차라리 호스러버 팻이었을 때의 자네가 더 마음에 들어." 케빈이 소리를 질렀다. "나는 오히려 그 친구가 좋았다고. 그 친구에 비하면 자네는 내 고양이만큼이나 멍청해.

멍청한 까닭에 죽기도 한다는데, 자네는 왜 아직 안 죽고 살아 있어?"

"그럼 바꿔버리고 싶은가?" 내가 말했다.

"물론 멍청한 것도 생존의 특징 가운데 하나긴 하지." 케빈이 말했다. 하지만 그의 목소리는 거의 들리지 않을 정도로 가라 앉아 있었다. "나도 모르겠어." 그가 중얼거렸다. "'구세주' 말이야. 어떻게 그런 게 있을 수 있겠어? 이게 다 내 실수야. 내가 자네한테 〈발리스〉라는 영화를 보게 했으니 말이야. 내가 자네를 마더 구스와 얽혀들게 만들었어. 마더 구스가 구세주를 낳았다는 게 말이나 되는 소리야? 지금까지 있었던 일이 도대체 말이나 되는 소리냐고?"

"솜브레로 스트리트에서 세워." 데이비드가 말했다.

"리피돈 회의 모임이 술집에서 있을 모양이르군." 케빈이 말했다. "그게 바로 우리의 임무라고. 술집에 죽치고 앉아서 술이나 퍼마시는 것 말이야. 그렇게 하다 보면 당연히 세상이 구원을 얻겠지. 그러면 왜 지금 당장 구원에 나서지 않는 거야?"

우리는 입을 다문 채로 계속 차를 몰았다. 하지만 우리는 결국 솜브레로 스트리트에 멈춰 섰다. 리피돈 회의 절대 다수가 그러기를 원했기 때문이다.

내 의견에 찬성하는 사람들이 완전히 미쳐버렸다는 것은 물론 나쁜 소식이 될 수밖에 없었다. 소피아 본인조차도(이것이 특히 중요한데) 에릭과 린다 램턴이 아프다고 말했으니까. 게

다가 소피아, 또는 발리스는 램턴 부부가 우리를 포위하고 붙잡아놓았을 때, 우리가 거기서 빠져나올 수 있도록 내 머릿속에 할 말을 넣어주기도 했다. 할 말을 제공해주고는 제때에 맞춰 멋지게 내놓기까지 했다.

나는 그 예쁜 아이와 그 추한 램턴 부부를 떼어놓고 볼 수가 있었다. 나는 그들을 한데 뒤섞어 보지 않았다. 무엇보다도 겨우 두 살짜리 어린아이가 마치 지혜처럼 보이는 이야기를 줄줄 늘어놓았다는 점은…… 나는 술집에 앉아서 멕시코 산 맥주병을 앞에 놓고 스스로에게 물어보았다. 그렇다면 합리성의 판정 기준은 무엇일까? 지혜가 현존하는지 여부를 과연 무엇으로 판정할 수 있을까? 지혜는 본성상 합리적이어야만 한다. 그것이야말로 현실에 갇혀버린 것의 마지막 단계였다. 그것이야말로 지혜로운 것과 존재하는 것 사이의 친밀한 관계였다. 비록 그 관계가 미묘하기는 해도 말이다. 그 작은 여자아이는 우리에게 무슨 말을 했던가? 이제는 인류가 자신을 제외한 모든 신에 대한 예배를 포기해야 마땅하다고 했다. 어쩐지 그 주장이 내게는 비합리적이지 않게 들렸다. 어린아이가 한 말이건, 또는 『브리태니커』에서 나온 말이건 간에, 내게는 충분히 건전한 주장으로 들렸던 것이다.

한동안 나는 제브러―1974년 3월에 내게 모습을 드러낸 실체를 가리키는 이름―가 사실은 선형의 시간축을 따라 존재하는 내 모든 자아가 차곡차곡 포개진 총합이라는 의견을 품고 있었다. 제브러―또는 발리스―는 신이 아니라 특정한 인간의 전前시간적 표현이었다…… 물론 그 초시간적 표현이 우리가 실제로 '신'이라는 용어로 의미하는 바가 아닐 때에만 그러했다. 즉 우리가 '신'을 예배할 때에—미처 깨닫지도 못한 상태에서— 예배하는 대상이 아닐 때에만 그러했다.

빌어먹을. 나는 너무 지친 나머지 이렇게 생각했다. 포기하고 말자.

케빈은 나를 집까지 태워다주었다. 지치고도 낙담한 상태에서, 나는 어찌어찌 곧바로 침대에 누웠다. 내 생각에 이 상황에서 내가 낙담한 까닭은 소피아로부터 부여받은 우리 임무가 불확실해서였다. 우리는 명령을 받았지만, 과연 무엇을 위한 명령이란 말인가? 보다 중요한 사실은, 소피아는 장차 성숙하면서 무엇을 하려는 의도란 말인가? 램턴 부부와 줄곧 함께 남아 있을 것인가? 도망치고, 이름을 바꾸고, 일본으로 가서 새로운 삶을 시작할 것인가?

그녀는 어디에 나타날 것인가? 이후로 우리는 그녀에 관한 언급을 어디에서 찾아야 할 것인가? 그녀가 자라서 성인이 될 때까지 기다려야 할 것인가? 그러면 18년쯤은 걸릴 것이었다. 어쩌면 18년 안에 페리스 F. 프리마운트—영화 속에 나온 이름을 이용하자면—가 이 세상을 또다시 장악할 수도 있다. 우리에게는 지금 당장 도움이 필요하다.

하지만 곧이어 나는 생각했다. 우리에게는 구세주가 지금 항상 필요하게 마련이지. 나중은 항상 늦게 마련이니까.

그날 밤에 나는 자다가 꿈을 꾸었다. 꿈속에서 나는 케빈의 혼다를 타고 가고 있었지만, 운전하는 사람은 케빈이 아니라 린다 론스태트였다. 운전석에는 그녀가 앉아 있었고, 자동차는 천장 없는 오픈 상태여서 마치 고대의 전차와도 비슷한 모습이었다. 린다 론스태트는 나를 보고 미소를 지으며 노래를 불렀다. 지금까지 내가 들었던 그녀의 노래보다도 더 아름답게 노래를 불렀다. 그 노랫말은 이러했다.

새벽을 향해 걸어가려 하면
당신은 슬리퍼를 꼭 신어야 하네.

꿈속에서 나는 이 노래를 듣고 기뻐했다. 뭔가 엄청나게 중요한 메시지인 것처럼 들렸다. 다음 날 아침에 일어났을 때에도 그녀의 아름다운 얼굴, 검고 반짝이는 두 눈이 여전히 보이는 것만 같았다. 그렇게 커다란 눈에는 빛이 가득했는데, 어딘가 기묘한 종류의 검은 빛이어서 마치 별빛과도 같았다. 나를 바라보는 그녀의 표정은 지극한 사랑의 표정이었지만, 그렇다고 해서 성적인 사랑까지는 아니었다. 그것은 바로 성서에서 '사랑하는 자비'라고 부르는 것이었다. 그녀는 나를 태우고 어디로 가는 것일까?

다음 날 내내 나는 이 수수께끼 같은 말이 지칭하는 것을 알아내기 위해 노력했다. 슬리퍼. 새벽. 이 새벽이라는 말과 내가 결부시켰던 것이 뭐였지?

내가 가진 참고서적을 뒤적이다가(예전 같았으면 나는 이렇게 표현했으리라. "호스러버 팻은 자기가 가진 참고서적을 뒤적이다가") 아우로라Aurora가 새벽의 의인화를 지칭하는 라틴어라는 사실을 우연히 발견했다. 이는 곧 아우로라 보레알리스 Aurora Borealis를 가리켰다. 이것은 성 엘모의 불과 유사한 현상이었고, 결국 제브러, 또는 발리스의 모습이기도 했다. 『브리태니커』에서는 아우로라 보레알리스를 이렇게 말했다.

> 아우로라 보레알리스는 에스키모, 아일랜드인, 잉글랜드인, 스칸디나비아인, 기타 여러 민족의 신화에서 역사 내내 등장한다. 이것은 흔히 초자연적인 현현인 것으로 믿어졌으며(……) 독일 북부의 부족들은 발키리(여전사)의 방패가 빚어내는 장관이라고 간주했다.

이는 결국 꼬마 소피아가 '여전사'로서 이 세상에 나아오게 된다는 의미인—발리스가 나를 향해 그렇게 말하는— 것일까? 어쩌면 그럴 수도 있었다.

슬리퍼는 뭐란 말인가? 나는 한 가지 연상물을 생각해냈다. 그것도 아주 흥미로운 것을. 피타고라스의 제자인 엠페도클레스는 자기가 전생을 기억한다고 사람들 앞에서 주장했으며, 친구들에게는 자기가 아폴론이라고 털어놓기도 했다. 그는 일반적인 의미로 죽지 않았다고 한다. 에트나 산의 분화구 꼭대기 근처에서 그의 황금 슬리퍼가 발견되었을 뿐이다. 어쩌면 엠페도클레스는 산 채로 하늘로 올라갔거나, 또는 분화구 속으로 뛰어내렸을 것이다. 에트나 산은 시칠리아의 동쪽 끝에 있다. 로마 시대에 '아우로라'라는 말은 '동쪽'을 의미했다. 발리스는 이 단어를 가지고 그 자신과 재생을, 즉 영생을 지칭한 것일까? 그렇다면 나는—

전화가 왔다.

나는 수화기를 들고 말했다. "여보세요."

에릭 램턴의 목소리였다. 어쩐지 뒤틀린 느낌을 주는 목소리였다. 마치 오래된 나무뿌리, 죽어 가는 나무뿌리 같은. "한 가지 이야기할 게 있어서 전화를 했어요. 린다가 직접 이야기를 해줄 거예요. 잠깐만요."

아무 소리도 없는 수화기를 붙잡고 서 있는 동안, 깊은 두려움이 내 안에 스며 들어왔다. 곧이어 린다 램턴의 목소리가 들려왔다. 가라앉고 단조로운 목소리였다. 그 꿈은 그녀와 뭔가 관계가 있구나. 나는 문득 깨달았다. 린다 론스태트. 린다 램턴. "무슨 일이죠?" 내가 물었다. 린다 램턴이 무슨 말을 하고 있는지 이해할 수가 없었다.

"그 여자아이가 죽었어요." 린다 램턴이 말했다. "소피아가요."

"어쩌다가요?" 내가 물었다.

"미니가 그 아이를 죽였어요. 물론 사고였지요. 경찰도 왔다 갔어요. 레이저를 가지고 그런 거예요. 그는 고의가 아니라 다만—"

나는 전화를 끊었다.

곧바로 전화가 다시 걸려 왔다. 나는 수화기를 들고 "여보세요"하고 말했다.

린다 램턴이 말했다. "미니는 고의가 아니라 다만 정보를 최대한 많이 얻어내려고—"

"이렇게 알려줘서 무척이나 고맙군요." 내가 말했다. 나는 미친 사람처럼 극도로 분노하고 있었다. 슬퍼하는 게 아니었다.

"그는 레이저를 이용해서 정보 전송을 시도해보았던 것뿐이었어요." 린다의 말이었다. "우리는 지금 모두에게 전화를 걸고 있어요. 이해가 안 돼요. 소피아가 정말 구세주라면, 어떻게 그 아이가 죽을 수 있었던 거죠?"

겨우 두 살이란 나이에 죽어버리다니. 문득 그런 생각이 들었다. 말도 안 되는 일이야.

나는 전화를 끊고 자리에 주저앉았다. 시간이 흐르고 나서야, 나는 그 꿈에서 자동차를 몰며 노래를 부르던 그 여자가 바로 소피아였음을 깨달았다. 지금의 모습이 아니라 언젠가 그러할 것처럼 어른이 된 모습이었다. 그 아이의 검은 눈에는 빛과 삶과 불이 가득했었다.

그 꿈은 그 아이가 보낸 나름대로의 작별인사였던 셈이다.

14

신문과 텔레비전에서는 마더 구스의 딸이 사망했다는 소식을 보도했다. 당연했다. 에릭 램턴은 록 스타였으니까. 뭔가 불길한 힘이 작용한 결과라는 암시도 나왔다. 어쩌면 부모의 무관심, 또는 마약, 또는 다른 갖가지 요상한 이유 때문일 수 있다고 했다. 미니의 얼굴도 나왔고, 영화 〈발리스〉에서 요새처럼 생긴 믹서가 등장하는 몇 장면도 나왔다.

그로부터 이틀인지 사흘이 지나자, 사람들은 모두 이 사건을 잊어버렸다. 텔레비전 화면에는 다른 공포스러운 소식이 나타났다. 다른 비극들이 그 자리를 차지했다. 평소와 마찬가지였다. 로스앤젤레스 서부의 어느 술집이 강도를 당하고 점원이 총에 맞았다. 수준 이하의 양로원에서 노인이 사망했다. 샌디에이고 고속도로에서 자동차 세 대가 목재 운반 트럭과 충돌하여 불에 타버렸다.

세상은 평소와 마찬가지로 계속 돌아갔다.

나는 죽음에 관해 생각하기 시작했다. 소피아 램턴의 죽음이 아니라, 죽음 전반에 관해서 그리고 점차 나의 죽음에 관해서도.

사실은 내가 생각한 것이 아니었다. 호스러버 팻이 생각했을 따름이었다.

하루는 우리 집 거실의 내 전용 안락의자에 앉아서, 한손에는 코냑 잔을 든 채로 그가 뭔가 숙고하듯 말했다. "이 사건으로 증명된 것은 우리가 이미 다 알고 있던 것뿐이야. 이 사건이란 바로 그 아이의 죽음이지."

"그러면 우리가 알고 있는 건 뭔데?" 내가 물었다.

"바로 그 사람들이 모두 또라이였다는 거야."

내가 말했다. "그 부모는 또라이였지. 소피아는 아니야."

"만약 그 아이가 제브러였다면" 팻이 말했다. "미니가 레이저 장비를 가지고 일을 망치게 될 것을 사전에 알았어야 마땅해. 그런 일을 미연에 방지했어야 마땅하다고."

"그건 맞아." 내가 말했다.

"사실이지." 팻이 말했다. "그 아이는 그런 지식을 미리 알았어야 마땅해. 아울러—" 그는 나를 손으로 가리켰다. 그의 목소리에는 승리감이 엿보였다. 대단한 승리감이. "그 아이는 그런 일을 피할 수 있는 능력을 지녔어야 마땅해. 안 그래? 만약 그 아이가 페리스 F. 프리마운트를 전복할 수 있었다고 치면—"

"그만해." 내가 말했다.

"이 모두와 처음부터 연관되어 있었던 게 있지." 팻이 나지막이 말했다. "바로 진보한 레이저 기술이야. 미니는 레이저 광선을 이용해서 정보를 전송하는 방법을 찾아냈지. 인간의 두뇌를 송수신기로 이용해서 전자적인 인터페이스가 없어도 되게끔 말이야. 러시아인들 역시 똑같이 할 수 있어. 마이크로파도 사용될 수 있고. 1974년 3월에 나는 미니의 전송 가운데 하나를 우연히 엿들었던 것인지도 몰라. 그게 나한테 비춘 거지. 내혈압이 그렇게 높아졌던 이유도, 내가 키우던 동물들이 암으로 죽은 것도 바로 그래서였던 거지. 미니가 죽어가는 것도 바로 레이저 실험에서 방출된 방사능 때문이야."

나는 아무 말도 하지 않았다. 아무 말도 할 수가 없었다.

팻이 말했다. "미안하군. 좀 괜찮아지는 거야?"

"그럼." 내가 말했다.

"여하간에." 팻이 말했다. "나는 그 아이와 이야기할 기회를 전혀 갖지 못했어. 나 말고 자네들이 했던 만큼까지는 아니었지. 자네들이 두 번째로 찾아갔을 때, 나는 거기 없었으니까. 그러니까 그 아이가 우리한테—우리 모임한테— 임무를 주었을 때 말이야."

그렇다면 이제 우리의 임무는 무엇일까? 문득 궁금한 생각이 들었다.

"팻." 내가 말했다. "자네는 또다시 자네 목숨을 내버리려고 시도할 생각인가, 응? 그 아이가 죽은 것 때문에?"

"아니." 팻이 말했다.

나는 그의 말을 믿지 않았다. 나는 알 수 있었다. 나는 그를 잘 알았으니까. 그가 아는 것보다, 내가 그를 더 잘 알았다. 글로리아의 죽음, 베스와의 결별, 셰리의 건강 악화. 그러다가 결국 셰리가 죽었을 때에, 그를 죽지 않게 구해준 것은 바로 '다섯 번째 구세주'를 찾아 나서기로 한 결심이었다. 그런데 이제 그 희망은 사라져버렸다. 이제 그에게 무엇이 남아 있을까?

팻은 모든 방법을 시도해보았지만 모든 방법이 실패하고 말았다.

"어쩌면 자네도 이제 모리스를 다시 만나기 시작하는 게 나을 거야." 내가 말했다.

"그 친구는 이러겠지. '농담이 아니라고요.'" 우리는 함께 웃었다. "'당신이 세상에서 제일 하고 싶은 일 열 가지를 적어오세요. 그 일이 뭔지를 생각하고 적어오란 말이에요, 농담이 아니라고요!'"

내가 말했다. "자네가 정말로 하고 싶은 게 뭐야?" 물론 농담이 아니었다.

"그녀를 찾아내는 거야." 팻이 말했다.

"누구를?" 내가 말했다.

"나도 모르겠어." 팻이 말했다. "죽은 여자 말이야. 내가 두 번 다시 볼 수 없는 사람 말이야."

그 범주에 속하는 사람이야 한두 명이 아니잖아. 나는 속으로 말했다. 미안, 팻. 자네의 답변은 너무 모호한걸.

"나는 월드 와이드 여행사인가 하는 데로 가려고 해." 팻이 반쯤은 혼잣말처럼 말했다. "그리고 거기 있는 아가씨와 좀 더 이야기를 나누는 거지. 인도에 관해서. 내 생각에는 인도가 바로 그 장소 같아."

"무슨 장소?"

"그이가 있을 만한 장소지." 팻이 말했다.

나는 대답하지 않았다. 그래봤자 소용이 없었으니까. 팻의 광기가 돌아온 것이었다.

"그이는 어딘가에 있어." 팻이 말했다. "나는 그이가 있다는 걸 알아. 지금 당장 말이야. 이 세계의 어디엔가 있어. 제브러가 그렇다고 나한테 말해줬어. '성 소피아는 다시 태어나게 될 것이다. 그 아이는 전혀—'"

"내가 자네한테 사실대로 말해주었으면 좋겠나?" 내가 그의 말을 가로막았다.

팻은 눈을 껌벅였다. "물론이지, 필."

나는 매몰차게 말했다. "구세주 따위는 없어. 성 소피아는 다시 태어나지 않을 거고, 붓다는 공원에 없고, 머리 아폴론은 돌아오지 않을 거야. 무슨 말인지 알았어?"

침묵이 흘렀다.

"다섯 번째 구세주는—" 팻이 소심하게나마 말을 꺼냈다.

"잊어버리라고." 내가 말했다. "자네는 정신 질환자야, 팻. 자네 역시 에릭과 린다 램턴 부부처럼 미친 거라고. 브렌트 미니처럼. 자네는 무려 8년 동안 미친 상태였어. 글로리아가 시나논 빌딩에서 몸을 날려서, 마치 스크램블드 에그 샌드위치처럼 곤

죽이 된 날 이후로 말이야. 포기하게. 잊어버려. 알았나? 나를 위해 한 가지 부탁만 들어주겠나? 우리 '모두'를 위해서 한 가지 부탁을 들어주겠느냐고?"

팻은 마침내 나지막이 말했다. "그럼 자네도 케빈의 의견에 동의하는 모양이군."

"그래." 내가 말했다. "나도 케빈의 의견에 동의해."

"그러면 왜 내가 계속 이렇게 있어야 하는 거지?" 팻이 나지막이 말했다.

"그건 나도 몰라." 내가 말했다. "그리고 난 신경도 안 써. 그건 자네의 삶이고, 자네의 일이니까. 내 일은 아니니까."

"제브러가 나한테 거짓말을 했을 리는 없는데." 팻이 말했다.

"'제브러' 따위는 없어." 내가 말했다. "그건 자네 자신일 뿐이야. 자네는 자기 자신도 알아보지 못하는 거야? 그건 바로 자네고, 단지 자네일 뿐이야. 답변을 얻지 못한 자네의 소망을, 글로리아가 죽는 바람에 충족되지 못하고 남아 있는 자네의 욕망을 외부로 투사한 것뿐이야. 자네는 그 진공을 현실로 채우지 못했기 때문에, 결국 환상으로 채운 것뿐이야. 그것이야말로 결실도 없고, 낭비되고, 공허하고, 고통 가득한 삶에 대한 심리적 보상일 뿐이야. 여기까지 와서도 자네가 도대체 무엇 때문에 포기하지 않고 버티는지, 나로선 도무지 모르겠군. 자네도 케빈의 고양이나 마찬가지야. 자네도 멍청하다고. 그게 문제의 처음이자 끝이라고. 무슨 말인지 알았나?"

"자네는 내게서 희망을 빼앗아버렸군."

"나는 자네에게서 아무것도 빼앗지 않았어. 왜냐하면 자네에 겐 아무것도 없으니까."

"그 말이 모두 사실인가? 자네는 그렇게 생각하나? 정말로?" 내가 말했다. "내가 알기로는 그래."

"자네는 정말 내가 그이를 찾아 나서야 한다고 생각하지 않 는 건가?"

"도대체 어디로 찾아 나서겠다는 거야? 자네는 아무것도 모 른다고. 이 세상에 과연 그이가 어디 있는지에 대해서 아무것 도 모른단 말이야. 그이는 아일랜드에 있을 수도 있지. 그이는 멕시코시티에 있을 수도 있어. 그이는 애너하임에 있는 디즈니 랜드에 있을 수도 있지. 그래. 어쩌면 아예 디즈니랜드에서 일 하는지도 몰라. 빗자루를 들고 청소라도 하고 있을지도. 그런데 자네가 무슨 수로 그를 알아본다는 거야? 우리는 소피아가 곧 구세주일 거라고 생각했어. 그 아이가 죽기 전까지만 해도 그 렇다고 믿었단 말이야. 그 아이는 마치 구세주인 것처럼 '이야 기를' 했으니까. 우리한테는 모든 증거가 다 있었어. 모든 상징 이 다 있었어. 〈발리스〉라는 영화가 있었어. 두 단어로 된 암호 도 있었어. 램턴 부부와 미니가 있었어. 그 사람들의 이야기는 자네의 이야기와 딱 맞아떨어졌어. 모두가 딱 맞아떨어졌어. 그 런데 이제는 또 한 명의 죽은 여자가 또 하나의 관에 담겨서 땅 에 묻혀 있을 뿐이야. 지금까지 모두 합쳐 세 명인 셈이군. 아무 런 의미도 없이 죽은 사람이 무려 세 명이야. 자네도 믿었고, 나 도 믿었고, 데이비드도 믿었고, 케빈도 믿었고, 램턴 부부도 믿었어. 특히 미니도 믿었지. 심지어 사고로 그 아이를 죽여버리게 될 정도로 말이야. 여하간 이제는 끝나버렸어. 이런 일이 또 다시 시작되어서는 안 돼. 애초에 그 영화를 보라고 한 케빈이 빌어먹을 놈이라고! 나가서 자살을 하든 말든 맘대로 해. 빌어먹을 것 같으니."

"그래도 나는 여전히 —"

"자네는 못 할 거야." 내가 말했다. "자네는 그를 찾지 못할 거라고. 난 알아. 내가 아주 간단하게 설명을 해줄 테니까, 딱 듣고 이해해보라고. 자네는 구세주가 글로리아를 다시 데려올 거라고 생각하지. 그렇지? 그이는 그렇게 하지 않았어. 이제는 그이도 마찬가지로 죽어버리고 말았지. 하다못해 —" 나는 말을 하다가 포기해버렸다.

"그렇다면 종교의 진정한 이름은 바로 죽음이겠군." 팻이 말했다.

"비밀 이름은 그렇겠지." 나도 그의 의견에 동감이었다. "자네도 이해를 했군. 예수는 죽었어. 아스클레피오스도 죽었어. 예수를 죽일 때보다도 마니를 죽일 때가 더 끔찍스러웠지. 하지만 어느 누구도 관심을 갖지 않았어. 어느 누구도 기억을 하지 않았어. 그들은 프랑스 남부에서 카타리 파를 수만 명이나 죽였지.* 30년 전쟁에서는 수십만 명이 사망했지. 프로테스탄

---

* 카타리 파, 또는 알비 파는 12~13세기에 프랑스 남부에서 세력을 얻은 기독교 일파다. 영지주의 성향 때문에 이단으로 규정되어 가톨릭으로부터 대대적인 탄압을 받고, 14세기 중반에 사라져버렸다.

트와 가톨릭 양쪽에서 서로를 죽인 거야. 죽음이야말로 종교의 진짜 이름이야. 하느님도, 구세주도, 사랑도 아니지. '죽음'일 뿐이야. 그 고양이에 관해서는 케빈의 말이 맞아. 그의 죽은 고양이 속에는 모든 것이 들어 있지. 대심판관은 케빈에게 답변을 하지 못했어. '내 고양이는 왜 죽은 거죠?' 답변은 이렇지. '그걸 내가 어찌 알겠나?' 이건 답변이 아니야. 단지 거리를 건너려다가 죽은 짐승 한 마리만 있는 거지. 우리는 모두 거리를 건너려는 한 마리 짐승에 불과해. 그러다가 절반쯤 건너갔을 때, 우리 눈에 보이지도 않는 게 우리를 쓰러트리고 마는 거지. 가서 케빈에게 물어봐. '자네의 고양이는 멍청했어.' 그럼 그 고양이는 누가 만든 건데? 애초에 그는 왜 고양이를 멍청하게 만들었을까? 그 고양이는 죽음으로써 뭔가를 배운 걸까? 혹시나 배웠다면, 도대체 뭘 배운 걸까? 셰리는 암으로 죽음으로써 뭔가를 배운 걸까? 그렇다면 글로리아도—"

"알았어. 그만해." 팻이 말했다.

"케빈의 말이 맞아." 내가 말했다. "그러니 나가서 누구라도 침대로 끌어들이라고."

"누구랑? 모두 죽어버렸는데."

내가 말했다. "다른 사람이 있을 것 아니야. 아직 살아 있는 사람이 말이야. 그 여자가 죽기 전에, 또는 자네가 죽기 전에, 또는 사람이건 짐승이건 다른 누군가가 죽기 전에, 하나쯤 침대로 끌어들이란 말이야. 우주가 비합리적인 건 그 배후의 정신이 비합리적이기 때문이야. 자네는 비합리적이고, 자네도 그걸 알아. '나' 역시 마찬가지지. 우리는 모드 비합리적이고, 우리도 그걸 알아. 어느 정도까지는 말이야. 설령 내가 거기에 관한 책을 쓰더라도. 어느 누구도 우리 말을 믿지는 않을 거야. 우리처럼, 또는 우리가 행하는 것처럼 비합리적일 수 있는 인간 집단의 말을 믿지는 않을 거야."

"이제는 믿을 거야." 팻이 말했다. "짐 존스와 존스타운에 살던 900명의 이야기가 나온 다음이니까."

"사라져버려, 팻." 내가 말했다. "남아메리카로 가라고. 소노마로 돌아가서 램턴 부부의 공동체에 거주민 자격을 신청하라고! 그들이 포기하기 전에 말이야. 내 생각에 어쩌면 그럴 것도 같으니까. 광기는 그 나름대로의 역동성을 지니고 있지. 그렇기 때문에 그냥 계속되는 거야." 나는 자리에서 일어나 그에게 걸어간 다음 그의 가슴에 내 한손을 갖다 댔다. "그 여자는 죽었어. 글로리아는 죽었어. 그 무엇도 그 여자를 되돌려놓을 수는 없어."

"가끔 내가 꿈을 꾸면—"

"자네 묘비에다가 아예 새겨 넣어주지."

팻은 여권을 손에 넣자마자 미국을 떠났다. 그는 아이슬란드 항공 편으로 룩셈부르크로 향했는데, 이쪽이 더 저렴한 경로였기 때문이다. 우리는 그가 아이슬란드에 잠깐 머물면서 보낸 엽서를 받았고, 그로부터 한 달 뒤에는 프랑스의 메스에서 보낸 편지가 도착했다. 메스는 룩셈부르크와 국경 지대에 있었다.

나는 지도상에서 거기가 어딘지 찾아보았다.

메스—풍경이 멋진 곳이라서 그는 여기를 좋아했다—에서 그는 한 여자를 만나서 즐거운 시간을 보냈는데, 급기야 그 여자는 그가 갖고 있던 돈을 절반이나 털어가고 말았다. 그는 우리에게 그녀의 사진을 보내주었다. 그녀는 매우 예뻤고, 내 생각에는 얼굴이며 헤어스타일이 어딘가 린다 론스태트랑 닮은 것도 같았다. 그가 우리에게 보낸 사진은 그게 마지막이었다. 그녀가 그의 카메라마저 훔쳐갔기 때문이었다. 그녀는 어느 서점에서 일했다. 그래서 결국 그녀와 잠자리를 하기는 했는지, 팻은 이 부분에 관해서는 결코 우리에게 이야기하지 않았다.

그는 메스에서 국경을 넘어 서독으로 들어갔고, 그곳에서는 미국 달러화가 아무런 가치도 없다는 걸 알았다. 그는 독일어를 약간 읽고 말할 줄 알았기 때문에, 비교적 편안하게 지낼 수 있었다. 하지만 그의 편지는 점점 뜸해지더니 결국 완전히 끊기고 말았다.

"그 친구가 그 프랑스 여자랑 뭔가를 했다고 치면." 케빈이 말했다. "그 친구는 이제 완전히 회복된 셈이로군."

"그 친구가 회복되었다는 건 우리 다 아는 사실이잖아." 데이비드가 말했다.

케빈이 말했다. "그 친구가 그 여자랑 뭔가를 했다고 하면 그 친구는 멀쩡해져서 여기 돌아와 있어야 해. 하지만 아직 안 돌아온 걸로 보아 그 친구는 하지 못한 게 분명해."

1년이 지났다. 어느 날 나는 그에게서 전보를 하나 받았다.

팻은 비행기를 타고 미국 뉴욕에 돌아와 있었다. 그는 거기 아는 사람이 있었다. 모노(전염성 단핵구증)에서 회복되고 나면, 캘리포니아에 도착할 거라고 했다. 그는 프랑스에 있으면서 모노에 감염된 바 있었다.

"그나저나 구세주는 찾은 걸까?" 케빈이 말했다. 그 전보에는 그 이야기가 안 나와 있었다. "만약 찾았다면 분명히 그 이야기를 했을 텐데." 케빈이 말했다. "그러니까 그 프랑스 여자 이야기처럼 말이야. 우리가 당연히 듣고도 남았을 텐데 말이지."

"적어도 그 친구가 죽지 않은 건 맞잖아." 데이비드가 말했다.

케빈이 말했다. "그건 '죽다'라는 단어를 자네가 어떻게 정의하느냐에 따라 다르지."

그 와중에 나는 잘 살고 있었다. 이제 내 책은 잘 팔렸다. 나는 처치 곤란을 느낄 정도로 예전보다 더 많은 돈을 벌고 있었다. 사실 우리는 모두 잘 지내고 있었다. 데이비드는 오렌지 카운티에서 가장 우아한 쇼핑몰 가운데 한 곳에 담배 가게를 열었다. 케빈의 새로운 여자 친구는 그와 우리를 품위 있고 재치있게 대했고, 우리의―특히 케빈의― 고약한 유머를 너그러이 참아주었다. 우리는 팻과 그의 탐색에 관해 그녀에게 모조리 말해주었다. 심지어 그의 펜탁스 카메라를 훔쳐서 달아난 프랑스 여자에 대한 이야기까지도 말이다. 그녀는 조만간 그를 직접 만나보기를 고대했고, 우리는 그가 돌아오기를 고대했다. 이야기와 사진, 그리고 어쩌면 선물이 있을지도 몰라! 우리는 서로 이렇게 말했다.

곧이어 우리는 두 번째 전보를 받았다. 이번에는 오리건 주 포틀랜드에서 온 것이었다. 거기에는 이렇게 적혀 있었다.

펠릭스 왕

그것 말고는 없었다. 이 당혹스러운 단어 두 개뿐이었다. 설마? 나는 생각했다. 그이일까? 그이가 우리에게 뭔가를 말하고 있는 것일까? 그 모든 시간이 지나고, 리피돈 회는 총회를 위해 다시 모여야 하는 것일까?

팻이 로스앤젤레스 공항에 도착하자 우리 네 사람은 그를 마중 나갔다. 나, 케빈, 데이비드, 그리고 케빈의 예쁜 여자친구 진저까지도. 그녀는 키가 크고 금발이었으며, 머리카락을 땋아서 붉은 리본으로 묶었다. 한밤중에 몇 마일씩 차를 몰고 나가서 어느 외딴 아일랜드인 술집에서 아일랜드식 커피를 마시는 발랄한 여자였다.

세상의 다른 모든 사람과 마찬가지로, 우리는 함께 모여서 이런저런 이야기를 나누었다. 바로 그때, 갑작스럽게도, 팻이 다른 승객 무리 한가운데서 성큼성큼 우리 쪽으로 걸어왔다. 그는 서류가방을 하나 들고 활짝 웃어 보였다. 우리 친구가 집으로 돌아온 것이다. 그는 정장과 넥타이 차림이었다. 좋아 보이는 이스트코스트 정장이었고 상당히 멋있어 보였다. 그가 이처럼 잘 차려입은 모습을 보고 우리는 깜짝 놀랐다. 우리 모두는 눈이 움푹 들어간 부랑자 같은 모습의 그가 간신히 복도를 따라 비틀거리며 걸어오리라 예상하고 있었던 모양이다.

우리는 번갈아가며 그를 얼싸안고 진저에게 그를 소개한 다음, 그동안 어떻게 지냈느냐고 물었다.

"나쁘지 않았지." 그의 말이었다.

우리는 가까운 호텔에 있는 식당에서 식사를 했다. 우리는 생각만큼 이야기를 많이 나누지는 않았는데, 거기에는 이유가 있었다. 팻은 어딘가 딴 생각에 사로잡힌 것 같았지만, 그렇다고 해서 우울해하는 것 같지는 않았다. 지친 모양이군. 나는 이렇게 판단했다. 하긴 그는 매우 먼 길을 왔으니까. 그의 얼굴에 그런 기색이 딱 각인되어 있었다. 그런 일들은 딱 보면 나타난다. 사람에게 흔적을 남기게 마련이니까.

"그 서류가방에는 뭘 넣어가지고 온 거야?" 식사를 마치고 커피가 나오자 내가 물어보았다.

그는 자기 앞에 놓인 접시를 치우고, 서류가방을 올려놓고 뚜껑을 열었다. 자물쇠가 잠겨 있지도 않았다. 그 안에는 서류봉투가 여러 개 들어 있었다. 그는 여러 개의 서류봉투 가운데 하나를 찾아냈다. 서류봉투 각각에는 번호가 적혀 있었다. 그는 이게 맞는지 확인하려는 듯 번호를 다시 한 번 들여다본 다음, 나에게 서류봉투를 건네주었다.

"열어봐." 그는 이렇게 말하며 살짝 미소를 지었다. 마치 누군가에게 선물을 줄 때 우리 얼굴에 떠오르는 표정하고도 비슷했다. 상대방이 그 선물을 분명 좋아할 거라고 확신하며, 상대방이 즉석에서 선물을 풀어보는 모습을 지켜볼 때처럼 말이다.

나는 봉투를 열었다. 그 안에는 가로 8인치 세로 10인치짜리 번쩍거리는 사진이 네 장 들어 있었다. 아마도 전문가의 솜씨가 분명했다. 마치 무슨 영화 제작사의 홍보 부서에서 제작한 스틸 사진처럼 보였다.

그 사진은 그리스 항아리를 보여주고 있었다. 옆구리에는 웬 남자의 그림이 그려져 있었는데, 우리는 그 남자가 바로 헤르메스라고 생각했다.

항아리의 주위로는 이중나선 무늬가 있었다. 검정색 바탕에 붉은색 유약으로 이루어진 무늬였다. 바로 DNA 분자였다. 틀림없었다.

"지금으로부터 대략 23세기, 또는 24세기 전 물건이야." 팻이 말했다. "물론 이 사진이 그렇다는 게 아니라 '크라테르krater', 즉 도자기가 그렇다고."

"항아리겠지." 내가 말했다.

"아테네에 있는 어느 미술관에서 봤어. 진품이라더군. 내 생각에 진위 여부는 중요하지가 않아. 그런 물건을 판단할 만한 능력이 나한테는 없으니까. 이게 진품이란 걸 확인한 사람은 박물관 당국자라고 했어. 그중 한 사람과 이야기를 해봤지. 그는 이 디자인이 무엇을 보여주는지 모르고 있더군. 내가 이야기를 해주었더니 무척이나 관심을 보였어. 이런 종류의 항아리, 즉 '크라테르'는 나중에 세례반에서 사용된 형태를 취하지. 이것이야말로 1974년 3월에 내 머릿속에 들어온 단어 가운데 하나였어. '크라테르'라는 단어 말이야. 나는 이 단어가 또 다른 그리스어 단어와 연결되어 있다고 들었지. 바로 '포로스poros'라는 단어야. 그런데 '포로스 크라테르'라면 결국 '석회석 세례반'이라는 뜻이거든."

의심의 여지가 없었다. 기독교보다도 더 오래된 이 디자인은 크릭과 왓슨의 이중나선 모델이었다. 두 사람이 수없이 빗나간 추측을 한 끝에, 수많은 시행착오 끝에 도달한 바로 그 모델 말이다. 그런데 그 이중나선의 모습이 여기 충실하게 재현되어 있었다.

"그런데?" 내가 말했다.

"이른바 카두세우스의 뒤얽힌 뱀이라고 불리는 것이 있지. 지금도 의학의 상징으로 사용되는 것 말이야. 그런데 이것은 본래 헤르메스의 지팡이가 아니라, 바로 —" 팻은 말을 잠시 멈추었다. 그의 눈이 반짝거렸다. "바로 아스클레피오스의 지팡이였다 이거지. 여기에는 매우 특별한 의미가 있어. 보통 뱀이 암시한다고 여겨지는 지혜 말고도 또 다른 의미가 말이야. 이 지팡이는 그걸 지닌 사람이 성스러운 인간이라는, 즉 그를 괴롭혀서는 안 된다는 뜻을 보여주는 거야…… 신들의 메신저인 헤르메스가 이걸 들고 다니는 이유도 바로 그래서지."

한동안 우리 중 누구도 말을 하지 않았다.

케빈은 뭔가 빈정거리는 말을 꺼내려고 했다. 특유의 건조하고도 위트 넘치는 방식으로 뭔가를 말하려 했다. 하지만 그는 말하지 못했다. 그저 아무 말 없이 앉아서 듣기만 했다.

가로 8인치, 세로 10인치의 번쩍이는 사진을 본 진저가 말했다. "너무 예뻐요!"

"인류 역사상 가장 위대한 의사죠." 팻이 말했다. "아스클레피오스. 이 사람이 바로 그리스 의학의 창시자예요. 기독교를 탄압했기 때문에 '배교자 율리아누스'라고 일컬어지는 로마 황제 율리아누스는 아스클레피오스를 하느님, 또는 신으로 여겼어요. 율리아누스는 그에게 예배를 바쳤죠. 만약 그 예배가 계속되었다고 치면, 서양 세계의 역사는 근본적으로 바뀌었을 거예요."

"자네, 포기하지 않을 작정이군." 내가 말했다.

"당연하지." 팻이 말했다. "절대로 포기하지 않을 거야. 다만 지금은 돈이 떨어졌을 뿐이지. 일단 자금을 모으고 나면, 다시 돌아갈 거야. 나는 어디를 찾아봐야 하는지 알아. 그리스의 여러 섬들이지. 렘노스, 레스보스, 크레타. 특히 크레타를 말이야. 한번은 꿈에서 엘리베이터를 탔는데―사실은 그 꿈을 두 번이나 꿨다 이거지― 그 엘리베이터 운행원이 시를 읊는 거야. 그런데 가만 보니 스파게티가 담긴 커다란 접시가 놓여 있고, 가지가 세 개 달린 포크, 그러니까 삼지창이 그 안에 푹 꽂혀 있더라고…… 그게 바로 아리아드네의 실이라 이거지. 테세우스가 미노스에 있는 미궁에 들어가서 미노타우로스를 제거한 다음에 밖으로 나올 수 있도록 인도한 실 말이야. 미노타우로스는 반인반수이기 때문에, 결국 발광한 신 사마엘을 상징하지 않나 하는 게 내 생각이야. 왜, 영지주의 체계에서 이야기하는 거짓 조물주 사마엘 말이야."

"두 가지 단어로 된 전보는 뭔데." 내가 말했다. "'펠릭스 왕' 말이야."

팻이 말했다. "나는 아직 그를 발견하지 못했는데."

"알았어." 내가 말했다.

"하지만 그는 어딘가에 있어." 팻이 말했다. "나는 알아. 나는 절대로 포기하지 않을 거야." 그는 사진을 다시 종이봉투에 집어넣고, 서류가방에 집어넣고, 뚜껑을 닫았다.

오늘 그는 터키에 가 있었다. 그가 우리에게 보낸 그림엽서를 보니, 한때 성 소피아, 또는 하기아 소피아라는 이름으로 일컬어졌던 훌륭한 기독교 교회가 있었다. 비록 중세에 들어서 지붕이 무너지는 바람에 다시 지어야 하긴 했지만, 이것이야말로 세계의 여러 가지 불가사의 가운데 하나였다. 건축에 관한 가장 포괄적인 내용을 담은 교과서를 찾아보면 그 건물의 독특한 건축 양식에 대한 도해를 찾아볼 수 있을 정도다. 이 교회의 중앙 부분은 마치 떠 있는 것 같고, 하늘로 솟아오른 것 같다. 여하간 이것은 이 건물을 지은 로마 황제 유스티아누스의 아이디어였다. 그는 이곳의 건축을 직접 감독했으며, 이곳의 이름을 짓기도 했다. 그것은 바로 그리스도를 위한 암호명이었다.

우리는 조만간 호스러버 팻으로부터 또다시 소식을 듣게 될 것이었다. 케빈이 그렇다고 말했기에 나는 그의 판단을 믿었다. 케빈은 당연히 알 것이었다. 우리 중에서 케빈은 가장 덜 비합리적인 사람이었고, 더 중요하게는 가장 신앙 깊은 사람이었다. 이것이야말로 오랜 시간이 걸려서야 내가 비로소 이해할 수 있

423

었던 무언가였다.

신앙이란 기묘한 것이었다. 정의상 신앙은 당신이 증명할 수 없는 것과 관계가 있었다. 가령 지난 토요일 아침에 나는 텔레비전을 켜두었다. 나는 사실 실제로 보지는 않았다. 왜냐하면 토요일 아침에는 어린이 프로그램만 하게 마련이고, 어쨌거나 나는 낮 방송은 보지 않기 때문이다. 하지만 그걸 켜놓으면 외로움이 때때로 줄었기 때문에, 나는 그 소리를 일종의 배경음악처럼 깔아두고 있었다. 여하간 지난 토요일에 텔레비전에서는 광고가 줄줄이 나왔는데, 어떤 이유에선지 어느 순간에 그 내용에 관심이 갔다. 나는 그때까지 하던 일을 멈추고, 완전히 주의를 집중했다.

마침 어느 슈퍼마켓 체인의 광고가 줄줄이 나오고 있었다. 화면에는 '식품의 왕FOOD KING'이라는 단어가 나타났다. 곧이어 이 단어는 금방 사라지고, 짧은 시간 안에 최대한 많은 광고 메시지를 짜내려는 듯, 필름이 빠른 속도로 돌아갔다. 그 다음에 나타나는 것은 '고양이 펠릭스' 만화였다.* 오래된 흑백 만화 말이다. 한순간 '식품의 왕FOOD KING'이라는 단어가 화면에 나왔다가, 거의 곧바로 다음 단어가— 역시나 커다란 글자로— 나타났다. '고양이 펠릭스FELIX THE CAT'라고 말이다.

이 두 가지 문구를 나란히 놓아보면 그 한가운데에 암호가

---

* 1919년에 처음 선보인 미국의 애니메이션 캐릭터. 의인화된 검정색 고양이의 모습이며, 그 이름은 라틴어의 '고양이(felis)'와 '행운의(felix)'라는 단어를 모두 의미한다. 무성영화 시대는 물론이고 이후로도 큰 인기를 모았다.

등장했다.

하지만 당신은 이 문구를 오로지 잠재의식으로만 받아들인다. 그러니 이 우연적인, 순전히 우연적인 병렬을 알아채는 사람이 과연 있겠는가? 오로지 아이들, 즉 사우스랜드의 어린아이들만 가능했다. 그 아이들에게는 이 문구가 아무런 의미도 지니지 않았다. 어느 누구도 이 두 개의 단어로 된 암호를 인식하지 못했다. 비록 암호를 인식한다 치더라도, 그게 정작 무슨 뜻인지, 또는 누구를 뜻하는지를 알지는 못했다.

하지만 나는 그걸 보았으며, 그게 누구를 가리키는지 알았다. 어쩌면 융의 말마따나 동시성에 불과할지도 모른다는 생각이 들었다. 딱히 어떤 의도는 없는, 단순한 우연의 일치 말이다.

아니면 정말 어떤 신호가 방출된 것일까? 세계에서 가장 커다란 텔레비전 방송국 가운데 하나인 NBC의 로스앤젤레스 지국에서 발사된 어떤 신호가 공중을 지나서 수천 명의 아이들에게 도달하고, 몇 분의 1초에 불과한 짧은 시간 동안의 정보가 그 아이들의 두뇌 속 우반구에 의해 처리되는 것일까? 수신되고, 저장되고, 어쩌면 해독되는 것일까. 많은 것들이 잠들어 있고 저장되어 있는 의식의 문턱 아래에서 말이다. 에릭과 린다 램턴 부부는 이 일과 아무 상관이 없었다. 다만 몇몇 방송 기술자들, 즉 NBC에서 일하는 몇몇 기술자들이 방송으로 내보내야 할 광고들을, 자기가 생각하기에 맞다고 여기는 순서대로 잔뜩 쌓아놓고 있을 것이었다. 아마도 발리스 그 자체의 책임일 것이었다. 만약 그 병렬을 의도적으로 만들어낸 무언가가 있다면, 그건 바로 정보 그 자체인 발리스의 소행일 것이었다.

어쩌면 나는 방금 전에 발리스를 본 것인지도 몰랐다. 광고며 어린이 만화를 타고 움직이는 모습을.

그 메시지가 다시 방출되었군. 나는 속으로 말했다.

그로부터 이틀 뒤, 린다 램턴이 전화를 걸어왔다. 그 비극 이후로 램턴 부부에게서는 아무런 소식도 듣지 못하던 참이었다. 린다는 흥분하고, 또 행복한 목소리였다.

"나 임신했어요." 그녀의 말이었다.

"축하해요." 내가 말했다. "얼마나 됐는데요?"

"이제 여덟 달째예요."

"우와." 내가 말했다. 속으로는 이렇게 생각했다. 얼마 남지 않았군.

"이번에는 아들이었으면 좋겠어요?" 내가 말했다.

린다가 말했다. "발리스의 말로는 이번에도 딸이라던데요."

"그럼 미니는―"

"그 사람은 죽었어요. 안타깝게도. 더 이상은 기회가 없었어요, 그의 상황으로는요. 여하간에 정말 놀랍지 않아요? 또다시 아이라니."

"혹시 이름 지어놓은 것 있어요?" 내가 말했다.

"아직은 없어요." 린다가 말했다.

그날 밤에 텔레비전을 보다가 개 사료 광고를 보았다. 개 사료! 광고 끝부분에 가서 이 회사에서 생산하는 갖가지 동물 사료를 언급한 다음—그 회사의 정확한 이름은 기억이 안 난다— 다음과 같은 문구가 등장했다.

목자와 양을 위하여

화면 왼쪽에는 독일산 셰퍼드 개가 한 마리 보이고 오른쪽에는 커다란 양이 한 마리 보였다. 방송사는 곧바로 다른 광고로 넘어가버렸다. 이번에는 돛배 하나가 조용히 화면 한가운데를 가로질렀다. 흰 돛에는 작고 검은 문장紋章이 하나 새겨져 있었다. 더 가까이서 들여다보지 않아도 나는 그게 뭔지 단박에 알아봤다. 그 배를 만든 사람들은 돛에다가 물고기 기호를 새겨 넣은 것이었다.

목자와 양, 그리고 물고기. 이것 역시 '펠릭스 왕'과 마찬가지로 기독교를 상징하는 것들이 병렬된 경우였다. 나는 모르겠다. 나는 케빈 같은 신앙도 없고, 팻 같은 광기도 없다. 하지만 나는 의식적으로 발리스가 발사한 두 개의 재빨리 지나가는 메시지를 보았다. 그 메시지는 우리에게 무의식적으로 다가오기 위한 의도를 담고 있었다. 사실은 한 메시지였다. 이제는 때가 왔다는 사실을 우리에게 말하고 있는 것일까? 나는 뭐라고 생각해야 할지 몰랐다. 어쩌면 굳이 뭔가를 생각하거나, 또는 믿음을 지니거나, 또는 광기를 지니거나 할 필요까지는 없는지도 몰랐다. 내게 필요한 일은—즉 내가 요구받은 일은— 그냥 기다리는 것뿐인지도 몰랐다. 기다리고 또 깨어 있는 것이었다.

나는 기다렸다. 그러다가 어느 날, 나는 호스러버 팻으로부터 전화를 받았다. 도쿄에서 온 전화였다. 그는 건강하고도, 신나고도, 원기 왕성해 보였으며, 자기 전화에 놀라는 내 반응을 재미있어했다.

"미크로네시아." 팻이 말했다.

"뭐라고?" 내가 말했다. 나는 그가 다시 코이네 그리스어로 돌아간 줄로만 알았다. 그러다가 뒤늦게야 그가 지금 태평양에 있는 작은 섬들의 무리를 가리킨다는 사실을 깨달았다. "아." 내가 말했다. "거기 다녀온 모양이군. 캐롤라인 군도며, 마셜 군도에 말이야."

팻이 말했다. "지금 가는 중이야. 아직 도착하지는 못했지. 그 AI의 목소리, 그러니까 내가 듣는 목소리 말이야. 그 목소리가 그러더군. 미크로네시아의 여러 섬을 찾아보라고."

"거기는 너무 좁지 않나?" 내가 말했다.

"그렇기 때문에 '미크로네시아'라는 이름이 붙은 거지." 그가 웃었다.

"섬이 몇 개인데?" 나는 기껏해야 열 개에서 스무 개 남짓으로 넘겨짚었다.

"2000개가 넘어."

"2000개라고!" 나는 싫은 느낌이 들었다. "그러면 그걸 다 찾아보는 데에만 평생이 걸리겠군. 그 AI 목소리가 목표 범위를 더 좁힐 수는 없다는 거야?"

"나로서도 바라는 바지. 아마 괌일 거야. 나는 괌으로 가서, 일단 거기부터 시작할 거야. 일을 다 끝내고 나면 제2차 세계대전의 격전지였던 곳을 찾아가봐야지."

내가 말했다. "AI 목소리가 다시 그리스어를 사용하기 시작했다니 흥미롭군."

"'미크로스mikros'는 작다는 뜻이야." 팻이 말했다. "그리고 '네소이nesoi'는 섬이라는 뜻이지. 어쩌면 자네 말이 맞는지도 몰라. 어쩌면 이건 그리스어로 돌아가려는 그놈의 성질인지도 모르지. 하지만 일단 시도해볼 만한 가치는 있을 거야."

"케빈이 들었으면 뭐라고 할지는 자네도 짐작이 가겠지." 내가 말했다. "그 2000군데나 되는 섬에 살고 있는 순진하고도 때 타지 않은 토착민 아가씨들 말이야."

"정말 그런지 아닌지 내가 심판관 노릇을 하게 되겠군." 팻이 말했다.

그는 전화를 끊었다. 나 역시 아까보다 더 나은 기분으로 전화를 끊었다. 그의 목소리를 들었으니, 그리고 그의 목소리가 씩씩한 것 같으니, 이것이야말로 희소식이었다.

요즘 들어 내게 인간의 선에 대한 감각이 생겼다. 혹시나 팻의 전화 연락에서 오는 게 아니라고 치면 이런 감각이 어디에서 오는 것인지는 모르겠지만, 여하간 나는 감각을 느낀다. 이것도 예전 3월과 똑같은 상황이다. 나는 속으로 물어보았다. 혹시 팻이 또 다른 경험을 겪고 있는 건가? 분홍색 광선이 다시 돌아와서 새롭고도 더 방대한 정보를 그에게 발사하고 있는 건가? 그의 탐색 목표 범위를 줄여주고 있는 건가?

그의 최초 경험은 3월에 일어났다. 춘분vernal equinox이 있었던 바로 다음 날이었다. '춘vernal'이라는 단어는 물론 '봄'을 말한다. '분equinox'이라는 단어는 태양의 한가운데가 적도를 지나서, 지구 어디에서나 밤과 낮의 길이가 같아지는 때를 가리킨다. 따라서 호스러버 팻이 하느님, 또는 제브러, 또는 발리스, 또는 본인의 불멸하는 자아를 만난 그날은, 한 해 중에서도 빛이 어둠보다 더 길어지는 바로 첫날이었던 셈이다. 그리고 일부 학자에 따르면 이날이 그리스도의 실제 생일이었다.

텔레비전 앞에 앉아서 나는 또 다른 메시지가 나타날 때를 기다리며 화면을 지켜보았다. 나는 내 마음속에 여전히 존재하는 소모임 리피돈 회의 회원 가운데 한 명이었다. 영화 〈발리스〉에 나오는 미니어처 형태의 인공위성처럼, 즉 그 인공위성의 축소 형태가 마치 하수구에 버려진 빈 맥주 깡통처럼 지나가는 택시에 깔려버렸듯이, 신성의 상징은 우리 세상에서 처음에만 해도 쓰레기 층庫에서 모습을 드러냈던 것이다. 또는 내가 그냥 스스로에게 그렇다고 말했다. 케빈은 이런 생각을 표현한 바 있었다. 거룩한 것은 뭔가 당신이 기대를 덜한 곳으로 침투했다고 말이다.

"자네가 그걸 찾게 되리라고 기대를 덜했던 곳을 찾아봐." 케빈은 언젠가 팻에게 그런 말을 했다. 어떻게 그러란 말인가? 이것은 모순이었다.

어느 날 밤, 나는 내가 물 위에 세워진 작은 오두막을 하나 소유한 꿈을 꾸었다. 이번에는 그 물이 망망대해였다. 물이 끝없이 펼쳐져 있었다. 이 오두막은 내가 지금껏 본 다른 오두막과는 전혀 닮지 않았다. 오히려 내가 남태평양 관련 영화에서 본 움막을 더 닮았다. 잠에서 깨어나자 다음과 같이 또렷한 생각이 내 머릿속에 들어왔다.

'화환, 노래와 춤, 신화와 이야기와 시의 낭송.'

훗날 나는 이 단어를 읽은 적이 있음을 기억해냈다. 바로『브리태니커』의 「미크로네시아 문화」 항목의 한 구절이었다. 그 목소리가 내게 말을 걸어서 호스러버 팻이 간 곳이 어디인지를 상기시켰던 것이다. 그가 탐색을 떠난 곳이 어디인지를 말이다.

나의 탐색 때문에 나는 계속 집에 머물러 있었다. 나는 거실 텔레비전 앞에 앉아 있다. 나는 앉아 있다. 나는 기다린다. 나는 시청한다. 나는 계속 깨어 있다. 애초에, 오래전에, 우리가 그렇게 하라고 지시받은 것처럼. 나는 내 의무를 지키는 것이다.

트락타테스 크립티카 스크립투라
(비밀의 서 논고)

1. 한 큰정신이 있다. 그러나 그 아래에 두 개의 원칙이 다툰다.

2. 큰정신은 빛을 허락하고, 또한 어둠을 허락하며, 양자가 상호 작용하게 한다. 그리하여 시간이 생성된다. 결국 큰정신은 빛에 승리를 부여한다. 시간은 중지되고 큰정신은 완성된다.

3. 그는 사물이 다르게 보이도록 작용하므로, 마치 시간이 흐른 것처럼 보인다.

4. 물질은 정신 앞에서 조형적이다.

5. 차근차근 그는 우리를 세계 밖으로 이끌어낸다.

6. 제국은 결코 끝나지 않는다.

7. 머리 아폴론이 곧 돌아올 것이다. 성 소피아는 다시 태어날

것이다. 그 이전까지 그녀는 받아들여지지 않을 것이다. 붓다는 공원에 있다. 싯다르타는 잠자고 있다(하지만 깨어날 것이다). 당신이 기다리던 시간이 왔다.

8. 상부의 영역은 절대적인 힘을 지녔다.

9. 그는 오래전에 살았지만, 아직도 여전히 살아 있다.

10. 티아나의 아폴로니오스는 헤르메스 트리스메기스토스가 되어서 쓴 글에서 이렇게 말했다. "위에 있는 것은 곧 아래에 있는 것이다." 여기서 그가 우리에게 말하려는 바는, 우리의 우주가 홀로그램이라는 것이지만, 당시 그에게는 이런 용어가 없었다.

11. 티아나의 아폴로니오스, 시몬 마구스, 아스클레피오스, 파라켈수스, 뵈메, 브루노가 알고 있었던 크나큰 비밀은 이러하다. 우리는 시간 속에서 거슬러 움직이고 있다는 것이다. 우주는 사실 스스로를 완성하고 있는 단일한 실체로 수축되고 있다. 부패와 무질서를 우리는 거꾸로, 즉 증가로 바라본다. 이 치유자들은 시간 속에서 앞으로 움직이는 법을 배웠는데, 이것이 우리에게는 마치 후퇴하는 것으로 보인다.

12. 불멸의 일자를 그리스인은 디오니소스로, 유대인은 엘리야

로, 그리스도인은 예수로 알고 있었다. 그는 각각의 인간 숙주가 죽을 때마다 옮겨 가며, 따라서 피살되거나 붙잡히지 않는다. 따라서 그리스도는 십자가에 매달려 이렇게 말한 것이다. "엘리, 엘리, 라마 사박다니." 그때 그곳에 있던 사람 중 일부는 정확하게 알아듣고 이렇게 말했다. "저자가 엘리야를 부른다." 엘리야가 그를 떠난 까닭에 그는 혼자 죽었던 것이다.

13. 파스칼이 말했다. "모든 역사는 곧 계속해서 배워 나가는 불멸의 인간 하나일 뿐이다." 이것이 바로 우리가 숭배하는, 그러나 그 이름조차도 모르는 불멸의 일자다. "그는 오래전에 살았지만, 아직도 여전히 살아 있다." 그리고 "머리 아폴론이 곧 돌아올 것이다." 이름은 바뀐다.

14. 우주는 정보이며, 우리는 그 안에서 정지되어 있고, 삼차원도 아니고, 공간이나 시간 속에 있는 것도 아니다. 우리에게 주입된 정보를 우리는 현상 세계로 실체화한다.

15. 쿠마이의 시빌라는 로마 공화국을 보호하며 적시에 경고를 제공해주었다. C.E. 1세기에 그녀는 케네디 형제, 킹 목사, 파이크 주교의 피살을 이미 예언했다. 그녀는 피살된 네 사람에게서 두 가지 공통분모를 보았다. 첫째로 이들은 공화국의 자유를 옹호하고 나섰다. 둘째로 이들 각자는 종교 지도자였다. 이런 까닭에 이들은 피살되었다. 공화국은 다시 한 번 카이사르가 다스리

는 제국이 되었다. "제국은 결코 끝나지 않는다."

16. 시빌라는 1974년 3월에 말했다. "음모자들이 발각되었으니, 그들은 정의의 심판을 받을 것이다." 그녀는 그들을 세 번째의 눈, 또는 '아즈나'의 눈으로 보았다. 시바의 눈이라고도 하는 이 것은 내적 인식을 제공해주었지만, 이 눈을 외부로 돌릴 경우에 는 뜨거운 열기를 발산했다. 1974년 8월, 시빌라가 약속했던 정의의 심판이 이루어졌다.

17. 영지주의자는 두 가지 시대가 있다고 믿었다. 첫 번째, 또는 현재는 사악한 시대였다. 두 번째, 또는 미래는 바람직한 시대였다. 첫 번째 시대는 곧 철의 시대였다. 이 시대는 흑철 감옥으로 상징된다. 이 시기는 1974년 8월에 끝났으며, 곧이어 황금의 시대로 대체되었으니, 이 시대는 종려나무 동산으로 상징된다.

18. 진정한 시간은 C.E. 70년에 예루살렘 성전의 파괴와 함께 중지되어버렸다. 진정한 시간은 C.E. 1974년에 다시 시작되었다. 그 사이의 기간은 큰정신의 창조를 흉내 낸 완벽한 위조 개작품이었다. "제국은 결코 끝나지 않는다." 그러나 1974년에 철의 시대가 끝났다는 내용의 암호가 신호로 변환되어 송신되었다. 그 암호는 두 개의 단어로 이루어져 있었다. '펠릭스 왕.' 이는 곧 '행복한 (또는 적법한) 왕'이라는 뜻이었다.

19. 두 개의 단어로 이루어진 암호 신호 '펠릭스 왕'은 인간을 위해 보낸 것이 아니라, 이크나톤의 후손들을 위해 보낸 것이었다. 세 개의 눈을 지닌 이들 종족은 비밀리에 우리와 함께 존재한다.

20. 헤르메스주의 연금술사들은 세 개의 눈을 지닌 침략자들의 비밀 종족에 관해 알고 있었지만, 노력을 쏟아도 이들과 접촉할 수는 없었다. 따라서 팔츠 선제후이며 보헤미아 왕이었던 프리드리히 5세를 지지하던 그들의 노력은 실패하고 말았다. "제국은 결코 끝나지 않는다."

21. 장미 십자회는 이렇게 썼다. "Ex Deo nascimur, in Jesu mortimur, per spiritum sanctum reviviscimus," 즉 "하느님으로부터 우리는 태어났고, 예수 안에서 우리는 죽고, 성령에 의하여 우리는 다시 산다." 이는 일찍이 제국이 파괴해버림으로써 상실되었던 불멸의 공식을 그들이 재발견했음을 의미한다. "제국은 결코 끝나지 않는다."

22. 나는 불멸의 존재를 '플라스마테'라고 일컬으니, 왜냐하면 그것은 에너지의 한 형태이기 때문이다. 그것은 살아 있는 정보다. 그것은 스스로를 복제한다. 정보를 통해서도 아니고, 정보 속에서도 아니다. 다만 정보로서 스스로를 복제한다.

23. 플라스마테는 인간과 교차결합될 수 있으며, 그렇게 함으로써 내가 '호모플라스마테'라고 부르는 것을 만들어낸다. 이는 필멸의 인간을 영구적으로 플라스마테와 합체시킨다. 우리는 이를 가리켜 "위로부터의 탄생," 또는 "영으로부터의 탄생"이라고 알고 있다. 이는 그리스도가 처음 시작했지만, 제국은 플라스마테가 스스로를 복제하기도 전에 모조리 파괴해버렸다.

24. 플라스마테는 C.E. 1945년까지도 체노보스키온[나그함마디]에 있는 어느 매몰된 사본 더미 속에서 휴면 중인 씨앗의 형태로 꾸벅꾸벅 졸고 있었다. 이것이야말로 예수가 "겨자씨"에 관해 에둘러 말한 바의 의미이니, "겨자씨가 나무로 자라나서 새들이 그 안에 둥지를 짓는다"는 것이 그의 말이었다. 그는 자신의 죽음뿐만 아니라 모든 호모플라스마테의 죽음도 예견했다. 그는 코덱스가 발굴되고, 읽혀지고, 플라스마테가 교차결합될 새로운 인간 숙주를 찾을 것을 예견했다. 하지만 그는 거의 2000년간 지속될 플라스마테의 부재 또한 예견했다.

25. 살아있는 정보로서 플라스마테는 인간의 안眼신경을 따라 들어가 솔방울샘에 도달한다. 플라스마테는 인간의 두뇌를 암컷 숙주로 이용하여 스스로를 복제해 활성 상태로 만든다. 이것은 종간 공생이다. 헤르메스주의 연금술사는 고대 문헌을 통해 이를 이론적으로 알고 있었지만, 이를 모방할 수는 없었다. 그들은 휴면 상태로 파묻힌 플라스마테를 찾아낼 수 없었기 때문이

다. 브루노는 플라스마테가 제국에 의해 파괴되지 않았나 하고 의구심을 품었다. 이 사실을 암시한 까닭에 그는 화형에 처해졌다. "제국은 결코 끝나지 않는다."

26. C.E. 70년에 호모플라스마테가 모조리 피살됨으로써 진정한 시간이 중지되고 말았음을 반드시 깨달아야 한다. 이보다 더 중요한 사실, 즉 이제 플라스마테가 돌아왔으며, 새로운 호모플라스마테를 만들고 있으며, 이를 통해서 제국을 파괴하고 진정한 시간을 다시 시작한다는 점을 반드시 깨달아야 한다. 우리는 플라스마테를 "성령"이라고 부르며, 바로 그렇기 때문에 장미십자회가 이렇게 쓴 것이다. "Per spiritum sanctum reviviscimus (성령에 의하여 우리는 다시 산다)."

27. 만약 수세기에 걸친 위조의 시간을 제거할 경우, 지금의 진정한 연대는 C.E. 1978년이 아니라 C.E. 103년이다. 따라서 신약성서에서는 "지금 살아 있는 사람들 중 일부가 죽기" 이전에 영의 왕국이 도래하리라고 말한 것이다. 우리는 여전히 사도 시대에 살고 있다.

28. Dico per spiritum sanctum: sum homoplasmate. Haec veritas est. Mihi crede et mecum in aeternitate vive(나는 성령을 이용하여 말한다. 호모플라스마테는 있다. 이것은 진실이다. 나를 믿으라. 그러면 너희는 나와 함께 영원히 살리라).

29. 우리는 도덕적 오류 때문에 타락하는 것이 아니라, 지적 오류 때문에 타락한다. 즉 현상 세계를 현실로 간주하는 오류 때문에 타락하는 것이다. 따라서 우리는 도덕적으로 순결하다. 다양하게 위장된 다형체를 이용해서 우리에게 죄를 지었다는 말을 하는 것은 바로 제국이다. "제국은 결코 끝나지 않는다."

30. 현상 세계는 존재하지 않는다. 이것은 큰정신에 의해 처리된 정보의 실체일 뿐이다.

31. 우리는 정보를 실체화하여 물체로 만든다. 물체의 재배열은 곧 정보 내용에서의 변화다. 즉 메시지가 변하는 것이다. 이것은 언어이지만, 우리는 그 언어를 읽는 능력을 상실하고 말았다. 우리 자신은 이 언어의 일부분이다. 우리 안의 변화는 곧 그 정보 내용에서의 변화다. 우리 자신은 정보가 풍부하다. 정보가 우리에게 들어오고, 처리되고, 다시 한 번 외부로 투사되고, 이제는 변화된 형태를 취한다. 이제 우리는 우리가 이것을 하고 있음을, 사실은 이것이 우리가 하는 일의 전부임을 자각하지 못한다.

32. 우리가 세계로서 경험하는 것, 즉 변화하는 정보는 펼쳐지는 내러티브다. 이것은 한 여자의 죽음에 관해 말해준다. 오래전에 죽은 이 여자는 최초의 쌍둥이 가운데 하나였다. 그녀는 신성한 한 쌍의 절반이었다. 그 내러티브의 목적은 그녀와 그녀의

죽음에 대한 회고다. 큰정신은 그녀를 잊어버리기를 원치 않았다. 따라서 큰두뇌의 추론은 그녀의 존재에 관한 영구적인 기억으로 구성되어 있으며, 이를 읽을 경우에는 이런 방식으로 이해될 것이다. 큰두뇌에 의해 처리된 모든 정보—우리에게는 물리적 대상의 배열과 재배열로 경험되는—는 그녀에 관한 이러한 보전의 시도이다. 돌과 바위와 막대기와 아메바는 그녀의 흔적이다. 그녀의 존재와 사망에 관한 기록은 이제 혼자가 되어 고통 받는 큰정신의 지시로 현실의 가장 미천한 층위에까지도 스며들었다.

33. 사별 후에 혼자 남은 큰정신의 이러한 외로움, 이러한 고통은 우주의 모든 구성요소가 느끼는 바이다. 그 구성요소 모두는 살아 있다. 따라서 고대 그리스 사상가들은 물활론자였다.

34. 고대 그리스 사상가들은 범심론汎心論의 본성을 이해했지만, 그들은 그것이 말하는 바를 읽을 수는 없었다. 우리는 큰정신의 언어를 읽는 능력을 어느 이른 시기에 상실했다. 이러한 타락의 전설은 신중하게 편집된 형태로 우리에게 전수되었다. "편집된"이라는 말은 곧 왜곡되었다는 뜻이다. 우리는 큰정신의 사별에 인한 고통을 겪고, 이것을 부정확하게도 죄의식으로 경험한다.

35. 큰정신은 우리에게 이야기하는 것이 아니라, 우리를 이용해

서 이야기하는 것이다. 그 내러티브는 우리를 통과하고, 그 슬픔은 비합리적으로 우리에게 침투한다. 플라톤이 인식한 것처럼, 세계 영혼에는 비합리적인 경향이 있다.

36. 요약하자면 이렇다. 두뇌의 사고는 물리적 우주에서의 배열과 재배열―변화―로 우리에게 경험된다. 하지만 사실 그것은 실제로 우리가 실체화한 정보이며 정보처리일 뿐이다. 우리는 두뇌의 사고를 단순히 물체로서만 바라보는 것이 아니라, 오히려 운동으로서, 또는 보다 정확하게 물체의 배치로서 바라보는 것이다. 즉 그것들이 서로 연결되는 방법으로서 바라보는 것이다. 하지만 우리는 배열의 패턴을 읽을 수는 없으며, 우리는 그것― 즉 정보로서의 그것을 말하며, 그것의 실제 모습이 바로 정보이다― 속에 있는 정보를 추출할 수도 없다. 큰두뇌에 의한 물체의 연결 및 재연결은 사실상 언어이지만, 그렇다고 해서 우리의 언어와 같은 언어는 아니다(왜냐하면 큰두뇌는 스스로에게 말할 뿐이며, 외부의 누군가나 무엇을 향해서 말하지는 않기 때문이다).

37. 우리는 이 정보를, 또는 내러티브를 우리 안에 있는 중성적인 목소리로 들을 수 있어야 한다. 하지만 뭔가가 잘못되었다. 모든 창조는 일종의 언어이며, 또한 언어에 불과하다. 비록 어떤 설명할 수 없는 이유로 인해서 우리는 그 언어를 외부로 읽을 수도, 내부로 들을 수도 없지만 말이다. 따라서 나는 우리가 백

치가 되어버렸다고 말한다. 우리의 지력에 문제가 생겼다. 내 추리는 다음과 같다. 큰두뇌의 여러 부분의 배열은 일종의 언어다. 우리는 큰두뇌의 여러 부분이다. 따라서 우리는 곧 언어다. 그렇다면 왜 우리는 이 사실을 모르는 걸까? 우리는 심지어 우리가 누구인지도 모르고 있으며, 우리가 그 일부분인 외부의 실재가 무엇인지를 모르는 것도 두말할 나위가 없다. "백치"라는 단어의 어원은 "개인적"이다. 우리 각자는 개인적이 되었으며, 따라서 잠재의식적 층위를 제외하면 더 이상은 큰두뇌의 공통적인 사고를 공유하지 못한다. 따라서 우리의 실제 삶과 목적은 우리의 의식 문턱 아래에서 수행된다.

38. 상실과 슬픔으로 인해 큰정신은 교란되고 말았다. 따라서 우리—우주, 곧 큰두뇌의 일부분인— 역시 부분적으로 교란되고 말았다.

39. 큰두뇌는 그 스스로가 이 문제를 치료할 의사를 만들어냈다. 거대-큰두뇌의 하위형태는 교란되지 않았다. 마치 어떤 동물의 심장혈관계를 따라 움직이는 식세포처럼, 그것은 큰두뇌를 따라 움직이며 큰두뇌의 교란을 한 구역씩 연이어 치료한다. 이곳에 의사가 도착했음을 우리는 알고 있다. 그 의사가 그리스인에게는 아스클레피오스였고, 유대인에게는 에세네 파였고, 이집트인에게는 테라파우타이이고, 기독교인에게는 예수였음을 우리는 알고 있다.

40. 이른바 "다시 태어난다" 또는 "위로부터 태어난다" 또는 "영혼에서 태어난다"라는 것은 결국 치료된다는 의미다. 즉 회복된다 또는 회복되어 건강해진다는 의미다. 따라서 신약성서에서는 예수가 마귀를 내쫓았다고 말하는 것이다. 그는 우리가 잃어버렸던 능력을 회복시킨 것이다. 우리의 현재 저하된 상태를 가리켜 칼뱅은 말했다. "(인간은) 영원한 구원의 희망을 위해 부여받았던 초자연적인 능력을 동시에 박탈당했다. 따라서 인간은 하느님의 왕국으로부터 추방되었고, 그렇기 때문에 영혼의 행복한 삶과 연관되는 모든 애정은 그에게서 소멸되어버렸으며, 하느님의 은혜로 그런 애정을 회복할 때까지 계속 그 상태일 것이다. (……) 그리스도에 의해 회복된 이 모든 것들은 우연적이고 초자연적인 것으로 간주된다. 따라서 우리는 그것들이 상실되었다고 결론을 내린다. 다시 설명하겠다. 정신의 건전함과 마음의 정직 또한 파괴된다. 그리고 이것은 자연적 재능의 타락이다. 왜냐하면 비록 우리가 의지와 아울러 이해와 판단의 일부분을 유지하기는 하지만, 우리는 우리의 정신이 완벽하고 건전하다고는 말할 수 없기 때문이다. 이성은 (……) 자연적인 재능이므로, 완전히 파괴될 수는 없으며, 다만 부분적으로 허약해질 뿐이다." 나는 말한다. "제국은 결코 끝나지 않는다."

41. 제국은 곧 제도이며, 법전화法典化이며, 교란이다. 제국은 제정신이 아니며, 폭력을 동원하여 그 제정신 아닌 짓을 우리에게

부과하니, 그 본성이 폭력적이기 때문이다.

42. 제국과 싸운다는 것은 곧 그 교란에 감염된다는 것이다. 이 것은 역설이다. 제국의 한 구획을 패배시키는 자는 곧 제국이 되어버린다. 제국은 바이러스처럼 증식하며, 그 형태를 그 적들에게 부과한다. 따라서 제국은 그 적들이 되어버린다.

43. 제국에 대항하여 제기되는 것은 살아 있는 정보이니, 이는 곧 플라스마테, 또는 의사, 또는 우리가 성령, 또는 몸 없는 그리스도라고 알고 있는 것이다. 여기에는 두 가지 원칙이 있으니, 하나는 어두운 것(제국)이며, 또 하나는 밝은 것(플라스마테)이다. 결국에는 큰정신이 후자에 승리를 부여할 것이다. 우리 각자는 이 가운데 어느 쪽에 가담하고 협조하느냐에 따라서 죽거나, 또는 살아남을 것이다. 우리 각각은 이 각각의 요소를 일부나마 포함한다. 결국에는 각각의 인간 속에서 이 가운데 한쪽, 또는 다른 쪽 요소가 승리를 거둘 것이다. 조로아스터는 이 사실을 알았으니, 왜냐하면 현명한 큰정신이 그에게 알려주었기 때문이다. 그는 최초의 구세주였다. 지금까지 모두 네 명의 구세주가 살았다. 다섯 번째 구세주가 곧 태어날 것이니, 그는 여타의 구세주와는 다를 것이다. 그는 우리를 다스리고 심판할 것이다.

44. 우주는 사실 정보로 이루어져 있기 때문에, 따라서 정보가 우리를 구원할 것이라고 말할 수 있다. 이것은 곧 영지주의자

가 추구하던 구원하는 '영지'인 것이다. 구원에 이르는 다른 길은 없다. 하지만 이 정보― 또는 보다 정확하게 이 정보, 즉 정보로서의 우주를 읽고 이해할 수 있는 능력―는 오로지 성령에 의해서만 우리가 이용가능하게 된다. 우리 스스로의 힘으로는 그것을 찾을 수 없다. 따라서 우리는 스스로의 선행에 의해서가 아니라 오로지 하느님의 은혜에 의해서만 구원을 받는다고, 또한 모든 구원은 그리스도―내가 의사라고 말하는―의 것이라고 말하는 것이다.

45. 환상 속에서 그리스도를 보면서, 나는 정확하게도 그에게 말했다. "우리에게는 의학적 관심이 필요합니다." 그 환상 속에서는 제정신이 아닌 창조자가 나왔는데, 그는 아무 목적도 없이, 즉 불합리하게도 자신이 만든 것을 파괴했다. 이것은 큰정신 속의 교란된 경향이다. 그리스도는 우리의 유일한 희망이니, 왜냐하면 이제 우리는 아스클레피오스에게 의존할 수 없기 때문이다. 아스클레피오스는 그리스도보다 먼저 갔고, 죽은 자 가운데서 사람을 살리기도 했다. 그가 한 일 때문에 제우스는 키클로페스를 하나 시켜서 천둥으로 그를 살육하게 했다. 그리스도 역시 그가 한 일 때문에 죽임을 당했다. 바로 죽은 자 가운데서 사람을 살린 일 때문이었다. 엘리야도 한 소년을 살려냈고, 머지않아 돌풍 속에서 모습을 감추었다. "제국은 결코 끝나지 않는다."

46. 의사는 무척이나 여러 번에 걸쳐서, 무척이나 여러 가지 이름으로 우리에게 찾아왔다. 하지만 우리는 아직 치료되지 않았다. 제국이 그를 알아보고 그를 거부했다. 이번에는 그가 식食작용을 통해서 제국을 죽일 것이다.

47. 두 가지 원천의 우주발생론: 일자인 있음과 있지 않음은 합체되어 있었으며, 있지 않음을 있음과 분리하고자 열망했다. 따라서 그것은 이배성 낭囊을 하나 산출했는데, 그 안에는 마치 계란처럼 쌍둥이가 들었으며, 그 각각은 양성구유였고, 서로 반대 방향으로 회전했다(이는 도교의 음과 양이며, 일자는 곧 도道이다). 일자의 계획은 쌍둥이 모두가 동시에 존재(있음)로 나타나는 것이었다. 하지만 있고자 하는 열망(이는 일자가 쌍둥이 모두에게 이식한 바였다)에 의해 동기 부여된 시계 반대방향의 쌍둥이 한쪽이 낭을 뚫고 나와서 너무 일찍―즉 기한이 다 차기도 전에― 분리되었다. 이것은 어두운 것, 또는 음의 쌍둥이 한쪽이다. 따라서 이것은 결함을 지니고 있다. 기한이 다 차자, 이번에는 더 똑똑한 쌍둥이 한쪽이 나타났다. 쌍둥이 각자는 단일한 활력[엔텔레키]을 형성한다. 즉 영혼과 소마로 이루어진 하나의 생물 유기체를 형성하며, 그러는 중에도 계속해서 서로 반대 방향으로 회전한다. 기한을 다 채운 쌍둥이 한쪽은 파르메니데스가 형상 1이라고 부른 것으로, 그 성장 단계를 통해 정확하게 발달한다. 반면 너무 일찍 태어난 쌍둥이는 형상 2라고 부른 것으로, 쇠약해지고 말았다.

일자의 계획에서 다음 단계는 변증법적 상호작용을 통해서 이자二者가 다자多者로 되는 것이었다. 초우주인 그것들은 홀로그램과 비슷한 경계면[인터페이스]을 투사하는데, 이것은 우리 피조물이 거주하는 다양한 우주이다. 두 가지 원천은 우리의 우주를 유지하면서 평등하게 혼합될 것이었지만, 형상 2는 계속 쇠약해져서 질병과 광기와 무질서에 이르렀다. 그녀는 이런 측면들을 우리 우주에 투사했다.

우리의 홀로그램적 우주를 향한 일자의 목적은 일종의 교육 도구 노릇을 함으로써, 다양한 새 생명이 점차 발달함으로서 궁극적으로는 일자와 동형이 되도록 만드는 것이다. 하지만 초우주 2의 쇠퇴하는 상태는 우리의 홀로그램적 우주에 손상을 입히는 나쁜 요소들을 도입했다. 이것이야말로 엔트로피, 부당한 고통, 혼돈과 죽음, 나아가 제국, 또한 흑철 감옥의 기원이다. 이 모든 것들은 본질적으로 홀로그램적 우주 내에 있는 생명 형태들의 적절한 건강과 성장에 대한 저해인 셈이다. 또한 교육 기능도 크게 손상되었으니, 오로지 초우주 1에서 오는 신호만이 정보가 풍부하기 때문이다. 초우주 2에서 오는 신호는 잡음이 된다.

초우주 1의 영혼은 그 자체의 축소형태 하나를 초우주 2로 보내서 그것을 치료하려 시도했다. 그 축소형태는 우리의 홀로그램적 우주에서 예수 그리스도의 모습으로 나타났다. 하지만 초우주 2는 교란되어 있었기 때문에, 그녀의 건강한 쌍둥이 한쪽의 치유하는 영혼이 보낸 축소형태를 곧바로 고문하고, 희롱하고, 거부하고, 마침내 죽여버렸다. 그때 이후로 초우주 2는 계속해서 쇠퇴해서 급기야 맹목적이고, 기계적이고, 목적 없는 인과 과정이 되어버렸다. 그리하여 그리스도(보다 적절하게는 성령)의 임무는 홀로그램적 우주에서 생명 형태를 구제하는 것이거나, 또는 초우주 2로부터 방출되는 모든 영향력을 제거하는 것이 되었다. 조심스럽게 그 임무에 접근하면서, 그것은 교란된 쌍둥이 한쪽을 죽여버릴 준비가 되었으니, 그녀는 치료될 수가 없었기 때문이다. 즉 그녀는 치료 받기를 순순히 허락하지 않을 것인데, 왜냐하면 그녀는 자신이 아프다는 것을 이해하지 못하기 때문이다. 질환과 광기가 우리에게 널리 퍼지기 때문에, 우리는 개인적이고 비현실적인 세계에서 살아가는 바보들이 된다. 일자의 원래 계획은 오로지 초우주 1을 두 개의 건강한 초우주로 분리함으로써 실현될 수 있으며, 이는 홀로그램적 우주를 애초에 고안된 대로 성공적인 교육 기계로 변화시킬 것이다. 우리는 이것을 "하느님의 왕국"으로 경험하게 될 것이다.

초우주 2는 시간 내에서 여전히 살아 있을 것이다. "제국은 결코 끝나지 않는다." 하지만 초우주가 존재하는 영원 속에서, 그녀는—필연적으로— 건강한 쌍둥이의 한쪽이며 우리의 옹호자인 초우주 1에 의해서 죽임을 당할 것이다. 일자는 이 죽음에 대해 슬퍼할 것이니, 일자는 쌍둥이 양쪽 모두를 사랑했기 때문이다. 따라서 큰정신의 정보는 한 여자의 죽음에 관한 비극적인 이야기로 이루어져 있으며, 그 숨겨진 감정은 홀로그램적 우주에서 살아가는 피조물 모두에게 까닭을 알 수 없는 고통을 야기할 것이다. 그 슬픔은 건강한 쌍둥이 한쪽이 유사분열을 수행하고 "하느님의 나라"가 도달할 때에야 떠나갈 것이다. 이러한 변화—시간 내에서 벌어지는 철의 시대로부터 황금의 시대로의 행진—를 위한 기계장치는 현재 작동하고 있다. 영원 내에서는 이것이 이미 성취되었다.

48[a].[*] 우리의 본성에 관하여. 다음과 같이 말하는 것이 적절하리라. 우리는 마치 컴퓨터 비슷한 사고 시스템 속에 있는 기억 코일(DNA의 운반자는 경험 능력이 있다)인 것처럼 보인다. 비록 우리는 수천 년의 경험적 정보를 정확하게 기록하고 보관해놓았으며, 우리 각자는 여타의 모든 생명 형태와는 전혀 다른 집적물을 지니고 있음에도 불구하고, 기억의 복구에서 기능부전—실패—이 있다. 우리의 특정한 회로에 문제가 있는 것이다. 영지—보다 적절히 표현하자면 기왕증(즉 건망증의 상실)—를 통한 "구원"은 비록 우리 각자에게는 개인적인 중요성을 지니고 있지만—이것은 지각, 정체성, 인식, 이해, 세계 및 자아 경험, 심지어 불멸성에서도 대단한 도약이다— 시스템 전체에는 더 크고 더 나아간 중요성을 지니고 있다. 적어도 이 기억들이 시스템 전체에게 꼭 필요한 데이터인 한, 또한 시스템 전체는 물론이고 그 전반적인 기능에도 귀중한 데이터인 한 말이다.

따라서 그것은 자체 수리의 과정에 있으며, 그 수리에는 다음과

---

[*] 부록의 트락타테에는 48번 항목이 2개나 있다. 저자의 의도인지 실수인지 알 수 없지만, 이 번역서의 대본인 LOA 판의 선례를 따라 수정하지는 않았다.

같은 것들이 포함된다. 선형이며 직각인 시간 변화를 통해서 우리의 회로를 재건하는 것. 아울러 우리에게 계속해서 신호를 보내는 것. 즉 우리 안에 있지만 막혀버린 기억 저장소를 그 신호가 자극해서 촉발시킴으로써, 그 안에 있는 것을 우리가 회복하게끔 만드는 것.

그러면 외적 정보, 또는 영지는 탈억제적 지시로 이루어지며, 그 핵심 내용물은 사실상 우리에게 본질적인 것이다. 즉 이미 거기 들어 있는 것이다(이는 플라톤이 처음 관찰한 것이다. 즉 학습은 곧 기억의 일종인 것이다).

고대인이 보유한 기술 (성례전과 제의) 가운데 주로 그리스-로마의 신비 종교, 그리고 초기 기독교에서 사용되던 기술은 촉발과 회복을 유도하는 것이며, 대개는 개인에게 그 회복된 가치의 느낌을 곁들이는 것이었다. 하지만 영지주의자는 그들이 신성하느님 그 자체라고 부른 것, 즉 전체적 실체의 존재론적 가치를 정확하게 간파했다.

48[b]. 두 가지 영역이 있으니, 하나는 상부이고 하나는 하부이다. 상부 영역은 초우주 1, 또는 양, 또는 파르메니데스의 형상 1에서 도출된 것으로 지각력과 의지를 지니고 있다. 하부 영역은 음, 또는 파르메니데스의 형상 2에서 도출된 것으로 기계적이고, 맹목적이며 효율적인 원인에 의해서 이끌려가며, 결정론적이고 지력이 결여되었으니, 그것은 죽은 원천에서 발산되는 것이기 때문이다. 고대에는 이를 가리켜 "별의 결정론"이라고 일

컬었다. 우리는 대체적으로 하부 영역에 갇혀 있지만 성례전을 통해서, 또한 플라스마테를 이용해서 거기서 해방될 수 있다. 별의 결정론이 깨지기 전까지 우리는 심지어 이를 자각하지도 못하니, 우리는 워낙에 폐색되어 있기 때문이다. "제국은 결코 끝나지 않는다."

49. 쌍둥이의 건강한 한쪽, 즉 초우주 1의 이름은 '놈모'이다. 쌍둥이의 병든 한쪽, 즉 초우주 2의 이름은 '유루구'이다. 이 이름은 아프리카 수단 서부에 사는 도곤 족이 알고 있던 바이다.

50. 우리의 모든 종교의 최초 원천은 도곤 족의 조상들이었으니, 그들은 오래전에 찾아온 세 개의 눈을 지닌 침입자들로부터 직접 우주발생론과 우주론을 전수받았다. 세 개의 눈을 지닌 침입자들은 말하지도 듣지도 못하고, 다만 텔레파시를 이용했으며, 우리의 대기를 호흡하지도 못했고, 이크나톤의 길쭉하고 특이하게 생긴 두개골을 지니고 있었고, 시리우스 성계의 한 행성에서 왔다. 비록 손이 없었지만, 그들은 그 대신 게가 지닌 것 같은 집게발을 지니고 있었으며, 매우 뛰어난 건축가였다. 그들은 우리의 역사가 풍부한 결실을 맺도록 은밀하게 영향을 주었다.

51. 이크나톤은 이렇게 썼다.

……알 속의 새끼가 알 속에서 짹짹거릴 때

그대는 그에게 숨을 주어 그를 계속 살게 하는도다.
그대가 그를 인도하여 알을 깨트리는 지점에 이르면
그는 알에서 벗어나
있는 힘껏 짹짹거린다.
그는 자기 두 발로 일어선다.
그가 마침내 거기서 나왔을 때에.

그대의 일은 얼마나 다양한가!
그것들은 우리 눈에 감춰져 있도다,
오, 유일한 신이여, 그대의 힘은 아무도 지니지 못하도다.
그대는 그대의 마음에 따라 지구를 창조했도다.
그대가 혼자일 때에.
인간, 크고 작은 온갖 가축,
제 발로 걸어가는 모든 것들.
높이 있는 모든 것들,
제 날개로 날아가는 것들.

그대는 내 마음속에 있으니,
그대를 아는 자 전혀 없음이라.
그대의 아들 이크나톤밖에는.
그대는 그를 현명하게 만들었고
그대의 고안과 그대의 힘 속에서
세계가 그대의 손에 있노라…….

52. 우리의 세계는 여전히 이크나톤의 후예인 숨겨진 종족에게 비밀리에 지배되고 있으며, 그의 지식은 거대 큰두뇌 그 자체의 정보다.

모든 가축이 그 목장에서 쉬고,
나무와 식물이 번성하며,
새들이 습지에서 퍼덕이며,
그 날개가 그대를 숭배하여 위로 들리네.
모든 양이 제 발로 춤을 추며,
모든 날개 달린 것들이 날아가며,
그대가 빛을 비춤으로 그것들이 살아가네.

이 지식은 이크나톤으로부터 모세에게로 전해졌고, 또 모세에게서 엘리야에게로 전해졌으며, 그 불멸하는 자는 결국 그리스도가 되었다. 하지만 이 모든 이름 아래에는 오로지 하나의 불멸하는 자만 있을 뿐이다. 그리고 우리가 곧 그자니라.

신비 체험과 과학 소설의 만남, 『발리스』

필립 K. 딕(이하 PKD로 지칭)의 작품이 우리나라에 본격적으로 소개되는 과정에서는 영화의 힘이 대단했음을 부인할 수 없다. 물론 〈블레이드 러너〉(1982)와 〈토탈 리콜〉(1990)의 영향력은 미미했지만, 〈마이너리티 리포트〉(2002)를 시작으로 〈임포스터〉(2002)와 〈페이첵〉(2003) 등의 각색 작품이 연이어 나오면서 PKD의 인지도가 높아지고 그 원작이 수록된 단편집도 여러 권 번역되었다. 하지만 지금까지 단편을 주로 접한 독자라면, 단순히 "기발한 반전을 주무기로 삼는 작가"로 PKD를 오해하진 않았을까.

2000년대에 영화화된 작품들은 PKD의 작품 중에서도 비교적 기승전결이 뚜렷하며, 아울러 대중적 취향에 호소하기 위해 상당한 각색을 거치기까지 했다. 반면 PKD의 장편은 느낌이 상당히 다르다. 영화나 단편을 통해서 접했던 기발함과 경쾌함보다는 오히려 신경질적인 분위기와 복잡다단한 줄거리가 펼쳐지는 통에 약간의 당혹스러움을 느끼는 독자도 없지 않으리라 본다. 하지만 그 어떤 SF 작가와도 비교가 불가능한 PKD의 독특한 세계는 오히려 단편보다 장편을 통해 더 잘 이해할 수 있지 않을까 싶다.

따라서 국내 초역이 대부분인 장편 위주의 폴라북스 필립 K.딕 걸작선은 그의 전체적인 작품 세계를 조망하는 데에 큰 도움이 되리라 생각한다. 특히 주목할 작품은 PKD의 말년 역작인 '발리스 3부작'이다. PKD의 저서가 종종 그의 실제 생활을 반영하지만, '3부작' 가운데 첫 번째인 『발리스』는 사실상 자전적 소설이라고 해도 무리가 없을 정도이다. 그러므로 이 작품을 온전히 이해하기 위해서는 PKD의 신비 체험과 『주해서』의 집필, 그리고 '3부작'의 형성 과정을 길더라도 차근차근 설명할 필요가 있다.

1. "2-3-74" 체험과 『주해서』의 집필

1974년 2월 20일, PKD는 한 가지 특이한 체험을 한다. 사랑니 수술 직후에 심한 통증에 시달리다가 약국에 진통제를 주문했는데, 물건을 배달하러 온 젊은 여성의 목걸이에 달린 물고기(기독교도의 상징) 장식품을 보는 순간 일종의 각성이 일어난 것이다.(『발리스』 제7장 참고) 이때부터 PKD는 환각과 환청을 경험하고, 자기 몸 안의 다른 인격(고대 로마의 초기 기독교인)을 인식하고, 심지어 분홍색 불빛을 통해 다섯 살배기 아들 크리스토퍼의 급성 질환을 직관적으로 알아내기도 했다.

PKD는 이런 신비로운 현상의 원인이 물고기 장식품에서 촉발된 상기 작용이라고 가정하고, "74년 2-3월의 경험"이라는 뜻에서 "2-3-74"라고 지칭했다. 그리고 이 사건의 의미를 해명하고자 여러 가지 가설(가령 본인의 정신 이상, 소련의 비밀 실험, 외계인과의 접촉 등등)을 세워서 매일같이 기록하는데, 그것이 바로 『주해서』이다. 주해서Exegesis란 본래 기독교 신학에서 성서의 해설서를 가리키는 명칭인데, 이것만 보아도 PKD가 자신의 경험을 일종의 초자연적 계시로 생각했음을 알 수 있다.

『주해서』는 딱히 체계나 줄거리가 없으며, 그때그때 떠오른 단상들을 적어놓은 서류철 91개, 총 8000장 분량의 친필 원고로 이루어져 있다. 여기서 PKD는 단행본과 백과사전을 망라한 갖가지 자료를 섭렵하고 얻어낸 다양한 종교 및 철학 개념을 원용하여 자신의 신비 체험을 해명할 수 있는 갖가지 시나리오를 제시한다. 가령 『발리스』의 부록으로 실린 「트락타테 크립티카 스크립투라(비밀의 서 논고)」도 『주해서』 가운데 일부 내용을 발췌한 것인데, 얼핏 보기에도 상당히 두서없고 혼란스러운 느낌을 준다. 『주해서』는 아직까지 완전히 대중에게 공개된 적이 없다.

다만 PKD의 전기 『성스러운 침입들: 필립 K. 딕의 생애』(1989)를 쓴 로렌스 서틴이 『'발리스'를 찾아서: 주해서 선집』(1991)에서 부분적으로만 소개했다. 저자의 사후 30년이 지나서야, 폴라북스 필립 K. 딕 걸작선의 대본이 된 라이브러리 오브 아메리카(LoA) 판본의 편집자인 조나단 레섬 등이 편집한 『필립 K. 딕의 주해서』(제1권은 2011년에 간행되었고, 제2권은 2012년에 간행 예정)가 전2권으로 출간될 예정이다.

2. 영지주의적 세계관

애초에 PKD는 자신의 신비 체험을 기독교에서 말하는 하느님과의 대면이라고 여겼지만, '발리스 3부작'에서는 오히려 기독교 영지주의의 영향이 더 뚜렷하게 나타난다. AD 2~3세기에 대두한 기독교 혼합주의의 일종인 영지(그노시스)주의는 오늘날 정통파에서는 이단으로 간주되는데, 1945년에 이집트에서 나그함마디 문서가 발견되면서 재조명되었다. PKD는 '발리스 3부작'에서 나그함마디에 관해 자주 언급하며, 그 문서의 발견을 새로운 시대의 시작, 또는 회복과 연관시킨다.

'발리스 3부작'에 나타난 영지주의의 흔적으로는 본문에 언급된 발렌티누스주의의 우주발생론을 들 수 있다. 이것은 물질과 영혼의 이원론적 세계에서 아이온 소피아의 타락과 구원에 대한 우화로도 유명하다. 영혼계의 절대적이고 초월적인 제1원리인 순수한 정신으로부터 '아이온'이라는 열다섯 쌍의 신성한 존재들이 흘러나와 '플레로마'라는 세계를 만든다. 아이온 가운데 가장 나중이고 가장 열등한 소피아(지혜)는 본래의 길에서 벗어나 물질계에 내려오고, 소피아의 타락과 분열로부터 조물주가 출현한다.

조물주(데미우르고스, 또는 얄다바오트, 또는 사마엘)는 아이온에 비해 열등한 존재이지만, 스스로를 절대자인 유일신으로 착각한다.(그는 종종 구약성서의 분노한 하느님과 동일시된다). 타락하여 물질계에 갇혀버린 소피아를 동정한 아이온들은 소피아를 그 가짜 세계에서 구원하기 위한 사절을 파견하는데,

457

그것이 바로 예수(와 성령)이다. 조물주는 이 사절을 저지하려 음모를 꾸미지만 (그리고 때로는 저지에 성공하지만) 예수는 결국 소피아의 잃어버린 기억을 회복시켜서 물질계에서 해방시킨다.

이와 같은 줄거리는 '발리스 3부작' 가운데 『발리스』와 『성스러운 침입』의 기본 뼈대를 구성한다. 나아가 "두 가지 원천의 우주 발생론"이라든지, 제브러(저차원에 침투한 고차원의 모방)와 호모플라스마테(불멸의 플라스마테와 유한한 인간의 결합)의 개념 역시 기독교 영지주의에 근거한 PKD 특유의 변주라고 볼 수 있다. 아울러 '3부작'에서는 영지주의뿐만 아니라 기독교, 불교, 이슬람교, 조로아스터교, 마니교, 그리고 도곤 족의 설화(시리우스에서 온 외계의 조상들)에 이르기까지 다양한 종교적 소재가 등장한다.

3. 『발리시스템 A』에서 '발리스 3부작'까지

PKD가 사망 직전에 발표한 장편 『발리스』(1981), 『성스러운 침입』(1981), 그리고 사후에 간행된 유작 『티모시 아처의 환생』(1982)을 이른바 '발리스 3부작'이라고 부른다. 비록 『발리스』와 『성스러운 침입』에서 '발리스'라는 존재가 언급되기는 하지만, 이 세 권의 작품은 등장인물이나 줄거리의 연속성은 없는 독립적인 작품이며, 마지막 작품인 『티모시 아처의 환생』은 심지어 SF도 아닌 일반 소설이다. 다만 그 내용이 아니라 주제의 유사성에서 이 세 작품을 '3부작'으로 부를 수 있을 것이다.

특히 『발리스』에서는 『성스러운 침입』과 『티모시 아처의 환생』에 대한 아이디어가 부분적으로 암시되는데(제5장 참고), 이를 토대로 '3부작'이야말로 『주해서』에 담긴 논의를 더욱 확장시킨 결과물이라고 보아도 과언은 아닐 것이다. 본래 PKD는 1975년에 『발리시스템 A』라는 제목의 장편 소설을 쓰기 시작해서 1976년 여름에 완성했다. 하지만 출판사의 요청으로 내용을 대폭 수정하는 과정에서 아예 새로운 작품을 쓰기 시작했고, 겨우 2주 만에 『발리스』라는 제목의 소설을 하나 완성했다.

출간이 좌절된 『발리시스템 A』는 PKD의 사후에야 『앨버무스 자유 방송』(1985)이라는 제목으로 비로소 빛을 보았다. 미국의 새로운 대통령인 우익 성향의 페리스 F. 프리마운트의 독재와 전횡에 대항하기 위한 저항 세력이 형성되고, 레코드 가게 주인 니콜러스 브래디가 '발리스'라는 인공위성으로부터 메시지를 받아서, 프리마운트를 몰아내자는 잠재의식 메시지가 담긴 레코드를 만들려고 도모한다는 것이 줄거리다. 이 줄거리만 놓고 보면, 『발리스』에 등장하는 같은 이름의 영화 내용과 상당히 유사하다.

소설 『발리스』에서는 저자인 PKD가 SF 소설가이며 화자인 '필립 딕'과 이야기의 사실상 주인공인 '호스러버 팻'이라는 두 가지 인격으로 분열되어 나타난다. 내용상으로도 이 책에는 1974년부터 1977년까지 PKD의 실제 체험에서 비롯된 자전적인 내용과 PKD의 상상에서 비롯된 허구적인 내용이 섞여 있다. 가령 전반부에서 호스러버 팻이 연이어 겪는 가정 파탄, 자살 시도와 정신병원 입원, 셰리(실존 인물 도리스 소우터)와의 동거, 친구들과의 『주해서』 관련 토론 등은 실제이며, 그 나머지는 허구이다.(권말의 연보 참고)

4. 『발리스』의 줄거리

주인공 호스러버 팻(화자인 소설가 PKD의 다른 인격)은 친구 글로리아의 죽음, 그리고 아내와의 이혼으로 인해 밑바닥까지 떨어진 인물이다. 그는 일찍이 "2-3-74"라는 신비 체험을 했는데, 이를 설명하기 위해서 『주해서』라는 방대한 저술을 집필하고 있다. 그의 기본적인 전제는 이 세계가 사악한 세력의 지배를 받고 있으며 자신은 신비 체험을 통해 진리와 접촉했다는 음모론이었다. 그는 정기적으로 친구들인 냉소주의자 케빈, 가톨릭신자 데이비드, 암 환자 셰리를 만나서 이 문제를 놓고 토론을 벌인다.

훗날 팻은 자살 시도를 해서 정신병원 신세를 지고, 그곳에서 퇴원한 후에 셰리의 집에서 신세를 지게 된다. 셰리가 암 재발로 사망하자 팻은 다시 한 번 외로운 신세가 되고, 더욱 음모론에 집착하게 된다. 급기야 그는 영지주의 세계관을 연구하다가 인간을 구원하기 위해 합리적인 정신의 구세주가 비합리적인 세계에 침투해 있다는 결론에 이른다. 그러던 와중에 케빈이 우연히 『발리스』라는 영화를 보고 와서, 지금까지 팻이 한 이야기가 거기 모두 들어 있더라고 알려준다.

팻과 친구들은 영화의 제작과 주연을 맡은 인기 가수 에릭 램턴(일명 마더 구스)과 그의 아내인 린다 램턴, 그리고 작곡가인 암 환자 브렌트 미니를 만난다. 이들은 팻이 지금까지『주해서』에서 개진한 의견이 상당 부분 사실이라고 확증해준다. 즉 이 세계는 비합리성이 지배하고, 유일한 합리성은 외계의 존재(영화에서는 인공위성으로 묘사된)인 발리스가 방출하는 정보를 통해서 지구의 선택받은 소수에게 전달되며, 그것이 바로 팻이 체험한 "2-3-74" 사건의 본질이라는 것이다.

램턴 부부는 자기들이 낳은 딸 소피아가 새로운 구세주라고 소개한다. 겨우 2세인 그 여자아이는 PKD의 분열된 자아였던 팻을 없애버리는 한편, 일행을 향해 새로운 시대의 종교 교리를 설파함으로써 본인이 진짜 구세주임을 입증한다. 하지만 냉소주의자 케빈은 램턴 부부의 말이 모두 가짜라고 단언하고, 급기야 소피아가 사고로 사망하면서 구세주에 대한 기대는 깨지고 만다. 머지않아 PKD의 분열된 자아인 팻이 다시 출몰하여, "2-3-74"를 해명해줄 수 있는 또 다른 이론과 증거를 찾기에 골몰한다.

5.『발리스』를 어떻게 읽을 것인가?

『발리스』는 상당히 난해한 작품이다. 비록 줄거리를 요약해 놓았지만 막상 책을 읽고 나서도 여전히 모호한 느낌이 남는다. 가령 발리스는 정확히 무엇인가? 램턴 부부와 소피아의 정체는 정확히 무엇인가? 독자라면 누구나 느낄 법한 이런 의문에 대해서 PKD는 아무런 답변을 내놓지 않는다.『발리스』가

PKD의 열성 팬들에게는 그의 최고 걸작 가운데 하나로 손꼽히지만, 정작 흥미진진한 SF를 기대했던 일반 독자들에게는 난해하고 지루한 작품으로 평가되는 이유도 그래서일 것이다. 심지어 이 책을 출간한 밴텀 북스조차도 처음에는 그 내용을 이해하지 못한 나머지 출간을 미루었고, 계약 기간이 끝날 즈음에야 어쩔 수 없이 간행했다. PKD와 절친했던 어슐러 르 귄도 이렇게 말했다. "그의 『발리스』를 위시한 말기의 작품들은 좋아할 수가 없다. 그 책들에는 그가 결국 빠져나오지 못한 광기가 들어 있다고 생각한다. 버지니아 울프는 거기서 빠져나왔지만, 필의 경우에는 항상 거기서 빠져나온 것까지는 아니었다. 그리고 그것이 항상 문학으로 승화되는 것까지도 아니었다."

하지만 PKD가 강박적으로 집착했던 『주해서』와의 연관성을 고려해볼 경우, '발리스 3부작'의 성격은 좀 더 뚜렷해진다. 쉽게 말해서 '3부작'은 『주해서』에 제시된 "2-3-74"의 몇 가지 설명을 소설화한 작품이다. 즉 PKD의 관심은 이야기보다 설명 쪽에 더 쏠려 있다. 『발리스』에 비하자면 SF의 요소가 더욱 두드러진 『성스러운 침입』에서도 줄거리의 전개보다 "비합리적인 세계에 침투한 합리적인 요소"와 "소피아의 망각과 각성"이라는 영지주의적 소재에 대한 고찰이 더 집중적으로 다루어지는 것도 아마 그래서일 것이다.

그렇다면 PKD는 『발리스』를 기점으로 SF에서 신비주의로 전향했다고 말할 수 있을까? 그에게 SF란 결국 '『주해서』의 주해서'에 불과했던 것일까? 그러나 우리는 또 한 가지 사실에 주목할 필요가 있다.『주해서』의 압도적인 영향하에 작성된 '발리스 3부작'의 주제도 (로렌스 서틴의 지적처럼) PKD의 작품 세계를 관통하는 두 가지 질문("현실이란 무엇인가?" 그리고 "인간이란 무엇인가?")의 연장선상에 있다는 점이다.

결국『주해서』에서 비롯한 '발리스 3부작'은 PKD의 이전 작품에 나타난 세계관의 부정이 아니라 오히려 심화라고 해야 맞을 것이다.

6. PKD는 무엇을 보았는가?

PKD가 처음 환상을 본 때로부터 8년 뒤인 1980년 말,『주해서』는 그 분량이 막대하게 늘어나 있었다. 이제는 PKD도 과거처럼 뚜렷한 환상이나 환청을 겪지는 않았으며, 어쩌면 그로 인해서 그의 집착과 기세도 약간 꺾였는지 모른다. 한편으로 그는 자신의 해명 작업이 얼마나 터무니없이 거대한지를 뒤늦게 깨달았을지도 모른다. 이제는 자신의 탐구를 어느 정도 마무리해야 할 때였다. 급기야 그는 1980년 11월 17일에 한 가지 계시를 겪고 우화 형식으로 서술한다.

이 우화에서 PKD는 무한한 진공 속에서 하느님과 대면하고, 자기 체험에 대한 나름의 설명을 하나씩 제시하며 나의 경험은 혹시 이게 아니냐고 묻는다. 이 질문에 하느님은 "무한"이라는 한마디로 번번이 PKD의 이론을 격퇴한다. 마치 하느님의 권능을 목격하고 얼른 몸을 낮춘 욥처럼 PKD 역시 결국에는 자신의 한계를 인정하고 굴복한다. 그리고『주해서』의 집필을 거기서 일단락 짓는다.(물론 불과 열흘 만에 다시 집필을 재개했다고 하지만, 아마 이전처럼 열광적이지는 못했을 것이다).

그렇다면 PKD는 정말로 그는 하느님을, 또는 절대자를, 또는 외계의 지성체를, 또는 외계의 지성체가 만들어놓은 어떤 인공물(가령 '발리스' 같은)을, 또는 과거와 미래에서 온 또 다른 자신을, 또는 소련 과학자들의 비밀 실험을 만났던 것일까? 일부에서는 그의 신비 체험이 사실은 각성제 복용의 결과이거나, 또는 정신질환의 전조라고 폄하하기도 한다. 하지만 콜린 윌슨의 말마따나 PKD의 주장은 "단순한 자기기만으로 치부하기에는 너무 복잡하다".

1974년 2월과 3월에 PKD는 과연 무슨 일을 겪은 것일까? 그건 누구도 알 수 없다. 다만 PKD 본인은 이 체험을 일종의 축복이라고 여겼으며, 그가 강박적으로 그 해명에 매달린 결과 우리는 무척이나 개성적이고 난해하면서도 흥미를 자극하는 이야기를 얻게 되었다. 『주해서』는 PKD에게는 차마 감당할 수 없는 짐인 동시에, 또한 그의 상상력을 북돋운 토양이기도 했다. "2-3-74" 이후 그에게 남은 시간이 많지 않았다는 사실을 많은 사람들이 애석하게 생각하는 이유도 아마 그것 때문이리라.

박중서

1928   필립 킨드리드 딕. 12월 16일 일리노이 주 시카고의 자택에
        서 쌍둥이 누이인 제인 샬럿 딕과 함께 예정일보다 6주 일찍
        태어났다. 아버지 조셉 에드거 딕은 제1차 세계대전에 참전
        했다가 제대 후 농무부에서 일했다. 어머니 도로시 킨드리드
        딕은 공문서를 검열하는 비서였으며, 만성 신부전증을 앓고
        있어서 쌍둥이들에게 수유를 하기가 힘들었고 의사의 도움
        도 제대로 받지 못했다. 그래서 쌍둥이들은 둘 다 발육 상태
        가 좋지 않았다.

1929   1월 26일, 심각한 탈수 증세와 영양실조에 시달리던 갓난
        애들을 서둘러 병원으로 데려갔지만 누이는 병원으로 가
        던 중 사망했다. 그는 체중 5파운드*가 될 때까지 인큐베이
        터 신세를 지게 된다(쌍둥이 누이의 죽음에 괴로워하던 그
        는 훗날 이렇게 기술했다. "누이는 살기 위해, 나는 누이를
        살리기 위해 발버둥을 친다, 영원히……. 그녀는 내게는 전
        부나 다름없다. 나는 늘 내 누°와 헤어지는 동시에 함께해
        야 하는 저주를 받았다"). 아버지에게 샌프란시스코로 전
        근해도 좋다는 농무부의 허락이 떨어졌다. 가족은 콜로라
        도 주 포트 모건으로 휴가를 떠났고, 그는 어머니 도로시와
        함께 현지 친척의 집에 머물며 아버지의 전근 절차가 끝나
        기를 기다렸다. 누이는 포트 모건 공동묘지에 묻혔다. 가족
        은 캘리포니아의 베이지역에 있는 소살리토로 이사했고, 퍼

---
* 2.3킬로그램

닌슐러*로 옮겼다가 마지막에는 앨러미다에 자리를 잡았다.

1930   아버지가 네바다 주 리노에 위치한 국가부흥청(NRA) 서부
        지부 국장으로 승진한다. 가족은 버클리에 정착했고, 아버지
        는 주중에는 리노에 머물며 직장과 가정을 오갔다.

1931   캘리포니아 대학의 아동 복지 연구소가 운영하는 실험적인
        탁아소에 다녔다. 기억력과 언어능력 및 손의 협응력 테스트
        에서 높은 점수를 받았다. 음악적 재능이 뛰어나다는 칭찬도
        듣게 되었다.

1933-34 어머니가 이혼을 요구하면서 부모가 별거에 들어간다. 그는
        어머니와 외갓집에서 외조부모 및 매리언 이모와 함께 살게
        되었다. 어머니가 정규직을 얻으면서 집에 남겨지게 된 그는
        '미마Meemaw'라는 애칭으로 부르던 외할머니의 자상한 보
        살핌을 받으며 진보적인 성격이 강한 브루스태틀록 스쿨 부
        설 유치원을 다녔다. 매리언 이모는 신경쇠약으로 가끔 병원
        에 입원하기도 했지만 그를 무척 귀여워했다.

1935-37 부모의 이혼 절차가 마무리되면서 어머니를 따라서 워싱턴
        D.C.로 이사했다. 아버지는 재혼했다. 이 시기부터 천식과
        심계 항진증을 앓기 시작했다. 기숙학교로 보내라는 의사의
        권유를 받고 행동장애를 가진 아동들을 위한 컨트리데이 스
        쿨로 보내졌다. 그곳에서 처음으로 구토 공포증을 경험하며,
        사람들 앞에서는 음식을 삼키지도, 먹지도 못하게 되었다. 6
        개월 뒤 귀가 조치를 받고 처음으로 심리치료사를 만난다.
        프렌즈 퀘이커 데이 스쿨을 다니다가 2학년 때 공립학교

---

* 샌프란시스코 반도.

로 전학했다. 학교에서는 소외감 때문에 힘들어했고 이것
은 곧잘 무단결석으로 이어졌다("그 후에는 내가 혐오하는
학교에 가는 일을 제외하면 딱히 하는 일이 없는 시기가 오
래 계속되었다. 기껏해야 수집한 우표들을 만지작거리거나
…… 구슬치기, 딱지치기, 볼로배트bolo bats, 당시 갓 출판
되기 시작한 코믹북 읽기 같은 남자아이들의 놀이를 하는
정도였다……"). 자연스럽게 우러나오는 마음의 평화와 감
정 이입을 체험한 것도 이 시기였다. 그는 훗날 인터뷰에서
이 경험을 어린 시절의 '사토리*'라고 표현했다. 어머니의 격
려를 받고 처음으로 글쓰기를 시작한 것도 이 무렵이었다.

1938　어머니와 함께 버클리로 돌아갔다. 3년 동안 만나지 못했던
아버지를 찾아갔다. 새로 전학한 공립학교에서 자신을 '짐
딕'이라고 소개하지만 곧 다시 필립이라는 이름을 사용했다.
지역 소식과 연재만화를 실은 개인 신문인 《더 데일리 딕The
Daily Dick》을 만들었다.

1940-43　고전 음악과 오페라에 열중하기 시작했고, 평생 그 열정을
가슴에 품고 살았다. 『어린 왕자』와 『호빗』, 『곰돌이 푸』 및
『오즈』 시리즈를 읽었다. 《어스타운딩》《어메이징》《언노운》
등의 SF 잡지를 발견하고 열심히 모으기 시작했다. 이 잡지
들의 내용을 본떠 그림을 그리고 글을 썼다. 독학으로 타자
치는 법을 익혔고, 라디오 방송으로 접한 제2차 세계대전 소
식을 들으며 친구들과 전황에 대해 곧잘 토론을 벌였다. 두
번째 개인 신문인 《진실The Truth》을 만들면서 연재만화의
주인공으로 '미래 인간Future-Human'을 등장시켰다("자신
의 초超 과학기술을 인류의 복지를 위해 사용하고, 미래의

---

* Satori. 일어로 '깨달음'을 의미함.

암흑가에 맞서는 인물"이었다). 지금은 소실된 첫 번째 소
설『소인국으로의 귀환Return to Liliput』을 완성했다.《버클
리 가제트》지에 정기적으로 단편소설과 시를 기고했다. 가
필드 공립 중학교와 오하이 시에 위치한 기숙사제 사립 고
등학교인 캘리포니아 예비 학교를 다녔다. 정서장애를 극복
하기는 여전히 어려웠지만, 급우들에게 정신의학과 심리 테
스트에 관한 해박한 지식을 피력하기도 했다(1974년에 딸
로라에게 보낸 편지에서 그는 이렇게 쓰고 있다. "어떤 의미
에서는, 학교에 적응을 잘하면 잘할수록 나중에 현실 세계
에 적응할 수 있는 확률은 도리어 낮아진다고 할 수 있어. 그
러니까 네가 학교에 제대로 적응을 못하면 못할수록, 나중
에 학교에서 자유로워진 뒤에 마주치는 현실에 더 잘 대처
할 확률이 높아진다고도 할 수 있겠지. 그런 날이 정말로 온
다면 말이야. 아마 나는 군대에서 말하는 '안 좋은 태도'를
갖고 있는지도 모르겠구나. 제대로 하든지, 아니면 포기하든
지 양자택일하라는 뜻인데, 나는 언제나 그만두는 쪽을 택
했어"). 광장공포증과 공황장애로 인한 발작이 더 심해졌다.

1944-47   버클리 고등학교에 입학했다. 독일어를 배우고 칼 구스타프
융의 저서를 읽기 시작했다. 곧잘 현기증 발작을 일으켜 앓
아눕곤 했다. 샌프란시스코의 랭글리 포터 클리닉에서 매주
융 학파의 심리분석가에게 치료를 받았지만 결국은 그 분석
가를 철두철미하게 경멸하기에 이르렀다. 유니버시티 라디
오에 판매원으로 취직했으나, 나중에 아트 뮤직으로 옮겼다.
두 곳 모두 음반, 악보, 전자기기 등을 판매하고 수리도 해
주는 음악 상점이었다. 이 두 가게의 소유주인 허브 홀리스
는 카리스마 넘치는 까다로운 인물이었는데, 딕에게는 멘토
이자 아버지 같은 존재가 되었다(홀리스는 훗날 딕의 소설
에 자주 등장하는 전제적이지만 따스한 마음을 가진 '보스'

의 모델이 된다). 홀리스 밑에서 일하는 동안 딕의 불안장애
는 많이 나아졌지만, 학교에만 가면 악화되는 통에 마지막
1년 과정은 집에서 개인 교습을 받으며 마쳐야 했다. 같은
해 가을이 되자 집에서 나와 로버트 던컨, 잭 스파이서, 필립
라만티어 같은 작가들과 함께 창고를 개조한 공동주택으로
이사를 갔다. 대부분 동성애자로, 작가 특유의 보헤미안적
삶을 즐기던 룸메이트들은 딕의 독자적인 지적 성장의 원천
이 되었다. 딕은 버클리 대학에 잠시 다니며 철학을 전공했
지만 의무적으로 참가해야 하는 ROTC 훈련을 혐오했다. 광
장공포증은 더욱 악화되었고, 11월에는 결국 자퇴를 하고 말
았다. 훗날 그는 ROTC 훈련 도중 소총 분해결합을 거부했다
는 이유로 퇴학당했다고 주장했다.

1948-49   아트 뮤직의 매니저는 여성 경험이 전무하다는 것을 알고 가
게의 지하방에서 젊은 여성과 잔자리를 함께 할 수 있는 기
회를 마련해준다. 재닛 말린과 달게 되고, 서둘러 결혼해 버
클리의 아파트로 이사한다. 갈등으로 점철되었던 6개월 동안
의 서투른 결혼 생활은 연말이 되기 전에 이혼으로 끝이 난
다. 아버지와 다시 재회하고, 지금은 소실된 장편 『어스셰이
커The Earthshaker』를 간간이 집필하기 시작했다.

1950   6월에 두 번째 아내인 클리오 애퍼스털리디스와 결혼한다.
버클리의 프란시스코 거리에 작은 집을 장만했고, 마지막으
로 아버지를 만났다. 작문 교사이자 범죄소설과 SF 분야에서
편집자와 평론가로 활동하던 앤서니 바우처(앤서니 화이트)
와 조우했고 그의 영향을 받아 다수의 SF 단편을 쓰기 시작
했다(훗날 딕은 바우처를 평하며 "성숙한 어른, 그것도 분별
있고 교육받은 어른도 SF를 즐길 수 있다는 사실을 깨닫게
해준 인물"이라고 회고하기도 했다). 당시 딕은 지독한 가난

에 허덕였다(훗날 출간된 단편집 『황금 사나이The Golden Man』의 1980년도 판 서문에서 딕은 이렇게 술회했다. "럭키 도그 애완동물상점에서 파는 말고기는 동물 사료로 팔던 것이었다. 그러나 클리오와 나는 그걸 먹었다. 정말 궁핍했다……").

1951-52 《판타지 앤드 사이언스 픽션》지에 처음으로 팔린 단편 「루그Roog」로 데뷔한다. 홀리스에 대한 신의를 저버렸다는 이유로 아트 뮤직에서 해고당했다. 잡지 《플래닛 스토리즈》에 단편 「워브는 그 너머에 머문다Beyond Lies the Wub」를 게재하고, 스콧 메러디스 출판 에이전시와 전속 계약을 맺는다. 최초의 사실주의적 소설인 『거리에서 들리는 목소리 Voices from the Street』(2007)와 『메리와 거인Marry and the Giant』(1987)을 집필했지만 생전에는 출간되지 못했다(훗날 딕은 이렇게 술회했다. "나는 1951년 11월에 처음으로 단편을 팔았고, 이것들은 1952년에 처음으로 잡지에 실렸다. 고등학교를 졸업할 무렵에는 꾸준히 글을 쓰면서 잇달아 장편을 탈고했지만 물론 하나도 팔리지 않았다. 나는 버클리에 살고 있었고, 주위 환경은 문학을 하기에 안성맞춤이었다. 주류 문학을 하는 소설가들은 얼마든지 있었고, 베이지역에 사는 지극히 유망한 전위적 시인들과도 교류했다. 모두들 나더러 글을 쓰라고 권했지만, 꼭 그걸 팔아야 한다고 격려한 사람은 아무도 없었다. 그러나 나는 책을 팔고 싶었고, SF 소설도 쓰고 싶었다. 나의 궁극적인 꿈은 주류 문학적 소설과 SF **양쪽**을 쓰는 것이었다").

1953-54 최초의 SF 장편인 『태양계 제비뽑기Solar Lottery』(1955)와 『존스가 만든 세계The World Jones Made』(1956)를 판타지 소설 『우주 꼭두각시The Cosmic Puppets』(1957) 및 리

얼리즘 소설인『함께 모여라Gather Yourselves Together』
(1994)와 함께 에이전시에 팔았다. 음반 가게인 '터퍼와 리
드'에서 잠시 일하던 중 공황장애와 광장공포증이 재발했고,
폐소공포증까지 겪었다. 공포증과 우울증 치료제로 처방받
은 암페타민을 복용하기 시작했다. 수십 편의 단편을 썼고
그중 대다수를 잡지에 파는 데 성공했다. 딕은 가장 다작을
하는 SF 작가 중 한 사람이 되었다(1953년 한 해 동안에만
무려 30편의 작품이 펄프 잡지*에 실렸다). FBI 수사관 두 명
이 방문해서 점잖게 그를 심문한다. 이 사건을 계기로 그는
평생 동안 감시당하고 있다는 생각을 품게 되었다. SF 작가
로 이름을 알리는 것에 대한 모호한 저항감과, 사람들 앞에
나서기를 두려워하는 광장공포증에 시달리면서도 난생 처음
으로 SF 컨벤션에 참가해서 A. E. 밴 보그트를 만났다. 보그
트의 소설은 딕의 초기 SF 소설들에 큰 영향을 미쳤다. 단편
고료와 아내가 이런저런 시간제 일을 해서 번 돈으로 주택
융자금을 갚고, 짧은 기간이나마 재정적인 안정을 누렸다.
매리언 이모가 세상을 떠나자 딕의 어머니는 매리언의 남편
인 조 허드너와 결혼하고, 조카인 여덟 살배기 쌍둥이를 입
양했다.

1955   장편 데뷔작인『태양계 제비뽑기』가 에이스 북스에서 페이
퍼백 단행본으로 출간되었다. 첫 번째 단편집『한 줌의 암흑
A Handful of Darkness』도 리치&코원 출판사에 의해 영국
에서 간행된다. 딕은 같은 해『농담을 한 사내The Man Who
Japed』(1956)와『하늘의 눈Eye in the Sky』(1957)을 집필
했다.

---

* pulp magazine. 갱지를 사용한 선정적인 싸구려 잡지.

1956-57	주류 문단의 인정을 받기 위한 노력의 일환으로 일반 소설인『조지 스타브로스의 시간A Time for George Stavros』(소실됨)『언덕 위의 순례자Pilgrim on the Hill』(소실됨),『시스비 홀트의 깨진 거품The Broken Bubble of Thisbe Holt』(1988),『좁은 땅에서 빈둥거리며Puttering About in a Small Land』(1985)를 집필했다. 클리오와 두 번의 자동차 여행을 하면서 동쪽으로는 아칸소 지방까지 둘러보았다.『한줌의 암흑』증보판인『변수 인간 외The Variable Man and Other Stories』가 에이스 북스에서 페이퍼백 단행본으로 출간되었다. 스콧 메러디스 출판 에이전시와 잠시 결별했지만 곧 재계약했다.
1958	딕은 처음으로 자신의 사실주의적 모티프를 SF 소설에 접목했고, 그 결과물인『어긋난 시간Time Out of Joint』이 리핀코트 출판사에서 출간되었다. 그의 소설 중에서는 최초의 하드커버였으며, SF 소설이 아니라 스릴러를 의미하는 '위협에 관한 소설Novel of Menace'로 홍보되었다. 일반 소설인『밀튼 럼키의 구역에서In Milton Lumky Territory』(1985)와『니콜라스와 히그Nicholas and the Higs』(소실됨)를 집필했다. 단편인「포스터, 넌 죽었어!Foster, You're Dead」가 소비에트 연방에서 무단으로 잡지에 실린 것을 알게 되었다. 이를 계기로 소련 과학자 알렉산드르 톱치예프와 편지로 아인슈타인의 상대성 이론에 관해 의견을 주고받았고, 이 편지들은 CIA에게 노출되었다(딕은 1970년대에 정보자유법에 의거해 공개 요청을 보낸 뒤에야 이 사실을 알았다). 9월에 클리오와 마린 카운티의 포인트 러예스 스테이션으로 이사했다. 10월에 앤 루빈스타인이라는 미망인을 만나 격정적인 사랑에 빠졌고, 12월에는 클리오에게 이혼을 요구했다.

<table>
<tr><td>1959</td><td>클리오는 이혼 후 포인트 러예스 스테이션을 떠나 버클리로 돌아갔다. 딕은 앤과 함께 살며 그녀의 세 딸(헤티, 제인, 텐디)의 의붓아버지가 되었다. 이들은 가금류와 양을 키우며 아이들의 양육비 명목으로 세인트루이스에 사는 앤의 전남편 가족들이 보내준 돈으로 생계를 꾸려갔다. 앤의 정신과 의사에게서 상담을 받기 시작했는데, 이는 1971년까지 간헐적으로 이어졌다. 만우절에 멕시코의 엔세나다에서 앤과 결혼했다. 돈을 벌기 위해 초기 중편 중 두 편을 장편 SF로 개작했다. 이것들은 1960년에 각각 『미래 의사Dr. Futurity』와 『불카누스의 망치Vulcan's Hammer』라는 제목으로 에이스 북스의 '더블 시리즈*'로 출간되었다. 일반 소설인 『허풍선이 과학자의 고백Confessions of a Crap Artist』(1975)을 집필했다. 이 소설은 클리오와의 이혼, 그리고 앤과의 연애에서 대부분의 소재를 얻었으며, 크노프사와 하코트사 양쪽에서 출간될 뻔했지만 결국 성사되지는 못했다. 그러나 그 과정에서 딕의 작가적 능력에 주목한 하코트 출판사는 차기 일반 소설의 선불금을 지불했다. 앤이 임신을 했고, 딕은 암페타민의 일종인 서모자이드린을 계속 복용했다.</td></tr>
<tr><td>1960</td><td>2월 25일에 첫아이인 로라 아처 딕이 태어났다. 하코트 출판사에서 일반 소설을 내고자 하는 희망은 결국 이루어지지 못했다. 편집자가 휴가를 간 사이에 출판사가 합병을 하면서, 딕이 쓴 『모두 똑같은 이를 가진 사내The Man Whose Teeth Were All Exactly Alike』(1984)와 『조지 스타브로스의 시간』을 개작한 작품인 『오클랜드의 험프티 덤프티 Humpty Dumpty in Oakland』(1986)의 출간을 제대로 추진하지 못했기 때문이었다. 가을이 되자 앤이 또 임신을 했</td></tr>
</table>

---

* Ace Double. 두 작가의 각기 다른 작품을 앞뒤로 뒤집어 묶은 페이퍼백 시리즈.

지만 경제적으로 더 궁핍해지는 것을 두려워했던 앤은 딕의 반대에도 불구하고 아이를 낙태했다.

1961   앤의 수공예 보석상에서 잠깐 일을 했다. 변화를 다룬 중국의 고전인 『역경I Ching』을 발견하고, 향후 20년 동안 그 점괘를 참고하며 살아갔다. 딕은 자신이 '움막'이라고 부르던 곳에 틀어박혔다. 타자기와 전축, 그리고 책들이 있는 이 오두막에서 그는 『높은 성의 사내The Man in the High Castle』의 집필에 착수했다. 플롯의 일부는 『역경』의 점괘를 참조했다.

1962   『높은 성의 사내』는 퍼트넘 출판사에서 스릴러물로 출간되었고 호평을 받았지만 판매는 부진했다. 그러자 퍼트넘 출판사는 사이언스 픽션 북클럽에 판권을 팔았다. 딕은 장편 『당신을 합성해드립니다We Can Build You』를 집필했는데, 이는 1969년에서 1970년 사이에 《어메이징》지에 「A. 링컨, 시뮬라크럼A. Lincoln, Simulacrum」이란 제목으로 연재되었다. 같은 해에 집필한 『화성의 타임슬립Martian Time-Slip』은 1963년 잡지 《월드 오브 투모로우》에 '우리는 모두 화성인All We Marsmen'이란 제목으로 연재되었다(훗날 딕은 이렇게 회고했다. "『높은 성의 사내』와 『화성의 타임슬립』을 통해 나는 실험적인 주류 소설과 SF 사이의 간극을 줄였다고 생각한다. 어느 날 갑자기 작가로서 하고 싶었던 일을 다 할 수 있는 길을 찾은 기분이었다").

1963   7월에 스콧 메러디스 출판 에이전시에서 팔리지 않는다는 이유로 10여 편 이상의 주류 소설을 돌려보냈다. 돈이 궁해진 나머지 그는 앤의 집을 담보로 레코드 가게를 시작할 것을 고려했다. 9월에는 『높은 성의 사내』가 SF 문학상 중 최

고의 권위를 자랑하는 휴고상 최우수 장편상을 받았다. 그러나 결혼 생활은 악화일로를 걸었다. 딕은 친구들에게 아내가 자기를 죽이려 한다고 주장했다. 오랫동안 부부 싸움을 하다가 앤을 로스 정신병원으로 보냈고, 앤은 랭글리 포터 클리닉에서 2주간 치료를 받는 데 동의했다. 결혼이 깨지는 것을 막기 위해 두 사람은 미극 성공회 예배에 참석하기 시작했다. 딕은 이곳에서 세례를 받았다. 딕의 팬이었던 매런 해켓은 친구의 주선으로 딕을 만났다. 그녀와 그녀의 의붓딸들도 성공회 신도였다. 딕은 암페타민을 연료 삼아 『닥터 블러드머니, 혹은 폭탄이 터진 뒤 우리는 어떻게 살아남았나Dr. Bloodmoney, or How We Got Along After the Bomb』(1965), 『타이탄의 게임 플레이어The Game-Players of the Titan』(1963년, 에이스 북스에서 출간), 『시뮬라크라The Simulacra』(1964), 『작년을 기다리며Now Wait for Last Year』(1966)를 탈고했고, 『알파성의 씨족들Clans of the Alphane Moon』(1964)과 『우주의 균열The Crack in Space』(1966)을 쓰기 시작했다. 집필실이 있는 오두막으로 걸어가면서 그는 하늘에서 기괴한 가면을 쓴 인간 얼굴의 환영幻影을 보았다. 훗날 그는 이 체험을 장편『파머 엘드리치의 세 개의 성흔The Three Stigmata of Palmer Eldritch』(1965)에 녹여내었다.

1964   버클리를 방문하는 일이 잦아졌다. 『파머 엘드리치의 세 개의 성흔』을 탈고한 후 3월에 출판 에이전시에 넘겼다. 3월 9일 이혼 소송을 제기하고 잠시 어머니 집에서 살았다. 베이 지역의 활기찬 SF 팬덤에 합류해서 폴 앤더슨, 매리언 짐머 브래들리, 론 굴라트와 레이 넬슨 같은 작가들을 만났다. 『높은 성의 사내』의 속편을 쓰기 시작했다가 포기했다. 『우주의 균열The Crack In Space』, 『잽건The Zap Gun』(같은 해

『프로젝트 플로셰어Project Plowshare』라는 제목으로 잡지에 연재되었고 1967년에 출간됨),『끝에서 두 번째의 진실 The Penultimate Truth』을 탈고했으며,『텔레포트 되지 않은 사내The Unteleported Man』(1966)를 쓰기 시작했다. SF 작가 아브람 데이비슨의 아내로 당시 그와 별거 중이었던 그래니아 데이비슨(훗날 '그래니아 데이비스'로 소설 출간)과 연애편지를 교환했다. 7월에는 운전 도중 차가 전복되는 바람에 큰 부상을 입고 심각한 우울증을 겪으면서 집필 의욕을 상실했다. 오클랜드에서 열린 세계 SF 컨벤션에 참석했다. 마약이 횡행했던 집회였다. 친구인 잭과 마고 뉴컴 부부가 오클랜드에 있는 딕의 자택을 방문했다. 12월이 되자 그는 매런 해킷의 의붓딸인 21살의 낸시 해킷에게 구애를 시작했다("네가 나를 위해 우리 집으로 들어왔으면 좋겠어. 안 그런다면 나는 머리가 돌아버려서 점점 더 약을 찾게 될 거고…… 결국 아무런 글도 쓸 수 없을 거야. 나에겐 자극과 영감을 줄 수 있는 네가 필요해.")

1965   3월에 낸시 해킷과 함께 살기 시작했다. 가정 생활을 시작하며 다시 집필을 하기 시작했고 고질적인 광장공포증 역시 부활했다. 딕은 LSD를 두 번 복용하고 불편한 환영을 경험했다("나는 '그'를 맥동하고, 격렬하고, 마구 진동하는 존재로서 지각했다. 복수심에 불타는 위압적인 존재, 마치 형이상학적인 IRS*요원처럼 회계 감사를 요구하는 존재라고나 할까"). 팬진**인《라이트하우스》에 실린 에세이 「마약, 환영 그리고 실체에 대한 탐색Drugs, Hallucinations, and the Quest for Reality」에서 그는 다음과 같이 술회했다. "사람들은 환각

---

* Internal Revenue Service. 미 국세청.
** fanzine. 팬이 발행하는 잡지.

에 매달릴 필요가 없다. 착란으로 몸을 망치는 길은 하나만 있는 것이 아니므로.″『텔레포트 되지 않은 사내』를 완성하고, 캘리포니아의 미국 성공회 주교인 제임스 파이크*와 돈독한 우정을 쌓았다. 파이크가 비서로 채용한 낸시의 의붓어머니인 매런 해켓은 파이크의 숨겨진 정부情婦였다. 딕은 파이크와의 대화를 통해 신학적 고찰과 초기 크리스트교의 기원에 관한 연구에 심취하기 시작했다. 낸시와 함께 산 라파엘로 이사했다. 레이 넬슨과 공동으로『가니메데 혁명The Ganymede Takeover』(1967)을 썼고, 『거꾸로 도는 세계 Counter-Clock World』(1967)의 집필을 시작했다.

1966   『거꾸로 도는 세계』를 탈고하고『안드로이드는 전기양의 꿈을 꾸는가?Do Androids Dream of Electric Sheep?』(1968)와 『유빅Ubik』(1969), 아동 SF인『농부 행성의 글리멍The Glimmung of Plowman's Planet』(1988년에 영국에서『닉과 글리멍Nick and the Glimmung』이라는 제목으로 출간됨)을 썼다. 7월에 낸시와 결혼했다. 딕은 회의적이었지만, 파이크 주교와 매런 해켓, 낸시와 함께 영매가 주최하는 세앙스**에 참석했다. 이 모임의 목적은 자살한 파이크의 아들인 짐과 접촉하기 위한 것이었다.『작년을 기다리며』와『텔레포트 되지 않은 사내』,『우주의 균열』이 출간되었다.

1967   3월 15일에 둘째 딸 이솔더(이사) 프레이어 딕이 태어났다. 텔레비전 드라마 〈침략자The Invaders〉의 구성 원고를 썼지만 팔리지 않았다.『거꾸로 도는 세계』,『잽건』,『가니메데 혁명』이 페이퍼백으로 출간되었다. 6월에 낸시의 의붓어

---

* James A. Pike(1913~1969).
** séance. 교령회. 죽은 사람들의 영혼과 통교하려는 사람을 중심으로 한 모임.

머니 매런 해켓이 자살했다. IRS가 딕에게 체납된 세금과 벌금 및 이자의 납부를 요구하면서 이미 심각했던 가계 재정난이 한층 더 악화되었다. 단편「부조父祖의 신앙Faith of Our Fathers」이 할런 엘리슨이 편집한 SF 앤솔러지『위험한 비전 Dangeros Visions』에 실렸다. 서문에서 엘리슨은 딕이 LSD에 의한 환각 상태에서 이 단편을 썼다고 주장했지만, 이것은 딕의 고의적인 오도誤導에 의한 것이었다.

1968   잡지《램파츠》2월호에 실린 '작가와 편집자에 의한 전쟁세 반대운동' 청원서에 서명하면서 IRS와의 갈등이 심화되었다. 낸시와 함께 '마약 SF 컨벤션Drug Con'이라는 이명異名을 얻은 베이컨*에 참가했다. 그곳에서 로저 젤라즈니를 처음으로 만났다. 젤라즈니와는 훗날 장편『분노의 신Deus Irae』(1976)을 공동 집필하게 된다. 『안드로이드는 전기양의 꿈을 꾸는가?』의 초판이 하드커버로 출간되었다. 이 작품의 영화 판권도 팔렸다. 『은하의 도기 수리공Galactic Pot-Healer』(1969)과『죽음의 미로A Maze of Death』(1970)를 집필했다. 딕의 오랜 멘토였던 앤서니 바우처가 사망한다. 활자화되지는 않았지만 다음과 같은 자기소개 글을 썼다. "……기혼자이며, 두 딸과 젊고 신경질적인 아내와 함께 살고 있다 ……. 처음에는 스카를라티**, 다음에는 제퍼슨 에어플레인***, 그다음에는 〈신들의 황혼Götterdämmerung〉에 귀를 기울이며 대부분의 시간을 보내며, 이것들을 어떻게든 한데 엮어보려고 시도하고 있다. 각종 공포증에 시달리고 있다……. 채권자들에게 엄청난 빚을 지고 있지만 갚을 돈이 없다. 경

---

* BayCon. 샌프란시스코 베이지역에서 개최되는 SF, 판타지 컨벤션.
** Giuseppe Domenico Scarlatti(1685~1757). 이탈리아 작곡가.
*** Jefferson Airplane. 1965년 결성된 미국의 사이키델릭 록 그룹.

고. 이 작자에게 돈을 빌려주지 말 것. 돈뿐만 아니라 당신의 약까지 훔치려 들 것이다."

1969 『프로릭스 8에서 온 친구들Our Friends from Frolix 8』 (1970)을 썼다. 『은하의 도기 수리공』이 페이퍼백으로, 『유빅』이 하드커버로 출간되었다. 몬트리올의 한 호텔에서 거행된 존 레넌과 오노 요코의 평화를 위한 '침대 시위bed-in'에 참석한 티모시 리어리*의 전화를 받았다. 리어리는 레넌과 오노에게 수화기를 넘겼고, 이들은 『파머 엘드리치의 세 개의 성흔』에 감탄했다며 영화화하고 싶다는 희망을 전했다. 저널리스트인 폴 윌리엄스의 방문을 받았다. 처방받은 약물, 특히 리탈린의 복용량이 크게 늘면서 결혼 생활에도 금이 가기 시작했다. 암페타민을 강박적으로 복용한 나머지, 췌장염과 초기 신부전증 증세로 응급실 신세를 진다. 예수가 역사 인물로서 존재했다는 증거를 찾기 위해 이스라엘로 탐사 여행을 떠났던 파이크 주교가 9월에 유대 사막에서 사망했다.

1970 『흘러라 내 눈물, 경관은 말했다Flow My Tears, the Policeman Said』(1974)를 쓰기 시작했다. 평소의 집필 습관과는 달리 3월과 8월 사이에 여러 번 고쳐 썼다. 낸시의 동생 마이클 해켓이 아내와의 이혼 소송 중에 딕의 집으로 와서 눌러앉았다. 딕은 환각제인 메스칼린을 복용한 후 찬란한 사랑의 비전[幻影]을 체험했고, 『흘러라 내 눈물, 경관은 말했다』에 이를 투영했다. 7월에는 당국에 푸드 스탬프**를 신청했다. 중단편집 『보존 기계 The Preserving Machine』가 출간되

---

* Timothy Leary(1920~1996) 미국의 심리학자. LSD와 카운터컬처 옹호자로 유명하다.
** food stamp. 저소득자용 식량 배급권.

었고, 『프로릭스 8에서 온 친구들』이 페이퍼백 단행본으로, 『죽음의 미로』가 하드커버로 출간되었다. 9월에 낸시가 딸인 이사를 데리고 집을 떠나면서 다량의 약물—거리에서 구입한 불법 마약까지 포함한—과 암페타민의 기운을 빌린 밤샘 토론, 편집증, 보헤미안적 너저분함으로 점철된 친구들과의 공동 생활 시대를 시작했다. 글은 거의 쓰지 않았고, 『흘러라 내 눈물, 경관은 말했다』를 가끔 개고하는 정도였다. 10월에는 톰 슈미트가 합류했다(11월에 쓴 편지에서 딕은 이렇게 술회했다. "다들 각성제를 복용하고 있고, 다들 죽을 거야……. 하지만 앞으로 몇 년은 더 살겠지. 사는 동안은 지금 모습 그대로 살 거야. 어리석게, 맹목적으로. 토론하고, 함께 시간을 보내고, 농담을 나누고, 서로 의지하면서 말이야").

1971 『흘러라 내 눈물, 경관은 말했다』의 미완성 원고를 엉망진창이 된 일상으로부터 지키기 위해서 변호사에게 맡겼다. 젊은 히피와 폭주족, 중독자들이 딕의 집에 드나들자 마이클 해킷이 떠났다. 5월에 한 친구가 딕을 스탠퍼드 대학병원의 정신과 병동에 입원시켰다. 8월이 되자 마린 제너럴 정신병원과 로스 정신과 클리닉 양쪽에서 치료를 받았다. 자신이 FBI나 CIA의 감시를 받고 있다고 주장하며, 총을 구입한 것도 이 시기의 일이었다. 11월에는 도둑이 들어 집이 크게 부서졌다. 서류 캐비닛은 누군가에 의해 폭파되었고, 창문과 문은 박살이 났으며, 개인 서신 및 재정 관련 서류들이 도난당했다(침입자의 정체에 관해 딕은 오랫동안 숱한 추측을 했다. 정부 요원, 종교 광신도, 블랙 팬서*, 심지어는 자기 자신까지 의심했다). 딕은 결국 이 집을 포기했다.

---

*Black Panther. 흑인 해방을 주장하는 미국의 극좌 과격파 조직.

2월에 캐나다 밴쿠버에서 열린 SF 컨벤션의 주빈으로 참가
했다. 그곳에서 연설한 「안드로이드와 인간」은 호평을 받았
고, 딕은 캐나다에 머무르겠다는 의사를 밝혔다. 그러나 얼
마 지나지 않아 밴쿠버에 환멸을 느끼고 또 다른 장소를 물
색했다. 오레곤 주 포틀랜드에 있는 어슐러 K. 르 귄에게 편
지를 써서 방문해도 될지 타진했다. 캘리포니아 주립대학 풀
러턴 캠퍼스의 윌리스 맥넬리 교수에게 풀러턴이 살 만한 곳
인지 문의했다(이 시점부터 편지를 쓰는 일이 급격하게 늘
어났으며, 이 경향은 죽을 때까지 계속되었다. 르 귄 외에도
제임스 팁트리 주니어, 스타니스와프 렘, 존 브루너, 노먼 스
핀래드, 토마스 디시, 브라이언 올디스, 로버트 실버버그, 시
어도어 스터전과 필립 호세 파머 등의 동료 작가들과 정기
적으로 편지를 주고받았다). 3월에 처음으로 자살 시도를 했
다. 주로 헤로인 중독자들을 위한 시설인 X-컬레이 재활센
터에 입원해서 공격적 집단 요법*에 참여했다. 몇십 년 동안
이나 처방을 받아 남용해오던 암페타민을 끊었다. 맥넬리 교
수와 학생들이 오렌지 카운티로 그를 초청하는 편지를 보
내왔다. 딕은 풀러턴에 정착해서 일련의 룸메이트들과 함께
살았다. 젊은 친구들이 많이 생겼는데, 그중에는 작가 지망
생인 팀 파워스도 있었다. 맥넬리는 딕에게 객원 강사 자리
를 알선하고 풀러턴 캠퍼스의 도서관에 다량의 딕 관련 서
류를 보관했다. 개인 서신과 꿈에 관련된 글들을 모아 『검
은 머리의 소녀The Dark-Haired Girl』 작업을 했다(1988년
에 증보판으로 출간되었다). 그해 출판된 『필립 K. 딕 걸작
선The Best of Philip K. Dick』의 작품 선정을 도왔다. 7월
에는 18세의 레슬리(테사) 버스비를 만나 곧 동거에 들어갔

---

* confrontational group therapy. 매우 공격적인 분위기를 통해 고의적으로 환자
들을 압박하는 정신 요법의 일종. 주로 약물 중독자들의 치료에 쓰인다.

다. 9월에는 로스앤젤레스 SF 컨벤션에 참가했다. 10월이 되자 낸시 해킷과의 이혼 소송을 마무리 짓기 위해 테사와 함께 마린 카운티로 여행을 떠났다. 낸시는 이사의 단독 양육권을 획득했다. 스타니스와프 렘과 편지를 주고받았고, 렘은 『유빅』의 폴란드어 번역을 주선했다. 『흘러라 내 눈물, 경관은 말했다』를 완성하고, 단편 「시간비행사들을 위한 조촐한 선물A Little Something for Us Tempunauts」을 썼다.

1973 다시 꾸준히 글을 쓰기 시작했다. 2월에서 4월까지 『어둠 속의 스캐너A Scanner Darkly』(1977)를 썼다. BBC와 프랑스의 다큐멘터리 작가들과 인터뷰를 가졌다. 4월에 테사와 결혼했고, 7월 25일에 아들 크리스토퍼 케니스 딕이 태어났다. 당시 박사 과정을 밟고 있었던 장 피에르 고랭이 그를 방문해 프랑스 평론가들이 텔레비전에서 그를 노벨상 수상자로 추천했다는 사실을 알렸다. 런던의 《데일리 텔레그래프》지와 인터뷰를 했다. 돈 문제와 건강 문제에 계속 시달렸다. 유나이티드 아티스트 영화사에서 『안드로이드는 전기양의 꿈을 꾸는가?』의 영화 판권을 매입했다.

1974 2월에 하드커버로 출간된 『흘러라 내 눈물, 경관은 말했다』는 『높은 성의 사내』 이래 가장 좋은 평을 받으며 휴고상과 네뷸러상 후보에 올랐고, 1975년도 존 W. 캠벨 기념상을 수상했다. 《램파츠》 청원서에 서명했던 딕은 혹시 당국으로부터 불이익을 받지는 않을지 우려하며 4월의 납세 기간이 오는 것을 두려워했다. 2월에 사랑니 발치 수술을 받으며 소듐 펜토탈*을 투여받았는데, 이때 일련의 강렬한 환영을 경험했다. 이 환영은 3월 내내 계속되면서 한층 강도를 더해

---

* sodium pentothal. 전신 및 국소 마취제의 상품명.

갔고, 4월이 되자 간헐적으로 나타나다가 점점 약해졌다. 이때 받은 여러 계시는 각양각색의 선하고 악한 종교적, 정치적 영향—신, 그노시스파 기독교도들, 로마 제국, 파이크 주교, KGB 등을 포함하지만 이것이 전부는 아니었다—의 산물로 치부되었지만, 딕은 남은 생애 동안 그 의미를 해석하는 데 골몰하며 많은 시간을 보낸다. "내가 『성스러운 침입 The Divine Invasion』(1981)을 쓴 뒤로는 단 한 마디도 하지 않았다. 내게 들리는 계시는 구약성서에서 '신의 영혼'을 의미하는 루아Ruah의 목소리였다. 그것은 여성의 목소리로 말했고, 메시아 예언에 관련된 얘기를 늘어놓는 경향이 있었다. 한동안은 그것의 인도를 받았다. 고등학교 시절부터 가끔 그 목소리를 듣곤 했다. 위기가 닥치면 뭔가 다시 내게 말해줄 것이다……." 딕은 '2-3-74'라고 부르게 된 것에 관한 사변적인 해설을 쓰기 시작했다. 대부분 손으로 쓴 이 난삽한 원고는 8천여 장에 달했다. 훗날 딕은 이 원고에 『주해서Exegesis』라는 제목을 붙였다(전체 원고는 미출간 상태이며 읽으려는 사람도 거의 없지만, 사후에 발췌본이 출간되었다). 메러디스 출판 에이전시와 결별했다가 일주일도 되지 않아 다시 계약을 맺고 『흘러라 내 눈물, 경관은 말했다』의 출판 계약을 더블데이에서 DAW로 이전하는 데 동의했다. 심각한 고혈압과 경미한 뇌졸중으로 의심되는 증세로 5일 동안 입원했다. 프랑스 영화감독인 장 피에르 고랭이 다시 찾아와서 그가 각본을 쓰는 조건으로 『유빅』의 영화화 판권을 일괄 지급하는 계약을 맺었다. 딕은 한 달 만에 『유빅』의 각본을 썼다(영화화는 되지 않았지만, 각본은 1985년에 출간되었다). 〈블레이드 러너〉라는 제목으로 영화화된 『안드로이드는 전기양의 꿈을 꾸는가?』를 각색하던 시나리오 작가들의 방문을 받았다. 《롤링스톤스》지의 폴 윌리엄스와 인터뷰를 했다. 1971년에 겪었던 주거 침입 사건에 관한 상세한 회고와 분석이 주된 내용을 이뤘다.

1975   어깨 부상으로 수술을 받은 후 진행 중이던 장편『발리시스
        템 A Valisystem A』에 관한 메모를 휴대용 녹음기로 녹음했
        지만 2주 만에 다시 타이프라이터로 집필하기 시작했다(이
        소설은 결국 사후 출간된 『앨버무스 자유 방송Radio Free
        Albemuth』(1985)과 1981년에 출간된 『발리스Valis』두 소
        설로 분할되었다).《뉴요커》지는 1월호와 2월호의 '토크 오
        브 더 타운Talk of the Town' 란에 연속 인터뷰 기사를 싣고
        딕을 '우리가 가장 좋아하는 SF 작가'라 칭했다. 1월과 2월에
        마지막으로 타오르는 듯한 비전[啓示]을 체험했다. 그노시스
        주의, 조로아스터교, 불교에 관한 책들을 열독하고 밤마다
        『주해』를 집필했다. 장편『허풍선이 과학자의 고백』을 출간
        했다. 이것은 딕이 쓴 초기의 사실주의적 작품 중에서 유일
        하게 생전에 출간된 것이다. 만화가인 아트 슈피겔만의 방문
        을 받았다. 딕은 옛 친구이자 영국 성공회의 사제 훈련을 받
        고 있던 도리스 소우터에게 점점 사랑을 느꼈다. 5월에 도리
        스가 암이라는 진단을 받았다. 할런 엘리슨과 사이가 틀어졌
        다. 공동 저자인 로저 젤라즈니와 함께『분노의 신』을 완성
        했다. 외국어 판의 출간으로 생겨난 인세 수입이 비교적 많
        아졌다. 외국에서 들어온 인세 덕에 잠시 풍족한 삶을 누리
        며 중고 스포츠카와 브리태니커 백과사전을 구입했지만, 몇
        달 지나지 않아 그의 우상이자 멘토인 로버트 하인라인에게
        돈을 빌리는 신세가 되었다.『어둠 속의 스캐너』의 수정 작
        업을 끝냈다. 11월에《롤링스톤스》에 실린 특집 기사에서 로
        큰롤 평론가인 폴 윌리엄스가 딕을 '우주 최고의 SF 마인드
        를 가진 인물'로 평했다.

1976   도리스 소우터에게 청혼했지만 거절당했다. 그녀는 딕의 집

안과 얽히고 싶어 하지 않았다. 2월에 크리스토퍼가 탈장으로 입원했다. 2월 말 딕과 테사는 별거했다. 그러고 나서 몇 시간도 지나지 않아 딕은 여러 방법을 동시에 동원해 자살을 시도했다. 오렌지 카운티 메디컬 센터에 수용되었다가 곧 정신병동으로 보내져 14일 동안 감시를 받으며 격리되었다. 테사가 잠시 집으로 돌아왔지만 딕은 곧 그녀와의 관계를 청산하고 도리스와 함께 산타아나의 아파트로 이사를 갔다. 그곳에서 그는 남은 인생을 보냈다(도리스와는 플라토닉한 관계를 유지했다). 5월에 밴텀 출판사에서 복간을 목적으로 『파머 엘드리치의 세 개의 성혼』, 『유빅』, 『죽음의 미로』 판권을 매입했고, '2-3-74'를 토대로 집필 중인 소설 『발리시스템 A』의 선금을 지불했다. 9월에 도리스는 그의 옆집으로 이사하기로 결정했다. 다시 우울증이 도지면서 자살 충동에 대한 두려움 때문에 딕은 10월에 세인트 조셉 병원의 정신 병동에 입원했다. 연말에는 밴텀의 편집장이 『발리시스템 A』를 조금 수정해줄 것을 요구했지만 딕이 원본 전체를 대폭 수정하는 바람에 『발리스』라는 다른 소설이 탄생했다(1976년에 그가 출판사에 보낸 『발리시스템 A』는 1985년에 『앨버무스 자유 방송』으로 출간되었다). 『분노의 신』이 출간되었다.

1977   처음으로 혼자 사는 것에 적응하기 시작했다. 테사와 크리스토퍼는 정기적으로 딕을 찾아왔다. 2월에 테사와의 이혼이 마무리되었다. 『어둠 속의 스캐너』가 출간되었고, 팀 파워스와의 우정은 절정에 달했다. 훗날 SF 작가로 입신하게 될 파워스와 K. W. 지터, 제임스 블레이록과 정기적으로 저녁을 함께 보냈다. 파워스와 지터에게 그가 본 '2-3-74' 비전에 관해 자세히 얘기하고 토론을 벌였다. 이 두 친구는 딕이 구상 중이던 자서전적 색채가 짙은 장편 『발리스』의 등장인물들의 모델이 된다. 『유빅』, 『파머 엘드리치의 세 개의 성

485

흔』과 『죽음의 미로』가 복간되면서 《롤링스톤스》지의 격찬
을 받았고, 딕은 동시대인들에 의해 매우 중요한 미국 작가
로 인정받는다. 4월에 32세의 사회사업가인 조안 심슨을 만
나서 오렌지 카운티에서 3주 동안 함께 지낸다. 그 후 심슨을
따라 소노마로 가서 여름 동안 잠시 머물렀다. 딕은 우울증
으로 인한 격렬한 발작에 시달렸다. 프랑스의 메스Metz 문
학 축제에 주빈으로 초빙받아 출국했다. 해외여행을 감행한
것은 공포증에 대한 승리를 의미했다. 그곳에서 강연한 「만
약 이 세상이 끔찍하다고 생각하면, 다른 세상들로 가보라」
는 종교적 색채가 짙었던 데다가 동시통역 문제가 겹쳐서 청
중을 당혹케 했다. 귀국한 뒤에는 캘리포니아 북부에 뿌리를
내리고 사는 것을 거부한 탓에 심슨과 헤어졌다. 『주해서』
의 집필을 계속했다. 단편 「도매가로 기억을 팝니다We Can
Remember It For You Wholesale」의 영화 판권을 팔았다
(이 작품은 훗날 〈토탈 리콜Total Recall〉(1990)이라는 제목
으로 개봉되었다).

1978   밴텀에서 나올 『발리스』의 수정 작업이 늦어졌다. 대신 『주
해서』를 집필했다. 8월에 어머니가 세상을 떴다. 배다른 딸
들인 로라와 이사가 처음으로 만났고 딕은 이 만남에 감격
했다. 9월이 되자 '2-3-74' 체험을 담을 적절한 소설적 구조
를 모색하면서 『주해서』에 이렇게 썼다. "나의 장편 — 및 단
편들 — 은 지적 — 개념적 — 인 미로이다. 그리고 나는 우리
가 놓인 상황을 파악하기 위해 지적인 미로에서 헤매고 있
다.…… 왜냐하면 현 상황 자체가 출구를 찾을 수 없는 미로
이기 때문이다……." 메러디스 출판 에이전시의 새 담당자
러셀 갤런이 딕이 낸 장편들의 재간을 적극적으로 추진하고,
논픽션을 한 편 써보라고 권유한 덕분에 상당히 고무되었다.
이 권유가 계기가 되어 『발리스』를 위한 효율적인 접근 방법

이 떠올랐다. 11월이 되자 2주에 걸쳐 『발리스』를 썼고, 갤런에게 이 책을 헌정했다.

1979 　딸 로라와 이사가 여러 번 방문했다. 『어둠 속의 스캐너』가 프랑스의 메스 문학 축제에서 대상을 수상했다. 『주해서』 집필에 심혈을 기울였고, 자신의 가장 중요한 작품이 될지도 모른다는 언급을 했다. 러셀 갤런은 딕의 신작 단편들을 잡지 《플레이보이》나 《옴니》 같은 높은 고료를 주는 시장에 내놓았다. 갤런이 오렌지 카운티를 방문했을 때 마침내 두 사람은 직접 만났다. 그러나 딕이 평소 버릇대로 밤새도록 얘기를 나누자 갤런은 녹초가 되었다. 임대 아파트 건물이 조합주택으로 개조되면서 딕은 자기가 살던 아파트를 매입했지만 옆집의 도리스 소우터는 자금을 마련하지 못하고 부득이 다른 곳으로 이사했다. 도리스가 떠나가자 딕은 크게 고뇌했다. 도리스에 대한 자신의 애착을 투영한 「공기의 사슬, 에테르의 그물Chains of Air, Webs of Aether」이라는 단편을 썼다. 단편 「두 번째 변종Second Variety」의 영화 판권이 팔렸다(1995년에 〈스크리머스Screamers〉라는 제목으로 개봉되었다).

1980 　「공기의 사슬, 에테르의 그물」을 포함해 『발리스』의 속편으로 간주되는 『성스러운 침입』을 3월 말에 탈고했다. 『주해서』의 집필은 계속했지만 연말까지는 별다른 저술 활동을 하지 않았다. 몇몇 장편소설의 아웃트라인을 구상했지만 결국 쓰지는 못했다. 더 이상 환영을 통해 영감을 받지 못할지도 모른다는 불안에 시달리다가 11월 말에 급작스러운 계시를 받았다. 이 계시를 통해 그는 『주해서』의 집필을 중단해야 한다는 결론을 내렸다. 5페이지에 달하는 결말부의 우화를 완성했고, 12월 2일에 '엔드End'라는 단어를 타이프로 친 다음

표제 페이지를 작성했다(이 페이지에는『변증법: 신과 사탄, 그리고 예고되고 제시된 신의 최후의 승리/필립 K. 딕/주해서/Apologia Pro Mia Vita*』라고 쓰여 있다). 열흘 뒤에 참지 못하고 강박적으로『주해서』의 집필을 재개한다.

1981   2월에『발리스』가 출간되었다. 깊은 우정을 쌓았던 르 귄과 크게 다투었지만 금세 화해했다. 에너지가 고갈되었다는 생각에 다이어트를 시작하고 체중을 많이 줄였다. 리들리 스콧 감독이『안드로이드는 전기양의 꿈을 꾸는가?』를 햄프턴 팬처와 데이비드 피플스의 각본으로 영화화한 〈블레이드 러너〉의 제작에 착수했다. 영화화에 대한 딕의 반응은 환호와 경멸 사이를 오락가락했다. 투자자 측에서는 영화 대본을 소설화하기를 원했지만, 러셀 갤런은 딕이 쓴 원작 쪽이 영화와 함께 출간되어야 한다고 주장했다(결국『안드로이드는 전기양의 꿈을 꾸는가?』는 영화와 같은 제목으로 1982년에 재간되었다). 사이먼 & 슈스터 출판사의 편집장이었던 데이비드 하트웰이 일반 소설과 SF 소설을 한 권씩 써달라는 제안을 했고, 딕은 이 제안을 받아들여 4월과 5월에『티모시 아처의 환생The Transmigration of Timothy Archer』을 썼다. 이 책은 제임스 파이크 주교의 죽음을 둘러싸고 일어난 사건들을 소설화한 것으로, 1963년에 메러디스 에이전시에서 그가 쓴 주류 소설을 거부한 이래 처음으로 쓴 비非 SF였다. 딕은 6월에 갤런에게 보낸 편지에서 자신의 비 장르 작품들이 빛을 보지 못했던 것은 "나의 작가 인생에서는 비극―그것도 너무나도 오랫동안 계속된 비극―이었네"라고 술회했다. 두 달 후 SF 차기작인『한낮의 올빼미The Owl in Daylight』를 구상하면서 그는 이렇게 썼다. "SF를 계속 쓸 작정이야. 그건 내 천직이

---

* 라틴어로 '나의 삶을 위한 변론'을 의미한다.

니까……." 그러나 딕은 기력이 그갈되어 글을 쓸 수 없다는 사실을 알게 되었다. 9월 17일 참에는 '타고르Tagore'라고 불리는 구세주의 환영을 보았다. 딕은 이 사람이 실존 인물이며 실론*에 살고 있다고 확신했고, 그에게서 지시를 받고 있다고 느꼈다. 다시 가정을 꾸릴 수 있을까 하는 희망에서 테사와의 재결합을 고려했다. 11월에는 〈블레이드 러너〉 초기 편집본의 특수 효과 영상 시사회에 초대받았다. 메스 문학 축제에도 재차 초빙을 받고 여행 계획을 세우기 시작했다. 그렉 릭맨과 일련의 인터뷰를 하기 시작했고, 릭맨에게 자신의 공식 전기작가가 되어달라고 부탁했다. 『한낮의 올빼미』에 관한 (완전히 상이한) 두 가의 아우트라인을 작성했다.

1982   미래의 부처인 마이트레야**의 세상이 도래한다는 영국의 신비주의자 벤자민 크림의 예언에 심취한다. 릭맨의 인터뷰는 계속되었고, 딕은 영적인 문제어 대해 불안감과 피로감을 느끼고 있다고 토로했다. 도리스 소우터의 친구인 그웬 리가 대학 리포트를 쓰기 위해 딕을 인터뷰했다. 아마 그의 생애 마지막이었을 이 인터뷰에서 딕은 『한낮의 올빼미』의 세부적인 사항들에 대해 밝혔지만, 결국 쓰지 못했다. 2월 18일에 자신의 아파트에 홀로 있던 딕은 뇌졸중으로 쓰러져 의식을 잃었다. 이웃 사람들에 의해 발견되어 병원에서 의식을 되찾았지만 말을 할 수 없었고, 몸의 왼쪽이 마비되었다. 3월 2일 딕은 뇌졸중 발작 재발과 심부전으로 인해 병원에서 숨을 거뒀고, 콜로라도 주 포트 모건의 공동묘지에 잠들어 있는 쌍둥이 누이 제인 곁에 나란히 묻혔다. 『티모시 아처의 환생』은 그의 사후에 출간되었으며, 5월에 개봉된 〈블

---

* Ceylon. 현 스리랑카.
** 미륵보살. 불교의 보살.

레이드 러너〉는 딕에게 헌정되었다. '필립 K. 딕 상'이 제정되었다. 이는 미국에서 처음부터 페이퍼백 단행본 형태로 출간되는 뛰어난 SF 장편을 선정해서 매년 수여하는 상이다.

■ 장편소설

1955 『Solar Lottery』
1956 『The World Jones Made』
      『The Man Who Japed』
1957 『Eye in the Sky』
      『The Cosmic Puppets』
1959 『Time Out of Joint』
1960 『Dr. Futurity』(에이스 더블판)
      『Vulcan's Hammer』(에이스 더블판)
1962 『The Man in the High Castle』(휴고상 수상)
1963 『The Game-Players of Titan』
1964 『The Penultimate Truth』
      『Martian Time-Slip』
      『The Simulacra』
      『Clans of the Alphane Moon』
1965 『The Three Stigmata of Palmer Eldritch』
      『Dr. Bloodmoney, or How We Got Along After the Bomb』
1966 『Now Wait for Last Year』
      『The Crack in Space』
      『The Unteleported Man』(에이스 더블판)
1967 『The Zap Gun』
      『Counter-Clock World』
      『The Ganymede Takeover』(레이 넬슨 공저)
1968 『Do Androids Dream of Electric Sheep?』

Twilight판.『The Collected Stories of Philip K. Dick, 1, Beyond Lies the Wub』과 동일)

『We Can Remember It for You Wholesale』(Citadel Twilight판.『The Collected Stories of Philip K. Dick, 2, Second Variety』에서 단편「Second Variety」를「We Can Remember It for You Wholesale」로 대체)

1991 『The Minority Report』(Citadel Twilight판.『The Collected Stories of Philip K. Dick, 4, The Days of Perky Pat』과 동일)

『Second Variety』(Citadel Twilight판.『The Collected Stories of Philip K. Dick, 3, The Father-Thing』에 단편「Second Variety」추가)

1992 『The Eye of the Sibyl』(Citadel Twilight판.『The Collected Stories of Philip K. Dick, 5, The Little Black Box』에서 단편「We Can Remember It for You Wholesale」을 제외)

1997 『The Philip K. Dick Reader』(『Second Variety』의 단편 3편을 영화화된 단편 3편으로 대체)

2002 『Minority Report』(영국 Gollancz판)

『Selected Stories of Philip K. Dick』

2003 『Paycheck』(2004년 출간. 영국 Gollancz판)

『Paycheck and 24 Other Classic Stories by Philip K. Dick』(Citadel Twilight판.『The Short Happy Life of the Brown Oxford』와 동일)

2006 『Vintage PKD』(장편 발췌. 단편, 에세이, 서간 포함)

2009 『The Early Work of Philip K. Dick, I: The Variable Man & Other Stories』

『The Early Work of Philip K. Dick, II: Breakfast at Twilight & Other Stories』

발리스

초판 1쇄 펴낸날 2012년 1월 27일
초판 4쇄 펴낸날 2026년 3월 1일

지은이 | 필립 K. 딕
옮긴이 | 박중서
펴낸이 | 김영정

펴낸곳 | 폴라북스
등록번호 | 제22-3044호
주소 | 06532 서울시 서초구 신반포로 321 (잠원동, 미래엔)
전화 | 02-2017-0280
팩스 | 02-516-5433
홈페이지 | www.hdmh.co.kr

ISBN 978-89-93094-37-4 (04840)
세트 978-89-93094-31-2